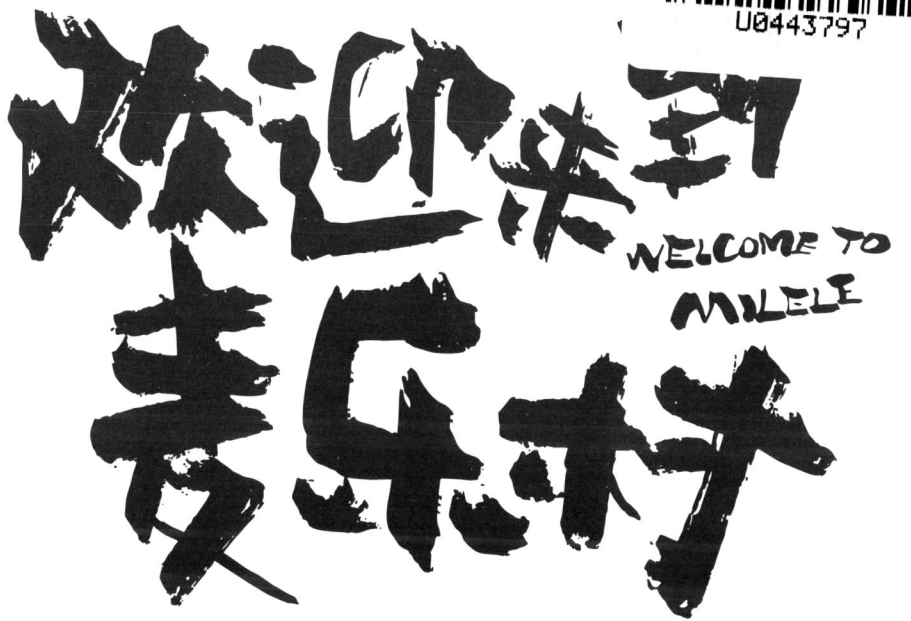

WELCOME TO
MILELE

梁振华 著

图书在版编目（CIP）数据

欢迎来到麦乐村 / 梁振华著. —杭州：浙江文艺出版社, 2023.11
ISBN 978-7-5339-7392-6

Ⅰ.①欢… Ⅱ.①梁… Ⅲ.①长篇小说—中国—当代 Ⅳ.①I247.5

中国国家版本馆CIP数据核字（2023）第194311号

策划统筹　柳明晔
责任编辑　张　可　林聚佳
营销编辑　宋佳音
封面设计　仙境 WONDERLAND Book design
版式设计　吕翡翠
责任印制　张丽敏

欢迎来到麦乐村

梁振华　著

出版	浙江文艺出版社
地址	杭州市体育场路347号
邮编	310006
电话	0571-85176953（总编办） 0571-85152727（市场部）
制版	浙江新华图文制作有限公司
印刷	杭州杭新印务有限公司
开本	710毫米×1000毫米　1/16
字数	419千字
印张	26.75
插页	1
版次	2023年11月第1版
印次	2023年11月第1次印刷
书号	ISBN 978-7-5339-7392-6
定价	68.00元

版权所有　侵权必究

推荐语

"独行快、众行远",这趟旅程影响了剧中人物,也深深改变了我自己。当我苦苦追寻生命的意义,寻而不得时,答案其实早就在我心中。

——金 晔

《欢迎来到麦乐村》以扎实的笔触、真挚的情感刻画了一大群鲜活的人物。一群性格各异的人为了一个共同的目标来到陌生的国度,在与同胞、与当地人的交往中碰撞出无限美妙的火花,还原了一幅在异国他乡探寻成长、重塑自我的烟火画卷。人生皆有困境,"麦乐村"就是心中的伊甸园。愿中非友谊地久天长,milele!

——靳 东

《欢迎来到麦乐村》是一部情感浓郁、充满温情的作品,更是一部书写人类命运共同体的史诗。在这里,人类不分肤色、种族、国籍,心心相印、命脉相通。存真情,有敬畏,知奉献,求真我,这是麦乐村之旅,也是超越认知之旅。

——祖 峰

《欢迎来到麦乐村》的故事充满了浓郁的异域风情,故事里中非习俗的不同和观念上的差异产生了许多妙趣横生的情节,戏剧性十足,阅读时令人充满了新奇感。

——张雨绮

《欢迎来到麦乐村》经过创作前认真细致的采风,不仅描绘了当代援外医疗工作人员的真实生活全景,更展现了国外许多华人华商艰辛奋勇的创业发展史,内容扎实,情感细腻,是每个漂泊外乡的游子最温暖治愈的心灵良药。

——刘敏涛

《欢迎来到麦乐村》不同于常规医疗题材故事的方面,在于它的故事情节欢快幽默、对话金句频出,在轻松自然的氛围下展现医疗过程中那些较为沉重的生老病死的人生常态,探讨引人深思的自然伦理话题,更讲述了我们中国青年在异国他乡的成长和蜕变。

——刘冠麟

引子 - 001

第一章 - 003
狭路相逢"能者"败

第二章 - 016
良心,信心,真心

第三章 - 031
换一种活法?

第四章 - 044
不去的理由有很多,去只需要一个

第五章 - 060
你好!乞力马扎罗

第六章 - 075
规则与生命,孰重?孰轻?

第七章 - 090
求同存异

第八章 - 105
只要我们曾经拥有过

第九章 - 118
生命是医生固执的唯一理由

第十章 - 135
礼之用,和为贵

第十一章 - 148
犯众怒

第十二章 - 165
独行快,众行远

第十三章 - 179
授人以鱼不如授人以渔

第十四章 - 195
一战成名

第十五章 - 209
今夜我们都是姆齐纳

第十六章 - 222
故事在哪里?

第十七章 - 240
千里共婵娟

第十八章 - 255
决不放弃

第十九章 - 270
与死神赛跑

第二十章 - 287
莫愁前路无知己

第二十一章 - 302
家家有本难念的经

第二十二章 - 319
凤凰花开的怀念

第二十三章 - 333
破镜重圆

第二十四章 - 348
霍乱

第二十五章 - 365
这次轮到我们来保护你们

第二十六章 - 381
离别忽至

第二十七章 - 394
万水千山总是情

第二十八章 - 408
最大的改变是我们自己

尾声 - 420

引 子

21世纪以来,随着经济与科技的飞速发展,全球面临百年未有的大变局。经济全球化、文化多样化和社会信息化的潮流不可逆转。然而,人类只有一个地球。无论我们身处何国、信仰如何、是否愿意,都要共同面对粮食短缺、气候变化、环境污染以及疾病流行等一系列关于人类存亡的严峻问题。

2008年,北京奥运会成功举办,中国让世界重新认识了这个东方文明古国,此后,中国在国际社会扮演的角色日趋重要。2012年,中国领导人应邀出席非盟第十八届首脑会议开幕式后,中非互利共赢、务实合作的关系稳步推进,翻开了一页新的篇章。

随着"人类命运共同体"的提出,身体健康、远离疾病成为全人类共同的心愿。自1963年中国向非洲阿尔及利亚派出第一支医疗队以来,至2013年,整整五十年间,中国共向非洲42个国家派遣医疗队员2万多人次。

2013年初春,位于中国东南部的远江省,接到了非洲国家桑纳卫生部的信函。远江省早在1965年便向桑纳对口派遣了第一支医疗队,两年一批,坚持至今。在第24批医疗队即将任满回国之际,桑纳卫生部在信函中提出,希望远江省卫健委在第25批医疗队中新增心胸外科医生。

因为经济、交通、公共卫生等各方面原因，桑纳国内医疗条件较为落后，心胸外科更是该国医疗系统从未涉及的领域。桑纳国内心脏病患者要么出国寻求医治，要么只能在痛苦中等待生命的终结。

面对桑纳朋友的期盼，远江省卫健委国际合作处朱处长经过综合考量后，决定今年在省会双清市选派队员。他主持召开双清市各医院院领导会议时，再三强调各院在选派中要优先考虑本院心胸外科的精英，拟出名单交由国合处筛选。

散会后，在等电梯的间隙，各位院长纷纷调侃起了远江大学第一附属医院的副院长梁森林，放眼整个远江省，江大一附院的心胸外科说自己排名第二，可没有医院敢自称第一。这个派出心胸外科精英的光荣任务，非江大一附院不可。

听了众人的调侃，双清市心胸外科专家梁森林嘴上谦虚，心中却有百般滋味，既暗自得意，又有些苦涩。他的两个爱徒马嘉和江大乔，一个不到四十岁便以自己精湛的手术技术名扬远江，一个多年支边，为江大一附院在国内打响了名号。可最近这一个多月，两个徒弟水火不容，这令他烦心不已。今天他来卫健委之前，刚收到了马嘉的辞职信，但让梁森林更没想到的是，这一次的援桑医疗队员选派，即将在这对徒弟之间掀起更大的风波。

第一章
狭路相逢"能者"败

一个月前。

上午十点,远江大学第一附属医院手术室里正在进行一台异常复杂的心脏瓣膜置换手术。女病人名叫陈琪,年龄不到三十岁,患有风湿性心脏瓣膜病变合并感染性心内膜炎。手术的主刀医生是马嘉。

术前讨论会上,作为负责医疗的副院长以及马嘉的导师,梁森林不断对马嘉的手术方案提出疑问。令梁森林满意的是,马嘉的回答有条不紊,看得出他已经考虑到手术中可能发生的各项意外状况,并准备了相应的预案。

梁森林非常欣赏马嘉对学术的执着,以及对工作一丝不苟的态度。他早已把马嘉当成了自己的孩子,并有意在工作中为马嘉创造更多的发展空间。

此刻,手术台上的病人已经开胸,心包粘连广泛。看到眼前的状况,这台手术的一助白云飞和二助刘天明交换了一个眼神,科室的非洲籍实习生苏莱曼更是发出一声惊呼:"粘连这么严重!"

马嘉神情自若,淡定地说道:"分离粘连。"

马嘉话音刚落,配合默契的器械护士就递上了所需的镊子和纱布。

时间一分一秒流逝。纵然马嘉手法精湛,无奈病人病情严重,血压突然下降,出现室颤，众人都脸色一变。

麻醉师："室颤。"

马嘉迅速将手中的器械扔进盘子里，开始给患者进行心脏按压，同时嘴中发出指令："准备除颤。"

苏莱曼扔下手中的笔记本，慌忙将摆在墙角的除颤仪推过来。

马嘉："20焦一次！"

苏莱曼大声重复道："20焦一次！"

依然室颤，白云飞和刘天明面露紧张。

"再来！20焦一次！"马嘉看了苏莱曼一眼，说完又看向麻醉师，"静推肾上腺素1毫克，冰帽！"

麻醉师闻令迅速操作。

再一次除颤依然无效，众人都将紧张的目光投向马嘉。

"静推利多卡因75毫克。苏莱曼，30焦一次！"马嘉沉稳淡定的声音冲淡了众人的紧张。他专注于抢救病人，并未注意到梁森林正透过观察窗看着手术室里面的动静。

第三次除颤后，病人终于恢复窦性心律。马嘉这才暗自松了一口气："准备建立体外循环，主动脉荷包……"

下午一点，马嘉终于结束了这台复杂的手术。换下衣服后，他看到手机上有七通丁凯打来的未接电话。马嘉并未及时回电，而是将手机塞进口袋，来到楼梯间。

为了让自己保持良好的身体与精神状态，每台大手术后，马嘉总是沿着住院部的楼梯跑上天台，在天台上一边眺望远方，一边喝咖啡，放松紧绷的神经。

苏莱曼跟着马嘉实习了一年，对马嘉佩服得五体投地。他把马嘉视为自己的偶像，只要有机会他就会跟在马嘉身边。他最喜欢的事情之一，便是跟着马嘉做完一台大手术后，买来两杯咖啡，和马嘉比赛爬楼梯，然后一起在天台上看风景、喝咖啡。

不出意外，这次爬楼梯，苏莱曼又输了。当他正缠着马嘉复盘手术细节时，白云飞打来电话，说陈琪的家属要当面感谢马嘉。马嘉不擅长应对这种场面，他喝完咖啡，便将这件事交给了苏莱曼，他自己则去了梁森林的办公室。对马嘉来说，马上有一件关乎自己前途的大事，他得赶紧从师父那里得到承诺，心才能安定下来。

马嘉毫不客气，一屁股坐在梁森林办公桌对面的椅子上。不等梁森林开口，他便直接问道："师父，职称评审要开始了，我破格那个事，您看有希望吗？"

"申请我是往上送了，但能不能评上，不是我们说了算。"虽然梁森林心中早有安排，但是面对马嘉的询问，他还是留了些许余地。

"我知道，您在高级职称评审委员会一言九鼎，只要您打个招呼，肯定没问题，再说了，论业务，您徒弟肯定不给您丢脸。"马嘉显然不满意老师的答复。

"又来了，你能低调一点吗？"

"师父，我觉得我挺低调了。"

马嘉认真的表情让梁森林沉默了片刻，他顿了顿才缓缓开口说："你啊你，为什么就非得着急这一年呢，等明年正常申报不行吗？"

"师父，我为什么着急，您应该知道呀。我之前耽误了两年，这时间我得抢回来，只争朝夕嘛。"

马嘉顿了一会儿，又继续说道："师父，我听人事科的领导说了一嘴，我们科室主任的位置……"

两年前心胸外科主任老涂退休后，因为科里多是新生代，都还不够资历，科主任由同为心胸外科专家的梁森林兼任。马嘉冷不丁提起主任的位置，梁森林难免有些敏感。

"你什么意思？"

"师父，您别误会啊，我可不是夺权。您是我们院的副院长，又一直兼着科室主任，双肩挑，压力也太大了，我是想帮您分担！而且，我是您的嫡系弟子，今后我们心胸外科不还是您说了算吗？"马嘉脸上堆着笑说道。

"你把医院当什么了啊？混江湖呢？"梁森林话还没说完，马嘉的手机响了起来，马嘉一看，来电显示的又是"丁凯"，他毫不犹豫地按了拒接。

"怎么不接啊？"梁森林看着马嘉。

"骚扰电话。"马嘉神色如常。

梁森林笑了笑:"你小子,不会做了对不起晓弦的事吧?"

马嘉道:"您就放一万个心吧。我呀,很专一的!"

梁森林看了嬉皮笑脸的马嘉一眼,恨铁不成钢地说道:"行了,我还有个会,不跟你胡扯了。"梁森林说罢,起身就往外走,不料被马嘉一把拦住。

"师父,再给我一分钟。您看啊,晋升科主任要正高职称,我这回如果破不了格,评不上正高,那科主任也肯定没戏,您总不能让我两头空啊。"

"你小子,真行。"梁森林瞪了一眼马嘉,显得有些无奈。

"师父,您辛辛苦苦栽培我这么多年,我这点儿小心思在您面前哪藏得住,您也希望我快点成器吧……"

梁森林没再和马嘉纠缠,听了这句话,摇了摇头:"你这脑瓜子啊,不当外科医生还真浪费了。半个月,你老老实实等半个月,就出结果了。"

自认为得到师父口头承诺的马嘉心情大好,妻子柳晓弦晚上又要加班,他索性约上苏莱曼下班后去踢足球。

球场上正是一场酣战。苏莱曼一向是战无不胜,岂料今天对方球队来了个新队友,脚下功夫丝毫不逊苏莱曼。两人一番缠斗后,苏莱曼一脚解围,球飞出界外,正好砸在了一个围观的人身上。那人"哎哟"一声,马嘉觉得声音耳熟,定睛一看,竟然是丁凯,不由咧嘴笑了。他带着丁凯走到旁边看台坐下,嘴上却不饶人地调侃丁凯说:"凯爷,你这是夺命连环电话还嫌不够,玩起了跟踪啊。"

丁凯揉着被球打到的地方,讪笑着说:"来我们医院的事,你考虑得怎么样了?"

"不怎么样。"

"不管行不行,你得先来我们医院看看啊,我跟领导都汇报了。我是一心一意想要你来,你可别让我太没面子。"作为双清市颐康医院副院长,丁凯何曾对人这般低姿态过,谁让他现在有求于人,对方还是以"心胸外科第一把刀"扬名整个远江省的马嘉呢。

"告诉你一个好消息,但对你来说可能是个坏消息。"马嘉换着鞋,不紧不慢地说道。

"啥消息?"丁凯有些不敢相信地试探马嘉,"你破格成了?"

"十有八九。"

"恭喜你，有了正高，再来我这边，薪酬肯定上个大台阶。"

"你觉得我是为了钱？"马嘉语带讥讽，换好鞋的他抬起头，看到几步之遥的苏莱曼戴着耳机摇头晃脑，一副沉浸在音乐中的表情。

"知道你不看中钱。你可是双清的'马一刀'，我们颐康的牌子是不如江大，但是我们现在要成立一个心胸外科中心。我跟院长说了，力挺你来主持工作。"

马嘉微微一怔，有点动心："条件挺诱人，但我是江大培养的，人不能忘本啊。行了，你也别纠结了，我们买卖不成仁义在。"

丁凯想了想："哥们，想没想过，万一你那破格没成怎么办？"

"啥意思，咒我呢？"马嘉脸色一变。

丁凯赶紧说："没有没有，不是那意思，你就把我当个备胎，总可以吧。"

马嘉不置可否，他走过去一把扯下苏莱曼的耳机说："走吧，该回去了。"

马嘉不再理会丁凯，带着苏莱曼走向停车处。两人把踢球的装备放进后备厢里，苏莱曼突然看着马嘉，冒出了一句话："师父，你真是一条有情有义的汉子。"

马嘉瞪了苏莱曼一眼："警告你啊，别到医院里瞎说，否则饶不了你。"

苏莱曼冲马嘉咧嘴一笑："得嘞，师父！"说着，他便伸手去拉副驾驶座的车门，马嘉见状赶紧阻止道："今天你自己回去，我得去接你师母。"

原来这天是马嘉和柳晓弦的结婚周年纪念日。马嘉买好了玫瑰花，又亲手画了一幅爱琴海的水彩画作为礼物，要送给柳晓弦。他开车驶向双清电视台，不时用余光瞟向副驾驶座上包装好的画框和花束，期待能跟晓弦有个浪漫的夜晚。一路上，马嘉给柳晓弦打了好几个电话，却一直没人接。直到他到达电视台大楼外停好车，柳晓弦依然没接电话。马嘉只好给她发了条信息"我在等你"，然后将身体靠在座椅背上打起了盹。

和春风得意的马嘉相比，今夜，身为双清电视台综合频道民生栏目制片人的柳晓弦，迎来了她职业生涯的一场风雨骤变。

柳晓弦最近为了一个环境污染选题日夜加班，光是采访及调查材料摞起来都有一米高。今晚节目终于要播出了。然而，在临播前的半小时，节目被综合频道总监林南紧急叫停。柳晓弦又急又气，跟林南据理力争，可林南表示，这是领导的决定，自己也无能为力。

"南姐，新闻传媒人的使命是什么？是替民众发声！而不是只做传声筒吧。"柳晓弦极力克制自己的激动和愤怒，企图说服林南，心中的委屈令她的眼泪不受控制地掉下来。

看到柳晓弦的眼泪，林南于心不忍，只得好言劝道："你讲的都对，我心里也站在你这边。但你也得理解我，理解台里。"

面对既定的事实，林南不想跟柳晓弦纠缠，她拍拍柳晓弦的肩膀，劝她下班，自己也走出办公室。

柳晓弦抹干眼泪，垂头丧气地走向电梯。在电梯里，她才发现马嘉给她打了好几通电话，还有一条"我在等你"的短信。沉浸在自己情绪中的柳晓弦并无心情回复马嘉，她将手机塞进口袋，步出电视台大楼，招手拦下一辆出租车，朝家的方向疾驰而去。柳晓弦完全没有发现马嘉的车就停在大楼外，而马嘉已经在驾驶座上睡着了。

被电视台的保安敲车窗惊醒时，马嘉才发现时间已近午夜十二点，而柳晓弦早就离开了。马嘉一边客气地向保安道谢，一边满腔怒火地驱车往家赶。

回到家，家中竟是一片漆黑。马嘉单手抓着花束和画框，连鞋都顾不上换，气冲冲地推开主卧的门，啪地按开灯。果然，柳晓弦已经在床上睡着了。

柳晓弦被马嘉的动作惊醒，睡眼惺忪，声音疲惫且模糊地说："关灯。"

见柳晓弦毫无愧意，马嘉更加生气："你知道我等你等了多长时间吗？到家为什么不跟我说一声？"

"我熬了这么多个通宵，明天跟你说，行吗？"

"不行！"

柳晓弦不想跟马嘉吵架，她伸手按床头的开关把灯关上，没想到马嘉马上用门口的开关又将灯打开。两人一关一开，一开一关。直到柳晓弦崩溃地翻身坐起来，冲着马嘉大喊道："大晚上的，你有病啊？"

柳晓弦的崩溃更加激怒了马嘉。

"对，我有病，大晚上在你单位楼下等你三个多小时！要不是保安说你走了，我还要等到天亮呢！"

柳晓弦愣了："我以为你在家等我。再说了，你以前也没接过我下班，我哪知道啊？"

在马嘉看来，柳晓弦的解释就是强词夺理，他反唇相讥道："那你回来看到我了吗？"

柳晓弦一时语塞，马嘉乘胜追击："你觉得我们这个家还像个家吗？连早上都吃外卖，厨房快一个月没开过火了吧？我们两人，与其说是夫妻，还不如说是室友，出门进门打个招呼，三天两头两人就没睁着眼见过面。"

马嘉还在喋喋不休地数落。在柳晓弦看来，自己虽然有错，但是有什么事不能第二天再说，非要在自己遭遇工作打击的这个半夜跟自己吵架？柳晓弦实在不想再忍，打断了马嘉："你大半夜到底在抽什么风？"

柳晓弦的爆发令马嘉一怔，他铁青着脸，看着柳晓弦因生气而变得有些扭曲的脸，突然丧失了说话的欲望："对，我抽风才会记得我们的结婚纪念日！"马嘉冷冷地扔下这句话，将手中的花和画框扔到床上，转身离开了卧室。

柳晓弦愣了片刻，撕开画框的包装，发现画中正是希腊爱琴海上的圣托里尼岛。柳晓弦又抬头看向卧室的背景墙，两幅画一模一样，只是手中的画上，多了两个代表柳晓弦和马嘉的小人。柳晓弦既愧疚又感动，拿起了床头柜上的手机……

半个月后，顺利出院的陈琪给马嘉送来了锦旗，苏莱曼开心地替马嘉将锦旗挂到墙上。看着满墙锦旗一大半都是给马嘉的，苏莱曼对马嘉的钦佩又多添了几分。他忍不住对白云飞夸赞马嘉，却不知道马嘉此刻正在梁森林的办公室里经历落选后的失意。

马嘉一脸不可置信地坐在梁森林办公桌前。梁森林沏了一杯茶，放到他面前，袅袅飘香。隔着腾腾热气，梁森林平静地看着马嘉，不疾不徐地开口道："院里今年本来只有五个正高名额，你的资料递上去，评委会也觉得你业务能力出众，确实特批了一个破格名额。可是前几天，咱们科室有一个即将结束支边的同志也补交了申请材料。他各方面都符合晋升条件，尤其是年限。名单报上去以后，我们今天上午接到通知,说给我们医院批了六个名额,但是没批破格。"

"师父,您是说,就把我一个人给刷了?凭什么啊?给我一个破格名额,不是早就说好了吗?"马嘉面有怒色。

"我特意打电话问过了,上面的回复是今年已经多给了我们院一个名额,如果再破格一个,别的医院肯定不干。"梁森林的语气颇有几分无奈。

"可这个名额应该是我的!"马嘉激动地抬高音量。

听闻马嘉的话,梁森林不易察觉地皱了下眉头:"什么你的我的,这是批给医院的。"

"您刚才还说了,评委会觉得我业务能力强,给我特批了一个名额。"马嘉振振有词。

"你别混淆概念,你谈的是破格,我从来没说过你的破格一定能成。"梁森林特意在"能成"两个字上加重语气。

马嘉盯着茶杯,在脑海中迅速将全院跟自己年资差不多、准备评正高职称的人过了一遍,突然眉头一皱,抬眼看向梁森林:"师父,您说的那个回来的同志,就是江大乔江师兄吧。"

梁森林哑然,他知道马嘉脑子转得快,猜到也是情理之中。

见梁森林不讲话,马嘉知道他是默认了,一股不平与委屈猛然涌上心头。

"师父,论业务能力,我马嘉至少不会比他差吧。他是援非和支边,可作为心胸外科的大夫,他在外头这些年,请问他做过几台高难度手术,发表过几篇高水平论文?职称评定考察什么,难道不是考察业务能力吗?"

"马嘉,业务能力的确很重要,但谁告诉过你,评职称只看业务能力的?"

梁森林的话更加刺激了马嘉:"不看业务能力那看什么?要是只看年纪,大家就论资排辈轮着上呗。我们还做什么课题、写什么论文、做什么手术呢?"

面对咄咄逼人的马嘉,梁森林耐着性子劝他:"职称评定的章程不是我定的,你在这儿跟我急什么?今年评不上,不是还有明年吗?明年你的年限正好到了,直接正常申报就行了。"

"我评副高就比别人晚了两年,当年我去英国访学,第一年没报,第二年我申请材料都准备好了，您说江大乔资历比我高，让我再等一年。我已经让过他一次了，凭什么这次又是我让？"

梁森林见马嘉越说越激动，心中也涌起了不快："那你想怎么样？我说了这不是我的决定，是市里高评会的决定。"

"我……"马嘉被梁森林的话噎住了，他急促地喘着粗气，以示心中的愤愤不平。正在这时，他的手机响了，显示苏莱曼来电。还不等马嘉开口，苏莱曼急切的声音在听筒里响起："师父，8号手术室，病人主动脉夹层破了，速来！"

就在马嘉迅速屏弃情绪和杂念，专心致志地做紧急手术时，江大乔正在家中为女儿精心准备晚餐。他刀功娴熟，迅速在鱼身上划出花般的刀口，随着"吱溜"一声，热油漫过鱼身，炸出满室鲜香。

这些年来，离异的江大乔一直在西藏、新疆等偏远地区支边，才四十出头的他早已两鬓泛白，山区过强的紫外线在他的脸上添了不少晒斑。这次支边工作结束，回到双清，他最想见的就是女儿江瑶。

江大乔到家放下行李，便马不停蹄地去菜市场买菜。待做好女儿最爱吃的松鼠鳜鱼，江大乔见时间还早，便又动手收拾离开了三年的家。客厅的置物架上，摆满了这些年带回来的纪念品：云南少数民族的手工藤编的小盒子、乌铜走银的大象雕像、西藏的小石塑和藏刀、用小镜框嵌起来的自贡剪纸、印有珍奇异兽图案的傣锦以及蜀绣的背包，无一不显现着主人不同凡响的人生历程。而在这堆物品中，最引人注目的则是一根乌黑的棍子。

收拾好房间，江大乔看看时钟，匆匆抓起外套便出了门。

夕阳西下，正值下午放学时，双清市二中校门口，一群十四五岁的中学生三三两两结伴出来。

江大乔站在学校门口，紧紧盯着出来的学生们。突然，他眼睛一亮，原来是江瑶推着单车出来了。

"瑶瑶！"江大乔冲着江瑶招手。

看着不远处的江大乔，江瑶愣住了。

江大乔往前走了两步，继续挥手。

江瑶终于反应过来，停好单车，扑上去紧紧抱住江大乔："爸！你回来啦！"

江大乔接过江瑶的书包，看着女儿，有些感慨："三年不见，都成大姑娘了。"

江瑶打量着江大乔的脸："爸！你怎么变这么黑了，脸上褶子怎么还多了？我差点儿都没认出来！你什么时候回来的啊？"

"下午刚到，赶紧来接你。"

"哎哟，算你有良心啊老江，我以为你都忘了自己还有个闺女呢！"

江大乔一脸宠溺地点点江瑶的额头："怎么说话呢？上次不是你说想吃松鼠鳜鱼，今儿特意给你做了。"

"太好啦！一会儿给我妈先发个信息，反正她这阵子也忙，正好懒得管我饭。"

"行啊。老样子，你骑车，我保驾。"江大乔指指旁边的自行车。

江瑶笑嘻嘻地把车推过来，嘴里还不忘损江大乔："一把老骨头，还跑得动？"

江大乔佯装生气地瞪着江瑶："看不起谁呢？"

江瑶笑着蹬上车，江大乔跟在江瑶的身后跑了起来。父女俩一路开心地聊天，很快回到家。

一进门，江瑶耸耸鼻子："哇，好香啊！闻到这香味我都饿了。"江瑶说着，跑到餐桌边，抓起筷子就挑了一块鱼肉往嘴里塞。

"先洗手再吃饭！"江大乔放下江瑶的书包，走进洗手间，催促着江瑶。父女俩在一阵阵欢声笑语中，将桌上的菜肴全部吃光。

江大乔收拾完碗筷回到客厅，看到江瑶靠在沙发上翻看着自己带回来的相册，便上前挨着女儿坐下。相册里都是江大乔西藏支边时的一些照片。有江大乔义诊的照片，有病人们跟他的合影，应有尽有。

江大乔一张张地给女儿讲解："你看啊，这是我们义诊的时候，那天来了两百多人，那地方的海拔得有五千多米。"江大乔又指另外一张："这个啊，是我们医院的新房，我还记得那天一大早，有一只羚羊跑到我们院子里来了。"

"真的假的？"江瑶随意翻着，突然皱眉，指着一张照片问道："老爸，这人谁啊？"

"当地一个女医生。"

江瑶撇撇嘴:"离你挺近啊,这张有她,这张也是她!她为什么总靠着你,也不看镜头光瞅着你?是不是有情况?老实交代啊!"

江大乔苦笑一下:"这孩子,尽瞎琢磨。"

江瑶不吱声,只是用审视的眼神盯着江大乔。江大乔无奈地说:"就是同事,什么都没有。"

江瑶转转眼珠:"那我问你一个问题。"

"你问吧。"

"你这一去就是三年,想我吗?"

"傻孩子,这还用问吗?"

"那你想我妈吗?"江瑶冷不丁的问题让江大乔一脸尴尬。江瑶不等江大乔回答,又说了一句:"我妈有男朋友了,你要是想她,可得抓紧。"

虽然离婚已经快十年了,但江大乔听闻前妻有男朋友的消息,心里还是小小波动了一下:"什么时候的事啊?"

江瑶撇撇嘴:"也就两个月前吧,我感觉他们进展特快。她现在天天容光焕发。对了,她那天和我说,如果以后结婚,你得准备份子钱!"

"二婚还收什么份子钱,你跟她说,没门!"

江瑶露出笑脸:"就是!没门!"父女俩相视一笑,江瑶又突然幽幽地低声嘟囔了一句:"我才不想有新爸呢。"

江大乔突然像想起什么似的,站起身:"对了,我还给你带了个礼物。"江大乔从包里掏出一个小礼盒递给江瑶。

江瑶打开一看,是一串天珠,露出喜色,但旋即脸色又黯淡下去。

"怎么了?不喜欢吗?"江大乔敏锐地察觉到女儿的表情。

"你送我再多礼物,都不如回来陪我,天天给我做好吃的。"江瑶看向江大乔的眼神满是祈盼和伤感。这眼神让江大乔的心头充满了愧疚和难过。

"以后爸爸不出去了,就在家陪着你。"

"得了吧,这话你说过多少遍了。"江瑶半是委屈半是无奈地说道。江大乔坐回女儿身边,看着她,认真地说:"这次是真的,医院已经正式让我回来了,以后,我就安安心心在双清，哪儿也不去了。"

江瑶盯着江大乔，看到爸爸眼中的真诚，终于展露了笑脸："那我能回来和你住吗？我可真不想和我妈住了，她特爱管我！……"

窗外，一轮圆月正满，江家父女的笑声透过窗户，在夜空中飘荡。

此刻马嘉家中却又是一场争吵。

结婚纪念日的那场风波以柳晓弦的主动低头而化解，但吵架时在彼此心头留下的阴影却没有那么快消散。又因为两人工作都太忙碌，依然很少有时间能碰面，更别说谈心沟通了。

得知自己破格晋升正高职称落空，马嘉回到家，打开足球游戏，想用游戏发泄内心的愤懑。柳晓弦一边收拾屋子，一边听马嘉絮叨梁森林的偏心，不时还得出声劝慰他。

"已成定局的事，何必惹梁老师不痛快，你这争强好胜的性子能不能改改？"

没想到柳晓弦的话让马嘉更加激动："争？我一个小镇出来的人，我不争，能挤破脑袋考进江大医学院？我不在学校出类拔萃，能被老梁看中？毕业那年，几十个人抢一个名额，我不争，我能进得了这个医院？你以为'马一刀'这个称号怎么来的？那是我通宵研究病例积累出来的，是我一台一台手术做出来的！你这种家庭条件好的，只会站着说话不腰疼。如果我当初进不了江大一附院，你爸妈哪儿瞧得上我？"

柳晓弦收拾东西的手一顿，抬起头说："马嘉！你给我打住！我爸妈可从来没看不起你。"

马嘉自知失言，正想缓和一下，林南恰好打来电话。柳晓弦抓起电话，示意马嘉闭嘴，自己则走到阳台接听。

不一会儿，柳晓弦无精打采地进来。马嘉看她脸色不对，问了一句："节目出问题了？"

柳晓弦心知马嘉心烦，不想再给他添堵，便轻描淡写地回了句没事。马嘉见她说没事，便自顾自继续抱怨起梁森林来。柳晓弦耐着性子听了两句，见马嘉依然没有收势，便反问了他一句："破格的名额人家就是不给你，你还抢吗？"

马嘉被柳晓弦问得哑口无言。这时，客厅的灯灭了，电视屏幕上的游戏也跳出"游戏结束"。马嘉悻悻地扔下游戏手柄。茶几上的手机屏幕突然亮了，丁凯发来消息："马老板，不要忘记，我是你的备胎哦。"

次日早晨，马嘉如往常一样，带着白云飞、苏莱曼等人去查房。刚走到办公室门口，迎面撞上梁森林带着江大乔过来。看见马嘉，江大乔主动打起招呼："师弟，好久不见，更精神了。"

"哟，您回来了。"马嘉似笑非笑地回应着江大乔。

旁边的梁森林瞪了马嘉一眼："你负责给大乔介绍一下病人们的情况。"梁森林说着，迈步径直朝着第一间病房走去。众人见状，赶紧跟上。

马嘉直觉梁森林话里有话，愣了两秒，才反应过来跟上前去。看着江大乔离自己仅一步之遥的背影，心头升起一丝不祥的预感。

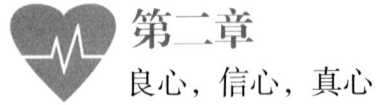

第二章
良心，信心，真心

病房里，马嘉故意出言排挤江大乔，以向他宣示自己在心胸外科的主权。梁森林对马嘉的小心思了如指掌，他不动声色，只在马嘉又一次排挤后对江大乔说："大乔，多下点儿功夫，我们病区收的所有病人你都得了解清楚。"梁森林的话让马嘉心中的不安越发强烈。

查完房出来，众人又去往会议室开会。会议上，马嘉的不祥预感成真了。梁森林不仅通知大家，江大乔结束支边，回到江大一附院工作，更是宣布由江大乔接任心胸外科主任的位置。

在众人的掌声中，马嘉的脸色变得极为难看。此刻，在马嘉眼中，江大乔就是自己的克星。不仅抢了自己评副高的名额，现在更是抢了破格晋升正高的名额和科主任的位置。最令他不平的是，自己以后还要在他手底下工作，看他的脸色，马嘉越想越来气。

见坐在对面的梁森林带着期冀的眼神看着江大乔，马嘉觉得自己再也不想忍耐了。他站起身，看也不看江大乔，面无表情地看着梁森林："梁院长，我九点半还有个手术，要是没其他事，我先去准备了。"说着，拔腿就朝会议室门口走去。

马嘉语气中的冷漠和突如其来的举动将众人的目光都聚集到了他身上，梁森林岂会不知马嘉的情绪,但为了江大乔日后的工作能顺利开展,他决定压压马嘉的脾气:"马嘉,你是心胸外科的骨干,你说两句再走吧。"

梁森林毕竟是自己的恩师,听到他开口,手已经摸到门把手的马嘉站定,背着大家深吸了一口气,这才转过身,用似笑非笑的表情看向江大乔:"我跟江主任同门,江主任这次回来正当其时。江主任常年援非和支边,思想觉悟高,我望尘莫及;江主任的业务素质不仅在江大有口皆碑,更是把我们的医术发扬到了边疆和非洲。我对江主任佩服得五体投地,江主任,以后请你多关照啊。"

马嘉语气中充满讥讽与嘲笑,众人听完,皆面面相觑,办公室里一时陷入尴尬的沉默。唯有苏莱曼没能理解马嘉的弦外之音,笑嘻嘻地带头鼓起掌来。大家这才互相交换眼神,跟着鼓起掌,马嘉则在这稀稀拉拉的掌声中走出会议室。

人常说,"新官上任三把火"。江大乔上任的第一把火就是规范病例管理制度,要求每个医生在手术后二十四小时内必须完成详尽的手术记录。如遇手术量过大等特殊情况,可顺延六小时,但如果有三次以上的拖延,直接扣除该医生当月绩效。

心胸外科的护士长徐潇知道马嘉一向工作量大,开口想替马嘉多争取点时间,却不料被马嘉打断。

"徐护士长,"马嘉抬起头,收起笔,站起身,似笑非笑地看着徐潇,"您的意思就是江主任的这个规定有点儿教条是吧?但是我挺赞同的,我觉得挺好的,督促我们做手术记录,这是好事,对不对?"马嘉说完,拿着病历便走出办公室。江大乔装作没听见马嘉似阴阳怪气又似认真的话,看了看挂满锦旗的墙面,又说道:"这些规章制度贴得太分散,我们把它们集中贴到这面墙上吧,锦旗就不要挂那么多了,留几面就可以了。"

"好嘞!"刘天明谄媚地答应道,目光在墙上的锦旗上来回打量,心中已然有了打算。

下班后,心情郁闷的马嘉在丁凯软磨硬泡下来到一家景观餐厅赴约。面对一桌色香味俱全的精美菜肴,马嘉却食不知味。但好强的他依然打起精神,一副泰然自若的样子面对丁凯。

"你这电话不断的,这么急着找我干什么呀?"马嘉本还想继续装矜持,却不料丁凯一副惋惜的语气，直接点破马嘉破格晋升职称落空，接任主任一职也落空的现状。马嘉强忍被人戳穿的尴尬，表现出一副无所谓的样子。可丁凯和马嘉认识多年，岂会看不出他眼中的落寞。

"来我这里，心胸外科中心代主任，明年保你升正高，去掉'代'字。"

面对丁凯的单刀直入，马嘉心动了，但他却不肯表露半点，只说了些模棱两可的话。丁凯见马嘉始终态度暧昧，便转换方式，直言马嘉如果继续留在江大一附院，简直就成了一个笑话。

不得不说丁凯的话正中马嘉的心结。马嘉虽未表态，对丁凯的态度也不再拒之千里之外。当他正思索着要如何不动声色地聊得更深入一点时，丁凯突然接到颐康一把手金院长打来的电话，便匆匆离开。马嘉也不以为意，独自坐在餐桌前，慢慢喝着红酒，思索着丁凯刚才的那些话。

江大一附院心胸外科办公室里，刘天明已看出马嘉和江大乔不对付，纵然平常马嘉对他多有照顾，但对于惯会见风使舵的刘天明来说，江大乔既然已是主任，自己理当更靠近江大乔一些。对于江大乔"撤掉锦旗"的指示，刘天明自作聪明地揣测，这是要给马嘉下马威，毕竟这面墙上的锦旗，十面有九面是送给马嘉的。刘天明便利用晚上值班的时间，将墙上大部分的锦旗摘了下来，只留下三面送给梁森林的。

刘天明收拾锦旗的时候，江大乔正在自己的主任办公室里跟苏莱曼叙旧。原来江大乔曾在2005年参加过远江省援桑纳医疗队，苏莱曼的父亲姆齐纳是当时医疗队里的司机，那时的苏莱曼是个十来岁的半大小子，总是跟着父亲待在医疗队里，跟大家很熟。

江大乔虽然不善言辞，但事事心中有数。马嘉对自己表现出莫名的敌意，他虽然不知道缘由，但为了以后顺利开展科室工作，他希望能尽快化解。听到苏莱曼称马嘉为师父，并对马嘉赞不绝口，江大乔便向苏莱曼了解马嘉的情况。

江大乔本是一番好意，不料第二天，不明就里的苏莱曼兴冲冲地向马嘉说起自己与江大乔是旧相识，还无意中提到江大乔打听马嘉的事，这让马嘉误以为江大乔在背后搞小动作。

马嘉一进办公室就发现气氛不对，刘天明没了往日的热情招呼，装模作样地在电脑前忙碌，白云飞则是用一种奇怪的表情跟他打了个招呼后，便借口肚子疼跑出了办公室。马嘉疑惑地环顾四周，突然脸色一变，目光在原本挂满锦旗的墙上停下。锦旗只剩下三面，旁边则挂着新的镜框，里面贴着科室制度及管理规范等条例。墙角的桌上，那些被摘下来还未收拾的锦旗堆成了高高一摞。

跟在马嘉身后的苏莱曼见此情景，诧异地说："师父，你的锦旗都没有了。"

马嘉冷笑一声："还真是精准打击啊。"

刘天明此时也装不下去了，赶紧对马嘉露出讨好的笑："是江主任说的，把锦旗摘了，把科室制度挂上。"

不待刘天明说完，满脸阴云密布的马嘉扭头走了出去，同时掏出手机，拨通了丁凯的电话。

晚上，面对马嘉决定去颐康的想法，柳晓弦大为吃惊。

"我劝你慎重，丁凯这种人我见得多了，全是嘴上功夫，真有事，压根不靠谱。再说了，外头都说你是梁老师最得意的门生，你这一走……"

柳晓弦还没说完，就被马嘉打断："副高、正高、科主任，全给了江大乔，你看我哪一点儿像老梁的得意门生？"

"江大乔的职称是高评会决定的，怪不了人家，你没当主任是因为你不是正高，也怪不上他吧。"柳晓弦顿了顿，"事缓则圆，也不差这一年，你为什么非要较这个劲？"

"是我较劲吗？你刚才是不是没听我说话啊？上任才一天，处处针对我！锦旗全给我摘了，一面都不留。我再待下去，还真就是丁凯说的，我成江大一附院的笑话了！"

"你这个人，就是争强好胜，任何时候都不服输，还自负，有个说法叫什么来着，技术自负型，说的就是你！"

"我是一个心胸外科医生，我的医术是我跟这个世界打交道的方式，凭的就是我手上的这把手术刀。别人相信我、尊重我，是因为我的技术值得信赖。做人做事礼让三分、唯唯诺诺，我就能把手术做好吗？"

柳晓弦见马嘉犯了轴劲，知道说不动，叹了一口气说："我没反对你的决定，可无论要走要留，你必须对院里有个交代，尤其是对梁老师。明天周末，你去他家里看看他吧。"

马嘉心中虽然不太情愿，但也觉得柳晓弦的话不无道理。次日，在柳晓弦的催促下，马嘉拎着准备好的无糖奶粉来到梁森林家。

一进门，马嘉便看到玄关柜子上放着一箱一模一样的奶粉，鞋柜旁还有一双半旧不新的男式皮鞋。马嘉回想起刚才梁老师开门看到自己时脸上闪过的一丝尴尬，心中隐约猜到了什么。马嘉想了想，将自己拎来的奶粉摆到玄关另一头，远离了那一箱"来路不明"的奶粉。

马嘉换好鞋，径直走进书房，果然如他猜测的，江大乔正坐在梁森林书桌对面，面前摆着一杯茶，已经喝掉了一半，看来江大乔来的时间也不算短了。梁森林示意马嘉在旁边的沙发上坐下。

马嘉看到江大乔冲自己露出尴尬的笑，赶紧开口说："哟，江主任也在，到底是师兄，干什么都比我捷足先登呀。"马嘉皮笑肉不笑地坐到沙发上，接过师母陈佳珍端来的茶。

不知道两人恩怨的陈佳珍只道马嘉和江大乔是老伴最常念叨、最欣赏的两个徒弟，两人同时来家里看望，心中自是欢喜，便站在旁边拉着两人唠嗑。

谁知道陈家珍刚问了江大乔两句话，马嘉便接过话头冷嘲热讽，连陈家珍都看出了气氛不对。江大乔见状，耐着性子开门见山地说："师弟，你是对我有什么误会吧。"

见江大乔一副以退为进的态度，马嘉更是气不打一处来："您都是主任了，我哪敢对您有误会。上次评副高，我让给你了。这次评正高，没想到又被你给顶了。每次评职称我碰到你，我就自觉让路呗。"

"马嘉！"梁森林面露不悦，出声阻止道，"说什么呢？注意分寸啊！"

马嘉已经气冲脑门，哪里还顾得了这许多："我知道我事事都比不上师兄，他要针对我，我也只能受着。那规章制度不就是针对我定的吗，我的锦旗他也说摘就摘了，一面都没留，我现在就剩个行医执照，你总不能也给我撤了吧。"

梁森林和江大乔都愣了。梁森林疑惑地看看马嘉,又看向江大乔。江大乔更是一脸茫然:"锦旗?什么锦旗?"

"不重要了。江主任,以后你要什么就直说,我都给,就一条,别凡事都针对我就行了。"在马嘉看来,江大乔的反应就是惺惺作态地演戏,这人就是个敢做不敢认的伪君子。

见马嘉越说越激动,陈家珍本想打个圆场,却被梁森林示意让她离开书房。江大乔只是想来看看梁老师,聊聊下一步的工作计划,没想到马嘉突然到访,闹了这么一出,他也不想让师母和老师为难,便索性站起身,借口要去接江瑶放学,匆匆道别。江大乔在玄关处换鞋时,看到马嘉拎来的那箱奶粉,想了想,拿起来,跟自己带来的那箱并排摆放到一起。

待外面传来关门声,知道江大乔走了,梁森林这才开口:"说吧,来诉苦的,还是来告状的?"

马嘉听出老师的弦外之音,苦笑一下:"有人什么都不说,便宜占尽。我还有什么好说的。"

见马嘉如此态度,梁森林知道他心里有委屈,便好言相劝:"马嘉,我再跟你说一次,职称的事是高评会定的,科主任的事是院领导班子共同决定的,这些都跟大乔没关系,你不要误会他。"

在马嘉听来,梁森林的话就是在偏袒江大乔。马嘉不理解,为什么同为梁老师的学生,自己工作兢兢业业,全心钻研专业,一次次为医院赢得荣誉,更是让梁老师在外面颇有面子,而江大乔除了沽名钓誉,什么都不如自己,可为什么梁老师总是事事偏袒江大乔。

想到这里,马嘉觉得更加委屈:"我知道,我没误会他,在您心里,这一切都是我的错,他针对我也都是我的错。"

马嘉的话让梁森林不免有些生气,他不明白自己好说歹说,道理都讲得那么明白了,马嘉为什么就是油盐不进。

"他针对你什么了?要你遵守制度就是针对你?那我今天就明确告诉你,你师兄才是真的被耽误了,援非也好,支边也好,都是医院派遣他的,一去就是好几年，要不然以他的资历，早就可以评了！"

"他评他的，为什么非要碍着我啊！"马嘉忍不住抬高音量。是啊，马嘉认为自己从来都只关注自身的提升，不碍别人的事，可这个江大乔却总是踩着自己往上攀，凭什么啊！

"你这是说的什么话？"梁森林的声音中带着一丝火气。

马嘉面红耳赤地看着梁森林："我知道，他支边援外，吃苦耐劳，高风亮节，论思想素质和道德情操，没几个人比得过他，我甘拜下风！可我也没闲着啊！我去年做了几百台手术，光主动脉夹层就快四十台，不要说双清，就算整个远江，也没有几个医生能做到吧？这几年，我辛辛苦苦带团队，没日没夜做手术，为科室争荣誉，老婆和家也顾不了。师父，他有他的苦劳，我也有我的功劳。师父，您得一碗水端平吧！凭什么让我让！"

"马嘉！你这是胡搅蛮缠！"

"胡搅蛮缠的可不是我吧？名额本来就是我的，总得讲个先来后到吧！"马嘉面对梁老师的斥责，情急下不管不顾地顶撞起来。

"你别忘了，他是你的师兄，现在还是你的领导。"梁森林压抑着自己的怒气，用手指关节敲敲桌子。

"因为是领导，我就要对他唯命是从吗？"

梁森林一时无语，震怒地看向马嘉："马嘉啊马嘉，你们并不具有可比性。你想要的，多等一年也就有了，你怎么就是不明白呢？"

"我不明白什么？我太明白了！像我这样无权无势、没有背景、小地方来的人，就活该当牺牲品！"

马嘉越说越激动，气得梁森林把杯子一砸。

"马嘉！你说话给我注意分寸！"

听着两人争吵的声音越来越大，陈佳珍赶紧进来劝架。

"这是怎么了？小马啊，有什么话不能好好说。"

梁森林喘了几口气，放缓语气："你今天啊，不是来看望我的，是来找我兴师问罪的。行，那你说，要我怎么一碗水端平？我去市里头，把他职称给撸了，职给撤了，把他赶回去？"

马嘉没吭声，但脸上眼中甚至身体的每个细胞都写满了"不服气"。

"马嘉，你上大学的时候是个朴实的孩子，现在，你仗着有点儿技术、有点儿小名气，变得让我都不认识你了！如果这个坎你心里面真的过不去，认为是我处理不当，好，这件事到此为止，我也不解释了，我向你道歉，行吗？"

马嘉怔怔地看向脸气得通红的梁森林，回过神来，心中的委屈和不忿反又多添了几分。他迅速在脑中盘算了一下，忍住眼泪，放缓语气，看着梁森林："梁老师，今天是我冲动了，对不起，我愧对您这么多年的栽培。您不用为难，江大如果真容不下我，凭我的手艺，在双清找个落脚的地方，应该也不难吧？"

马嘉对着梁森林深深鞠躬，站起身就走，留下梁森林和陈佳珍面面相觑。

走出梁森林家的马嘉心中五味杂陈。既有不安与不舍，又有解脱与轻松，还有种海阔凭鱼跃的蠢蠢欲动。自从考上梁森林的研究生，马嘉毕业后便进了江大一附院。当时的梁森林还是科室主任，带着马嘉做了一台又一台手术，给他营造了良好的成长空间。这些年里，不仅丁凯，还有两家专科医院也都向马嘉抛出过橄榄枝，希望他能跳槽。大家开出的条件，马嘉说不心动那是假的，但每次想到梁老师对自己的栽培之恩，马嘉都毫不犹豫地拒绝了。

这一次，终于要脱离梁老师的保护，独立飞向外面的世界了，马嘉相信凭自己的能力，他未来定会有更广阔的发展空间。下定决心的马嘉驱车回到单位，来到办公室，他默默地将一面面锦旗卷好，整齐地放好，又回到桌边写下了一封辞职信。

次日，江大乔吃惊地坐在梁森林的办公桌前看着马嘉的辞职信。他想找马嘉好好聊聊，解开误会，却被梁森林阻止："他这人只要犯了轴，谁聊都没用。他无理取闹，随他去，别惯着他。"江大乔默不作声，眼中却略有不安。

"行了，别想了，去工作吧。"梁森林看看手表，站起身，"我要去卫健委开会了。第25批援桑纳医疗队的选派动员会，还不知道今年轮到我们院的哪些科室呢。"梁森林嘴里絮叨着，跟江大乔一起往外走。

"对啊，今年是2013年，又要派一批新队员了。"江大乔的语气有些感叹，"我上次去还是2005年，时间过得真快。"

"是呀，岁月催人老。当年我去桑纳时，接生了苏莱曼，现在一转眼，他都要回国当医生了……"

从卫健委开完会出来，面对桑纳卫生部要求新队员增加心胸外科的要求，虽然朱处长没有明说，但大家都心知肚明，论心胸外科精英，各家医院都比不过江大一附院。梁森林一边自谦，一边盘算着自家心胸外科的医生里该提报谁的名字。这一盘算难免又想起马嘉，胸中不免一阵烦躁。梁森林不知道的是，与此同时，刚给自己递上辞职信的马嘉被丁凯泼了一盆冷水。

在同一家餐厅同一个包厢里，上一次丁凯信誓旦旦许给马嘉心胸外科中心代主任的位置，而这一次，面对马嘉已递交辞职信的消息，丁凯露出牙痛的表情。在马嘉的逼问下，丁凯才支支吾吾地说出自己刚接到调令，要平调到逸康儿童医院当副院长，至于之前许给马嘉的承诺，都已经不作数了。

丁凯的话不啻一声炸雷，把马嘉炸蒙了，他简直不敢相信自己的耳朵。对丁凯的愤怒，对自己不听柳晓弦劝阻的懊悔，一起涌上心头。

面对丁凯抱怨自己不早做决定的推卸责任的话，马嘉就气不打一处来。

"你走你的，走之前，必须把这事给我办妥了。"

"我人都走了，怎么给你办？"丁凯苦着脸。

"什么意思！管杀不管埋是吗？你们院里到底决定了没有？"

"你一直没给我准信儿，我们怎么做决定啊。"丁凯把话又绕回来了，把责任推给马嘉。

"你这就没意思了，当初是你拍着胸脯跟我保证，就等我过去了。现在我要过去了，你拍拍屁股走了，拿我开涮呢？"马嘉瞪着丁凯。

"老马啊，咱公平地说，这事还真不能怪我。我是求过你，但你给过我希望吗？当个备胎你都不愿意，你让我怎么跟院里说？再说了，你见过谁把备胎当回事了。"鸡贼的丁凯怎么都要咬死是马嘉自己拿大才误了事。

"备胎可不是我说的，是你自己说的。"马嘉气得脸色铁青。

这时，丁凯的手机响了，他挂断，不欲继续与马嘉纠缠，便缓了缓语气："好了好了，老马，这事就算我对不起你。你也知道，人走茶凉，我现在人都要走了，跟你做任何保证，医院里谁听我的啊。"

这时，丁凯的手机又响了，他接了电话，只听不讲话，马嘉开始给自己倒酒。

窗外，一道闪电，随即一声炸雷。闷了许久的雨，从天泼下。马嘉看向窗外，杯中的酒满了，马嘉的手并未停下。红色的酒溢了出来，流在桌上，酒杯倒映出他有些扭曲的脸。

丁凯挂了电话，站起来："我有事，得先走了。"

马嘉置若罔闻。

丁凯走到门边，又回头道："听弟弟一句劝，梁院长是你师父，找他服个软，把辞职信拿回来。如果你真的没地方去了，实在不行，跟我去儿童医院吧……"

马嘉狠狠地从牙缝中挤出一个字，打断了丁凯的废话："滚！"

自古以来总是福无双至，祸不单行。

马嘉搞砸自己工作的同时，柳晓弦也面临工作的至暗期。

晚上，这对夫妻难得都没加班。两人靠在床头，听马嘉说完丁凯被调走的事后，柳晓弦苦笑着感叹了一句："夫妻本是同林鸟，大难临头一起飞。"

"什么意思？"一直沉浸在自己的事情中的马嘉终于发现柳晓弦的脸色不对。

"今天林总监找我聊了，《直击730》被裁了，做完最后一期，我说不定也会下岗。"柳晓弦淡淡地说。

马嘉也苦笑了："嘿，那我们还真是难夫难妻。"

"行了，睡吧。"柳晓弦心绪不宁，不想说话。两人各朝一边躺下，柳晓弦伸手将灯关了。

黑暗中，两人都睁着眼，各怀心事。突然，马嘉坐起来，又把灯打开，看着柳晓弦的后背念叨着："儿童……儿童……"

柳晓弦动也不动，只是嘴里含糊地问道："你还真的要跟丁凯去儿童医院啊？"

"不是，我给你想到一个选题，儿童常见的病不就是吃了不卫生的东西拉肚子吗，我觉得你最后一期节目可以做儿童食品安全，这个选题肯定有爆点！"

柳晓弦翻身坐起来，认真地看着马嘉的脸："该说不说，你这脑袋确实聪明。"

"那可不嘛。"马嘉很是得意。

"我就奇了怪了，都什么时候了，你怎么就不为自己想想呢？"柳晓弦有点儿无奈。

"我？你也不看我这简历，凭我这'马一刀'的名头，哪家医院不抢着要我，还用得着担心吗？"

"你啊，就是嘴硬。别怪我没提醒你啊，趁现在还来得及，赶紧再去找找梁老师，把事情说清楚。别全院传得沸沸扬扬了，到那时候，我看你的脸往哪里放？"柳晓弦知道此刻如果自己再不敲重锤，过于乐观的马嘉是不愿意面对现实的。

果然马嘉听了不悦，将灯关上重新躺下："睡觉！"

虽然递交了辞职信，并被丁凯断了后路，但作为一名极具责任心的医生，马嘉依然不会因为自己的情绪影响对病人的关心。在办妥离职手续前，马嘉每天照常上班，甚至比以往更用心地教白云飞。在马嘉看来，即使自己要离开一附院了，也一定会对病人负责到底。

这天早上，他如往常那样巡查病房，31床患有肺动脉栓塞的老陈趁马嘉结束对自己的日常查体后，给站在一旁的儿子小陈使了个眼色。小陈会意，快步跟着马嘉走出病房，鬼鬼祟祟地将马嘉拉到楼梯间，硬是要往马嘉的口袋里塞红包。几番推脱不掉后，马嘉只得从红包中抽出一张一百元的纸币，并坚持让小陈将剩下的红包收起来。

马嘉带着这张纸币来到护理站，将钱投入充公箱中，并叫徐潇登记31床老陈100元。正站在旁边看病历的江大乔看着马嘉离去的背影，不解地问徐潇是怎么回事。

"哦，有些家属在手术前会塞红包，马医生坚决不让。可这些家属不放心，总想招儿塞给医生。马医生干脆弄个充公箱，推不掉的，就收一百元，收的钱充公，定期捐给红十字会。"徐潇一边登记，一边解释。

江大乔似有所动，他快步追着马嘉走了两步，叫住了他："马嘉！"

马嘉回头，冷漠地看着江大乔："找我有事？"

"有时间吗？聊几句？"江大乔的眼神充满诚恳。马嘉却不置可否，只是转身朝电梯处走去。

江大乔紧随其后，两人来到住院部的天台上。马嘉冷着脸，看着远方，不发一语。

"你弄的充公箱，点子不错。"还是江大乔率先开口打破了两人之间的沉默。

"找我就为了表扬我？"马嘉心中不屑，江大乔把自己当孩子哄吗？抢了自己所有的东西，再给颗糖？

江大乔听出马嘉的抗拒情绪，他耐心地说道："师弟，我觉得，我们之间可能存在一些误会，今天我们不妨敞开了说，如果真有什么，我们就把它解开。"

马嘉看着江大乔，眼光生冷，沉默不言。

江大乔想了想："职称的事，我跟你解释下。我已经连续报了几年正高了，我不知道你今年申请破格。还有锦旗的事，那根本不是我的意思。"

又来了！这么惺惺作态不累吗？马嘉看着江大乔的脸，心中翻起一股如吞了苍蝇般的恶心："江大主任，真不用解释，你如果敢做敢当，我还真佩服你，可事到如今，你还这么虚伪，你又是何必呢？"

见马嘉用难听的话回应自己的真诚，江大乔也不免有些动气，但他依然强压自己的不悦，缓缓说道："马嘉，我今天不是来跟你吵架的，我之所以愿意在这跟你说道说道，是看在我们是同门师兄弟的分上，江大需要你，你也需要江大，凡事你应该想清楚再做选择。"

谁料这些话正好扎中马嘉面临的窘境，马嘉更是怒上心头："我就纳了闷了，你怎么突然这么关心我？我决定走了，不正中你下怀吗？"

江大乔一怔："你这话什么意思？"

"字面意思，听不出来吗？"

"马嘉，我好心好意跟你沟通，你能好好说话吗？你是不是从骨子里就认为，我江大乔不管哪方面都不如你？"

马嘉越发觉得可笑，他冷笑一声："这话可是你说的，我从来没说过。"

江大乔见自己百般退让，马嘉却得寸进尺，也动了气："马嘉，你可能理解错了，我不是来和你道歉的。职称的事，且不说我不知道你报了破格，就算我知道了也一样会报。是，你是技术厉害，难道你要走的路，所有人都要给你让道吗？"

"我可没这么说！但这几年，江大心胸外科的牌子是谁打下的，你我心里应该都很清楚，凡事得讲个公平吧？"

江大乔看了马嘉良久，冷冷开口："公平？怎么，非要以你马嘉为中心才算公平？是，你业务能力突出，做了很多手术，但离开了江大的团队你能成吗？我这些年在外支边，没有专业的团队配合，没有先进的设备，但做的手术不比你少，救的人更不比你少！"

马嘉马上反唇相讥："江大主任，我怎么能和您比呢。您说什么都对，我甘拜下风。"

见马嘉如此油盐不进，江大乔也觉得灰心："看来你是想好了要走，也行，地球少了谁都一样。行，那祝你，好好走你的路。"

这时，马嘉的电话响了，他拿起来一看，显示是梁森林来电。马嘉没接电话，而是冷冷地看着江大乔："江主任，我一直都在走我自己的路，从来没让任何人给我让道，从前是，以后也是。你有你的路，我也有我的路，如此而已。但人啊，有些东西，有就是有，没有就是没有。咱们来日方长，也祝你前途无量。"马嘉转身就走。

江大乔站在原地，神情复杂地看着马嘉的背影。

马嘉径直来到梁森林的办公室，虽然他装出一副云淡风轻的态度，但梁森林依然从他眼中看出一丝慌乱和尴尬。

梁森林直视马嘉的眼睛，开门见山地说："躲我呢？这都几天了，我不给你打电话，你都不来见我？我问你，手续办完了吗？跟院里的交接工作，准备什么时候弄啊？"

马嘉无言以对。

梁森林道："你的辞职信，科室盖完章，正式呈到院里了。"

"这么快……"马嘉脱口而出，心中如打翻了五味瓶，不知道是什么滋味。

"我听说你负责的病人这几天都做完手术了，只剩下31床的老陈。我还听说，因为手术方案的事，你跟大乔意见有分歧？"

马嘉不屑地撇撇嘴："这个病人情况是很复杂，但如果不抓紧做手术，随时会死。当然，做这种手术，需要一定的勇气。江大乔没有，可我有。"

"我相信你的专业判断，老陈可能是你在我们医院做的最后一台手术了，好好准备吧。"梁森林话中有话点了马嘉一下，接着话锋一转，"颐康给你什么条件？"

"其实也一般。他们新修了一个心胸外科中心，让我负责。还有个大科主任，先代着。"

"嚯，中心负责人、科主任，不错啊，比我们这里好。"梁森林说着，喝了一口茶，饶富意味地看着马嘉。

"就那样吧。"马嘉心中万分苦涩，却还得嘴硬。

梁森林不再讲话，只是静静地看着马嘉。

在老师犀利眼神的逼视下，马嘉的心越来越慌乱，在这初春的天气里，他的额头竟还有些微微出汗。

看到马嘉如坐针毡的样子，梁森林突然板起脸："马嘉，我承认你有天赋，也很努力，在专业上你确实无可挑剔。但是我问你，你手上的这把刀是谁给你的？"

面对老师的问题，马嘉一愣。梁森林也不给马嘉反应的时间，继续厉声说道："没有医院这个平台，没有同事们的帮助，没有病人们的信任，马嘉，你好好想想，你能有今天吗？"

梁老师的话掷地有声，如平地一声炸雷，突然炸开了压在马嘉胸口多日的乌云。马嘉的脸上露出愧容，怔怔地看着梁森林，嘴唇嗫嚅着，一时间竟不知道如何回答。

梁森林又指指墙上的那张心脏图："还记得这幅图吗？"

马嘉顺着梁森林的手看向墙上的心脏图，突然鼻子有些酸意。

"这心脏，是人体最精妙的器官，你每天面对它，打开它，修补它。他们的主人，把他们的命交给了你。作为心胸外科医生，考验的也是我们的心，你的良心、信心和真心。"梁森林放缓语气，马嘉则将梁森林的话接了下去："从医要有良心，手术要有信心，对病人要有真心。老师，这是您曾经和我说的。"

沉默在这对师徒间蔓延开来，但之前的那股尴尬已经烟消云散。

看着马嘉若有所思，梁森林再次缓缓开口："马嘉，我记得我还和你说过，在我们心胸外科，团队合作至关重要。主刀和其他人的关系就是'1'和'0'的关系，主刀当然是最重要的那个'1'，举足轻重，成败攸关。我知道，你一直觉得你就是那个'1'。但我今天想郑重地告诉你，独木难成林，要是没有后面的'0'，'1'也就仅仅是'1'。"

听着恩师的谆谆教导，马嘉突然红了眼眶。可是事到如今，后悔也无退路走，马嘉第一次感到迷茫，不知该如何面对这个残局。

第三章
换一种活法?

　　31床老陈的手术非常顺利,马嘉交代完医嘱,一走出手术室,就看见护士小张拿着一束花正站在门口。身后还有白云飞、刘天明、徐潇等人,甚至还有七八个病人,唯独不见苏莱曼。

　　马嘉还来不及发问,只见护士小张不由分说将花塞进了马嘉怀里:"听说您要离开咱们江大一附院去外面高就了,这是大家伙儿为你准备的惊喜。"

　　马嘉心里咯噔一下:"没有没有,别瞎传……"

　　护士小张一脸理解的表情:"我们知道这种事不好公开说。但不管怎么样,咱几个是老同事了!您要去颐康那边当老大,这么大好事,也得告诉我们几个啊!"

　　徐潇、白云飞和刘天明等人也跟着起哄,七嘴八舌地对马嘉说着道别和祝福的话。这时,旁边几个病人也走上前,年纪最长的病人老蒋拉着马嘉的手,给了他一张写满祝福的卡片,上面还有很多病人的签名:"马医生,我们几个的命都是你从阎王爷手上抢回来的,知道你不收礼,所以写了张明信片,算是祝福,希望您无论去哪里,都前程似锦!"

　　马嘉觉得芒刺在背,看着大家真诚的笑脸和满满的祝福,恨不得地板马上裂开一条缝,让自己钻进去。如果大家知道了真相,他还有什么脸见人?

"哎，我们一起和马医生合张影吧！"护士小张掏出手机。马嘉想要躲避，却被几个护士围得不能动弹。

白云飞自告奋勇地接过手机，替大家拍照。众人笑靥如花，唯有被拥簇在中间的马嘉一脸苦涩。

这场意外的小插曲令马嘉没有了爬楼梯的心情。他害怕还有更多人的跑来送"祝福"和道别，他悄悄钻进电梯，准备出去躲一会儿。

当马嘉经过一楼大厅的公告栏时，一张色彩鲜艳的海报突然吸引了他的注意，他定睛一看，海报上有几个五颜六色的大字："桑纳欢迎你"，一旁还有一行小字，简洁地写着选拔的要求和"第25批援桑纳中国医疗队选拔正式启动，欢迎各位同仁踊跃报名"。

海报的画面内容是一片凤凰林，凤凰林中间有一条纵深向远方的公路，公路尽头是一座雪山。马嘉呆呆地看着这张海报，一时间有些恍惚，突然身边传来苏莱曼的叫声。

"师父，你怎么在这里？"苏莱曼一手拿着一杯咖啡，从大厅外面走进来。见马嘉回头看自己，苏莱曼将咖啡递给马嘉："今天不爬楼梯吗？"

"苏莱曼，你老家就是桑纳，对吧？"

"是啊。"苏莱曼看向宣传栏，"又要选派医疗队了呀。"

马嘉想了想，突然揽住苏莱曼的肩膀说："走，师父请你吃晚饭。"

面对一桌非洲菜肴，马嘉几乎没动筷，看着苏莱曼一边大快朵颐，一边给自己讲桑纳的故事。苏莱曼说得眉飞色舞，马嘉的心中却打起了小算盘。

现在颐康去不了了，双清市其他医院心胸外科的条件都不如江大一附院，自己最好的选择就是留下来。可是就这样厚着脸皮留下来，以后在江大乔面前更无出头之日。加入援非医疗队，他就有了顺理成章留下来的契机。他江大乔不就是援过非吗？比这些徒有虚名的所谓觉悟，自己也不比他差。最最关键的是，此刻报名援非，能化解自己当下所有的尴尬处境。

心下主意已打定，马嘉便问起苏莱曼更多关于在桑纳生活的细节。苏莱曼敏锐地猜到了马嘉的心思，直言问道："师父，难道你想去桑纳？"

明知苏莱曼没有别的意思，但被徒弟点破心事，总归有点没面子。马嘉正准备避重就轻地回答，手机却突然响起，是一个陌生的号码。马嘉接起电话，才"喂"了一声，听对方说了一会儿话，马嘉的脸色就变了。他挂断电话，赶紧招手叫服务员买单，又拉起苏莱曼往外跑。边跑边说："你师母出事了！被人打了，现在正在派出所！"

"什么？谁敢欺负我师母！"苏莱曼眼睛一瞪，跑得比马嘉还快，朝停车场直冲过去。

两人匆匆赶到派出所。一进大门，苏莱曼就大声叫喊："师母！师母！谁敢欺负你，我打死他！"

一个警察赶紧跑过来，阻止苏莱曼乱喊："你干什么？这里是派出所！"

"我师母呢？"苏莱曼环顾四周。

这时马嘉也跟着跑进来，拉住苏莱曼："干什么呢？对警察叔叔要讲礼貌！"警察无语地看着这两人，马嘉赶紧向他道歉："我学生，不懂事。我是柳晓弦的爱人，她伤得怎么样？做了伤情鉴定没有？"

"你就是她爱人呀？"警察摇摇头，"她没受伤，是她把别人伤了。"

"啊？"马嘉和苏莱曼都愣住了。

一番解释后，马嘉终于搞明白了事情的经过。原来柳晓弦听了他的建议，最后一期节目选择了以"儿童食品安全"为主题。为了调查校园午餐供应出现学生集体腹泻的真相，柳晓弦带着摄影师，两个人偷偷潜入供餐的餐厅暗访拍摄，没想到被警觉的老板发现，双方发生了冲突。

对方人多势众，拦住柳晓弦不让她离开。情急之下，柳晓弦操起一把菜刀挥舞并与之对峙，摄影师则机警地赶紧报了警。在对峙中，柳晓弦手中的刀不小心划破了一名餐厅员工的胳膊。

经过一番调解，马嘉终于带着柳晓弦走出派出所。

回到家，两人洗漱完毕，柳晓弦坐在化妆桌前在脸上涂抹。马嘉换上睡衣，坐在床尾。想到晓弦刚才的冲动，马嘉心中关切，嘴上却责备柳晓弦做事太冲动，不顾自身安危。柳晓弦自知理亏，狡辩说都得怪马嘉出的主意。马嘉被柳晓弦的话逗笑了，便顺势提出自己可以再给柳晓弦提供一个既安全又新颖的选题。

见柳晓弦没理自己，马嘉继续说："你可以拍一期在中国的桑纳人，有人来中国留学，跑到农村学习脱贫经验；有人定居中国，给双胞胎儿子起名包子、饺子；还有人把乞力马扎罗山下的咖啡带到中国；也有来中国学医的，比如苏莱曼。"

马嘉的话果然成功地吸引了柳晓弦的注意，她从镜子里看着马嘉，眼神富有探究意味，但就是不讲话。马嘉也不介意，继续说道："然后再拍一期，中国人在桑纳，种地的，修基建的，搞移动通信的，开饭店的，搞旅游的，还有去援助的医生，比如我。"

最后一句话，马嘉是用一种不经意的语气说出来的，但柳晓弦敏锐地捕捉到他话中不寻常的信息。

"你什么时候成了在桑纳的中国人了？"柳晓弦语气平静。

柳晓弦的平静倒让马嘉有些不知所措。当他决定用报名援非医疗队来替自己化解职场上的尴尬时，并没有考虑到柳晓弦。直到在派出所接回柳晓弦，他才开始思考柳晓弦可能会有的反应。其实不管柳晓弦同不同意，马嘉都打定了主意，他只是不想因为这件事又跟柳晓弦吵架，于是先试探柳晓弦的态度，再见机行事。

见柳晓弦暂无过激反应，马嘉便故作神秘地说道："现在还不是，但有可能很快就是了。"

柳晓弦被马嘉的回答惊到了："你吃饱了撑的？你跑非洲去干什么？去看狮子，骑大象，还是怕晒得不够黑？"

马嘉笑着，想避重就轻："非洲怎么了？不挺好的吗？景色又好，又没有污染，民风也淳朴，我真想去看看。今天苏莱曼还跟我说，世界的伊甸园是非洲，非洲的伊甸园就是桑纳，桑纳就是世界的钻石。"

马嘉和柳晓弦是在大学期间认识的，两人一路走到现在，十多年的感情，朝夕相处，可以说最了解马嘉的人就是柳晓弦，她岂会看不出马嘉的心思？

"少打岔了，我问你，你跑那儿去干吗？"

见柳晓弦并不上当，只抓重点，马嘉只好讪笑着说："除了当医生，我还能干吗？"

柳晓弦转过身，怔怔地看着马嘉。

"我准备报名参加第25批援桑纳医疗队。"马嘉认真地说道。

"你认真地回答我，你是认真的吗？"

"我认真地回答你，我是认真的。"马嘉收起嬉笑。

两人四目相对，静默片刻。

突然，柳晓弦露出恍然大悟的表情："我知道了，你想逃避，对吧？你觉得跑到非洲待个几年，就什么都过去了，然后一切就像什么都没发生过一样。"

马嘉被晓弦戳中心事，沉默不语。

"马嘉我告诉你，你错了，你越想逃避的事，越逃避不了，跟你人在哪里没关系。"柳晓弦有些生气，这个男人这么多年就是这样，死要面子爱冲动。

"你说的道理，我懂。要面对的事，到哪儿都躲不了。"马嘉平静地回答柳晓弦。这时，外面划过一道闪电，紧接着传来隆隆的雷声。

"小时候，我家里穷，有同学欺负我，我气不过，就跟他们约架，跟他们斗。斗来斗去，反而烦恼更多，怨恨更多。我妈点醒了我，她告诉我，不蒸馒头争口气，离开这个地方，换一种活法。从那时候起，我就告诉自己，一定要离开这个地方，一定要争气！"马嘉走到窗前，看看窗外的雷雨。

柳晓弦默默地听着，看着马嘉的背影，有些不忍。

"有人笑我不知天高地厚，等着看我的笑话。后来我考上了医学院，靠自己留在了这个城市，成了很多人眼中的成功人士，那些等着看我笑话的人自己却活成了笑话。"马嘉转回身，将窗帘拉上，钻进被子里，靠到床头上："还有，也不是我不服输，是我没别的选择。咱首先得告诉自己，我可以比别人强，我做得到。当然，光给自己灌鸡汤没用，还得拼，得一步一个脚印去拼。"

"那倒是，在勤奋这件事上，我是可以给你五星好评的。"柳晓弦理解地说。

"问题是，一晃这么多年，冲锋陷阵了，奋斗打拼了，该争的也争了，该得的也得了，可到头来，又怎么样呢？我都不敢相信，我居然奔四了，都说四十不惑，但最近发生的这些事，让我越来越困惑。"

"困惑什么呢？"

"为职称，为头衔，为了虚名，斗来斗去，结果把自己斗成了一个笑话。"马嘉说着，将头仰靠到床头靠背上，怔怔地看着天花板。

短暂的静默后，柳晓弦开口安慰道："有的时候，走得越远，脚下的路越看不清。"

"你说得对，越来越看不清。我觉得我高估了自己，这个世界缺了谁都一样转，医院不缺我一个马嘉。"

"这可不是你的风格，没那么严重吧。"见马嘉沮丧的样子，柳晓弦又有些心疼。

马嘉苦笑着说："不怕你笑话，我现在的情况你也知道，轰轰烈烈跳槽，灰溜溜回来，脸都没地儿搁。你说我想逃避，我也不否认。但这只是一部分原因，我更想趁着这次出去，把自己清空清空，换一种活法，重新出发。"

柳晓弦打量着自己的丈夫，仿佛多了一分新奇："好吧，这下我信了，你是当真的。你刚刚说要去几年？"

"一去就是两年。做这个决定我也很纠结，心里就像被刀子戳了一样。但我一想到苏莱曼跟我描述的桑纳，心里头又充满期待，那里有各种各样的美食，非洲人能歌善舞，有草原，有大海，还有一座神山——乞力马扎罗山。苏莱曼说，凡是去过的人，人生一定会有奇妙的变化……"

柳晓弦默默地钻进被窝，背对着马嘉，注视着床头柜上马嘉画的那幅画，看着画上两个相爱的小人，陷入了对不可知未来的忧虑中。

马嘉的决定，除了让柳晓弦备感意外和不安，也让梁森林措手不及。原本他见马嘉拉下面子找自己认错，要求拿回辞职信，心中还有几分欣慰，以为他终于懂得反省自己了，没想到随即马嘉又递上一张加入援非医疗队的申请表，让他搞不懂这个自己以为很了解的孩子到底在想什么。但是出于对马嘉的爱护，慎重考虑过后，他仍然把马嘉的申请表递交给了省卫健委国合处。

跟梁森林一样感到意外的还有朱处长以及其他几家医院的院长。本来自己院的心胸外科就不如江大第一附属医院，要是再从自己院里抽走骨干，本院的心胸外科工作就更难开展了。大家见马嘉自告奋勇报名，纷纷对梁森林说起恭维的话，在大家你一言我一语的烘托下，朱处长当即拍板决定收下马嘉的申请表。

"梁院长，马嘉肯定符合条件，但接下来还是要走面试和培训的流程。您回去转告马嘉，面试和培训对他来说肯定不成问题，让他放心。"朱处长笑吟吟地将马嘉的申请表郑重地放进自己面前的档案袋里。

对比起绝处逢生的马嘉，江大乔的生活却因女儿的安排陷入了一场尴尬。江大乔这些年一直援外支边，与女儿江瑶聚少离多，为了弥补这一遗憾，他准备将江瑶接来跟自己同住，对女儿的要求也是尽量做到有求必应。没想到这个周末，江瑶生拉硬拽地把他带到一个美术展上。江大乔心生疑惑，自己对这些艺术展的东西向来不感兴趣，也没听女儿说起最近在学绘画啊，好好的来看什么画展呢？

直到进了展厅，看到不远处穿着盛装、正在周旋应酬的前妻徐慧，以及江瑶的坏笑，江大乔才意识到不妙。果然，不等他找借口离开，徐慧便跟身边一个穿着得体、浑身散发着艺术气息的男人走了过来。

"你怎么来了？"面对江大乔尴尬的笑容，徐慧倒显得落落大方。

江大乔无奈地指指身边坏笑的女儿江瑶："她非拉着我来的。"

"你好。"徐慧身边的男人微笑着向江大乔伸出手。江大乔只得礼貌地伸手跟对方握了握。同时，江瑶在旁边介绍："这是我爸，江大乔，远江省最好的外科医生。这个是罗今生，我妈的新男朋友。"

"江医生，幸会幸会。总听瑶瑶提起你，我画得怎么样？喜欢吗？"罗今生问江大乔。

"不好意思，我这人啊，从来就没有什么艺术细胞，对欣赏画，我一窍不通。"江大乔有些尴尬，偷偷瞪了女儿一眼。

罗今生大度地摆摆手："没关系，画这东西，都是各花入各眼。"

江大乔点点头，他看着对面的一幅画，边说边朝画走去："哎，这幅我好像能看懂一点。这紫色用得不错啊，这是一片花儿吗？"

徐慧紧跟其后："这是紫色的天空。"

江大乔笑起来："天哪有紫色的啊？"

"这叫梦中往事，梦中的天空嘛！什么颜色都行。"徐慧不满地看了江大乔一眼。这块榆木还是跟以前一样,真不知道以后哪个女人能忍受得了他。

罗今生赶紧接上话:"对,这是徐慧的一个梦,梦中往事随心见,醉里繁华乱眼生。早上起来和我说了一句,我就画出来了。"

江大乔啧啧称奇:"还是你懂她。"

旁边的江瑶不满地掐了江大乔一把,小声埋怨道:"爸,你能不能争点气啊。"

江大乔低声跟女儿说:"别闹。"

见爸爸这样,江瑶白了他一眼,转身对徐慧说道:"妈,你最近有空吗?我爸好不容易回来一趟,我们一家人一起吃一顿饭呗。"

江瑶说完,徐慧和江大乔都忍不住瞪了江瑶一眼,两个人都一脸为难和尴尬。

"你爸工作忙,别瞎折腾。"

江大乔看出徐慧和罗今生的尴尬,也打圆场:"对,你跟你罗叔叔一起去吃吧。"

旁边的罗今生早就看出了江瑶的情绪,便笑着对江大乔说道:"抱歉,我有个朋友过来了,我去招待一下。"

罗今生说完,便大步离开,画前只剩下这过往的一家三口。

江瑶从身后看着并肩站在一起的两个人,眼中流露出怀念和伤感:"我看到我一个同学,先走了,你们俩先逛。"也不等父母回应,江瑶便悄悄地隐在人群里,只剩下江大乔和徐慧,场面又陷入尴尬。

"其实老罗对瑶瑶挺好的,但她就是想你。那天,她正儿八经和我谈了一次,说你既然回到双清了,想彻底搬过去和你住。"还是徐慧率先开口,打破了尴尬。

江大乔故作轻松地开玩笑道:"可能是看你找到了真正的幸福,想多给你们点时间过二人世界,多好的女儿,偷着乐吧你。"

徐慧叹了口气:"我们这女儿,挺不让人省心的。"

江大乔疑惑地看着徐慧:"我觉得还行啊,姑娘大了,有想法也正常。你呀,别老是控制欲那么强。"

江大乔的话让徐慧很是不高兴,便不客气地怼了回去:"你当然觉得还行啊,从小又不管。"

江大乔自知失言,只得道歉:"是我说错了,你别生气了。"

见江大乔这样，徐慧也不好再与他计较："你回来了，她最开心，你找个机会把她行李拿走。"

"行。"

江大乔和徐慧站在画前静静观看，默然无声。不远处，江瑶站在人群中，看着站在画作前的父母的背影，眼中湿润。

柳晓弦虽然发自内心地并不希望马嘉去非洲，但她知道马嘉决定的事，九头牛都拉不回。结婚七年，晓弦觉得两人的感情越来越淡漠，就像一个月前结婚纪念日那天马嘉说的那样：这还像个家吗？

这些年，两个人都潜心于忙碌的工作，有时一天清醒着见面的时候不超过十分钟。不是她回来时马嘉睡了，就是早上起床时各自忙着洗漱出门。比起以前总有聊不完的话题，现在两人之间常常无言。她也不明白为什么会变成这样，她只知道，自己纵然也有因为忙工作而忽略马嘉的地方，但马嘉很多时候做决定都只是通知自己。似乎马嘉并没有在他的生活规划中把自己包含进去。无论是决定辞职，还是决定要去援非，他象征性地问自己的意见，其实只是在通知他的决定，他从来不会考虑自己的每一个决定会给这个家带来怎样的影响。

既然马嘉已经做出决定，作为妻子的柳晓弦只能收起自己的情绪，帮马嘉说服自己的父母。果然，当柳晓弦的母亲李丽琴听到马嘉要援非时，大为光火。

面对母亲的责问，柳晓弦企图打圆场，却被李丽琴喝止住。马嘉只得自己好言相劝，却换来李丽琴更生气的催生。

"马嘉，你明年就四十了吧，四十不惑了。晓弦今年已经三十五了，两年一过，就三十七了，生孩子那叫高龄产妇，你知道吗？平心而论，我和你爸催过你们吗？知道你们忙，我们什么事不是为你们考虑、以你们为主，可你们呢，现在你要跑大半个地球，你们两地分居，整整两年！"

见老伴越说越激动，柳晓弦的父亲柳志国也赶紧出来打圆场，却也被李丽琴喝止住。马嘉和柳晓弦结婚七年，因为忙于工作而顾不上生孩子，这一直以来都是李丽琴最不满的地方。只是碍于女儿情面，李丽琴总是旁敲侧击几句，从来没像今天这样直言过。她深吸了一口气，直愣愣地看着马嘉说："马嘉，我不管你说多少理由，你今天就给我说句实话，要不想跟晓弦过了，你就直说，别说去非洲，你就是去月球我都管不着！"

李丽琴的话让马嘉和柳晓弦都沉默不语，一时间家中的气氛降到零度。

回家路上，柳晓弦安慰了马嘉两句，可是显得那么苍白无力。

当马嘉在为了参加援非被丈母娘骂的同时，江大乔也从梁森林处得知了马嘉申请援非的消息，江大乔第一反应就是反对。

梁森林对江大乔的反应颇感意外。

"师父，马嘉的性格爱较真，表现欲强，他个人的能力虽然很强，但是不合群。"江大乔看出梁森林的不解，赶紧解释道，"独木不成林嘛，像他这种独狼型的人格，遇上事情，一个人单干没问题。但是援非工作最注重团队协作，确实是不太合适。"

江大乔说的话不无道理，梁森林心中却升起另一层想法。

马嘉聪明、肯钻研，但就是太心高气傲。正如江大乔所说的，独狼型人格。如果未来想要让他担当大任，就必须磨砺他一番。要是能在援非工作中培养起他的团队协作意识，也未尝不是一件好事。

主意打定，梁森林开口道："不是还有几个月的培训班嘛，先让他试试吧。"

江大乔哪知老师脑中一瞬间就想了这么多，见梁森林这样说，他犹豫了一下："师父，明天的面试会上，我想保留自己的意见。您……"

"没关系，你按你的想法来。毕竟你也是援非的老队员了，朱处长找你当面试官，就是信任你。你有自己的考虑也很正常。"梁森林笑着拍了拍江大乔的肩膀。

次日早上，马嘉一如既往早早起床出门晨练。他戴着头盔，骑着一辆山地车，迎着朝阳在非机动车道上疾驰。仔细看过去，马嘉的头正在随着耳机里欢快的非洲音乐微微有节奏地晃动着，但他的脑海中却思绪不断。

上午要在卫健委举行援非医疗队员面试会，马嘉从小到大经历的面试不计其数，从来都是踌躇满志，但最近经历了人生的滑铁卢，这场面试不仅能将他从窘境中解脱出来，更是一次重新证明自己能力的机会。

为了准备这次面试，马嘉不仅搜罗了不少援非医疗队的新闻，更是向苏莱曼学了几句当地的斯瓦希里语。对马嘉来说，这次面试只许成功不许失败。当然，马嘉也颇有自信，既然桑纳那边提出需要一名心胸外科医生，放眼整个双清市，还有哪个心胸外科医生能跟自己比呢。

志忑里夹杂着一些自信，马嘉结束了晨练回到家。他收拾一番，换上正装，驱车前往面试地点。马嘉自觉方方面面都已经完美无缺，但他万万没有想到，江大乔竟然是面试官之一，并且不顾众人异样的目光，直接给自己投下了反对的一票。

虽然最终结果是少数服从多数，江大乔的唯一一张反对票丝毫不会影响结果，但马嘉心中依然像吃了苍蝇般恶心。他觉得江大乔就是嫉妒自己，想对自己赶尽杀绝。

朱处长站起来，跟马嘉握了握手说："马医生，欢迎你成为援非医疗队的一员。"

"请朱处长放心，我一定不负领导重望，协助桑纳人民成立他们自己的心胸外科中心。"马嘉说这些话时，特意深深盯了江大乔一眼。

培训的日子很快到来，从双清市各家医院选派出来的医生们纷纷来到设立在外国语大学的培训班报到。卫健委的朱处长在一番动员讲话后，便请来自双清市第二人民医院普外科、担任这届医疗队队长的于启强主持大家的自我介绍。

马嘉低调地坐在最后一排，旁边是他上午刚认识的室友，来自逸康儿童医院儿科的彭伟。两人好奇地打量着年约五十岁、头发已经有些泛白的队长于启强。

"哎，听说队长以前援过非。"彭伟低声跟马嘉嘀咕着。

"据说有个不成文的规定，当队长的必须得是援过非的。"马嘉点点头。

"我有高血压，你们可别气我。"台上的丁启强正好说到这句，引起哄堂大笑。

"这小老头还有点儿幽默。"彭伟看着于启强直乐，嘴里却跟马嘉说着话。

马嘉只顾埋头用笔在纸上画着什么，没有搭理彭伟。彭伟也不以为意，注意力都被于启强吸引过去了。这时，马嘉的笔记本上，一个卡通版的老于跃然纸上。旁边写着：于启强，队长，普外。

"下面请咱们的副队长武梅同志做自我介绍。"于启强做完简短的自我介绍后，指指讲台下坐着的一位打扮时尚的漂亮女士。

"哎，快看，这不就是我们早上看到的那个美女吗？"彭伟眼前一亮，捅捅马嘉的胳膊。马嘉抬眼望去，正是上午他和彭伟站在宿舍门口，远远看到出现在报到处的那个美女，旁边坐着的是跟她一起来报到的男士。

武梅站起来说："我叫武梅，省人民医院护士。在单位，大家都叫我梅姐。以后，你们也叫我梅姐就行！我会尽我最大的努力，配合大家的工作。"武梅向大家挥挥手后，又指指坐在自己旁边的一个高大帅气的男人说："这是我爱人，常来。我俩一起报名援非。"

武梅说完，于启强赶紧插话道："别光说工作，说说生活，有什么爱好？"

武梅笑道："我读书的时候爱好还真挺多，羽毛球、健身操、舞蹈、唱歌都喜欢。"

彭伟忍不住插了一句话："常医生有福气啊。"

在大家善意的笑声中，常来得意地扭过头，向彭伟挥挥手。没想到武梅话头一转："但自从嫁给他，为了操持这个家，什么爱好都没了。"

听了武梅的话，大家笑得更开心了。

就在这样欢乐的气氛中，大家一个接一个地自我介绍。而一直沉默得像个局外人的马嘉，在笔记本上描绘的速度越来越快，队员们的卡通形象依次出现：

武梅，护士长，工作狂；

常来，麻醉科，爱老婆的背包客；

彭伟，儿科，爱踢球、变魔术；

孙爽，最年轻的"老"中医；

苏心，妇产科，文青；

钱宝宝，耳鼻喉科，北京大爷，戏曲票友；

秦童，眼科，歌唱能手；

孙旭方，泌尿外科，吃货；

朱必能，放射科，万事能；

阳莺，内科，爱动物；

贾长安，大厨。

马嘉手不停笔，耳听八方，突然听到朱处长叫自己："马医生，到你了。"

马嘉放下笔，合上画册，站起身说："大家好，我是来自江大一附院心胸外科的马嘉，我的爱好就是手术刀。"

"马一刀！"常来笑吟吟地带着钦佩的语气大声叫了一句，"久闻大名，没想到在培训班上见到活的了。"

常来话音未落，武梅悄悄在桌下踢了他一下，低声嗔怪道："说的什么话呀。"

这个小插曲再次引来众人欢乐的笑声。马嘉也忍不住笑了，心中却不免泛起一丝得意，其中还带着一丝懊悔和一丝期望。

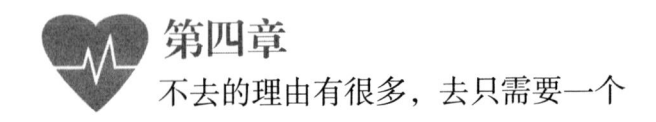

第四章
不去的理由有很多,去只需要一个

晚上,彭伟靠在宿舍床头跟老婆打视频电话。见马嘉洗了澡从浴室出来,他有些意犹未尽地挂断电话。

马嘉见他不舍的样子,笑着说:"结婚多久了?还这么腻歪。"

"七天。"

马嘉一惊:"什么?才七天你就要去非洲?脑子进水了吧,舍得吗?"

"舍不得也没办法啊。科室都没人去,我啊,手气太背,抓阄抓到了呗。"彭伟叹了口气,"别说我了,你结婚多久了?"

"七年。"

彭伟坏笑着说:"哟,痒了吧,那你是得去。"

马嘉说:"我去非洲,和这事没关系。行了,赶紧睡吧,明天一早还得上课。"

马嘉关了灯。

彭伟在黑暗中瞪着眼想了想,幽幽地又冒了一句:"要我说,还是常来有福气,和媳妇一起援非,成双成对。两年啊,咱们怎么熬啊。"

马嘉苦笑着说:"你这是还没吃过婚姻的苦,睡吧。"

次日,朱必能扛着一个大箱子进来,于启强紧随其后。已在教室等待上课的众人停止了闲聊，好奇地看着朱必能将箱子放到讲台上。

朱必能坐回自己的座位，于启强则打开箱子，从里面拿出两个盒子，分别递给了武梅和孙旭方。

"这是什么？"众人好奇地问。

"我们为什么没有？"秦童八卦地问道。

于启强只是冲他笑笑，示意武梅和孙旭方打开看，众人也围了过来。原来盒子里是两面连在一起的小旗子，一面是中国国旗，一面是桑纳国旗，很正式。

于启强解释道："昨天晚上经过卫健委领导的讨论，决定由孙主任担任小分队队长，带领一部分队员驻扎马格南布医疗点。那边地处偏远，条件不比卡塞，一切要靠孙队长协调兼顾了。"

"保证完成任务！"孙旭方开玩笑地向于启强敬了个不伦不类的礼，逗得大家哈哈大笑。

待大家安静下来后，于启强继续说道："卡塞驻点任务繁忙，武梅同志是护士长，也有很多管理经验，所以，卡塞医疗点的副队长将由她担任。"

武梅点点头说："队长过奖了，以后有什么要我做的，分内的事，我一定责无旁贷。"

"对了，咱们既要治病救人，也不能忽视自身健康，武梅，你顺便也兼任医疗委员吧。"于启强又说道。

"没问题。"

武梅话音落下，常来第一个站起来用力鼓掌，众人随即跟着鼓掌。

于启强又拿出一个盒子，递给秦童。秦童打开盒子，发现是一枚很大的钥匙模型，于启强笑着看向秦童说："秦童医生很会收纳，动手能力很强，还自学掌握了很多电工知识。桑纳总是停电，包括各种医疗器械经常需要维修，以后就由他来担任库房管理员。"

秦童拿着钥匙笑着站起来说："好，以后驻地里库房就由我来整理，平时修个电路、修个器械什么的，大家都可以找我，千万别跟我客气。"

彭伟接话道："为人民服务天经地义，谁跟你客气。"

在众人的笑声中，于启强继续分发小盒子，给大家安排任务。

因为苏心细心，她被委任为会计，盒子里是个迷你小算盘。

彭伟的盒子里是只扎库米，他被委任为队内的文娱委员。

最后一个盒子，于启强递给了马嘉。马嘉打开一看，竟然是一把剃头刀。

"队长，您不会是要我帮贾长安师傅杀猪吧？"马嘉苦笑着说。

于启强解释道："非洲传染病盛行，自己剃头是医疗队的传统，医疗队里论刀法，最厉害的非你莫属，当然，还有大家的各类生活问题，你也陪我一起多多操心，以后你就是我们医疗队的生活委员了。"

"那我就只能受此重任了呗。"马嘉心中疑惑尽消，愉快地收下了剃头刀。

于启强又开玩笑地补了一句："你可别把大家的头当西瓜皮剃，认真学学，我们所有男同胞的脑袋可都交给你了。"

众人又哈哈大笑起来。

一阵笑闹过后，于启强摆了摆手，示意大家安静下来。这时，斯瓦希里语老师走了进来，众人见状，收敛了笑意，认真地翻开了面前的笔记本。

当大家都专心地跟着老师学习简单的单词发音时，坐在最后一排的马嘉又跟彭伟说起了闲话。

"你们儿童医院，最近是不是来了个新的副院长？"

"好像是来了一个，听说是从颐康调过来的，叫丁凯，你认识？"

马嘉冷冷地从鼻子里哼了一声："何止认识？大忽悠，特别不靠谱。"

"啊？"彭伟震惊地看着马嘉，正准备继续问，却听到老师在叫马嘉的名字："马医生，刚刚这组词，能不能给大家朗读一遍？"

彭伟偷笑，等着看马嘉笑话。没想到马嘉站起来，十分流利准确地念出了所有单词："mimi（我），wewe（你），sisi（我们），asante（谢谢），upendo（爱），rafiki（朋友），daktari（医生），mgonjwa（病人）。"

"很好，马医生的发音非常准确！"

马嘉笑着坐下，彭伟一脸震惊地看着他问道："你以前就会斯瓦希里语？"

"不会啊，刚学的。"

"你这一心可以二用啊，怎么做到的？"

"说了你也不懂，我这叫多任务处理。"马嘉得意地笑了笑。这时，前面又传出一阵哄笑声。原来在秦童的怂恿下，大家起哄叫常来用斯瓦希里语向武梅表白。

彭伟的注意力被前面的热闹吸引了，马嘉趁机偷偷掏出手机，给柳晓弦发送了一条语音消息："Nakupenda（我爱你）。"

几秒钟后，柳晓弦回复："又犯什么病了？"马嘉的笑容僵在了脸上。他不知道的是，柳晓弦此刻正跟若干同事围坐在会议室里开会，室内气氛沉重。原来的节目被撤，新节目的提案一再被否决。在一阵七嘴八舌的无效讨论后，频道总监林南问出了掷地有声的一个问题："你们到底想没想明白，到底想要做什么样的节目？"

面对林南的质问，柳晓弦陷入了沉思。

时间飞快流逝。培训班已经进行了两个半月，还有半个月，大家就要收拾行囊启程了。

这天，于启强亲自给大家讲解中桑两国之间的民俗差异："今天最重要的，是跟大家聊聊中国时间和非洲时间，但这个时间不是物理时间，而是时间观念。"

大家都认真地记笔记。

"如果有人告诉你'African time（非洲时间）'，有人可能会以为世界上出了个新时区。可实际上呢，"于启强今天的语速较平时更慢，大家都以为他是为了强调重要性，并不以为意，"African是'非洲的'，time是'时间'，没组合之前很普通，一旦这两个词组合在一起，就要出事了，因为它真实的含义是迟到、不守时，可能要等对方等到地老天荒了。"

大家笑了起来。苏心接话道："有本书上还说，非洲人除了自己的婚礼和葬礼守时外，其他时候都有可能迟到。"

听了苏心的话，大家笑得更欢。待笑声渐息，于启强继续说道："不过事实证明，非洲人在婚礼上往往也是迟到的。这就是'African time'。"

"但我们中国讲究'一寸光阴一寸金，寸金难买寸光阴'。还有一句更加耳熟能详，'时间就是金钱，效率就是生命'。"马嘉说道。

"没错，这就是中国时间，Chinese time。"于启强看了马嘉一眼。

孙爽紧接着问道："那我们应该以哪一个为准呢？"

于启强还没来得及回答，武梅便插嘴说："队长，您刚刚讲的非洲时间和中国时间，我们都理解，这是从中非不同的文化传统、生活习惯上来说的，平时生活中，我们当然会非常尊重当地的文化习俗。但我想说的是，对我们医护人员来说，还有一个时间更重要，更应该时刻被我们记住。"

武梅说完走上讲台，拿起粉笔，在黑板上用力地写下了"medical time"。"我认为，最重要的，是医疗时间，这个时间，应该在一切时间之上！"

在一片掌声中，武梅回到座位上。这时马嘉站起来说："我同意梅姐的说法，关于时间，我也想谈谈我的看法。我是一个心胸外科的医生，每次上台，我能做的就是和时间赛跑。争分夺秒就是我的座右铭。在手术台上，没有穿越没有重生，只有我救人的一双手，生与死、成与败、希望和绝望，都在分秒之间。"

众人入神地听着，没有人注意到于启强已经微微皱起眉，身体明显不太舒服。

马嘉在台上继续说："我每年都要做好几百台手术，时间对我而言，就是体外循环机里血液成分的消耗，是我手中等待复跳的心脏，是病人对生命的渴望，它远不止快或者慢这么简单。作为医生，我不想任何一个病人因为我们的疏忽怠慢而离开，哪怕去了非洲也一样——为了病人，我依然会争分夺秒，绝不改变。"

马嘉话音落下、众人纷纷鼓起掌时，突然，站在讲台上的于启强感到前胸后背剧烈疼痛，直冒冷汗，他捂着胸口蹲了下去，表情痛苦，瘫倒在墙边。

众人赶紧上前察看于启强的情况，马嘉冲在了最前面。

马嘉问："于队，你哪里不舒服？"

"胸口和背都特别疼，像刀割一样。"于启强的回答有气无力，断断续续，脸色也越发苍白。

马嘉："你有高血压吗？"

于启强捂着胸口点头。

相比其他人的些许慌乱，马嘉非常镇定地指挥众人："快打120。于队，你先躺下！"

马嘉把于启强放在地板上，头下垫了衣服，又摸了摸于启强双侧的脉搏后说："可能是主动脉夹层。"

江大乔这天难得休息，买了一大堆菜，为江瑶做了一桌丰盛的晚餐。看着女儿大快朵颐，江大乔心中充满幸福。他已经跟前妻徐慧谈好了，这个周末就正式接女儿回家跟自己住。终于有机会好好弥补多年来对女儿的亏欠，江大乔琢磨着该为女儿准备些什么。

江大乔拿起手机准备先上网看看，这时他才发现手机上有好几通梁森林打来的未接电话。江大乔一直在厨房忙碌着，没听见铃响。

江大乔脸色一凛，赶紧将电话回拨过去："师父，刚刚在给瑶瑶做饭……什么？我马上来！"

江大乔脸色大变，腾地站起来对女儿说："瑶瑶，爸爸医院有事要过去一趟，你吃完饭赶紧写作业。"江大乔话音未落，人已消失在大门外，只留下江瑶有些失望又有些无奈地坐在餐桌旁。

待江大乔赶到心胸外科的会议室时，朱处长、梁森林和于启强的妻女都已经等在那里，还有两张不认识的面孔，分别是培训班的彭伟和秦童。

于启强的妻子看到江大乔，赶紧迎上去，泪眼婆娑。

"嫂子，放宽心。我现在去手术台上看一眼。"没等江大乔说完，马嘉走了进来。看到江大乔在场，马嘉的眼中闪过一丝不快，随即摘下口罩，冲其他人笑笑说："嘚，这阵仗，院长、处长、主任都来了，放心吧，拆弹成功，于队已经推进ICU了。"

大家都松了一口气，朱处长冲梁森林笑着说："梁院，我就说你的爱徒亲自操刀，肯定没问题。"

"朱处长又在笑我。"马嘉笑道，"手术很顺利，不过还有好几关要过，比如有没有出血，会不会有神经系统并发症，还有感染之类的问题。我随时都会盯着，一定全力以赴，请你们放心！"

待大家都散去，马嘉决定当晚守着于启强，便送彭伟和秦童出来。面对彭伟的询问，马嘉实话实说道："主动脉夹层这种病十分凶险，如果不及时治疗，48小时内死亡率高达50%。就是遇上有经验的医生，死亡率也有5%到10%。"

秦童倒吸一口冷气，瞪大双眼说："兄弟，你别吓我。"

"但有我啊，我能让我们队长出事吗？"

彭伟轻轻在马嘉的胳膊上给了一拳，问道："你说话能不能别大喘气，吓死我了，那于队多久能康复？"

"情况乐观的话，过两天就可以拔管转普通病房，想出院还得两周，想要恢复正常生活至少要三个月。"

秦童皱着眉说："这么久，那他不是没法跟我们去非洲了？"

马嘉看了他一眼，无奈地说："兄弟，你想什么呢，援非重要还是命重要？"

"人没事比什么都重要。"秦童叹息着，冲马嘉摆摆手，跟彭伟一起离开了。

几天后，在马嘉的精心关照下，于启强顺利从ICU转回了普通病房。江大乔准备去探望他，经过楼梯间时，突然听到梁森林和朱处长的声音从门缝里传出来。

"我不同意！"梁森林的声音明显带着不满。

"你知道咱们有个不成文的规定，队长一定要有援非经验，更何况这次队伍要分两支驻扎在卡塞和马格南布两个点，工作难度不小。"

"又不是非大乔不可！全省都找不到别的人了吗？"梁森林的音量微微抬高，表达着心中的不满。

听到自己的名字，江大乔愣了一下，他静静地站住，听着两人谈话。

"除了他，现在真没有别的合适人选了。"朱处长的语气中充满歉疚和无奈。

"他才支边回来，刚升上主任，马嘉一走，整个心胸外科就靠他来支撑，你再把他也调走了，我们心外的工作还干不干了？"

"不是还有您吗？"

"我都这个岁数了，不能全靠我一个人啊，再说了，他常年在外支边，跟亲人聚少离多，这好不容易能回来陪陪女儿，还没热乎过来呢，又把他派到非洲去，一去就是两年，于情于理，都说不过去啊！"

见梁森林有些愠怒，朱处长一时间没再说话。

江大乔百感交集，见里面安静下来，便悄悄快步朝于启强的病房走去。

于启强躺在病床上，看到江大乔推门进来，对他露出无奈的苦笑。

"身体不争气，眼看着马上要出发了，病倒了。"

"你别想那么多了，主动脉夹层，多凶险啊。幸好手术成功，好好养着吧，等身体恢复了，照样踢球。"江大乔安慰道。

于启强笑笑，有点失落地说："大乔啊，我这几天脑子像是开过山车一样，一直在做梦。"

江大乔开玩笑道："做什么美梦呢？"

于启强摇摇头说："一会儿梦见我们那一批的十多个人聚会，大家伙约定一定要回去看看。一会儿恍恍惚惚好像又回到了麦乐村，我俩还在那个小宿舍里挤着，你在闷头补觉，我正给病人做手术方案呢，队长火急火燎跑进来，说有战乱，要紧急撤离。"

江大乔听着，苦涩一笑。

"这把我急得呀！我想，那哪能撤啊，手术周还没开始，那么多病人等着做手术呢，我们走了他们怎么办。对了，你还记得有多少病人要来吗？"

江大乔的眼中流露出伤感和追忆，点点头说："我记得，一周给咱们预约了快一百台手术，病人都是从各个地方特意赶来的，那时候我还愁咱们怎么撑得住呢！"

于启强伤感地说："刚刚你来之前，我一个激灵醒过来了，刚醒来还不太清醒，心里还庆幸呢，想着我还能回桑纳看看，终于能完成我们这一批的约定。可我过了一会儿反应过来了，不对，我……我已经去不成了。"

于启强说完，郑重地看向江大乔说："很多人觉得我都四五十岁的人了，一身的病，为什么非要再去申请援非。可他们不明白，那段日子对我意味着什么，对我们那批人意味着什么。大乔，你明白吗？"

江大乔点点头，想起几分钟前朱处长和梁森林的那段谈话。他抓起于启强的手，轻轻在他手背上拍了拍，认真地说："老于啊，你先好好养病吧，要相信，咱们跟桑纳的缘分断不了。"

"师父，老于的班，只能我来接。"江大乔站在梁森林面前，眼神坚定。

面对江大乔接棒于启强、担任第25批援桑纳中国医疗队队长的决定，梁森林百感交集，他神情复杂地看着江大乔，有钦佩、有欣慰、有感动，还有愧疚。"做好瑶瑶的工作。"梁森林叹了口气，用力地拍了拍江大乔的肩膀。

梁森林的话也是江大乔做出决定后唯一觉得难过的地方。刚约定好今天正式接江瑶过来跟自己住，自己却马上就要食言。

江大乔带着江瑶来到她最喜欢的一家比萨店。看着江瑶一边大口咬着比萨，一边眉飞色舞地讲起他不在的这段时间里家里发生的事情，江大乔的心里如打翻了的五味瓶。在江瑶的催促下，他心事重重地笑了笑，也拿起一块比萨往嘴里塞，却是食不知味。

看着江大乔吃完手中的比萨，江瑶将自己的比萨放下，擦了擦手，突然盯着江大乔说："有话就说吧。"

江大乔一愣，没想到自己一番极力掩饰，依然被敏锐的女儿察觉了，他尴尬地笑笑："瑶瑶，这样啊，爸爸思来想去，你过来跟爸爸住还是不方便。你看啊，我刚支边回来没多久，现在又担任心胸外科主任。爸爸担心平时工作会太忙，需要经常加班，没时间照顾你。"

"你是不是又要走了？"江瑶打断江大乔。

江大乔呆呆地看着江瑶，一时之间不知道该怎么接话。

"我都大了，别把我当小孩子哄。"江瑶撇撇嘴，"说吧，这次要去哪里？"

江大乔的胸口堵得难受："桑纳。"

"桑纳？那不是在非洲？你好端端的，为什么要去非洲啊？"江瑶吃惊地瞪大了眼。

"于叔叔，你还记得吗？"

"记得啊，我小时候他教我学游泳，你不在家这几年，每年我过生日，他都会来给我送礼物。"

"本来呢，这次援非医疗队于叔叔是队长，但是临行前他身体出了一些状况，去不成了，爸爸要替他出征。"江大乔艰难地向女儿解释道。

"那……你这次要去多久啊？"江瑶问。

"两年。"

江瑶故作轻松地笑着说："两年也还好啊。你看啊，之前你每次出去，都是三四年起。上次你去西藏，我才十二，转眼就十五了。这次你回来，我都十七了，都要成年了呢！"

江大乔看着女儿，一脸愧疚，不知该说什么。

"行了行了，吃比萨吧！"江瑶笑着抓起一块比萨递给江大乔，"你得多吃几块，真去了非洲，根本吃不到这个味了。"

江大乔愧疚地接过比萨，咬了一口，咀嚼起来。江瑶大大地咬了一口手中的比萨。父女二人相视而笑，心里却五味杂陈。

吃完晚饭，江大乔开车将江瑶送回徐慧家。车在楼下停稳，江大乔将江瑶的行李箱拎出来，送到楼道口。

江瑶没有丝毫怨言，反而安慰江大乔说："我会跟我妈解释清楚，她能理解的。"

自责愧疚环绕着江大乔："瑶瑶，爸爸……"

"停停停，别再说对不起了。我想到了一个你补偿我的办法。"江瑶做了个鬼脸，开玩笑说，"你在桑纳给我抓一只小鹿回来，或者，你给我带个十克拉的大钻石也行。"

江大乔被女儿逗笑了："又坑我！"

"这不是让你开心点儿吗？记得经常给我发照片！"

"好。"

"那我上去啦。"江瑶抱了抱江大乔，拖着行李箱走进了楼道。

江大乔回到车上，他透过车窗看着楼上女儿房间的灯亮起，脸上已满是泪水。

培训班最后一周，马嘉算是真切感受到什么是"冤家路窄、狭路相逢"了。

这天早上，大家正在七嘴八舌地问着马嘉于启强的身体状况，聊着新的队长会换成谁时，朱处长突然走进教室。

大家马上安静下来，带着好奇的目光看着朱处长。

朱处长清清嗓子，开口道："同志们，于队长的情况大家也都知道了，他因为身体缘故，这次没办法跟大家一起去了。出发在即，于队长上次援非的一位队友主动请缨，担任我们的新队长。下面，欢迎我们的新队长，来自江大第一附属医院的江大乔医生。"

朱处长话音刚落，马嘉脸色变了，怔怔地看着江大乔出现在教室门口，微笑地看着大家。"见了鬼了，真是阴魂不散啊。"马嘉带着些愠怒低语道。彭伟听到，好奇地问他："什么阴魂不散？"马嘉脸色铁青，没有理会彭伟。

朱处长介绍完江大乔后，又匆匆赶到江大一附院来找梁森林。一见到梁森林，朱处长开门见山地说："梁院长，从卫健委的角度考虑，马嘉和江大乔这两个精英，这次一起去援非，我们肯定是高兴的。但是从医院的角度来考虑，两个骨干同时离开两年，是不是对医院科室的压力有点儿大？如果工作上真的协调不过来，你们可以申请撤回马嘉，我去跟领导沟通。"

看着朱处长诚恳的眼神，梁森林却犹豫了。

同意马嘉去援非，他是有私心的。从医院领导的角度，两位最得力的医生走了，势必会影响到医院相关科室的绩效。但是从马嘉的导师和领导的角度，他希望援非的经历能够让马嘉磨炼心性，见见外面的世界，学会团队协作。尤其是马嘉和江大乔势同水火，如果能够让他俩在这次援非中互相磨合、互相了解，对两人未来在工作中的合作定会大有好处。何况这次援非是马嘉自己提出来的，如果此时因为江大乔出任队长就简单粗暴地通知不让他去了，这对马嘉来说确实不公平。

梁森林想了想说："朱处长，马嘉到底去不去援非，我想还是尊重他自己的意愿吧，我先找他谈谈。"

送走朱处长，梁森林拨通了马嘉的电话。恰好马嘉回医院看于启强，很快便出现在了梁森林面前。

梁森林给马嘉倒了杯茶，问起了马嘉的近况："培训得怎么样？还顺利吗？"

"挺好的。"马嘉揣测着梁森林找自己到底想说什么，该不会又是江大乔告状了吧。那天下课后，江大乔特地在门口拦住自己，问自己为什么觉得他阴魂不散。其实自从江大乔在自我介绍时说起和于启强是2005年一起援桑纳的队友后，马嘉的抵触情绪就没那么强烈了，他只是觉得自己太倒霉，这辈子走哪儿都摆脱不掉江大乔的阴影。

梁森林哪儿知道马嘉的心思，先表扬着他："朱处长跟我说了好几次，这次幸亏是你处理得及时，老于才捡回一条命。"

马嘉笑着说："师父，能在朱处长面前给您长脸，我就高兴了。"

梁森林用犀利的眼神看着马嘉："我面子有了，你呢？"

马嘉笑笑没说话。

"我知道你这次提出要去援非，主要是因为自己之前那通事闹的，觉得留在医院里没面子，想逃避。不过现在好了，你也不用委屈自己了。"

马嘉面露真诚地回答梁森林："师父，真不是您想的那样，我去援非，是想换个活法。"

"是不是都不重要。如果明天让你回单位上班，你怎么想？"梁森林仍旧用犀利的眼神打量着马嘉。

马嘉疑惑地看着梁森林，愣了一下："师父，您说什么？"

"你师兄不是请缨当队长了吗？卫健委替咱们医院考虑，一个科室派走两个骨干，人手协调不过来。今天朱处长专程打电话给我，同意我们把你撤回来。但我的意思是，还是要尊重你自己的想法。"

马嘉怔住了。他之前想去援非的确只是想从当下的窘境中解脱出来，但是随着这段时间在培训班的学习，远离了工作中的争斗，他仿佛回到了最单纯的学生时代。现在梁森林突然提出他可以留下来，两个月前的他或许会毫不犹豫地答应，但是现在，马嘉的心境有了些许的改变，他竟然有些犹豫。

马嘉想了想对梁森林说："师父，您让我回来我就回来，您让我去我就去，我都听您的。"

梁森林没想到马嘉把球抛回给自己，无奈地摇摇头说："你小子是不是特别关心，如果留下来，这科主任的位置到底能不能给你？"

"师父，事到如今，我要是真这么当上科主任了，别人都会说我胜之不武吧。"

"你马嘉天不怕地不怕的，这个时候倒在意起别人的想法来了？"

马嘉苦笑道："师父，不瞒您说，我这心里头真拿不定主意。"他顿了顿又说，"如果，我还是决定去呢？"

两人长久静默。半晌，梁森林呷了一口茶道："马嘉，援非本来就是你提出来的，你如果一定要问，我打心眼里肯定是支持你去的。我亲身经历过，一个人心里头郁闷迷茫的时候，去别的地方待一待，体味另一种生活，换换脑子、理理心情，对人生的理解，总归会有些不一样。"

马嘉点点头："那我和师兄如果都走了，我们科室怎么办？"

梁森林正色道："怎么？你还真觉得江大一附院没你马嘉就不行了？"

马嘉笑起来："师父，您又误会了不是，我不是这个意思。"

梁森林认真地看着马嘉说："非洲啊，还真是一个奇特的地方，一开始害怕去，去了后不舍得离开，离开后又会想念。马嘉啊，作为医院负责人，我当然想你留下，但是作为你的导师，我更希望你用这两年扎扎实实去感受，去丰富人生经验，去让自己的生命有些不一样的色彩。这种机会也许比你在手术台上更珍贵。总而言之，答案要你自己去找，去或不去都行，但你要问问你的内心。"

看着梁森林满含期望的眼神，马嘉心中逐渐释然。

晚上，马嘉特地约柳晓弦来到一家湖景餐厅。看着桌上摆满的菜肴和已经醒好的红酒，柳晓弦很是不解地问："我不会又忘记了什么重要的日子吧？"

"我有个好消息要告诉你。"马嘉笑着，给晓弦倒酒。

"巧了，我也有个好消息要告诉你。"

"你先说。"马嘉放下醒酒器。

"我把我妈说通了，她同意你去桑纳了。"

马嘉苦笑："听完你的好消息，我的可能就不是好消息了。"

"什么呀？"

"我可以不去桑纳了。"

柳晓弦一怔，疑惑地看着马嘉。

"江大乔当了队长，考虑到科室缺骨干，卫健委同意把我撤回。"

"不去挺好的。名正言顺地留下来，你也不用逃避了。"柳晓弦冲马嘉举起酒杯。

马嘉尴尬地说："可我怎么一点儿都不开心呢？"他见柳晓弦静静地看着自己，又继续说，"培训了几个月，如果就这么不去了，这小半年里，我到底在折腾什么呢？"

"马嘉，我问你，上次你说想去援非不仅是逃避，更是想换个活法，这是你的真心话吗？"

"这不废话吗？"

"那你刚才的话，是不是也是废话？"

马嘉愣了愣神，似有醒悟地说："我这不是在征求老婆大人的意见吗？"

柳晓弦犀利地回答："别想把我绕进去，去不去非洲，是你自己的决定，我左右不了你。"

马嘉被柳晓弦的话堵得无言以对。

"其实你早就做出决定了，所以我的态度还重要吗？"柳晓弦说着拿起杯子，"祝贺你，为你的决定干杯。"

"是我们的决定，干杯。"马嘉也举起杯，两只高脚杯相碰，发出清脆的响声。

梁森林来到培训班给大家上结业前的最后一堂课，看到马嘉顶着一个自理的小平头坐在讲台下，他露出欣慰的笑。梁森林给大家讲起自己当年援非的故事和自己对桑纳的感受，以及离开后每每午夜梦回的思念。

"非洲是一个一开始害怕去，去了后不舍得离开，离开后又会想念的地方。人的一生有很多个两年，但接下来的两年它一定是非同凡响的。在非洲，你们会救治很多人，也会影响很多人，但最大的改变是什么，两年后，你们自然会找到答案。最后我想说的是，我们每个人都要对自己的决定负责，我很高兴你们做完了自己人生中非常重要的决定。"梁森林的话引来经久不息的掌声。

出发的日子终于来了。

江大乔来到徐慧家楼下，看到江瑶房间的灯亮着，可是等他打电话过去，却是徐慧冰冷的声音："瑶瑶在学习，别打扰她了。"

"我明天就要走了。"

"跟我们有关系吗？"徐慧说着挂断了电话。

江大乔叹了一口气，失落地放下手机，抬起头看了良久，最终还是发了一条微信给江瑶："爸爸爱你，晚安。"

夜色漫漫，霓虹闪烁，车流不息。江大乔落寞地开着车，突然，他的手机叮咚一响。他把车停到路边，打开手机，是江瑶的回复："老头儿，照顾好自己啊，等你回来。"江大乔的眼泪一瞬间止不住地流下来，默然无声。

夜已深，柳晓弦还在帮马嘉收拾行李。她拿着一个装满药品的药箱，塞进行李箱："常用药都放在这里面了，千万别喝生水。我妈找中医给你开了护肝药，你有轻度脂肪肝，又经常熬夜，记得按说明吃啊。"

"遵命，老婆。"马嘉说着拿起几本书，放进行李箱，扒拉开柳晓弦刚刚整理好的物品。

柳晓弦又拿着东西进来，看到马嘉把东西又翻乱了，有些生气地说："哎，你在干什么呀，刚给你收拾好。"

马嘉急忙重新摆弄。

"行了行了，我来吧。"柳晓弦说着上前收拾，嘴里还在叮嘱着，"到那边照顾好自己，给你爸多打电话，他一个人在老家，最惦记的就是你了。不忙的时候，也给我爸妈发个信息或是打个电话，他们对你啊，比对我还亲。"

柳晓弦说一句，马嘉应一句，好不容易逮着个空隙，他也叮嘱道："你也照顾好自己，别天天就念叨着加班。动刀子的事，可千万别再干了。"

柳晓弦将收拾好的行李箱合上，看着马嘉说："咱俩结婚七年了，说实话，你痒吗？"

马嘉微皱着眉，并没有回答柳晓弦的问题："说心里话，前些天我的确还在犹豫到底去不去，要是你说希望我留下来，那我肯定就不去了。"

柳晓弦似笑非笑地看着马嘉说："如果我现在跟你说，别去了，我想要你留下来，你愿意吗？"

马嘉诧异地看着她，不知所措。

柳晓弦苦笑道："瞧把你吓成什么样了！"她拿起床头柜上马嘉画的画端详着，幽幽地说："那年我找到北京的工作，你跟我求婚，你还记得当时说什么了吗？"

马嘉看着柳晓弦，凝神思索。

柳晓弦叹息："就知道你忘得干干净净了。你当时傻乎乎地说的就是这句话，我想要你留下来，你愿意吗？"

马嘉默然。

柳晓弦把那幅画塞到马嘉手里:"不管你飞多远,把这个也带上。"

马嘉把柳晓弦揽入怀中,愧疚地低语道:"这么多年,答应你去的地方都没去成,没想到这次去这么远,还待这么久,身边却没有你……对了,我们允许家属中途探亲,到时候你请假过来,我陪你去逛大草原,爬乞力马扎罗山。"

柳晓弦没有吭声,闭上眼,依偎在马嘉怀里,安安静静享受这旖旎可贵的瞬间。

马嘉的目光,定格在那幅爱琴海手绘画上。

第五章
你好！乞力马扎罗

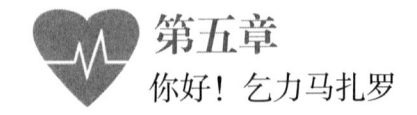

飞机低空掠过，咚的一声，陡然降落，轮胎摩擦发出巨大的声响。一段时间的滑行后，飞机停稳，机舱门打开。空姐站在舱门口，微笑着恭送旅客们下机，不断地用斯瓦希里语说着"谢谢，再见"。

乘客们陆续走下飞机。马嘉和彭伟先后走出舱门，一股热浪扑面而至，马嘉深吸一口气："妈呀，感觉比海南还热还潮。"

彭伟斜眼看了马嘉一眼，笑着把眼镜戴上，大步走到舷梯上，猛地双臂向上打开，做出拥抱状："Nakupenda Africa（我爱你，非洲）！"

此时正好一位桑纳中年女性经过彭伟身边，热情地笑着对他说了一句："Welcome to Sanna（欢迎来到桑纳）。"

一群人说笑间完成了通关、领取行李，结伴走出闸口。大家一眼就看到了忠厚的桑纳人姆齐纳手举写有中英双语"欢迎中国医疗队"的牌子张望着。他身旁站着小女孩埃茜，只见她眼眸清澈，衣服帽带垂下的部分被她编成了中国结，伴随着她的张望在胸前摇晃。

姆齐纳一眼就认出了江大乔，挥着手兴奋地招呼他们。江大乔笑吟吟地快步上前，用当地的礼节跟姆齐纳握手。

"江医生！欢迎你回非洲。"姆齐纳用带着些许口音的汉语跟江大乔说。

"我听苏莱曼说，你还在医疗队。"原来姆齐纳就是苏莱曼的父亲。

"是啊，跟你们一起工作很开心，我舍不得失去这份工作。"姆齐纳笑着说。这时，他旁边的埃茜也用带着口音的汉语说："江医生你好，我是埃茜。"

"你好。"江大乔认真地打量眼前的小姑娘，却想不起是谁。他把求助的目光投向姆齐纳，姆齐纳却卖了个关子："回头再给你解释。大家都到齐了，我们快回驻地吧。"

载满医疗队员们的大巴车缓缓驶出机场，驶入一条四车道的公路。车上播放着桑纳当地歌曲，歌声轻松欢快。

埃茜跟江大乔坐在一起聊天，江大乔才知道她是自己以前的病人阿依莎的女儿。因为当年那场突发的战乱，他来不及给重病的阿依莎做手术，这件事一直是江大乔心中的遗憾。当从埃茜嘴中得知阿依莎已经去世了，江大乔的心情顿时变得有些压抑。

相比江大乔低落的心情，其他队员都很是兴奋与好奇。

武梅和常来坐在江大乔后面一排，常来正在脱防晒服，武梅则一身防晒服、头戴遮阳帽，把自己遮得严严实实，夫妻俩形成鲜明对比。

并排座位上的秦童看着行驶路线，用英语询问姆齐纳："这车是右舵左行啊，我们的驾照不会有问题吧？"

侧后方的马嘉听到，开玩笑道："你直接问队长啊，没发现我们到了江队长的地盘了吗？"

"需要的人可以去申请当地驾照，不过，姆齐纳是我们医疗队的专职司机，要去哪儿，找他就行。"江大乔回答道。

"哇，好大的芒果！"孙爽的叫声将大家的目光都吸引到窗外。机场通往市区的路很窄，只有双向四条车道。路边有很多果树，树上结着芒果等水果。树下是些矮小破旧的房屋，有些屋墙已砌好却没有屋顶，有些则是用茅草搭做屋顶。几个用木棍支在地上、用茅草搭顶的小茅草棚里摆着些水果或蔬菜，三五个男人正悠闲地在棚子下坐着。

行至此处，开始有些堵车，车速慢了下来，后来又停了下来。大家挤在窗口看向路边。这时，有两三个瘦高的小贩，手捧一个摆着各色物品的竹盘，来到马路上，依次对着停在路边的车叫卖。马嘉好奇地看着竹盘，那人察觉到马嘉的目光，便朝马嘉这边走来。

马嘉见小贩对自己露出热情的笑，便顺手把车窗打开。没想到江大乔迅速起身，嘭的一声把车窗关上，说道："别瞎搭茬，不然我们这车人都走不了。"

仿佛是为了印证江大乔的话，大家惊奇地发现，六七个小贩不知从哪里冒出来围到车窗边，轻轻叩击车窗。江大乔摆出一副见怪不怪的老江湖的样子，让大家别看他们就行。

这时，前面的交通已经恢复，众人好奇地探出窗外看为什么堵车。只见一名穿着白色制服的桑纳交通警察，正兴奋地跳着舞，用舞蹈动作指挥着车流行进的方向。马嘉模仿警察的样子，比画了两下，恰好被跳舞的警察看到。警察眼神一变，大步过来，用手势示意大巴车停下，他指着马嘉用英语说："你下来！"

马嘉正要起身，被江大乔拦了下来。江大乔下车跟警察道歉，谁料警察严肃地指着马嘉，让他立刻下来。大家面面相觑，紧张的气氛逐渐弥漫。

马嘉下车，用诚恳的眼神看着这个警察，用英语说了句："对不起。"

大家都绷紧弦等着警察的反应，谁料他竟毫无预兆又开始跳起了刚才的舞蹈，边跳边用英语说："你该这样跳，刚刚动作是反的。"

马嘉反应片刻，终于明白了警察的意图，立马跟着警察跳起了舞步。警察又纠正了马嘉几个动作，见马嘉跳得渐入佳境，咧开嘴开心地笑了。

等到马嘉等人上车，车再次缓缓前行，众人从车窗里看到那个警察还在笑着冲他们招手。

"这个警察真有意思。"秦童说道，话音未落，车身一阵颠簸，他毫无防备地身体一倒，撞到坐在他旁边的彭伟身上。后面几排的队员们也都陆续响起"哎哟"的叫唤声。这波叫唤还未完，又是一个颠簸。埃茜扭头看着大家被颠得东倒西歪的样子，呵呵地笑了。

"队长，桑纳的路真是颠得人灵魂出窍呀。"秦童揉着脑袋和江大乔说，江大乔笑而不语。

大巴车顺着绵延的公路继续前行，路两侧壮丽的风景缓缓倒退。远处，在云雾缭绕之间，一座雄伟的山脉巍然屹立，山顶处有一点白色，似与天空融为一体。大家本还沉浸在路上那个警察的舞蹈带来的欢乐中，此刻却被眼前神圣的景象深深震撼。

黄昏时分，大巴车驶入医疗队驻地院子。院门打开，便看到一块用中英双语写着"欢迎来到麦乐村"的牌子立在院门口。车停稳后，众人从车上鱼贯而下，姆齐纳用斯瓦希里语招呼着医疗队的管家瓦奇努来帮大家拿行李。现任医疗队的厨师郭雄杰头顶着白色大厨帽风风火火地走来跟大家打招呼："房间都给你们安排好了，我们走之前，要委屈你们两人一间先住着，等我们走了，你们就能腾挪开了。"郭雄杰说着，又看向姆齐纳："让姆齐纳和瓦奇努先带你们去放行李，然后院里随便转转。饭快好了，歇歇就能吃了。"

众人跟着姆齐纳往院子里走。路过一个爬满了花的架子，三角梅开得正艳。右边是一片活动区，里面有篮球场、乒乓球台等，医疗队每周都要升旗，五星红旗在空中随风飘扬。再往前走，映入眼帘的便是活动区和一片菜地，菜地里种着丝瓜、辣椒等蔬菜。

大家正好奇地观赏着，突然听到随队翻译李苗苗的一声尖叫，顺着她的视线看去，只见树枝与丝瓜架之间竟有一大片蜘蛛网，多只大型蜘蛛趴在网中央。原来这是非洲的一种络新妇属蜘蛛，有些能织出世界上最大的网。

苏心环顾麦乐村，若有所思地说："飞了上万里来到这儿，从这一刻起，算是要开始落地生根了。原本以为非洲会很陌生，可真正站在这里，居然比想象中亲切很多。我都有点儿期待这里的生活了。"

大家七嘴八舌地说着自己对未来两年生活的畅想，江大乔独自一人站在一面爬满绿植的院墙前，默默地看着院墙上一个锈迹斑驳的弓形铁门的顶部。

"队长，你在看什么？"孙爽的声音在江大乔身后响起。

"这里是当年的旧门，我还记得我第一次来，就是从这里进来的。"江大乔指着铁门顶部说道。

"您是哪一年来的？"

"2005年来，2007年走，六年了。"江大乔感叹的声音被一阵敲击铁片的声音打断。

院内众人纷纷好奇地看过去，只见郭雄杰正在敲击一块挂在树上的铁片。江大乔咧嘴一笑，看着孙爽说："走吧，开饭啦。"

贾长安最先跑到郭雄杰身边，好奇地看着他说："这声音还挺复古啊。"

"来，以后这铁棍就归你了。"郭雄杰把手中的棍子递给贾长安，"你以后就敲这铁片来通知大家开饭。"

马嘉、彭伟和秦童三人不知道什么时候钻进了一间堆满杂物的房间。房间门上用墨汁写着"仓库"两个大字。仓库里堆满了旧的电饭煲、饮水壶和不用的衣服、书籍、笔记等。铁片声响起来时，秦童刚好翻出了一个鸳鸯锅具，而彭伟则如获至宝地擦着一副落满灰尘的麻将。三人从窗口探出头，得知开饭了，便欢快地跑出去。马嘉在离开仓库时，发现角落里有一个蒙满灰尘、看上去很有些年头的大木柜，一堆杂志堵住了柜门。

餐厅里，众人围坐一圈，两台铁电扇一左一右对着桌子上吹，头顶上还有两个吊扇也在呼啦啦地转动着。纵然这样，大家还是汗流浃背。

彭伟环顾四周问道："有空调啊，怎么不用呢。"

郭雄杰端着一个大铁盆从厨房里出来，嘴中解释道："这里电压不稳，一开空调就跳闸。"说话间，大铁盆被放到桌上，"上车饺子，下车乌咖喱。这是桑纳家家户户最常见的食物。大家既然来了，就先尝尝。"

看着铁盆里颜色难看的糊糊，众人面面相觑，只有江大乔面色如常地给自己盛了一碗，吃了起来。

彭伟见状，也学着江大乔的样子吃了一口，没想到马上又吐了出来，劝退了所有想尝试的人。江大乔无奈地摇摇头，看向郭雄杰问："郭师傅，有没有面条？"

"最近是雨季，连着几天大暴雨，超市都关门了。"

正说着，现任队长曾罡匆匆进来和大家打招呼："对不起啊大家，今天本来应该去接你们，但医院的一个简易病房垮塌了，我带着大家伙儿去帮忙转移病人了。"

"没事，我们不也安全来了嘛。"江大乔和曾罡握握手。大家又重新坐下。

曾罡给自己盛了一碗乌咖喱，吃了一口说："让你们见笑了，今天中午忘了带饭，饿到现在。"

除了江大乔，大家都目瞪口呆地看着曾罡，他说话间风卷残云般将一碗乌咖喱喝了下去。曾罡放下碗，喘了一口气，才继续说道："可算把你们盼来了！我们熬了两年，终于到头了，怎么样，大家状态还行吗？"

"都是第一次来非洲，总得有个适应过程。"江大乔笑道。

"今天水塔里没水了，还没来得及送，今晚大家将就一下，明晚应该就行了。"曾罡的话引来苏心等女队员的惊呼。

"停水在这里是常事儿，习惯就好了。"曾罡摆摆手，无视大家诧异和难受的表情，"先跟大家说一下上班时间。我们工作的卡塞医院每天早上七点半上班，下午三点半下班，中午不休息。当地人习惯一天只吃两餐饭，他们早上会随便喝点咖啡，吃点面包，下班后才会正式吃饭。"

众人目瞪口呆。彭伟问道："那我们午饭怎么办？"

"医院离驻地还有点距离，开车七八分钟，走路得要半小时。师傅会准备一些午饭，想回来吃饭的就回来吃，回不来的可以自己带点面包、馒头。"曾罡说着，又给自己盛了一碗乌咖喱，"对不起啊各位，医院里还有事，我再吃一碗就得赶回去帮忙。大家一路舟车劳顿的，吃完饭赶紧休息吧。明天早上七点二十分，院门口准时集合去医院。"

曾罡此言一出，大家都停下了手里的筷子，一脸震惊。

"明天？"武梅严肃地看着曾罡。

"对。"曾罡放下又空掉的碗，扯过一张纸擦擦嘴。

"曾队长，我们一路奔波，刚落地，时差也没倒过来，吃也没吃好，怎么保证明天的工作？"武梅此言一出，队员们都露出赞同的表情。这时，彭伟也帮腔道："我们好歹是代表国家来的，跑了上万公里，不说有个欢迎仪式吧，就让我们吃这个？曾队该不会是就盼着我们来了，你们好跑吧。"

曾罡听到彭伟的话，脸冷了下来，正色道："这位兄弟，话可不是这样说的，关于晚饭的事郭师傅应该解释过了。为了迎接你们，我们把院子都打扫了一遍，而且我实话告诉你，伺候你们不是我们的责任。来非洲不是来享福的，吃不了这苦劝你趁早回去。"

气氛一时陷入尴尬。马嘉赶紧出来解围："曾队，你误会了，我们每个人都是摩拳擦掌来为国家做贡献的，这点小事算啥苦。"

"我知道大家都累了。这样，郭师傅，你去菜地里摘几个番茄，给大家做个番茄炒蛋就乌咖喱吧。我知道还有几位同志要连夜赶去马格南布，你再给他们每个人煮一颗鸡蛋带上。"曾罡也放软语气，站起身说，"各位慢吃，我先回医院了。"

曾罡说着往外走去，江大乔站起身跟上说："我跟你去看看情况。"

两人走出餐厅，曾罡抱歉地看了一眼江大乔说："江队，不好意思，没收住脾气，你知道这里的情况，真没有怠慢大家的意思。"

"是他们不懂事。对了，大家的日常伙食都是这样吗？"江大乔问道。

"我们预算有时候不够。平时吃的青菜都是我们自己种的，咱们医疗队的老传统了。蓄水塔旁边有块地还没开发出来，你们人比我们多，可以重新规划一下。"

两人说话间已走到车旁。曾罡停下拦住了江大乔说："江队，你们明天早上再去吧。医院那边也差不多了。我们估计十二点前就能回来，你就别跟着折腾了。再说了，你还得送送一会儿去马格南布的小分队呢。"

江大乔见曾罡说得有理，便也不再坚持。

孙旭方带的马格南布小分队连夜出发后，大家按照在培训班时的分组方式，两人一组分配房间。

马嘉给柳晓弦打电话报平安，信号却时断时续，没说几句就挂断了。彭伟见状不死心，坚持要给老婆打视频电话，却是卡顿得只有定格的画面。不仅如此，房间里蚊子肆虐，马嘉和彭伟不知不觉就被咬了好几个大包，全身还因为汗水无法清洗变得很黏糊，两人不禁抱怨起来。

"停水，空调不能用，蚊子大得跟轰炸机似的，马嘉，你说咱们这日子真的要过两年吗？"

"这才第一天呢，万里长征第一步还没走完。以后还有七百多天，你看看衣服上的国旗，它正看着你，你对得起它吗？"马嘉嘴里说着，脑中却浮现出刚才在餐厅无意中瞥见的墙角的一桶饮用水。

"赶紧支蚊帐睡觉吧。"

"连一天倒时差的时间都不给。"彭伟摇摇头，学着马嘉的样子，用现有的胶带将蚊帐顶粘到墙壁上。他没注意到，支好蚊帐后的马嘉走到窗边，把窗户打开了一个小缝。

夜深了，现任医疗队员们也都从医院回来了。一阵动静过后，院内和房间里的灯都灭了，疲惫的大家都已进入梦乡。

马嘉听着彭伟传出鼾声，心中羡慕不已。汗臭加黏腻让他觉得全身上下如虱子在开狂欢派对。食堂墙角那桶水再次浮现在他脑海中。马嘉实在没忍住，悄悄起床，一个闪身出了房门。

不一会儿，头上系着毛巾，一手拿脸盆、一手拿手机的马嘉轻手轻脚地出现在食堂，可是墙角的那桶水已经消失了。马嘉只得借着手机的电筒光悄悄摸进后厨。后厨被收拾得很干净，没有找到储水桶。他不死心地拧开水龙头，也是一滴水都没有。马嘉不死心地继续找，终于在旁边的储藏室里发现了好几箱五升一桶的饮用水。马嘉犹豫着，退了出来，继续在厨房和餐厅寻找一番，依然无果。他烦躁地挠着痒，想了想，才最终下定决心走回储藏室。这时，窗外无声地闪过一个黑影。

马嘉把手机放到地上，边哼歌边脱掉外套，拆开一箱水的包装。正当他准备拧开水桶瓶盖时，一双手突然落到了他的双肩上。马嘉吓得失声大叫，手机电筒的光直直地从脚边打到马嘉脸上，衬得他惊恐的表情有几分恐怖。与此同时，窗外一道闪电，接着传来轰鸣的雷声。瞬间，噼里啪啦的雨滴打在了屋外的芭蕉叶上。

马嘉的脸和叫声吓得这双手的主人——麦乐村管家瓦奇努也跟着雷鸣声大叫起来，他双手紧紧掐住马嘉的脖子，用斯瓦希里语大声喊着："小偷！小偷！"

两人从储藏室扭打到厨房，撞翻了地上的盆和桶，发出一阵丁零当啷的响声。江大乔、曾罡、郭雄杰和武梅闻声赶来，打开电灯，灯光下的一幕令大家目瞪口呆。

面对江大乔的责问，马嘉坚称自己在找水喝。武梅本想打个圆场，却见江大乔铁青着脸，反问道："你见过用脸盆和毛巾喝水的吗？"

"我想洗个澡，行了吧？"马嘉不耐烦地承认。

"马医生，你知道饮用水有多贵吗？"郭雄杰忍不住插话。

"我买还不行吗？多少钱一桶，你说！"

江大乔被马嘉的态度激怒了，抬高音量斥责道："这是钱的事吗？"

"我三十多个小时没洗澡，全身痒得睡不着，用点儿水擦擦怎么了？犯法吗？你吼什么呀？"马嘉也生气地跟江大乔杠上了。

"这里是医疗队，不是你家！你还有没有点组织纪律性！"

曾罡见两人都急了眼，又赶紧上前劝说："马医生，别上火。今晚你忍一忍，明天水车就送水来了。"

"我忍不了！"

"女同志都能忍，你就忍不了？我提醒你，这里是桑纳。"江大乔见马嘉连曾罡都呛，更加生气。

"行，你是队长，横竖都是你对！"马嘉怒气冲冲地摔门出去，冲进院内。

外面大雨瓢泼而下，马嘉冲到雨中，很快被淋了个湿透。队员们看着雨中的马嘉，有惊异，也有不理解。

曾罡喊他回来："马医生，这雨水中细菌很多，不干净，你赶紧回来吧！"

江大乔阴沉着脸："不撞南墙不回头，让他自个儿受着吧。"

第二天一早，天空放晴，霞光普照。江大乔站在院子里，众人换好了工作服，陆续往大巴车上走，只有马嘉未到。

"彭伟，马嘉呢？"江大乔见彭伟已上车。

"他有点儿不舒服。"

江大乔看了一眼手表，已经七点四十五了，脸沉了下来："不等了，我们先走吧。"

大巴车缓缓前行，路上神情各异的桑纳人慢悠悠地走着。孙爽看着车窗外，前方不远处有一个年轻漂亮的桑纳女人穿着一件色彩鲜艳的民族服装迎面走来，女人怀中抱着一个可爱的孩子。她惊叹于女人的美丽，顺手拿起相机拍照。不料女人正好将视线投过来，她立刻冲上前，用力拍打着车窗，大声嚷嚷。

孙爽吓了一跳，不知道她怎么了。这时，信号灯已经变绿，但女人竟然不顾危险，小跑着追上车，不让大家走，江大乔赶紧让姆齐纳开过路口后将车停下来。

江大乔和姆齐纳下车沟通，才知道原来女人看到孙爽在偷拍照片，认为会给自己和孩子带来厄运，江大乔赶紧用斯瓦希里语向女人道歉，又把孙爽叫下车，当着女人的面删除了照片并道歉，女人这才肯放大家离开。

车继续往前开了一会儿，拐过一个路口，窗外闪过一幢白墙红瓦的三层楼，江大乔向大家介绍这是桑纳国家卫生部，就在他们工作的卡塞医院对面。

随后，车经过一片类似街心公园的草地，几棵枝叶茂盛的大树下，一些人将花花绿绿的布铺在草坪上，席地而坐。孙爽好奇地问道："他们是在野餐吗？"

"他们是病人家属，没钱住旅店，只能在这儿过夜。"江大乔回答。

孙爽愣住，一时间不知道该如何接话，众人也面露不忍。良久，武梅才感慨一句："幸好非洲没有冬天。"

麦乐村里，马嘉终于从迷糊中醒来，发现蚊帐已经不知道什么时候从墙上掉了下来，不偏不倚压在他的脸上，一只巨大的虫子缓缓地从蚊帐上爬过。他有气无力地跟蚊帐搏斗了片刻，才算摆脱了蚊帐的纠缠，强撑着坐起身来。全身肌肉的酸痛感让他意识到有点儿不妙，从行李中翻出体温计量了量，37.8摄氏度。

马嘉叹了口气，挣扎着出门，走向食堂。勉强喝下一碗乌咖喱糊糊，马嘉的额角浮出了虚汗，身体也轻快了些许。马嘉不顾贾长安和郭雄杰的劝阻，坚持走到麦乐村院门口，招手叫了一辆摩托车。

医院这边，大巴车驶入医院院内停下。曾罡与卫生部同医疗队的联络官巴哈已站在院内迎接。见江大乔先下车，曾罡上前迎接江大乔，其他队员也随后鱼贯而下。

曾罡低声对江大乔说："卡塞医院有人事调整，现在你认识的应该只有坎戈院长了。这个人是卫生部的联络官，叫巴哈，中文很好。"说话间，曾罡已带着江大乔走到巴哈身边，介绍双方认识。

巴哈笑吟吟地向江大乔伸出手，并用汉语说道："欢迎大家来到桑纳。"

一行人互相介绍并打过招呼后，巴哈才说道："坎戈院长正好有个会议，现在没有办法见你们。"

曾罡笑了笑，将一张五美元的纸币塞在巴哈手中说："巴哈先生，坎戈院长没有时间，那就辛苦你了。"

巴哈原本有些礼节性的笑脸顿时变了，他咧开了嘴，笑得毫不含蓄。他把钱塞进口袋里，热情地抬臂引路。看见曾罡和巴哈的一系列举动，大家互相对视一眼，露出心照不宣的笑。

在巴哈的引导下，大家进入大厅，巴哈依次向大家介绍："我们医院共有一栋主楼，两栋副楼。这一栋是主楼，主要是门诊、急诊和综合楼。大副楼是放射科、手术室和病房，小副楼是食堂和祷告室。"

武梅吃惊地问："医院里还有祷告室？"

曾罡赶紧解释："这里大多数人信教，如果是伊斯兰教的话，很多人一天得做好几次礼拜。"

曾罡示意大家跟上已经往前走的巴哈。

一楼大厅异常简陋，却被人挤得满满当当，不少人只能席地而坐。众人跟在巴哈身后，小心地在人群中穿行，生怕踩到他们。

巴哈继续介绍着："一层分为两个区域，左侧是门诊接待大厅、检查室、中医科、眼科、耳鼻喉科、妇科和儿科分诊中心；右侧是急诊室、夜间值班室、抢救室和输液留观室。二层是外科诊室、手术室、ICU以及医生办公室。VIP病房和行政办公室在三层。"

医疗队队员们环顾这些病人，他们有的满脸迷茫，有的眉头紧皱，还有的则好奇地打量着大家。偶尔有一两个看上去精神状态稍佳的，主动向大家招招手，用斯瓦希里语说一声"你好"。

曾罡用斯瓦希里语回一句"你好"，江大乔、武梅等人也纷纷效仿。

曾罡见大家都感兴趣地听着巴哈的介绍，便悄悄缓了两步，拉过江大乔走在后面，两人小声地交流着。

"卡塞医院是桑纳的国家级医院，但本院的执业医生只有六名，主要在内科和全科，他们的外科、妇科、儿科等基本都依赖中国医生。外科还有一个法国医生齐丹，坎戈院长很器重他。"

江大乔环顾候诊大厅说："病人不少啊。"

曾罡点点头道："门诊一天要接诊两百多人，重症也多。桑纳实施的是转诊制，外地的病人在当地镇级医院治疗不了，就会被送往市级医院，市级医院解决不了才会送来卡塞医院，所以这里的外地病人大多是重症。"

正说着，巴哈终于介绍完毕，在大厅中央停下来。曾罡向巴哈表示感谢后，冲江大乔点头示意。江大乔立即会意："各位，曾队已经安排好了，老队员们都在各自科室里等着大家交接呢，我们分头行动吧。"

众人点点头，各自散去。因为妇产科和儿科挨在一起，苏心和彭伟便朝着同一个方向去。经过婴幼儿分诊中心时，两人看到一根很粗的绳子从天花板上吊下，绳子下挂着一个大吊秤。一群怀抱着小孩的妇女安静地排着队，等待着将自己怀中的婴儿挂上秤钩上秤称重。彭伟和苏心都是第一次见这样给孩子称重，甚觉有趣。两人相视一笑，走向各自的科室。

苏心一进妇产科，便被现任队员姜岚和医助麦娜姆拉进了产房，帮忙做一台胎心渐弱的剖宫产手术。

儿科门诊内，彭伟则是用变魔术的方式逗哭了一个三岁的候诊病童，惹来同科室同事迪斯马斯的不满。

秦童来到眼科，发现上一批医疗队队员邓晓静正在用一台玻璃片都磨旧了的仪器替白内障病人检查。因为日照时间久，桑纳需要做白内障手术的病人非常多，但超声乳化仪常常坏，一天做十二台手术已经是极限。

中医诊室门口更是大排长龙，中医科医生艾米尔热情地迎接了孙爽。

当对工作坚持原则、一丝不苟的武梅来到护理站时，她简直惊呆了。只见一个戴着护士帽约莫三十岁的男人一个人坐在桌后，他双脚搁在桌上，戴着耳机听音乐，一边摇头晃脑，一边吃着花生。这人见武梅进来，愣了一下，随即双眼放光，摘下耳机，露出极为热情的笑容。

男人用英语说："美丽的女人，你好呀，我叫迪阿鲁，是这里的护士长。请问有什么事可以为你效劳？"

武梅被迪阿鲁行云流水般流畅自然的动作搞蒙了，她后退一步站定，四下打量起来。只见护士站简陋又凌乱，护理用的小器械随意扔在桌台或柜子里，柜门也未关，桌子上乱七八糟地堆着杂物和食物。地上除了迪阿鲁丢的花生壳，还有一些杂物，武梅不禁皱起眉。

桑纳街道上，一个摩托车骑手载着马嘉在街道上一路疾行。车身贴着汽车或是行人快速擦过，马嘉倒吸了一口凉气。他用斯瓦希里语高声叫着慢点，骑手却信心满满地说没问题，速度则有增无减。马嘉被颠得脸色煞白，死死搂住骑手的腰，紧闭双眼，一副视死如归的样子。

终于，车猛地在卡塞医院门口停下。马嘉从车上滑下来，扶住路边的树，一阵呕吐。马嘉好不容易才缓过来，将钱付给看着他直乐的骑手，摇摇晃晃地走进门诊大厅。

马嘉一进去便遇上了江大乔等人，来不及多寒暄，因为巴哈要带江大乔和李苗苗去见坎戈院长，曾罡便直接带着马嘉前往外科交接工作。

在前往外科病房的路上，马嘉看到墙上贴着一幅很大的白人医生照片，照片下用英语写着"齐丹医生"。马嘉本想问问这人是谁，转念一想，反正马上就会知道，何必多此一举，便把到嘴边的话咽了回去。

外科男病房内，十来张病床上安静地躺满病人。曾罡挨个给他介绍情况。马嘉注意到一个中年男病人床头挂着一张黄色的小卡片，询问曾罡才知道，这说明病人在进行术前的例行检测时，发现是HIV阳性，马嘉愣了。

"马医生，这个病人的手术排期是一周后，我走之前来不及了。给他动手术的时候，你一定要小心。"曾罡叮嘱道。

"他什么病？"马嘉心中有些慌乱。虽然作为医生本不应如此，但从学医到工作以来，快二十年的时间，他还是第一次如此近距离地与HIV阳性病患接触。

"肠道平滑肌瘤，不太好弄。"

马嘉点点头，他移开视线，突然发现邻床病人伤口处的纱布有感染，忍不住想要上前查看，正当他掏出口袋里的手套戴上，俯身伸手查看时，身后一个男人用流利的英语阻止他说:"不要随便动病人,这是齐丹主任的病人。"

马嘉回头一看,一个棕色皮肤、年约三十岁、穿着医生工作服的男人正严肃地看着他。

"这位是何塞医生,巴布人。"曾罡赶紧替两人介绍,"何塞医生,这位是我们新一届医疗队的马嘉医生,他来接替我的工作。"

何塞礼貌又略显冷淡地向马嘉伸出手,刚碰上又迅速缩回去。他认真地看着马嘉的眼睛说:"齐丹主任的病人,只有他指定的医生能碰。"

马嘉本想解释病人的伤口处有感染,不料一阵强烈的腹痛袭来,他痛得弯下了腰,吓得曾罡赶紧扶着他离开病房。

坎戈的办公室里,一组具有非洲特色风情的木沙发摆在办公桌对面。办公桌后面的墙上挂着一幅巨大的孔子画像,上面还有用中国隶书字体写的两行字:礼之用,和为贵。

坎戈穿着一件红色的绣有非洲图腾的布料做成的中式中山装,坐在桌前看文件。看到江大乔,他热情地站起来迎接。两人一番寒暄后,这才在木沙发上坐下,李苗苗和巴哈也分别落座。

发现坎戈全都是用汉语跟自己交流,江大乔笑道:"坎戈院长,几年不见,想不到你的汉语说得这么好了!"

坎戈颇有些得意地笑道:"你很快就会发现,卡塞医院的人,大多数都会说汉语。为了跟大家配合得更好,也能有更多的机会到中国学习,我提倡在卡塞医院开展学汉语活动。"

江大乔说:"那这样我们的工作会更顺利了。我先向您汇报一下,我们这次一共派了二十一名医疗人员,卡塞医院留下十三名,剩下八人目前往马格南布。"

"江,感谢你和你的队友。这次回来桑纳,感觉好吗?"

江大乔笑着说:"我们刚来就发生了停水停电的事。我昨晚检查过麦乐村,供水的管线和电线都已经老化了,希望院方可以帮我们维修。"

"我们会尽力的。"坎戈满口答应,却答得很虚。

"为了让我们的新队员尽快适应卡塞医院的工作,我希望可以给他们每个人配一个固定的同事协助他们的工作。"江大乔边说边观察着坎戈的脸色，又赶紧补充道，"最多一个月，我们的新队员就会适应。"

"现在医院的医生由法国来的齐丹医生统一管理，我让他调配一下。对了，齐丹主任三个月前来的卡塞医院，相信你们很快就会见到了。"

"谢谢坎戈院长。"江大乔说着，将手塞进口袋，掏出一沓写着英文字的纸放到茶几上。

"坎戈院长，我来之前，领导交代过，卡塞医院有任何困难和要求，我们都会尽量协助解决。你有什么需要，尽管对我说，只要是能做到的，下次物资到来时，我们尽量满足。"

坎戈顿时笑得嘴都合不拢了，他也从口袋里掏出一沓写满字的纸，将两沓纸撂到一起说："礼之用，和为贵。江，我今天就让齐丹主任为你的队员们分配好固定的同事，希望大家在桑纳过得愉快。"

第一天的桑纳生活在人仰马翻的忙乱中度过。晚上，众人回到驻地吃饭，互相吐槽着自己这一天的经历。手术室的麻醉机是坏的，护士打留置针却不做好消毒封管，甚至不知道肝素帽是什么。

面对这些在国内不敢想象的窘境，江大乔只得安慰大家说："现在的情况已经比八年前好多了。你们要记住，很多在国内司空见惯的事，在桑纳是行不通的，也是万万不可行的。在医院里，无论大小事，先来跟我说，我再去向坎戈反映。"

江大乔说着，环顾一周，发现马嘉和彭伟不在。

"马嘉和彭伟呢？他俩怎么不来吃饭？"江大乔问道。

"说是发烧拉肚子，还在医院呢。"秦童笑着说，"估计昨晚被雨淋的。"

众人想起前一晚马嘉在雨里的样子，都笑了起来。唯有江大乔微微皱起眉，眼中浮现一丝担忧。

第六章
规则与生命，孰重？孰轻？

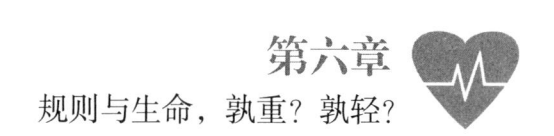

马嘉紧皱着眉，手中捏着一张化验单，在彭伟的搀扶下走到B超室门口。一个年轻漂亮的桑纳女生正坐在B超室里，看到马嘉和彭伟进来，便用汉语向两人打招呼。

女生很热情，一边给马嘉做B超，一边跟两人聊天。交谈中得知这个女生叫玛丽安，曾在上海进修过，所以会说汉语，最近刚刚升为住院医师。上个月才从影像科轮转到外科，今天是过来给B超室的同事代班。

"外科？那不是你的科室吗？"彭伟问马嘉。

"那以后我们就会在一起工作啦，太好了。"玛丽安看上去很开心。

看着B超结果一切正常，马嘉招架不住玛丽安的热情，拉着彭伟迅速逃出了B超室。

因为刚到桑纳，行医执照还没下发到医院，马嘉暂时无法为自己开药，只得来到急诊室。没想到当晚值班医生竟然也是玛丽安，马嘉赶紧阻止护士去找玛丽安，跟彭伟逃回了门诊。

"这里的医生本来就少，执业的算上麻醉师才六个人。再说咱们的药都在宿舍，要不回麦乐村吧。"彭伟建议道。

"我是想挂瓶水好得快点儿,回去打针被江队看到,又得找我麻烦。"马嘉摇摇头,坚持留在医院。两人边说边走,经过儿科诊室时,彭伟看到迪斯马斯在里面,赶紧拉着马嘉进去。

没想到迪斯马斯是个轴人,坚持认为马嘉只是细菌感染,吃点儿药就行,没有输液的必要。不管马嘉和彭伟怎么好言相求,他就是坚决不给马嘉输液。

无奈中,两人只得先回到中国医生休息室。彭伟突然想起来,中午曾罡说,前几天给中资企业工人治疗时,在办公室里放了一些备用药。经过翻找,彭伟果然在一个柜子里找到了葡萄糖和左氧氟沙星。马嘉松了一口气,靠在沙发上等彭伟给自己扎针。谁知道彭伟上一次给人扎针还是在实习的时候,这生疏的技术扎了马嘉两次都没成功,疼得马嘉骂骂咧咧。

两人吵闹的声音被路过的迪斯马斯听见,他好奇地停下脚步,从半掩的门缝看过去,被眼前的景象惊呆了。迪斯马斯生气地推开门,斥责两人,万一在输液的过程中出了事,会给当晚的值班医生玛丽安带来极大的麻烦。

面对迪斯马斯的斥责,马嘉很不服气,解释说在中国医院里,医生为了快点儿恢复健康,给自己扎针司空见惯。两人争执不下,彭伟打圆场也无效,迪斯马斯气得摔门离开,跑去打电话向坎戈院长汇报。

当江大乔带着武梅气冲冲地赶回卡塞医院时,马嘉的点滴还未打完。见江大乔阴沉着脸闯进来,马嘉眼皮都懒得抬一下,马嘉的表现让江大乔更为光火。

"我刚强调,你们在医院,无论大事小事都要先跟我说,转眼你就当耳旁风了?"

马嘉翻翻眼皮,睨了江大乔一下,不紧不慢地反问:"你什么时候说过?"

江大乔双眼一瞪,被武梅拉住。

"江队,你刚才说的时候马医生在医院呢。"武梅低声提醒道。

江大乔脸憋得通红,一时间说不出话。没想到这时马嘉又满不在乎地来了一句:"作为医生,给自己开药打针不是很正常的吗?至于上纲上线吗?"

"这是打针的问题吗?你跟迪斯马斯说了什么?你说这是我们中国自己的药,迪斯马斯管不着!"江大乔气得手都在抖。

武梅责备地看了马嘉一眼。

马嘉这时候也火了："我病得快死了，我只想赶紧好起来，别影响工作。你倒好，只管给我上思想课。行了，不就一瓶药吗？多少钱？我给！"

"这是钱的问题吗？你不尊重迪斯马斯，不尊重卡塞医院！我反反复复强调，我们中国医疗队代表的是国家！我们现在在别人的国家，别人的医院。是不是该遵守别人的制度？尊重别人？"

"你别动不动拿大帽子扣我头上！是，你是队长，你觉悟高，你高风亮节，这针我不打了，行吗？"马嘉怒气冲冲地一把从手上扯下针管，用力一扔，甩手出去了。彭伟赶紧追了出去，留下武梅劝慰气得满脸通红、血压飙升的江大乔。

马嘉回到麦乐村，满心愤怒不知找谁发泄。突然想起苏莱曼，骂了一句："苏莱曼，你小子真是实力坑师父！"

"你说什么？"彭伟洗完澡从浴室出来。

"我说我一来桑纳就诸事不顺，洗澡被人骂，打个针也被人骂。"

"你要不看看你的八字，是不是跟江队长相克？"彭伟开起了玩笑。

马嘉翻了个白眼，钻进了浴室。

彭伟追过去问："给我说说，你和江队在国内到底是什么仇什么怨？"

砰的一声，马嘉把浴室门关上了。

另一边，江大乔的心情没比马嘉好到哪儿去。忙完队里的事务，抬眼看看时间，已经半夜两点，国内正是早上七点，江大乔拨通了梁森林的电话。

听着江大乔说起马嘉偷水、偷偷打针等"光荣事迹"，梁森林也只能苦笑，他劝江大乔说："他毕竟是第一次到非洲，你得有点儿耐心。"

"老师，我苦口婆心地说了又说，他就是不听。双重违规，错上加错，还不知道悔改，我是真拿他没辙。"

"队长嘛，不就得扛担子。再给他点儿时间吧。对了，我今天去看老于了，他恢复得不错，让我向你和马嘉问好。"

"我知道他还放不下当年的遗憾。师父，您要再看到他，帮我劝劝他，我会帮他、帮大家弥补这个遗憾的。"说着，江大乔想起埃茜的母亲阿依莎。

"好。"梁森林答应道,"对了,你们现在还经常能看到乞力马扎罗山吗?"

"下飞机就看到了,依然很壮观、很美。"

"这山哪,有时候很远,有时候也很近。就跟人的记忆一样,时而很远,时而很近……"

次日早上,马嘉身体已有好转,他跟着大家出现在外科诊室。

虽然在培训班上有针对性地学习了斯瓦希里语,可是当面对只会说斯瓦希里语的桑纳病人时,马嘉才体会到"学不能致用"的艰难和沮丧。看着面前这个病人用斯瓦希里语讲述自己的病情,马嘉甚至用上了肢体语言,却依然无法明白对方到底想表达什么,两人相顾茫然。这时,一个白人医生经过门口,看到这窘境,便停下脚步,用探究的眼神看向马嘉问:"有什么问题吗?"

马嘉想起自己前两天刚在墙上看到过他的照片,好像叫齐丹,便苦笑着指指病人说:"齐丹医生,这个病人不会英语……"

马嘉话未说完,齐丹已经大步走了进来,自顾自地用斯瓦希里语跟病人说话,表情温和、语气轻柔。一阵叽里咕噜的对话后,齐丹看也不看马嘉,径自拿起笔,开了处方交给病人。马嘉则目瞪口呆地看着面前的一切。

待病人离开诊室后,齐丹换了一副严肃的表情,眼中还有些不屑地看向马嘉,问道:"你是谁?"

"我叫马嘉,中国医疗队的医生。"面对齐丹的倨傲态度,马嘉心生不满。他大声回答,尤其在"中国医疗队"几个词上加重了语气。

"医生?"齐丹从鼻子里哼了一声,"请记住你是谁!"齐丹说完,头也不回地离开。

马嘉一口气憋在胸口,嘀咕道:"见了鬼了,是个人都要来教训我!我这是跟桑纳八字不合吧!"马嘉气呼呼地坐回椅子上,但的确是自己因为语言不通,无法与病人沟通,怪不了别人。想到这里,马嘉的气愤很快又被沮丧与自责取代。

一连几天的遭遇让马嘉有了前所未有的挫败感。这天晚饭后,马嘉跑到了天台上。天台上有一张摇椅,正是扔在仓库角落里坏了一条腿的那张,马嘉已经凭自己的巧手将它修好。此刻,马嘉躺在摇椅上给柳晓弦打电话。

一通抱怨诉苦后，抑郁的心情终于得到舒缓，马嘉这才想起来要问问柳晓弦的近况。

"你最近工作怎么样？"

"新节目的提案通过了。"柳晓弦的语气并不开心。

"好事啊！"

"为了通过，栏目定位和内容做了妥协。"

"想开点儿，不就是一个工作嘛，那么较真干吗？"马嘉想安慰柳晓弦。

"你说得对，那你也不用学什么斯瓦希里语了，糊弄糊弄得了，不就是一个工作嘛。"柳晓弦的语气变得生硬。

"我错了。你的工作自己把握吧，咱们聊点儿开心事。我们驻地的天台据说能看到乞力马扎罗山，但我回回上来都是一片雾，等哪天看见了，给你拍照片。"

"还有事吗？"

"明天大使馆要接见我们，你说我穿哪双鞋？"马嘉说完，半晌没有回音，再一看手机，电话已经断了。

"这手机信号，太差了。"马嘉嘀咕着，给柳晓弦发了条QQ消息："这边手机信号太差，又断了。不聊了，你早点儿睡吧。"

马嘉不知道的是，这通电话其实是柳晓弦挂断的。看着马嘉发来的QQ消息，柳晓弦的眼中涌起一股失望与落寞。

这天清晨，桑纳海边鱼市的一个拍卖小屋里，长长的货钩上挂着一串小鱼，拍卖人站在高处用斯瓦希里语吆喝报价，周围站满了桑纳人，既有供货的鱼贩，也有拍卖的顾客。拍卖人报价，周围的人举手，拍卖人便提高价格，举手到最后的人，便获得这次拍卖的鱼。

在卡塞市颇有名气的中国餐馆"萍聚餐厅"老板——石竹子大步流星地走向拍卖小屋。她看上去三四十岁，一颦一笑都风姿绰约。桑纳小跟班吉桑嘎快步跟在旁边，手里拖着一个推车。石竹子路过之处，男人都行注目礼，用斯瓦希里语或蹩脚的中文跟她打招呼。

拍卖正在如火如荼地进行着。随着拍卖人不断报价，很多人慢慢放下了手，最终只有一个中年男顾客还举着手。拍卖人摘下货钩上的鱼，旁边的年轻小哥立刻接过去，将鱼递给中年男顾客，男顾客给钱拿鱼，还非常熟练地将其中一条鱼递给对方当作小费，所有动作都一气呵成。

看到石竹子进来，拍卖人冲着石竹子热情地笑了笑，便开始新一轮拍卖。他将一串质量上乘的大鱿鱼挂在货钩上，起价4000桑先令。石竹子第一个举起了手。周围的人几乎没人举手，有人犹豫着想举手，却看见拍卖人给他们使眼色，又放下了手。没人往上竞价，拍卖人宣布成交。

石竹子又陆续拍下石斑鱼、大龙虾等，新鲜的鱼货快要将小拖车装满了。

满载而归的石竹子将车停到餐吧的后院，她和吉桑嘎跳下车，吉桑嘎忙着搬鱼货，石竹子则饶有趣味地看着院子里正在追着一只大公鸡的刘清扬和大厨纪师傅。两人配合着围堵，终于在角落里把那只鸡抓住了。旁边悠闲散步的孔雀淡然地看了两人一眼，迈着高傲的步伐走开。

"竹子，回来啦。"刘清扬知道自己狼狈的样子被石竹子看到了，很是不好意思地将手中的鸡交给纪师傅，自己则迎了上来，两人边说着话边往后厨走去。

厨房里，纪师傅正在杀鸡，灶台上已经摆了几样处理好的羊肉、青菜和豆制品。吉桑嘎则忙着把刚才买回的鱼货分类，同时交代两名桑纳小工处理鱼货。

"纪师傅，今晚您就拿出您的看家本事，老队员的口味您都知道，我不啰唆了，新队员就做苏菜、浙菜。"石竹子一边检查菜品，一边嘴上交代着。

"得嘞！"

"对了，听说队里还有个老北京。"

"老北京？"纪师傅将已经杀好的鸡放入一只铁盆中，又将炉上烧得翻滚的开水倒入盆里，嘴上应答着，"烤鸭我做不了，京酱肉丝、炒合菜，这些没问题。"

"他们基本上都是第一次来桑纳，咱们要招待好，给他们一种宾至如归的感觉。"石竹子说完，回头一看，刘清扬已不见了人影。

"清扬呢？"石竹子问道。众人都摇摇头。

石竹子快步穿过厨房门，进入大厅。她来到吧台旁的酒柜前，清点酒水。这时，刘清扬突然从背后叫她。石竹子回头，看到刘清扬笑着从外面进来，手中拿着两盒胃药。石竹子顺着看过去，刘清扬的车停在前院里。

"你呀，老胃病了，还总是忘了按时吃药。"刘清扬责备着，语气亲昵。

石竹子莞尔一笑，将药接过来，道了谢，又从吧台的地上搬出一个箱子，里面都是红红的桌布。

"刘会长，辛苦你帮我一起布置一下吧。"

刘清扬笑着接过箱子，放到一张餐桌旁，和石竹子一起给餐厅换桌布、摆玻璃转盘，两人边布置边说话。

"听说上午大使已经会见过他们了。"刘清扬说。

"嗯。对了，今晚你主持啊。"石竹子眉眼间都是笑意。

"我？"

"咱们华商联合会设宴招待中国新老医疗队队员，你是会长，又是大名鼎鼎的通信专家，能说会道，你不主持谁主持？"

"你是副会长，比我更能说会道，你更合适。"刘清扬满眼欣赏地看着石竹子。

"我得盯着上酒上菜。一会儿我把新医疗队的名单给你，你先了解一下情况。"

"名单我有了，没想到还能遇见老朋友。"

"你说江大乔啊？"石竹子看了一眼刘清扬。

"除了他，还能有谁。"刘清扬停下手中的活，观察石竹子的表情，想要捕捉她的情绪波动，却发现石竹子依旧一脸淡然地摆着餐具。

"我也没想到。"

"他回国八年多了吧？"刘清扬的语气却多了一份感慨，"他回国这几年，联系过你吗？"

"跟你有关系吗？"石竹子继续手中的活。

"当然有关系，你俩都是我朋友啊。"

石竹子不紧不慢地回答："你把人家当朋友，人家可不一定还把你当朋友啊。"

刘清扬有些不死心地说："那你呢？你联系过他吗？"

石竹子笑笑，没有正面回答。

夕阳时分，中国医疗队坐着大巴车飞驰在去萍聚餐厅的路上，窗外树的倒影在江大乔一双款式老旧但是擦得锃亮的皮鞋上——闪过。

车上，大家情绪高涨，先是感慨刚才在大使馆被大使接见的场景，又说起关于萍聚餐厅老板的传闻。

秦童眉飞色舞地说："听说萍聚餐厅的老板叫石竹子，是东北人。本来在国营厂上班，90年代末下岗后跟着男朋友来非洲讨生活。没想到男朋友得了恶性疟疾，送到医院的时候已经来不及了。这些年她就一个人在桑纳开餐厅，做生意，还当上了华商联合会的副会长。"

"这个女人不简单呀。"武梅钦佩地赞叹道。

"你还真是个包打听。从哪儿打听到这么多八卦的？"彭伟打趣着秦童。

"我知道的多着呢。"秦童不以为意地笑了笑。

"快说快说，还有什么故事？"朱必能催促着。

孙爽和苏心坐在一起，两人相视一笑，孙爽低声吐槽道："男人聊起八卦，真没女人什么事了。"

苏心扑哧笑出声，冲着孙爽点点头，两人继续听秦童说下去。

"听说啊，华商联合会的会长刘清扬一直在追她，但一直没追上。"

"这个刘会长是做什么生意的？"常来问道。

"刘清扬是咱们国内派来桑纳指导通信行业的通信专家，之前一直在支援巴基斯坦，七年前来的桑纳。"

"这么多年都没追上？怕不是石老板心里还忘不了前男友吧。"彭伟啧啧两声。

"这就不知道了。不过我听来的版本是，石老板的前男友去世后，她跟另一个中国男人有些暧昧，但是没多久那个男人就回中国了。"秦童补充道。

孙爽撇撇嘴说："那她岂不是遇到了渣男。"

大家七嘴八舌地议论着，都没有注意到，坐在最前排靠车门位置的江大乔脸上多了几分愁绪，尤其是听到大家声讨"抛弃石竹子的渣男"时，嘴角更是挤出一丝苦笑。

不一会儿，大巴车在距离萍聚餐厅几十米外的空地上停下。大家依次下车，只有江大乔愣愣地坐在车上，看着"萍聚"两个字出神。他恍若隔世地看着窗外的人，视线在人群中寻找着什么，直到被刘清扬的声音唤回神。

江大乔循声望去，看到打扮得一身利落的刘清扬远远朝他走来，他赶紧下车，跟刘清扬握手。原来他和刘清扬、石竹子都是旧相识。正如秦童所说，七年前刘清扬作为通信专家从巴基斯坦调来桑纳，那时江大乔已在桑纳待了一年。也是这一年，江大乔参与了抢救石竹子前男友的手术，眼睁睁地看着同胞死在自己眼前。

后来，因为同情与愧疚，江大乔想办法帮助石竹子创建了这个萍聚餐厅，刘清扬也帮了不少忙，三人从此结下了深厚的情谊。

"好久不见。"时隔六年，两只手再一次紧紧相握，江大乔抑制住自己内心的激动。

"不够意思，来也不告诉我，谁都不联系，真够狠！"

"我之前听说你又去巴基斯坦了，以为你还没回来呢。"

"去支援了三个月，早就回来了。"说话间，刘清扬带着大家进了餐厅。

在刘清扬的招呼下，众人落座，桌上已经摆满精美的菜肴。

江大乔和曾罡坐到了最前面一桌。江大乔的视线下意识地四处寻找，却始终没看到石竹子的身影。

刘清扬站上台，拿起话筒宣布宴会马上开始。打扮精致、风情万种的石竹子悄无声息地走出来，她在纷乱的人影中第一时间找到了江大乔的背影。她静静地看着他，眼里有道不尽的万语千言。

刘清扬情不自禁地看向石竹子，又顺着她的目光看到了江大乔。

江大乔似乎察觉到有人在看自己，鬼使神差地回过头，刹那间，越过中间晃动的人影，石竹子和江大乔四目相对。

视线相撞片刻后，石竹子勾起嘴角，淡然一笑。

刘清扬收回目光，站在台上侃侃而谈："大家今天刚从大使馆回来，感谢和祝福的话应该已经听了很多，今晚这次相聚，没那么多讲究，我谨代表在桑纳的华人华商来跟旧朋友道别，跟新朋友相聚。"

刘清扬面向曾罡，动情地说："每当华人华商生病时，中国医疗队都会为我们尽心尽力救治，平时也总是牺牲自己的休息时间，到各家中资企业举行义诊活动。

可以说，中国医疗队就是我们这些华人华商在桑纳的'生命保护伞'。我代表大家，向你们表示感谢！"

刘清扬说着向台下深深鞠了一躬，在场的人无不动容，有人眼中已经泛起泪花。

刘清扬把话筒交给曾罡，只见曾罡许久未说话，他的视线扫过在座的每一位队员，一股复杂的情绪涌上心头。他平复片刻后缓缓开口说："刚才来的路上我还有些恍惚，真快啊，一转眼两年过去了，我还记得刚来的时候，晓静和尹梅晚上还被蛇吓哭过，姜岚每天就闷头接生孩子，有时候还和我抱怨，这非洲人也太能生了！梦里都在接生！海球来非洲第一台手术就遇到了坎儿，全麻手术，麻醉机坏了，手控呼吸，几个小时下来手都抽筋了，下台时全身都被汗湿透了……"

老队员们个个都红了眼眶，有几位已落下了泪，新队员们也很是感动。马嘉虽然听得动容，但心中总有些许懵懂。同时脑海中还在分神回想着今天用一张素描成功"收买"了玛丽安的事情，她答应以后陪自己看诊，并教自己斯瓦希里语。

一阵雷鸣般的掌声打断了马嘉的遐想。他抬眼看去，曾罡正看着江大乔。

"江队，以后靠你们了！"

江大乔站起身，郑重地点点头说："曾队请放心，我们一定接好棒。"

曾罡这时又把目光移到石竹子身上："我代表第24批医疗队，要特别感谢一个人，那就是我们萍聚餐厅的老板石竹子。这两年，萍聚餐厅几乎成了我们的第二个食堂，也是我们的家，下面请石老板上来讲几句。"

在众人的目光中，石竹子笑吟吟地走上台，从曾罡手中接过话筒。她的目光扫向台下时，有意无意地在江大乔的脸上多停留了两秒钟。江大乔的眼神如被火烫着般，迅速躲闪开来。

此时的江大乔心中思绪万千，他回想起石竹子的前男友被蒙上白布时，石竹子哭断肠的脆弱与无助，回想起当年帮石竹子创建这家餐厅时的点点滴滴。台上石竹子的声音依然动听，但说的什么，他却一个字也没听进去。

突然，坐在身边的曾罡推了推江大乔的胳膊。江大乔回过神，这才发现石竹子已经走到自己身边，正端着一杯酒，笑着看他。江大乔慌忙站起来，并举起自己面前的酒杯。

"这杯敬新来的江队长，听说你是故地重游，那我祝你不虚此行，留下更美好的回忆。"石竹子说罢，仰头将杯中酒一饮而尽。江大乔却有些不自在，脸上的笑几乎僵住了，他也将手中的酒一饮而尽，却一直不敢看石竹子的眼睛。

石竹子又倒了一杯酒，回到台上，向大家举起酒杯说："我来桑纳八年了，看着你们一批又一批的医疗队来来去去，聚聚散散，这八年，我失去了很多，也收获了很多，人生就是这样，聚散无常，就像水上浮萍一样。我希望我们每个人忘记该忘记的，记住该记住的，心中有温暖，前路有知己。这也是我的餐厅叫萍聚餐厅的原因。"

说完，石竹子走到音响前，点了《萍聚》这首歌，刘清扬跑上台跟她合唱。在优美的旋律中，众人轻轻拍手，只有江大乔刻意低着头，神情落寞。

觥筹交错间，时间慢慢流逝。石竹子穿梭在新老队员间敬酒说笑着。江大乔也不断地跟大家碰杯、喝酒，可他的目光却总在不经意间偷偷投向石竹子。

江大乔的异常早被队员们看在眼里，大家交换着眼神，露出心领神会的笑。马嘉低声跟彭伟说："我总算知道江队为什么要来桑纳了。"

宴会进行到一半，武梅提出要先离席，因为今晚她值大夜班，常来坚持要陪老婆一起离开。马嘉见状也提出，自己身体还没完全恢复，不如搭他们的车，先回麦乐村。石竹子见状也不好强留，便提议先拍个大合影留念。

有人起哄让两位队长站在石竹子两边，江大乔失神地站过去，却有意拉开了距离。这时，八卦的秦童故意来到江大乔身边，用力地把江大乔往石竹子身边挤过去。随着咔嚓一声，相机记录下这一幕，照片中，江大乔和石竹子挨在一起，两人的笑容各有内容。

路上，马嘉坚持工作要紧，让姆齐纳先送武梅和常来回医院。一行四人很快来到卡塞医院。车刚驶进院内，后面便跟进来一辆救护车。

隔着车窗，武梅看到几个护士抬着一个浑身是血的病人下了救护车，往急诊大厅跑去。

"我去看看！"武梅飞速下了车。

马嘉也跟着下了车，和常来、武梅一起进了急诊大厅。

急诊大厅里，一名伤者躺在床上，胸口插着一把水果刀，刀柄差不多10厘米长，刀刃约有5厘米露在外面，伤口正在不停地流血。值班护士阿布正在给病人抽血。

马嘉、武梅和常来赶紧跑到床边查看，伤者的两个朋友站在床边焦急地看着三人。

马嘉问阿布："值班医生呢？"

阿布指指房间另一侧："哈比医生正在打电话。"

"常来，先把他推进手术室，准备麻醉。"马嘉当机立断。

常来答应着，见阿布已经抽好血，便推起病床离开。

与此同时，武梅已经冲到哈比身边："这个刀伤病人需要马上手术！外科有没有值班医生？"

哈比放下电话说："我就是，但是齐丹主任没接电话。"

"他不接电话，你来做啊！"武梅感到很是无语。

没想到哈比顿时慌了神："没有齐丹主任的允许，我不敢做手术，这是规定。"

马嘉此时也走过来，正好听到哈比的话。

"那你赶紧再打啊！还在等什么？"

在马嘉的催促下，哈比再次抓起电话拨号。

马嘉看向武梅说："梅姐，你先去准备器械。"

武梅小跑着离开。

这时，哈比又放下了电话："齐丹主任还是没接电话。"

马嘉果断地说："这人不行了，不能再等了。我来做！"马嘉说着，转身跑向手术室。哈比见状，愣了半天，才突然回过神，追了上去。

当马嘉穿着手术服进入手术室时，武梅也抱着一个器械包进来了，常来正在准备麻醉。

马嘉看了看病人，又问常来："血压？心律？"

"血压60/50毫米汞柱，心律130。"

"快速输液，给氧，提高血容量。梅姐，准备 cell saver（细胞回收器），血型一出来，马上备血！"

马嘉说着，找到一把剪刀，不由分说开始剪病人染血的衣服，可由于剪刀已经钝了，马嘉剪不开，他索性放弃剪刀，双手一使劲，嘶啦一声，将病人的衣服撕开。当病人的胸膛完全暴露时，他又拿起碘伏淋在病人胸口上，然后赶紧去刷手。

与此同时，武梅打开器械包，在器械台上将已经老旧的器械摊开，嘴里还念叨着："这里器械都不全，我把能找到的都拿来了。"

刷好手的马嘉进来，在常来的协助下穿手术服，这时哈比闯进来说："马医生，齐丹主任没接电话，在他同意之前，你不能给病人做手术。"

"我也是外科医生。我不能做手术，那你来做？"马嘉生气地呛了哈比一句。

这时，常来用汉语插话道："这事我们要不要先跟江队说一声？"

"救人的事，有什么好说的！"

也刷好手过来的武梅帮腔道："特殊情况，我是副队长，有事我扛！"说完一扭头，见哈比还站在门口，武梅有些生气，"哈比，你去把阿布叫来！"

哈比无奈地转身出去了。

马嘉沉着道："准备开胸，皮刀。"

经过马嘉简短而娴熟的操作，伤者胸口刀尖的位置露了出来。

"刀的位置，大概在胸骨左缘第三肋间的位置，希望没有扎到心脏。"马嘉说着伤者情况，然后拿起手术刀朝病人胸前正中的位置划去。

"电锯。"

随着马嘉的指令，武梅递上了电锯。

常来也及时回报："已经脱开呼吸机。"

马嘉拿着电锯使用了不到五秒，电锯突然因为接触不良断电。马嘉敲了敲电锯，还是不行。

"血压在降低。"常来提醒道。

"什么破东西。"马嘉扔下电锯，"剪刀！"

马嘉话音一落，剪刀及时落到手中。

三人全神贯注地进行着手术，阿布进来时，被三人严肃的气氛吓得不敢说话，只悄悄走到手术台尾部站定，屏息看着三人。

手术室里只剩下监护仪的工作声和器械落盘的撞击声，以及马嘉偶尔发出的指令声，时间一分一秒流逝。

"刀刃擦到左心耳了。"马嘉突然说道，常来和武梅脸色一凛。

满头汗水的马嘉右手拿着纱布，握着病人胸口的水果刀，沉着地跟武梅对视了一眼，他们都明白拔刀这一下事关重大。

"现在血压多少？"马嘉的声音沉稳镇定，给了常来和武梅一些信心。

"收缩压85毫米汞柱。"常来回报。

马嘉深呼吸，稳定心神，发出指令："准备拔刀。"

"谁允许你们这么做的？"突然，一个愤怒的声音在手术室门口响起，已刷好手的齐丹跟在哈比身后进入手术室。

马嘉只用余光看了一眼齐丹，丝毫不受影响，低声对分神的武梅说了句集中注意力。接着，将全部注意力集中在手中的刀上，快准狠地拔出刀来，鲜血登时喷涌而出。马嘉迅速扔下水果刀，用另一只手压住伤口。

一旁心电监护仪上的数值快速下降。

"5-0 Prolene线（缝合线）、镊子。"

武梅递上马嘉所需。愤怒的齐丹看到这一幕，脸色一变，毫不犹豫地走了过来，他一边在哈比的协助下穿手术服，一边和马嘉异口同声地发出指令："加快输血！"

马嘉还没来得及回头，齐丹已经来到他对面，加入急救。

"4个单位红细胞，400毫升血浆。"齐丹头也不抬，嘴里说道。

哈比领命而去。

马嘉则在齐丹的辅助下，开始缝合。两人第一次联手，竟配合得天衣无缝。

不一会儿，哈比跑回来，手中拿着一袋血浆："齐丹先生，没有红细胞，只有200毫升的血浆了。"

"没有就想办法找！"

马嘉却说道:"血够了。"

齐丹脸上流露出怀疑之色。马嘉抬眼看向他,眼神笃定:"够,相信我。"

两人对视片刻,齐丹点头同意。两人继续默契地配合着。齐丹不时看着马嘉的操作,只见他针法扎实,行云流水,齐丹的眼中有了敬意。

手术结束,待马嘉脱下手术服,来到刷手池间洗手时,齐丹已经洗完手。马嘉从镜子里看了齐丹一眼,正撞向齐丹透过镜子投向自己的目光。马嘉咧开嘴正想对他笑,没想到齐丹根本不理他,收回目光,关上水龙头,径自出去了。

马嘉上次因为门诊语言不通,被齐丹训斥过。这次手术原本以为自己扳回一局,没想到对方依然冷漠,马嘉心中觉得膈应。这时,常来和武梅说笑着也来到刷手间,为了不影响他俩的情绪,马嘉将刚才的不快暂时抛在脑后。

待三人一起走出刷手间,却看到齐丹正在走廊上等着他们。

"三位中国医护人员,我要提醒你们,今天这场手术救活了他,仅仅是你们的幸运。"齐丹说完,根本不给三人反应的时间,掉头就走,留下三人错愕地站在原地。

第七章
求同存异

马嘉怎么也没想到，自己只是尽医生本分救治了一个刀伤患者，却被齐丹一状告到坎戈院长那里。第二天一早，江大乔铁青着脸，把马嘉、武梅和常来叫到了驻地会议室。

"昨天那个刀伤的病人什么情况？坎戈院长的电话已经打到我这儿了，说你们违反规定，救人之前没和齐丹汇报。"

"为什么要和他汇报？"马嘉觉得莫名其妙。

"他是外科的负责人。我知道情急之下，国内这样没问题，但是你们不应该直接上手。"江大乔试图向面前的这三人解释清楚卡塞医院与国内医院的不同，可是一番争执下，马嘉却误会了，认为是齐丹故意针对自己。

江大乔心知他们三人因为不了解中非差异，心怀委屈，也不想跟马嘉继续做无谓的纠缠，只得让三人先散去，自己再思忖如何圆满地给坎戈一个交代。

急诊手术的风波还没过去，马嘉又因为开检查单的事跟玛丽安产生了冲突。

这天上午，诊室来了一名二十多岁的桑纳女子，面色憔悴，一直咳嗽。马嘉经过一番查体后，开出了气管镜和穿刺等项目的检查单。

玛丽安原本在一边记录查体报告，一边提醒马嘉得罪齐丹的后果。可当她接过马嘉开出的检查单时，脸上露出了难色。

"马医生，她丈夫不要她了，她一个人要养三个孩子，没有钱做检查。"

"她已经开始咳血了，家族有肺癌病史，结核筛查阴性，高度怀疑是肺癌。她需要做这些检查才能确诊。"

"可她没钱，你要不先开一些止咳药和止痛药吧。"玛丽安建议道。

马嘉面露不悦："我可以开，但这能解决问题吗？"

玛丽安想了想，欲言又止。她拿过检查单，递给了病人。

待玛丽安出去后，马嘉一个人心情郁闷地坐在诊室。自己在国内好歹也是个专家，怎么来到桑纳，只是尽到自己作为一名医生的本分，却处处被掣肘。

其实不止马嘉，其他队员也不同程度地有同样的感受。

孙爽在给病人针灸时，竟然没扎进去，针也弯掉了。孙爽看着弯掉的针，表情崩溃，却引来病人们的笑声。孙爽取出一根新针，却久久不敢再扎下去。这时，即将回国的上一队中医李建明走过来，递给她一根0.5毫米的针，告诉她，因为桑纳人的皮肤较厚，需要使用这种国内特别定制的粗针。

武梅更是发现了护理工作中的一个严重的安全隐患。卡塞医院里使用的留置针都没有自带肝素帽，并且在封管时不习惯消毒，这样给病人使用不仅容易造成血栓，还容易造成细菌感染。

武梅屡次说教，迪阿鲁却一副无所谓的态度。

"梅，我不知道什么是肝素帽，我们这里跟你们中国不一样。"

武梅被迪阿鲁噎得无语，只得来找坎戈。没想到坎戈听她激动地说完后，第一句话就让她当场石化。

"梅，肝素帽是谁？"坎戈瞪大双眼，认真地看着武梅，那神情显示他是认真地在向武梅提问。

武梅做了几个深呼吸，才放缓语气，耐心地向坎戈解释道："坎戈院长，肝素帽不是一个人，它是与动静脉留置针配套使用的，可多次、反复穿刺供输液及注射药物用，标准锁紧接头，注入肝素钠可防止血液回流及抗凝固。在中国，施打的留置针都配有肝素帽，因为它能降低感染率，还能延长静脉留置针的使用寿命。"

"可是这里是桑纳。"坎戈以一脸牙疼的表情打断武梅,"如果需要花钱购买,这个东西的消耗量很大,我们没有钱购买。当然,如果你们愿意提供给我们使用,我们还是很乐意的。"

武梅倒吸一口凉气,憋着一肚子委屈与怒火,转身离开坎戈办公室。

中午时分,大家聚在中国医生休息室,武梅正在吐槽自己早上与坎戈的交战,大家善意地打趣武梅竟然败下阵来,马嘉也说起玛丽安竟然干涉自己开检查单。大家正在互相安慰时,江大乔突然一脸严肃地出现在门口,并将马嘉叫了出去。

秦童低声告诉大家,上午江大乔被齐丹叫去训话。武梅和常来皱起眉,正想为江大乔打抱不平,门口却传来马嘉愤怒的声音。大家赶紧打开门想劝架,这才知道,原来是齐丹正式投诉中国医疗队,并要求作为主刀的马嘉亲自去道歉。

"我凭什么去道歉?难道我救人还救错了吗?"马嘉愤怒地看着江大乔,"江队长,你告诉我,以后我看到病人是不是放任他们死掉也不要管?"

江大乔理解马嘉的委屈,但同时他没有遵守卡塞医院的规定,确实不对。他也知道一时半会儿也没办法让马嘉理解,为什么在卡塞医院,不汇报就救助的行为不妥当。他只得强硬地表示,自己是队长,马嘉必须按自己说的去做。

此话一出,马嘉突然被气笑了:"我明白了,你最纠结的,是我没有给你汇报是吗?管不了我你觉得特没面子是吧,我就说挂在墙上那位不应该这么不讲道理,原来,你纠结的是这个点啊,成,以后我跟你早请示晚汇报呗,您看您满意吗?"

马嘉说完,掉头就走,留下众人看着江大乔,一片尴尬。

傍晚时分,大家聚在菜地里,一边帮贾长安浇水,一边聊起最近发生的事。有人支持马嘉的做法,有人则觉得应该听队长的话。双方争论不下时,孙爽来了一句:"队长说过,这里是非洲。"

没想到武梅被这句话刺激到了,她想起上午迪阿鲁和坎戈对于肝素帽的态度,气就不打一处来,停下手中的铁锹,认真地说:"这里是非洲,这句话现在成了解决一切问题的灵丹妙药呗。"

常来见气氛不对,赶紧转移话题。听着大家八卦起马嘉和江大乔的恩怨,武梅一阵心烦。她在心中盘算着肝素帽的事,一定要跟坎戈他们死磕到底,否则自己来桑纳这一趟，到底是为什么呢？

突然，一阵汽车发动机的声音从外进入麦乐村院内，很快，一个清亮爽快的女声响起来："曾队长！江队长！"

江大乔和曾罡笑吟吟地从屋里迎出来，菜地里的各位也纷纷围了过去。原来是石竹子给他们送来了饮用水和菜苗，还有给每个即将回国的老队员准备的礼物。

贾长安看着一袋袋菜苗，开心地合不拢嘴："石老板，我们这几天正在开翻新的菜地呢，你这菜苗送得太及时了，这可真是雪中送炭啊。"

石竹子笑道："非洲可没雪，什么雪中送炭。"

彭伟打趣道："那应该怎么说？"

江大乔接过话："你应该说，久旱逢甘霖。"

石竹子颇有意味地看了江大乔一眼，两人很快把视线移开。

大家说笑间，埃茜从后院走过来，她一眼便看到了石竹子，大喊着"竹子妈妈"跑了过来，一头扎进了石竹子的怀抱里。江大乔愣愣地看着这一幕，脸上满是疑惑。

海滩上，江大乔和石竹子坐在海边一处旧船旁，两个人看着远处独自玩沙的埃茜，无限唏嘘。江大乔和石竹子聊起江瑶，说她跟埃茜同龄，明年就要考高中了。说着，江大乔望向远处的埃茜，心又沉下来。

"如果没有那场战乱，或者阿依莎及时做了手术，就能活下来。"

"哪有那么多如果呀，都是命。"石竹子淡淡地说，"你走后没两年，她爸爸也去世了，这孩子就住进了她舅舅查查家。查查是个渔民，三天打鱼两天晒网，又爱喝酒，没钱送她上学。我想着人家叫我一声竹子妈妈也不能白叫，就一直资助她继续读书。"

"阿依莎那批病人一直是我和老于的一个遗憾，一块心病。本来这次老于要来，谁也没想到他竟然病倒了。"

"所以你这次来，不是别的原因，只是为了接老于的班？"石竹子幽幽地看着江大乔。

绚丽绯红的夕阳映在石竹子脸上，有种遥不可及的美，江大乔久久说不出话。

片刻沉默后，江大乔鼓足勇气开口问道："这些年，你还好吗？"

"挺好的，我一个人走了太久，久到我已经习惯一个人了。"

"我还以为你跟清扬……"

"江队。"石竹子打断江大乔的话，"你不要总把你以为的当成事实。"

江大乔无言以对。

埃茜兴奋的叫唤声打破了两人间的尴尬，两人来到埃茜身边，看她堆起来的沙包。三人伫立在夕阳下，影子落在沙包上。一个又一个海浪涌上来，渐渐冲散沙包，抚平了沙滩，一切归于沉寂。

满心委屈与不平的马嘉在晚餐后又来到天台，躺在摇椅上给柳晓弦打电话。

此时国内是晚上十一点，柳晓弦正窝在摄影棚的椅子上打盹，怀里是一份写好的采访稿。对面沙发上坐着男艺人林湘，化妆师正在给他化妆。助理一手拿着小电扇给他吹风，一手拿着一杯准备好的奶茶。林湘不耐烦地冲化妆师发难。

柳晓弦被电话铃声吵醒，接通了马嘉的电话。

"在干吗？"

"伺候大爷。你又怎么了？"

"你见过天底下哪个医生救了人还要挨骂的吗？就是我累死累活好不容易救回来一条命，我也不指望别人说我的好，居然被他江大乔拉出去杀鸡儆猴了……"

柳晓弦疲惫地听着马嘉滔滔不绝的抱怨，不时按一下太阳穴。她这边工作也不顺利，实在提不起心绪来安慰马嘉。她抬眼看了一眼时间，急着要去录节目了，便挂断了电话。

柳晓弦刚走到演播厅门口，助理颜西便告诉她林湘到点就走了，今天是录不了了，但她们的演播厅就只能用到今天。柳晓弦气得在原地来回踱步走了两圈，对颜西说："通知他的经纪人，以后不用来了，回头把他的素材都删了。"

说罢，柳晓弦一把将手里的采访稿扔进旁边的垃圾桶里，大步往外走去，走入茫茫黑暗中。

次日清晨，马嘉被一股浓重的臭味熏醒，随即窗外响起彭伟和秦童的叫声。

"马嘉！马嘉！快出来！"

马嘉揉着眼，趿着拖鞋跑出去，定睛一看，石竹子正指挥着吉桑嘎和姆齐纳从车上往菜地边的空地上运牛粪。彭伟、武梅、孙爽等人也都在旁边，看到马嘉，众人笑着看他："生活委员来啦，还不快谢谢竹子老板给你送的宝贝！"

马嘉一脸生无可恋，被众人拉着去帮忙抬牛粪。几个来回下来，马嘉被臭得头昏脑涨，拿起一瓶水刚要喝，一直不见人影的江大乔却匆匆从外面回来，叫住马嘉。

"马嘉，你换个衣服，跟我去找下齐丹。"

马嘉头都不回："不去。"

"我已经答应坎戈院长了，咱俩去找齐丹解释一下。"

"没什么好解释的。"

眼见两人又要掐起来，武梅赶紧上前劝解，也被马嘉一阵怼。

见马嘉当着石竹子一个外人的面还这样油盐不进，江大乔也生气了。

"我再问你一次，去不去？"

"不去！"马嘉用力把矿泉水摔在牛粪上，甩手就走，溅起的牛粪落到了彭伟脸上。

江大乔铁青着脸，看着马嘉快步走出麦乐村，大口喘着粗气。

见队员们都不敢讲话，石竹子赶紧笑着劝慰道："天热，火气大，都别往心里去。"说罢，将江大乔拉走。

院落一角，石竹子劝着江大乔："你们来之前我就听曾队说起过齐丹了，他不了解咱们医疗队，有些傲慢和偏见。你也知道，很多西方人对咱们的全部认知都来自那些屁股不知道歪到哪里去的西方媒体。"

"外面有人抹黑我们，有时候也是国家替一些人背黑锅了。平心而论，这件事确实是我们没守规矩，违反了制度。"

"马医生刚来不知道还有那么一条规矩制度，再说他也是为了救人嘛。这些年，我在桑纳做生意，和很多西方人打过交道，我总结出一条经验，与他们打交道，你的尊严底线越低，越被他们看不起。"

"我不是逼着他去低三下四地向齐丹低头认错。"江大乔的语气已经缓过来了。

"你刚才为什么不跟他这么说？"石竹子问。

江大乔无言以对。

"有时候，有些事不能说透，说透了就没意思了，但有些事，该说透就得说透。你是队长、师兄，当着那么多人的面凶他，他面子上也挂不住啊，私下聊聊，把事说透了，可能会更好。"

"就他那驴脾气。"江大乔有些不服气。

"我看你也是驴脾气。"

"我当初就不同意他来，就知道他会惹事。人生地不熟的，还到处乱跑。"

"哎哟，心里早就担心了吧？"石竹子笑起来，"放心吧，我保证把人给你完完整整地带回来。"

"你上哪儿找？"江大乔诧异地看着石竹子。

"这里是卡塞，就没有我石竹子找不到的人。"

马嘉冲动之下跑出麦乐村，一个人来到滨海路上闲逛。前方一阵热闹的欢呼声吸引了他的注意。原来是一帮桑纳少年在跳水。心情郁闷的马嘉好奇地上前围观，却被这群少年围住，大家依次给他表演花样跳水，逗得马嘉兴奋尖叫，一时间，来桑纳后累积的郁闷竟一扫而空。可是直到这群少年从水中爬上来，在他面前做着捻钱的手势，重复着英文tips（小费）时，马嘉才知道自己被套路了。

机智的马嘉突然心生一计，脱掉上衣和鞋子，在少年们的起哄下，突然几步助跑，冲到岸边，一跃而下。很快，马嘉从水中冒头，摊开双臂，做了一个"谢谢"的动作，冲着起哄的桑纳少年伸出手："tips，tips。"见马嘉反套路他们，少年们大笑着一哄而散。

马嘉在水中浮沉了几下才爬上岸，穿好衣服继续游荡。他看到路边有一家颇有特色的面具店，便径直走了进去，店里没有人，只有一扇通往后面的小门半开着。马嘉不以为意，好奇地参观着挂在墙上的面具。

就在马嘉刚刚拿起一个面具套在自己脸上时，一个人影从小门里快速蹿出来，店主突然直奔门口，咣当一下关上店门，店内随即陷入一片昏暗。

同时，里间一个粗哑的男声用斯瓦希里语高声喊叫着。马嘉以为遇上关门打劫的了，吓得他来不及摘下面具，啪一下跪在地上，举起手，也高声叫道："我是中国人，不是贼，别杀我！我没钱！"

那个原本要折回小门内的人影被马嘉的声音吓了一跳，他根本没发现店里还有其他人，马嘉突然发出的声音吓得他连忙叫里间的人出来。

一番鸡同鸭讲后，屋外响起一阵祷告的唱调，马嘉这才搞明白，原来是店主父子俩急着关店门做祷告。解开误会的三人面面相觑，随即哈哈大笑。

马嘉一脸惊魂未定地踏出店门，还未待他迈出第二步，三个桑纳青年目光异样地看看他，互相使了个眼色，点点头，便冲着他围过来。马嘉根本来不及想什么，几乎是下意识地拔腿就跑。桑纳青年们在身后追得马嘉四处乱窜，终于在另一个路口，被另一伙桑纳青年拦住了去路。

"你们要干什么呀？"此刻的马嘉觉得自己真的跟桑纳八字不合，在医院被齐丹投诉，在麦乐村被江大乔斥责，现在出来大街上，还要被人追。狼狈不堪又惊慌的马嘉被几人推搡着往前走，直到来到一家海边露天咖啡店，马嘉看到石竹子正在桌旁悠闲地喝着咖啡，才松了一口气。

"竹子姐，你啥意思啊？"

"马医生，你信不信，在卡塞，你跑哪儿我都能把你找出来。"

马嘉看这架势，起先以为她要给江大乔出气："竹子姐，你要替江大乔出气，也不至于找人打我吧？"

石竹子扑哧一笑，不理会马嘉，掏出一些零钱打发走那几个青年，这才站起身："走吧，马医生。"

马嘉心知自己拿石竹子没有办法，只得乖乖跟在石竹子身后朝她的越野车走去。

石竹子开车带着马嘉走上一条坑坑洼洼的土路。看着旁边陌生的景色，马嘉不解地问："竹子姐，你要带我去哪儿？"

石竹子并不回答，反而主动说起马嘉被齐丹投诉的事来。

"柿子拣软的捏，他是不是觉得我们中国人好欺负啊？"马嘉依然气愤不已。

"我倒觉得不完全是。"石竹子慢条斯理地说道，"齐丹在非洲工作了快三十年，以前去过肯尼亚、马里、中非、布隆迪等国家，他对非洲的医疗体系非常熟悉。在缺医少药的非洲，除了中国医疗队外，他们还依赖欧美医生的援助。一个刚来非洲不到半个月的你，和一个非洲通的齐丹，你是坎戈你会选择信任谁？再说了，你和齐丹来桑纳的目的都是一样的，不管有什么分歧，都应该想办法协商解决。"

"他要真是在乎治病救人，就不会制定那种奇葩的规矩制度了。"

"文化的差异没有谁对谁错，这个世界本来就是多样化的。咱们中国有句老话叫求同存异，你应该比我更懂。"

见马嘉不再固执，石竹子脚上重踩油门，越野车飞速行进。

马嘉靠着车窗，看着窗外的草原美景。突然，一棵巨大的凤凰木映入眼帘，花似凤冠叶似凤尾，繁花似锦红胜火，旁边是蔚蓝的大海和白黄的沙滩，马嘉不由得看呆了。

当车驶近凤凰木，石竹子停下车，带着马嘉下车，朝着树下走去。

马嘉仰望着眼前的凤凰木，冥冥中觉得似曾相识。一树的盎然与蓬勃的生命力，如闪电般击中了他的心。

石竹子弯腰捡起一块石头，走到一大堆石头堆前，将手中的石头放了上去。

"竹子姐，这是叫凤凰木吧？我在我老师的照片上看到过，是他援非的时候拍的。"

"我第一次来这里，是一个朋友带我来的。"石竹子话题一转，"马医生，你为什么来援非啊？"

"想换种活法。"

"我跟你一样，我来桑纳，也是想换个活法。当年下岗后，在家乡什么工作都试过，可总觉得找不到出路。后来就跟着打井队来这了。经历了钱被抢光、战乱、男朋友病逝等重重打击，那是我人生最黑暗最低谷的时候，当时真是觉得自己走投无路了，第一次有了不想活的念头。"

石竹子停顿了一下，马嘉同情又佩服地看着她。

"那个朋友带我来到这儿，跟我说，既然来了，就别那么多执念，pole，pole，hakuna matata（慢点，从此以后无忧无虑），从现在起你就没有烦恼了。从那时起，我一遇到烦心事，就会过来看看，跟自己说，再难的坎儿，也能过去！"

"那个朋友就是江大乔吧？"马嘉敏锐地猜到了。

"江队这个人，我跟他是老朋友了，还算了解他，他从来都是对事不对人，更何况你还是他师弟。"

"我是他师弟，他就可以逼着我去向齐丹认错吗？再说了，我又没错。"

"他不是逼你去向齐丹认错，他只是想和你一起向齐丹解释清楚。毕竟他是队长，和你看事情的角度不同，他需要从全局的位置去处理问题。"

马嘉沉思不语，弯腰捡起地上的一块石头，掂在手里。

"还是那句话，求同存异。你尊重不习惯的一切，一切就会尊重你。"

此时，一阵风吹过，花枝摇曳。石竹子举起手，风从她的指缝流过，吹动了摇曳多姿的红色凤凰花花冠。

马嘉将石头放在石头堆上，看着如火如霞的凤凰木，也学着石竹子，将手举起。风吹过马嘉的指缝，吹过凤凰花冠，仿佛也吹散了他心头黑压压的乌云，露出一缕又一缕的光亮。

马嘉不知道的是，就在石竹子劝慰他的时候，江大乔独自来到齐丹家。

看着这个比自己身高矮大半个头的中国人，齐丹毫不掩饰自己的不屑，他直言中国医疗队不过是在完成国家任务而已，根本不是真心想扎根非洲，帮助非洲人民。

面对齐丹无理的言语，江大乔压抑住内心的气愤，不卑不亢地说道："齐丹先生，我想告诉你，你并不了解我们。坎戈院长可能没有告诉你，八年前我来过桑纳，这是我第二次来。"

齐丹一怔："那你到底是为了什么而来？"

江大乔微微一笑："了解一个人，需要时间，了解一群人更需要时间。您的疑问何不用您自己的眼睛和心去找寻答案呢？"

江大乔眼中的笃定、自信与诚恳，让齐丹陷入了沉默。

东方天际刚刚泛起鱼肚白，突然，铁片铛铛的响声大作，将队员们从梦中惊醒。马嘉抓起手机一看，才六点钟，他气冲冲地跳下床，在彭伟的抱怨声中跑到窗口，冲着院内吼了一句："才几点钟？一大早发什么病呢？"

秦童等人也纷纷将窗户打开，七嘴八舌地问着。大家只能模糊地看到敲铁片的人的身形像是贾长安，可他就像跟大家赌气似的，怎么也不肯停下来。无奈之下，众人只得纷纷来到院内集合。

面对大家的质问，贾长安红着眼眶，将棍子一甩，抬起胳膊指了指国旗处。

国旗旗杆下，整整齐齐地放着一些东西，有花环，有生活用品，还有些厚厚的医学书籍。大家都愣了。武梅突然想起什么，转身跑回宿舍楼，推开一间房门，发现里面空无一人，被子叠得整整齐齐，放在空荡荡的床铺上。原来上一届医疗队不知何时已经离开了。

队员们来到旗杆下，怅然地看着旗杆下的物件。苏心拿起一个花环："这些是老百姓们送给他们的礼物吧。"

马嘉扭头看向大门的方向。院门开着，两道深深的车辙，弯弯曲曲通向远方。

"他们就这么离开了？"马嘉像是在提问，又像是在自语，"怎么感觉什么也没留下。"

"我们不留下了吗？"江大乔回答。

大家默默抬头，看着旗杆顶迎着晨风飘扬的五星红旗。

早上，两名穿着白大褂的桑纳工作人员，正在替换门诊大厅医师展示墙上的照片，他们将曾罡那一队的医师照片取下，换上了马嘉、江大乔等人的照片。

外科医生办公室里，马嘉、江大乔、齐丹等人正在一起进行病例讨论。

武梅拿起一张CT片递到马嘉手中。这名病人叫沙乔，就是曾罡第一天特别交代给马嘉的那个病人：肠道平滑肌瘤、HIV阳性。

"马医生，你怎么看？"齐丹突然发问。

"他的肠壁异常隆起已经有5.6厘米大小，病人今天有出现肠梗阻的表现。我了解过，他已经两天没有进食，完全靠输液维持。如果可以，我希望能马上安排他做手术。"马嘉说得非常笃定自信。

"你是说今天吗？"

"对。占位伴肠梗阻，事不宜迟。"

齐丹沉思片刻："今天是我的手术日，已经安排了三台，你们几位谁能主刀？"

马嘉正要开口，看了一眼江大乔，又闭了嘴。

齐丹扫视全室一周后，最后将视线落到马嘉身上："马医生，你来主刀，有把握吗？"

"没问题。"

"我和常来给你搭台。"武梅紧接着说道。

"迪斯马斯，你给马医生当一助。"齐丹随即补充道。

马嘉和武梅、常来相视一眼，颇有意味。

会议结束后，武梅吩咐迪阿鲁赶紧把沙乔推来手术室，然后匆匆跑进手术室，跟马嘉和常来一起做术前准备。

"麻醉机坏了，只有一个硬膜外麻醉包，只能给他做局麻了。"常来边刷手边跟马嘉说。

"考验常主任能力的时候到了。"马嘉笑呵呵的，"没事儿，那天电锯坏了，剪刀不也一样上了嘛。"

"马嘉，我再提醒你一次，他是HIV阳性。我就纳闷了，这么大的医院连个防护面罩也没找到，你可得多小心。"

刷完手的马嘉故作轻松地笑笑，深呼吸着朝手术室走去。一进门他就愣住了，半个小时过去了，手术台上依然空荡荡的。

"梅姐，病人呢？"马嘉一脸蒙地看着武梅。

"迪阿鲁！"武梅拔腿就往外跑。

武梅冲进病房，旁人告诉他，迪阿鲁早就将病人推走了。武梅又一路跑着，四处寻找。好一会儿，才在院内看到迪阿鲁正坐在树下跟一个胖乎乎的女人眉飞色舞地聊着天，旁边病床上躺着的正是沙乔。

"迪阿鲁！"武梅气得大吼一声，冲过去，"病人等着要做手术了！你在干什么？"

"梅，你们中国人总是这么着急干什么？Pole，pole。"迪阿鲁见武梅不由分说地推起病床车就跑，无奈地耸耸肩，慢悠悠地挥手跟这个胖女人道别。

"泼你个大头鬼！"武梅气愤地低声骂了一句。

与此同时，孙爽从中医诊室走出来，在连接一楼与二楼的坡道上撞上了满脸焦急的苏心。苏心正跟玛丽安推着一个大车，上面躺着一个肚大如箩的产妇。孙爽见状，赶紧上前帮忙。

"她怎么了？"孙爽问。

"四胞胎，麦娜姆不知道，直接让她顺产了一个，肚子里剩下几个孩子的胎心音都不太好了，这才找我顺转剖。"苏心喘着粗气。

孙爽都惊了："四胞胎，我的天！"

"她家有家族遗传，容易怀多胎。对了，培训的时候我们都学过新生儿急救，来帮我一下。麦娜姆在产房里，那里还有一个胎位不正的。我找马嘉借的玛丽安给我搭台，你帮我接下新生儿。"

"没问题！"

玛丽安突然惊呼："她好像大出血了。"

苏心和孙爽看过去，血从产妇的身下蔓延开来。这时，车终于推到了二楼。

马嘉的手术室里，沙乔已经被麻醉好。常来认真看着旁边的监护仪，心率、血压，一切正常。迪斯马斯站在一助位置，静静地等待着马嘉的下一步行动。

马嘉拿起皮刀，正准备开腹，玛丽安突然闯进来，又急又喘。

"常医生，二号手术室马代伍打不上麻醉，苏心医生让你过去帮忙。"

常来额上渗出汗水，看了一眼马嘉。

"去吧，我没问题。"马嘉点点头。

"玛丽安，叫马代伍马上过来看着这台。"常来边说边跑了出去。很快，马代伍进来，站在了常来的位置上。

马嘉心中闪过一丝慌乱，毕竟这是自己第一次搭台桑纳麻醉师，而迪斯马斯为何站在一助的位置，不就是齐丹不信任自己，派他来监视自己吗？马嘉心中泛起一丝不忿，还有一丝倔强："我一定要让你们这群傲慢的傻子好好见识见识中国医生的实力！"

马嘉稳住心神，将皮刀在沙乔的腹部切了下去。

时间一分一秒地过去，终于到了剥离肿瘤的关键一步。

由于肿瘤的位置过于凶险，旁边就是血管，马嘉吩咐迪斯马斯抓住自己置入病人腹腔的一把止血钳，而他则开始专心致志地进行肿瘤剥离。

突然，患者血管破裂，血噌一下飙了出来。喷射出来的血液，直接溅到了马嘉的左眼上。马嘉只感觉眼前一红，瞬间一阵眩晕，患者的血同迪斯马斯和武梅的脸，在他的视线里变成一幕幕晃动的重影。

武梅惊叫了一声："迪阿鲁，快拿生理盐水帮他冲眼睛。"

作为巡回护士的迪阿鲁也被吓了一跳，听到武梅的吩咐，赶紧抓起一瓶生理盐水就往马嘉脸上淋。

马嘉侧过头，待两瓶水用完，迪阿鲁又抓起纱布替他擦拭脸上的水。

马嘉顿感视线恢复，看了一眼愣在旁边的迪斯马斯，语气坚定地说："继续。"

迪斯马斯回过神，收敛心神，继续配合马嘉。

时间在一秒一秒地流逝。

终于，瘤体全部取出。武梅赶紧递上缝针。

迪斯马斯神情复杂地看向马嘉："我来缝合吧。"

马嘉摇摇头，手在继续缝合，他的眼中满是血丝。在武梅的授意下，迪阿鲁拿着纱布，不时帮他擦汗。

当最后一针缝完，迪斯马斯及时伸出剪刀，将缝线剪断。

马嘉立刻冲了出去，他脱掉手术服，将沾满血的口罩扔在旁边的垃圾桶里。他站到刷手池旁，将头歪到水池上方。武梅也紧跟着出来，手中拿着一瓶生理盐水，再次仔细帮马嘉冲洗眼睛。

血水流淌到刷手池中，渐渐变淡，终于到最后，生理盐水冲到马嘉的脸上，流淌下来的水不再是红色。

"好了，没事了。"马嘉接过武梅递过来的纱布，把脸擦了擦，这才抬眼看向面前的镜子。

镜中的双眼，依然有些红肿。马嘉的眼中生出了恐慌。半晌，他抬起头，看着镜子中的自己，心跳声在他耳旁响起，渐渐越来越大。

突然，手机响起。马嘉掏出来，上面显示的是柳晓弦的号码。马嘉看着手机，迟迟不敢接听，瘫坐在地上。

与此同时，旁边二号手术室里的手术台上，第三个孩子已经出生，可是孩子一出来就不对劲，不哭、四肢松软、没有肌张力。孙爽慌忙在台下接过孩子进行急救。

苏心一边接生最后一个孩子，一边嘴上教孙爽："新生儿心肺复苏，一分钟90次按压，30次呼吸！"

孙爽努力抑制自己的紧张，听从苏心的指挥，操作着。

终于，就在第四个孩子出生时，第三个孩子也恢复了心跳，可是监护仪器突然鸣叫起来，产妇血压开始下降。

第八章
只要我们曾经拥有过

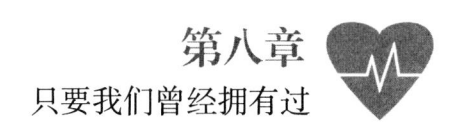

一番急救后，随着血袋中的血液源源不断地流入体内，意识陷入模糊状态的产妇情况终于稳定下来。四个孩子已经被孙爽送去儿科保温箱，苏心带着玛丽安为产妇缝合子宫。

待到手术结束，产妇被送进病房时，苏心和玛丽安已经累得浑身湿透。

玛丽安递了一瓶水给苏心："苏医生，你真厉害，你不仅救活了产妇，连她的四胞胎也都保住了。"

"孩子生下来那么小，还得观察呢。像她这样的高龄产妇，怀上多胞胎，妊娠期会有极大的风险。"

"之前，我就亲眼看到过一个三胞胎的母亲死在台上，三个孩子只活了一个。"

苏心想了想说："玛丽安，如果有机会，你劝劝她，加上这四个，她已经生了七个孩子了。这一次剖宫产，子宫切口大，一时半会儿难以完全愈合。如果短期内她再怀孕，可能会造成子宫破裂，到时别说孩子，她自己都会有生命危险。孩子的生命是很重要，但母亲的生命也同样重要。"

玛丽安点头答应，看向苏心的眼神中充满了敬佩。两人走出手术室，正撞上从中国医生办公室前往化验中心的武梅。

"梅姐，慌慌张张的，出什么事了？"

武梅一脸严肃："马嘉刚才在台上HIV暴露了。"

"什么？！"苏心和玛丽安都吓了一跳。

"他现在在哪里？去验血了吗？"苏心追问道。

"常来陪他验了血，现在回我们办公室了，我去化验中心等报告。"

"我去看看。"苏心说着，正要朝中国医生办公室走去，被武梅一把拉住。

"别去，别问他。本来他心里就够难受了，让他先安静下。等结果出来再说。"

中国医生办公室里，马嘉靠在沙发上。等待化验结果的过程就像是等待一场宣判那般煎熬，马嘉脑海里闪过种种设想。假如他真的感染了HIV，那他的后半生可就毁了。他劝自己，不会有事的，哪能这么背。他忽然疯狂地想念妻子柳晓弦，同时又害怕面对她。

常来心中也惴惴不安，他想开口安慰，却又不知道说什么好，只能默默地陪着。突然，门被推开，武梅手中抓着一张化验单出现在门口，马嘉和常来几乎同时跳起来。

"阴性。"武梅不等两人开口，直接说出结果。

"太好了！"常来看看马嘉，松了一大口气。马嘉还沉浸在紧张中，一时不知道说什么。

"但是窗口期一般是四到六个月，现在的结果可能是假阴性。检验师建议四周后和八周后的时候，再各复测一次。"武梅继续说道，脸色并不轻松。

"开阻断药了吗？"常来问。

"卡塞医院没有阻断药。我跟江队说了，他说他来想办法。"

"阻断药要在HIV暴露后24小时内服下才有效。来得及吗？"常来嘀咕了一句，被武梅狠狠地瞪了一眼。

马嘉想挤出一丝笑缓解下气氛，但终究无力，眼神里满是黯淡。

下班的大巴车上，队员们少了往日的欢笑，大家都心事重重地沉默着。马嘉刻意与大家拉开了距离，独自坐在最后一排，低垂着头。常来和彭伟一左一右坐在马嘉前面一排。武梅突然站起来，走到常来身边坐下。马嘉下意识地往后靠靠，身子躲避着武梅。

"别瞎紧张。"武梅安慰着,"抗体是阴性,说明现在没事。江队拉着坎戈去给你找药了,放心吧,他一定能找到的。"

"就是,刚才我听迪斯马斯说,他经过院长办公室时,江队长急吼吼地让坎戈四处打电话找药。看那架势,今天要是找不来药,江队能把院长办公室砸了。"彭伟故意开玩笑,想逗马嘉笑。

马嘉看出大家的关心,勉强挤出一丝笑意:"没事,我命大着呢。那老齐头不是说了嘛,我们是幸运儿。"

回到麦乐村,贾长安早从秦童口中得知此事,特地给马嘉做了个煎鸡蛋。怎奈马嘉实在心绪不宁,径直回了房间,彭伟端着牛肉面来到马嘉房间门口。

"马嘉,开门。"彭伟敲了几下门,不见里面有动静,"马嘉。"

"我没事儿。"里面传来马嘉低沉无力的声音。

"开门,老贾给你做了牛肉面,多少吃点。"

马嘉站在浴室的镜子前,看着自己的眼睛,心情极其低落。白天在大家面前还能刻意伪装,现在只有自己时,一股冰凉的无望贯穿身体。

"没胃口,你自己吃吧。"

"人是铁饭是钢,再没胃口,饭总得吃。"彭伟劝道。

半晌,仍不见有动静,彭伟又试着喊了两声,见马嘉不理自己,只得叹了口气,把面放在门口。

马嘉没有吱声,只是站在镜子前,静静地听了听。待到彭伟的脚步声远去,门外已经没有了动静,他再次看向镜中的自己,憔悴沮丧。他叹了口气,拉开门,一个人默默去了天台。

从天台上望去,几丝薄云在余晖中泛着深蓝,给暮色添了几分静谧,乞力马扎罗山在这几丝薄云后若隐若现。

马嘉躺在天台的摇椅上,一下一下摇晃着,拨通了柳晓弦的电话。

"几点了?怎么这会儿给我打电话?"柳晓弦有点儿意外。

"晓弦,这段时间驻地信号不好,我打了多少个才打通的!对了,我在天台上看到乞力马扎罗山了。"

"听你声音怎么这么累啊?"

"没事,刚刚爬楼梯爬的。"马嘉努力让声音变得轻快些。

"我没想到,你这么快就适应了。今天做的什么手术啊?成功吗?"

"挺成功的。哎,你想我了吗?"马嘉胸口酸酸的。

"怎么突然这么问?都老夫老妻了。"

"老夫老妻怎么了?越是老夫老妻越要沟通感情,而且我都离开家这么久了。"

"你今天怎么了?"柳晓弦起了疑心。

"没怎么啊,老婆,要是我回不去了,你会来非洲找我吗?"

"你说什么傻话呢,你是不是出什么事了?"柳晓弦急切地追问。

"没有,我就打个比方。那你到底想不想我啊?"

"一惊一乍的,吓我一跳。想,行了吧。"

听到这个"想"字,马嘉眼中泛起了泪光,他找借口挂了电话,抬眼望着无边的青黑色天幕,轻轻抚掉了落在脸上的泪水。不知不觉中,马嘉竟然迷迷糊糊地睡着了。

队员们吃完晚饭,都迟迟不肯散去。大家虽没明说,但都想等着江大乔回来。

突然,伴随着一声急刹车的"吱"声,石竹子的车猛地在麦乐村院子里停稳。大家快步出去看,江大乔和石竹子一左一右跳下车,江大乔手中还拿着一盒药。

"队长,药找到了?!"

"太好了!赶紧给马嘉吃了。"

"对对对,马嘉呢,快去找他。"

大家七嘴八舌地簇拥着江大乔和石竹子朝马嘉的房间走去,可任凭大家把门敲得山响,也不见里面有动静,那碗已经凉掉的牛肉面还放在地上。

"他是不是出去了?"

"快去问问瓦奇努。"

"大家赶紧到处找找!"

一片纷乱中,众人散开,在院内各个角落寻找马嘉。

此起彼伏的呼喊声终于吵醒了天台上的马嘉，他睡眼惺忪地起身，迷迷糊糊地伏在天台栏杆处寻找声音的来源。

"谁叫我？"

大家闻声仰头看上去，马嘉在天台上晃晃悠悠，以为他要想不开，连声急呼让他快下来。

回到楼下食堂，江大乔把拉米夫定递给马嘉。

"这个药会有腹痛腹泻等副作用。可是你得坚持吃完四周，再去复测。"江大乔叮嘱着。

马嘉在众人的注视下将药吃下。

"你呀，这次要好好谢谢竹子姐，要不是她，今晚这药恐怕是找不到了。"江大乔说。

"谢谢竹子姐！"马嘉面带感激地看着石竹子。

"行了，跟我就别客气了。你们做医生的，得先保证自己的身体健康，才能救治病人。以后可得小心点儿。"石竹子说着，站起身，"药吃下了，你们江队长也总算放心了，我也该回去了。"

江大乔送石竹子出来，两人走到车前。

"行了，别送了，回去吧。"

"路上小心。"江大乔叮嘱着。

石竹子笑了："这条路我闭着眼都能开回去，放心吧。"

石竹子打开车门，刚要上车，又转身抬手掸了掸江大乔衣服上的灰尘。江大乔颇为意外，又有些羞涩。

石竹子冲着江大乔莞尔一笑，驾车离开。直到开出一段距离，石竹子透过反光镜，还能看到江大乔的身影站在院门口。

第二天清晨，原本祥和平静的驻地突然异常闹腾，一阵鸡飞狗跳。各个房间的浴室里，水龙头都放不出水。马嘉等人睡眼惺忪地挤到食堂，贾长安给他们分配了少许的饮用水。

"今天彻底放不出水，只能用饮用水，一人一杯，省着点儿用。"贾长安一边倒水一边唠叨着。

"一杯水？怎么洗脸啊？"武梅皱起眉。

"洗脸就算了，医院上班，把口罩一戴，别人发现不了。"常来安慰着老婆，却遭到武梅的嫌弃："你不怕丑，我可不行！"

"水塔坏了，我有什么办法？"贾长安也很是无奈，"我四点钟就起来了，用纱布滤水，好不容易才弄足了做早餐的水，还给你们滤了点漱口水。"

"不光是水，驻地的手机信号还是这么差，昨天给我妈打电话，打了好几个都打不过去。"

"忍忍吧，一样一样来。"彭伟劝着，从贾长安手中接过水，递给马嘉。两人各捧一杯，往宿舍楼旁的空地走去。说话间路过空墙，马嘉看着愣神。

"一个大白墙有什么好看的。"彭伟不解。

"我没睡醒，犯迷糊了。"马嘉敷衍着。突然，一阵腹痛袭来，马嘉皱着眉，忍耐着，突然又想起了柳晓弦，想起以前在家生病时，柳晓弦忙进忙出对自己的照顾。

这时的柳晓弦也颇不好过，正在林南的办公室里被她训斥。

上次因为林湘作妖，柳晓弦一气之下撤掉了他，广告商不知道从哪里听到了风声，迟迟不肯签订广告合同。为了节目能够顺利开播，林南责令柳晓弦，不管用什么方法，必须把林湘重新请回来。

不得不低头的柳晓弦只得带上礼物赶到片场，在当空烈日下，等在林湘的房车外。过了好久，林湘的经纪人周小叶突然打开房车门，装模作样地客套一番后，才让柳晓弦上了车。

房车内颇为豪华，林湘正坐在沙发的角落里打游戏。他一身古偶剧扮相，半边头发耷拉着，给人一种不辨雌雄的感觉。见柳晓弦进来，林湘眼皮都没抬一下。周小叶更是略掉寒暄，装模作样地打起了电话，其实句句都是说给柳晓弦听的。

柳晓弦拎着礼物，坐也不是，站也不是，只得尴尬地耐心等待。好不容易等到周小叶挂了电话，周小叶才淡淡地问她："柳老师有什么事儿吗？"

周小叶说完，也不看柳晓弦，拿出手机继续回消息。

柳晓弦在心中劝自己要忍耐，放缓语气开口道："上回的事实在是不好意思，那天我遇到点别的事，心情不太好，不是冲你们的。"

周小叶放下手机，脸色一转："哟，心情不好，冲我们撒气呀？"

"对不起啊，你看……"

"算了，我们也不是小肚鸡肠的人，我要真在乎，你上得了这车吗？"周小叶摆摆手，打断柳晓弦。

"周姐，今天呢，我们台里面委托我来一趟，是真心诚意想邀请林老师把咱们这一季的《星夜大排档》接着录完，一共也就六期，档期时间您来定，价格都可以聊的……"

周小叶似笑非笑地听柳晓弦说着，一听到价格，马上又打断："我们可不是冲着价格来的，我是觉得咱们节目传递人以食为天，不对，那个词怎么说来着。"

"民以食为天。"

"其实啊，你们台的口碑我觉得还是不错的，民以食为天的观念也挺接地气的，我也希望我们湘湘能走近老百姓。毕竟，我们接一个广告能赚多少钱，还图你们那点儿栏目费？"

周小叶说一句，柳晓弦应和一句。没想到周小叶话锋一转："你不就是冲着广告来找我们的吗？"周小叶说着，从沙发上抽出一份早就准备好的合同，递给了柳晓弦："既然您有诚意，咱们把这个一块签了吧。"

柳晓弦接过来一看，是一份合同，她疑惑地看着周小叶："这是？"

"我跟湘湘又签了一个艺人，我看你们下一期节目的候选嘉宾也不怎么样，换了吧。"

来到诊室的马嘉忍住身体的不适，坚持给病人看诊。可是玛丽安今天却一再阻止他开检查单。

"马医生，这个病人的胃镜报告单发现有凸起，可以进行确诊，不必再做活检这样的重复检查。"玛丽安将检查单放回马嘉面前。

"他的胃里黏液减少，黏膜变薄，这是属于慢性萎缩性胃炎，有癌变的风险，做活检是为了确定肿瘤的性质。"马嘉觉得很是无语。

"马医生，我明白你说的，我也想满足你的愿望，但我必须告诉你一个事实。你刚来还不清楚，这里的人没有那么多钱，这里也没有那么好的设备。没有严重到马上要去见上天的病人，不用做那么多检查，开些止痛药就行，我们医院如果开了三次检查单，检查结果都没问题，是要追究医生责任的。"

面对玛丽安颇有道理可又总觉得不那么有说服力的论调，马嘉一时找不出反驳的点，只得无奈地叹了口气。

趁着暂时没有病人，马嘉走出诊室，想找人聊几句，纾解胸口的郁结。他来到秦童的诊室，要秦童给自己看看眼睛。

秦童拿着手电筒对着马嘉的眼睛仔细检查了半天，随后把手电筒放下，表情凝重，叹了一口气。

见秦童这样，马嘉一下有点儿慌神，赶紧坐起来："不会真感染了吧。"

秦童扑哧一声笑出来："逗你的，没事！"

马嘉一脸无语，还没来得及骂秦童，江大乔和李苗苗从门口路过，正看到马嘉。

江大乔站在门口问："你干什么呢？"

"不舒服，也没病人了，就……瞎转转。"马嘉支吾着。

"不舒服，正好。跟我走一趟。"江大乔冲马嘉招招手，转身对李苗苗说，"行了，你不用跟着了，我带马医生去。"

"江队长这是要去干什么？"秦童看着江大乔和马嘉的背影，八卦地问李苗苗。

"巴哈说，人手不够，没时间修我们的蓄水塔，让我们先忍半个月。"

"半个月？！说这话，他还是个人吗？"秦童惊了。

"所以江队找他吵架去了。"

马嘉的诊室里，他一脸痛苦虚弱地蜷缩在看诊床上。江大乔和巴哈站在旁边看着他。

"其他医生还好吗？"巴哈同情地看着马嘉。

"都不太好，供水管有问题，虽然今天早上的用水我们已经自己过滤了好几次，但是管道老旧破损，堆积了太多沙石，滋生了很多细菌。为了保证大家的健康，需要赶紧更换新的管道。"江大乔把话引上正题。

"江队长，我帮你问过，但是现在人手不够，走流程很慢，很抱歉，我也无能为力。"

江大乔娴熟地掏出五美元塞到巴哈手中，笑着说："巴哈先生，这件事你一定要想办法帮我们解决，如果医生们都病倒了，就没办法上班了。"

巴哈轻车熟路地将钱揣进口袋里："放心放心，我会努力帮你们催促。但如果你们想尽快解决问题，卡塞有中国人开的建筑公司，工作效率非常快，你可以找他们问问。至于预算好说，我们来解决一部分。"

巴哈想了想，又说道："我可以帮你们申请到100万桑先令。"

"我明白了。多出的部分我们得自己想办法。"江大乔心中暗骂了一句"老狐狸"，可脸上却不得不保持着笑脸。

"江队长，我可以给你出个主意。你先找中国人帮帮忙，给你报个价。据我所知，只要工程费用不超过10万元人民币，队长就能说了算。你卡好预算，给你们国内写个报告就行了，不需要再通过国内走招标的流程。"

"这你都懂?"江大乔笑了。

"那是，我和中国人是老朋友了。"巴哈的笑更加灿烂。

这时，马嘉的电话突然响了，他几乎是条件反射地迅速接听，"嗯"了两声，脸色一变，迅速起身跳下床。

马嘉利落的动作把巴哈和江大乔都吓了一跳。

江大乔不悦地看着他："怎么回事!"

"武梅的电话，来了个胸外急诊，要我赶紧过去。"

江大乔也神色一凛："我和你一起去。"

两人三步并作两步地跑走了，留下巴哈一脸蒙地站在原地："怎么回事？他怎么又好了?"说完此话，巴哈反应过来，他感觉自己被下了套，却又找不出破绽。

"行啊江队，把我当工具，用得还挺顺手的。"马嘉讥讽着江大乔。

"咱们要能顺利用上水，给你记大功。"

"你呀，少给我画饼，真念我的好，以后少找我麻烦。"马嘉嘴上不饶人地怼江大乔，两人斗嘴间，已经赶到了急诊病房。

马嘉和江大乔一边戴手套，一边听迪斯马斯跟在旁边介绍病情。

"男，三十四岁，气喘、心悸、呼吸困难，怀疑是心包填塞。这些是检查报告。"江大乔接过了武梅递给他的报告。

马嘉只顾着跟迪斯马斯低声交流，没注意到江大乔脸色微变。

"没什么问题，去把超声推过来，心包穿刺吧，赶紧。"马嘉安排着。

"二位主任，你们谁来？"武梅在马嘉和江大乔脸上来回打量着。

"队长在这里，我打下手吧。"马嘉笑嘻嘻地站到了助手的位置。

不一会儿，江大乔便完成了对病人的局部浸润麻醉。他拿起胸腔穿刺针，根据床边超声显示判断了一下积液位置后，将针扎进了病人的胸口。

就在针扎进去的那一瞬间，江大乔脑海里出现了一个画面：九年前，他把针扎进一个小女孩的胸口，生命监护仪发出紊乱急促的嘀嘀声，小女孩室颤了……最终那个孩子因为并发症去世。虽然并非因为他的穿刺造成，但眼看着一个跟江瑶差不多大的孩子在自己面前永远合上了眼，还是给他带来了一定的心理冲击。

江大乔强拉回思绪，握住穿刺针的手微微有些抖，他定定心神，用力将针推了进去。这时，生命监护仪发出急促的嘀嘀声，病人在氧气面罩下发出艰难又急促的喉吸音。

"血压下降，82/56，心率147。"迪斯马斯的声音有些紧张。

江大乔皱着眉头，调整着针的角度。马嘉见状，沉着地接过江大乔手中的穿刺针："我来。"

江大乔步履沉重地走出手术室，一阵愣神。

几天后，江大乔向国内卫健委的汇报请示得到了批复，他找到石竹子和刘清扬，希望华商联合会能够帮忙，早点维修好麦乐村的蓄水塔。

石竹子替江大乔把刘清扬约在了自己的萍聚餐厅，安排了一个小包间，还特地拿出一瓶五粮液给他们。没想到刘清扬看到这瓶酒，心中满是酸楚。

"这是你过生日时我送你的那瓶吧？出厂日期跟你的生日同一天，这么久了不舍得喝，今天舍得拿出来了？"

石竹子笑着举起杯:"咱们三个六年多没坐在一起喝酒了啊,当然要开一瓶好酒。"

一杯饮罢,石竹子先去忙了,刘清扬则跟江大乔聊起维修的事项。

"蓄水塔最急,喝水洗澡都成问题,屋顶也不能拖了,一下雨就漏水。我们有人手,有时间,男队员利用下班时间都能干,但有一些技术活我们真搞不定。还有,很多队员都反映手机信号不太好,只能请你帮帮忙。"江大乔将维修清单摊在桌上。

"交给我,你就尽管放心吧。"刘清扬又举起一杯酒,示意江大乔。

江大乔饮尽后,继续说道:"维修费……"

三个字刚出口,就被刘清扬打断:"咱们就别谈这个了,我有办法解决。"

"那不行,钱肯定得给,你给我打个折就行。"

"算是我欠你的吧。"刘清扬莫名其妙吐出这句话,带着复杂的神情看着江大乔。

江大乔一愣:"你欠我什么啊?"

"我今天沾了你的光,能喝上好酒。"

"是我沾了你俩的光,平时我也喝不到这么好的酒。"江大乔笑了。

"大乔,我把你当兄弟,就不拐弯抹角了,你这次到底是为什么回来?"说话间,刘清扬已经自顾自地又喝下几杯酒,已带有一丝醉意。

"临时接了老于的班。"江大乔实话实说。

"但那么多医生,就非你不可?你这次回来,怕不是接老于的班这么简单吧?你别告诉我跟她没有任何关系!"

石竹子端着一盘菜送来,正好听到这句话,停住了脚步,隔着门静静地听着。

江大乔拿起酒瓶,给刘清扬和自己又满上一杯酒:"清扬,你还把我当兄弟,我也跟你说句心里话,这次回来,我真没想那么多。"

刘清扬目光锐利地看着江大乔。

江大乔举起酒杯,刘清扬也举起酒杯,两人碰杯,一饮而尽。

"大乔,要论别的,我可能不如你,但要论这颗真心,我不输你。"刘清扬突然叹息，"她对我怎么样不重要，今天我就想替她问一句，你当年到底怎么想的？我知道你当时刚离婚，孩子刚上学，你是不容易，可你是男人哪，你还等着人家主动吗？难道你不应该给人家一个交代吗？我就不信你不知道竹子心里是怎么想的。"

刘清扬话音刚落，石竹子推门进来。

"又喝多了吧？"石竹子将菜放到桌上，又坐了下来。

"我倒是想喝多，这么多年，你给过我机会吗？"

石竹子打断他："别说了，江队好不容易回来，咱们能坐在一起喝个酒，你还没完没了了。"

"我知道你在等什么，我万万没想到，还真被你给等回来了。"酒精的作用下，刘清扬想一吐为快。

石竹子有些生气了："再胡说八道，就立刻给我滚出去。"

刘清扬对上石竹子的眼神，乖乖闭嘴了。

石竹子给自己倒了一杯酒，举起来，看着面前的这两个男人说："能做朋友，你俩还都是我最好的朋友，不能做朋友，就一拍两散！"说罢，将杯中酒一饮而尽。

夜深了，餐厅已打烊。石竹子让吉桑嘎开车送刘清扬回去，自己则跟江大乔漫步到了餐厅后面的海滩边。

海浪在暧昧的月色下发出轻微的荡漾，江大乔和石竹子面向大海，在黑夜中无声地静坐。静默许久，江大乔打破沉默："对不起。"

"为什么说对不起？你要是因为作为朋友六年多不联系我，那我接受你的道歉，咱们往后还是朋友。"石竹子淡然地回答，用词却是带着一丝自尊的倔强。

江大乔无言以对。

"你要是因为刘清扬的一通醉话，那没必要说对不起，因为你从来没有承诺过我什么。"停了停，石竹子又说道，语气中带着一丝拒人千里的冰冷味道，又有一丝超脱的淡然："我不是在等你，我选择过什么样的生活，完全是我自己的选择，与任何人没有关系。"

"那就好，我很怕再伤害到你。"江大乔突然觉得，面对石竹子的豁达和超然，自己有一种说不清道不明的歉疚。

"你看我现在,一个人自由自在,能舍得,能放下,还总能在生活里找到乐趣,想伤害我,可没那么容易,你千万不要有心理负担。"石竹子扭过头,看着江大乔,笑容中满是千帆过尽后的洒脱。

"对不起。"江大乔看着石竹子的笑脸,又说了一句,这一次,语气加重了。

"这句对不起是为什么?"石竹子不解。

"为我对你的误会。"

"过去的就让它过去吧,没发生的也不会再发生,咱们现在都过得挺好的,以后要过得更好。"石竹子的眼睛在月光下晶莹清亮。

四目相对片刻,两人都释然地笑了。

"走吧,很晚了。该休息了。"石竹子拉着江大乔站起身。

江大乔挥挥手道别,独自朝着麦乐村的方向走去。

石竹子站在路边,看着江大乔的身影渐行渐远,她这才回身朝餐厅后院走去。偌大的星空之下,两个人的距离越拉越远,天地寂静无边,他们都没有回头,连抹泪的动作都忍住了。

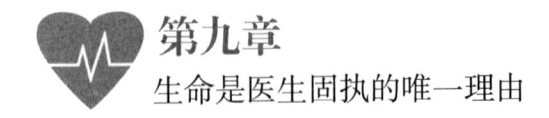

第九章
生命是医生固执的唯一理由

这个周末轮到彭伟帮厨,他一大早便被贾长安叫起来一块儿去农贸市场买菜。彭伟又说马嘉是生活委员,生拉硬拽地把马嘉也给拖上了。

彭伟和马嘉两人第一次进到市场,见当地人顶着货物走来走去,颇为惊讶,贾长安则见怪不怪。一个三十多岁的壮硕男子迎上来跟贾长安热情地打招呼,又跟随行的姆齐纳一阵叽咕后,转身离开。贾长安带着马嘉和彭伟边逛市场边解释:刚才那个男人是这个市场的菜头,医疗队每次来只需要告诉他要什么菜,临走时直接找他拿就行,他的菜总是又新鲜又便宜。

四人在市场里好奇地逛着。突然,马嘉看到路边坐着一位瘦骨嶙峋、裹着头巾的老太太,她的面前堆着七八堆青豆。

马嘉示意姆齐纳跟老太太沟通,得知这一堆只要1000桑先令,折合人民币才3块钱。马嘉心疼老人家不容易,就让姆齐纳告诉老太太,自己要把这些豆子全买下来,没想到老太太冲马嘉摇摇头,说了一大串。姆齐纳翻译道:"她说不卖。她今天的工作就是卖掉这些豆子,我们全买走,她下午就没事干了。而且我们都买走了,别的人就没得买了,所以最多只能卖给我们五堆。"

马嘉哑然失笑,点点头表示就买五堆。他接过老太太递过来的袋子,哐哐几下就把五堆豆子全倒进了袋子里。贾长安憋着笑,准备看笑话。

只见老太太抢过袋子,将豆子全部倒出来。她又重新分成五堆,然后往袋子里装一堆,接过马嘉手中的1000桑先令后,再装一堆,再接一次钱。看得马嘉和彭伟目瞪口呆。

马嘉和彭伟满心不解地跟在贾长安和姆齐纳身后回到停车处。

贾长安突然一拍脑袋:"鸡蛋没买。"

"我去!"马嘉自告奋勇,最近玛丽安教了他不少斯瓦希里语,他想借机实践一下,贾长安笑着表示自己会跟姆齐纳在车边等他。

彭伟察觉贾长安的笑有点儿意味,疑惑地看着他问道:"贾师傅,你别是在给我俩挖坑吧。"

"彭医生,我要给你们挖坑,江队长还不得批评我?"贾长安说得很诚恳。

"想什么呢,赶紧走。"马嘉拽着彭伟,按姆齐纳的指引,一头钻进了人群中。

过了好一会儿,贾长安和姆齐纳远远看到马嘉和彭伟一步一停,小心翼翼地朝着车边走来,两人不禁笑出了声。原来在桑纳,鸡蛋是不会像国内那样用一个带盖的盒子装好,放在袋子里就能拎着走,而是全部放在一个托盘上,只能双手捧着,但凡走路快一点儿,托盘一路晃荡下来,上面的鸡蛋可能就所剩无几了。

还有七八米的距离时,每人捧着两个托盘的马嘉和彭伟已经发现贾长安和姆齐纳在看他们笑话了,气得直瞪眼睛。

回到麦乐村,马嘉想起这周轮到浇菜地的阳莺今天要值班,特地拜托自己帮忙。没想到他刚拧开水龙头,一个不留神,水柱全冲到了地上,马嘉穿着拖鞋,脚一滑,一屁股坐在了菜地里。不光压烂了几棵青菜,还将搭着丝瓜的架子扯散了,菜和架子东倒西歪,惹得大黄狗一阵狂吠。

正在厨房做饭的贾长安闻声出来,看着眼前的一幕,心疼得直喝牙。

"马医生,求您了,这点儿菜苗长起来不容易,您赶紧去歇着吧,别给我添乱了。"

马嘉尴尬地四下看看,看到走廊墙角放着那袋刚买回来还没来得及处理的豆子,自说自话地走过去:"我帮你处理豆子吧。"

"不用……"贾长安的话还未说完，马嘉已经把豆子倒了出来，呼啦撒了一地，院里养的几只鸡迅速冲了过来，欢快地啄着豆子。

贾长安又开始手忙脚乱地驱赶。马嘉见状，只得灰溜溜地沿着墙角逃离"案发现场"。

马嘉正要回宿舍，却在拐角处被彭伟逮住了，说要带他去踢球。

两人来到路边的球场。这是一个天然草坪，两头被孩子们用木头搭了个简易的球门。一群大小不一的孩子光着脚丫子，在踢足球。见彭伟过来，一个十二三岁的孩子开心地跑过来，其他孩子见状也停下追逐围了过来。

"给你们介绍一下，这位是马医生，我的队友，也是我最好的朋友。"彭伟指指马嘉，"这个叫欧罗瓦，这些是他的朋友们，也是我的小球友。"

很快，大家分好两队，马嘉做前锋，彭伟做后卫。随着一声令下，比赛开始。对方虽然是孩子，却技艺高超，尤其是欧罗瓦，在逼近对方球门时，他突然一个漂亮的胸部停球，随即用脚停稳，带球晃过对方防守员，一脚射门，球进了。

一番激烈的厮杀后，马嘉气喘吁吁，他向彭伟挥挥手，表示要换自己来守门。

又一轮开始，对方三传两倒，球到了欧罗瓦脚下。只见欧罗瓦带球长驱直入，晃过防守队员，直面马嘉，马嘉看着欧罗瓦带球向自己飞奔而来，拉开架势，做好了扑救准备。没想到欧罗瓦带球逼近马嘉后，做了一个假动作，马嘉险些吃晃。欧罗瓦起脚射门，势大力沉，球直奔球门而去，马嘉侧身飞扑，却扑空了，球狠狠地砸在了他的脸上，随即他自己也趴倒在了地上。待他爬起来时，双眼已经乌青。

"今天我出门没看皇历。"晚餐时，面对大家的嘲笑，乌青眼的马嘉摇摇头，笃定地给自己鸡飞狗跳的一天下了定义。

待大家笑过，江大乔拿出预算清单，开始向大家解释。为了尽快解决生活用水和漏水的问题，在预算有限的情况下，只能先进行蓄水塔和屋顶翻修。但是因为跨国汇款等客观因素，国内的经费还迟迟未能到账。除了桑纳卫生部批下的100万桑先令外，还有很大的资金缺口。

"100万桑先令就是3000元人民币。咱们现在还缺多少？"武梅问道。

"97000元人民币。"

"这么多?"大家七嘴八舌地议论着,"那怎么办?"

"我有个想法,想听听你们的意见。"江大乔摆了摆手,示意大家安静。

看大家把目光都投向自己,江大乔开口道:"周一我会再去银行问问。但是维修我也希望下周一就能开始,所以我想先摊派,一共十三个人,每人7461.54元钱,等经费一到账,马上还给大家。"

"我没带那么多的钱啊。"秦童第一个反对,"反正是垫付,那你们两个队长先垫呗。"

"我也没带那么多钱。我老婆说每个月队里会发生活费,出发的时候,就给了我1000元。"朱必能赶紧帮腔。

见江大乔和武梅无奈地交换眼神,彭伟眼珠转动了一下,举起了手:"队长,我有个办法,很公平!等着!"彭伟说着,一溜烟跑了出去。再回来时,手中多了一盒布满灰尘的麻将。

"这是我在仓库发现的宝贝。"彭伟抓起一块抹布,边擦边说,"牌桌上不论觉悟高低,人品好坏,贫富差异,只看牌技和运气,咱们一圈定胜负,谁输了,谁垫钱。"

李苗苗说:"才四个人打,怎么公平啊?"

"一看你就没玩过,其他人可以押宝啊。"彭伟说着,把麻将牌哗啦啦地倒在桌子上,接着一屁股坐下,"主意是我出的,我算一个。另外三个人,谁来?"

大家兴奋起来,很快就推选出武梅、孙爽和钱宝宝。

"今天就让你们见识见识麻王的厉害。"彭伟得意地冲三人宣战。

"我们先说好:第一,今天谁输了,押宝他的人要跟输的人一起平摊,赢的三家就不分摊了;第二,打麻将这事,仅此一次。"江大乔先立下规矩。

一番热闹过后,江大乔、常来、李苗苗、朱必能押武梅,苏心和阳莺押孙爽,贾长安和秦童押钱宝宝,马嘉押彭伟。

牌桌上的四个人开始哗啦哗啦地洗牌,押宝的人则站在自己押注的人身后观战。气氛一下子紧张起来。

一番酣战,终于来到最后一把。只见彭伟抓起一张牌,盲捻了两下,见是一张幺鸡，顿时喜笑颜开，码到眼前的牌堆里，眼下他已经凑齐了三张幺鸡做一副牌，从幺鸡到九条一条龙，有两张七条，他打出一张二饼，单吊七条，和了便是清一色一条龙。

彭伟打出二饼。彭伟的下家是武梅，武梅看了看牌桌上的二饼，犹豫了一下，随后抓起二饼，推倒两张二饼，随即打出一张一饼。武梅的下家钱宝宝摸牌，抓起来看了看，是一张七条，犹豫了一下，随即打了出去。钱宝宝的下家孙爽摸牌，摸了一张六万，随即打出一张九条。

轮到彭伟了，彭伟边将手缓缓伸向牌堆边说："我给你们展示展示麻王是怎么自摸的，见证奇迹的时刻就要到了！"

其他人听他这一咋呼都有些紧张了。只见他抓起一张牌，盲摸，捻了两下，脸上露出得意忘形的笑容。

马嘉兴奋地问："自摸啦？"

"麻王不是浪得虚名的。各位，对不住了，清一色一条龙，自摸，和啦！"彭伟说着把手里的牌翻扣在桌上，看见九条的一瞬间，他一愣，随即把牌推倒，大家一看是清一色一条龙。

彭伟得意地给大家安排上了："你们十一个人均摊九万七，算下来每个人也不多。"

众人面露沮丧。只有马嘉坐到彭伟的位置上，认真捋着彭伟的牌。他把彭伟最后摸到的九条放进牌堆里，边一张一张地码着边嘴里念念有词。

"三张幺鸡，一二三，四五六，七八九，七，九……不对……七七，八，九九……"

彭伟说："十一个人，九万七，平均每个人……"

马嘉在牌桌上自言自语："不对啊……"

秦童等人一看情势不对，急忙也去捋彭伟的牌，发现果然是诈和！

武梅哈哈大笑："你应该和七条！不是九条！"

钱宝宝帮腔："你这是诈和，按理说应该罚你三倍。"

"马医生觉悟高，给他个面子，就别罚了。"秦童幸灾乐祸。

孙爽算着账:"对不住了二位哥哥,一个人四万八千五。"

在众人的笑声中,彭伟郁闷地给了马嘉一脚:"叫你手欠!嘴还欠!"

马嘉自知理亏,抓抓头发:"术后复盘,习惯了。"

两天后,刘清扬带上工人努曼和拉迪来到麦乐村开始清理水塔、翻修屋顶。男队员们齐齐上阵帮忙干着体力活,女队员们则帮忙做些收拾的工作。见刘清扬还带来些各色油漆,女队员们拿着滚筒帮忙刷着房子的外墙。

干活间隙,刘清扬前去勘测移动信号,江大乔前来过问情况。刘清扬趁机逮着话头,主动为那天酒后的失言向江大乔道歉。

"我跟竹子这六年早就断了联系,你说出来也好,也算有个了结,都别放在心上了。"江大乔宽慰刘清扬。

"我知道那时候的你也挺纠结的,离婚不久,孩子还小,也不容易。竹子呢,当时爱人刚过世不久。"刘清扬的声音中带着歉意。

"都过去了。以后别提这些了,我知道你对竹子的心,其实,你俩比我跟她合适得多。"江大乔话音刚落,忽然听到墙后传来响动。

江大乔绕过去一看,是秦童手中拎着一桶水从墙角出来,装模作样地说:"哟,江队长,你在这里?我打水,打水。"话音未落,人却一溜烟跑了,水从桶里晃荡出来湿了他的裤脚。

江大乔和刘清扬愣了,互相看看彼此,摇摇头,不再说话。

黄昏时分,石竹子带了箱啤酒前来慰劳大家。傍晚的风徐徐吹着,带着些许凉意。刘清扬和江大乔帮忙把啤酒搬上天台,大家也都聚上来。

天台上,大家人手一罐啤酒,或席地而坐,互相依靠,或两人并肩而站,面朝远方眺望。

太阳西沉,地平线一片火红,映在深蓝色的天幕上,中间是过渡的紫光,颇有几分深邃的神秘。时间仿佛静止了,突然,远处的云雾散尽,乞力马扎罗山显现出来。大家齐刷刷望向远方的乞力马扎罗山,被眼前这神圣动人的景象深深震撼。夕阳的余晖照在大家身上,如披上一层瑰丽的薄纱,静谧又美好。

马嘉站在众人身后,看着一个个背影与乞力马扎罗山相映衬,突然想起了电影

《肖申克的救赎》。

一只五彩斑斓的蝴蝶扇动着翅膀飞起来，飞过麦乐村院子上空，飞过天台，落在了新粉刷的白色墙壁上。白墙的正中间是用红油漆涂写的一个大大的"Milele（麦乐村）"。在它周围，环绕着各式各样、五颜六色的手印，以及各式各样的可爱图案。蝴蝶迎着夕阳和晚霞，越飞越高，越飞越远。

终于到了马嘉在手术中HIV暴露后的第二十八天，复测结果仍然是阴性。贾长安特地做了羊肉火锅为他庆祝。

"马嘉，这可是竹子姐特地送来给江队补身体的，贾师傅炖给你吃了，够意思吧。"秦童坏笑着打趣马嘉，他的话引来大家一阵暧昧的笑。

"你别得了便宜还卖乖，我看这羊肉你也没少吃。不过到时江队要是骂人，除了老贾，你们有一个算一个，都得跟我一起扛。"马嘉等人早就从秦童嘴里听得了江大乔、石竹子以及刘清扬三人的八卦，趁着江大乔不在，闲嗑牙说笑一番。

"聊什么呢，这么热闹？"江大乔和武梅从外面进来，有些奇怪地看着大家。

常来赶紧冲武梅使眼色，示意她坐到自己身边，默默地替她留好了羊肉。

彭伟一时没收住，拿江大乔开着玩笑："我们前两天刚念叨想吃涮羊肉，今天石老板就给送来了。我们刚刚在讨论，这石老板为什么对我们医疗队这么好？"

"人家那是对队长好。"朱必能多了一句嘴，引来大家哄笑。

江大乔狐疑地看向秦童。

秦童装作没看见，只顾埋头吃饭。

马嘉突然唱起歌："有多少爱可以重来。"

"有多少人值得等待。"彭伟、朱必能、阳莺、常来等人一起合唱起来，边唱边看着江大乔坏笑。

江大乔沉着脸："马嘉，你跟我出来。"

江大乔说完，转身走出餐厅，在门廊下站定。

大家都愣了，看着马嘉，以为是玩笑开过了火，江大乔拿起头唱歌的马嘉出气。

马嘉不以为意，又往嘴里塞了一块羊肉才跟出去。

"江队，大家就是开个玩笑，不至于吧。"

"你今天为什么跟坎戈院长吵架？"

马嘉愣了："没吵啊。他跟你说我俩吵架了？"

"哈利夫的检查单是怎么回事？"江大乔生硬地问出第二个问题。

"他查体记录有腹水，肝区叩痛，伴有左侧腹股沟淋巴结肿大。"马嘉耐心解释道，"坎戈说卡塞医院没有腹水生化检查，要我只做个B超和肝功能检查。我跟他解释了，单靠B超无法确诊肿块性质，穿刺取腹水才能确定到底是肠道肿瘤转移还是肝脏问题造成的。"

"那为什么还有凝血功能检查？"江大乔听马嘉说得有理有据，语气已经缓和下来。

"那个人胳膊、大腿上有很多瘀斑，凝血功能可能有问题，万一是凝血功能异常，等做肿瘤探查的时候，会有大出血的风险！"马嘉有点儿急。

"行，就算你非要检查，可以一项项来……"

马嘉打断江大乔："江队，你不是不知道这儿肝功能检查几天才出结果，五天对吧？五天后，如果有问题，再检查腹水生化，是七天。再做肝脏凝血功能检查，得十天。我如果分开来查，一共要二十二天，在二十二天里，如果病人的病情突然恶化，不再耐受手术，那前面的检查还有什么意义？"

"可是腹水生化、凝血功能检查都需要去蒙得利医院的检测中心做，你知道那里费用有多贵吗？"江大乔有些无力，他不知道怎样才能让马嘉明白，在桑纳与在国内不同，医生在面对病人时，考虑的角度是不一样的。

"师兄，我们师出同门，还是一个医院的，我做的这些，有哪一条不合理，有任何一条是违反常规的吗？你要顾全大局，这个我懂，但我们是来干吗的？是，我们是来当和平使者的，但更重要的任务是救治病人啊！"马嘉也颇感无奈。作为医生，他本着相信科学、对病人生命负责的态度，对于开出的每一项检查，他都是经过认真的研判才做出决定的。如果作为医生不能坚持自己对工作的原则，那自己还配被病人叫一声"马医生"吗？

江大乔被反问得哑口无言。马嘉看着江大乔一脸愁容的样子，许久没说话，随后，无奈地叹了一口气："我知道，你当队长不容易。要不这样，我以后开什么单子，都先跟你申请，总成了吧？"

听到马嘉有些无奈的语气，难得见他向自己妥协，江大乔苦笑了一下："你啊……"

"队长，思想教育课上完了吧，那我现在可以提出一个申请吗？我可以回去吃火锅吗？"马嘉松了一口气，今天他的心情大好，实在不想跟江大乔杠上。

"贫得我头疼，赶紧回去吧。对了，二十八天顺利度过，恭喜你。"

两人相视一笑，回到餐厅。

晚饭后，马嘉回到自己房间，如释重负地把阻断药的空瓶丢进了抽屉里。此刻他心情畅快，急需跟人分享，于是拨通了柳晓弦的电话。此时国内已是晚上十一点多，柳晓弦还在一家高档餐厅的包厢里，陪林南应酬林湘和他的经纪人周小叶。

柳晓弦借口去洗手间，出来接了马嘉的电话。

马嘉听到晓弦大晚上还在应酬，声音又因为疲惫而变得有些沙哑，既心疼又不满，但面对晓弦的应付，他只得匆匆叮嘱几句便挂了电话。

柳晓弦来到洗手间，对着镜子补补妆，抖擞了一下精神，又回到包厢。

包间里一张豪华的圆桌，上面满是菜肴，只坐着林湘、林南和经纪人周小叶三人。林湘显然已有了几分醉意，凑在林南身旁，边敬酒边说话。

"南姐，你说是不是我们特别特别投缘啊，不瞒你说，我这辈子最遗憾的就是没有一个亲姐，咱们都姓林，以后你就是我亲姐。姐，我今天知道见你，妆都没化，我助理说让我上个粉底，我说化个屁！那是我姐，我见我姐，装什么呀，是不是！"

"那是，你不化妆一样帅气。"

柳晓弦在一旁听着，时不时皱一下眉头。她坐在自己的座位上有些局促，显然，她不太适应这种场合。

"还有个事，我今天必须得跟我姐解释清楚，上次真不是我们闹脾气，是时间特别难协调，不信你问周姐，她给我推了多少个节目，但柳老师一来找我们，我立马就来了。"

"理解，你能来，姐非常开心。"林南笑吟吟地哄着林湘。

周小叶也来敬林南："林总，我听说《星夜大排档》招商还不错，冲着湘湘，有好几个广告商有意向了，是真的吗？说实话，湘湘如果能为咱们节目做一点微不足道的贡献，真的觉得很自豪。"

"这是哪里的话，湘湘如果真能来，哪里是微不足道，是功不可没啊！"林南继续恭维着。她知道柳晓弦不习惯这些场合，也没有为难她，只能自己应付。

"退一万步讲，就算没有新的广告商也不怕。那天小柳一来，我们就主动说了，我们带着广告来，而且这节目一播，我们又为咱节目贡献了个Jolie（朱莉），她刚从韩国回来，粉丝热度多高，好多人为了她重刷咱们节目呢！"

林南笑道："Jolie到底是个新人，我们栏目除了大咖，别的艺人可都是要签分约合同的。"

"合同算什么？姐，Jolie，你想用随时用。"周小叶借着酒意，张嘴就来。

林南笑着从包里掏出一份合同，往桌上一拍："我还真带合同了，要不我让晓弦拿出来，咱们现在就签了。"

林湘一听这话，又开始耍赖了，林南见状笑笑，也没再勉强。

时间临近一点，酒局才终于结束。

柳晓弦跟林南一起打车回去，两人一起坐在专车后座上，终于有了片刻的宁静。

"南姐，今天聊得这么好，要不明天我去找周小叶，把林湘的合同签了吧。"

"哪有那么容易，一点十分了，昨天已经过去了，都翻篇了，都是戏。"林南无奈地叹道。

柳晓弦闻言，表情僵住了。

次日中午，马嘉忘了带午餐，休息时间跑去儿科彭伟诊室蹭饭。彭伟本不想理他，但见他可怜巴巴地坐在旁边看着自己，又觉得于心不忍，只得掰了半块馒头，又从抽屉里掏出一小包榨菜撕开。

"昨天又训你了？"彭伟边吃边八卦。

"昨天来了个病人，是坎戈的远房表弟，说我乱开检查单，我有理有据地解释，坎戈说不过我，就告我黑状。"

"什么检查单？"

彭伟话音刚落，迪斯马斯气冲冲地走进来，把一张检查单扔在彭伟的桌上。

"彭医生，我说了不要随便开检查单，难道你们除了做检查，就不会通过查体和经验判断病情吗？"迪斯马斯愤怒地控诉完，没给彭伟说话的机会转身就走了。

马嘉手里的馒头停在嘴边："他什么意思，找碴儿排挤我们？"

"跟你没关系。"彭伟把迪斯马斯扔下的检查单递给马嘉，"金妮是他的病人，发烧好几天了，他初步诊断是疟疾。但是用了疟疾药，没有好转。我怀疑病毒感染，开了个血生化单，迪斯马斯非不让，说自己的诊断没错，不让把血样送去蒙得利检查。"

"你是科主任，该怎么检查怎么检查呗。"

彭伟摇摇头："他那人，除了齐丹，谁都不认。我又不能硬来。"

马嘉认真翻着金妮的检查报告，眉头皱起来："孩子在医院吗？"

"住着院呢。"

马嘉把馒头塞在嘴里，站起身："带我去看看。"

两人来到病房，护士刚给金妮量过体温。迪斯马斯站在旁边，正在安慰一个十岁左右的小男孩。马嘉定睛一看，这不正是那天一起踢球的小孩奥斯曼吗？

见到马嘉和彭伟，奥斯曼忧愁无助的眼睛里闪过一丝光，迪斯马斯的眼中则闪过一丝警惕和不满。

"体温多少？"马嘉问护士。

"38.7摄氏度。"

马嘉检查了一下金妮的身体："颌下淋巴和腹股沟淋巴都肿了，肯定不是疟疾。"

迪斯马斯冷漠地说："那也可能是淋巴瘤。"

彭伟接话道："她之前查过肝功能，谷丙转氨酶过高。"

迪斯马斯耸耸肩："那就是病毒性肝炎。"

"彭伟，你的听诊器给我用一下。"马嘉没有理会迪斯马斯，拿过听诊器，伏下身，仔细听着金妮的心音。过了一会儿，他直起身子："她心脏有杂音。"

迪斯马斯一愣。

马嘉看了看奥斯曼和金妮："迪斯马斯，我们出去说。"

迪斯马斯不情愿地跟着马嘉和彭伟来到病房外。

"也许，不是疟疾，也不是什么淋巴瘤，更不是普通的肝炎，她需要进一步检查。"

迪斯马斯一脸不可思议："为什么?!"

"你学过心外科，你知道有杂音意味着什么。我怀疑这孩子是小儿传染性单核细胞增多症并发心肌炎。"

"不可能，我们桑纳没有这种病。"迪斯马斯断然说道。

"你这是什么意思？你怎么能保证没有？"马嘉盯着迪斯马斯。

"马医生，谢谢你来会诊。我会考虑调整用药，就不浪费你的时间了。"迪斯马斯冷漠地回答。

马嘉急了，不顾彭伟扯他的袖子："你还要加大抗生素吗？加抗生素没有意义。"

"马医生，我是她的主治医生，用什么药，这是我的事。"迪斯马斯分毫不让。

"迪斯马斯，她必须做血清抗体检测，还有EB病毒的PCR检测。"马嘉被迪斯马斯的态度激怒了，在马嘉看来，这简直就是草菅人命！

迪斯马斯冷笑一下："马医生，卡塞医院没有实验室能做这两项检测，全桑纳唯一一家可以做的实验室在法国人开的蒙得利医院，那是私立医院，费用很高。这里是桑纳，大多数病人都没有钱做太多检查。而且，好医生要用丰富的经验为病人诊治，不能什么都只依赖仪器。如果你没什么事，我先走了。"

看着迪斯马斯扬长而去，马嘉愈加生气："彭伟，你知不知道这病有多危险，再拖下去，这孩子会没命的！迪斯马斯不同意，你找这孩子的父母谈！"

彭伟叹了口气："奥斯曼是她哥哥，他们的父母不在卡塞。"

马嘉愣了愣："然后呢？你就不管了吗？"

彭伟面露难色："马嘉，这化验单我不是不能开，只是我……"

"行了，你不用说了，我明白。儿科的病人你当然可以决定，这只是我的提议。"面对彭伟的犹豫，马嘉很是生气，但他也知道，自己毕竟是外科医生，此时他也无能为力。

见马嘉真的生气了，彭伟内心也万般复杂。他没有马嘉那种为了坚持原则而不管不顾的勇气，但如果就此对金妮的事置之不理，任凭迪斯马斯固执己见，自己也不配做马嘉的朋友。看着马嘉的背影消失在楼梯拐角处，彭伟心中有了想法。

晚上，彭伟找江大乔详细地汇报了金妮的病情，也表示自己认可马嘉的判断与建议。江大乔想了想，带着彭伟去找马嘉。两人发现马嘉正在联系国内的同事，他找了白云飞调出三年前一个叫童姗的孩子的病例，这个孩子的情况跟金妮极为相似。

见马嘉如此执着，江大乔的心中生出一阵感动与钦佩。

自从来桑纳后，马嘉不适应桑纳的医疗环境，依然坚持自己的行医原则，破了一些卡塞医院的规矩，但也受了一些委屈。换成别人，毕竟不是自己科室的病人，大概早就甩手不管了，可是马嘉不肯放弃，本着对病人负责的坚持，在看不见他付出的人后，依然付出百般努力。

"检测的费用我出，行吗？！江队长，这孩子才三岁！"见江大乔依然沉默，马嘉有些急了。

彭伟颇感无语："你出什么出啊？"

"我想让迪斯马斯知道，光凭主观判断，在临床的诊断中很有可能是错的。"

彭伟看着马嘉，一阵苦笑。

江大乔沉吟着："你非要出也没问题。但我还有个条件，你做到了，我帮你去跟院方沟通开检查单。"

马嘉果断回应："没问题，什么条件我都答应。"

"行，那你明天先去跟坎戈道歉。"

"江大乔，你！"马嘉气得直瞪眼，喘了几口气，不得不委屈地点头妥协。

次日上午，马嘉拿着院外检查申请单来到坎戈办公室找他在同意栏签字。看马嘉一改前些天倨傲的态度，坎戈心中很是满意。其实他早从医生资料中得知马嘉是心胸外科专家，一直有意与马嘉拉近距离。怎奈这位极有个性的马医生一来就在卡塞医院显得格格不入，甚至直接顶撞自己这位院长。现在，马嘉既然主动低头来道歉，坎戈自然不想放过这个拉近彼此距离的机会，于是，他拉着马嘉喋喋不休地唠叨着。

"马医生，其实你看，我们之间也可以很好地沟通，你今天状态就很好。"

马嘉急着送金妮的血样去实验室，只得顺着坎戈的话说："坎戈先生，之前确实是我考虑得不够周全，下次我尽量根据经验，多多判断。"

"马医生，你很幸运，我今天正好没什么事儿，可以和你好好聊聊。"坎戈没有察觉到马嘉脸上闪过的一丝尴尬，"其实，你们医疗队我还是很认可的……只是方式方法……你知道上次那个哈利夫吗？他是个河工，像他那样的人，怎么可能掏出这么多钱做检查呢？对了，马医生，我还要告诉你，其实我很喜欢中国，我特别喜欢中国的美食……"

马嘉一直盯着坎戈手上的检查单，压根听不进去坎戈说了什么，终于忍不住打断他："坎戈院长，您是不是看过我们中国的一部电影？"

"什么电影？"

"那是一部很有趣的电影，叫《大话西游》。"

"《大话西游》？这电影说的什么？"

"说的是一个老师带着几个徒弟历险的故事，我觉得您特别像里面的那个老师！"

坎戈眼睛一亮："真的？这个老师叫什么？"

"叫唐三藏。他有一个绝技，就是念经，能靠念经就把人烦死。"

坎戈没听出来马嘉在讽刺他，继续发问："他那几个徒弟呢？"

"大徒弟是一只猴了，武艺高强；二徒弟是一头猪，能吃能睡；三徒弟是个和尚，扁担挑得特别好。还有一匹坐骑，叫白龙马。白龙马的外号叫跑得快。"马嘉说着，趁坎戈一个抬手的动作，抓起桌上的检查单，转身一溜烟就跑出了坎戈的办公室。

病房里，武梅已经取好血样。马嘉快步跑进来，顾不上理会武梅等人抱怨他耽搁太久时间，从武梅手中接过血样就冲向住院楼外。院子里，姆齐纳已经把车发动好，马嘉跳上车："快，去蒙得利！"

两天后，马嘉早早就来到蒙得利的实验室大厅。当看到化验单上写着"传染性单核细胞增多，由 Epstein-Barr 病毒所致"时，马嘉脸上闪过一丝扬眉吐气的神情。他一回头，看到迪斯马斯站在不远处，神情紧张地看着自己。

马嘉笑了笑，快步走上去，将化验单递给迪斯马斯。迪斯马斯拿过结果，脸上露出愧疚的神色。他神情复杂地看向马嘉，欲言又止。

当晚，为了庆祝自己来桑纳后的第一次扬眉吐气，马嘉编瞎话骗过武梅，将常来和彭伟带出麦乐村，三人准备前去苏莱曼以前推荐过的那家酒吧喝酒玩乐。

三人走进酒吧，只见奔放的桑纳青年男女们和零星的欧美人，和着台上小乐队演奏的音乐跳着非洲舞，无拘无束，自由洒脱，三人也兴奋起来。

穿过人群，来到吧台。马嘉看了看墙上的酒单，向侍者点了三杯精酿啤酒。

不远处，传来一阵用中文玩"十五二十"游戏的喧闹声。马嘉、彭伟和常来闻声望去，只见一群桑纳人簇拥在一起欢呼起哄，看不见被围在中间的是谁。

酒吧侍者把三杯啤酒放在马嘉、彭伟和常来面前。常来担心不好跟武梅解释，犹豫着不敢喝。这时，一个年轻帅气的中国男孩挤出那群人，走到吧台前点了一瓶威士忌，恰好跟马嘉等人的视线对上。

这个男孩兴奋地走过来问："你们是中国人？"

马嘉、彭伟和常来一齐点点头。

"哎呀，苍天哪，大地哪，这是哪个神仙姐姐显灵了啊，让我在非洲遇见老乡了啊！来来来，我先自我介绍一下，我叫赵一聪。三位哥哥怎么称呼？"赵一聪上来就是一阵自来熟的输出，分别抱了马嘉、彭伟和常来一下，搞得三人一脸茫然。

侍者把一瓶威士忌放在赵一聪面前，赵一聪索性跟马嘉他们坐在一起，要来四个酒杯，一一倒满威士忌，问道："玩过'十五二十'的游戏吗？"

马嘉、彭伟和常来摇头，赵一聪将三杯威士忌分别推到他们面前说："我教你们。谁输了谁喝！"

酒吧老板在吧台的另一端，远远地看着马嘉、彭伟、常来和赵一聪玩得正酣。

常来几乎没赢过，不一会儿便喝了好几杯，借口要跳舞，一溜烟跑了。

赵一聪又抓着彭伟玩，两人双手握拳放在胸前，同时喊"十五二十"，随即一同出拳。几轮下来，彭伟不停地输，喝下第六杯酒后，彭伟嚷嚷着不玩了。

赵一聪见已经倒了两个，又把目光转向马嘉，两人刚想开始，老板走过来，操着不流利的中文与马嘉等人交流起来："你们是中国人？"

"对，我们是中国医疗队的医生。"

老板笑了笑，指着舞池里的常来："那位也是？"

"那是我们的队友。"

马嘉、彭伟和赵一聪顺着老板的手指望去，只见常来正在舞池中和几个桑纳女孩激情热舞。彭伟拿手机拍下了常来和女孩热舞的照片。

"欢迎你们来到桑纳，我是老板，我叫姆齐纳。欢迎你们以后常来玩。"老板说着，拿着话筒走上舞台："朋友们，下面我来唱一首中国歌曲《真心英雄》，送给我的中国朋友们。"

发音不甚标准的华语歌引来全场一片鼓掌欢呼。

"巧了，我们医疗队的司机也叫姆齐纳。"马嘉和彭伟笑了。常来这时也摇摇晃晃地回到马嘉身边坐下，和马嘉等人一起举起酒杯，一起向姆齐纳欢呼致意。

一曲罢了，马嘉和赵一聪继续玩起"十五二十"游戏，彭伟和常来在一旁观战。

马嘉早已看穿赵一聪的套路，几轮下来，赵一聪一局都没赢过。几杯酒下肚，赵一聪很是不服气。

"这样，咱们玩个大的，这把谁要是输了，谁就把这半瓶酒干了。"

马嘉点点头。这一局，马嘉出零，喊了十，赵一聪出了十，喊二十，赵一聪又输了，顿时蔫了，逗得彭伟和常来哈哈大笑。

"你陪一杯。"赵一聪不甘心地想要赖。

"我是医生，基本不喝酒，喝酒耽误事。"马嘉笑嘻嘻地拒绝。

赵一聪无奈地抓起半瓶威士忌，仰头咕咚咕咚地干了，随后起身就往卫生间跑，马嘉急忙起身追上他。

见赵一聪趴在马桶上狂吐，马嘉在旁关切地问他感觉怎么样。在得知马嘉从来没玩过这个游戏，却把自己喝趴后，醉意蒙眬的赵一聪对马嘉已经佩服得五体投地。

"服了，心服口服，以后你就是我哥，小马哥！"赵一聪已经口齿不清。

马嘉拖着赵一聪来到水龙头前，让他好好用冷水冲了冲头，见满脸通红的赵一聪稍稍清醒些后，这才扶着他回到酒吧。

"你在国内当医生多好啊，跑桑纳来干什么？"赵一聪突然对马嘉发出灵魂拷问。马嘉没言语，只是扶着他，不让他撞上别人。

待回到原来的座位，却只看到彭伟一个人在那里。

"常来呢？"马嘉的目光投向舞池。

"梅姐连环电话，吓得先跑了。"

马嘉会意地笑了。

路上，已经喝醉的常来在出租车里，用力掐自己的腿，强装清醒地与武梅通电话，告诉她快到了。谁知车临近麦乐村的时候，一个颠簸，剧烈的不适感突然涌上来，常来想忍没忍住。

司机已经透过后视镜看到常来的异样，急得连连喊"No（不）"。然而，根本等不及司机将车驶到路边停稳，常来已经哇的一声，吐了出来。

司机已经看到麦乐村的大门，他赶紧加了一脚油门，将车开到麦乐村门口停下。他无奈地下车，打开后车门，只见常来迷迷糊糊地躺在后座上，车上已经被吐得一片狼藉。司机推了推常来，常来却已睡死过去。

无奈之下，司机只好把常来架出汽车，放在院门口的草丛里，又扒下常来的上衣，用来擦车内的呕吐物，然后把衣服扔到常来身边。随后又脱下常来的裤子，从里面掏出钱包和手机，用裤子继续擦呕吐物，又一脸嫌弃地扔在了常来腿边。最后，司机打开常来的钱包，抽出了两张钱，想了想，又放回一张，把钱包和手机夹在常来裤衩腰间，拍了拍麦乐村的院门，便驱车离开了。

这时，常来的手机又响了，陷入熟睡的常来和散乱在地的衣服凌乱地歪倒在风中。

第十章
礼之用，和为贵

见常来久久没回来，武梅边给他打电话边走出麦乐村院门口张望，隐约听见常来的电话铃声在响，却看不到人。她寻声找过去，只见院旁边的草丛里，常来四仰八叉地躺着，身上只剩下一件背心和一条裤衩，裤子和衣服散落在地上。

武梅又惊又气，急忙去扶常来，常来意识慢慢清醒，痛哭着对武梅道歉，声称自己做了对不起她的事情。武梅看见他这副衣衫不整的样子，以为他做了什么出格的事情，冷静地说了一句："别说了，明天去验血，吃阻断药吧！"

酒吧这边，马嘉和赵一聪他们也结束了酒局，马嘉搀扶着半醉半醒的赵一聪走出酒吧，醉醺醺的彭伟跟在后面，三人来到路边拦出租车。旁边两名桑纳男青年也在等出租车。

此时，一辆出租车从远处驶来，马嘉和两名桑纳男青年几乎同时挥手拦车，出租车停在了马嘉面前，车窗摇下，只见仍是送他们来酒吧的桑纳司机。赵一聪刚要钻进汽车，被其中一名拦车的桑纳男青年一把拽住了，彼此都认为是自己先叫的车。

桑纳男青年拽着赵一聪的胳膊往外拖，赵一聪一甩胳膊，桑纳男青年一个趔趄摔倒在地上。马嘉伸手去扶，却没扶住。桑纳男青年倒在地上，佯装摔得不轻，倒地不起。另一名桑纳男青年顿时来劲，嚷嚷起来："你们打人，你们要赔偿！"

赵一聪眉毛一挑："哎呀，讹人是吧？"

马嘉赶忙劝架，这边对赵一聪说"别急别急"，转头又对桑纳男青年说"pole，pole"。

无奈桑纳男青年不依不饶，还是叫嚣着要赔钱，又有一些路人闻声过来看热闹。越来越多的人围住了马嘉、彭伟和赵一聪，眼看着情势恶化。马嘉还想解释，但被赵一聪拦住了。这架势很快引起了附近警察的注意，他们赶忙跑来查看情况。这一幕，恰好被坐在车中经过此处的杨参赞撞见，杨参赞叫司机赶紧停车。

警察把马嘉等人都带回了警察局。马嘉、彭伟、赵一聪和两名桑纳男青年面对面坐着，杨参赞坐在中间的椅子上，两名警察站在一旁。

杨参赞问马嘉和彭伟："你们就实话实说，谁先动的手，没关系，我来负责跟他调解。"

"我喝多了，迷迷糊糊的，没看见。"彭伟低着头。

马嘉笃定地说："参赞，是他们先动的手。"

赵一聪又抢话道："我本来都快上车了，他突然冲过来使劲拽我！"随即愤怒地指着桑纳男青年说，"你，是你先动的手！"

桑纳男青年不甘示弱："是你先动的手！"

双方又嚷嚷起来，警察把赵一聪和桑纳男青年拉开。

另一名警察示意参赞出去谈。他们站在门外正聊着，江大乔匆匆赶来，脸上难掩疲惫和担忧。

"江队长，你来得正好。现在没有直接证据证明谁先动的手，对方其实就是想要点儿钱。警察刚才也劝我，干脆拿点儿钱私了得了，别再把事闹大了。"杨参赞跟江大乔说。

"明白了。谢谢参赞，让您操心了。"江大乔见到参赞，心知后续的责骂肯定跑不掉，但也只能先把眼前的事应付过去再说。

江大乔推门进去，扫视了马嘉、彭伟和赵一聪一眼，来到三人面前："钱呢？都拿出来。给他们点儿钱，赶紧离开这儿！"

马嘉和彭伟质疑:"凭什么啊?"

赵一聪说:"二位哥哥,小弟不连累你们啊。"

赵一聪边说边掏出钱包里的银行卡,捏在手里亮在桑纳男青年面前,正欲扔给他时,石竹子推门进来,一把夺过了赵一聪手里的银行卡。

石竹子严厉地说:"嘚瑟什么啊?"

赵一聪定睛一看:"小姨,你怎么来了?"

江大乔有些吃惊地看着石竹子,警察看见石竹子,笑着起身相迎。

"竹子小姐,你怎么来了?你认识他们?"原来这几个警察是萍聚餐厅的常客,石竹子隔三差五送他们一碟菜,平时关系很是熟络。石竹子示意让江大乔先出去,她来处理。

江大乔只得出来,见杨参赞在走廊里来回踱步,赶忙迎上去做自我检讨:"杨参赞,对不起,是我工作失职,没管理好队员,让他俩喝成这样。"

"没关系,你们工作压力大,有时候难免会犯点小错误,但酒还是要少喝,今天这事儿我们想办法压下去,小而化之。要是闹大了,那是会上升成外交事件的。那样一来,后果有多严重,不用我多说了吧。"

"您放心,绝不会再发生这种事情!"江大乔连连点头。

此时,石竹子微笑着开门出来,杨参赞和江大乔齐刷刷看向石竹子。

"多亏这几个警察是萍聚餐厅的老主顾,我答应下次给他们免单。他们出面协调,已经谈好双方和解,互不赔偿。放心吧,没事了。"石竹子说完,往身后看,后面跟着赵一聪。石竹子抬手就捏着赵一聪的耳朵往外走,原来赵一聪是石竹子的外甥,这次偷偷跑来桑纳,刚到第一天就惹出这档子事。

江大乔看着石竹子远去的背影,转身盯着马嘉和彭伟,两人自知理亏,不敢直视江大乔。

江大乔说出一句低沉有力的话:"无论什么时候都得记住了,咱们出来不仅代表个人,更代表中国医疗队。"

第二天清晨,朝阳冉冉升起,麦乐村院子里的五星红旗迎风飘扬,菜园里绿油油的菜被镶上一层金边,食堂的烟囱冒起袅袅炊烟。阳光照进队员们的宿舍,有的已经起床开窗，有的还房门紧闭。

武梅宿舍里，常来已经醒了酒，在武梅身边绕来绕去，近乎哀求地解释着："老婆，我发誓，我绝对没有干对不起你的事。我就是不该听马嘉他们瞎怂恿，不该背着你出去喝酒。"

"你都喝成那样了，还能记得发生什么了吗？"

"酒吧里的事我记得清楚，我就跟赵一聪玩了一会儿游戏。你一打电话我就赶紧叫出租车回来，中间吐了一次，然后就有点儿断片了，但我发誓我的身体绝对完好无损。"

"离我远点，一会儿去验血！"

"当时你对马嘉都不这样……"

"你俩这性质能一样？"

武梅还要说什么，房门外传来江大乔的声音："武梅，武梅！"

武梅应了一声，又赶紧瞪了常来一眼，低声说："江队不知道昨晚有你，你老实点儿，别露馅了。"

武梅跟着江大乔来到食堂。

马嘉和彭伟自知逃不过一顿责骂，一声不吭地埋头吃早饭。孙爽、秦童等人本还想调侃他们一番，看见江大乔黑着脸进来，武梅又紧跟其后给大家使眼色，几个人赶紧溜之大吉。

"昨天晚上你们两个，很厉害嘛。中国医疗队五十年的纪录都被你们俩破了，可以载入史册了。"

马嘉和彭伟默默放下筷子。

"无视纪律，外出喝酒，打架闹事，还闹到警察局，惊动了参赞。这件事的后果有多严重，我不多说，你们自己想想！"

"队长，我们错了。"彭伟摆出一副诚恳认错的良好态度。

"我现在就要你们一句话，是不是不想干了？不想干我马上打报告给卫健委，换人！"

"是。"马嘉见彭伟认错态度好，自己也不能落于人后，赶紧应了一声。

江大乔一听，立马瞪眼。武梅赶紧在桌子底下踹了马嘉一脚，马嘉这才反应过来，赶紧改口："不，我们想干，我是说队长说得对，昨天的确喝得太多了，下不为例。"

武梅赶紧打圆场："江队，这事要我看，马医生和彭医生昨晚是被人故意讹了，他们也没想到，他俩也受到教训了，以后肯定不敢了。我看咱们队里还是以批评教育为主吧。"

见江大乔还要说话，武梅赶紧转头对马嘉和彭伟说："你俩别怪队长生气，咱们行前培训的时候就三令五申，队员不允许随便外出，更不允许喝酒闹事。昨天如果不是杨参赞和石老板出面，你俩现在还在警察局呢。尤其是马嘉，你作为生活委员，得带头做个好榜样！"

马嘉连连点头："是，昨晚的事儿是我们不对，两位队长批评得对。我和彭伟已经知道错了，队里该给什么处分，我们完全接受。哎，我们还有常来……"

马嘉话音未落，脚下已经被武梅在桌下狠狠地踹了一下，马嘉会意过来："那个酒吧老板说，中桑友谊万岁，让我们常来。"

江大乔脸色铁青，但话已至此，他只好在心里劝自己压住火，尽量将语气放平和："行了，梅姐，你通知一下，十分钟后，所有队员开会。"

十分钟后，大家齐集小会议室。江大乔、武梅、苏心和秦童正襟危坐，一起商讨对马嘉他们私自外出喝酒的处罚。按照规定，队员在外犯了错误，一般视情节的严重性，有三种处罚方式：一是在队内进行通报批评，书面警告；二是上报卫健委，留队察看；三是提前终止工作，召回国内。

经过大家投票表决，全票同意此事件暂不上报，队内进行警告批评，为了让他们长记性，在通报批评的同时扣发半个月驻外补助。

江大乔在大家面前宣布了处罚结果，彭伟和马嘉虽不情愿，但也认罚。

江大乔再次语重心长地发出提醒："你们要时刻牢记，我们从踏出国门的那一刻起，就不只是代表个人，而是代表着中国！喝酒闹事这种事情，丢的不是你们个人的脸面，而是中国医疗队乃至国家的脸面。希望以后大家都要引以为戒，这种情况绝对不允许有下一次。以后不管是谁，一旦违反队规禁令，一律上报处理，绝不姑息！"

马嘉和彭伟两人斜眼看着常来，常来低头回避着两人的视线。

萍聚餐厅内，面对石竹子的责备，赵一聪倒是一副无所谓的态度，只顾狼吞虎咽地吃着早餐。石竹子看他那样子，又心疼又嫌弃。

"你可真行！知道你昨天晚上喝成什么样了吗？"

"小姨，我在国内都快憋死了，我妈天天管我，来非洲了，还不让我好好放松放松？"赵一聪头也不抬，又往嘴里塞了一只小笼包。

"你妈妈说给你找了个好工作，你说辞就辞了，到底怎么回事？"

"没怎么回事。就是我爸，非要把我安排进他那个外贸公司当个办事员，说先把我放到基层锻炼，熟悉熟悉业务。我就说那我到非洲基层给他开拓业务吧，我爸就同意了。"

"别编了，三岁看大，七岁看老，你小时候我就知道你是个什么人，你不就是不想去，和你爸吵了一架，偷偷跑出来了吗？"

"小姨，你太聪明了。我人生遇到重大挫折的时候，总会想到你。记得小时候，全家您对我最好……您这些年，往家寄的所有礼品，木雕啊照片的，尤其是那个木雕小象，那是我童年最好的小伙伴，从那时候起，我对非洲就莫名有了很深的感情……"

"行了，别说了，你到底准备待几天？"石竹子懒得听他编瞎话。

"不知道呢，我这身心俱疲的，可得有些日子。"

"想玩可以，玩够了，从哪儿来回哪儿去。你的伙食费、住宿费，让你妈按时给我，一个月五千。还有，所有卡我替你管着。什么时候回国什么时候给你。"石竹子说着一把夺过赵一聪的钱包，把里面的几张卡如数收缴。看到赵一聪哭丧着脸，她按捺住笑意，让吉桑嘎带他到处玩玩。

赵一聪吃饱喝足，来到萍聚餐厅院内，一边逗着孔雀，一边给妈妈打电话。在一番卖惨后，赵一聪的母亲总算是在半信半疑间，同意每个月给他一万元生活费。赵一聪心满意足地挂断电话，露出狡黠的笑意，催促吉桑嘎快带自己出去玩。

吉桑嘎带着赵一聪来到郊区的山里远眺乞力马扎罗山，两人在山路上拐来拐去，在看到乞力马扎罗山的那一刻，赵一聪激动地跳起来，一个没站稳，从小山坡上跌了下去，扭伤了脚，痛得哇哇大叫，直呼一定是脚踝摔折了。

吉桑嘎见状，赶紧开车带着赵一聪去了卡塞医院。赵一聪想起来前一晚在酒吧认识的马嘉就是中国医疗队的，便叮嘱吉桑嘎，一定要挂中国医生的号。

吉桑嘎跟着石竹子工作多年，对中国医疗队和卡塞医院早就熟得跟自己家一样，他直接替赵一聪挂了中医诊室的号，又扶着他来到中医诊室门口候诊。

赵一聪在走廊的椅子上坐下没一会儿，便听到诊室里传出嘈杂的吵闹声，里面还夹杂着一个中国女生说汉语的声音。赵一聪好奇地上前探看，发现几个桑纳壮汉将一个穿着白大褂、身材较小的中国女生围在中间，七嘴八舌地叫喊着。看样子，这几个壮汉非常愤怒，甚至有要动手打人的架势。可是他们嘴中连珠炮一般地说着赵一聪听不懂的斯瓦希里语。

这时，吉桑嘎解释道，这个中国女医生叫孙爽，应该是她用左手摸了旁边那个两岁左右桑纳小男孩的头。按这家人的宗教习俗，左手是代表不洁的，左手摸别人的头更是大忌。所以孩子的爸爸、叔叔等人便生气地责骂着这个中国女医生。

面对同胞落难，赵一聪哪里能袖手旁观。他灵机一动，快步闯了进去。

"医生呢？医生在哪里？我头好痛，快痛死了！"赵一聪大喊着头痛，趁着几人被自己的叫喊声弄迷糊的时候，挨个抓起这几个桑纳男人的左手，摸向自己的脑袋。一圈下来，每个人的左手都摸过了赵一聪的脑袋，他的举动把大家都镇住了。

这几个壮汉目瞪口呆地看看自己的左手，又看看赵一聪，互相对望一眼，一把抱起孩子，一下子都散去了。

"你好，我叫赵一聪，请问美女怎么称呼？"赵一聪不等对方表示感谢，便伸出手自我介绍。

"孙爽医生好，这是我家石老板的外甥。"吉桑嘎紧跟其后，上次的欢迎晚宴上，聪明的吉桑嘎早就把新一批队员的脸给记住了。

孙爽赶忙向赵一聪道谢，赵一聪一脸大无畏的样子，心却在无形间被牵动了。随后，孙爽认真帮赵一聪检查摔伤的脚。而赵一聪聒噪的嘴巴一直停不下来，先是聊起马嘉，然后又来了遍自我介绍，最后还要加孙爽的QQ好友。

正当赵一聪对着孙爽大侃特侃时，石竹子风风火火地走进来。

一见到小姨，赵一聪赶紧装出痛苦不堪的样子，想博得小姨的同情。谁知石竹子一眼就看出他的装腔作势，但也不拆穿他，只说既然如此，自己便马上给他买明早回国的机票。

见忽悠不了小姨，赵一聪只得乖乖被石竹子拎着往外走。临走时还不忘给孙爽留下自己的QQ号，弄得孙爽哭笑不得。

外科病房里，齐丹正在查房，病人辛巴揉着自己的胃，一脸痛苦地瑟缩在病床上。

"化疗后一般会出现恶心、呕吐等现象，按理说吃了甲氧氯普胺和维生素B6就会缓解，我开的药，你按时吃了吗？"齐丹看了看辛巴的最新检查报告，问道。

"按时吃了。"辛巴有气无力地说道。

"你这样不行，营养完全跟不上，恢复不好，还影响免疫力，我们暂时没有其他药物可以替换，只能插胃管了。"齐丹皱眉沉思片刻后说道。

"齐丹医生，没别的办法了吗？"辛巴露出痛苦的表情，"我不想插管。"

见辛巴态度坚决，齐丹只好无奈离开，转身去了二号病房。

进门处的一张病床上，三十多岁的桑纳男性病患拉哈卜躺在床上，原本应该悬挂在床边的尿袋也"躺"在床上，床单扭成一团。

迪阿鲁戴着耳机，背对着房门，正跟着耳机中的音乐摇头晃脑，没有发现齐丹进来。

齐丹见状，脸色铁青地来到迪阿鲁面前。迪阿鲁吓了一跳，定睛一看是齐丹，吓得赶紧摘掉耳机，露出谄媚的笑。

齐丹指着床上的尿袋质问："谁让你把尿袋扔到床上的？尿袋要挂到比体位低的地方，你不知道吗？"

"啊，是吗？"迪阿鲁自知理亏，此刻只能装无知。

"护理总监没有说过吗？"

"没有。"

齐丹闻言，顿时火冒三丈，大步走向护理站，见武梅一个人在那里，开口便是训斥。

面对齐丹莫名的指责，无辜的武梅一脸诧异："齐丹主任，拉哈卜下午三点半做完手术后，是我亲自从手术室推到病房的。我很明确地告诉过迪阿鲁护理规范。尤其是尿袋，我特地给他示范过，一定要系在床边，低于病人卧姿体位，否则尿液回流会引起发炎。"

跟在齐丹身后的迪阿鲁赶紧否认，无论武梅怎么说，他都不承认武梅教过。

见两人争执不下，原本就对中国医疗队没什么好感的齐丹先入为主地认为是武梅在狡辩，便怒气冲冲地指责道："武女士，作为护理总监，出现这么严重的护理过失，是你的失职。如果你说过，迪阿鲁为什么否认？你们中国人难道都是骗子吗？"

原本只是在解释工作事实的武梅，听到齐丹竟然上升到对中国人的诬蔑，顿时黑了脸，瞪着齐丹，厉声说道："齐丹先生，请你注意你的言辞！"

武梅严词将齐丹顶撞走后，怒气冲冲地来到江大乔办公室，跟他汇报了刚才的情况。

"队长，我绝对不会背这个锅！"在职场中，武梅一直兢兢业业、一丝不苟，如今竟然被手下人诬蔑，她心中的气愤实在难平。

"那你说怎么办？冲动解决不了问题。我们也没有必要跟他们正面起冲突。"

"队长，你怎么老是胳膊肘往外拐呢？明明我们占理的事，你非要和稀泥，事事偏袒他们。别的事我可以忍，唯独这件事，关乎我个人的职业操守，更关乎我们中国医疗队的声誉，我绝对不忍！如果是我没有交代清楚，我认错！但不是我的问题，我就必须给自己要个说法。医院冤枉我，我去找坎戈，找他们卫生部，找大使馆！"武梅气得全身发抖，怒瞪着江大乔。

"事闹大了，人家脸上都不好看。你是副队长，更应该知道这些道理。"

"这事不是我要闹大。齐丹说的是什么话？你们中国人都是骗子吗？这是诽谤，是人格侮辱！我要不把这事跟他们掰扯清楚了，他还真以为他占理呢！"

一直站在门口的常来冲进来，义正词严地声援老婆："对！就得要个说法，这种事情我们不能凭空背锅，不能什么屎盆子都往我们头上扣！"

江大乔头痛不已，挥挥手让两人先出去，自己想办法处理。

坎戈也从齐丹处得知此事，对于齐丹指责武梅的事，其实坎戈心中有数。他在医疗队刚来的时候就已暗中观察过，武梅是个在工作中非常细致严谨的人，这件事十之八九是迪阿鲁在甩锅。但他作为院长，迪阿鲁毕竟是自己的桑纳同胞，他必须要维护。主意打定，坎戈便好言安抚好齐丹，又将迪阿鲁叫来狠狠训斥了一顿。最后主动找到江大乔，说想请他和武梅以及常来一起来自己家中吃个家宴。

江大乔见坎戈如此盛情邀请，对这件事的真相便也有了一定的判断，但既然院长如此处理，自己也不便再明着纠缠，只能以后找机会敲打一番迪阿鲁。想到这，江大乔便替武梅答应下来，转身去说服武梅和常来一同前往。

就在齐丹跟武梅较上劲的时候，辛巴却偷偷从病房溜了出去，趁他在坎戈办公室里投诉武梅时，偷偷跑进护理站，翻出自己的病历，又溜去中医诊室找孙爽。

孙爽接过辛巴的病例，看到主治医生是齐丹，便有点儿犹豫。可是当他看到辛巴患的是肠腺癌伴有盆腔淋巴结转移时，又有些不忍心拒绝。

"医生，我实在不想插胃管来补充营养，但我又很不舒服，老是恶心想吐，胃口很差，根本吃不下东西。"

面对辛巴诚恳又带着一些期盼的眼神，孙爽点点头，示意他伸出手号脉。

孙爽认真地给辛巴搭脉，又看了看他的舌苔："你的舌头边上都是牙齿压痕，中间舌苔明显白厚，你化疗多久了？"

"四个周期。你能治好我吗？"辛巴急切地问。

"治好谈不上，但缓解没问题。一会儿我将在足三里、内关、中脘这三个穴位上给你扎针，你能接受吗？"

"真不疼吗？"

"放心！"孙爽笑了。

辛巴想了想，点点头。

另一边，迪斯马斯也找到彭伟，吞吞吐吐地表示，关于差点儿害金妮误诊的事，他想向马嘉道歉。

见迪斯马斯坐立不安的样子，彭伟笑着安慰道："你放心，他不会放在心上的。

你知道马医生的外号吗？他在我们双清市，人称'马一刀'。"

迪斯马斯困惑地看着彭伟："马一刀？他做手术只用一把刀？"

"不不不，'一'是指第一的意思。他一年能做几百台手术，是我们省里数一数二的心胸外科医生。"

迪斯马斯的眼中渐渐露出佩服的光芒。"听上去，这位马嘉医生在心外科方面的能力，好像不比齐丹老师差呢。"迪斯马斯心下思忖着。

临近下班时，迪阿鲁拿着一个护理盘回来，刚扔到台上，武梅就走了过来，从盘子里拿起一个用过的留置针，只见针管里有很长一截血栓。武梅皱眉看向迪阿鲁。

迪阿鲁想起今天刚因为尿袋的事坑过武梅，此刻又被她逮个正着，便低下头假装没看见武梅的目光，正准备开溜，不料武梅在背后喊住了他。

"迪阿鲁！"武梅压抑住内心的怒火，尽量让自己声音平和，"我说过多少次，留置针如果不用肝素帽，容易造成血栓。还有，封管不消毒，会造成病人细菌感染！"

"我们都是这么用的。"迪阿鲁理直气壮地打断武梅。

"所以才会有那么多病人术后感染！"武梅实在压不住内心的怒气，抬高音量。

"那也没办法，我们可没有钱买你说的什么帽子。"迪阿鲁丝毫不让。

"那这样，我们以后不用留置针了。"

"那样我们需要给病人反复扎针。"

"反复扎针不会导致感染，但没有肝素帽就使用留置针会导致感染，听不懂吗？就这么决定了，我会尽快跟国内申请一批肝素帽，在肝素帽到之前，不许再用留置针。"

武梅一阵心累，她实在不想再跟油盐不进的迪阿鲁废话，而是从抽屉里掏出笔和纸，一会儿工夫便写好一张肝素帽的申请说明。她跑到江大乔的诊室，将申请扔到他面前。

"江队，我知道你事多，但我是真没办法了才来找你，肝素帽的事坎戈不同意，但只用留置针不配套肝素帽，真的太容易感染了，我已经跟护士说让他们暂时不要用留置针了，但这里很多病人都是重症，天天扎针也不是办法，护理任务重，病人也痛苦。"

"没问题，我帮你申请。不过申请物资的流程你是知道的，距离下一批物资运到，需要一段时间。"

"我知道，最近我会盯紧他们的。"武梅说着就要走，又被江大乔叫住。

听到江大乔转述坎戈的家宴邀请，武梅想了想，同意了。

当晚，常来换好衣服，跟在武梅身后，准备到院门口和江大乔会合，一起前往坎戈家，不想却被马嘉和彭伟在拐角处拦下。两人一阵排挤，说到喝酒被罚的事情，他们没将常来抖出来，那么两人被扣的半个月补助，常来得负责，急着出门的常来无奈之下只得同意。

江大乔、武梅和常来到了坎戈家，坎戈热情地将他们迎进去。

客厅里，靠近外侧的地方有一张方桌，铺着精美的桌布。上面摆放着中国和桑纳的各种菜肴：土豆炖牛肉、乌咖喱、烤牛肉、拍黄瓜和腰果鸡丁。

江大乔、武梅、常来和坎戈四人各据桌子一边，面前都放着一只水晶酒杯，坎戈替大家一一倒好酒。

坎戈说："这瓶酒是我特地让我大老婆去石老板的萍聚餐厅买来招待三位的。我记得小时候听你们医疗队队员唱过一首歌，'朋友来了有好酒'。"坎戈说罢，三个男人相视一笑，只有武梅还紧绷着脸。

这时，一个身材丰腴的女人端着一盘麻婆豆腐上来，按照坎戈的意思专门摆放在武梅面前："梅，这是我二老婆专门去买的豆腐，学做的中国麻婆豆腐，我听江队长说你最爱吃这道菜，快尝尝。"

武梅见坎戈和二老婆笑吟吟地看着自己，只得笑着拿起筷子尝了一口，随即夸赞做得地道。坎戈示意二老婆离开桌边，二老婆便坐到厅堂的地毯上，靠着坎戈的大老婆和六七个孩子一起看电视剧《甄嬛传》。

武梅看着眼前和谐的一幕，直奔主题："院长，我和齐丹这件事，你到底相信谁？"

坎戈说："我相信你们每个人，但我更相信上天。"

武梅被坎戈的话怼得一怔。只听坎戈接着说："我不仅喜欢中国的美食，我还非常喜欢你们中国的文化。一生二，二生三，三生万物。礼之用，和为贵。谁对谁错已经不重要了，和气才最重要。之前的不和，我们就让它散了。现在开始，我们都要以和为贵。"

武梅认真地说："被无礼对待了，要把理讲明白，才能和。"

坎戈说："我知道中国女人很厉害。过刚者易折，善柔者不败。女人不要太硬了。你看看，我们非洲的女人。"

坎戈指指正在其乐融融一起看电视的两个老婆，接着说："看看她们多和谐。常医生，你是男人，是一家之主吧，男人可以帮女人做主，这件事就过去了。"

说话间，坎戈早就端着自己的杯子敬了大家好几轮酒了。常来已经微醺，见坎戈说到自己，借着酒劲一拍桌子："对，和为贵。我们没问题了！"

武梅面无表情，默默地往嘴里塞了一口菜，不看常来一眼。

江大乔看了看武梅的脸色，心知常来已经惹武梅生气了，便同情地看着常来，忍住笑意。

夜里，三人回到麦乐村宿舍。武梅待到常来自觉地整理好蚊帐、点上艾草后，这才幽幽地来了一句："错上加错。"

武梅的声音不大，语气很轻，可在常来听来，老婆此刻很生气，事情很严重。

不等常来辩解，武梅走到门边，打开门，这才转向常来。常来小心翼翼地凑上去，武梅趁其不备，用力把他往外一推，嘭的一声关上房门。

夜空下，蚊子肆虐，常来可怜兮兮地站在门口拍着门，哀求着："娘娘，我错了。开门吧。"

武梅只顾往腿上擦着护肤乳，理也不理常来。

"娘娘，娘娘，求你饶了小人吧。我快被蚊子咬死了。"

"闭嘴。吵死了。"武梅收起护肤乳，又拿出一片面膜。

"娘娘，求您赏我一丈红，解了气，就让我进来吧。"常来的声音越发可怜兮兮。

这时，院内突然凭空响起一个刻意憋过、听不出男女的声音："贱人就是矫情。"

常来几乎是条件反射地扶住栏杆，冲着黑夜吼道："谁？谁骂我老婆，给我出来！"

第十一章
犯众怒

双清市梁森林家,餐桌上摆满了丰盛的菜肴。苏莱曼马上就要回国了,梁森林设宴为他饯行。苏莱曼把自己刚在景区拍的照片拿给梁森林夫妻看着,梁森林戴上老花镜,笑得前仰后合。

热气腾腾的水饺出锅了,陈佳珍把饺子盛在碗里,端了出来。苏莱曼开心地接过,大快朵颐。"我记得来双清的那天,伯母做了一碗青椒牛肉面。那天我才知道,中国有个习俗,叫'上车饺子下车面'。"苏莱曼边吃,边含糊不清地叨叨着。

"你说谁能想得到,当年我亲手接生的小娃娃,跟小猫崽儿似的那么大点儿,一眨眼,也要回桑纳当医生了。回去后,问你爷爷他们好。"梁森林怜爱地看着苏莱曼,思绪万千。

当年自己的师父杜绍书援非时,接生了苏莱曼的父亲姆齐纳,并和苏莱曼的爷爷姆卡瓦建立起深厚的情谊。后来自己去了桑纳,又接生了苏莱曼。再后来,自己的徒弟马嘉又成了苏莱曼在学医路上的师父。说起来,从杜绍书到自己再到马嘉,与苏莱曼一家的人缘分真是深哪。

"梁院长,等我回去,给您当眼线,监督监督我师父。"苏莱曼嬉笑着。

"你啊,多学学你师父的技术,旁的啊,还是别学的好。"梁森林的脸色暗淡了一下,看着苏莱曼,欲言又止。

喝酒事件已经捅回国内,可是桑纳这边的医疗队却一无所知。

这天,正值中秋节,又是江大乔的生日,大家早就安排好去石竹子的萍聚餐厅聚餐。

江大乔处理完手头的事后,突然接到江瑶打来的视频电话。父女俩正聊着天,却听叮咚一声,他的笔记本电脑提示收到一封新邮件。江大乔点开邮件,原本高涨的情绪瞬间跌落谷底,只见邮件标题是"督促完成第25批医疗队违规情况的通知"。

江大乔心中一惊,赶紧挂断了视频电话,跑到武梅房间里询问情况。武梅正在为了晚上的聚会打扮,见江大乔匆匆跑来,又让常来出去,脸上的笑容顿时消失了。

"马嘉的事儿,你上报了?"常来刚一出去,江大乔便急匆匆地问。

"不是说好了不上报吗?"武梅大惊。

"我刚收到了一封卫健委发来的邮件,询问马嘉和彭伟去酒吧进警察局的事。"

"卫健委怎么会知道呢?难道有'内奸'啊?"

"应该不是我们队里的人,先别声张,我先向国内了解下情况再说。"

见江大乔又一阵风似的离开,常来懊恼地走了进来,显然他已经听见刚才的对话,愁眉苦脸地看向武梅。

打了几个电话回国,依然没弄清楚事情的原委,眼看着时间已经过了,江大乔只得先压住心头的不安,跟着大家一起前往萍聚餐厅。

院内的餐桌已经拼成三个大桌,每张桌上都摆满了丰盛的菜肴和几瓶红酒,众人分散围坐,石竹子一一给大家分发月饼,气氛轻松活跃。马嘉和埃茜、吉桑嘎每人端着一盘波罗蜜和一盘腰果来了,马嘉兴奋地告诉大家这是余妮的哥哥奥斯曼送给大家的。

说话间,马嘉把波罗蜜和腰果放在江大乔桌上,笑道:"队长,今天是你生日,你先来。"

江大乔心事重重地一笑,武梅的笑容中也带着一丝忧虑,常来则不敢看马嘉,低着头啃月饼。马嘉一边沉浸在得到奥斯曼感激的喜悦中,一边思忖着要回赠个什么实用的礼物给奥斯曼兄妹，并未注意到三人的异样。

待菜都上齐后，石竹子起身给大家敬酒："今天是中秋节，又是江队长的生日，能跟这么多亲朋好友聚在一起，我很荣幸，很开心，我先敬第一杯酒，祝大家中秋快乐，团圆美满。来来来，干杯！"

众人纷纷端起酒杯站起来，一饮而尽。

石竹子正欲敬第二杯酒，马嘉的手机响了，显示是梁森林来电，他起身往外走："石老板，梁院长的电话，肯定是祝我们中秋节快乐的，你等等，我先接个电话。"

"好嘞，第二杯酒等你回来再喝啊！"石竹子爽快地应着。

马嘉走到旁边，按下了接听键，笑呵呵地跟梁森林打招呼，却听梁森林语气中有些严肃。

"马嘉，有件事我要问你。"

"您说。"

"你和彭伟，是不是在桑纳犯什么事了？"

马嘉脸上的笑容僵住了，随即消失："什么事啊……"

"还想瞒我！你们是不是偷偷违规出去喝酒了？"

"您听谁说的？"

"卫健委已经开始调查这件事了。"

"您是说，卫健委都知道了？"马嘉一愣，"师父，是江大乔捅出去的吧？"

"你别什么事都扯到大乔身上！"

"行，我明白了。"

"你到底是不是违规了？"

"师父，卫健委会怎么处分？"

"要根据你违规的性质和情节严重程度来定。"

"最坏的结果呢？"

"开除出队，遣送回国。"

马嘉怔住了，他心里升腾起一团火，在身体里横冲直撞。这里面夹杂着疑惑、委屈，还有种被人愚弄的气愤。他挂断电话，做了几个深呼吸，闷头朝着萍聚餐厅走去。

回到桌边，头顶的小彩灯欢快地闪烁着。大家欢乐地说笑着，只有江大乔一副心不在焉眉头紧锁的样子，在人群中有点儿扎眼。马嘉远远地看向江大乔，目光中无形间多了一丝敌意。

石竹子见马嘉回来，便又站起来，举着杯："这第二杯酒呢，大家一起敬江队长，祝他生日快乐！"

众人纷纷附和，端着酒杯站起来共同祝愿，唯有马嘉坐着一动不动，冷冷地看着江大乔。

一杯饮尽，大家开始各自饮乐。马嘉敬了一圈自己所坐这一桌的队友后，已有了一些醉意。这时，彭伟又对他举起杯，马嘉拿着杯子，对彭伟说："来吧，咱们两个被麻醉的小丑喝一杯。睁大你的眼好好看看，那边一个个笑得欢的人就是麻醉咱们的人！"

马嘉说着望向江大乔那边，只见江大乔和刘清扬把酒言欢，武梅在教埃茜玩手拍手游戏，常来本来还笑着敬石竹子酒，一转头发现马嘉正看着他，急忙低下头，似乎要遮掩什么。彭伟一头雾水，看看马嘉，又顺着马嘉的目光望去。

马嘉又接连喝了几杯，醉意爬上脸庞，边喝边自言自语："他们笑得有多欢，咱俩就显得有多蠢……我可以把自己灌醉，但谁也别想麻醉我。"

话音刚落，全场的灯突然熄灭了，吉桑嘎用餐车推着点着蜡烛的生日蛋糕走了进来，石竹子起身带头唱起了生日快乐歌，众人边鼓掌边跟唱，赵一聪拿出手机录视频。唯独马嘉坐着不动，面带不屑的笑容，自斟自饮。吉桑嘎推着蛋糕来到江大乔面前，江大乔许完愿吹灭蜡烛，灯光重新亮起，石竹子提议江大乔讲两句。

江大乔站在中央，动情地向大家道谢，讲到"我们是个温暖的大家庭"时，马嘉再也忍不住了，突然大喊一声"石老板"，打断了江大乔。

赵一聪将手机镜头转过去，众人全都看向马嘉，只见马嘉端着一杯酒，摇摇晃晃地走到江大乔面前说："石老板提了两杯酒，我提第三杯。队长刚才说了几句所谓的心里话，我要向队长学习，也说几句心里话。"

江大乔挤出一丝笑，众人有些狐疑地望着马嘉。

马嘉继续说道："队长，谢谢你，要不是你，我不会来桑纳。这第三杯酒，祝您官运亨通，步步高升。"

江大乔脸色阴沉下来，马嘉盯着他一饮而尽，随即把酒杯摔在地上，玻璃碎片一时飞溅。众人目瞪口呆，不明就里地把目光全都集中在马嘉身上。

马嘉打开了话匣子："队长，你说咱俩前世修的什么缘分啊？在国内，我要评正高，升科主任，结果你横空出世，全都成了你的了。行，这样我也忍了，我都让给你，惹不起我躲得起！结果来了桑纳，就这么几个月，抢救病人，说我没规矩；开检查单，说我不懂因地制宜；我救活病人，又要我注意影响；我犯了点儿错，扣我工资；嘴上说不上报，转头就把我卖了，上报卫健委。柿子拣软的捏，但你也不能逮着我一个人欺负吧。"

众人面面相觑，有些不知所措。石竹子试图打断，马嘉却置若罔闻，继续说道："你不就是想赶我走吗，你觉得我不够资格来援非。我确实不如你江队长啊，主动请缨，临危受命，为了完成和于队长的约定，多么崇高，多么无私啊！"

江大乔脸色铁青，一言不发，他一时不知道该如何跟马嘉解释，马嘉的话深深戳痛了他的心。

这时，秦童拉了一下马嘉，却被马嘉甩开了，马嘉继续说道："我还真就信了！可我来了才知道，还是江队长你会玩啊，打着正义的旗号，来寻旧情来了，俗话说，情是旧的好啊。"

江大乔和石竹子都明白马嘉的话意有所指。江大乔压抑着心中怒火，脸色越来越难看。

武梅看不下去，叫了一声："马嘉，过分了啊！"

马嘉呵呵笑了："哟，武副队长，你这是在批评我呢。处分我俩的时候，多铁面无私啊，那为什么包庇你老公呢？"

武梅脸色铁青，无言以对。马嘉又在人群中寻找常来的身影，把目光锁定在低头的常来身上："常四爷！那天晚上去酒吧喝酒，我记得有你啊，当时你可撒了欢了，跟人家姑娘跳舞跳得那叫一个起劲儿。"

秦童见势不妙，走过来拉马嘉，却被马嘉一把甩开："滚开，整天就会在背后嚼舌头，哪凉快哪待着去！"

彭伟实在看不下去了，吼了一句："马嘉，说够了没有？"

不料马嘉又对着彭伟一顿排挤："你为什么来桑纳啊，还真把自己当国际主义战士了啊，彭求恩啊！你不就是运气不好，全科室抓阄才来的吗？"

彭伟愤怒地挥手一拳打在马嘉脸上，打得马嘉一个趔趄差点儿摔倒，幸亏贾长安及时扶住了他。马嘉被打蒙了，随即狂笑起来："我他妈的怎么就来了这个鬼地方，遇见你们这群鸟人！"

马嘉挣扎着，这时，石竹子拿着一杯水狠狠地泼在了马嘉脸上，马嘉一时怔住，只听石竹子喊道："喝了几杯酒，就不知道自己是谁了。这里不欢迎你，滚！"

一直在旁边看热闹、拿手机拍着马嘉发酒疯的赵一聪赶紧收起手机，和吉桑嘎一起把马嘉拖了出去。

马嘉这番闹腾，大家不忍江大乔难堪，再次强打起精神为他唱起生日歌。江大乔也不忍扫大家兴，强颜欢笑地将蛋糕一一分给大家。

石竹子拉着江大乔离开院子，来到海边。

两人静静地站着，一轮圆月高悬在天上，皎洁的月光洒满海面，海水起起伏伏，海风吹拂着两人的心事。

默然相对了一会儿，江大乔清清嗓子打破了沉默："对不起，把你也牵扯进来了……"

"没关系，我什么大风大浪没见过，这点儿事算什么。我倒是怕对你影响不好。"

"清者自清，我也没什么好担心的。"

"我也没想到马医生是这么一个刺头。"石竹子心疼地看了江大乔一眼。

"现在相信我的话了吧，他就不适合来援非。"江大乔重重地叹了一口气。

"不过你的做法也有些欠妥，你都答应了他不上报，转头又上报给卫健委。"

"你觉得我是这样的人吗？我也纳闷呢，这事怎么就捅到卫健委去了。从国内到这儿，他一直觉得我在针对他，我是解释没用，让步也没用。这次更是绝了，我是跳进黄河都洗不清了。"江大乔想想自己的憋屈，不由得苦笑一下。

"没有说不透的话，没有解不开的结，没有过不去的坎。"石竹子劝慰着。

"这才几个月啊，我们可要待两年，他针对我没关系，我无所谓，可我们出来不只代表个人，更代表中国医疗队，一言一行都要对得起身上的这身衣服，都要对胸前的国旗负责。"

石竹子无言，两人看向黑暗的海平面，远方传来祷告的音乐声，与海浪声交互在一起。

马嘉迷迷糊糊醒来时，已是第二天上午。他揉揉两侧太阳穴，愣了会儿神，才翻身坐起来。他挣扎着起床，准备洗漱，手不小心碰到鼻子，痛得倒抽一口冷气。他跑到卫生间照镜子，发现鼻梁青了一块。

马嘉边端详镜子里的自己，边回忆发生了什么，记忆模模糊糊，不那么真切。突然，他意识到时间不早了，腾地一下冲出卫生间，抓起床头的手机看时间，已经十点半了。

简单洗漱过，马嘉跑进厨房，发现锅里只剩下一些凉粥，贾长安正在旁边摘菜，看都不看他一眼。

"老贾，帮我把粥给热热呗。"

"没空！"贾长安冷脸道。

"你啥意思啊。"马嘉有点儿生气。

"现在整个队里，也就只有我还愿意搭理你了，你可好好珍惜我吧。"贾长安冲马嘉翻了个白眼，"昨晚你那一竿子厉害啊，打翻一船人。"

马嘉愣了一下，找补道："那我也只是打想把我赶走的人。"

"把你赶走了，又有什么好处？看在还是同事的分上，我建议你赶紧去问清楚，真是队长他们把你告了，我绝对挺你跟他们斗到底！"

马嘉若有所思，垂头走出厨房，到了门口又回头闷闷地说了一句："我先去上班了。"

马嘉闷闷地独自来到医院，他意识到昨晚有些失态，想了想，决定先去找武梅，不料武梅根本不搭理他。

马嘉自觉委屈，生气地质问武梅："梅姐，难道我被人卖了，就应该忍气吞声是吗？"

武梅听到他这理直气壮的话，更是气不打一处来："你觉得你挺冤的是吗？我觉得我也挺冤的，队长也挺冤的，莫名其妙地就被扣了个告密的帽子。"

"你不说，他不说，卫健委怎么知道了？"

"早上江队问清楚了。前两天，参赞回国开会，正好碰上卫健委的朱处长，提了一嘴，说咱们队的人喝了酒，被当地人碰瓷闹去警察局了，多亏是医疗队，才解决得很快。参赞没说你们有错，但朱处长是医疗队的直接领导，能不查吗？"

"啊！"马嘉傻眼了，"这事闹得，那现在怎么办？"

"江队已经给朱处长回了邮件，把事儿替你掩过去了。昨天中秋节，又是队长生日，活生生被你搅和得不像样子，你好好反省吧！"武梅说罢转身离去，只留下马嘉满脸歉疚地站在原地。

马嘉想了想，这事是自己做得不地道，他决定去找彭伟帮忙。可没想到，他一走进儿科诊室，彭伟就冲他瞪眼："干什么？昨晚一拳没受够，还想吃我第二拳吗？"

"我俩是一条船上的，你不跟我一致对外就算了，打我干吗啊。"马嘉只得硬着头皮装糊涂。

"别揣着明白装糊涂，你自己说了什么，你不清楚吗？"

马嘉苦思冥想，回忆他究竟说过什么让彭伟如此生气。"我真想不起来了。不管我说什么了，都是醉话，你别往心里去。"

"我能不往心里去，但我的脸往哪里搁？"彭伟气得还想再踹他。

"有件事，我想跟你说一下，听梅姐说，是参赞把我俩的事捅出去的。搞不好，我俩要受处分。"马嘉赶紧转移话题。

"随便吧，大不了回国呗，省得在这里丢人现眼。"彭伟不为所动。

"你真想回去啊？"

彭伟生气地站起来，不由分说把马嘉推搡出去，砰一声关上了门。马嘉碰了一鼻子灰，悻悻地在门口站了一会儿，只好离开。

马嘉走了几步,经过中医诊室,突然听到里面有人在叫他。抬头一看,敞开的门里,赵一聪正冲他笑着招手。

原来赵一聪借口脚还没好,来找孙爽做热敷,顺便给孙爽送芒果饭。见马嘉灰头土脸地经过,想起昨晚的闹剧,赶紧叫住他。

"小马哥,你的酒醒了?昨晚你可老猛了。"赵一聪笑嘻嘻地调侃着马嘉。

"你能别哪壶不开提哪壶吗?"马嘉白了赵一聪一眼,又转向正没好气地拿眼瞪自己的孙爽:"小爽,我昨天说彭伟什么了,他来打我?"

孙爽冷笑着拿着几根长针过来,说要给马嘉扎扎百会穴,帮他恢复记忆,吓得马嘉赶紧闪躲。

赵一聪幸灾乐祸地哈哈大笑,说自己都给他录下来了。马嘉赶紧一把抢过赵一聪的手机,看着视频里的自己大放厥词,如此失态,自己都震惊了。

就在他一时不知道怎么办的时候,玛丽安突然跑进来,说天井处有人找他,马嘉趁机赶紧开溜。

马嘉来到门诊楼天井处,看着来来往往的人,并没发现有人找他,正欲转身离去,耳边却突然传来一声"师父"。马嘉回头看却没人,正疑惑之际,他看到不远处一个人背对着他,倚靠在石柱上,一手撑头,一手叉腰,手肘靠在大门上,做"大卫"的沉思状。

马嘉疑惑地朝那熟悉的身影走去,原来是苏莱曼。两人在桑纳重逢,激动地来了个结实的拥抱。苏莱曼热情地邀请马嘉下班后去他家里做客,马嘉满口答应。

好不容易等到马嘉下班,苏莱曼拖起他就往自己家走。

苏莱曼的家在一间三层民居的一楼。里间地上铺了毯子,众人齐聚,席地而坐。每个人面前都放着一盘当地人的炒饭,没有任何餐具,旁边还有一根香蕉。

马嘉身边坐满了苏莱曼的家人,大家好奇地看着马嘉,尤其是几个非洲孩子,羞涩地探头,马嘉一看过去,小脑袋就一个个缩了回去。

斜对面有两个女孩,芒卡和巴哈缇坐在一起看着马嘉窃窃私语。

苏莱曼用斯瓦希里语向家人介绍:"这就是我师父,医学大神马嘉,中国医疗队队员。"

马嘉笑着向众人点头致意。

苏莱曼又一一向马嘉介绍自己家人,他的姐姐芒卡和姐夫马桑加过两天就要结婚了。芒卡旁边的巴哈缇是家里最漂亮的姑娘,也是卡塞小有名气的歌手。马嘉频频点头,用斯瓦希里语向大家问好,气氛一片祥和愉悦。

看到马嘉学着苏莱曼的样子大口吃着饭,苏莱曼的母亲更是笑得合不拢嘴。

芒卡上前递给马嘉一个结婚请柬,邀请马嘉来参加自己的婚礼。马嘉接过请柬,笑着看向马桑加和芒卡,说着祝福的话。

这时,巴哈缇直接越过其他人,坐在了马嘉身边,用英文跟马嘉交流,提出要跟马嘉合照。马嘉欣然应允,巴哈缇却让马嘉掏出手机,只见她一把夺过马嘉的手机,手臂揽着马嘉,脸紧贴到马嘉脸上,咔嚓一声,拍下了合影。马嘉有些尴尬地刚要接过手机,没想到巴哈缇又在他的手机里输入了她的手机号码。一连串的操作让马嘉哭笑不得。

苏莱曼无奈地用斯瓦希里语对巴哈缇说:"巴哈缇,中国人可受不了你这样!"

巴哈缇调皮地眨眨眼,故意用英文说:"我喜欢他,喜欢就要说出来嘛!"

马嘉被巴哈缇弄得面红耳赤,只得装作听不见,赶紧转移话题。只见马嘉一本正经地问苏莱曼:"在桑纳,大家一般怎么表达歉意?"

苏莱曼惊讶:"你得罪人了?"

马嘉谎称没有,只是受人之托。

苏莱曼笑着用斯瓦希里语对所有人说了一阵,正当马嘉疑惑之际,所有人对着马嘉,一起笑着伸手说道:"Pole, pole。不要急,慢慢来。"

马嘉先是一怔,随后笑了。

晚餐结束,苏莱曼送马嘉回去。两人漫步在街道上,边走边聊。苏莱曼告诉马嘉自己今天去卡塞医院面试了,医院会先让他当实习医生,一年后才会成为注册医师。他的医师执照材料已经提交,就等着批下来了。

马嘉听了很是开心:"太好了,祝贺你!"

两人正说笑着,一辆车突然在两人身边停下。马嘉抬头一看,是吉桑嘎开车载着赵一聪。得知马嘉身边的就是苏莱曼,刚从中国回桑纳,赵一聪说什么也要拉上两人一起去萍聚餐厅坐会儿。

苏莱曼喜欢赵一聪的热情,便也坚持要前往,马嘉想到自己回麦乐村也是招人嫌,便只得同两人前往。

谁知道刚坐下来,一杯酒还没喝,马嘉肚子一阵难受,只得先钻进了卫生间。他怎么也没想到,等自己从卫生间出来,远远地就看到赵一聪拿着手机在给苏莱曼看,还眉飞色舞地说着什么,而苏莱曼的脸色阴沉得可怕。

马嘉心知不妙,赶紧冲上去,想抢赵一聪的手机,可苏莱曼已经看完了,尤其马嘉说的那句"这么个地方"更是刺痛了他的心,他看向马嘉的眼神里充满了气愤和失望,而马嘉则心虚地不敢看苏莱曼。

"师父,你说的都是真心话吗?"苏莱曼的声音虽然平静,但微微有些发抖。

马嘉的脸上写满了羞愧:"那天我喝醉了,全是醉话,瞎说八道……"

"师父,平常你打趣调侃我就算了,但桑纳是我的家,我爱这里的一切,就像你爱中国一样。"苏莱曼瞪着马嘉,眼中似乎还有些湿润。

"Pole,pole。"马嘉想起刚才在苏莱曼家,大家教他的那句话。可苏莱曼根本不听,愤而离去。

赵一聪自知闯了祸,不敢多说什么,赶紧溜之大吉。马嘉看到旁边人群中投来的好奇的目光,尴尬地自言自语:"唉,这种道歉方式没用啊。"

麦乐村里,江大乔也正在视频电话中被梁森林责备。

"这件事你难道没有责任吗?为什么不在第一时间告诉我?你知不知道朱处长来问我,我多被动?"听梁森林的声音,很是不满。

"老师,对不起。"江大乔也满心委屈。

"行了,我知道你有你的难处。但是让他回国这件事,你深思熟虑过了吗?"

"老师,我是队长,又是他师兄,不至于真跟他记仇。这两天我冷静思考了一下,师弟真的不适合援非工作。在国内时,我就和您沟通过,他的能力和技术当然都是一等一的,但对于一个援非医疗队来说,最重要的真不是这些。"

"我本来想着,到非洲磨磨他的性子。"梁森林思忖着。

"可您觉得他的性子能改吗?老师,我知道您的用意,但他把自己撞得头破血流,把医疗队也搞得不得安生。我是队长,我必须全面地考虑问题,接下来还有这么长时间,让他回去,对他、对医疗队来说,也许都是好的选择。"江大乔顿了顿,接着说,"我知道如果他是被遣返回去,档案里就会留下污点。所以我准备给卫健委提交报告,就说是他的健康出了状况,需要回国调养,请国内再替补一个队员过来。"

"我再问你一遍,这个人如果不是马嘉,你也会这么做吗?"

"当然。"江大乔斩钉截铁地回答道。

挂断电话的江大乔心里又闷又低落,他走出门透气,正好看见站在天台上沉思的马嘉。似乎是感觉到了目光,马嘉低头看到了站在院中的江大乔。

两人四目相对,默然无声。明月高悬,给他们镀上了一层清冷落寞的光。

半夜,马嘉翻来覆去怎么也睡不着,突然听到一阵急促的脚步声,和一阵压低声音的交谈声。马嘉翻身跳下床,果然看到月光下,苏心刚从走廊尽头武梅和常来的房间门口跑开,马嘉跑上前:"出什么事了?"

"急诊室送来一个高危孕妇,可能有点棘手,心姐让我们过去帮忙。"常来一边套着衣服,一边答道。

"我也去,等我!"马嘉不由分说,回屋一把抓过桌上的头灯,追了出去。

四人匆匆赶到手术室,马嘉镇定地询问玛丽安病人的情况:"孕妇怎么样了?"

"血压不太好,胎心不好。"玛丽安焦急万分。

苏心和马嘉二话不说,马上察看病人状况。孕妇面色苍白地躺在病床上,紧闭双眼,不省人事。

"胎盘早剥,失血性休克。准备剖宫产!"苏心果断决定。

听到苏心的话,常来立刻准备麻醉。

"玛丽安,准备4个单位红细胞。"武梅边准备器械边安排道。

玛丽安匆匆跑出急诊手术室去取血液。

一阵紧张有序的忙碌过后,病人已被麻醉。

苏心拿起手术刀,打开病人的腹腔,动作利落、有条不紊地取出胎儿、剥除胎盘止血,马嘉站在一助位置帮忙。早已取回血浆的玛丽安见武梅上了台,便自行帮忙做台下的工作。

一阵紧张的操作后，新生儿和胎盘被取了出来，新生儿却处于窒息状态，心跳微弱，没有呼吸。

"吸痰器。"苏心的声音沉着冷静。

玛丽安急忙拿过来，可是打不开。武梅和马嘉都在台上，常来赶紧上来帮忙，依然打不开。

"可能是坏了。"马嘉皱起眉。

"马嘉，你来缝合，我救孩子。"

"好。"随着马嘉一声应答，手术室里的灯突然灭了。

"又停电了！"玛丽安慌乱的声音响起。

"备用柴油发电机送电得有一会儿。玛丽安，帮我开头灯。常来，监护仪有电池就行，你手动给氧。"

玛丽安替马嘉打开头灯后，又翻出手电筒，去到苏心身边照亮。

马嘉非常娴熟地开始缝合子宫，穿针、打结一气呵成。苏心也口对口吸出了新生儿口内的羊水和分泌物，在给孩子做人工呼吸。

随着武梅帮马嘉剪断线头，新生儿终于"哇"的一声哭了出来。孩子这声啼哭仿佛声控开关，手术室的灯亮了。来电了！

众人这才长吁一口气。玛丽安则抱着孩子，喜极而泣。

"苏医生、马医生、常医生、梅，谢谢你们，要不是你，孩子肯定活不成。"玛丽安抹着眼泪，又看着手术台上麻醉还未醒的病人说："努尔是我的妹妹，谢谢你们救了她和她的孩子！"

大家带着疲倦的笑看着玛丽安："这是我们的工作。你快带她们去休息吧。"

玛丽安点点头，推着努尔和孩子离开。

四人默默地来到刷手间洗手，马嘉憋了半天，终于鼓起勇气，打破沉默："对不起。"

武梅、常来和苏心继续洗着手，从镜子里看着马嘉。

"你说什么？"武梅问道。

"那天晚上我喝多了，对不起大家，我向大家道歉。"

"就这？没诚意。"武梅憋着笑，冷冷回道。

"要不你一个人把手术室收拾了，表示一下诚意。"常来此刻必须妇唱夫随。

"行，你们快去休息，我来！"马嘉一口答应。

苏心看出这两口子是在逗马嘉，笑了："别逗他了，赶紧收拾，一起回去休息。"

武梅和常来都笑了。马嘉这才知道两人是在逗自己，也笑了。

芒卡的婚礼将近，为了表达对苏莱曼的歉意，马嘉决定好好为芒卡挑选一份结婚礼物。现在谁都不肯理他，他只好拖上赵一聪来给自己当参谋。

"我小姨说，按请柬上的金额交上份子钱，再带点小礼物，比如两包糖就行了。"赵一聪知道马嘉和苏莱曼闹成这样，自己脱不了干系，讨好地给马嘉献策。

马嘉没搭理他，双眼不停地往街两边扫，突然他看到前方有个电器铺，眼睛一亮，拉着赵一聪快步走过去。

一番讨价还价后，老板将电视机搬到自己的三轮车上，又示意马嘉和赵一聪上车，自己将提供周到的送货上门服务。

马嘉第一次坐三轮车，觉得很是新鲜。他给了老板婚礼举办的地址，拉着赵一聪便上了车。哪知老板车技生猛，伴随着音乐声在街上横冲直撞，马嘉和赵一聪坐在后面，紧紧抱着电视机，拼命扯着嗓子叫老板开慢点，可老板沉浸在节奏急促且分明的音乐声中，对两人的要求充耳不闻。

三轮车一路狂飙至乡间小路，突然中道而止，慢慢停了下来。老板无奈地下车检查，原来是扎胎了。马嘉和赵一聪一番交涉，可这前不着村后不着店的地方，再怎么争执，车也是没法修了。无奈之下，马嘉和赵一聪只得抬着电视机，艰难地步行而去。

待马嘉和赵一聪灰头土脸、狼狈不堪地抬着电视机出现在婚礼现场时，苏莱曼眼睛一闪，迎了上去。虽然对马嘉的话，苏莱曼依然感到很伤心，但他也知道，在中国时，马嘉对自己的照顾都是发自真心的。他也想过，也许是马嘉刚来，不太适应桑纳的生活，就像自己当初刚到中国时，也需要时间适应一样。

透过人群，马嘉和苏莱曼两人四目相对。马嘉露出了笑容，苏莱曼也以笑容回应了他。

马嘉把电视机安装好，芒卡和马桑加笑得合不拢嘴。拉着马嘉坐到特地为医疗队队员们安排的地毯上。大家面前摆着桑纳当地的食物，杯子里盛满了饮料或红酒。武梅推了推坐立不安的马嘉，示意他上去。马嘉拿起自己的杯子，起身走到中间的空地上。马嘉环顾了一下队员们，清了清嗓子，终于鼓起勇气开了口。

"各位，借这个喜庆的日子，我想和大家说几句心里话。前两天我喝多了，瞎说了一些话，扫了大家的兴。我这人吧，喝了酒就犯病，有时候都不知道自己在说什么，你们就当我是个病人吧！别跟病人一般见识，行吗？"

众人面面相觑，都不说话。

马嘉先转向身旁的苏莱曼，认真地说："苏莱曼，那天我喝多了酒，情绪有点失控，口不择言，师父在这里郑重跟你道歉。其实我很喜欢桑纳，喜欢这里的人，跟喜欢你一样。我为我的失言，再次跟你、跟桑纳道歉。"

苏莱曼笑了："行，徒弟原谅你了。"

马嘉又转向江大乔："队长，对不起，我向你赔罪。"

江大乔面无表情地看着马嘉，马嘉继续说："要不这样，以后驻地里的活都归我！队长，你说行吗？"

武梅笑着抢白："你是生活委员，本来就该你负责。"

江大乔眼神复杂地看着马嘉，想着他还不知道要被遣送回国的事情，心里五味杂陈。

马嘉又面向常来和钱宝宝："四爷，以后我来负责清理手术室。宝宝，我以后可以帮你泡茶、打热水，陪着你一起打太极。"

几个人都被逗笑了。

马嘉又对秦童说："秦主任，我有眼无珠，回头你好好给我上眼药。"

秦童笑着白了他一眼："别，药贵着呢。"

马嘉又看向彭伟："彭伟，下次踢点球，我站中间，脸伸过来给你踢，行吗？"

彭伟绷不住，笑说："就你那脸，不担心毁容啊？"

马嘉转向孙爽:"小爽,你以后练针,可以往我身上扎,没事!"

孙爽还没说话,赵一聪在一旁急眼了:"不行不行,小爽只能拿我练针,你别跟我抢。"

赵一聪的话逗得大家哈哈大笑。

武梅看向旁边的江大乔,见江大乔依旧面无表情,赶紧打圆场道:"行了,过去的就让它过去吧!大家都开开心心的!"

在众人的欢呼鼓掌中,江大乔挤出一丝微笑,依旧难掩眼神里的沉重。

"等等!我还有最重要的一件事要宣布。请大家做个见证,从现在开始,我戒酒了!"马嘉说着,啪一声将酒杯摔到地上,红酒流淌到地上,渗进土地。

苏莱曼赶紧捡起酒杯,吹了吹上面的灰尘,举着杯子向马嘉摇了摇:"师父,这杯子是银的,没碎。"

苏莱曼的话逗得大家又是一阵大笑。欢快的音乐声再次响起,大家随着音乐再次起舞,人群中弥漫着欢乐和自由的气息。

马嘉看着欢乐的众人,心中的郁结终于散开。他掏出手机准备记录这欢乐的一幕,却发现柳晓弦不知道什么时候,打了好几通电话过来。他赶紧走到一边,回电话给晓弦。

"老婆,我来参加婚礼,这边太吵了,没听到电话响。"

"参加婚礼?看来你挺开心的呀。"柳晓弦的语气怪怪的。

"那是。你知道吗,我刚才竟然背着电视机走了两公里啊!我这辈子都想不到我还能干这种事!"

"最近有什么烦心事?"

"我能有什么烦心事,好着呢。"

"我记得你抱怨过,洗澡洗不了,饭也吃不惯,工作上也有很多麻烦。"柳晓弦的语气中充满质疑。

"那都是过去式了,我现在不但适应了,还喜欢上这里了。"

"马嘉,咱俩连实话都不能说了吗?你打算瞒我到什么时候啊?"柳晓弦的语气变得无奈。

马嘉一愣:"你说这话到底什么意思?我瞒你什么了啊?"

"梁老师昨天找我了……"

听着电话那头晓弦不停地说着,马嘉脸上的笑容渐渐凝固。原来梁森林已经将马嘉要回国的消息告诉了柳晓弦,希望晓弦能够劝慰马嘉。而柳晓弦的话无疑像一枚炸弹,猛然震得他不知所措。刚刚被大家原谅后的兴奋欢悦,在此刻都灰飞烟灭,取而代之的是无望,那种深不见底的黑洞一般的冰冷和无望。

第十二章
独行快，众行远

卡塞医院中国医生办公室里，江大乔站在窗边看着窗外，马嘉站在他的诊桌旁，空气几近凝固。

马嘉嘴唇紧抿，目光如炬地盯着江大乔的背影，冷哼一声："江队，如果不是我家人告诉我，是不是我都没资格知道，你居然已经打报告回去，让我提前结束工作回国了？"

"不是故意不告诉你，是时机不到，我想等个合适的机会。"江大乔转过身，注视着马嘉的眼睛，心里默默叹了口气，然后开口："我从来没有怀疑过你的职业素养，你是个好医生，但是你不适合留在这里。"

桑纳闷热的空气凝滞在小小的办公室里，气氛剑拔弩张。马嘉深呼吸，想平静心情，绷紧那根处于爆发边缘的神经，质问道："梁老师也同意了？"

马嘉看着江大乔，江大乔不置可否，马嘉突然泄了气，他突然觉得自己很可笑，自己在双清跟着梁森林这么多年，也比不上江大乔的一句话。

走廊里，人影在地上拖出长长的影子。马嘉不是不知道自己性格有缺点，但对他来说，只要在工作中，他得到大家的认可就够了。可他从来没有想过，居然有一天，自己在这个叫桑纳的国度，有人让他连拿手术刀的资格都没有。

一时间，他觉得自己很可悲，想到此事的罪魁祸首，又忍不住怒火翻涌。他拨通了梁森林的电话，尝试最后一次挣扎。

梁森林的声音传来："没带着情绪吧？有情绪千万别跟我聊。"

马嘉冷笑中带着一丝委屈："师父，我哪儿有情绪，你应该问他江大乔有没有情绪。"

梁森林无奈摇头："你真以为他的决定，仅仅因为你这次喝酒？马嘉，你冷静地想一想，援非真的适合你吗？"

"师父，可能我平时待人接物的方式方法有一些问题，但我可以改。"马嘉替自己辩解着。

"我还不了解你，这么多年你的秉性脾气，哪是说改就改的。"梁森林停顿了一下，"那天大乔找我，提出了这个想法，我也冷静考虑了。你有你的个性，如果非洲真的不适合你，你可以回来，一切都不影响，科室里好多事等着你呢。"

马嘉皱眉听着梁森林说下去，有点泄气："他真不是针对我？"

"你啊，真是低估了大乔了，他可是队长，一个医疗队出门在外两年，队长要负全责，他必须求个稳妥。马嘉，你是一名优秀的心胸外科的医生，但未必是一名合格的援非医生。他在桑纳带领医疗队，你回到双清，各得其所吧，也许，对你们都不是坏事。"

马嘉琢磨着梁森林的话："师父，您都这么说了，那我也没别的选择。但我怎么觉得，我这一趟非洲白来了呢。"

梁森林想了想说："多一份经历总不是坏事。马嘉，其实有件事，我一直想和你聊聊。你还记得八年前，江大乔给一个小女孩做心包穿刺，孩子死在台上，他后来被家属打了的事吗？"

马嘉一愣："记得。那个孩子我听说是因为家境太贫困，一直得不到及时治疗，送来急诊时，有很严重的并发症，她的死跟师兄没有关系。"

"那件事后，大乔一直很自责。后来他申请援非、支边，不是为了逃避，而是想用苦行僧的方式提醒自己，有很多地方的病人需要他……"

马嘉听着，脸上的愤怒渐渐消失了。

卫健委的同意函一日没来，马嘉就还是第25批援桑纳中国医疗队的队员。想到即将离开桑纳，马嘉心中总有些不安。他只能更积极工作，让自己少点时间胡思乱想。

这天，大外科举行会诊，马嘉跟着江大乔来到会议室，发现刚调到外科的迪斯马斯和新加入的苏莱曼都在。在齐丹的组织下，大家协助会诊何塞的一名气管肿瘤病人。

从CT片上看，肿瘤位于隆突附近，周围的解剖结构复杂，手术切除难度极大，稍有不慎，甚至会导致患者殒命。迪斯马斯主张切除肿瘤，何塞却觉得没有必要浪费这个时间。

迪斯马斯于心不忍："可是，他才三十多岁。"

何塞出口打断："迪斯马斯，你刚从儿科转来，我建议你可以多了解些外科的情况再发表建议。"

苏莱曼看着两个人的争执，不知道该站在哪一方，于是把求助的目光转向马嘉，却发现马嘉愣愣地盯着空无一物的前方出神。苏莱曼用胳膊肘碰了碰马嘉。马嘉急忙回神，拿起CT片看了起来。

不一会儿，对于这个病人，马嘉心中已有了自己的判定。手术难度虽大，但并非不可为，至少在自己这里并不是问题。可他是何塞的病人，齐丹此时的态度又暧昧不明。马嘉想提出自己的建议，却又看看沉默的江大乔。

"算了吧，过几天就走了，何必又惹出事端，让他多一个把柄说我呢。"马嘉劝着自己，生生把即将吐出嘴边的话又咽了回去。

下班后，彭伟和苏莱曼拉着马嘉去踢球。今天的马嘉在球场上异常莽撞粗暴，几个球下来，差点儿跟对方球友打起来，苏莱曼等人赶紧把他拖开。

马嘉愤怒地赶走苏莱曼和彭伟，自己独自离开球场。

在路上也不知道溜达了多久，马嘉猛然一抬头，发现自己已经来到了萍聚餐厅后院，石竹子正在喂孔雀。马嘉想起自己还没正式向石竹子道歉，心中又生起一丝愧疚。

"竹子姐！"马嘉叫道。

石竹子看到是他，愣了一下，旋即走进屋里，没搭理他。马嘉站在原地，尴尬地摸了摸鼻子，自顾自地一屁股坐在院门口的树下，茫然地看着孔雀啄着地上的豆子。

一瓶苏打水突然出现在眼前，马嘉抬头看，石竹子将饮料递了过来。马嘉拧开苏打水，愧疚地低头道："竹子姐，对不起啊，那天我喝多了，我就是个混蛋。"石竹子摆摆手，跟马嘉碰了个杯。

院里的孔雀拖着长长的尾巴，自顾自地闲逛着。马嘉苦涩地笑了笑。自己都要走了，还从来没见这孔雀开过屏，自己在这儿可真是处处不受待见。

看穿马嘉的低落，石竹子想了一会儿，突然问马嘉："你还记得上次我带你去看凤凰木吗？"

马嘉点头，那样的美景，他一辈子也忘不掉。

石竹子和马嘉并排坐在台阶上，望着远方，目光变得悠长起来："那个朋友宽慰我以后，我死的念头就没有了，我一个人在桑纳并不容易，于是就有了回国的念头。但我一想自己在桑纳啥事没干成，又不甘心。"说着石竹子转头看着马嘉，"跟你现在心情有点像吧？"

马嘉不置可否，石竹子笑了，接着说："那时候我还自我安慰，桑纳这个小地方，怎么能养得了我这个真凤天女？还是回国吧。想回，又不甘心，啥事没干成，灰溜溜地回去了，男朋友命还送在这儿了，回去亲朋好友怎么看我呢？"

同是天涯沦落人，石竹子的话让马嘉感同身受。

"就在我最纠结拿不定主意的时候，我路过一户当地人家，他家院子里养着一只孔雀，我看着它说，孔雀孔雀，只要你能为我开一次屏，我就留下来。"石竹子喝了口水，一边回忆一边苦笑，"我瞪着那只孔雀看了好长时间，它只是看了我几眼，却怎么也不开屏。"

"那时候我突然释然了，于是转身离开，走出没几步，就在这个时候，我听见身后欻的一声，好像扇子展开的声音，回头一看，只见那只孔雀开了屏，在阳光的照耀下，华丽，耀眼。"石竹子的眼角仿佛有泪光。

孔雀在萍聚餐厅的院子里悠游自在地溜达着，马嘉随着石竹子的视线，仿佛也回到了那个金光闪闪的时刻。此时,在院内怡然踱步的孔雀突然站定,抬头盯着两人。阳光下,羽冠透出翠绿的光泽,微微闪动。院内一片寂静,悠长的黄昏洒下柔和的光泽,马嘉不禁直身盯着孔雀。

良久,孔雀突然低头啄食,不再理会马嘉。马嘉绷直的身体一下委顿下来,他仰头喝光一瓶苏打水,把瓶子捏瘪,精准地投进了不远处的垃圾桶里。

"竹子姐,看来我没你幸运哪。"马嘉站了起来,拍拍身上的尘土,"谢谢你,不管怎么样,能交到你这个朋友,来桑纳这一趟,值了。"

石竹子拍拍马嘉:"能做朋友是咱们的缘分。但你来得值不值,不在我,在于你给桑纳留下了什么。"

马嘉愣住了,他看着不远处的孔雀,若有所思。像是下定决心一般,马嘉顿了一下,然后快步走出萍聚餐厅,背影坚定。突然身后传来欸的一声响,马嘉猛然转身,只见孔雀在这一刹那展开了尾巴,夕阳余晖洒下一圈又一圈的光晕,羽毛在阳光下泛出柔软又坚韧的光泽。孔雀继续往前踱步,尾羽随着步伐微微颤动,两只眼睛朝着马嘉眨巴着。

卡塞医院的走廊里,马嘉接过迪斯马斯递过来的案例翻看着。

昨天的会诊中,何塞坚决主张保守治疗。哈布哥是何塞的病人,他不能一再犯错,给江大乔添麻烦。可是迪斯马斯却很急切地催促着他:"马医生,请你帮他争取一个手术机会,行吗?"

"可他是何塞医生的病人。"马嘉很是为难。

"他的孩子才两岁。如果他死了,这个孩子就没有父亲了。"迪斯马斯看着马嘉,"如果你认为手术真的救不了他,那我就不坚持了。"

马嘉沉默着,一阵恍神,仿佛看到了柳晓弦为他收拾的行李、他在天台上许下豪言壮语的情形、印在麦乐村墙壁上的崭新手印、远处闪着金光的乞力马扎罗山、大家举着啤酒碰杯、桌上叠着的一份份病历以及萍聚餐厅里孔雀漂亮的开屏……

突然,马嘉抬起眼,眼神坚定地看着迪斯马斯说:"给我一点儿时间。"

迪斯马斯松了一口气,咧开嘴笑了。看得出,他的笑是发自内心的。

回到麦乐村时已是深夜,月亮的清辉毫不吝啬地洒在院中,清净如许,大家似乎都已经休息了。马嘉看着麦乐村的招牌，从地上随意捡起一块石头，一下又一下，把自己的手印给抹去。墙上属于他的那块印记终于变得斑驳，他出神地看着，突然泄气一般扔掉了石头，目光却变得坚毅起来。

咚咚咚，敲门声划破沉静的夜色，江大乔拉开了房门，马嘉站在门外。

哈布哥的病例和相关资料放在桌上，马嘉将它们朝江大乔推了过去。江大乔仔细翻阅着面前的资料，有些顾虑。昨天会诊后，他又找齐丹私聊过，两人论证的结果是，手术风险太大，毕竟这种重建术在桑纳很少，齐丹认为还是尊重主治医生何塞的想法。

马嘉坚持道："隆突重建术是比较复杂，整个过程大家要配合得天衣无缝，但我在国内做过很多例这样的手术，我有信心。"

江大乔仍有顾虑："这个手术对麻醉的要求也很高。"

"我去找常来，我会跟他一起研究麻醉过程中可能出现的情况，认真做个方案。"看得出来，马嘉是有备而来。他对这台手术可能出现的状况以及应对方案侃侃而谈，神采飞扬。

江大乔有些看不懂自己这个师弟了，他知道马嘉一向心高气傲，不然两人关系也不至于在自己百般退让下，仍然恶化至此。但他从没想过，同样就是这个马嘉，竟然会为了一台手术，低下骄傲的头颅来求他。江大乔终于忍不住打断他："我还有个问题，你现在提出做这台手术，到底在想什么？"

马嘉顿住，敛了神色站起来，认真盯着江大乔："只要在桑纳一天，我就还是中国医疗队的队员。"

看到马嘉这样，江大乔的内心升起一丝敬佩，他被马嘉的执着打动了："明天上午九点，我陪你去找齐丹。"

次日，卡塞医院外科会议室里，众人坐在会议桌两侧，无不认真盯着前方讲解的马嘉。马嘉指着自己熬夜做出来的PPT（幻灯片）讲解道："经过纤维支气管镜及胸部CT检查，已经明确了右主支气管累及隆突，大约4厘米，右主支气管部分堵塞，支气管壁受侵，手术有难度，有风险，但必须做。"

齐丹面无表情地坐在前方，歪头示意江大乔："江队长，你的意见呢？"

江大乔点头："在专业上，马医生是一流的。"

何塞在一旁不屑地耸了耸肩："这种大手术，总不能一人上吧。"说着将目光投向众人，"你们呢，谁愿意当他助手？"

这样的手术级别远超卡塞医院能负担的日常手术水准，识趣的自然会知难而退，当地医生都不敢表态，除了愣头青苏莱曼。

"我来！我在中国的时候，常跟着我师父上台做手术！"苏莱曼脸露得意。

齐丹瞥了一眼苏莱曼，浇了他一盆冷水："你是个实习医生。"

苏莱曼被打击得悻悻地缩回了手，脸上写满了不服气。

这时，江大乔缓缓开口："我们随时可以上。"

马嘉抬头看向江大乔，眼神中写满意外。

齐丹摆摆手："这样吧，我来配合他。"

齐丹话音落下，众人皆愣住了，何塞更是一脸的不可思议。

马嘉望过去，满眼意外与感激，齐丹则以敬佩与期待的眼神回应他。

结束了会议，大家陆续走出了会议室，迪斯马斯叫住马嘉。

"马医生，谢谢你！"

"应该的。"马嘉对他笑笑。

"我……我能去参观这台手术吗？"迪斯马斯捏扭半天，好不容易将要求说出口。

马嘉有些意外，旋即爽朗一笑："你如果愿意，也可以上手术台，我多申请一个助手。"

迪斯马斯仿佛得到了莫大的鼓励，突然激动地抱住马嘉。马嘉被他吓了一跳，倒被弄得一时不知所措。

晚上，大家回到麦乐村吃晚饭时，都已得知今天的事情。秦童特地从菜盆里挑出鸡腿塞到马嘉碗里。

孙爽夹了个鸡爪也想要递给马嘉，却被彭伟拦截："鸡爪可不能手术前吃，手会抖。"

"胡说什么呢！"常来一巴掌重重地拍在了彭伟的背上。彭伟赶紧认错："我童言无忌，马一刀，你别跟我计较。"

马嘉一阵苦笑。

"后天早上十点手术吗？"苏心问道。

马嘉点点头："不到四十八小时的准备时间。"

"放心，我们都能帮你。"武梅说着，示意常来把已经做好的手术麻醉风险报告递给马嘉。

"对对对，我们都能帮你。再说了，还有梅姐和常四爷给你搭台，没问题的。"孙爽跟在旁边附和。

马嘉哭笑不得："行啦行啦！本来没多大的事，被你们这么一说，我这不像上手术台，倒像是上断头台了！"

彭伟接话："头可断，血可流，手术台上逞风流。"

大家看着马嘉，都对他笑着，笑中充满鼓励和伤感，马嘉微微有些动容。

时间飞快流逝，卡塞医院的一号手术室里，马嘉、齐丹、迪斯马斯等人都已就位。

无影灯射出明亮的光，映照着手术台。常来压下面罩，将麻醉药推注进哈布哥体内，接上了微泵。看到哈布哥的意识渐渐消失，常来托起他的下颌，进行气管插管。马嘉和手术室外的江大乔对视一眼，江大乔微微点头，表示鼓励，马嘉深吸一口气。

几人合力将哈布哥的术中体位摆好。武梅则拿着核查表核查病人信息。

马嘉开口："患者姓名哈布哥，诊断为右主支气管腺样囊性癌累及隆突，将进行肿瘤切除，隆突重建手术，预计手术时间四小时，出血两百。"说罢抬头看了一眼墙上的挂钟，指针显示十点十分。

站在主刀位的马嘉伸出手，武梅麻利地将手术刀递过来。马嘉握紧手术刀，贴近患者胸部外侧，随即从第四肋骨处划开。

精细的手术刀刃入皮肤，蜿蜒的鲜血立马淌出，淡红色的皮肤组织暴露在空气中。武梅默契地及时将器械递给齐丹，一手抓紧托盘，随时接住马嘉换下的工具。

马嘉专注操作，一边目不转睛地开口："纱布，吸引器。"

话音未落，站在一助位置的齐丹已迅速将电刀递了过来。马嘉抬眼，与齐丹对视一下，继续手中的操作。两人如同多年的老搭档，配合得如行云流水。

窗外，江大乔目光深沉地看着手术室里的一举一动。

"气管和右主游离差不多了，准备切开气管。"马嘉出声提醒大家。众人不约而同地紧绷神经，提高注意力。

"常来，生命体征？"马嘉开口。

"正常。"常来应声。

"无菌气管插管和延长管。准备好了吗？"

"已经打上来了。"

"准备切开气管。"马嘉手持尖刀，开始切开气管。

嘀嘀嘀——麻醉提示器响了起来，气道压力低，气管切开处有明显漏气。

"注意血氧饱和度，下降马上说。"马嘉边说，边切开气管，武梅赶紧递上无菌气管插管。马嘉接过，插进了左主支气管，将延长管递给常来，常来将其接到麻醉机上，一边调整参数。一阵操作后，麻醉剂停止了报警。

"恢复通气，潮气量300毫升。"常来报告。

马嘉点头："注意氧和能不能维持。"

马嘉继续切除隆突和部分右主支气管，取出递给站在二助位置的苏莱曼。马嘉修剪气管切缘，开始准备吻合气管和左主支气，但距离太远，不太好吻合。马嘉尝试了一次，并没有成功。这是之前预判到的风险点，旁观的迪斯马斯心揪了起来。

马嘉迅速判断眼前形势。确认这不是自己一个人能完成的任务，看向齐丹："我们还需要游离一些地方。"话音刚落，齐丹立刻明白，接手过来。

墙上的电子钟一秒一秒地跳着，显示时间下午一点。手术已经进行了近三个小时。马嘉额头渗出汗水，咽喉感到一阵燥渴，他眼神有些恍惚。齐丹见状让马嘉到一旁休息，马嘉也不推辞。

齐丹很快游离了肺门，尝试了一下，张力已经不高，开口："准备缝合。"刚坐下片刻的马嘉听到此话，立刻起身走回主刀位，观察着病人的状态，说："三个零滑线。"

武梅迅速把零滑线递到马嘉手边。马嘉手指翻动，行云流水，缝合手法相当精湛，齐丹忍不住流露出赞叹的目光。

"拔管。"马嘉突然开口。齐丹神情复杂地看着他，既有担忧，也有敬佩。

此刻，马嘉已经缝合到了四分之三左右，缝合遇到阻碍，必须先拔掉插管。但是此时拔管，风险极高，留给他缝合的时间很紧张。

齐丹将气管插管拔下，监视仪立即发出刺耳的鸣叫，哈布哥血氧饱和度跌到90。迪斯马斯紧张地看着马嘉，苏莱曼却依然稳稳地看着马嘉有条不紊地将剩余的四分之一气管迅速缝合。

"缝合完成。"随着马嘉的话，常来立刻把患者嘴巴上的气管重新接到呼吸机上通气，监视器报警声立即停止，血氧饱和度缓缓上升。

马嘉缓了一下，朗声道："继续缝合。"

齐丹看着马嘉，眼中已经尽是赞许，有默契地配合着马嘉的动作。旁边的迪斯马斯看呆了，他的手下意识地比画着，学习着两个人的动作。时钟指向下午两点整，齐丹一手拿水结，嚓的一声，缝合线被剪断。

"吸痰。"随着马嘉的指令，常来开始给哈布哥吸痰，马嘉则使用吸引器清理胸腔内积血。

"冲洗。"

武梅递上温生理盐水。

"膨肺。"

常来手动捏皮球，肺的剩余空间缓缓膨胀。

随着马嘉简短的指挥，众人有条不紊地进行操作，大家紧张地盯着吻合的位置，没有气泡！

马嘉点头："没有漏气，完美！"

所有人都松了一口气。

马嘉给切口止血，并放置引流管，现在只剩缝合切口了。

"齐丹主任，我想让迪斯马斯来缝合。"马嘉征询着齐丹的意见。

齐丹点点头，让出一助的位置。

迪斯马斯带着欣喜，激动地走上前，从武梅手中接过持针器。

交代好术后护理事项后，马嘉接受齐丹的邀请，来到他的办公室里。推门而入，一阵悠扬的音乐响起。齐丹的办公室窗明几净，精致整洁，里面摆放着一个皮沙发，有咖啡机、留声机，看得出齐丹布置这里是花了心思的。

齐丹挥手算是打了招呼，接着弯腰从柜子里取出一瓶红酒，倒了两杯，递给马嘉一杯。马嘉接过，在手中轻轻摇晃，澄澈的液体像红宝石一样流动着光彩，看得出是品质上好的佳酿。马嘉举起，放在鼻下嗅了嗅又放下，说："抱歉，齐丹先生，我戒酒了。"齐丹耸耸肩，表示遗憾。

窗外是大海，阳光映着金光点点的浪痕，海鸥轻飞。马嘉和齐丹坐在窗前，看着窗外的美景，忍不住感叹："太美了。"

齐丹点头微笑："我觉得，人生最美好的事，就是做完一次酣畅淋漓的手术，在这儿待一会儿，喝上一杯，看看风景。"

齐丹晃了晃酒杯，又喝了一口："来非洲前，我只喝法国的红酒。后来，我救了一个国会议员的母亲，老太太送给我一瓶她珍藏的南非红酒。我喝了后才发现，哇，居然这么好喝，于是就爱上了。"

马嘉迷离地看着远方，又闻了闻杯中的红酒，低头自嘲："以前，我自以为很了解非洲，但其实一点儿都不了解。"

齐丹微笑："你才来多久啊？有句话说，独行快，众行远。你们中国医疗队只要齐心，一定能走得很远。"

"我怕没这个机会了。"马嘉的脸上又出现了落寞，"我要回国了。"

齐丹诧异地盯着马嘉。

窗口海风阵阵，刮来印度洋湿润的气息。

齐丹将杯中酒饮尽，看着窗外："马医生，你见过乞力马扎罗山吗？听说在它的西峰顶上，有一具冻干的花豹尸体。"

"海明威的《乞力马扎罗的雪》？"马嘉回答道。

"你说，一只花豹，它为什么要去雪山山顶呢？它肯定不是为了温暖，也不是为了食物，是为什么呢？"

马嘉望向大海，若有所思。窗外海风微微，海浪轻柔拍打着沙滩，没给出任何答案。

重症监护室里，被推出手术室的哈布哥躺在病床上。武梅千叮万嘱地给迪阿鲁交代术后护理事项："马医生的话必须严格执行！定时吸痰，注意无菌操作，防止感染。他的体位你一定要多加关注，尤其是醒来之后的六小时，要改成半卧位。"

迪阿鲁懒洋洋地说："我知道。"

"千万不要大意，一定要细心，今晚是最关键的。"武梅总感觉放心不下，又再次叮嘱，"回病房之后，没有肝素帽就别用留置针了，容易导致血栓和感染，你给他用一次性的针头吧。"

迪阿鲁开始不耐烦起来："梅，你就是太操心了，放轻松，没问题的！"

武梅无奈地摇摇头，走出了监护室。

马嘉一直守到傍晚，再次来到监护室查看。令他欣慰的是，哈布哥已经醒来，血氧饱和度也正常，生命体征平稳。

待拔管后，马嘉又向迪阿鲁交代："今天晚上非常关键，要时刻关注病人情况，雾化、翻身、拍背、排痰必须按时做，绝对不能忘。"说着看了看时间，"现在是晚上七点半。两个小时后，可以喂他喝点水，如果喝水没问题，喂他吃点流质。但是别吃太多，小心返流误吸，你可要盯着点！"

待众人回到麦乐村，早已累得筋疲力尽。星辰抖落，夜幕四合，麦乐村陷入沉沉的睡眠中。

天地一片苍茫，前方是没有尽头的白光。

马嘉驾车在原野上奔驰，突然，一只花豹从他车旁一掠而过，狂奔向前，矫健的肌肉线条只留下一个潇洒的背影，马嘉一个油门追赶上前，然而，花豹突然停下，回头死死地盯着他。马嘉一脚刹车停下。

天地寂静。豹子朝马嘉走过来。一人，一豹，越来越近。

咚咚，咚咚——马嘉心脏抑制不住狂跳，越来越响，震耳欲聋。

"咚咚，咚咚——"

"马嘉，快开门！出事了！"

第十二章

马嘉从梦中惊醒,拉开门,江大乔气喘吁吁地看着他。

汽车一路疾驰,马嘉和江大乔冲进重症监护室。只见常来正在对哈布哥做气管插管,武梅在旁边协助。马嘉冲上前:"怎么回事!"

武梅声音颤抖:"迪阿鲁喂他吃完东西后,便让他躺下去了。结果食物反流误吸了,他们又没有严密观察,一直都没发现患者的血氧饱和度很低。"

常来接过话:"我们都睡下了,武梅不放心,非要来看看。来了才发现,用储氧面罩血氧饱和度也上不去,呼吸越来越急促,咳出来的痰看起来是消化液,现在只能插管了……"

马嘉转头不可置信地看着旁边的迪阿鲁。迪阿鲁心虚地躲避着马嘉的目光。

马嘉此刻顾不上理会迪阿鲁,赶紧投入抢救。可是任凭几人怎么努力,哈布哥的心率已经开始降低,越来越慢,直至每分钟四十多次。

马嘉心中一紧,慌神:"心跳要停了,胸外按压,肾上腺素1毫克!"

没想到静推、按压后,哈布哥又出现了室颤。

用上除颤仪,哈布哥依然没有好转。

情急之下,马嘉、江大乔和常来轮番上阵按压,马嘉死死盯着哈布哥,全世界静得仿佛只能听到自己的呼吸声。

随着"嘀——"的一声,刺耳的鸣叫震得马嘉耳鸣,他不可思议地看向生命监护仪。仪器上,一条尖锐的直线刺得他眼睛生疼。马嘉踉跄几步。

马嘉突然悲从中来,猛地推开常来,继续拼了命为哈布哥进行胸外按压。江大乔上前拦住,被马嘉狠狠甩开。

"马嘉,马嘉!够了!没用了……"看着马嘉,江大乔满眼不忍。

胸外按压的双手越来越弱,终究是缓缓垂下,马嘉缓了半天,才回过神来,抬头看着众人,悲愤交加:"到底怎么回事?"

马嘉看到缩在一旁的迪阿鲁,他愤然用力把迪阿鲁拽到哈布哥遗体面前:"你为什么没有及时发现?"

迪阿鲁结结巴巴地说:"也许,这一切都是上天的安排。"

马嘉瞪大双眼,不敢相信自己听到了什么。马嘉指着迪阿鲁的鼻子,崩溃地用中文怒吼:"什么上天的安排!他是一条生命!这是我们救下来的人。他有妻子、有孩子,他才三十多岁!他有权利活下去!我们,我们这些医生,从中国来到桑纳,我们为病人都尽了全力!他手术都成功了,而你们,你凭什么不尽力!"

江大乔上前,默默地按住了马嘉的肩膀,低声说道:"马嘉,冷静点。"

武梅在一旁,已经泣不成声。

良久,马嘉突然感觉到一阵无力袭来,他转身,默默地走向外面。

重症监护室外,哈布哥的老婆和孩子正在默默祷告,神色平静而哀伤。马嘉踉跄地看了母女俩一眼,心痛不已,突然大步离开。

天边泛起鱼肚白,阳光即将划破月色,天已微亮。

马嘉驾车飞驰在公路上,万年不变的乞力马扎罗雪山就在远方。四下无人,马嘉跳下车,找到一块空地,呆呆地看着雪山。恍惚中,他好像看到了那头冻死在山顶的花豹。

为什么呢?为什么非去不可呢?

他缓缓跪下,心如刀绞。

朝阳渐升,金灿灿的第一缕光照在了乞力马扎罗雪山山顶,犹如天神的羽翼,原本白雪皑皑的山顶闪着圣洁的金光。紧接着,火红的朝阳破空而出,挂在天上,彻底照亮了山顶,照亮了前方的路。

马嘉跪坐在地上,远远看着金光闪闪的山顶,突然泪流满面。

于它而言,到达就是目的。

于他而言,选择了来路,虽九死其犹未悔。

这就是答案。

良久,马嘉站了起来,目光坚毅,回身上车,向麦乐村疾驰而去。

江大乔的房间里,他刚换好衣服,一拉门,马嘉气喘吁吁地站在门口,不等江大乔反应过来,马嘉一字一顿地说:"师兄,我求你一件事,让我留下!我必须留下!"

第十三章
授人以鱼不如授人以渔

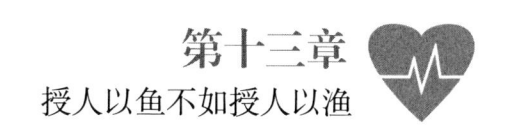

卡塞医院院长办公室里，气氛僵持。

"啪——"武梅猛拍桌子，满脸怒容："院长，您别再拿'和为贵'来敷衍我。病人的命没了，我来卡塞医院干吗呢？"

坎戈尴尬地笑着，将武梅的茶水续上放到她面前："梅，冷静冷静。我们已经处罚迪阿鲁了，你刚才说的护理规矩我也都记下来了。你看，我记了这么多。"说罢拿起小本子，冲武梅晃了晃。

武梅深吸一口气压抑怒火。记记记，记在纸上有什么用！不记在心里都是白搭！

"坎戈院长，我不需要您记，我是要把术后规范形成制度，比如刚来卡塞的时候，我就跟你提过的，留置针的使用必须加上肝素帽，这一切都需要规则！"

坎戈摇头："我们桑纳没有肝素帽。"

"所以需要您解决问题。如果没有肝素帽，那就全院不能使用留置针。这个事情，我希望成为规则，推行下去。"武梅态度强硬。

"梅，你说的这些，我一定认真研究。"坎戈很是无奈，"我现在要去开会，我能走了吗？"

见武梅不吱声,坎戈飞一般逃出自己的办公室。

回到病房,正在打针的迪阿鲁瞥到走进来的武梅,不由自主地全身紧绷,装模作样地消毒、和病人交谈,尽量把自己的动作表现得很规范。

武梅看着他这样子,不想再多说话,准备转身就走。突然看见迪阿鲁手中拿着一支留置针,不可遏制的怒火涌上心头:"迪阿鲁,我跟你说过,如果没有肝素帽,就不要打留置针!"

迪阿鲁满腔委屈地反驳:"如果不用留置针,他每天都要打针,他很可怜。"迪阿鲁的话让武梅觉得很荒谬:"前两天哈布哥的死,你一点儿都没有感觉吗?"

"我知道我错了,但那个哈布哥一定是前世犯了错,所以上天在惩罚他……"迪阿鲁还在为自己辩解着。

"这跟上天没关系!是你!是你的不负责任害死了他!"

两人争得面红耳赤,围观的人越来越多。江大乔和坎戈也闻声赶来。

弄清事情缘由,坎戈解围道:"针头都使用了,这次就算了,我让他下次注意。"

眼看这轻描淡写的态度又要将武梅点炸,江大乔赶紧站出来打圆场:"院长,我理解武梅的意思,虽然条件有限,很多事情是需要因地制宜,应该在客观条件限制下看待医疗环境和技术,而不是医护人员的职业操守和原则!"

"说得对!"马嘉从围观的人群中挤出来,"我们可以接受技术和环境存在的问题,但绝不能接受人祸导致的悲剧。"

看到众人坚持,坎戈无奈妥协:"你们说的这些都挺好,但武护士长和我说的规则确实太多太复杂了,要不你帮我们制定一个护理的规范制度?"

武梅立即应声下来,心里已经打定主意:这护理规范,她是非要彻底整治不可。

临近下班时间,江大乔接到石竹子的电话。

"江队长,明天是国庆节,台子都给你搭好了,明天中午就等着看你唱戏了。"

江大乔笑道:"不是我唱戏,是马嘉唱戏。"

次日中午,队员们都穿着红色的中国医疗队队服齐聚萍聚餐厅。

石竹子特地将大厅布置得充满节日气氛。吧台上挂着一面鲜艳的五星红旗，一面墙上彩灯下挂着一个红色的条幅，上面写着"国庆节快乐"，旁边还点缀着些彩色的小气球和小红旗。

待众人坐定，石竹子再次充当起了主持人的角色，清亮的嗓音从话筒中传来："我很高兴能跟大家又聚在一起，大家来桑纳有三个月了，每次见到你们，就像见到我的亲人。尤其今天是国庆节，这个特别的日子，看见你们，更觉得亲上加亲。"

石竹子举起酒杯说："让我们共同举杯，祝祖国母亲，生日快乐！"众人纷纷举杯痛饮而尽。

"你们也派个代表来说两句呗。"石竹子看着大家笑，转头望向马嘉，"马医生，你不是要回国了吗？就你了，请发表一下告别感言。"

马嘉正犹豫着，被彭伟推了一把："赶紧的。"

马嘉瞪了他一眼，只好站起来，并将自己面前的酒换成了一杯可乐。

"我对大家发过誓，不再喝酒，我只能以可乐代酒敬大家了。第一杯，感谢大家这几个月来对我的帮助、包容和照顾，我这辈子都不会忘。"马嘉说罢深鞠一躬，一饮而尽，又续满第二杯可乐。

"第二杯，我要特别敬一下竹子姐。在桑纳，竹子姐就像一个知心姐姐，不但不跟我一般见识，还愿意帮助我，包容我，宽慰我。"马嘉说着说着，有些动容，转头看向石竹子，举起酒杯，"姐，敬你！"石竹子笑吟吟地看着马嘉，也仰头干了杯中酒。

"这第三杯酒，敬梅姐、四爷。来桑纳以后，你俩跟我搭台最多。说实话，刚来那段时间，因为手术条件和国内不一样，我每次上台心里都有点慌，但只要你俩给我托底，我就特安心。那天的事，我对不起你们。"喝完，马嘉再鞠一躬。

常来笑了："算了，我代表梅姐原谅你了。"

一杯接一杯敬完众人，大家被马嘉弄得哭笑不得，又是感动又是不舍。马嘉倒完最后一杯可乐，神情突然变得严肃起来，这一次，他走到江大乔面前。

"江队，我这人心浮气躁，心高气傲，这几个月，多亏有你包容我。我这个人吧，格局没有你那么大，虽然每天穿着这身衣服，却从来没低头好好看看胸口的国旗，更没静下心来好好想想，来到桑纳，自己应该对胸前的这面国旗担起多大的责任。"马嘉的语气诚恳。

全场异常安静，众人都默默地看着马嘉，眼神里充满理解与敬佩。

马嘉接着说道："这几天，我心里特别难受，我一直在反思自己，最后我发现自己之前做的还远远不够。我对不起援非医生这个名字，更对不起胸前的这面国旗。"

听着马嘉的话，江大乔微微一笑。

马嘉庄严动情地开口："师兄，今天，我想正式地向你提个请求。"

"请你让我留下来，我一定会尽到一个援非医生的责任！对得起援非医生这个名字，对得起胸前的这面国旗！"

这一刻全场静默，谁也想不到平时自由惯了的马嘉能有这样庄严的时刻。

江大乔严肃地看着马嘉。坐在孙爽身边的赵一聪一直用手机录像，此刻竟然也不禁热泪盈眶，他放下手机，擦了一把眼泪，忍不住站起来喊道："我同意！"孙爽踢了他一脚，瞪他一眼。随着赵一聪的带头，彭伟、常来站起来应援，众人也纷纷起身喊："我同意！"将目光投向江大乔。

感受到众人的期待，江大乔严肃开口："你真想明白了吗？"

马嘉毫不迟疑："想明白了！"

"你做好准备了吗？"

马嘉立正："报告队长，医疗队队员马嘉，时刻准备着！"

江大乔欣慰地点点头，在众人殷切的目光下，展露笑颜："我同意！"

笑容骤然在脸上绽开，马嘉痛快地仰头干了可乐。彭伟带头鼓起掌来，一时间，掌声雷动。

石竹子笑着招呼大家："今天，大家放开了吃，敞开了喝，有人请客……帝王蟹已经安排上了，一蟹三吃，还有清蒸石斑鱼、大龙虾，想吃啥有啥。"大家哄笑，连声叫好。有人请客？彭伟突然发觉有些不对劲，凝眉思索。

"有问题？"

秦童凑近："什么问题？"

彭伟一拍手："鸿门宴，唱'双簧'。"

秦童想了想，恍然大悟："哎呀，他们这是串通好了啊。"

苏心疑惑地凑过来："你们俩说什么呢？"

彭伟努了努嘴，苏心顺着看过去，只见马嘉、江大乔和石竹子三人正笑着碰杯，一副计划达成的样子。

就在大家觥筹交错之时，海娜突然一脸愁容地来找石竹子，石竹子将她带到后院。

海娜是石竹子开萍聚餐厅时认识的。她和老公穆萨因为跟中国人做贸易，时常来请教石竹子，时间久了，两人渐渐成了好朋友。海娜和穆萨常到中国旅游，生意伙伴也多是中国人，所以能说得一口流利的汉语。

石竹子知道海娜前阵子又去了中国，见她回来，很是开心。

"什么时候回来的？"

"有一阵子了。"海娜和石竹子拥抱一下，带着石竹子来到自己车旁，打开后车厢，从里面取出两瓶茅台酒递给石竹子："送给你。"

"哟，这酒好呀！"石竹子笑道，"说吧，有什么事要求我。"

两人讲话向来开门见山，石竹子从不跟她虚客套。

"你看看这个。"海娜打开后车厢中的一个袋子，里面装满了中国大米，"竹子，这次你一定要帮帮我。"

石竹子的手在大米袋子里轻轻拨动，仿佛是划过碧波的小船，一粒粒细米流淌过指缝，酥酥麻麻的，大米的清香扑鼻而来。她又抓起一捧米细看，闻了闻，又放了回去说："这米品质不错呀。"

"我就是觉得这个米很好，所以进了六个集装箱。"海娜哭丧着脸。

石竹子不动声色地问道："那你要我帮你什么？"

海娜声音中已经带了哭腔："这大米在中国口碑不错，进价也不贵，我本来以为会很好卖，谁知道桑纳人完全不买账。竹子，你一定要帮帮我！"

石竹子眼珠转动，语气却很淡地问道："总进价多少？"

"每吨进价320美元，运费关税120美元，成本就是440美元一吨。"

石竹子听了，在心中飞速计算："每个集装箱25吨，六箱就是150吨。总共66000美元，1亿5444万桑先令。"一会儿工夫，石竹子心里已经有了主意，但她依然表现得淡淡的。

"这样吧，我想想办法，看能不能帮你找找销路。"看着海娜顿时喜笑颜开，石竹子赶紧补充，"但你得做好心理准备，我也不是万能的，你卖不出去的东西，不一定有人愿意接手。"

海娜千感恩万道谢地走了。

石竹子回到大厅内，大家正在安静地听江大乔说着话。石竹子站定，带着笑意看着江大乔。

"我知道，很多人来非洲前，都对非洲有一些恐惧和偏见。我八年前来之前，也和你们一样，习惯按自己的习惯和偏见去看待非洲，但是，后来我慢慢地发现，我错了，那些恐惧和偏见是多么愚蠢，非洲不是我们想象的非洲，非洲人也不是我们想象的非洲人，他们非常自尊自爱，这点跟我们是一样的。"江大乔语重心长地说着，"作为队长，我当然不希望医疗队损失马嘉这样一把外科尖刀，我更希望，我们每一个人，都能在这片土地上留下值得我们记忆一生的东西。"

众人频频点头。

"既然来了非洲，我希望大家都能爱上这片土地，爱上这片土地上的人们，我们大家齐心协力，都能发挥出自己最大的能量。两年的时间，我们不能白来，也不应该白来！"

"说得好！"石竹子带头鼓起掌。

一阵掌声后，江大乔继续说道："最近我一直在考虑一件事，正好今天梅姐接下了坎戈院长交给她的任务，为卡塞医院制定一套规范的护理流程。我就想，这件事应该可以顺理成章地提上日程。当然，在我说之前，想先交给马嘉一个任务。"

"江队，你不会又给马嘉挖坑吧？"赵一聪调侃着。

石竹子一巴掌拍在赵一聪的头上："这孩子，胡说什么。"

众人哄笑。

"马嘉，你协助梅姐完成这套流程的制定，能做到吗？"

马嘉高声应答："没问题！"

江大乔点点头，继续说道："周总理当年访问非洲时说过，我们要给当地留下一支带不走的医疗队，'授人以鱼不如授人以渔'。在这里，我要特别表扬秦童同志。秦医生自从来到卡塞医院，一直在带教他的那两个同事，现在眼科的当地医生已经可以做白内障手术了。"

大家吃惊地看向秦童。听到江大乔的表扬，秦童满脸激动。

"秦童，平时以为你只会八卦，没想到，闷声办大事啊！"彭伟调侃道。

"不八卦何以谈乐趣，不工作何以谈理想。我是一手抓乐趣，一手抓理想，两不误！"秦童嘚瑟着。

马嘉笑道："说你胖，还喘上了。"

大家又是一阵笑。

"我决定，我们的医疗队也要正式开始'授人以渔'培训。"江大乔说着，从包里掏出一张报名表让大家传阅，报名表上印着"'授人以渔'培训参加人员清单"几个字。江大乔是打算组织大家在桑纳办个医学培训班，真正为桑纳培养几个优秀的当地医生。马嘉接过表格，二话不说在表格第一行工工整整签上自己名字。

报名表像浮萍一样在一双双手上滑过，很快大家的名字都签在了上面。赵一聪却发现唯有孙爽坐着不动。他直接拿过纸笔替孙爽签上了名，等孙爽看到，想要阻止已经来不及了。

"哎，你干吗呢？"孙爽瞪着他。

"帮你报名啊。"赵一聪理直气壮。

"这里的人都没中医基础，我怎么教？"

"你放心，有我呢！"赵一聪将报名表递给了江大乔。

孙爽颇为无语，却又无可奈何。

江大乔收回报名表，一行一行名字看下来，满是欣慰，但培训班的讲课顺序又成了个难题。

"我先来！"武梅举起手，"这几天我一直在想，肝素帽的事，也不能全怪他们。没见过的东西，当然不知道用和没用的区别，培训班也许真是个好契机。"

"好，那我们第一期，就请武护士长好好做准备！"江大乔一锤定音。

没想到这时候，石竹子犹豫了一会儿，还是决定给大家打打预防针。

"我多句嘴哈，大家刚才说的我都听到了，说句不该说的，事是好事，可做起来没那么简单！"

众人纷纷看向石竹子。

"小姨，你说什么呢。"赵一聪不满地看着石竹子。

"我不是给大家泼凉水，这事以前的医疗队干过，初心跟你们一样，想法很好，但真正操作起来，太难了。你们知道是为什么吗？"石竹子不理赵一聪，慢条斯理地说道，"桑纳的医护工作人员，有正式编制的少，大多数都是处于流动状态。有些医护人员在卡塞医院培训好了，便跳槽到薪资更高的私立医院。再来一批又是经验不足的人，所以培训常进行，收效却甚微。"

"这世上的事，有哪一件是顺风顺水的。"江大乔说道，"这一批学会了，带着经验去影响别的人。我们就再培训更多的，这不也正是我们授人以渔的目的吗？"

石竹子看出江大乔的决心，笑了："江队，你别误会，这事我百分之百支持，有什么困难尽管跟我说。"

"我能帮忙！我是学设计的，可以为你们做宣传海报。"赵一聪不顾石竹子的阻拦，高高举起手。

大家七嘴八舌地议论着接下来的计划，马嘉掏出手机输入一行字，点击发送。

地球另一端，柳晓弦正在厨房里忙活着，一边煮着汤圆，一边跟柳爸柳妈聊着马嘉回国的事情，柳母不出意外地照常催生。柳晓弦听到手机提示音，掏出来一看，是马嘉的短信："老婆，对不起，我不回国了，我要继续留在桑纳完成这届任期。"柳晓弦目光微闪，按熄手机。

"妈，别催了，马嘉不回了。"柳晓弦淡淡地说。

"为什么？"柳母吃惊地看着女儿。

"被你催生吓的呗。"

柳母被晓弦怼得半晌说不出话。

柳晓弦回到房间，给马嘉回信息："我妈问你为什么又不回来了。"

马嘉想了想,郑重敲下几个字:"因为责任。"

柳晓弦冷笑一下,回了两个字:"放屁。"

马嘉苦笑着摇摇头,又回复道:"我能说是为了理想吗?"

柳晓弦无语,想了想,回了一个省略号。

此时,柳母又在客厅叫她。晓弦又匆匆追加了一条:"我先劝我妈,改天你给我老实交代清楚。"

次日,江大乔一上班,便找到坎戈和巴哈,向他们汇报了办培训班的计划。

当着江大乔的面,巴哈和坎戈连连赞成。

"有什么需要,江队长尽管提出来,我们一定全力支持。"坎戈说得非常诚恳。

江大乔很是开心,喝了一口咖啡,便匆匆离开。

巴哈和坎戈对视一眼:"坎戈,你觉得这培训班,会有人来听吗?"

"他们想为我们做事情,我们应该开心。能不能成功,就听上天的安排吧!"

巴哈想了想:"中国不是有句老话,叫'不到黄河心不死'。"

坎戈笑而不语。

中午,马嘉和武梅在中国医生办公室里看马嘉熬夜做出来的条例。武梅越往下看,眉头皱得越紧。

一、一般洗手

1.直接接触每个患者前后,从同一患者身体的污染部位移动到清洁部位时。

2.接触患者黏膜、破损皮肤或伤口前后,接触患者的血液、体液、分泌物、排泄物、伤口敷料等之后。

3.穿脱隔离衣前后,摘手套后。

4.进行无菌操作,接触清洁、无菌物品之前。

5.接触患者周围环境及物品后。

6.处理药物或配餐前。

二、外科手消毒

1.先洗手，后消毒。

……

看完第一条，武梅就已经看不下去了，她抬头看向马嘉，一脸震惊，语气严肃地问道："哪儿搞的？这么多条？"

马嘉扬扬得意："我借鉴了一下江大一附院的护理规范管理条例，昨天连夜让同事拍的。这可是一辈又一辈江大人的心血和经验总结出来的精华，还不得致敬一下。"

武梅皱着眉边看边画，规则被一条一条划掉，她眼明手快地把最后一条圈出来："只有这几个字能用。"

马嘉看过去，只见白纸黑字的"请大家认真执行上述规范"。

马嘉委屈地说："梅姐，你好歹也尊重一下我一晚上的劳动成果吧！"

武梅无语地回答："我倒是想尊重，可你抄的这些内容现实吗？你看医院的设施设备、病房的条件，能做到这些规范吗？别忘了，这里是非洲。"突然武梅想到什么，不再理马嘉，而是打开电脑，开始制作一份医护习惯调查表。

下午，武梅来到护理站，将打印出来的表格递给迪阿鲁和一些医护人员，指着其中一列示意给迪阿鲁看："这每条规则都有三个选项，'可以完成，有一定难度，不会'，大家都要根据实际情况勾选。"

迪阿鲁接过表格，痛快地允诺。

迪阿鲁的爽快让武梅有些百感交集，或许，她不该对迪阿鲁这么严苛，人都是一点一点进步的。

"行，我相信你！"武梅对迪阿鲁绽开笑脸。

可是当武梅一离开，这份表格立刻被一只只粗暴的手，或随意塞进了抽屉里，或揉成一团丢弃在角落里。

连石竹子都没想到，赵一聪也是说干就干。很快，他便将自己设计并找地方打印出来的"授人以渔"培训班的宣传海报贴满了卡塞医院。

正值下班时间，迪斯马斯跟着齐丹下楼，看到整个楼梯两侧的墙上都贴满了"授人以渔"培训班的海报，迪斯马斯颇有些不以为然，齐丹则是熟视无睹。

直到两人快走到门诊大厅时，都愣住了。只见墙上那张齐丹的大幅照片四周不仅全部贴满了宣传海报，连齐丹两边脸颊上都各贴着一张宣传海报，颇为滑稽。

齐丹觉得又好气又好笑。

迪斯马斯上前两步，要撕海报："他们太过分了。"

齐丹却拦住了他："随他去吧。"

齐丹说的是非常蹩脚的普通话，听得迪斯马斯一愣："您说什么？"

齐丹笑说："我最近学的一句中国话，随他去吧。"

终于到了培训班开课那天，武梅带着自己熬了几夜才写出的教案来到会议室。时间还好，武梅紧张地站在讲台上，心中默默预演着。

江大乔刚看完病人，匆匆赶向会议室，他想给武梅一些信心，却没想到刚穿过急诊走廊，就碰上了石竹子和一名护士推着一台病床车，上面躺着纪师傅。

江大乔赶紧迎上去："纪师傅怎么了？"

"他一侧胳膊突然就麻了，抬不起来了。"石竹子焦急万分。

"别急，先检查看看。"江大乔说着，帮石竹子将纪师傅推进了急诊室。

会议室的黑板上，武梅已经在上面用英文写下了很多关于护理规范的板书：

一、静脉留置针使用前评估

二、静脉留置针穿刺前准备

三、静脉留置针实施：1.身份及药物核对；2.插输液管；3.挂瓶排气；4.选静脉、消毒（2次）；5.再次查对身份；6.再次排气，检查气泡；7.穿刺；8.送导管，拔针芯，回血后三松；9.固定，调滴速；10.操作后再次查对并交代注意事项。

四、静脉留置针的穿刺技巧

五、特殊患者的静脉穿刺

六、肝素帽护理方法

七、留置针使用并发症及应对

讲台上，武梅做了个深呼吸，明显有点紧张，她看了一眼手表，显示九点四十五分。

台下坐着苏莱曼和埃茜，赵一聪、常来和李苗苗站在一旁。

武梅看看常来："是十点吧？"

"对。"常来点点头。

"你把PPT再演示一遍，再检查一下。"

"梅姐，别紧张！我们都陪着你！"彭伟看出了武梅的紧张。

李苗苗也安慰道："梅姐，队长嘱咐我了，这小半天我就在这支援你。"

武梅对大家挤出笑容。

常来一边检查着PPT，一边安慰着："等一会儿上课了，你就把下面的人统统当成人体标本。"

常来的话引来大家一片笑声。

待江大乔安顿好纪师傅入院后，跟石竹子匆匆赶来会议室。

石竹子得知走廊上的海报是赵一聪做的，苦笑道："他嘴上说是为了帮医疗队，其实就是想讨孙爽开心。"

江大乔劝道："来非洲一遭，遇到有意义的人，做点有意义的事，不也挺好吗？"

"你瞧瞧，换了别人，你倒是挺会说话的。那你呢？你做的是有意义的事，遇到有意义的人了吗？"

江大乔有些尴尬："我遇到的每一个人都是有意义的。"

石竹子调侃道："哟，看来我很荣幸啊，能列在你遇到的有意义的人的名单里。"

江大乔正不知道该如何接话，一拐弯，会议室到了，江大乔和石竹子都愣了。

培训室里传来武梅悦耳的声音："再推注1毫升到2毫升封管液，使它充满整个管腔及肝素帽腔，就像图四所示。"可是李苗苗、赵一聪等人却都是面露苦涩地站在门口。江大乔赶紧推门进去。

教室里空空荡荡，只有苏莱曼和埃茜坐在下面，武梅站在台上侃侃而谈，只看了一眼江大乔，继续讲课："使用肝素帽，每次静脉输液前，需要用2%的碘伏消毒或者用75%的酒精严格消毒肝素帽表面，再将输液针头直接刺入。"

石竹子跟在后面看到，低声问赵一聪："什么情况？"

赵一聪摊摊手，摇摇头："就来了两个人。"

武梅依然在台上侃侃而谈，没有人忍心打断她。今天出现这种情况，完全超出她的意料。别人不来，她不在乎，可是迪阿鲁不来，武梅感到异常气愤。

临近下班时，武梅回到护理站，看到迪阿鲁和另外两名护士正在说笑。武梅冷着脸走进去：上午的培训课，你们为什么都不来？

几人面面相觑，谁也不说话。

"这个培训班就是为了教你们正确的护理方式，减少血栓和感染的发生。迪阿鲁，尤其是你，你是护士长，如果规范操作都不会，要怎么管理其他护士？"

迪阿鲁有些惊讶地看着武梅："梅，对不起，我不知道培训课是为我开的。我以为你是要教最近新来的一批小护士。"

迪阿鲁见武梅气得不知道说什么好，赶紧又补充道："这样吧，梅，你再开一次培训班吧，下次我一定准时参加。"

迪阿鲁永远都是那副"我认错但我不记得改"的态度，武梅突然什么也不想说了，只是转身走开。

麦乐村里，晚餐结束后，大家都继续留在食堂，复盘今日武梅的培训课为何会失败。石竹子不放心江大乔，也留下了。

"我觉得不是梅姐的问题。"彭伟说道。

常来摇头："你说了跟没说一样。"

江大乔皱眉："大家说说问题出在哪儿？"

石竹子插话道："我觉得是宣传出了问题。"

赵一聪不忿地抗议："小姨，你站着说话不腰疼，宣传是我一手抓的，我觉得没问题！"

石竹子没好气地白了他一眼："问题就出在你身上！你看看你做的那个海报，有人看吗？"

"怎么没人看？"

"你别嘴硬，有人看的话，会没人来听课吗？你才来几天啊？这里的情况你了解吗？这里是非洲！This is Africa！"

大家被这对姨甥的争执搞得目瞪口呆，不敢吭声。

赵一聪被石竹子呛得一句话也说不出来了，只好妥协："那你说怎么办？"

石竹子撇撇嘴："现在正是他们选举议员的时候，你到街上去走走，看看他们是怎么做宣传的。"

几天后，一幅巨大的海报展示在卡塞医院的天井处，海报上除了培训班的时间和内容，还有一张武梅灿烂笑容的照片。

见秦童、彭伟等人站在二楼栏杆处围观，赵一聪得意地说："这可是我小姨开车带着我满大街转，从当地人选举的宣传方式中总结出来的经验，因地制宜，懂吗？各个交通要道，各大医院门口。我一共印刷了十二张，统统贴上。"

一阵风吹过，海报被吹得飒飒作响，海报带着武梅的笑容一起翻动，路过的医护人员和病人纷纷驻足目视，好奇交谈。"这是哪个明星？""不知道，不过一看就是亚洲人。"

路过的坎戈笑看着二人，语气自豪地说："她是中国人，中国护士。"

当武梅再一次站上讲台，台下已响起如雷的掌声。教室里已经被从各个医院赶来的桑纳医护人员挤得水泄不通。彭伟、秦童等中国医疗队队员根本挤不进去。迪阿鲁正笑吟吟地坐在第一排，看着武梅。

武梅在看到迪阿鲁的那一刻，之前心中积压的各种委屈都一扫而空，她冲着迪阿鲁笑了笑，扫视了一圈台下的听众，然后面带笑容地向大家鞠了一躬。现场如退潮的潮水一般迅速安静下来。

武梅深深呼了一口气后，缓缓开口："大家好，我是第25批中国援桑纳医疗队队员武梅，非常荣幸能在这里跟大家分享我的护理经验。"热烈的掌声再次响起。

"在正式讲课之前，我想先跟大家分享一个故事，这个故事叫作琼·玛卡若线。"

琼·玛卡若是美国内布拉斯加州的一名外科医生，那时候，所有的公路都没有标识线，来往的车辆经常发生碰撞，而作为医生，她经常要抢救很多因为车祸重伤的人。1917年秋天，她在经历了一场车祸后，决定向有关部门建议在公路中间画一条醒目的线，让不同方向行驶的车辆各行驶在线的一侧，以此减少车祸事故发生，她坚持了整整七年，终于成功了。"

全场寂静无声，只有微风拂过的动静。武梅顿了一下，看着大家，神色动容："如今，琼·玛卡若线遍布世界，一名医生，改变了全世界的交通规则，为交通安全做出了巨大贡献。而这，是医生的力量，也是规则的力量！"

说着，武梅举起手中的肝素帽："我今天讲的是周围静脉留置针并发症的护理经验以及相关的规章制度，就像公路上的琼·玛卡若线一样，这是一个规则线。在日常护理中，作为医护人员，每人心中必须有一条这样的线，这样才能减少护理事故的发生，才能保障患者的生命安全！"

迪阿鲁十分动容，没忍住带头鼓掌，掌声像汹涌的浪潮一样席卷全场，持久不息。

彭伟等人围在外面半晌，只听到武梅的声音侃侃而谈，什么也看不见。不一会儿，彭伟觉得腿站得有点酸，便捅捅秦童："咱们先回去吧。"

秦童点点头，跟彭伟挤出人群。

两人边往中国医生办公室走，边闲聊着。

彭伟感叹着："梅姐的魅力那是没话说。哎，常来这小子，他居然能攀上梅姐这种颜值加才华的双料女神，真是不可思议！"

秦童一挑眉毛："瞧你说得，人家还是有优点的。"

"啥优点？对，老实！我看过一本杂志，说什么要征服冰山美人，最大的武器就是老实。"

秦童一脸坏笑，摇摇头："老实？那你真的小瞧他了。当年梅姐的追求者可是从北京排到南京，你知道常来是怎么打下这场攻坚战的吗？"

彭伟一脸懵懂："他说是梅姐主动收了他。"

"你信他鬼扯。"秦童嗤笑一声，"我和他同学这么久了，一度被他老实巴交的表象所欺骗，结果他结婚那天，我们一起灌了他六瓶啤酒，什么都招了，这小子，鬼精着呢。"

"说重点！这么大便宜怎么就让他捡去了。"

秦童指了指脑袋："人家靠的是这个，你知道他跟武梅表白的时候，送的是什么礼物吗？"

"戒指？包？"彭伟说着，又自我否认，"梅姐应该没这么俗。"

秦童停下了脚步，一脸高深莫测："人家当年是带着英国华威大学研究生的录取通知书去表白的。当时这小子死缠烂打，梅姐架不住他软磨硬泡，心一软，答应了他先交往着试试。结果，这小子一把从兜里拿出录取通知书，当场就撕了，说不管什么锦绣前程，一心一意死心塌地就要和梅姐待在一起。这礼物，你就说牛不牛？立马把梅姐感动坏了，当场泪流满面，拿下！"

"嚯！这招厉害啊！"彭伟听得一脸震惊。

"不过有道是天网恢恢，疏而不漏。这小子婚礼上喝多了，自个儿把实情交代了。他说他又不是缺心眼，老早准备了两套计划：A计划，梅姐只要不断然拒绝，他就大义凛然背水一战怒撕录取通知书；B计划嘛，如果梅姐把他拒了，他的通知书肯定就不拿出来了，还是去留学。"

彭伟哈哈大笑："这小子，一颗红心，两手准备啊。比猴还精呀。"

"结果，他说这话的时候，梅姐正好敬完酒回来，全听见了。当时就柳眉倒竖，怒目圆睁，对准常来的屁股就是一脚。"秦童幸灾乐祸地模仿着武梅的动作，"这小子当场瘫倒，醉晕过去了。从那往后，常来就得了一个响亮的绰号——礼物哥。"

彭伟笑得前俯后仰的："我算是明白了。常来敢情是把自个儿当礼物送梅姐了，不过这一米八多的一坨大肥肉，也得看人要不要啊！遇到梅姐，算他运气好！"

"可不是嘛！哎，我警告你，这事你知我知，你嘴别像棉裤腰似的。"

"我这嘴，肯定比你严实。"彭伟说着，用手在嘴上做了一个拉上拉链的动作。

第十四章
一战成名

武梅开门红的余波感染了其他人。

晚餐后，大家留在食堂，开着总结会。

"梅姐这次亮相取得了开门红，赢得了满堂彩。"江大乔也掩不住满心喜悦。

众人的鼓掌打断江大乔的话，好一会儿，江大乔才挥着手让大家安静下来，继续说道："大家想想，下一个，谁来接棒！"

江大乔说着，环顾一圈，发现马嘉不在："哎，马嘉呢?"

"出恭呢，马上就来。"彭伟的话又引起一阵笑声。

"大家先想想，等马嘉来了，我们讨论一下。"江大乔说道。

秦童摇摇头："这第二棒可不好接，接不好，可就摔了。"

赵一聪噌地站起来了："这第二棒，孙医生接最合适！孙医生很厉害，我见她第一面就被她征服了。"

赵一聪话没说完，已经被孙爽不动声色地狠狠踩了一脚。

江大乔却当了真："孙爽，你行吗?"

孙爽狠狠地瞪了赵一聪一眼："队长，不是我不愿意，主要是中医跟西医体系完全不同，我上来直接讲经络气血，他们肯定听不懂，我还没准备好到底怎么讲。"

"要我说，就让'马一刀'接吧。"彭伟不愧是马嘉的最佳损友，关键时候总是先卖掉他。

常来跟着起哄："好主意，马嘉！"常来冲着外面大声喊了两声。

"来了来了！"马嘉匆匆赶进来，"不好意思各位，久等了。"

马嘉正准备在江大乔旁边的空位坐下，突然感觉气氛不对，大家都带着别有意味的笑容盯着自己。

"马嘉，就你了！"江大乔干脆明了。

马嘉愣住了，半撅着屁股，看看江大乔，又看看在旁边起哄的众人："不是，什么玩意就我了？"

"接棒梅姐，授人以渔，第二堂课，这个光荣的第二棒就由你接了。"彭伟冲着马嘉挥挥拳，做出一个加油的动作。

马嘉无语："合着我不在，你们就把我给安排了啊。"

对于大家安排自己进行第二讲，马嘉嘴上虽然抱怨着，其实心中还是觉得美滋滋的。回到房间，他见时间还早，便给柳晓弦打了个电话。

"还没下班？"马嘉听到柳晓弦那边的背景音，像是在现场收拾善后。

"快了。等他们收拾完。"柳晓弦闷闷应了一声，指关节按揉着太阳穴。

马嘉一边点开电脑里的一篇论文《主动脉内球囊反搏在高危冠状动脉旁路移植患者围手术期的应用》，一边兴奋地跟柳晓弦说："你别说，梅姐有两把刷子，她这是第二次上讲台了，第一次没宣传好，没人来听，这一次她压力很大，但一点儿没受影响，讲得那叫一个精彩，她把医院的护理制度比作琼·玛卡若线，哎，你听说过吗？"

"什么线？"柳晓弦没听清。

"就是马路中间那条分割线，这个比喻相当精彩，医院里有个非洲护士叫迪阿鲁，以前梅姐说什么他都不放心上，一堂讲座下来，他眼珠子都直了……老婆，你觉得我能讲好吗？"

柳晓弦闭眼揉着太阳穴，强打精神跟马嘉聊天："以你的能力，人只会多，不会少。"

"那是，留下来就得干出个样来！我现在体会到了老梁那句话的意思了。"

"哪句话？"

"非洲是一个害怕来，来了不想走，走了会想念的地方。"

面对马嘉兴奋的心情，柳晓弦不知道该如何回应，只得用"嗯""好"来应对。

马嘉说完自己的事，这才想起要关心柳晓弦，开始另找话题："你现在比以前轻松多了吧，拍拍美食，拍拍明星，美滋滋啊，不用去暗访动刀子了。"

柳晓弦看看眼前杂乱的现场，心身俱疲的她觉得马嘉这看似关心，其实根本毫不在意的废话只会令本就情绪不佳的她变得更加烦躁。

"我今天太累了，先挂了啊。"柳晓弦挂了电话，直接把马嘉那句"早点休息别熬夜"掐断在了电话线的那一头。

因为纪师傅住院，石竹子不得不临时花高价请了一个会做中国菜的私人厨师，又请来苏莱曼和他的家人们来萍聚餐厅吃饭。

"石老板为什么要请我们吃饭？"巴哈缇看着桌上一盘盘色香味俱全的菜肴，好奇地问苏莱曼。

"不知道，她只说让我们先别急着吃饭，再等等。"苏莱曼话音未落，包厢的门被推开，一股清香的大米之气扑鼻而来。紧接着，石竹子端着一个大大的托盘走进来，上面放着四大碗热气腾腾、粒粒饱满的白米饭，看起来口感甚佳。后面跟着吉桑嘎，他端着一个电饭锅内胆。石竹子将四碗米饭一一摆放在众人面前之后，回身把吉桑嘎手里的电饭锅内胆端上来，放在桌子当中，打开盖子，里面还有半锅热气腾腾的白米饭。

"石老板，为什么要请我们吃饭？"巴哈缇笑嘻嘻地直接问石竹子。

"这你不用管，放开了吃，然后告诉我，这大米饭好不好吃。"

"好嘞！"苏莱曼喜笑颜开地答应着，将筷子递给母亲，示意她先尝尝米饭。

"慢慢吃，不够跟我说，今天米饭管饱！"石竹子说笑着出去了。

石竹子远远地看见满面愁容的海娜坐在餐厅角落的一个餐桌旁等待着，便回到吧台，从酒柜里拿了两个杯子和两瓶不同的苏打水，笑着走过去。

海娜见石竹子朝自己走来，满是期待地站起来："竹子，你找我来，是有办法了吗？"

石竹子不置可否，只是往两个杯子里各倒了两种不同的苏打水，递过去一杯给海娜："每个人都有自己的习惯，比如你每次来我这里都只喝这款苏打水，别的再好喝，你也不要。"石竹子说着喝了一口苏打水，海娜也端起杯子喝了一口。

"同样的道理，桑纳人没吃过中国大米，他们没这习惯，这米再好吃，他们也不会买。所以，这大米不好卖。"

海娜明白石竹子的意思，但让桑纳人习惯吃中国的大米，谈何容易，目前能卖给的，也就只有中国的商户了。难道是……海娜殷切地看向石竹子："竹子，你这里这么多中国客人，你还认识很多华人华商。"

石竹子摇头，150吨的大米可不是个小数目，况且中国大米在卡塞没市场，就算是华人华商也没人敢接手，风险太大。

海娜着急地说："只要能脱手，赔一点也行。"她目光灼灼地看着石竹子。

石竹子没言语，若有所思地喝了一口苏打水。片刻静默后开口道："如果，我是说如果，有人全要的话，开价多少你愿意出？"

海娜一愣，眉头紧锁地思量："五万美元。"

石竹子耸耸肩，没说话。

"高了？"海娜紧张地问。

"有点高。"

"我不能赔太多。"海娜脸上的愁容加深几分。

石竹子摇头："能出手，你还能收回一点成本，出不了手，你一分钱都收不回来。"

海娜是个生意人，石竹子的话不无道理，可是她又不甘心赔太多。她想了想，心一横，眼一闭，咬咬牙说道："四万。"

这时，吉桑嘎走了过来，俯身对石竹子耳语。

石竹子起身："等我一会儿，我先招呼个客人。"说完便离开了，只留下海娜继续耐着性子等待。

穿行在走廊里，石竹子回头交代吉桑嘎："你让刘清扬老板在包厢里等我，少安毋躁。先送个果盘和小菜过去招待一下。告诉他别急，今天是个好日子，我有大礼送他。"说着便风风火火回到苏莱曼一家人所在的包厢。

"怎么样，好吃吗？"包厢内，苏莱曼和家人们已经酒足饭饱。石竹子看了看一旁已经见底的米饭，心中便有了把握。

"太好吃了！肚皮都要撑破了！"苏莱曼靠在椅子上摸着肚子，直打饱嗝。

石竹子转向巴哈缇和苏莱曼的父母，问道："你们觉得怎么样？吃得惯吗？"

巴哈缇赞不绝口："好吃！好吃！"

石竹子微微一笑，心中已经有了八成把握。

这时，吉桑嘎推开一条门缝："石老板，海娜又在催了。"

石竹子点点头："你们休息一会儿，我让人给你们上果盘。"

石竹子说完，再次走出包厢。还没走两步，海娜已经急慌慌地跑过来，一把抓住她。

"别急呀，坐下慢慢说。"石竹子拉着海娜坐下，"说实话，你这个价格我也很难谈下来。"

"四万，我已经亏不少了。"海娜哭丧着脸。

"这个价格在市场上没有优势，货量也大，都是生意人，没有好的利润，换成你，你肯定也不愿意接手，对吧。"

海娜又想了想："那就三万吧！不能再少了。"

石竹子沉吟一下，才缓缓开口："你看这样行不行，米，我全要了，我给你三万五，三万是生意，五千是情谊，算是给你补的运费了。"

海娜惊住了："你全要？这么多，你准备怎么卖？"

"我再想办法。"石竹子笑了，把目光投向刘清扬所在的包厢。

打发走海娜，石竹子匆匆来到她给刘清扬安排的包厢。

推开门，石竹子愣了一下：桌上摆着三盘菜，中间那盘的上面还放着一颗心形的荷包蛋，桌上还放着一束娇艳的鲜花。

原来刘清扬听吉桑嘎转告，石竹子让自己耐心等待，说有好事，又说要送自己一份大礼，突然欣喜不已。难道自己苦追八年，石竹子终于要在今天答应了？激动的刘清扬特地跑到后厨，亲自做了这几道菜。

"刘老板，等着急了吧。"石竹子随即在脸上堆上热情的笑。

刘清扬急忙起身，拿起桌上的鲜花，有些谄媚地迎上去："不急，等你，等到天荒地老都行。"说着又把鲜花递给石竹子，"送你。"

"又是送花，又是做菜的，刘大专家，有啥喜事啊？"

刘清扬给石竹子倒酒："送花是早就准备好的，你叫我来，我不能空着手。做菜是临时起意，因为刚才听吉桑嘎一说，我才明白过来，所以就下个厨，表个心意吧。"

石竹子一头雾水："明白啥？"

刘清扬有些羞涩，又情不自禁地洋溢着幸福的笑意："他说好事将近，你要送我一份大礼啊。"

石竹子恍然明白了，笑了，招呼让人送饭进来。

刘清扬看着面前摆放着的一碗米饭，和放在一旁的一袋生米，脸上已经由幸福变成了疑惑："送我大米？"

"对。"

刘清扬抑制不住失望："不用，我平时很少做饭。"

"不是给你的。"石竹子解释，"我店里忙，华商联合会那些老朋友，也没什么空走动，你替我去看看大伙。不是什么贵重的东西，主要是个心意，我已经让吉桑嘎用礼盒打包好了，晚一点儿我给你送过去。"

刘清扬爽快应声："成！"

"成什么成，我还没说完呢。"

刘清扬一愣。

"华商联合会的老李是不是还在开华人超市？"

"那可不，人家现在越做越大了，连锁店都十家了。"

"那太好了，还有一些，你帮我送老李吧。他不是卖日用品吗，卖东西可以搭着送大米。"

刘清扬更是一头雾水："免费送？"

石竹子笑着点点头："我给他每家店送个500斤，不够随时找我要。"

刘清扬更是不解："500斤，为什么啊？你信了教了，非得积德行善？"

石竹子笑了，解释道："不是，我刚从国内进了一批大米，当地人不认，没人买，超市卖东西送大米，就当促销了。"

"每家店500斤，一共2.5吨，这可不是小数目啊，你全白送了啊？"刘清扬无法明白石竹子想要做什么。

石竹子点点头："不过我有个小小的条件。"

"什么条件？"

"让他超市卖东西的时候帮我宣传宣传，多吆喝吆喝。你和他说，竹子交代的，他肯定懂。"

刘清扬答应："行了，还有什么事吗？"

"我还有十几吨要你帮我消化掉，不过这些我不白送，你帮我联系联系你那个做米商的当地朋友。"

刘清扬有些为难，石竹子说的米商朋友叫马杰，但他从来只进zizima这个牌子的大米，这个牌子大米味道好，很受桑纳人欢迎。让他换成中国大米，怕是有点困难。

"你觉得我们的大米比他的差吗？"

刘清扬又拿起筷子尝了一口，仔细琢磨了一下，这米也挺香的，貌似不输zizima这牌子。

"我想让他尝尝，如果他愿意帮我们找销路，剩下的，我可以以最低的价格卖给他。"石竹子承诺。

"又白送又低价销售，你怎么回本？"

"米是好米，但当地人不认，要想打开销路，就得先让他们吃上，还要让他们吃好，吃习惯了。"

刘清扬恍然大悟，竹子这是要利用华人超市和米商的销路，把大米的广告打出去，让桑纳人先吃上。后面只要再多跑几个集市、超市，用和当地米一样甚至更低的价格给他们供货，就不愁没有销路了。

"竹子啊竹子，你可真有一套，高，实在是高。"刘清扬对石竹子的生意头脑满心佩服。

石竹子笑笑："我也是赌，行不行，还不好说。"

刘清扬给石竹子夹了一口菜："趁热吃，都凉了。"又夹了一筷子菜放进嘴里吃起来，顺便问："你手里压了多少货？"

"150吨。"

"什么？！"刘清扬一口菜差点喷出来，"你胆子可真大！"

石竹子笑笑："难道你不关心送你的大礼是什么吗？"

刘清扬一愣，这个他倒没想过，石竹子叫他做事，他白干都乐意。对他来说，如果不是他期待的那件事，那么什么大礼都一样。

石竹子竖起一根手指："只要这条路走通了，每吨给你100美元提成。"

刘清扬愣了，摆手："嗨，跟我谈什么钱，俗了啊。"

石竹子笑着端起水杯："一码归一码，别跟钱过不去。来，祝我们合作愉快！"

"能帮上忙，是我的荣幸。"

两人碰杯。

送走刘清扬，石竹子正准备回身，突然听到江大乔在叫她。抬眼一看，江大乔远远走过来。

"你怎么来了？临时外请的厨师下班了，今天没菜吃了。"

"瞧你说的，好像我来萍聚就只是为了吃饭似的。"

两人相视一笑。

"纪师傅怎么样？我今天忙着，还没时间过去看他。"石竹子问。

"恢复得还不错，但是他这病，得静养。今天他跟我说，想回国了。"

石竹子点点头："人一生病自然就想家。何况咱们中国人讲究个落叶归根。"

"他回去也好，有人照顾，在国内动手术也方便些。"

"萍聚餐厅刚开张老纪就在了，一转眼一起打拼八年了，不是家人，却比家人还亲，他要回去，还真舍不得。"石竹子的语气里尽是不舍。

"没办法，这种节骨眼上，总得舍一头。"

"那是自然的。不舍归不舍,只要老纪能健健康康的就行。"石竹子顿了顿,"我跟他一样,随着年龄越大,出来的时间越长,就越想回去。"

"你想回去,也可以回去。"江大乔有些心疼地看着石竹子。

石竹子叹息一声,颇有些哀伤:"在外面漂了这么多年,我现在都不知道哪个是我的家了。"

片刻的静默,两人心思不同,却都有些黯然神伤。

"既然他想回去,那可以让他去双清治疗。"江大乔打破尴尬的沉默,"我们院神经外科的谢主任是华东地区的权威专家,跟我关系特别好。"

石竹子抬眼看着江大乔,不说话。

"当然,还是要听老纪自己的意思。他同意,我就马上安排。"江大乔被石竹子的目光盯得有点心里发毛。

"你对别人,倒是挺上心的。"石竹子的语气有些幽怨,"我先替老纪谢谢你。"

江大乔点点头:"那我先走了。"

"等等,这周五我们餐厅有个足球之夜的活动,你带着大家一起过来热闹热闹?"

"好的!"

时隔几日,马嘉准备好上课用的PPT,特地让苏莱曼帮自己找来玛丽安和迪斯马斯,给他们试讲。

马嘉特地挑选了自己最擅长的心脏外科的病例:患者因为自幼患有缩窄性心包炎,又因为两次手术中心包剥脱不彻底,所以始终影响心功能恢复。

迪斯马斯听得津津有味,并提出很多问题,玛丽安却一头雾水。

面对玛丽安的玩笑和马嘉的无奈,迪斯马斯提出建议,让马嘉准备一些可用的道具,相比起只有图片和文件的PPT课件,实体的道具更能让听课的人直观地了解到马嘉所讲述的内容。

几人热烈的讨论吸引了路过的江大乔,他静静地站在门外听,总觉得马嘉选的病例有些不妥。

当晚,江大乔找到马嘉,提出自己的想法。

"授人以渔，也需要因地制宜。马嘉，我们既然到了一条小河旁，就不能跟人家讲海钓的事！"一番争论后，江大乔最后给出定论。

马嘉沉默了。江大乔说得有道理，自己的课件中一多半都是近两三年里自己做过的心外科病例，对于没有开展心外科业务的桑纳来说，毫无实用性可言。

"可是师兄，明天上午十点的课，我现在改怕是来不及了。"马嘉想把课程时间延后，却被江大乔否决。

"所以我才把大家都找来一块帮忙。我们来这里也好几个月了，大家每人挑一个病例提供给马嘉，他汇总。马嘉，你就从讲义里挑一个最精彩的保留。"

众人全部傻眼。

"无妄之灾啊。"秦童叫道。

"这样，周末的加餐就让马嘉请大家吧。"江大乔忍着笑说道，"马嘉，金枪鱼和龙虾记得给大家安排上。"

在大家的欢呼声中，马嘉的脸都绿了："江师兄，是你给他们派的活，安排也得是你安排吧，你这是坑我啊。"

"这怎么能是坑你呢，我还有个好消息要告诉你。"江大乔根本不接马嘉的话茬，"坎戈院长跟我说，梅姐上次的培训课很成功，桑纳卫生部的几个领导很感兴趣，要来听你的课。还有当地几家媒体也联系了坎戈院长，明天都会来。所以，你绝对不能掉链子，好好表现。"

马嘉目瞪口呆："为什么是我！"

"因为你是'马一刀'啊。没事，人生总有第一次，我相信你。"江大乔笑着站起来，拍拍马嘉的肩膀，"我让贾师傅给你们做点夜宵，辛苦了，各位。"

马嘉一脸生无可恋地看着江大乔走了出去。

麦乐村，一夜无眠。

走廊里，马嘉手里拿着打印出来的讲义，走在最前面。讲义的封面上写着"中国医疗队培训课，主讲人马嘉"。

彭伟、苏莱曼、苏心、孙爽、秦童和赵一聪跟在身后，有说有笑，一行人来到了培训教室的门口。马嘉神情有点紧张，他本想开门的手顿了顿，回头想看看其他人寻找一点力量。不料,刚才还陪在身边的彭伟等人突然消失,走廊里空无一人。

马嘉来不及细想,深呼吸一下,推门进去。拿着讲义和U盘走上讲台,慢条斯理地打开幻灯片,又把U盘插入电脑,随即从讲台上拿起一支笔,开始写板书。

当他刚刚写完"第二节,主讲人:马嘉",突然听到有响动传来。马嘉缓缓回头,猛地瞪大眼睛,满脸惊恐,他看见一只花豹在桌子上走来走去,眼神犀利地盯着他。

"啊!"马嘉一声惊叫,醒了过来。

原来是个梦!

恍神片刻,马嘉看到窗外依稀显露出的鱼肚白,他摸出枕头下的手机,按亮屏幕,显示时间为桑纳时间凌晨五点半。马嘉起床走进浴室,流水哗哗,冲过他的脸颊,他的眼神变得更加笃定。

马嘉带着苏莱曼、彭伟等人刚走到楼梯拐角处,便看到会议室外挤满了人。

"师父,这都是来听你课的人吧!"苏莱曼喜笑颜开,兴奋不已。

马嘉心中紧张,只得硬着头皮往前挤。没想到前面的人只顾着伸长脖子从窗户口往会议室里探,根本不给他让位。

"别挤!谁让你不早来!"

马嘉一愣,随即又觉得好笑。苏莱曼和他对视一眼,突然高声嚷嚷:"让一下,让一下,马医生来了!"

随着苏莱曼的声音,马嘉身前迅速让出一条通道,他好不容易挤了进去。

只见会议室里坐满了人,两旁还架着电视台的机器,第一排坐着参赞、卫生部部长优素福、院长坎戈、巴哈以及卫生部的部分官员,还有齐丹、江大乔,武梅带着医疗队的同事们坐在第二排。看到前两排坐着的人的一瞬间,马嘉一下子有些紧张,脚步停顿了一会儿。

参赞带头站起来开始鼓掌,所有人都站起来一起鼓掌。马嘉强忍紧张,赶紧走到第一排嘉宾的面前,挨个到参赞、优素福、坎戈、齐丹、江大乔等人面前鞠躬握手。马嘉听到自己的心跳,非常清晰。他走上讲台,看着所有人投来的目光,恍惚片刻,摸了摸心口,开口道:"看到这么多领导和同行,我心跳都快停了。幸亏,我是一名心外科医生。"

马嘉说完，全场沉默片刻后，发出一阵笑声。待到教室里安静下来，马嘉清了清嗓子，开始授课。大家为马嘉讲座提供的案例浅显易懂，很快吸引了所有人，不知不觉让众人沉下心来。

马嘉按动鼠标，翻动幻灯片，幻灯片上出现了本节课最后一个病例，是关于心外科手术的病例。

"接下来，将是本次我分享的最后一个病例，也是我的老本行，我知道在非洲很难开展这种手术，但我想告诉大家，在医学发达的时候，我们医生能为生命做出的贡献，是难以想象的。所以，作为医生，一定不要停止探索和学习。"

众人都看着马嘉，眼中带着崇敬。幻灯片上显示，这是一个主动脉夹层合并妊娠的患者，做了剖宫产和主动脉夹层手术，齐丹惊讶地看向马嘉。

培训室内，讲台上已经换了一个教具。马嘉一边在教具上操作，一边讲解，李苗苗在一旁同步翻译为英语，所有人都认真地听着。

"术式采用Bentall（本托尔）手术结合孙氏手术。Bentall手术大家都熟悉，孙氏手术是我国孙立忠教授创新的一种术式。手术操作相对简单，术野暴露更清晰，而且还减少了神经系统并发症和体外循环时间。"

迪斯马斯十分诧异，凑到齐丹耳边，小声耳语道："剖宫产手术后再进行体外循环手术，肝素化可能会引起致命性出血，这对心外科医生的要求太高了。一般的心外科医生应该不敢尝试，中国医生可真大胆。"

齐丹目不转睛看着马嘉，没理会迪斯马斯。马嘉继续说道："这个手术时间长，但每一步都有很多要注意的细节，对医生来说，是实力和体力的双重考验。经过我们团队的精心治疗，最终母子平安，顺利出院。"

齐丹眼睛里已经不只是惊讶了，还充满了欣赏。

"这样的手术对医生、医院都是一个巨大的挑战，我们已经挑战成功并且将它写成论文发表。我想说的是，在桑纳，我们也可以完成那些看似不可能的挑战。"马嘉郑重地走下讲台说，"这就是我今天分享的全部内容，我是中国医疗队的马嘉。"接着换成斯瓦希里语说："中国医疗队是大家永远的朋友。"说完对大家深深鞠了一躬。

齐丹起身,带头鼓掌。随后,江大乔也开始鼓掌,房间内所有人都开始鼓掌,掌声雷动,震耳欲聋。

听课的人渐渐散去,马嘉和苏莱曼拿着讲义正准备离开,刚出门就看见等在门口的齐丹。齐丹走到马嘉面前,竖了个大拇指,语气惊喜:"居然是你!"

马嘉一脸茫然,不知道齐丹在说什么。

齐丹道:"我以前遇到过类似的情况,在研究手术方案、查找文献时,看到过那篇论文。剖宫产加上主动脉夹层手术,还能母子平安,可真了不起。真没想到作者就是你!"

马嘉笑了笑:"能让您看过文章,是我的荣幸。"

"你知道你今天讲得最好的一句话是什么吗?"

马嘉一愣。

"是最后那句话。"齐丹换成了斯瓦希里语,"中国医疗队是大家永远的朋友。"他顿了顿,又用英语补充道:"以医生之名。"

笑容在脸上绽放,两双来自不同国度、不同肤色的手紧紧握在一起。

第二天一早,桑纳报纸的版面上都印着马嘉在讲台上授课的特写照片。马嘉得意扬扬,拿起手机对着报纸拍了几张照片,点开柳晓弦的QQ对话框,把照片发了过去,又找出柳晓弦的电话拨了过去。

柳晓弦正拿着转岗申请书在楼梯间徘徊,见马嘉打来电话,赶紧接听。

隔着电话,马嘉滔滔不绝:"我跟你说,那天我进门都傻眼了,卫生部部长、参赞都来了,一屋子人,我在国内都没见过这种架势,当时我就想,这讲座要是被我搞砸了,我以后也不用出门见人了,还好你老公技术过硬,撑下来了,大获成功!"

柳晓弦一边听电话,一边看着手里的转岗申请书,敷衍地应和马嘉。

马嘉语气依旧兴奋:"我有点理解为什么好多人愿意来援非了,之前,我心里还是有点抗拒情绪的,所以干什么都不顺,不过不知道从什么时候开始,我好像慢慢开始享受这里的工作和生活了。"

马嘉自顾自地说着，柳晓弦突然打断他："马嘉，我也想换个活法。"

"是吗？真的假的？"马嘉看着手里的报纸上关于自己的新闻，本能地应了一声。

"行了，我在忙，不跟你多说了。"柳晓弦挂了电话，无力地靠在墙上，一股深沉的无力感如潮水般朝着她席卷而来。

前些天大学同学聚会，柳晓弦发现当年的同学们，只有郑莉和自己还在坚守媒体工作，其他人早就转向其他行业了。

席间，大家聊起林湘因为代言假奶粉遭到抵制的新闻，而柳晓弦正是《星夜大排档》的制片人，便不停地追着她八卦明星的是非。一直对她心怀嫉妒的胡雯更是话里话外地挤对她，而曾经追求柳晓弦却未遂的冯志锋也因为做生意发达了，在柳晓弦面前对她的工作指手画脚，说自己愿意给她的节目投广告。

虽然大多数同学还是对柳晓弦坚持理想表示了佩服和肯定，但那些排挤的话依然在她心中埋下了刺。柳晓弦思索数日，还是想离开这个节目，纵然她还没有想清楚自己想要什么，但是她很清醒，现在的状态不是她要的。

马嘉对柳晓弦的状况一无所知。就在柳晓弦递上转岗申请书，离开林南的办公室时，马嘉正欣赏着报纸上自己意气风发的照片。

"今天只有残留的躯壳，迎接光辉岁月，风雨中抱紧自由，一生经过彷徨的挣扎……"

马嘉一边哼唱，一边望着窗外，天空湛蓝，阳光明媚。

第十五章
今夜我们都是姆齐纳

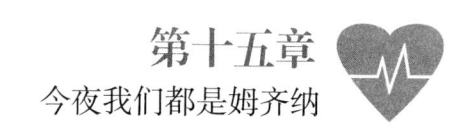

临近下班时间，赵一聪又跑来中医诊室等孙爽下班。趁孙爽正在送刚做完针灸的病人出门时，他突然喊了一声："孙医生！"

孙爽回头时，笑容还未消失。赵一聪咔的一声按下快门，相机里的孙爽笑颜如花。孙爽不明就里，随即瞪了他一眼。

待病人走后，孙爽收拾东西准备下班，诊室的门又被推开了，辛巴鬼鬼祟祟地探进头来。孙爽看到辛巴，愣了一下。

"辛巴，你的治疗安排在明天。"

辛巴支支吾吾地说："我不是来治疗的，我……"

孙爽立即明白了辛巴的意图，和颜悦色地说："我知道了，是因为齐丹医生，对吧？"

辛巴一脸为难地点点头。

孙爽笑道："我知道，他对中医不太了解，可能对我的治疗有些疑问，我尊重你的意愿。"

辛巴摇摇头："不是的，我在您这儿治疗了一段时间以后，身体的确舒服了很多。孙医生，您给我一个准话，如果我一直在您这里治疗，能不能治愈？"

孙爽沉思片刻，郑重开口道："很遗憾，作为一名医生，我没办法给你这样的承诺。"

见辛巴有些失望，孙爽继续说道："中医的理论我没办法一两句和你说清楚，但就像之前我跟你说的，中医有自己的治病逻辑，我诊断出你的脾胃功能不好，运化能力下降，造成食欲下降。脾胃不和，就会出现恶心、呕吐。我一直在改善你的脾胃功能，针灸是为了调动你的气血，气血慢慢流通，你的感觉就会越来越舒服。"

辛巴若有所思地点点头。

孙爽想了想，又说："我不能保证一定可以治愈，但我有把握缓解你的症状。当然，决定权在你，如果你还想继续治疗，明天我还是会在我们约好的时间等你。"

辛巴还想说什么，江大乔突然推门闯入，辛巴只好告辞离开。

"你最近是不是接诊了一个叫辛巴的病人？"江大乔单刀直入。

"是啊，就刚才那个，怎么了？"

江大乔有点为难地说："他是齐丹的病人。"

"我知道。"孙爽盯着江大乔，"他就是因为化疗期间出现了食欲不振等症状才来找我调理的。"

"齐丹已经知道辛巴来找你看中医了，特意来找我说了这件事。因为他是西医，从来没有接触过中医，也不了解中医，所以对你的治疗方式有一些怀疑，他的意思是……"

"江队，您不用拐弯抹角了，他不是怀疑，是不信中医吧。"孙爽打断江大乔。

一旁的赵一聪听不下去了，忍不住插嘴说："这老头家住海边吗？管得够宽的，中医需要他信吗？又不给他看病。"

"你闭嘴！"孙爽瞪了一眼赵一聪，继续对江大乔说，"江队，请你转告齐丹，我是医生，我只尊重病人的意愿。主动权在病人手上，只要他还来找我，我就会继续给他治疗。他如果有任何疑问，欢迎他随时找我探讨。"

江大乔若有所思地看着孙爽："我只是提醒你要有心理准备，你怎么跟要和人打架似的。也好，你准备一下中医培训的课程，到时候让他来看看。"

赵一聪把江大乔的话听在耳里、记在心中，眼中闪过一丝狡黠又坚定的光。

当晚就是足球之夜，萍聚餐厅所需的酒水一直都是由海娜的公司提供。这天，海娜和老公穆萨亲自开货车过来给石竹子送货。一见到石竹子，海娜就热情地扑上去说："竹子，谢谢你，你帮了我们大忙，要不是你，我们损失大了。"

"都是老朋友了，就别跟我客气了。"石竹子笑道，"我还有好消息要告诉你。"

"什么消息？我听说你不仅把大米都卖了，还赚了不少。"

"对，赚的钱虽然不多，但是租下老李工厂旁边的那个小院是够了，咱们一直想建的孤儿院可以开始实施了。"

海娜又惊又喜："真的吗？竹子！你太厉害了！"

"我想过些天咱们一起过去看看，把小院先租下来，让那些孩子有地方住，你得负责抓紧把批文手续办下来。"

"没问题！我来想办法，穆萨也可以帮忙。"海娜答道。

"什么孤儿院？你们在说什么？"穆萨一头雾水地看着两个女人。

"你记得介绍我们和竹子认识的那个中国老板吴先生吗？他生前收养了四五个孤儿。我和竹子常送些食物和衣服过去给他们。年初他车祸去世后，工厂被家人卖掉，这些孩子一直没人管，竹子一直有个心愿，给这些孩子一个家。"

穆萨看着石竹子，眼神中满是敬佩："竹子，你不仅是一名成功的商人，更是一名美丽的中国女人！"

"桑纳有许多孩子需要我们，我们应该为他们做点什么。"石竹子嫣然一笑。

三人又聊了片刻，海娜夫妻俩才道别离开。刚回到停车的地方，穆萨发现自己的车上夹着一张小卡片，他好奇地拿下来一看，只见卡片上印着一个漂亮的中国女人——孙爽，下面用中、英、斯三种文字写着"来自中国的神奇女侠"。穆萨不以为意，随手将卡片塞入口袋。

穆萨陪着海娜来到中医诊室，孙爽热情地跟海娜打招呼，穆萨疑惑地盯着孙爽。

"别这样盯着孙医生，不礼貌。"海娜发现老公的失态，赶紧扯他的胳膊。

穆萨摇摇头，从口袋里掏出小卡片，对着照片继续看孙爽，嘴里还跟海娜说道："她长得跟卡片上不太一样。"

海娜愣了一下，又抬眼看孙爽。夫妻俩的举动弄得孙爽很是不解，她眼疾手快，一把抢过穆萨手中的小卡片，定睛一看，脸色变了。

"这是从哪儿来的？"孙爽问道。

穆萨老实回答："街上有人在发。"

孙爽望向门口，发现排队的好几个病人手中都拿着这张小卡片，她震惊了。

孙爽没想到，更令她震惊的事情还在后面。

下班后，大家坐上大巴车准备一起回麦乐村。江大乔看人齐了，便开口说起今晚桑纳卡塞联合队对辛巴优胜者队的比赛，竹子提前打过招呼，邀请医疗队各位去萍聚餐厅参加狂欢足球之夜，要去的人一会儿在院子里集合。

常来摆手："又不是中国队进世界杯了，没什么看头。"

江大乔又看向彭伟，他一向喜欢足球，彭伟尬笑："我就不去丢人了"。

秦童故意发问："队长，你去吗？"

江大乔有些犹豫，石竹子专门打了招呼让医疗队一起去，现在大家都不去……

"队长，你不是篮球迷吗？什么时候喜欢上足球了？"

马嘉起哄说："看破不说破啊。"

"醉翁之意不在酒，在乎山水之间也。"

江大乔顿时脸红尴尬起来，马嘉又插科打诨，引得众人哄笑，快活的空气充斥整个大巴车。忽然，一阵有节奏的吆喝声从窗外摩托车上的喇叭中传来，一句英语一句斯瓦希里语交替，和国内的街头叫卖如出一辙。

众人转头往外看，只见苏莱曼骑着摩托车从后面驶来，喇叭里循环播放：

"神奇女侠，包治百病——"

"神奇女侠，包治百病——"

"神奇女侠，包治百病——"

十来个骑摩托车的桑纳青年浩浩荡荡跟在后面，每辆车后面都绑着印有照片的旗子，下面用中、英、斯三种文字写着"神奇女侠，包治百病"。车队声势浩大地驶过，孙爽的照片迎风招展。

众人愣住，爆发出一阵大笑，不约而同地看向孙爽。

"这排面可以啊。"

孙爽憋红了脸,又气又尴尬。伸出头朝窗外大喊:"苏莱曼!苏莱曼!你站住!"喇叭的声音盖过了孙爽的呼叫,苏莱曼带着摩托车队远去。

孙爽把头从窗外缩回,冷静片刻后说:"队长,今晚我去!"

当夜,萍聚餐厅里,"狂欢足球之夜"的横幅挂在大厅正中央。大厅里人头攒动,黑色、黄色面孔交错着,穿着卡塞联合队球衣的球迷欢呼喧闹,欢呼声、口哨声此起彼伏。穿着辛巴优胜者队球衣的球迷们沮丧至极,闷头喝酒。

卡塞联合队的球迷们一起不断地喊着:"我们是冠军!"

赵一聪跟着起哄、吹口哨,穿着卡塞联合队队服的苏莱曼高喊"卡塞是冠军",两人举起啤酒碰杯。突然,赵一聪眼前一亮,看到江大乔和孙爽走了进来,他赶紧迎上去,苏莱曼紧随其后。

一直忙碌不停的石竹子也看到了江大乔和孙爽,还没来得及跟两人打招呼,便见孙爽黑着脸,冲到赵一聪跟前,一把拽住赵一聪的一只胳膊,四两拨千斤,一个背摔,将赵一聪摔翻在地。众人目瞪口呆,苏莱曼一口酒喷出来,正好喷在赵一聪身上,赵一聪躺在地上痛得嗷嗷叫。

现场顿时安静下来,所有人都齐刷刷地看着孙爽,沉默片刻,随即有人带头欢呼起来。

"神奇女侠""中国功夫"的叫声此起彼伏。

苏莱曼在旁边吓得不敢吱声。

赵一聪揉着屁股起来,只见孙爽怒目圆瞪。

"小卡片,大喇叭,赵一聪你行啊!我警告你啊,你再搞这些花里胡哨的东西,我就和你绝交!"

见赵一聪被孙爽收拾得服服帖帖的,石竹子和江大乔相视一笑,避让到旁边说起了话。只留下苏莱曼东张西望,嘴里念叨着:"我师父呢?"

此刻的马嘉正和彭伟窝在海边的一艘木船上喂蚊子。

今天是常来和武梅的结婚纪念日,受常来委托,三人背着武梅租了一艘木船,特地布置了一番,想让常来和武梅度过一个浪漫的夜晚。

远远地看到常来牵着武梅的手慢慢散步而来，眼看两人越来越近，终于走到事前约定的位置，马嘉低声说道："开灯！"

彭伟按下应急电源的开关，只见旧木船上的小彩灯顿时亮起来，彩灯拼成了一个心形，武梅惊喜万分。

常来揽住武梅的肩："老婆，今天我们在一起已经五年了，我想告诉你，无论是在中国，还是在桑纳，我会用我的全力，让你每一天都能感到踏实、幸福，老婆，我爱你！"

武梅幸福地笑着："我更爱你！"

马嘉和彭伟猫在船上，低声吐槽。

"你说咱俩要是看他俩亲了，会不会长针眼啊？"彭伟开着玩笑。

"音乐，音乐！"还是马嘉不忘正事，边说边掏出自己的手机开始播放音乐，然而蓝牙音箱却传出了迪克牛仔的《有多少爱可以重来》："命运如此安排，总叫人无奈，这些年过得不好不坏……"

"错了，错了。"彭伟急急地说。

马嘉急忙切换歌曲。

武梅的脸色已经变了："常来，你什么意思？这些年你过得不好不坏是吗？"常来嘴里向武梅道歉，目光却向船的方向瞪去。这时，蓝牙音箱里传出另一首歌，王力宏的《爱的就是你》。

常来松了一口气，又拉着武梅的手："走，我带你到船上看看，还有惊喜！"待两人走上船，却见马嘉和彭伟靠在船舷上，笑呵呵地看着二人，武梅吓了一跳。

常来一眼就看到船舱甲板上他备好的零食和酒水饮料被彭伟和马嘉吃掉了一大半，脸色变了。马嘉和彭伟自知理亏，赶紧跳下船说："你俩好好浪漫，我们就不当电灯泡了。"音未落，人已远，留下常来和武梅无奈地相视一笑。

两人跑了一阵，停下来。

月色清辉笼罩着海面，海浪声阵阵。远处，旧木船上灯光闪烁，传来武梅和常来的嬉笑声。马嘉突然异常想念柳晓弦，他掏出电话，直接打给了柳晓弦。

好一阵，柳晓弦才接电话。马嘉温柔地叫道："喂，老婆啊……"

"喂……"柳晓弦声音慵懒，带着困意，"怎么了？这么晚还打来……"

马嘉张了张嘴，想说什么又不知道该说什么。一阵风吹来，吹动马嘉的头发，吹拂他的脸庞。马嘉举起手机："这是从乞力马扎罗山上吹下来的风声，你听到了吗？"

静默片刻，柳晓弦才答道："我听到了。"

马嘉笑了，眼中含着晶莹泪光。

另一边，热情的舞蹈点燃了萍聚餐厅，音乐、啤酒、汗水、口哨，卡塞联合队里的每个人都举着一杯啤酒，将上头的酒劲毫无保留地浇灌进庆祝的舞蹈之中。突然一位身着卡塞联合队10号球衣的球迷跳上了桌子，大摇大摆展示着衣服背后的名字"姆齐纳"，这个举动像一把烈火点燃了整个卡塞联合队。"姆齐纳！姆齐纳！姆齐纳！"众人齐声高呼，像沸腾的水壶。

江大乔不解地问："他们为什么喊姆齐纳？"

"比赛最后一分钟，姆齐纳进球绝杀。"

"砰——"玻璃瓶砸地的声音尖锐地打断了江大乔和石竹子的对话。一名失落的辛巴优胜者队的球迷突然情绪失控，将啤酒瓶摔在地上，怒吼："叛徒！"辛巴优胜者队球迷仿佛失落的羊群突然看到领头羊，紧跟着一起高喊"叛徒"。

苏莱曼也喝得上头，立刻拍桌子站起来驳斥："他不是叛徒！"

"他就是叛徒！为了钱，他从辛巴叛逃了！"

两队的球迷瞬间对峙起来，一方喊"姆齐纳"，一方喊"叛徒"，气氛骤然紧张起来。一石激起千层浪，双方球迷越发激动。

石竹子见势不妙，急忙上前劝说，试图拉住激烈争吵的人，却被夹在中间挤来挤去，江大乔见状急忙上前，把石竹子紧紧护在自己怀里。不知道是谁先动的手，只听到你一拳我一脚，到处是肉身互搏的闷哼与怒吼。赵一聪拉着孙爽躲在桌子底下，将孙爽揽在怀里。一个愤怒的辛巴优胜者队球迷将一个啤酒瓶子摔向苏莱曼，苏莱曼眼尖闪开了，啤酒瓶子在江大乔和石竹子面前碎裂。一阵清晰的痛楚袭来，石竹子顺着痛感的来源看去，胳膊上，鲜血像蜿蜒的蛇一样迅速渗了出来。

江大乔有些晕眩，作为医生，他从来没有这么害怕过鲜血。愤怒很快替代了恐惧，江大乔抓起一个啤酒瓶子摔在地上，怒吼："住手！"双方都被震慑住了，霎时安静下来，齐刷刷地看向江大乔。

江大乔走到穿辛巴优胜者队队服的球迷面前，苏莱曼三步并作两步跑到江大乔面前，说："大师父，你要说什么，我来帮你翻译。"

江大乔问球迷："你叫什么名字？"苏莱曼同步翻译。

"哈尔瓦。"

江大乔又走到另一个穿辛巴优胜者队队服的球迷面前："你叫什么名字？"

"姆齐纳。"

"你呢？"这次面对的是一个穿卡塞联合队队服的球迷。

"姆齐纳。"

江大乔环视所有人，神色威严："叫姆齐纳的请举手。"

所有人面面相觑。片刻，陆续有人举起手来，卡塞联合队和辛巴优胜者队球迷几乎各占一半。

江大乔示意苏莱曼继续同步翻译。

"大家都知道，斯瓦希里语里，'姆齐纳'是'中国人'的意思，因为很多人是中国医疗队的医生接生的。我们中国有句话叫'本是同根生，相煎何太急'，意思就是本来大家都是兄弟，为什么要互相打打杀杀呢？"

江大乔站在那里，大家虽然听不懂他说的中文，但听得出他的声音诚挚稳重，天生带有让人信服的力量。

"我是中国医疗队的一名医生，八年前，我就作为一名中国医疗队的医生来到了桑纳，我知道这里不是大家想象的只有贫穷、饥饿和战乱的样子，这里的人们友善而热情。"

"说得好！"赵一聪忍不住插嘴。

"以前我也在乎输赢，但后来我从你们身上学到了很多东西，包括友善和热情，人活一辈子，有比输赢更宝贵的东西。足球赛的输赢当然很重要，但足球的魅力不在输赢，而是有它的地方就有兄弟！"

两队的球迷默默地放下手中的啤酒瓶子、椅子等等，赵一聪紧紧地抱住了苏莱曼。

江大乔走到桌旁，举起一瓶啤酒："我希望大家都能在快乐中享受这个美好的夜晚。大家都是兄弟，我请大家喝一轮！为了兄弟，干杯！Hakuna matata（无忧无虑的生活）！"

萍聚餐厅炫彩的灯光照在江大乔的衣服上，石竹子捂着包扎好的伤口，跟着喊道："Hakuna matata！"眼神不曾从江大乔身上挪开半分，那眼神中有爱恋，也有欣赏与敬佩。江大乔望向石竹子，她回以微笑。

"Hakuna matata！"苏莱曼接着带头大喊。江大乔释放的友好善意迅速感染了在场所有人，在苏莱曼有节奏的带领下，全场的人，不论是卡塞联合队还是辛巴优胜者队的球迷都跟着一起大喊：

"Hakuna matata——"

"Nakupenda——"

"姆齐纳——"

全场气势如虹，声音震耳欲聋。

"没想到足球之夜变成了拳击之夜。"沙滩上，石竹子和江大乔并排走着，石竹子苦笑道。

一轮圆月高悬在海面，海风吹起，倒影碎成波光。石竹子惬意地闭上双眸，任由微风拂过发丝。江大乔忍不住看着石竹子的侧脸，月色下添了几分光泽，这张脸和他当年第一次见到的时候一模一样，又好像增添了几分岁月的忧愁。江大乔看了看石竹子包扎好的胳膊，有些心疼地说："有时候我想，这么些年，你一个人在这里，都是怎么度过的……"

石竹子睁开眼，诧异地问道："真的吗？"江大乔笑笑，不置可否，石竹子嗔怪道："那你为什么不联系我？"

江大乔有些慌乱地说："我不知道你在这边……我怕我没这个资格。"心中像大海一样潮乎乎的，充满苦涩的滋味。

石竹子有些唏嘘地望向天空，明月高悬，千里婵娟，自己又有多久没见过故乡的月亮了……"没人知道这些年我经历了什么，那种害怕和孤独，那种没有安全感的体验……我只能像刺猬一样蜷缩起来，浑身长满刺，把自己保护起来。"石竹子的眼中流露出无法掩饰的疲惫，江大乔越发愧疚和自责，眼中的心疼抑制不住，石竹子看了看江大乔，随即强颜欢笑起来。

"谢谢你。"

江大乔疑惑地看着石竹子："谢我什么？"

"这么些年过去了，你又一次让我感受到了安全感。当年要不是你，我这个餐厅也开不起来。那时候我离家那么远来到这里，人生地不熟，他又刚过世，如果没有你，我真不知道该怎么办了。"

"没有过不去的坎，熬过去，就好了。"

"我很幸运，老天爷让我遇见了你，你帮我在这扎下了根，你还记得吗？那时候你忙前忙后帮我选地方、办各种证件，这才有了萍聚餐厅。"石竹子说着眼眶泛红，热泪盈眶，她站定望着海平面，让风吹干眼泪。

江大乔看着石竹子，心生怜爱："看到你过得很好，我就放心了。"

石竹子看了一眼江大乔，微微一笑。两人面向大海，任夜晚的海风吹拂脸庞，两人的手垂着，仅隔分寸，却又不触碰。

片刻静默后，江大乔开口道："记得每天换药，这边天热，容易发炎感染。"

石竹子突然"嘶"了一声，江大乔急忙抓住她的手，石竹子看着江大乔焦急的表情，忍不住扑哧一声笑了。江大乔这才知道被骗了，他想松开手，可手被一双温润细腻的手反握住，手心传来的温度让江大乔心神恍惚。看着月光下石竹子的脸庞，江大乔一点一点地伸开手指，两人十指相扣，紧紧相握。

数日后是江大乔的手术日，第一台是一个叫阿莉娅的病人。迪阿鲁是这台手术的巡回护士，他一早便来到准备室，给病人准备麻醉前要打的留置针。武梅在旁边清点完器械后，再次核查阿莉娅的病历。

"这个阿莉娅肚子痛了一周才来医院，明明一个小手术就可以解决的病，生生拖成这样了。"武梅看着病历，自言自语道。

迪阿鲁却不以为然："这也许就是上天对她的惩罚。"

武梅被迪阿鲁的话噎住，她瞪了一眼迪阿鲁："以后不许在我面前说这种话。"

迪阿鲁笑着耸耸肩,将打针所需要的留置针、药水、消毒酒精棉都备好后,正准备将托盘拿到手术床边,他突然停下来,一拍脑门,转身去置物柜里取出一个肝素帽放到托盘上。嘴里还碎碎念着:"留置针,肝素帽,都有!"

武梅见他这样,忍不住笑了:"有进步啊。"

迪阿鲁笑着用蹩脚的普通话回答:"好好学习,天天向下。"

"是天天向上。"武梅纠正着他的发音。两人正说笑着,江大乔带着常来和玛丽安进来,迪阿鲁赶紧端着盘子出去。

"就目前的检查结果看,阿莉娅是阑尾炎穿孔,引起阑尾周围脓肿可能性大。手术可能比较复杂,你准备腰麻还是全麻?"江大乔问常来。

"手术比较复杂还是全麻吧,对她来说更舒适些,睡一觉就好了。"

江大乔点点头,示意常来去做准备。这时玛丽安问道:"江医生,刚刚我问过了,我们确实没有多功能引流管。这是你要的硅胶管和小的吸痰管。"

江大乔接过玛丽安递来的东西,在旁边的工作平台上,将一只小的吸痰管从侧孔放入尾部剪了一个小侧孔的引流管里。

玛丽安在旁边边看边赞叹道:"江医生你真厉害,这是自制多功能引流管呀。"

江大乔将制好的引流工具递给玛丽安说:"回病房以后,既可以用硅胶管引流脓液,又可以从吸痰管用生理盐水冲洗,这样效果会更好一些。"

玛丽安将东西收起来,跟着江大乔走进手术室。

一台又一台手术终于全部结束,晚上八点半,江大乔拖着疲惫的身体回到麦乐村,他拒绝了贾长安帮他热饭,直接回到房间便瘫倒在床上。谁料不一会儿,QQ就传来视频通话请求的声音。江大乔艰难地起身,看到是江瑶,赶紧按下接听键。

窗外大雨滂沱,电脑另一端,江瑶眼中含泪。

"怎么又心情不好了?考试没考好?"江大乔心疼地看着女儿。

江瑶摇着头。

"那是谁欺负你了?"江大乔追问道。

江瑶突然红了眼眶,掉下泪来:"我妈今天跟罗今生领证了!"

江大乔一怔,微微松了一口气,但他一时间不知道说什么才好,无奈地说:

"傻孩子，你妈和罗叔叔挺久了，他们结婚挺好的啊！"

江瑶见江大乔淡定自若的样子，更觉委屈难过："我妈成别人的老婆了！你一点儿都不难过吗？"

"我……我难过什么啊？"

"都怪你！如果你这次不援非，对我妈多点儿表示，他俩不会进展这么快！"江瑶气冲冲地挂断了视频通话。

江大乔无语地看着屏幕，大人之间的事情太过纷杂，他也不知道该如何向女儿解释。

江大乔轻轻叹气，重新拨回去，可是那边久久没有人接听。

他正准备再打给江瑶时，石竹子的电话突然打了进来。

江大乔的一声"喂"还没说出口，石竹子在电话那头惊慌失措地说："大乔，我们出车祸了！"

江大乔立刻站了起来。

原来石竹子和海娜之前看中的院子被人买走了，两人想趁着今天给孤儿们送食物的时间，再去看看附近另一个院子。赵一聪和埃茜闹着要跟去。这个季节正值雨季，就在四人回来的途中，突遇一场大暴雨。对向车道一辆载满了人的大客车因为车速过快、车身过载，加上路泥泞湿滑，突然车子失控，向石竹子的这条车道冲来，撞上了石竹子前方的一辆小轿车。而正在开车的海娜也因为躲避不及，追尾了那辆小轿车，并被后方的小轿车追尾。随着刺耳的刹车声和人们惊恐的尖叫声，几台车都侧翻下了公路。

暴雨还在下着。麦乐村院里，江大乔一边穿衣服，一边小跑着挨个敲门："别睡了！出事了！赶快集合！"

三分钟后，队员们齐聚大巴车上，唯独不见马嘉。

"马嘉呢？"江大乔急急地问。

"他在医院，今晚没回。"随着彭伟的回答，姆齐纳已发动车子，驶出麦乐村院子，向卡塞医院疾驰而去。

马嘉此刻正在自己的诊室里，对着电脑给迪斯马斯讲解着自己曾经做过的一台心脏病手术。

自从上次培训班后,迪斯马斯便常常主动找到马嘉请教问题。马嘉也有感于他的努力,便常常在下班后留在诊室为他进行讲解。今天,两人的授课刚进入尾声,马嘉的手机响了。

马嘉见是彭伟打来,嘴里还在念叨:"大晚上不睡觉,打电话找我做什么?"

岂料电话一接通,他都还来不及"喂"一声,彭伟着急的声音便在电话那头响起:"出大型车祸了,伤者正在送往卡塞医院的路上,你赶紧让医院准备起来,我们已经在路上了。"

马嘉神色一变,迅速向还不太懂中文的迪斯马斯说明情况。

"你赶紧打电话向齐丹主任请示。"马嘉已经迅速换上工作服。

"马医生,你尽管去做,其他的我来解释。"迪斯马斯说完,跑出马嘉的诊室。

马嘉也丝毫不敢耽搁,抓起口罩边戴边往急诊大厅跑去。

第十六章
故事在哪里？

一辆辆救护车驶入院内，雨还在下，地上积着被带进来的雨水，医院已经忙作一团。江大乔带着马嘉等人快步冲出急诊大楼，跑向救护车。坎戈、巴哈等人也往医院赶来。据江大乔接到的信息，目前已有二三十个伤者被送往卡塞医院。

第一辆救护车的门打开，首先下来的便是满脸脏污和血迹的石竹子，同样满身血污的埃茜紧跟其后。江大乔一惊，赶紧冲上去扶住石竹子和埃茜。石竹子惊魂未定，声音有些颤抖，她摇摇头，指指身后，后面紧接着被抬下的担架车上面，躺着满脸血污、已看不清容貌的海娜。

石竹子声音颤得不行："海娜，快救她！"

江大乔一招手，苏莱曼和一名非洲护士跑上前，两人接过海娜的担架车就往楼里跑。

江大乔关切地查看石竹子的伤势："你伤到哪儿了？"

石竹子惊魂未定地喃喃自语道："我没事，我没事……"一边说着一边拉着埃茜快步跟上海娜的担架，江大乔担忧地看了一眼石竹子的背影，转身又去救助别的伤者。

孙爽跑到第二辆救护车边，突然发现赵一聪也在其中，看见他T恤上都是血迹，孙爽赶紧冲上去。

"不是我的血。"赵一聪颤巍巍地抬起手指着，"是……那个人，他已经……"

赵一聪没法说下去了，突然快速且用力地呼吸，频频摇头，眼神惊恐。孙爽见状，数着他的呼吸频率，很快判断他是呼吸过度症。她看旁边有一个牛皮纸袋，立刻拿过来，捂着赵一聪口鼻："没事，你是过度通气了，放松，慢慢呼吸，很快就好！"

第三辆救护车。从上面抬下来一个戴着氧气面罩的呼吸急促的中年男人，脸上都是血。马嘉迎上来。江大乔也跟过来。"这人氧合很差，估计肺挫伤比较严重。"

"交给你了。"江大乔说着经过马嘉，跑向后面的伤员。

"迪斯马斯，快！"马嘉招呼道。

迪斯马斯上前，跟马嘉一起从救护车人员手中接过担架车，推着一路小跑跑向急诊大楼。

"急性肺损伤，伴左下肢开放性骨折，高浓度给氧，密切监测血氧和其他生命体征，如果氧合改善不明显，做好随时插管的准备，检查下静脉通道！"马嘉迅速下指导。

"OK！"

"另外面罩给氧还要注意下伤者呼吸道情况，可能有大咯血窒息风险。"马嘉说着跑进了急诊大楼。

江大乔再往后走，看到武梅正在招呼着秦童、彭伟等人将从大巴车上下来的、能自主行走的伤员带进急诊大厅。江大乔叫住武梅："我已经通知坎戈和优索福了，你做好人数统计，到时候汇报。"

"明白。江队，这拨好几个都是重伤，你去处理他们吧，剩下的人交给我！"

江大乔点点头，回身跑进急诊大楼。

陆续有几个伤员来到急诊大厅，坐在椅子上。马嘉和迪斯马斯推着伤员经过椅子，突然觉得不对。他回头，看到一个约莫四五岁的小女孩皱着眉头窝在母亲怀中，母亲脸上都是血，但是小女孩的脸上并无血污。

"你先去手术室，我马上来。"马嘉对迪斯马斯说完，跑到小女孩和她母亲身边。

"她怎么样？"马嘉用生疏的斯瓦希里语问道。

"她没事。"女人摇摇头，感激地一笑。

"你呢？"

"我也没事。谢谢你。"

马嘉不放心，就在母亲怀中检查小女孩。

"你叫什么名字？"马嘉怕小孩哭闹，边检查边哄着孩子。

"苏里。"小女孩奶声奶气地回答着。

"你真可爱。"马嘉摸了摸小苏里的肚子，还是软的，但腹壁有点淤青，没发现有其他外伤。他抬头环视大厅，武梅正好路过。

"梅姐！"马嘉指指苏里母女俩，"安排她俩待在留观室，今晚不能离开，最好做个B超，多留意一下。"

"好。"武梅应声走过来。

"听她的安排，孩子要是有不舒服，马上叫医生。"马嘉对苏里的母亲说完，拔腿朝楼梯方向跑去。

急诊大厅入口、走廊上、地上都坐着人，有些躺在担架上，有些人看上去脏兮兮的并无外伤，但是眼神呆滞。偶有微弱的呻吟声，大多数人都很平静，只是将求助的目光投向穿着工作服的医护人员，好像他们天生习惯了忍耐痛苦一般。

武梅看着这些平静的患者，强忍住泪水："阳莺、小朱，你俩去检查一下所有人，注意查体，必要的安排去拍片或者B超，怕有隐匿性或者迟发性的损伤。所有人安排到留观处，必须留观一晚。"

剩下的患者还剩十二三个人左右，彭伟和钱宝宝等人正在对病人进行简单的诊疗。"心姐、彭伟、钱医生，这些轻伤的处理完后安置到留观处。骨折或是需要手术的，把名字报给我。"

随着武梅的指令，大家都应声行动起来。这时，武梅又看到从入口急匆匆地跑进来的迪阿鲁和阿布，迪阿鲁气喘吁吁："梅，我刚接到通知就来了，有什么要我做的？"

"你赶紧去手术室,帮马医生。阿布,拿上碘伏、纱布,帮苏医生他们。"

武梅看到马嘉交代过要特别关照的小苏里依然神情呆滞地坐在母亲怀中,武梅赶紧走上前,弯腰指着苏里,问孩子母亲:"孩子还好吗?"

"没事,就是困,想睡觉。"

"我们带她做个检查好不好。"

"不用,让她睡一会儿就好了。"

武梅还是不放心,仔细看了看孩子,带着两人来到急诊输液室临时留观。

一号手术室内,监护仪发出长鸣,伤者心脏已经停跳,迪斯马斯神情紧张。马嘉立刻开始对患者进行心肺复苏:"肾上腺素1毫升!"

马代伍赶紧推注了肾上腺素。

马嘉继续在给伤者做心肺复苏,心电图提示有了室颤。

"除颤仪。"

迪斯马斯赶紧拿着除颤仪过来。

"200焦。"马嘉边说边让开,迪斯马斯将除颤仪贴上伤者的胸口,一次次心肺复苏后,伤者终于有了心跳。

马嘉看着迪斯马斯,两人微微放心,相视一笑。墙上的时钟显示此刻正是凌晨两点。

二号手术室里,江大乔已经赶到,海娜的情况不太好。CT片上显示脾破裂的损伤程度应该是Ⅱ—Ⅲ级。

"尽量保,不做切除。"江大乔当机立断,"玛丽安,这里有苏莱曼和哈布,你去急诊帮武梅。"

玛丽安应声跑出去,一出手术室的门,就看到石竹子坐在走廊的椅子上,埃茜在旁边陪着她。

"怎么样了?"见玛丽安跑出来,石竹子从椅子上跳起来,冲过去抓着她。

"脾破裂,但是江医生说尽量不切除,相信他。"

石竹子身体一软。

"你脸上都是血,我带你去做个检查吧。"玛丽安想安抚下石竹子,又让她在椅子上坐下。

"不用，我没事，你带埃茜去就行。"

玛丽安见状不多废话，拉起埃茜就走。石竹子坐回椅子上，闭上双眼，双手合十祷告。

急救室里，医生们两三人一组参与急救，钱宝宝正在给一个额头撞破的中年男人消毒，苏心拿着缝合线在旁边帮他缝针，男人的身体在发抖，但是他依然忍住，一声不吭。旁边，一个十岁左右的男孩小腿被玻璃划破，流了不少血，彭伟用双氧水冲洗伤口，再用碘伏棉球替他消着毒，血水顺着孩子的腿滴落下来，彭伟轻柔地安慰着孩子。

玛丽安带着埃茜进来，埃茜坐上轮椅，被阿布推向检查室。

"梅姐，江医生让我来急诊帮你。"安顿好埃茜后，玛丽安匆匆跑来留观处找武梅。

武梅四下看看，安排玛丽安务必随时观察留观处伤员的情况，说着，武梅指指坐在墙角那张病床上的苏里母女，叮嘱道："这个孩子马医生特别交代过，我问了好几次，但她母亲坚持说没事，不让做任何检查。你多关注一下，今晚她绝对不能走。"

武梅交代完，又匆匆离开留观处。

留观处里弥漫着消毒液的气味，仪器的嘟嘟声、医生的指示声和护士的走动声交织在一起，重叠成让人昏昏欲睡的白噪音。墙上指针已指向凌晨三点，小苏里蜷缩在母亲的怀抱里，微微皱着眉，看起来不大舒服的样子，在母亲的轻拍哄睡之中，终于进入了睡梦。

武梅赶到二号手术室，苏莱曼正在配合江大乔给海娜止血。他把吸引器递给江大乔，江大乔伸手去接，突然眼前一阵发黑，手伸在半空停住了。

武梅察觉到了江大乔的异样："江队，还行吗？"

江大乔没有抬头，眼睛紧盯着手术部位，淡淡地说了句没事，他的额头已满是细密的汗珠。江大乔的声音有些虚弱，但他的手依然很稳，从苏莱曼手里接过钳子，夹好伤口，又接过持针器。

武梅给海娜换上一袋新的血浆，常来一直紧盯着生命监护仪。

"血压？"江大乔问道。

"88/58，心率125。"

"应该还是容量不够，输血加快点！"随着江大乔的催促，武梅用手挤着血袋，输血器的墨菲式滴管里由滴注变成了一条线。

江大乔开始缝合出血点，他的手依然很稳，但是动作速度明显变慢，武梅和常来担忧地对视了一眼。终于，江大乔缝合上最后一针后，长长地舒了一口气。他此时已有些恍惚，双腿开始打晃，但仍努力撑住手术台，再次伸出手找苏莱曼要镊子。忽然，苏莱曼递过来的工具被旁边伸出的一只手接了过去。

江大乔抬眼看去，原来是齐丹。

"赶紧去休息，我来。"齐丹关切地看着江大乔。

江大乔先是一怔，随即感恩地一笑："谢谢。"

手术室的门开了，坐在走廊椅子上闭眼祈祷的石竹子闻声睁眼，看见武梅扶着脸色苍白的江大乔走了出来。石竹子心里一惊，赶紧上前："怎么了？"

江大乔摇摇头："没事儿。"

"江队太累了，让他去办公室休息休息。"武梅把江大乔交给石竹子，自己又匆匆返回手术室。

两人回到中国医生办公室，石竹子找到一些白砂糖，冲了杯糖水，转身却看到江大乔已经陷在沙发里沉沉睡去。平日里总是紧绷的面庞在此刻松弛了下来，好像肩上的担子也一并卸下了。石竹子不忍叫醒他，轻轻地将糖水放到旁边，又拿起一件白大褂给他盖上。

时间一分一秒流逝，难挨的一夜终于即将要过去。外面天已蒙蒙亮，繁忙一整夜的医院终于安静下来。

江大乔迷糊醒来，看到石竹子坐在旁边，双眼通红，像是一夜没睡。他有些恍惚，疲惫地起身，石竹子急忙扶他坐起来。

"海娜手术很顺利，放心吧。"石竹子说着想将糖水递过去，却发现早就凉掉了。

"我去看看。"江大乔站起身就往屋外走。

石竹子一把拉住他说:"把糖水喝了再去。"又递上她兑了些热水的杯子。江大乔接过糖水喝了起来,石竹子又弄了点热水沾湿毛巾递给他说:"擦把脸。"

江大乔感激地将喝完的空杯放到桌上,又从石竹子手中接过毛巾,心中漾起温暖和幸福。

连做几台手术后,马嘉疲惫地坐在空荡荡的大斜坡的坡道上,啃着一块面包。他将头仰靠在护栏上,看着微微泛白的天井发呆。苏莱曼手中拿着两瓶水,从坡道上方走下来,他在马嘉身边坐下。

两人累到已不需要过多的语言,只是相视一笑,马嘉掰了一半面包递给苏莱曼。

"一晚上四台手术,师父,你真的太厉害了。"苏莱曼由衷地佩服马嘉。

马嘉笑了笑:"海娜怎么样?"

"脾脏也保住了。"

马嘉点点头,咬了一口面包。

"三十多个伤员,都救过来了,一个都没死!师父,我们真厉害!"苏莱曼一脸得意。

马嘉欣慰地笑了笑:"很有成就感是不是?"

"那当然!"

此时,第一缕阳光照进天井,照在墙上,和煦温暖。

苏莱曼将最后一块面包塞进嘴里,站起来说:"走吧师父,终于可以回去睡个安稳觉了!"

马嘉回应道:"你先回去睡吧,我再去看看那些留观的伤员。"

"我也去!"苏莱曼紧跟上马嘉的步伐,两人没走几步路,玛丽安神色紧张地跑过来说:"马医生,苏里的情况不好!"

马嘉脸色陡变。

小苏里很快做完CT,并被送到手术室。马嘉、江大乔、迪斯马斯、苏莱曼、武梅、迪阿鲁和常来等人都已聚集在二号手术室里。

"肝破裂，赶紧剖腹探查。"马嘉说道。

常来已经做好了麻醉，密切关注着苏里的呼吸和心率。

苏莱曼和迪斯马斯开始给小苏里腹部消毒，准备开腹。

手术室里，静得只剩下监护仪的嘀嘀声与大家的呼吸声，墙上的时钟显示六点三十五分。

手术室外，苏里母亲安静地坐在地上，嘴中无声地祈祷着。

时间在令人窒息的空气中渐渐流逝。

沾血的手术刀已被马嘉扔回器械盘中，发出清脆的金属撞击声。苏莱曼拿起吸引器，吸出孩子腹腔的积血，马嘉则开始探查孩子的腹腔。

"迟发性肝脏破裂，出血量很大。"马嘉话音未落，一股血又涌出来，与此同时，监护仪发出警报，血压下降，心跳减弱。

苏莱曼的声音有些颤抖："失血太多了，控制不住了。"

马嘉接过武梅递来的纱布，填塞进孩子的腹腔，他瞥了一眼，发现一瓶血浆又快吊完了。

"再拿4个单位的红细胞，400毫升血浆。"

"好。"迪阿鲁应声快步跑出去。

马嘉用止血钳正准备要夹住肝门血管时，心电监护报警，提示室颤，心率140次/分。

"除颤仪！"

迪斯马斯马上冲到墙边，将除颤仪推过来。

马嘉镇静地问道："孩子多重？"

"三十多斤吧。"

"30焦，快！"

第一次除颤，苏里并未恢复正常心律。

"往上加，60！"马嘉叫道。

可是不管马嘉怎么努力，小苏里的心率由快变慢，逐渐变成了一条直线。

马嘉感觉自己的头在嗡嗡作响，手脚似乎都有些发麻。但他不敢停下来，继续胸外按压。

"肾上腺素0.15毫克!"马嘉的声音在颤抖。

"肾上腺素0.15毫克!"常来重复道,并给小苏里的留置针里推了一支肾上腺素。

苏里腹腔的纱布已被血渗透。

这时,手术室的门被撞开了,迪阿鲁气喘吁吁地抱着血袋冲进来:"血来了!"话音未落,他已听到监护仪的长鸣音。

不知道过了多久,马嘉的脸上湿漉漉的,已经分不清是汗还是泪。

"肾上腺素!"马嘉的声音喑哑低沉,带着一股悲凉。

苏莱曼不忍,叫了一声:"师父。"

"再试试!"马嘉怒吼道。

大家都站着不动,悲伤地看着马嘉坚持给孩子做心肺复苏。

可是不管他怎么努力,监护仪的长鸣声依旧不止。苏里紧闭双眼,早已没了生命迹象。

武梅擦了擦眼泪,上前拉住马嘉的手,示意他停下。

马嘉茫然地抬头看向武梅,武梅对他摇了摇头。四目相对,满是怆然。

马嘉气喘吁吁,渐渐地停止了按压,整个身体仿佛瞬间被掏空了,他看了看苏里平静的小脸,在手术灯下分外刺眼。

马嘉找来干净的纱布,倒上生理盐水,将小苏里脸上的血迹擦干净,又找来一片干净的白布,裹住她的身体。像捧着一个宝贝一样把孩子抱起来,缓缓走向手术室门口。

手术室门口,年轻的母亲一看就什么都明白了,她扶住墙,艰难地站起来。玛丽安见状,赶紧上前扶住她,母亲跌跌撞撞走到马嘉面前。

"对不起。"马嘉用斯瓦希里语对苏里母亲说道。

女人的眼泪滚落,嘴唇颤抖着说:"谢谢你们。"

女人掀开白布,在苏里的脸上吻了一下,又将孩子从马嘉怀中接过来,抱着她默默地离开。

马嘉、江大乔、武梅、苏莱曼、常来、玛丽安和迪阿鲁目送她的背影消失在走廊尽头，心中悲伤酸楚。

阳光透过树梢，在地上投下斑驳的影子。

中国医生办公室里，呼噜声此起彼伏，忙了一夜的彭伟、常来横七竖八地躺在房间的沙发和长椅上，都在补觉。常来手里还拿着一个吃了一半的馒头，馒头突然落地，滚得很远。

马嘉正靠在椅子上，望着窗外发呆，目光悲痛。

苏莱曼出现在门口，正想进来，江大乔拦住了他。

"处理好了？"江大乔问道。

苏莱曼点点头："小孩的家人把她带回家了，我跟师父说一声，有一些死亡文件需要他签字。"

"晚点吧。这是他来非洲以后第一个在手术台上离世的病人。"

苏莱曼听了江大乔的话，刚要转身出去，马嘉叫住他说："等等，我签。"

如同打仗般紧张又有序的一夜一天终于过去了。晚上，大家都回到麦乐村，带着浑身疲惫早早入睡。

皎洁的月光给大地镀上一层银边。

江大乔和石竹子安静地坐在树下的长椅上，江大乔手中捧着一碗汤，还有一个保温锅放在石竹子的身边。

"新大厨还没来，我自己炖的，不知道合不合你的口味，营养是够了。"石竹子用满是期待的眼神看着江大乔。

江大乔笑了笑，喝了几口汤，突然想起来什么。

"昨天都那么晚了，你们去市郊干什么？"

"我跟海娜昨天给孤儿院选址去了，回来晚了，没想到路上遇到这种事。"

"孤儿院？怎么从来没听你提过？"

石竹子简短地给江大乔解释了一下。说起前因后果，石竹子不免有些唏嘘。

"每次看到这些孩子，我总是想起当初的自己。"石竹子的笑有些凄然，"所以这些年，我的日子过好了，就总想着能帮帮这些孩子。十六岁那年，我妈就走了。

来桑纳没多久,他又走了。"

江大乔知道石竹子说的那个"他"是她的未婚夫。也正是那段日子,他亲眼见证了石竹子的孤苦无依。

石竹子停顿了一会儿继续说:"来桑纳的第四年,我爸也走了。从那以后啊,我感觉自己就像个浮萍,漂来漂去,没有根,没有家。"石竹子的笑,有无奈也有释然,"尤其是在外面漂泊久了,有时候真想能安定下来有个家。"

江大乔心里涌上深深的爱怜之意,他放下手中的汤碗,握住石竹子的手说:"有我呢。"石竹子笑得苦涩,又有些欣慰,紧紧回握住江大乔的手。

"等孤儿院办起来了,也算是完成了我的一个心愿。"

"有需要我帮忙的,尽管说。"

石竹子点点头说:"现在地方选好了,文件都准备好了,就差社会福利部的一个章了。"

江大乔看向石竹子,眼神中有些敬佩。

夜空中那轮明月照耀着麦乐村。

黑暗中,马嘉迟迟无法入睡。一合上眼,眼前就出现小苏里毫无生气的脸。

从医十几年,马嘉早已见惯生死,可是小苏里的死却给了他极大的打击。马嘉一遍一遍地回想,如果当时他坚持让小苏里去做检查,如果当时他在做完所有的手术后,返回留观室再仔细看看小苏里,也许这个孩子就不会死。

虽然小苏里的母亲坚持孩子没事,不肯让孩子去做检查,可是自己是医生,在这种时候,哪怕再坚持一下,或许就会有不同的结局,这一切也许还是因为自己的经验不足。

马嘉痛苦地将头埋在枕头下,陷入深深的无力与自责中。纵然小苏里的死其实跟他没有关系,但他只有在责备自己的时候,才会感觉到好过一些。就在这一刻,他好像体会到八年前江大乔的心情,突然理解了这些年江大乔支边的坚持。

就在马嘉痛苦万分之时,柳晓弦却在迷雾中找到了出口的方向。

这天,留校的周婷婷邀请她回到母校,给学弟学妹们做一场公开演讲。

学校的礼堂里,柳晓弦走上讲台,台下是一张张青春的脸孔。柳晓弦突然有些恍惚，仿佛自己正是坐在下面的一员。

一番言辞恳切的开场白后，台下热烈的回应让柳晓弦渐渐放松下来。柳晓弦心中感觉到一股久违的暖流，她干脆扔下讲稿，随心而谈。

"你们才二十岁，你们应该为找到了自己热爱的行业而兴奋，你们应该无比坚定地相信你们想要做的事、要走的路，你们应该寻找内心的那束光，并且有一往无前的决心！作为新闻系的学生，坚持发现的眼光，获得更多的事实，真正为公共利益鼓与呼，比什么都重要。还有，不要忘记二十岁时自己的理想。"

听到这番话，台底下一阵骚动。

突然，有个女生举手提问："学姐，那四十岁呢？"

"四十岁？"柳晓弦略一思量后说："到了四十岁，如果你还记得你二十岁的理想，并且还在那条路上，会是一件非常酷的事。"

又有个女生举手站起来："学姐，那你二十岁时候的理想是什么呢？"

柳晓弦一愣，追忆起了往事。那时的她，每时每刻都希望自己成为一个为民请命的人，成为一个关心百姓利益的人，那时她坚信未来一定能做一档全国最好的民生新闻节目，有时候晚上想着想着就兴奋到睡不着觉。柳晓弦边回忆边说，说着不由得笑起来，笑意掩饰了她眼中的失落。

"那师姐现在为什么转做娱乐了呢？"

一个女生犀利的问题让柳晓弦的心如遭重击，她一时间不知如何回答，半晌后才叹息道："因为，坚持的确不是一件容易的事，我失败了。"柳晓弦停顿了片刻，又缓缓说："但我希望你们都能记住自己今天的理想，并有足够的韧劲和幸运，为之付出一生。"

她的这番话像是溪流注入大海，在台下又响起一片片如潮的掌声。光影模糊中，柳晓弦好像看到角落里的一个身影举手，于是示意她站起来。女孩和二十岁的柳晓弦几乎长得一模一样，满眼放光地说道："学姐，我想问问您，如果通往理想的路上遇到了困境，如果我们终究走不到理想之地，那坚持还有什么意义呢？"

柳晓弦沉吟片刻后说："坚持的意义在于如果你不坚持，将没有任何意义。"

"我懂了，所以我们只能坚持。"女孩说完后坐下。

会场再次响起一阵掌声。

演讲结束后，柳晓弦跟周婷婷在大学校园里静静地并肩走着。

突然，两个女孩抱着书从她身边擦肩跑过。其中一个不小心撞了她一下。柳晓弦下意识抬头看去，正是最后提问的那个女孩。

女孩回头对着她嫣然一笑。看着她的蓬勃朝气，柳晓弦心头一震，身体里的血液仿佛开始重新沸腾。

优素福带着锦旗亲自来到卡塞医院，向大家道谢。尤其感谢中国医疗队在大型车祸发生后，带着卡塞医护人员们及时救治伤员。可是这些感激的话听在马嘉耳中，却无比扎心。

这天，马嘉没有加班，早早回到麦乐村。他来到天台上，血红的夕阳泼洒天际，霞光映红了马嘉的脸。可是，远处的云雾遮住了天边，马嘉看不见乞力马扎罗山。

马嘉的电话突然响起，他掏出来一看是柳晓弦。他闭了闭眼睛，深吸一口气，努力调整了一下情绪，这才按下接听键。

"我今天去学校办了个讲座，还挺有感触的。马嘉，你觉得我换种活法怎么样？"柳晓弦的声音充满了期待。

"开心地活着，比什么都好。"马嘉的声音疲惫、冷淡。

柳晓弦一怔："你很累吗？"

"前天晚上出了个大型车祸，忙了一夜。"

"你没什么事儿吧？"柳晓弦试探着。

"一个五岁的小女孩，很可爱。就在我面前，我明明可以救她的，可错过了最好的抢救时机，她死了。"马嘉断断续续地说着，他甚至不知道自己在说什么。

"也许人能改变的，本来就很少。"柳晓弦安慰着他。

马嘉反驳道："不，人能改变的，绝对比自己想象的要多。"

柳晓弦配合地发出干笑，脸上却是落寞与苦涩。

"今天的天色挺美的，我一会儿拍给你看。"马嘉为了缓和气氛，转移了话题。

"嗯，我这里也一样。早点休息吧，我先挂了。"柳晓弦说着挂断了电话。

片刻后，手机震动，柳晓弦打开手机QQ，看到马嘉发来一张照片。这是一张黄昏夕阳的图片，阳光将云朵染成红墨。柳晓弦点开图片看了一会儿，又抬头看了看自己头上的月亮和越来越深的夜色，感到怅然若失。她给马嘉发去了一张夜色中月亮的图片，随后又发消息说：“你说的是太阳，可我说的是月亮，也许，这就是我们吧。”

几天后的一个下午，马嘉在苏莱曼的陪同下来到苏里家，这天是小苏里下葬的日子。

小苏里家门口，搭着几个棚子，地上围坐着一些男人。泥土糊成墙的屋子里传出女人们的说话声。还有些人进进出出，一些孩子在跑来跑去。

苏莱曼手中拎着两包糖，跟马嘉并肩而行。马嘉一直没有说话，江大乔看到了他的背影，三步并作两步跟了上来。

"来了？"江大乔跟两人打着招呼。

马嘉抬头，发现身边的人居然是江大乔，他的手中也拿着两包糖，马嘉颇有些意外。

江大乔见马嘉的表情有些疑惑，便说道：“我代表中国医疗队送孩子一程。正好，我俩一起过去。”

马嘉停下脚步：“不了，医疗队你一个人代表就行，我就在这里送她一程。”

"赶紧的，别磨蹭。"江大乔不等他话说完，一把拉起他就走。

两人来到屋里，屋子正中央的担架上盖着块白布，布下看得出是一个小小的人体形状。

女人们挨个上前将人形从头到脚摸了一遍，嘴中还念念有词。苏里母亲的脸上略有些麻木，但双眼里满是平静。女人们抚摸过苏里后，又握住苏里母亲的手，安慰几句。

江大乔和马嘉上前，苏莱曼在旁边翻译：“小苏里是一个勇敢可爱的小天使，我们中国医疗队的医生都很喜欢她，相信她在天堂会很快乐，请两位保重身体。”

江大乔看着马嘉，用眼神示意，马嘉顿了顿，迎了上去，将几包糖递到苏里母亲手中。

"对不起，我没有救活你的孩子。"马嘉用斯瓦希里语说着对不起。

苏里母亲看着马嘉，摇摇头，眼神非常平和："上天总是把他最喜欢的人带回身边。"

马嘉茫然地看着苏莱曼："她说什么？"

"她说不怪你，上天总是把他最喜欢的人带回身边。"听着苏莱曼的翻译，马嘉又愣住了。

苏里母亲继续说道："一切都是上天的安排，马医生，你尽力了，谢谢你，上天会保佑你的。"

听着苏莱曼的翻译，马嘉眼中泪花闪烁。

这时，苏里的父亲进来了，他握住马嘉和江大乔的手，礼貌地向两人道谢。随即，几个年轻男人进来抬起担架，马嘉和江大乔、苏莱曼跟在他们身后走出去。

屋外的众人见状，默默上前，双手从头到尾地将棺木摸了一遍。苏莱曼知道马嘉和江大乔不懂桑纳的丧葬风俗，低声解释道："在我们这儿，死亡并不可怕，我们相信，这是上天在召唤。"

马嘉和江大乔看着他们，心中感慨万千。

接着，几个年轻人将小苏里放入棺木内，抬起棺木走在最前面，苏里的父母和众人默默地跟在后面，缓缓地走向远方。

"苏莱曼，你先回去，我带马医生去个地方。"江大乔见众人背影渐渐走远，开口说道。

一段车程后，江大乔带着马嘉来到石竹子曾带马嘉来过的那棵凤凰木前。

马嘉不解地看着江大乔："你是不是拉错人了，赏景你应该拉石老板来。"

江大乔没有理会他的贫嘴："我想和你说个故事，关于一个非洲的姑娘。"

马嘉沉默以对。

江大乔缓缓说道："她二十岁那年确诊了乳腺癌，医疗队给她安排了手术。一切都很顺利，检查，准备，主刀医生对手术非常有信心。就在一切准备就绪，还剩两天就要手术的时候，桑纳发生了战乱，医疗队不得不立即撤回国。"

"那个姑娘怎么办？"马嘉看向江大乔。

"当时主刀医生问了他们领队同样的话,可很多事,人改变不了。"

马嘉沉默。

"姑娘不久就去世了,大家都非常难受,尤其是主刀医生,自责了很久,他甚至好几个月都睡不着觉。"

"可这件事不能怪他,有时候医生能做的很有限!我们尽力,但是我们不是神!"马嘉急急地说道。

"对啊,我们尽力,但我们不是神。马嘉,记住你说的这句话。"江大乔释然地笑了。马嘉看着江大乔的表情一愣,反应过来。

"那个医生……"马嘉欲言又止。

"是我。"江大乔点点头,"那次离开,成了我们那批医疗队所有人的遗憾。"

"所以你替于队长回来了。"马嘉终于明白了江大乔与于队长对桑纳的那份情感。

"是的,我回来了。马嘉,你知道吗,那个姑娘有一个女儿,就是埃茜。"

"埃茜?"马嘉吃惊地看着江大乔。

"我一直在用自己的方式弥补当年的遗憾。"江大乔拧开手里拎着的矿泉水喝了一口,"改变能改变的,也接受生命的安排。全力以赴,不留遗憾,足矣。"

江大乔说完,突然一声鸣叫,两人抬头,一只雄鹰高高展翅,在湛蓝天空中翱翔,马嘉的心也豁然开朗。

"没想到你还有这么多故事。"马嘉笑了。

"不只是我,梁老师,还有他的老师杜绍书医生,每一批医疗队员都在这片土地上留下了很多故事。还有你,也正在留下你的故事。"

"我?我能有什么故事?"马嘉疑惑了。

"当你跟这片土地产生联结的时候,你的故事也开始了。当你见证别人的故事时,你自己也就变成了故事里的那个人。不管是遗憾还是收获,都是你的回忆。"

"可故事在哪儿呢?"马嘉喃喃地问。

"都在它发生的地方待着呢。只要你留心,它们会说话。"

夕阳的余晖洒在大地上,给万物笼上一层绯红。天空偶有几只鸟飞过,远处传来晚祷的诵经声。树梢的虫鸣依然热闹,与诵经声交相应和。

砰砰声在篮球场上不规则地响着。马嘉一个人穿着背心，正在打篮球。又一次投中篮筐，篮球落地滚动。马嘉停下来，坐到球筐下气喘吁吁。片刻，他抬起视线，看向天边，神情若有所思。

江大乔在凤凰木下说的话让他很有感触。马嘉琢磨了一阵，突然眼睛一亮。他跳起来向仓库跑去。

随着电灯开关啪的一声，漆黑的仓库间里亮了起来。马嘉看向那个被称为"老古董"的大木柜，层层叠叠的旧物挡住了柜门。

马嘉走上前，挪开旧物，灰尘飞扬。马嘉皱了皱眉，柜门没有上锁，马嘉将手伸向柜门把手。柜门缓缓打开，里面一个一个叠放得整整齐齐的置物箱出现在眼前，箱子上蒙着灰。

每个箱体上都贴着一张用黑色油墨笔写着年份的标签纸：1965—1967年、1967—1969年、1969—1971年……还有一个箱子里装着一面面叠好的红色国旗。

马嘉的目光停在了1989—1991年的箱子上。

马嘉将那只箱子放到地上，席地而坐。他带着郑重的神情，慢慢打开这只箱盖。箱子最上面是一本旧书《斯瓦希里语口语教程》。书的封面上印着一个圆圆的姓名印章，正是"梁森林"三个字。

马嘉激动地将书拿起来翻开，扉页上正是他熟悉的钢笔字体，写着"莫愁前路无知己，天下谁人不识君"，日期：1989年10月1日。马嘉捧着书的手有些不受控制地颤抖。

一轮明月高悬于夜空，月光温柔地洒在院内，给麦乐村的门牌添上一份朦胧。

马嘉逐个打开箱子，他的身边放满了有些年代感的老物件：泛黄的笔记本、留言册、造型漂亮的海螺、手绘的卡片、旧照片，还有一个已经锈迹斑斑的油灯。

在1997—1999年的箱子里，马嘉找到一些旧书籍，还有些碟片。里面还藏有一张香港回归的明信片，背后是一行娟秀的小楷：祝愿祖国越来越强大。

揭开2001—2003年的那只箱子，马嘉怔了一下：里面竟然有一只毛绒玩具精灵。马嘉拿起精灵，下面还有一张旧的英文报纸，头版正是2002年世界杯足球赛的新闻，下面的入围赛队伍介绍中，有一队正是中国足球队。

马嘉不由得笑了："彭伟这小子看到又得吹牛了。"

马嘉将精灵放回箱子里盖好，正准备将手伸向2003—2005年的箱子，突然往下一挪，探向2005—2007年，2005年正是江大乔第一次赴非的那年。

马嘉打开这只箱子，最上面放着的是两只漂亮的大海螺。海螺下面是一些旧书和笔记本。马嘉从这些旧书中找到一本相册，他打开，第一张照片正是于启强和江大乔的合影：八年前的两人，年轻、帅气、意气风发，站在旧门"Welcome to milele（欢迎来到麦乐村）"的牌子下，笑得灿烂。

"嘿，还挺帅呢！"马嘉的嘴角不禁露出一丝笑意。

马嘉刚想把相册放回去，突然看到一本旧到有些卷边的工作笔记本，工作笔记本的封面上写着"于启强"。他翻开笔记本，第一页写着："我知道我的未来不是梦，我认真地过每一分钟。"

月亮不知何时已经落山，清晨的第一抹晨曦从窗户照进来，马嘉的目光渐渐从笔记本移回到这一个个的箱子上，这些箱子仿佛都在熠熠发光。

马嘉抬起头，他的脸颊已有泪痕。

第十七章
千里共婵娟

  这天,石竹子来医院看望海娜,两人说起关于孤儿院审批手续的事,石竹子得知社福部负责盖章的审批官萨尼再一次拒绝了盖章,难免有些生气。

  海娜劝着她:"竹子你别生气,这萨尼吧,他是很轴,但他也为难。"

  "他为难什么?"在旁边听着的赵一聪很是不解,"我小姨出钱又出力盖这个孤儿院,如果我是这个什么什么社会福利部的头头,我高兴都来不及。"

  海娜冲赵一聪笑了笑:"这里面是有原因的。我听说前几年有过几个外国商人找他审批孤儿院,他批了。可后来,他们做了很糟糕的事。比如,拿孤儿院打广告赚钱,给他们博取好名声,但孤儿院这边却疏于打理,孩子们还是一样,没过上好日子,他担心我们也这样。"

  石竹子听了,脸上露出恍然大悟的表情,她思忖片刻后说:"要不我亲自去给他解释解释。"

  "他这人,不好搞。用中国话来说,蒸不熟,煮不烂,是个油和盐都煮不熟的老顽固。"海娜没有信心地说。

  赵一聪在旁听了哈哈大笑:"那叫'油盐不进'。放心吧,有我小姨在,他就是块金刚石,咱都能给他熬成汤,给他熬得稀烂。"

三人相视而笑。

第二天，石竹子带着特地让新厨师做的点心去社福部找萨尼，赵一聪死乞白赖地非要跟着。经过一番叮嘱，石竹子这才带上他。

在一间布置简朴的办公室里，萨尼正襟危坐，神情严肃，身后张贴着他和各家孤儿院的孤儿们的合影，上面的萨尼笑得温和慈祥。

萨尼看着自己面前的文件，用手一下一下扣着桌子。

坐在对面的石竹子诚恳地笑着："我愿意时刻接受社福部的监督，我们还可以定期向您汇报情况。"

萨尼冷冷地打断石竹子："竹子小姐，你刚才说的这些，海娜已经跟我说过了，不用再重复了。"

石竹子被萨尼冰冷的态度弄得瞠目结舌，她的笑容在脸上僵了两秒，对着赵一聪使了个眼色。赵一聪立刻拿出一个食盒，放在桌上，伸手打开，只见一层一层摆满了精致的中国点心。

萨尼的眼神微微有些变化，但很快敛色。

"萨尼部长，尝尝我的新厨师做的中国点心。"石竹子指指食盒。

"竹子小姐，恕我直言。我曾在中国留学，也有很多中国朋友，我不仅能说流利的汉语，对中国文化和中国人也非常了解。虽然你很有诚意，但是我作为桑纳的官员，不仅与中国商人打交道，也跟其他国家的商人打交道。中国有句古话'无商不奸'，你应该也知道。"萨尼看也不看点心一眼，严肃地说，"不管竹子小姐是哪种商人，丁私，我很愿意跟你成为朋友，但是于公，我不能拿桑纳的孩子们冒险。"

石竹子愣了一下，她知道多说无益，只好点点头，带着赵一聪离开。走到门口，石竹子又回头说："萨尼先生，我先回去和海娜小姐商量一下。也希望您可以抛开成见，亲自到我们孤儿院实地看看，了解最真实的情况。"

萨尼不置可否地看着石竹子，耸耸肩，做了一个请便的表情。

石竹子在走廊上边走边思忖，赵一聪打断她的思绪："这老头真轴！哼，这么多点心，我们一口都没舍得吃，凭啥便宜他，我得拿回来！"

石竹子没拦住他，赵一聪又冲回萨尼的办公室，正撞上萨尼往嘴里送点心。被赵一聪这么一吓，萨尼竟被正要咽下的点心给噎住了。

看着萨尼这狼狈样，赵一聪忍不住笑了，突然又不想跟萨尼计较了。他正要转身离开，突然瞟见玻璃门上插着孙爽培训班的小卡片。赵一聪眼珠转动，嘴角露出一丝笑，心中又有了主意。

这天，萨尼照例依约来到中医诊室，因为他的项目比较多，又是有一定级别的官员，照医院的规定，他的项目是在VIP室完成。

VIP治疗室空间不大，没有多余的装饰，却很有古典中式风韵，门两侧的墙上挂着各种人体经络图与人体穴位图。

正对着门的那面墙上挂着一幅硕大的篆书书法作品"舍得"，一张中式古风的桌上放着火罐、针灸等中医理疗用具，装着长长镊子的瓶子和装有酒精棉的罐子也都是画着中国祥云山水的中国瓷器，室内角落的小音箱里流淌出一曲如诗化境的禅乐。

挂着书法作品的那面墙旁边有一张诊疗床。萨尼光着上半身，正俯卧在上面。孙爽正在替他推拿肩背部。

"中医真的太神奇了。中国医疗队来桑纳的第一年，我爷爷就认识了你们的中医。几根银针一扎，我爷爷疼了好久的腿就好多了！后来，我们全家都迷上了中医。"

孙爽笑道："话虽如此，但是你在做运动的时候还是要注意不能过量运动，否则造成运动伤害就麻烦了。你要记住，中医也不是万能的，自身保养最重要。"

孙爽帮萨尼放松紧张的肌肉，萨尼渐渐进入梦乡。

不知道过了多久，萨尼终于醒来，孙爽已经不在VIP室里了。他坐起身，一脸神清气爽。就在他正准备拿起放在旁边的衣服时，发现衣服上放着一封信，信封上写着自己的名字。

萨尼好奇地打开信，竟然是石竹子写给他的。

"萨尼先生，您好。请允许我用这样的方式向您说明。今年是我来到桑纳的第八年，对我来说，桑纳已是第二个家，桑纳人也是我的家人。中国有句古话，叫'幼吾幼，以及人之幼'，意思是我们不仅仅要爱自己的孩子，更应该推己及人，把其他人的孩子也当作自己的孩子一样来疼爱。我相信，中国人如此，桑纳人也同样如此。萨尼先生，您对孩子们的疼爱和保护让我非常感动，我理解您的顾虑。经过慎重考虑，我向您承诺，只要您能够让孤儿院正式开院，让这些可怜的孩子不再流离失所，我即刻退出孤儿院的经营，所有权百分之百属于海娜。"

萨尼在流淌的禅乐中看着信，面色渐渐和缓。他收起信，穿好衣服，拉开门走出来。石竹子和赵一聪正坐在走廊的椅子上。

看到萨尼出现，石竹子和赵一聪带着期盼和急切的眼神看着他。

萨尼看了石竹子一眼，欲言又止，往前走去。在他经过两人面前时，赵一聪忍不住想叫住他，被石竹子一把拉住。

石竹子起身，平静地看着萨尼的背影。

萨尼走出几步远，突然停下来，回头看着石竹子："竹子小姐，Show me your friend, I will know your character（近朱者赤，近墨者黑）。我信任孙医生，所以，我选择相信你，希望你们不会让我失望。"

石竹子眼神坚定地向萨尼展露出笑脸。

斗转星移，时间飞快流逝。中国的春节将至。这是医疗队队员们第一次在远离亲人的国外过年，也是马嘉第一次远离家人，独自在外过年。他最近悄悄进行了一个小工程，希望能够赶在春节前完成，将它作为一份新年礼物送给大家。

夜深了，月亮躲进了云层休息，只留下几颗星星像是在放哨。马嘉忙完手头的事后，又独自来到仓库。

仓库里早已被他收拾得焕然一新。他将新旧的杂物分门别类整理出来，一部分收纳到里面的储藏间，还有一部分则被他清理出来，依次擦干净，摆放到墙边的那一整排柜子里。房间中间还有一溜长桌，长桌上摆着海螺、油灯等满载着历史感的老物件。

柜子对面的墙上，马嘉用墨汁画出长长的一道墨线，上面画着不规则的刻度。此刻，马嘉正踩在一张椅子上，双手将一张中间剪成镂空的白纸对准墨线的上方，找好位置贴好。他用毛笔悉心往白纸的镂空处描画着，像是在无边的夜色中画上一枚高悬的圆月。

不一会儿，一排工整的汉字出现在墨线的上方——"莫愁前路无知己，天下谁人不识君"。在墨线顶端的刻度下，一排小字肃立着："1965年，援桑开始。"

马嘉边写边在心中思忖，还有半个月就是新年，这个载满历史的档案室一定能够如期完成。到时他会拍下视频发给柳晓弦，让她看看自己在桑纳做的事情是多么有意义。当马嘉想到柳晓弦时，脸上满是温柔的笑意。

由于在车祸抢救中，迪阿鲁的表现很是积极负责，武梅渐渐对他有所改观。可是好景不长，这天，武梅端着换药盘进来，走到一个患者床前，准备给他换药时，竟然又发现这个病人打着留置针的地方有些红肿，同时，露在手背外的那一截输液管里还有一些血迹。

武梅脸色变了，她抬眼扫视病房，看到迪阿鲁正在最里面的那张床边给病人换药。

"迪阿鲁！3床打的留置针为什么没有用上肝素帽？"武梅尽量让自己的语气平和。

迪阿鲁头也不抬："哦，我又忘了。"

武梅想发火，又忍住，先低头处理患者。可当她回到护理站时，实在忍不住，对着迪阿鲁又是一通训斥，迪阿鲁面对武梅的执着很是无奈。

"梅，就算我记得，其他人也不记得。"

"这不是理由，用留置针必须用肝素帽，这已经形成了规范。而且，我不都给你们买了吗？"武梅打开储物柜，搬出一个放置箱，打开盖子，武梅愣了。里面满满一箱未拆封的肝素帽。目测约有一百来个。

看着武梅吃惊的表情，迪阿鲁劝道："梅，我真的告诉了大家，我也强调了，可大家都觉得实在太麻烦了，习惯很难改变的。"

两人僵持之时，突然看见阿布哼着歌走进来，驾轻就熟地从柜子里取出几支药，配到换药盘中的葡萄糖里，武梅盯着他。阿布看都没看肝素帽。

"梅，一会儿我给5床打完针，就先下班了！"阿布热情地对武梅笑笑，挥挥手便离开。

迪阿鲁耸耸肩："看吧，这真的不是我一个人的问题！"

武梅不再讲话，心中升起一股从未有过的挫败感。

晚上，大家在食堂吃饭时，苏心和孙爽安慰武梅。

"习惯这件事确实非常难改，你看。"苏心指指正在给武梅剥虾的常来，"常医生对你好就是一种习惯，他改得了吗？"

"必须改不了呀。"常来将虾放进武梅碗里，顺着竿往上爬。

"文化可以有差异，人命和健康不能马虎。如果是习惯问题，那就改变习惯，如果是观念问题，就应该改变观念。我无论如何也要试试，不行，我得再去找一趟坎戈，我就不信这个邪了。"武梅依然坚持。

大家见劝不住，只得无奈地看着她笑。

"别说我了，听说今天齐丹去找你麻烦了？这是怎么回事？"武梅话题一转，问孙爽。

原来最近辛巴的各项生理指数都有了较大的好转，迪斯马斯想帮辛巴跟齐丹确认二次治疗的时间，却被辛巴告知，自己是坚持在孙爽这里做针灸才好转的。

齐丹从迪斯马斯嘴中得知此事后，径直跑来找孙爽，他实在不能理解为何一根没有沾上任何药物的针扎入人的体内，就能达到药物所不能及的效果。

孙爽将齐丹带入VIP室坐下，看着墙上挂着的各种人体经络图与人体穴位图，还有面前桌上的火罐、针灸等中医理疗用具，齐丹忍不住拿起来看了看。

"你就是用这些东西治好辛巴的？"齐丹的语气充满质疑与不解。

孙爽笑着拿起火罐："这个叫火罐，可以去除体内湿气，疏通经络，缓解疲劳。"

"你说的经络和气血到底是什么，人体解剖我很了解，但从没见过你们所说的经络。"齐丹依然不解。

孙爽思量片刻："您肯定知道磁场吧，可您亲眼见过吗？"

齐丹一怔，想了想，竟然答不上来。

"但是您不能否认，它确实存在，对吗？"

齐丹静静地看着孙爽，没有回答。

"人要顺应自然，与自然和谐相处，这就是中医的哲学。让病人的身体状态趋于平衡，与自然和谐，方能持久。"

"但是你们这个有什么科学依据吗？"齐丹依然不信。

"中医是中国人在数千年的生活中摸索、总结的一种经验。齐丹先生，西医是近两百年才诞生的，但中国已经有几千年的历史，如果中医无用，我们的民族又是如何存活下来的呢？"孙爽笑了。

齐丹似懂非懂地点了点头："我承认我还无法完全理解你说的东西，但我觉得你说的不无道理，或许我可以试着了解一下你说的中医。"

"如果你愿意，我可以为你把把脉。"孙爽的眼神满是诚恳与自信。

"那他真让你把脉啦？"听了孙爽的讲述，常来好奇地问道。

孙爽点点头："这老头，我把他的身体症状说个八九不离十，你们是没看见，当时他惊得瞳孔都在地震。"

窗外，一弯弦月正静静地看着大地，将它清冷柔绵的银光洒在麦乐村的一草一木上。

年关将近，就在马嘉渐渐找到自己在桑纳的生活意义时，柳晓弦也面临着人生的新选择。最近，她的大学师兄李默频繁找她，希望可以挖她去自己所在的星光卫视工作。

面对自己的职业会有更大发展空间的可能性，柳晓弦说不心动是假的，但是如果她真的选择进入星光卫视，就必须离开双清，去往南方沿海城市，那么她和马嘉的婚姻将如何维持？

柳晓弦试探父母的意思，没想到遭到父亲的反对，而母亲却双手赞成。毕竟当年柳晓弦毕业时接到了北京电视台的工作邀请，可就因为马嘉的那句"留下来"，柳晓弦毅然决然地放弃了到北京的机会，留在了双清。

看着父母为自己的事又吵起来，柳晓弦心烦意乱，借口要去给住在自己家中的马嘉父亲送饭，抓起包就要走，没想到又被母亲拦住。

"你公公是什么病？马嘉知道了吗？"

"早上接到他，说是肚子痛、腹胀、呕吐有一阵子了。今天带他看专家门诊，医生约了明天的CT，说等检查结果出来再说。我就先把他送回家里安顿住下了。"

柳晓弦边换鞋边向母亲解释道。

"两个儿子,一个当甩手掌柜,一个跑去非洲,倒是你一个当儿媳妇的忙进忙出。自己有家不能回,还跑回娘家来住,真有意思,平时也没见你对我和你爸这么上心。"柳母颇有些不满。

"妈,您这醋吃得就没劲了。您和我爸必须健健康康。"柳晓弦哄着母亲。

"少说漂亮话。"柳母瞪了女儿一眼,"后天就除夕了,把你公公接来家里一起吃年夜饭。大过年的,一个人像什么样子。"

"知道啦。"柳晓弦苦笑着出门,她知道母亲就是刀子嘴豆腐心。

街道上,到处都是彩旗和红灯笼。柳晓弦一边开车,一边看着夜色繁华的双清街道。她的余光看到车内摆放的她跟马嘉年轻时候的拍立得照片,因为时间久远,已经变得非常模糊。

柳晓弦突然心中一酸,眼眶微微泛红。前方绿灯亮起,她踩下油门,驶入无边的夜色中。

除夕这天,江大乔特意叫上了刘清扬和石竹子等人来麦乐村跟队员们一起吃年夜饭。

赵一聪跟着石竹子过来,一眼就看到孙爽从厨房里端着菜出来,赶紧三步并作两步迎上去帮忙。

江大乔则带着埃茜把石竹子和刘清扬带来的红酒、水果摆在桌子上。

其他人进进出出,有在厨房帮忙的,有帮忙摆碗拿筷的,一派热闹喜庆的景象。

桌上被各种菜肴摆得满满当当的,大家也纷纷落座,贾长安和江大乔各端着一大盘饺子出来,放到了桌子上。

江大乔见大家面前的酒杯已经满上,便笑吟吟地看向马嘉:"咱们人到齐了,马年要到了,马医生,这个珍贵机会交给你,你提第一杯。"

马嘉毫不客气地站起身,将手中装满可乐的酒杯一举:"行,那就祝我们医疗队新年龙马精神,马到成功!"

众人欢乐举杯。

一阵觥筹交错中，大家纷纷三两一组互相敬酒，说着祝福的话。

一轮酒过后，看着大家都有些醉意，只有已经戒酒的马嘉还清醒着。他的视线从队友们的脸上一一扫过，忽生感慨。

"这真是个神奇的地方，大家伙一来这里好像都变成亲人了，到现在我还记得在培训班第一次见大家的时候。"

秦童疑惑地瞟了他一眼："你不是没喝酒吗？怎么还上头了。"

"你怎么这么讨厌，我好不容易煽情一次。"

"你不是最讨厌煽情吗？"彭伟白了他一眼。

"我就不能变了？"马嘉斜眼看彭伟，"这样吧，咱们来这里也大半年了，大家轮流说说自己的收获或者遗憾吧。"

秦童无奈地摇头道："好不容易不在医院了，还逃不过做年终总结！"

大家被秦童逗笑了。

江大乔接话道："我同意马嘉的提议，大家都说说，畅所欲言。"

马嘉得意地立即点名："彭伟，就你了，你第一个，说说来到非洲的遗憾或者收获。"

彭伟一听，立即摆出一副一本正经的表情："我还真有一个遗憾，特遗憾，我怎么就没能在桑纳把中国男足精神发扬光大呢。"

秦童忍无可忍，拿起一个香蕉皮扔向彭伟。

彭伟笑着说："别扔我，你们快问马嘉，这大半年谁有他过得精彩？"

"对对对，马嘉你说！"大家都看向马嘉。

马嘉笑着："我的遗憾其实更多，但咱队长跟我说过一句话，路在脚下走，人要往前看。所以我也不执着于以前了，争取以后能少留一些遗憾。"

江大乔欣慰地笑着鼓掌，众人也纷纷跟着鼓掌。

马嘉又看向武梅："梅姐，我知道你也肯定有遗憾。"

武梅点点头，脸上露出一丝无奈："留置针的正确使用，还有肝素帽的推行，我怎么也不明白为什么在卡塞医院就是做不到！"

武梅说完，大家都沉默了。江大乔叹了一口气，语气颇为无奈："梅姐说的这个事的确是个问题，肝素帽的事我俩找过坎戈好几次了，坎戈一直跟我打太极，他的意思是这不仅仅是他签个字的问题，还要有什么论文和数据支撑，而且得有国家财政拨款。"

钱宝宝笑着说："这不是坎戈一贯的态度吗？不主动，不反对，不表态。中国厚黑学算是让他玩明白了。"

"这只老狐狸，我就不信我对付不了他。"武梅举起酒杯，"大家等着瞧，2014年，我一定会把这事儿办成！"

虽然在这一刻并没有人有信心，但为了不打击武梅的信心，众人都笑嘻嘻地举起了手中的酒杯。

一杯饮罢。江大乔看了一眼手表，起身说："今天过年，工作的事先放一放，大家都往一块坐坐。"

众人一头雾水。

"队长，拍合影吗？"常来问道。

"赶紧的，有个惊喜要送给大家，麻利点，要到点了。"江大乔并不回答，只是一边催促着，一边将大家赶到一起。然后将旁边的电视连上了自己的电脑，点开了电脑上的QQ视频通话。

片刻后，视频里出现了一个热闹的场面：在一间饭店的包厢里，队员们的家属们都在座，中间正是笑吟吟的朱处长和梁森林。

在大家惊喜的尖叫声中，朱处长率先跟大家打招呼："大家新年好啊！"

视频那头，苏心的女儿冲到摄像头前，奶声奶气地叫着"妈妈"。

苏心见到女儿，眼泪一下子就掉下来。她哽咽着跟女儿叙了几句话，又哄着女儿把说话的机会让给其他家属。

这时，一位年纪较长、穿着打扮精致的女士凑近视频，对着这边说："胖妞啊，在国外千万要注意身体。"

大家都不认识这是谁的妈妈，面面相觑。只见武梅一脸无语地说："妈，我不是说过，在外头不要喊我小名！"

众人这才反应过来，哈哈大笑。

彭伟笑得前仰后合："胖妞？梅姐小名居然叫胖妞。"

常来赶紧护妻，反驳道："怎么了？我老婆小时候长得壮实！"

"别的我都不担心，我就担心这个。"武梅的妈妈又说道。

"妈，你不用担心，我们会照顾好自己的。"武梅赶紧打断母亲的话。

"我说武梅啊，你可别老欺负常来啊！"

武梅心中无语，偷偷瞪了常来一眼。

"常来啊，有什么事别怕告诉我，她如果欺负你，我来说她！"

见母亲还在絮叨，武梅赶紧再次打断："妈，咱有事儿电话里说，大家都等着跟家人说话呢。马嘉，那位美女是你老婆吧？"

武梅指着视频一角的柳晓弦问道。

"哟，真的是嫂子。之前马嘉总给我看照片，后来还不让看了！没想到，真人比照片还美！"彭伟夸张地对着镜头说道，"嫂子，你好啊。"

原本缩在角落里，不想引人注目的柳晓弦不得不露出笑脸，走上前，离镜头更近一点。

马嘉对着柳晓弦，当着这么多人的面，有些无措。还是柳晓弦先开口："新年快乐。对了，你哥今年去嫂子家过年，你爸我接来双清过年了，大家一起热闹热闹。"

"辛苦你了，你爸你妈都好吗？"马嘉问道。

"你都逃到非洲去了，他们能不好吗？"柳晓弦半开玩笑地说道。

"这么多人呢，给我点面子行吗？"

"行，你好好工作。"柳弦晓说着，转脸叫钱宝宝的老婆，"姐，您过来，钱主任等着跟您说话呢。"

马嘉见状，突然松了一口气。他知道柳晓弦不习惯当众流露情感，他自己何尝不是，马嘉想着晚点儿回房间再给她打电话，并把钱宝宝拉上前。

钱宝宝和老婆絮叨了两句关于孙子的话，便把摄像头又让给彭伟。彭伟笑嘻嘻地叫着朱处长。

"朱处，谢谢您啊！我老婆和我说她已经入院待产了，您前两天去看她，还安排了最好的大夫给她接生。"彭伟脸上尽是抑制不住的喜悦。

"这不是应该的嘛！对了，提前祝贺你啊！哎，大乔呢！我跟大乔说两句！"

彭伟赶紧把位置让给江大乔。

"大乔啊，本来瑶瑶要一起来的，后来她说今天跟同学有约，没来。"朱处长解释道。

江大乔难掩心头的失落，还是强颜欢笑："朱处长费心了，这孩子贪玩。没事儿，回头我给她打电话。"

看着众人其乐融融，孙爽有些不是滋味，在众人的笑声中默默起身，离开了座位。赵一聪见她有点儿奇怪，他也起身离开。

孙爽来到天台上，翻看手机里父亲的照片，神情落寞，黯然神伤。

赵一聪端着一个椰子，蹑手蹑脚地走过来，站在孙爽身后几米外，犹豫着要不要靠近。

"来都来了，陪我坐一会儿吧。"孙爽说着收起手机。

赵一聪乖乖地坐到孙爽身边，把椰子递到她面前说："喝点甜的，心情会变好。"

孙爽故作坚强地一笑："谁告诉你我心情不好了。"

"你心里有事，我一眼就能看出来，瞒不过我。"

赵一聪将椰子递上前，孙爽看了看赵一聪，接过椰子，喝了一口。

"有不开心的事，就说出来，闷在心里会憋坏自己的。"

孙爽沉默片刻，低语道："我想我爸了。"

赵一聪试探道："他没去吃年夜饭，是工作很忙吗？"

"不是，是他没法来见我。"

赵一聪一愣，他以为孙爽的父亲已经去世了。赵一聪想了想，抬头看向星空，指着一颗闪亮的星星说："你看，那颗最亮的星星，那一定是叔叔，他正在看着你呢。"

孙爽扑哧一声笑了，用力拍了他的后背一巴掌说："你瞎说什么呢！我爸没死，活得好好的。"

赵一聪一惊："啊？那他……"

孙爽落寞地仰头看着星空，星光闪闪。

"早些年，我爸开了一家公司。那年他公司遇到了大麻烦，为了让公司撑下去，动了不该动的心思。"孙爽顿了顿，"后来，我家就只剩下我一个人了。"

赵一聪听着孙爽用平静的语气讲述着自己的故事，茫然不知所措，他不知道该如何安慰孙爽。

就这样，两个人默默地坐在星空下，都不再说话。

楼下食堂的摄像头前，大家还在轮番跟家人打招呼，梁森林和柳晓弦则走到了包厢外。

"晓弦，今天上午李主任给我打了个电话，马嘉爸爸的检查结果出来了，考虑不完全性肠梗阻。"

"严重吗？"柳晓弦有些紧张。

"李主任说情况还算乐观，先保守治疗，观察一段时间，要是情况好转就不用住院了。"

"保守治疗，是吃药吗？"

"现阶段主要是控制饮食，流质为主，门诊输点液，再用点中药。"

柳晓弦皱着眉想了想："那得多久？要是没好转呢？"

"三到五天，如果效果不好，就要住院了，还得进一步检查，看看是不是需要手术。"

"明白了，那就看看这几天的情况，谢谢您费心。"

"你这孩子，太见外了。不过，你确定不告诉马嘉吗？"梁森林问。

"没必要，隔着这么远，他也帮不上忙，告诉他只能影响他工作。"柳晓弦叹了口气。

"成，但你千万别什么事儿都自己一个人扛。过年这几天老人家的情况如果不太好，你初五来找我，我给他安排住院。"梁森林顿一下，"马嘉在外头是不容易，你一个人在家，里里外外都要张罗，更不容易。"

柳晓弦笑笑，眼神中却带着迷茫和无奈。

第十七章

就在大家或开心、或失落的时候，江瑶正独自走在大街上。红彤彤的灯笼和灯火通明的窗户里传出的欢笑声，反而衬出大街上此刻的冷清。

江瑶来到那天跟江大乔吃比萨的那家店门口。店里的灯还亮着，门口却挂着"打烊"的牌子。

江瑶不由分说，推门就进。她径直来到吧台，看着正在收拾东西的老板说："两份玛格丽特。"

老板头都没抬，应道："今天不做了，打烊了。"

江瑶站着不动，只用固执的眼神看着老板。

老板皱着眉说："小姑娘，过年吃什么比萨，回家和爸爸妈妈吃饺子去。"

"叔叔，我加钱行吗？"江瑶情绪低落地看着老板。

老板面露难色，江瑶失望地转身就走。看着江瑶孤零零的背影，老板忽然明白了什么，叫住她说："小姑娘，等等。两份？"

江瑶笑了，点点头。

很快，两份玛格丽特比萨送上来。江瑶拿起手机拍了张照片，又拨通了江大乔的电话。

手机铃响时，江大乔正在后厨收拾碗筷。一看是江瑶，江大乔顾不上洗手，直接双手在围裙上擦了两下，便抓起手机。

"喂，瑶瑶！"

"老头，你干吗呢？"江瑶努力让自己的声音听起来开心点。

"我们这边刚吃完年夜饭。我听你妈说你没在家，大除夕的，不好好在家，又跑哪儿疯去了？"

"在家无聊死了，跟几个同学在一起玩呢。"江瑶的眼眶早就红了，泪水在眼眶中打转，"你啥时候能从非洲回来啊？"

江大乔胸口一紧，一股强烈的愧疚涌上心头。

"瑶瑶，这次从桑纳回去以后，爸年年……"

江瑶一边擦着眼泪一边打断江大乔："得得得，大过年的，不打诳语行吗？"

江大乔语塞，忽然有点哑口无言。

"你啊不用惦记我,这么多年了,你也不是第一次不在家过春节了。行了,不说了,我要跟我朋友去看春晚了。"

不等江大乔再多说什么,江瑶已经挂断了电话。她咬了一大口比萨,对着空位子,喃喃低语道:"爸,我想你了。"

一瞬间,江瑶仿佛看到江大乔正坐在对面的位置上,笑呵呵地对自己说:"闺女,快点吃,冷了不好吃。"

江瑶再也忍不住,眼泪大颗大颗地滚落。

老板默默端过来一杯饮料,饮料上贴了一张便利贴,上面画了一个笑脸,一旁写着几个字"新年快乐"。

第十八章
决不放弃

被江瑶挂断电话，江大乔有些落寞失神地站在水池边。

收完桌子的石竹子端着一个空盆子进来，见江大乔在愣神。

"想什么呢？赶紧洗完走吧，今晚我还安排了重头戏呢。"

江大乔回过神，笑着看石竹子："什么重头戏？"

"去了你就知道了。"

石竹子走上前，非常自然地伸手把江大乔身上的围裙解了下来。江大乔看着凑近的石竹子，有些不自在，害羞起来。石竹子却毫不在意，帮江大乔解下围裙放在一旁。

"走吧。"石竹子说完转身往外走。

江大乔看着石竹子的背影，愣了片刻，跟了上去。

离麦乐村不远处的海边，马嘉、彭伟和吉桑嘎正在搬烟花，三个人累得气喘吁吁，海边已经放了一排烟花。

马嘉盯着一排烟花咂嘴说："这玩意在国内一个得好几百吧。"

"没买过，看着不便宜。"

马嘉看到不远处，江大乔和石竹子正朝这边走来，啧啧两声："有福气啊。"

彭伟会意一笑。

天台上，孙爽和赵一聪并肩而坐。

"以前我爸公司办得红火的时候，大家都管他叫孙总，人前人后捧他的人多如牛毛。他出事以后，大家连名字都省了，提起他都说'那个进去的'，我后来就看透了，人和人，也就那么回事。"孙爽的语气依然淡淡的，"你说我爸，他图什么？忙了一辈子，没怎么陪过家人，家都忙散了，到最后还落下这么个名声。"

赵一聪看着孙爽，满眼心疼："只要人有钱，和谁都有缘，一旦没了钱，谁都看你烦。"

孙爽苦笑着："可不是嘛！"

"那你后来怎么过的？"

"我爸入狱后，我妈就带着我弟弟嫁给了一个外国人，再也没回来过。我爸，他就是我在这个世界上最亲的人，可我今天见不到他。"孙爽说完凄凉地笑了笑。

赵一聪心疼地看着孙爽，伸出手轻轻地搂住了她："你还有我呢，我会一直在你身边。"

孙爽扭头看向赵一聪，两人四目相对，含情脉脉，赵一聪情不自禁地亲吻了孙爽的额头。

远处天空忽然亮了起来，照亮了两人的脸。他俩转头望去，只见远处天空忽然绽放开一朵朵烟花，照亮了黑暗的夜空。

两人紧紧地依偎在一起，望着远处绽放的烟花，甜蜜地笑了。

不远处的海边，一排烟花一同绽放，绚烂至极，照亮了桑纳的天空和大海，也照亮了马嘉、江大乔、武梅和石竹子等人的脸。大家都被眼前的美丽所震撼，常来沉醉地靠在武梅肩膀上，洋溢着幸福。

江大乔身后，石竹子拿出手机拍照，她一开始对着天空的烟花，随即后退几步，将江大乔和烟花一起圈入相框内，按下了拍摄键。

又一束烟花升入天空。在烟花最绚烂的时候，彭伟的手机忽然响了，他接通电话，电话那头却没有声音。彭伟以为是自己这边太吵，小跑着往旁边跑，跑了几步不知道听到了什么，忽然整个人怔在原地，一动不动。

烟花的声音渐渐变小，彭伟听筒里的声音变大，彭伟不敢相信地听着，随后，听筒里又传来一连串的婴儿啼哭声，彭伟的眼睛涌出了泪花。紧接着，彭伟妈妈的声音传了过来。

"生了生了！听到了吗？七斤，顺产，是个小子！长得特俊！"

彭伟激动地大叫起来："妈！妈！我媳妇呢！"

"还在休息呢，等她醒了你跟她通电话！先挂了啊，马上给你发照片！"

彭伟边笑边哭地往回跑，先跑到马嘉身边，又挨个跑到每个人身边宣告自己的喜讯。最后又跑回到马嘉面前，一把抱着马嘉，一把鼻涕一把泪，又叫又跳。

"马嘉，我当爸爸啦！"

马嘉被他摇晃得头晕，抓住他的胳膊："冷静点，冷静点！孩子准备取什么名字啊？"

彭伟反应过来："对啊，还没取名字呢，叫什么好呢？你们帮忙想想？"

常来笑道："这个我们帮不了，孩子的名字，你这当爸的自己取吧。"

兴奋得原地打转的彭伟看到不远处的麦乐村天台，突然叫起来："麦乐村，小名就叫乐乐。"

"乐乐好，麦乐麦乐，永远快乐！"石竹子笑吟吟地附和着，众人也纷纷点头。

此时，又一排烟花升空，绚烂绽放。

转眼到了大年初五，中午，刚看完诊的马嘉一边吃午饭，一边拿起电话打给了父亲。

虽然除夕夜得知晓弦将父亲接到双清市过年，大年初一打电话回家给父亲和岳父母拜年时，总觉得电话那头大家讲话的语气怪怪的，可具体又说不上来哪里不对劲。

而双清这边，马父正穿着病号服靠在病床上，脸色苍白。

见到是儿子打来的电话，马父赶紧起身，走到门口把病房门关紧，又躲到洗手间里，隔绝掉外界的声音，这才敢按下接听键。

马嘉见电话那头迟迟不接，心里难免有点发慌，正想挂断后打给柳晓弦，突然听到那头传来父亲熟悉的声音，心才算是放下来。

"爸，怎么才接电话啊？"

"上厕所呢。你在那边忙吗？"

马嘉听见父亲的声音一如往常，放下了心："我哥跟我说了，今年他们回嫂子老家过年，让你去你也不去。"

"他们两口子带孩子回去，我一个老头凑什么热闹。"马父说道，"你呀，不用操我的心，我好着呢，你在非洲照顾好自己。"

听着父亲的叮嘱，马嘉心中颇有些苦涩。

自从考上大学后，自己就很少回老家。哥哥在老家，经常能回去看看父亲，而自己一年到头也回不了几趟家。现在好了，还跑到非洲来了。

"爸，我想好了，等我这次回去了，您搬来双清跟我住吧。哥和嫂子有孩子，平常也顾不上您。跟着我，我和晓弦照顾您。"

"跟你们住什么，不自在。"马父一口回绝。

"跟着儿子住有什么不自在的？"

"你们有你们的生活，我这个岁数，跟你们在一起也没话聊。别说我了，你呀，你忙归忙，有空也得多给晓弦打电话，关心关心她。"在过年的这几天，马父早就从柳晓弦的表情以及柳母的话里话外听出了端倪，他知道柳晓弦乖巧懂事，更知道马嘉是个大大咧咧的粗心人，未免担心起儿子儿媳妇的关系。

马嘉无奈地敷衍着："知道了，我会上心的。"

"光嘴上知道可不行，你这出去一待就是两年，晓弦又要工作又要顾家，你得多体谅她。别让最牵挂你的人心冷了，知道吗？"

父亲说一声，马嘉应一声。看来父亲还有力量唠叨自己，说明啥事儿都没有。

马嘉不知道，此刻，柳晓弦正和李默在一家餐厅的包厢里见面。

柳晓弦默默地吃饭，不说话，也不看李默。

李默见柳晓弦这副拒人于千里之外的态度，突然笑起来。

柳晓弦抬头看了他一眼。

"十一年了，咱俩居然还是这种关系。"李默笑道。

柳晓弦放下筷子，认真地看着李默："什么关系？"

"我挖你的关系呗。"

柳晓弦笑了，原本有些尴尬的气氛轻松了起来。

"那时候可不算挖，是师兄不嫌我没经验，把我带进学通社，我当时就是个刚进学校的学生，没什么本事，就是胆子大，什么都敢掺和一下。"

李默开着玩笑："你可以自谦，但你不能质疑我看人的眼光。"

"这话听起来，有点道理。"

李默继续说道："你要是不适合，我也不可能最后让你当副会长。我这个人别的不行，看人准得很，经验能力什么的，对于传媒人来说还真不是最重要的，最重要的还真就是那股劲儿，我当年就在你身上看到了那股劲儿。"

也许是李默的话勾起了柳晓弦当年的回忆，她的笑容突然有点落寞："我那时候年轻。"

"理想主义跟年不年轻无关。"李默看着柳晓弦，思量片刻后说，"晓弦，其实我是你《直击730》的忠实粉丝。"

柳晓弦笑笑，没说话。

"你别笑，我说真的，你们的节目从第一期我就在看，我这可不是奉承话，第一期是给工人讨薪维权，最后一期是为学生解决食品安全问题，没错吧？"

李默的话让柳晓弦有些意外。

"如果对面坐的是别人，我不会跟她谈理想，毕竟到了咱们这个年纪，这两个字大多数时候听起来都像个口号，奢侈到有点假，但你不一样。"

"我也没什么不一样的。"柳晓弦苦笑着。

李默认真地看着柳晓弦："就凭你做了《直击730》这么多年，你也配得上这两个字。我还是那句话，现在我们的新栏目万事俱备，只差一个优秀的制作人。"

柳晓弦怔怔地看向窗外，李默的相邀的确让她动心，否则今天她也不会来，但是如果真的去了，那马嘉……虽然这些年感觉两人之间多了一些莫名的隔阂，但毕竟这是一个影响两个人生活状态的决定，柳晓弦还是迟迟无法做出决定。

李默见柳晓弦为难的样子，试探道："我知道你家在双清，如果来我们台，需要长居香港，的确不是你一个人能决定的事，我可以给你时间跟家人商量。"

柳晓弦只是苦笑一下。

"你爱人还是那个医生吧？"

柳晓弦点点头。

"你选得对，做传媒行业的男人都忙得脚打后脑勺，不适合结婚。"李默自嘲地笑了一下，看向柳晓弦的眼神有一丝别的意味。

"医生也忙。"

"他现在在哪个医院？"

"江大一附院，不过他去援非了，得两年才回来。"柳晓弦轻轻叹了口气。

李默一愣，点了点头，识趣地没再追问。

这天临近下班时间，马嘉见没有病人，便在随身带的小册子上画着画。这本小册子他已经快画满了，里面都是他来桑纳后的所见所闻，每幅画里都有两个小人——他和柳晓弦。

听说一年左右，医疗队员们会有一次休假，可以回国，也可以让家属来桑纳探亲。马嘉早就想好，到时让柳晓弦来一趟，他要带着晓弦四处游玩。

此刻，马嘉正在小册子上画着一片荒野，远处有一棵凤凰木，树下，两个小人并肩而站，正是马嘉和柳晓弦。

坐在旁边的玛丽安边整理着资料边说："马医生，上次你送我的画，我太喜欢了，我已经把它挂在我的房间了。"

"喜欢就好啊。"马嘉嘴上敷衍着。

玛丽安还想说些什么，诊室门突然被推开了，只见哈利夫站在门口。原本还带着一丝笑意的哈利夫与马嘉四目对视，突然僵住了。他冲着马嘉点点头，准备关上门就走。

马嘉愣了，他看了一眼玛丽安。玛丽安会意，冲出去将哈利夫一把拉进来，按到马嘉桌前的椅子上坐定。

"我记得你，你是坎戈院长的表弟。"马嘉看出哈利夫很是尴尬，"别紧张。你是哪里不舒服？"

"我最近总是咳嗽，尤其是每天半夜两三点，都会咳醒。"哈利夫低声回答着，脚却悄悄转向冲着门口的方向。

马嘉拿出听诊器,在他的胸口、后背反复听着,又问了几个生活习惯的问题后,马嘉说道:"右下肺有一些啰音,咽喉有轻微红肿。"

他边说边在处方笺上写着字。见他越写越多,哈利夫的脸色也越来越紧张,甚至想要站起来离开座位。

玛丽安淡定地在旁边看着马嘉。见哈利夫紧张,玛丽安冲他一笑。

"应该是支气管炎,问题不大。"马嘉终于停下来,将笔放到桌上。他将处方递给哈利夫,看着他继续说,"开了抗生素。每天三次,每次两粒,饭后半小时吃,吃完后多喝点水。还有一盒胃药,这个胃药你每天饭前半小时吃一颗。服药期间,千万不要吃辣椒,也不要吃太甜的食物,进食进水后也不要马上躺下,这些习惯都容易引起胃酸反流。"

哈利夫看着手中的处方,都是一些常见的药,脸色松弛下来了。站起来连声道谢,又冲着马嘉鞠了一躬,这才离开诊室。

"哈利夫刚才吓坏了,估计以为你又给他开检查单呢!"玛丽安乐不可支。

马嘉无奈地笑了一下。

"马大夫,你知道吗?对女人来说,愿意做出改变的男人是最有魅力的。我觉得你,越来越性感了。"玛丽安丝毫不掩饰自己火辣的眼神。

马嘉面露尴尬:"玛丽安,在中文里,性感这个词不能用在这里。"

玛丽安大大咧咧地回答:"这个不重要!重要的是,我觉得你对我们越来越有感情了。"

马嘉尴尬又无语地起身,收起小画册:"下班吧。"

马嘉回到中国医生办公室,江大乔、阳莺等人正在换衣服,收拾东西。他换好衣服,跟着大家往外走。快到医院大门口时,迪斯马斯突然从后面追上来,叫住马嘉。

"马医生,我需要帮助!急诊来了一个恶性脑型疟疾患者,看样子要撑不住了。"

马嘉、江大乔一听,脸色俱是一变。两人赶紧回身跟着迪斯马斯而去。阳莺愣了一秒,也随即转身追上他们。

三人跟着迪斯马斯来到急诊室，病人已经处于深度昏迷，迪斯马斯急急地向他们介绍着病人。

"他叫阿马杜，是一个在河里挖沙的工人。听他妻子说，他在几天前就开始发高烧，之后感觉不舒服就去了一家诊所，医生按感冒发烧给他开药，耽误了治疗。因为拖的时间太长，病人已经重度昏迷，虽然有心跳，但没有自主呼吸，大小便失禁，他现在小便的颜色就跟酱油一样。"

"肾功能严重衰竭。"马嘉神色凛然，看向江大乔。

"迪斯马斯，联系齐丹主任，马上会诊。"江大乔当机立断。

迪斯马斯应声而去，马嘉等人也拿着病历，匆匆赶到会议室。

不一会儿，会议室里坐满了人，苏莱曼、迪斯马斯、齐丹、何塞、坎戈和巴哈等人听了皆是面色凝重。

"听你们的描述，可以判定病人已经转成重度脑疟了。"坎戈说道。

马嘉点头道："我们先上了青蒿素，下一步必须尽快做肾透析。"

"没意义了。"坎戈叹了口气说，"卡塞医院成立以来，像这么严重的脑疟病人从来没有抢救成功过。"

马嘉和江大乔对视一眼，微微皱起眉说："从前没有，不代表以后没有，我们可以试试。"

"你的心情我能理解，但咱们医院没有透析机，没办法给病人透析。"坎戈说的是实情。

巴哈也无奈地耸耸肩："不是我们不想试，可现实就是这样，这里是非洲。"

马嘉和江大乔面面相觑，又一齐望向一直一言不发的齐丹。

"齐丹主任，您的意见呢？"江大乔开口。

"到脑疟这个阶段，基本上宣告死亡了，加上卡塞医院客观条件的限制，医治难度太大，我也同意坎戈院长的意见。"

马嘉一听就急了，不禁提高了声调："为什么一定要放弃，整个卡塞难道一台透析机都没有吗？"

所有人都瞬间看向马嘉。

"我，不会放弃！"马嘉站起来，一字一顿说完，转身出去。

马嘉回到病房区。加护病房里的病床上，阿马杜依然昏迷，插着呼吸机。他的妻子跪在病床前，双手握着一个小十字架，嘴里念念有词地小声祈祷。

"马嘉。"江大乔跟过来，见他站在病房门口，轻声叫道。

"之前有个病人叫我天使，他说看见中国医生，就看见了希望。"马嘉低声说道，"队长，他太年轻了，我们不应该就这么放弃了，我当然知道这里是非洲，但这不是我们放弃的理由！"

江大乔隔着玻璃，看了看阿马杜和他的妻子，女人虔诚的表情刺痛了他。他看回马嘉，眼神里透着笃定："你觉得我会放弃吗？"

马嘉笑了。

"你放心，我会再去找坎戈谈谈，只要有一线生机，我们就必须搏一搏。"

"师兄，谢谢你！"马嘉的感激发自内心。

夜深了，武梅坐在桌前，脸上贴着一片面膜，她还在认真地看着英文文献。

常来洗完澡出来，看看时间已经十一点半，有些心疼地把武梅手中的资料抽出来："该睡觉了。"

武梅摘下面膜，边往脸上抹着护肤品，边跟常来说："明天开始，你得帮我个忙。"

"老婆大人，尽管吩咐！"

"我明天得采集些样本，做对比数据了。你去化验室，想办法帮我弄个培养皿。"

"遵命！"常来夸张地答着，倒头躺到床上。

第二天一早，苏莱曼从病房走出来，正好碰上武梅迎面走来。

"苏莱曼，我有事请你帮忙。"看到苏莱曼，武梅赶紧冲他招招手。

"有事您说话。"

"就喜欢你这种痛快人！是这样，你是院长助理，你帮我动员一下全院的护士，收集一下病人用过的留置针，带肝素帽的不带肝素帽的都要，越多越好。"

苏莱曼微微有些皱眉："你这是要？"

"做研究。"武梅回答得很干脆。

"没问题，不过，我不能白帮你！你要送我一件礼物！"苏莱曼笑嘻嘻地说。

武梅一怔："哟，刚夸完你。想要礼物找你师父要去。"

"我可不敢，我师父太凶，我怕他揍我。"苏莱曼装作可怜样，"你这么漂亮温柔，肯定不会！"

武梅被他逗笑："行，只要你认真采集样本，想要什么礼物，说吧。"

"我希望肝素帽可以在桑纳全面推行，让我们的留置针都能得到像在中国一样的规范使用。"苏莱曼认真地看着武梅。

"没问题，这个礼物，我一定会送给你！"武梅郑重地答应苏莱曼。

会议室里，大家齐聚一堂，再次集体会诊。

"马医生，我跟卡塞其他医院都联系过，目前只有蒙得利医院有透析机可以用，但是他们病房已经全满了，这种程度的脑疟病人他们无法接收入院，说只能提供透析帮助。"

"必须透析，不透析是肯定活不了的。"马嘉坚定地说。

"没有呼吸机，怎么运送病人？这是关键问题！"齐丹提醒道。

众人一时沉默了。

"我们想想办法，只要找到一个可以替代的方式，就能把他送过去。"一向少言寡语的阳莺说道。

"没有呼吸机，就用复苏气囊行不行！我可以一直跟着，监测他的情况。"常来的话，将众人的目光都吸引到他身上。

"对！"马嘉面露喜色，"一个氧气瓶能用一到一个半小时，从卡塞医院到蒙得利距离17.5公里，因为沿途路况不好，送过去大约需要四十分钟，一个氧气瓶够了，以防万一，我们可以多备一个。"

苏莱曼被马嘉鼓舞了，也振奋起来："师父，好办法啊！"

可是坎戈和齐丹等人神情严峻，夹杂着疑虑和担忧。

"卡塞到蒙得利，17.5公里，对于一个丧失自主呼吸的人来说，每一趟来回都是生死旅程。"齐丹提出隐藏的风险。

坎戈也满心疑虑："用手持呼吸机给氧没问题，但中途出现任何问题，都将导致病人死亡，你们确定吗？"

江大乔和马嘉对视一眼，想了想："要救人，肯定会有很大风险，但我们的队员会尽力将风险降到最低。"

"对，预估风险是我们的义务，但全力救人更是我们的责任！"马嘉帮腔道。

一直沉默不语的巴哈问道："万一病人死在路上呢？这责任谁来承担？"

马嘉斩钉截铁地说："我，我来承担！"

马嘉一言惊了四座，大家纷纷看向他，尤其是玛丽安，眼神中透出钦佩和痴迷。

"我愿意代表中国医疗队，带队送病人完成透析。"马嘉继续说道。

"病人家属会同意吗？"坎戈依然不放心。

"我会跟病人家属好好谈谈，出了任何问题，我来担责。"马嘉的眼神充满坚定与执着。

江大乔心头一阵感动，他也开口："还有我！"

"还有我！"阳莺、常来和苏莱曼等人都异口同声地说道。

会议室里突然陷入一片静默。过了好一会儿，齐丹才缓缓开口，打破了沉默："马医生，如果你坚持，我全力支持你的决定。"

"谢谢！那我现在就去准备。"马嘉感激地对齐丹笑了一下，站起身。

马嘉带着阳莺和苏莱曼来到加护病房，他想亲自向阿马杜妻子解释。

"根据病人目前的情况，如果不透析，肯定就没希望了，所以，我们必须对他进行肾透析。但我不能百分之百保证他能活下来，只能说还有一丝希望。"

阿马杜妻子只会斯瓦希里语，她听着苏莱曼的翻译，点点头。

马嘉见她点头，便继续说道："还有，因为卡塞医院没有透析机，我们必须送他去私立的蒙得利医院做透析，路上会有风险，你要做好心理准备。"

阿马杜妻子依旧只是微笑着点点头。

阳莺看着这个女人恳求的目光，心中一阵不忍。她拍拍女人的手背，轻声说道："你有什么想问的，尽管问我和马嘉医生。"

苏莱曼及时给她翻译，女人听了，摇摇头。

"按照规定，在进行肾透析前，需要你签署知情同意书。"马嘉说着将知情同意书递给阿马杜妻子。

阿马杜妻子接过去，看也不看，只是有些无奈地跟苏莱曼说："我不识字。"

听了苏莱曼的转述，马嘉告诉苏莱曼："那你逐条翻译给她听。"

苏莱曼点点头，准备逐条翻译给阿马杜妻子。没想到女人却阻止了他。

"不用了，我相信中国医生，你们就是上帝派来的天使。我叫祖拉，请你教我写我的名字。"阿马杜的妻子对苏莱曼说。

不远处，齐丹目睹了这一幕，感动之余，看向马嘉的目光更多了几分敬佩。

马嘉带着玛丽安、苏莱曼在医院的仓库里四处翻找，终于找齐了制作简易呼吸机的各种装置，面罩，两端装着鸭嘴阀、呼气阀和进气阀的球体，储氧安全阀，储氧阀，储氧袋，氧管，等等。

马嘉依次检查这些临时找来的零件是否完整无损，又确定了压力安全阀完好可用。这才动手开始组装简易呼吸机。

就在马嘉忙碌之时，玛丽安拿着一个纸盒走进来。

"马医生，休息一会儿吧。"

马嘉看了她一眼，嘴里说着不累，手中继续把储氧袋连接上储氧阀。

玛丽安见状，直接打开纸盒，从里面拿出一块小糕点递到了马嘉嘴边："你尝尝我做的点心。"

马嘉有些尴尬，他侧头躲开玛丽安的手。

"装完再吃吧。谢谢你。"

马嘉礼貌回绝的态度让玛丽安只好先放下点心。

这时，彭伟手中拎着一个饭盒进来。

"马嘉，先吃饭，贾师傅今晚做的红烧牛肉，特地给你送过来的。"彭伟说着，把饭盒放到桌上，打开盒子，一股诱人的香气扑鼻而来。

"好香啊。"玛丽安说着，探着头看向饭盒。

"这小点心不错啊，谁买的？"彭伟也看到桌上纸盒里玛丽安做的点心，径自拿起一块就塞进嘴里，气得玛丽安瞪了他一眼，扭头出去。

彭伟莫名其妙："你怎么惹她生气了？"

马嘉笑道："人家专门做给我吃的，我没吃，你倒好，一进来就吃了。"

彭伟脸上顿时浮上一丝坏笑："还专门做给你吃？你实话实说，这玛丽安是不是对你有啥想法啊？"

马嘉白了他一眼："别胡说八道啊！"

"我懂了，你就是揣着明白装糊涂。"

彭伟还想笑话马嘉。只见马嘉放下手中已经组装完成的简易呼吸机，朝着自己走过来，他赶紧躲开说："别别别，你装完了没？装完我带你去爽一下，释放一下压力！"

马嘉摇摇头，端起饭盒大口大口地吃起来："不了，吃完饭我再检查一下。今晚养精蓄锐，明天可是一场硬仗啊。"

斗转星移，月落日升。新的一天，晨光透过卡塞医院院内的树叶，在地上投下斑驳的影子。

马嘉、江大乔、阳莺、苏莱曼用推车推着阿马杜走出住院楼的大门，常来一下一下地有节奏地捏着皮球，玛丽安提着一个氧气瓶，江大乔、苏莱曼和玛丽安推着推车。阿马杜妻子双手握着十字架紧随其后，默默祈祷。

一辆救护车已停在住院楼前，众人各司其职、密切配合，小心翼翼地将阿马杜抬上救护车。马嘉、常来、阳莺和玛丽安也跟着上了救护车。

马嘉和江大乔对视一眼，江大乔的眼神里有鼓励和信任，一切尽在不言中。

"走了。"马嘉已在救护车上坐定，冲着站在车门外的江大乔说道。

江大乔信任地看着马嘉，点点头，关上车门，汽车发动离开。江大乔、苏莱曼和阿马杜的妻子目送救护车渐渐消失在视线中。

二楼，齐丹站在诊室窗前看着救护车渐渐远去。

送走马嘉和阿马杜等人，江大乔回到住院部，拿了一沓资料，来到护理站找武梅。

武梅正在迪阿鲁和另外一名女护士的配合下，有条不紊地将发药盘、口服药、口服药执行单、温开水等放在送药车上。见江大乔过来，武梅放下手中的药盘，叮嘱了迪阿鲁两句，这才走上前接过江大乔手中的资料。

"这都是苏心搜集的，你先看看。"

武梅翻看着，都是关于留置针的相关研究资料。

"论文怎么样了？"江大乔又问道。

"差不多了，这培养皿的数据已经统计完了，我再根据心姐的资料修改完善一下。"武梅收起资料。

"那好，你写完以后，交给苗苗来翻译，我已经跟她交代过了。"

"江队，我还有个请求。这篇论文的署名，我想署'第25批援桑纳中国医疗队'。"

江大乔笑了："没问题，听你的。对了，那件事联系得怎么样了？"

"竹子姐都安排好了，周六下午过去。"

"行，我陪你去。"

武梅见江大乔自告奋勇，用一种调侃的眼神看着江大乔："江队，你的眼光还真不错。"

没想到武梅会突然冒出这句话，江大乔有些尴尬又有点不好意思地转移话题："这次送阿马杜，常来辛苦啦。"

武梅见江大乔的脸竟然有些微红，笑出了声："也不知道他们到了没。"

此时，通往蒙得利医院的路上，救护车驶过一个个街区，穿过川流不息的人群。路上的车辆听到救护车的声音，都纷纷侧让出一条道来。

救护车上，马嘉换下常来，接过皮球，一下又一下有节奏地捏着。常来和阳莺则在一旁密切关注着阿马杜的状态。

救护车驶过一个又一个路口，终于在蒙得利医院门口停下，一名法国医生和两名护士正站在门口等着。见救护车停下，赶紧上前帮忙将阿马杜抬下来。

阿马杜被推进透析室，常来进行检查后，对众人点点头："生命体征稳定，可以开始了。"

大家将阿马杜放到病床上，先给阿马杜换上了呼吸机，随后准备进行透析。

马嘉在阿马杜的腹股沟位置找到动脉，按部就班、有条不紊地插上透析管，随着启动按钮按下，透析机启动，开始运作起来。

马嘉、常来、阳莺等人终于都松了一口气。

这时，蒙得利的这位法国医生拿起简易呼吸装置看了看，一脸的不可置信："你们一路用这个帮他呼吸？"

"是的。"马嘉的笑容中除了自信，还有骄傲。

医生赞佩地朝马嘉竖起大拇指说："太了不起了！"

看着阿马杜终于用上了透析机，马嘉的眼眶不禁湿润了。

第十九章
与死神赛跑

晚上，马嘉和江大乔来到坎戈办公室，阿马杜的病历放在桌子上，三人一同讨论阿马杜的治疗进展。

"今天第一次肾透析四个小时后，阿马杜的肌酐、尿素氮已经降下来了，电解质情况也好多了。我打算后天给他做第二次透析。"马嘉从病历中找出阿马杜的检查单递给坎戈。

坎戈看了看，依然心存疑虑："患者还是无尿，人也还是昏迷，这个疾病这么凶险，还有继续做透析的必要吗？"

"至少目前他的生命体征都还稳定，电解质紊乱也得到了一部分纠正，只要情况不再恶化，我们就还有希望。"马嘉说得笃定。

坎戈想了想，看向江大乔："江队长，你怎么看？"

江大乔毫不犹豫地回答："我认为可以按马医生的意见，再进行一次透析，看看情况。"

"好，那就这样决定吧。"坎戈见两人如此笃定，便也放下心来。

马嘉见沟通已完成，打了个招呼便先回到病房，他决定这些天留在医院守着阿马杜。

马嘉刚走到楼梯处，碰上从上面下来的齐丹。

"马医生，很晚了，你还不下班吗？"齐丹问道。

"今晚我不回去了。阿马杜的情况我不放心，半夜还得观察他的排尿情况。"

齐丹有些感动地说："愿上天保佑你。哦，不，你们中国共产党党员是无神论者，那就祝你好运。"

齐丹伸出手，笑着和马嘉击了个掌。

就在马嘉为救阿马杜而努力的同时，武梅也在积极进行普及肝素帽的工作。

这天，江大乔陪着武梅来到萍聚餐厅，早就等在门口的赵一聪将武梅带到一间包厢。

包厢里，石竹子正陪着《每日新闻报》的首席记者纳森聊天，见武梅进来，赶紧站起来为双方做介绍。客套几句后，石竹子便掩门出去，留下武梅拿出自己准备好的肝素帽的相关资料和论文，一一向纳森介绍起来。

石竹子来到大厅，见江大乔正坐在窗边发呆，她拿了两瓶苏打水走过去。

"怎么样？"江大乔关切地问。

"放心吧，纳森是桑纳最有威望的记者，说话很有分量。"石竹子在江大乔对面坐下，将水递给他。

"那就好。你一出马，事情就好办多了。"江大乔松了一口气，"孤儿院那边怎么样了？"

"挺顺利的，萨尼的章一盖，手续就齐全了。水电前两天刚做好，这几天我再去买些家具，就齐活了，不出意外的话，下个月就能正式开院。"

"那太好了，有需要帮忙的，尽管说。"

"还真有，开院那天，你来捧捧场。"石竹子也不跟江大乔客气。

江大乔想了一下："平时我们也常去中资企业做义诊。要不这样，开院那天，我们组织一次给孩子们的义诊吧。"

"那可太好了！我先替孩子们谢谢你。"

"咱们就别互相客气了。"江大乔说着站起身，"石老板，带我去厨房看看今天进了什么鱼，卖我两条。"

"今天这么有闲情逸致？"石竹子开着玩笑，带着江大乔往厨房走。

"马嘉最近天天在医院守着阿马杜，吃不好，睡不好。我想炖个鱼汤，给他好好补一补。"

"哟，江队长现在还会体贴人了。什么时候也体贴体贴我呀？"石竹子娇嗔地看了江大乔一眼，一头扎进了厨房。

阿马杜很快完成了第二次透析。可是各项指标依然没有好转，那张昏迷的脸略显浮肿。

马嘉已经三天没有回过麦乐村了。这晚，他下班后依然留下来，又来到加护病房，阿马杜的妻子依然跪在窗边不停地祈祷。

当天渐渐暗下来时，马嘉走到门边，将房间的灯打开。这时，他看到苏莱曼和迪斯马斯站在门口。

"有事吗？"马嘉怕打扰到阿马杜的妻子，走出来，轻轻掩上病房门。

"师父，今天我替你，你回去休息吧。"苏莱曼说道。

"不用。"马嘉的脸上满是疲惫，他正要转身，又被迪斯马斯叫住。

"马医生，我有些话想说。"

"说吧。"

迪斯马斯看了一眼苏莱曼："马医生，第二次透析做完了，他的各项指标还是没有好转。恶性脑疟在整个非洲都是噩梦，就阿马杜的病情来说，他能撑这么久，已经是奇迹了。"

马嘉沉默着。

"人的生死，都是上天的安排。"迪斯马斯想继续说，却被马嘉打断。

"我知道你是想安慰我，但对我来说，病人的生命高于一切。只要有一线希望，我就绝不会放弃。"

"可是你已经尽力了。"迪斯马斯的语气急切。

马嘉回头，通过门缝看了看躺在床上的阿马杜和他的妻子，摇摇头。

"我尽力了，这句话医生说出来很容易，也能安慰自己，但对病人和家属来说，这句话很残酷，会让他们陷入绝望。迪斯马斯，谢谢你的关心，但不到最后，我不会放弃。"

迪斯马斯还想说什么，苏莱曼拦住他说："我们走吧，我师父决定的事，谁也改变不了。"

迪斯马斯看了马嘉一眼，轻叹一声，无奈地与苏莱曼离去。

马嘉走回病房，在床边坐下，看向阿马杜的眼神，熠熠生光。

然而，全力照顾阿马杜的马嘉却不知道自己的父亲也正在遭受疾病的折磨。

在马嘉工作的江大一附院，肛肠外科病房医生值班室里，柳晓弦愁容满面地坐在李主任对面。

李主任详细地向柳晓弦讲解马嘉父亲的情况："我们已经给病人插了胃管做胃肠减压，这几天都是静脉营养，用了一些药，今天是第四天，肠子还是不通。该做的检查也都做了，但是没有发现很明确的病因。照目前的情况看，还是做剖腹探查手术比较好，不但可以解除梗阻，也能知道是什么原因造成了梗阻。当然，最终的决定还是看家属。"

柳晓弦想了想："手术时间呢？大概安排在什么时候？"

"后天下午应该可以。"李主任见柳晓弦依然愁眉不展，安慰道，"你也别太担心了，梁院长跟我打过招呼。马嘉出去援外，家里有什么困难，我们这些同事都会帮忙的。"

"谢谢李主任。"柳晓弦道谢后走出值班室。她来到走廊尽头的窗边，看看手机上的双城时间，正是桑纳傍晚七点。柳晓弦翻出马嘉的手机号，手指移到拨通键的上方，却迟迟按不下去。她想了想，还是收起了手机，又转身来到马父的病房。

柳晓弦蹑手蹑脚地推开病房门，悄悄往里看过去。这间双人病房里，另一个病人已睡着，马父却躺在床上，在黑暗中睁着双眼，看着天花板，也不知道在想什么。他的手上还挂着吊瓶，鼻子里插着鼻饲管。

柳晓弦的身影出现在门口，马父一眼看到，轻轻叫道："晓弦？"

柳晓弦快步走到床边，低声说："爸，您还没睡呢。"

"晓弦啊，我在想，那就听医生的，做手术吧。"马父脸上还是透着忧虑。

柳晓弦听出马父嘴上虽然这样说，语气透着忧虑，安慰道："爸，您别担心，我后天休息，会过来陪着您的。"

"难为你了。你工作本来就忙，最近为了照顾我，忙里忙外的，都累瘦了。"

"爸，您别想这么多了，我先走了，您赶紧睡吧。"

马父心疼地看着柳晓弦背起包，准备离开，又想起了什么，说："晓弦啊，我这手术不是啥大事儿，你别告诉马嘉，他在外头，什么也顾不了，白跟着瞎担心。"

"知道了。"柳晓弦替马父掖掖被角，这才离开。

夜深了，马嘉见阿马杜的情况暂时还算平稳，便先回到中国医生办公室里。一推门，看到江大乔和苏莱曼坐在里面，桌上还放着一个保温壶。

"师父，快来，喝鱼汤！"苏莱曼一见马嘉，便替他把保温壶里的鱼汤倒出来，放到马嘉面前。

"这汤太香了。大师父，你还有这一手！"

马嘉看向江大乔，默契一笑，他端起碗喝了几口汤。

"哟，手艺相当不错啊！"马嘉调侃着江大乔。

江大乔无奈地摇摇头："说正事儿，明天可是第三次透析了，阿马杜的情况有好转吗？"

马嘉一口气将碗里的汤喝完："暂时还没有。"

"明天准备几点出发？"

"九点。"马嘉答道。

江大乔点点头："这段时间你太累了，明天护送，我陪你一起去。"

"那我先谢谢了。"马嘉又调侃着江大乔。

"赶紧把剩下的汤都喝完，早点歇着。"江大乔苦笑着说，"苏莱曼，咱们走吧。"

次日清早，江大乔早早来到医院，跟马嘉做准备工作。众人再次将阿马杜推到院内。看着大家将他抬上救护车，玛丽安轻声安慰着阿马杜的妻子："这是第三次透析，这一次，江医生和马医生一起去。"

就在大家都已上车，车门准备要关闭时，阿玛杜的妻子突然冲上前，她抓住车尾后沿，热切地看着车内依然昏迷不醒的阿马杜说："中国医生没有放弃你，你也要努力活下来。"

车门关上，救护车缓缓驶离医院。马嘉透过小小的车窗看出去，阳光下，这个目送大家离开的女人脸上露出了一抹微笑。

汽车行驶在街道上，街上行人来往。马嘉有节奏地捏着皮球，江大乔扶握着氧气瓶，常来严密监护着阿马杜的呼吸。不一会儿，江大乔示意玛丽安接手自己扶握的氧气瓶，自己则接过了马嘉手中的皮球，两人配合默契。

马嘉刚得以喘息，车速慢了下来。马嘉往窗外看去：汽车顺着路右转后，只见街上满是密集的人群。马嘉眉头微皱，车突然停下来。

"怎么回事？"江大乔问道。

"我下去看看。"玛丽安说着，打开车门跳下了车。前方熙攘的人群和堵得水泄不通的车队让玛丽安脸色大变。她跑到前方打探一番后，满脸焦急地跑回来。

"江医生，马医生，今天有个太阳马拉松比赛，路被封了，车肯定过不去。"

"这种活动多久能结束？"江大乔着急地问。

"最快也要中午。"玛丽安忧虑地看向阿马杜。

这时，马嘉手机响了，是柳晓弦打来的，马嘉顾不上想许多，直接挂断。他看了看生命监护仪，又看看窗外的人群，神情焦急地问："常来，现在还有多少氧气。"

"还能支撑二十分钟吧。"常来的心也怦怦直跳。

"不行，等不了了，咱们得想办法。这里离蒙得利还有多远？"江大乔问马嘉。

"不远了，也就三四百米吧。"马嘉看向常来，"心率怎么样？"

"正常。"

"师兄！"马嘉看向江大乔，并未说出后面的话，江大乔已经懂了他的意思，点点头："走！"

"玛丽安，打电话给蒙得利，让他们派人带氧气来接。"马嘉说着，跳下车，接过江大乔推出的病床。大家立即行动起来。司机也反应过来，跳下车冲到后面，和江大乔一起小心翼翼地将阿马杜抬下车。

江大乔推着担架在路上小跑，马嘉捏皮球，常来和玛丽安在床的两边，配合着步伐一起往前跑。这时，路人见状纷纷主动让开一条道，同时还有人往前叫喊着。

很快，一个警察匆匆跑来，正是他们刚到桑纳时，那个在路上跳舞指挥交通的警察。

"你们在干什么？"警察刚问出这句话，立即认出了马嘉，"是你，中国医生！"

马嘉顾不上许多，急忙对警察说："我们需要帮助，这病人必须在十分钟内送到蒙得利医院，否则会有生命危险，能不能帮我们开道？"

"没问题！"警察迅速爬上一辆车的车顶，挥着警棍，吹着口哨。指挥路上的人群给马嘉他们让路。

路上的行人互相传达，有几个路人甚至一路小跑起来，挨个拍着车窗告知司机。司机们也通过后视镜看到警察的指挥，纷纷转动方向盘，向一侧移车。人群与车流很快分开，让出一条通道。马嘉等人再次一路小跑往前跑去，同时关注着担架上阿马杜的情况。

这时，人群中开始出现"加油""Endelea（加油）"声，渐渐地，声音越来越大。当他们终于到达路口，准备横穿马路时，原本拉着隔离线的警察不约而同地抓起隔离线并举手抬起，让马嘉等人顺利通过。

熙熙攘攘的街道成了一条与死神赛跑的跑道，担架上，马嘉的外套口袋里，手机发出了响铃声，可此刻的马嘉只听得见皮球一下一下的给氧声，他全部的精力都在关注阿马杜。然而，马嘉的父亲也正躺在手术台上。

马父的手术进行到一半时，李主任突然带着一名护士出来。坐在手术室外等候的柳晓弦见李主任依然穿着手术衣，紧张地迎了上去。

"李主任！"柳晓弦的声音都在颤抖。

"你别紧张，现在有个情况要跟你说明一下。我们打开腹部后，发现病人肠子有一段增厚明显，看起来像肿瘤，所以要把这段肠管切除，术中送个冰冻切片快速病理检查，恶性就做根治，良性就切除肠管解除梗阻，这需要家属补充签字。"李主任示意护士将手中的通知书递给柳晓弦看。

柳晓弦的脸色大变："这肿瘤是良性还是恶性的？暂时不切可以吗？"

"肿瘤的性质需要做病理检查才能知道。"李主任解释道，"如果不切，万一是恶性的，会增大甚至转移，即使是良性的，不切还是会引起肠梗阻，那这次手术就白做了。"

柳晓弦觉得自己全身发冷，她艰难地说道："李主任，我……我能给马嘉打个电话吗？"

见李主任点头，柳晓弦赶紧掏出手机打给马嘉。可是没想到，电话才响一声，马嘉就挂断。她再打，可一直是无人接听，看着站在一旁等待的李主任，柳晓弦从未像现在这样害怕和无助。

时间一秒一秒地走着，柳晓弦知道自己不能再拖，必须立即做出决定。她想打电话给马嘉的哥哥，可是自从父亲住院，马嘉的哥哥总想着有柳晓弦这个弟妹照顾，连个电话都没打过。更何况柳晓弦知道，他们家一直以来，凡事都是马嘉拿主意，就算打去了，也不会有什么结果。

一通接一通的电话，都久久无人接听。柳晓弦的身体克制不住地颤抖着，可是此刻除了她，没有任何人可以做出决定，柳晓弦只得接过护士手中的笔。

颤抖的笔尖缓缓落到纸上，柳晓弦终于咬牙，用力并快速地在"同意切除"栏签下"柳晓弦"这几个字。

"放心吧，交给我。"李主任安慰着柳晓弦，带着护士返回手术室。

柳晓弦像虚脱一般，重重地坐回椅子上。她怔怔地看着手机，十几通拨出的号码，全部显示"未接通"。手术室外，空荡荡的走廊上，一排座椅中间，柳晓弦独坐的身影孤独无力。

当马嘉、江大乔等人气喘吁吁地推着阿马杜再次经过一个路口，警察已经为他们拦停路口的所有车辆。

"氧气还有三分钟。快！"马嘉已经喘得上气不接下气。

一会儿，马嘉又提醒道："氧气还有两分钟。"

众人神情愈加紧张。

终于，又过一个路口，马嘉看到一名穿着白色工作服的桑纳医生带着一名护士迎面向自己这边跑来。

当阿马杜终于再次进入透析室，透析机开始运作起来时，众人都松了一口气。他们气喘吁吁地在走廊上的椅子上坐下，衣服都已经湿透了。

马嘉缓了好一会儿,这才想起来刚才柳晓弦打来电话。他找了个人少的角落,正要回电话给柳晓弦,这时白云飞发来了手机短信:"老大,伯父的手术很成功,你就放心吧。"

马嘉愣住了,脸色变得铁青。

柳晓弦正在手术室外等候,电话突然响起来,马嘉终于回电话过来了。

柳晓弦按下接听键,没想到她还没来得及开口,听筒就传出马嘉的斥责。

"柳晓弦我发现你这人做事怎么不长脑子?"

柳晓弦呆站在原地,脸上满是震惊和委屈。

"我……"

马嘉粗暴地打断她:"我爸生病,这么大的事你竟然瞒着我!要不是同事告诉我,你还打算瞒我到什么时候?平时什么事只出一张嘴,真到要用嘴说的时候,又变哑巴了,该说的不说,有你这么当老婆的吗?"

面对马嘉劈头盖脸的责骂,柳晓弦既震惊又愤怒,一时说不出话来。

"我爸到底怎么回事?什么时候做的手术?哪个医生?你赶紧把医生的联系方式还有他的手术记录给我!"马嘉还在自顾自地质问柳晓弦。

"你爸是肠梗阻,年前来检查,保守治疗了几天,但是情况不太好,不做手术不行,手术找的是你们医院肛肠外科的李主任做的,术中发现有个肿瘤,必须切除,要让家属签字,刚刚手术中途我打你电话,根本打不通。"柳晓弦心像是掉进冰窟一样,委屈和愤怒令她的语气变得冰冷。

"我刚刚在抢救病人!"马嘉还在强辩,柳晓弦打断他。

"你爸也是病人。你不接电话,你哥不管,你让我怎么办?你爸天天叮嘱我,不准我告诉你,你让我怎么办?"

听着柳晓弦的反问,马嘉也意识到自己太着急,又想解释:"不是晓弦,我刚刚语气急了,我不是那意思。"

"行了不说了,你爸手术很顺利。也许你说得对,我这个老婆当得的确不称职,但我也只能做到这个份儿上了。"柳晓弦说完,也不等马嘉回应,直接挂断电话。

柳晓弦深吸了几口气,让自己情绪平复些后,回到病房,又向护工叮嘱了几句，这才离开医院。

夜色中，柳晓弦将车停在十字路口，正在等红灯。车中流淌着音乐，迪克牛仔的那曲《有多少爱可以重来》。

突然，电话响起，显示李默来电。柳晓弦接起电话，听了一会儿，主动对李默提出见面。

很快，两人在一个路边的大排档碰上面。

李默点着菜，柳晓弦看着路上的行人发呆。不远处有一对夫妻，妻子用力踩着载满夜炊器具的单车，丈夫在后面用力地推着。

柳晓弦看着夫妻俩说笑着走远，不知在想什么出神，被李默的声音唤回神。

"怎么样，想好了吗？"李默问道。

柳晓弦笑笑，没讲话。

"只要你肯来，待遇的事你不用操心。"李默继续说着。

"不是钱的问题。"柳晓弦苦笑一下。

"那就是家庭问题，你老公不同意？"

"他也不是我考虑的问题。"柳晓弦的语气带着一丝冰冷。

李默愣了一下。

"你送给我的那本李玉胜的《十年》，里面有段话我当时很喜欢，是写新闻人的，书里说他们是一群志同道合的年轻人，为了追求一种不平凡的生活……"

李默接下去："为了给自己的青春和理想一个有分量的交代，义无反顾地走进了一个他们认为能够放置自己生命中最好年华的地方。"

李默说完，和柳晓弦默契地相视一笑。

"十年！"李默感慨地说，"我没记错的话，你的《直击730》也播了十年整吧。如果你愿意，下一个十年，我可以做你的战友。"

柳晓弦看着李默诚恳的眼神，缓缓说道："师哥，再给我点时间吧，让我做个决定。"

第三次透析结束，阿马杜等人回到卡塞医院。

马嘉依旧守在加护病房，他情绪低落地坐在椅子上，怔怔地看着阿马杜妻子依然跪在窗边祈祷的背影，一副魂不守舍的样子。

苏莱曼以为马嘉依然为阿马杜担心，想劝又不敢，只得陪在旁边，观察着生命监护仪上阿马杜的生命体征指数。

突然，苏莱曼眼前一亮，激动地抓住马嘉的胳膊："师父！你快看！这一个小时有50毫升尿液！"

马嘉腾地站起来，上前一看，只见尿袋里已经有50毫升尿液了，尿液颜色有所变淡，不再是深褐色。

马嘉布满愁容的脸终于有些舒展，难掩激动。他又过去看了一下监护仪，只见呼吸机的曲线和参数提示有比较弱的自主呼吸。

"你先在这儿看着，我去告诉坎戈院长。"马嘉话音未落，已经消失在病房外。

此刻的坎戈刚接受完桑纳国家电视台的记者对他的采访。

原来纳森为武梅做了一期关于推广肝素帽的专访，在《每日新闻报》上引起了极大的反响。石竹子便趁势再次引荐自己在桑纳国家电视台的记者朋友，带上报纸前往卡塞医院给坎戈院长做专访，让他谈谈卡塞医院如何率先推广肝素帽的使用。

记者走后，坎戈对巴哈说起武梅的这一举动，实在是用心良苦。

巴哈不解地问："《每日新闻报》的发行量全国第一，晚上电视新闻再一播出，不止优素福部长，连总统先生都会看到了吧？这群中国人，搞这么大的动静，到底想干什么呢？"

坎戈哈哈笑着："亏你还是中国通，这都没看出来吗？报纸和电视台，双管齐下，他们呀，这是……这是……那句话怎么说的？就是把我逼着跟他们一起去山上当土匪，那座有108个土匪的山你记得叫什么吗？"

"梁山？"巴哈最喜欢的就是《水浒传》的故事，一拍脑袋马上接上。

"对对对，他们就是故意想让总统也看到，优素福部长过问这件事时，我就不能说自己不知道，必须帮他们了。"

坎戈说完，和巴哈相视而笑。

"我还要告诉你，齐丹先生要走了。"坎戈笑罢，又说起另一件事。

巴哈愣住了："为什么？"

"他只跟我们签了一年合同。他说卡塞医院有中国医生就够了，非洲还有其他地方没有卡塞医院这么幸运，他要去那些地方帮助其他的病人。"

两人正在感慨，坎戈办公室的门突然被推开，马嘉急匆匆地闯进来："坎戈院长，阿马杜有小便了，有微弱的自主呼吸了！"

看着阿马杜的情况一点点好转，马嘉终于放心地回到麦乐村休息。

他洗了个澡后，疲惫地躺在床上，却怎么也睡不着。昨天，柳晓弦挂断电话后，不管他怎么发信息，柳晓弦就是不理不睬。马嘉虽然抽空给父亲打了个电话，但是为了不让父亲跟着担心，马嘉丝毫不敢流露出跟晓弦闹了矛盾的迹象。

此刻，躺在床上看着手机上的双城时间，桑纳时间晚上十点半，正是国内凌晨三点半，马嘉翻看着手机上自己给柳晓弦的留言，心中却不断地设想着柳晓弦大概几点起床，自己要在国内时间几点打过去才合适。

就这样胡思乱想着，马嘉迷糊睡去。也不知道过了多久，他突然惊醒，坐了起来。马嘉揉揉眼，抓起手机看看时间，凌晨三点十分。

"国内八点十分，晓弦一定起床了！"马嘉这么想着，跳下床，来到卫生间洗了个冷水脸，让自己清醒一点后，又做了一番心理建设，这才敢拨通柳晓弦的电话。

电话响了一分多钟，那头才传来柳晓弦的声音。

"喂。"柳晓弦的声音毫无感情，仿佛一个机械女声那般平静。

"晓弦。"马嘉叫了一声。

不等他再多说话，柳晓弦已经开口："爸没事儿，手术很成功，医生说十天左右就可以出院，你哥和嫂子打电话说，等爸出院以后，他们直接把爸接回家照顾，你不用惦记。"

"没事就好。那个，你工作还忙吗？你吃早饭了吗？"

柳晓弦听出来马嘉在没话找话，直接戳穿道："没事我挂了。"

"别挂，有事有事！"马嘉急切地叫道，生怕晓弦真的挂了电话。

"说。"柳晓弦言简意赅。

"那什么……你是不是还在生气？那天是我不对，我一听爸出事了的确有点慌了，一时没控制好情绪，我不该朝你发火。"马嘉边说，边仔细地听着那边的动静。

可是他别别扭扭道完歉，却发现对面的人半晌没出声。

"你还在听吗？"马嘉又试探着问了一句。

"说完了吗？那我挂了。"柳晓弦的声音依然平静得没有一丝波澜。

"等等，我还有个事……那个，我听爸说你最近挺忙的，正好医疗队要到探亲假了，我想跟队里提前请几天假，早点回国，省得你一个人……"

马嘉还没说完，又被柳晓弦打断："不用了，你安心工作吧，需要你回来时我会告诉你。"

马嘉还想说什么，那头柳晓弦已经挂断了电话。

马嘉看着电话，一脸愁容。他的眼无意中落到桌上。桌上有一本摊开的画册，那正是他几天前画了一半后，放在那里的。画上是一幅海景，海边有两个小人，是马嘉和柳晓弦相依偎的背影。

周五下班后，江大乔通知武梅，坎戈院长又要请家宴，这一次，只邀请了江大乔和武梅。

江大乔特地让石竹子请大厨做了一些中式点心，准备带上给坎戈做伴手礼。

前往坎戈家的路上，武梅有些不平地揣测着："坎戈这老滑头，今晚摆明了是鸿门宴，我倒还真想看看他唱哪一出。"

江大乔笑道："兵来将挡，水来土掩。反正舆论已经造出去了，生米煮成熟饭了，他顶多就发发牢骚，不用担心。再说了，咱们做套把他拖下水，还不让人家抱怨两句啊。"

武梅撇撇嘴："江队，我就不爱你这和稀泥的性格。咱们现在可得说好了，一会儿他要发难，你不许和稀泥，我来应付。"

说话间，车已在坎戈家门口停下。

两人下车，还没来得及按铃，坎戈的大老婆已经笑吟吟地打开了院门，迎接两人。

这一次，坎戈让两个老婆带着孩子们避开，并将餐桌移到放有电视的会客厅。

桌上已经摆满菜肴，江大乔、武梅和坎戈围桌而坐，眼睛却都盯着电视，电视里正播放着坎戈接受采访的画面。

电视中的坎戈面对记者的提问，正在侃侃而谈："卡塞医院的确已经开展了肝素帽的正式推广工作，我们非常感谢中国医疗队，这个善良友好的国家不断为我们提供医疗帮助，大量研究数据验证了肝素帽在预防感染和血栓方面的巨大作用，事关生命健康，我当然要给予大力支持。最后，我想说的是，无论遇见什么困难，我愿意和中国医疗队一起为桑纳人民的健康而努力。"

随着电视画面跳转，武梅似笑非笑地看着坎戈："坎戈院长，您接受采访时说得真好！"

坎戈也直言："江队长，武护士长，今天请你们来，主要是想跟你们谈谈肝素帽的事。"

江大乔和武梅不动声色地看着坎戈。

坎戈拿起酒，给大家面前的杯子倒上酒后，表情诚恳地看着江大乔和武梅说："你们一直以来对我有些误会，其实我不是不知道肝素帽的好处，更不是不想用，但我只是卡塞医院的院长，而桑纳还有好多家公立医院，单凭我没办法促成这件事。但我明白你们的良苦用心，所以要对你们说声谢谢。"

江大乔和武梅对视一眼，有点意外。

武梅问道："你不怪我们先斩后奏？"

坎戈笑着摇摇头："我知道现在使用的肝素帽是武护士长自己从中国申请来的，但是你们不可能永远给我们提供肝素帽。单卡塞医院，就算使用了一百个、一千个，甚至一万个肝素帽，能帮助的病人也是有限的。但你们如果能让桑纳所有病人都得到帮助，我也愿意尽自己的绵薄之力。"

坎戈的话真诚动情，江大乔和武梅也听得动容。

坎戈举起杯子："我敬二位，请接受我真诚的感谢。"

江大乔和武梅赶紧端起酒杯，三人碰杯饮尽。

一杯饮罢，坎戈又说道："今天请二位来，还有一个原因。我接到了卫生部优素福部长的电话，想请你们去卫生部就新闻报道做解释。我想不应该让你们自己去面对，我要陪你们一起去。肝素帽这个帽子，我戴定了！"

三人相视而笑。

坎戈再次给酒杯斟上酒,然后看向武梅,表情变得有些严肃:"武护士长,有件事我想提醒你,优素福是一个非常严谨的人,去见他之前,你需要做好准备。"

武梅嫣然一笑,从包里掏出一本杂志递给坎戈:"听说,《非洲健康杂志》是一本极具权威的医学杂志,您看看……"

武梅翻开其中一页,递给坎戈,只见一篇标题是《在卡塞医院使用肝素帽预防静脉血栓和感染的护理体会》的文章。

坎戈眼睛一亮,惊喜地接过杂志翻看。

"我们写了一篇文章。里面都是卡塞医院的护理案例,设计了对照研究,所有的数据都是真实的。如果优素福部长真的是一个严谨的人,我相信只要他耐心看完,一定会接受。"武梅自信地说。

坎戈合上杂志,抑制不住脸上的笑意:"梅,你们中国有句谚语'不到黄河心不死',说的就是你呀。"

武梅和江大乔哭笑不得。

"坎戈院长,这句话在中国不是表扬人的意思,不能这么说。"江大乔不得不纠正坎戈。

岂料坎戈两手一摊:"不能怪我,你们中国话太难了。我换一句。我记得还有一句是'不到长城非好汉',这应该是好话吧!"

江大乔和武梅无奈地相视而笑。

坎戈也懒得再管对不对,举起面前的酒杯:"来,敬二位好汉!"

三只杯子碰撞到一起,发出清脆响亮的声音。

一周后,阿马杜终于撤掉了呼吸机。卡塞医院几乎所有的医生都替阿马杜高兴,更是对马嘉钦佩不已。甚至还有其他科室的医生专门跑来马嘉的诊室,向他表示祝贺与敬佩。

面对众人的赞美,马嘉胸口却像堵着一块大石头,他和柳晓弦陷入了冷战,这是两人相识相爱以来,第一次冷战。

晚饭后,马嘉拿着手机跑到天台上,他躺在摇椅上,想给柳晓弦打电话,他迟疑片刻,最终没有拨打。

江大乔拿着两瓶可乐走上来，递给马嘉一瓶。

"人都救过来了，还不高兴呢？"江大乔看出马嘉这几天一直心情不好。

"觉得自己有点失败。"马嘉喝了一口可乐。

"你还失败？现在你的事迹都传遍卡塞了。"江大乔以为马嘉又在矫情了。

"我是说……作为亲人还有爱人。"马嘉的声音满是落寞。

江大乔一愣："跟老婆吵架了？"

马嘉叹了口气说："我爸前几天做手术了，术中还出了点意外，我事后才知道。"

"什么病？"

"肠梗阻，剖腹探查的时候，在肠子里发现了一个肿瘤，还好是良性的。"马嘉坐起身，看着江大乔说，"师兄，等阿马杜出院后，我想请假回去一趟。我现在想想还后怕，他要真出点什么事儿，我这做儿子的……"

马嘉说着更难受了，满是自责懊恼的语气。

"自古忠孝难两全哪，老爷子是故意瞒着你的吧？"

马嘉点点头："怕影响我工作。"

"父亲都这样，我父亲得了阿尔茨海默病，后来病得严重，什么都不记得了，就记得一件事，就是不让家人告诉我他生病，我们爷俩这一辈子啊，就没好好说过话，互相关心也要用吼的，好好说话烫舌头似的。"江大乔想起父亲，又想起江瑶，眼眶也不禁泛了红。

马嘉苦笑着，竟不知道说什么才好。

江大乔停了停，继续说："原来我跟你一样的想法，当爸了以后才明白，哪有不关心孩子的，只是他不好意思表达出来。可惜我懂得太晚了，想跟他好好说话也说不成了。等忙完这阵，你就回去看看吧，好好陪陪老爷子。"

"谢谢师兄。"马嘉轻声说道。他和江大乔都不再讲话，两人的目光齐齐看向远方。今天，云雾缭绕，暮色中，乞力马扎罗山不见踪迹。

一个月后。

武梅正在对医生的处方与手中的药物进行核对，坎戈突然匆匆走进来，脸上洋溢着笑容。

"梅，告诉你两个好消息。"

武梅看了坎戈一眼，继续手中的工作："什么好消息啊？"

"双清市捐赠的肝素帽已经清关成功，运送到卫生部了。巴哈告诉我，最晚明天就会按照比例，分发给各家医院。"坎戈笑得嘴都合不拢，"还有更好的消息是，在今天上午刚刚结束的卫生部例行月会上，要在全国普及肝素帽使用的方案已经全票通过，并且把它纳入国家医疗采购清单了！"

"太好了！一旦列入清单，全桑纳都会普及肝素帽了，这个问题永久性地解决啦！"武梅露出开心的笑容，"看来我折腾了这么久，还是值得的嘛。"

"梅，你的笑真的太美了！在我心中，你美得无与伦比！"坎戈看着武梅，极尽所能地赞美着。

武梅端着输液盘，满脸笑意地走进儿童病房，看到迪阿鲁正在靠近门的那张病床前给一个三四岁的小女孩打留置针。

小女孩指着留置针上的肝素帽，好奇地问迪阿鲁："这是什么？"

"这是一个神奇的小帽子，有了它，你会更安全。"迪阿鲁说完，抬头看向武梅，两人会心一笑。

病房的窗外，湛蓝的天空上，飘着几朵洁白的云彩。

第二十章
莫愁前路无知己

时间转眼即逝，阿马杜终于出院。齐丹和迪斯马斯远远地看着阿马杜和他的家人对马嘉、江大乔等人表达诚挚的感激，感慨万分。

等到阿马杜离开，齐丹快步走上去，叫住江大乔。

"江医生，你们真是一群有着神奇力量的人，我很快就要离开桑纳了，有一个不情之请，我能去你们医疗队的驻地，那个叫麦乐村的地方看看吗？"

"非常欢迎！"江大乔不假思索地答应了。

齐丹还欲跟江大乔多说几句话，何塞却走过来叫住他。

"齐丹先生，我想跟你聊聊。"

齐丹只得带着何塞回到自己的办公室里。

齐丹的茶水桌上，圆柱形的铁皮罐子里装着咖啡粉，齐丹取出两勺，手冲壶的水流高高而下，浸湿咖啡粉，透过滤纸，聚成一股细细的流水。齐丹边泡咖啡边听何塞说出他的决定。

不一会儿，一股苦涩焦香的气味弥漫办公室。齐丹转过身来，手中有两杯咖啡。他将其中一杯递给何塞，并问道："决定好了吗？"

何塞坐在沙发上，接过咖啡。何塞几乎跟齐丹同时来到卡塞。他跟齐丹一样，一开始瞧不上这群中国人。但是他来桑纳的目的其实更不单纯,是想最终完成他移民欧洲的目标。现在齐丹要走了,剩下他一个人面对这群跟自己格格不入的中国人,他觉得自己没有留下的必要。

"齐丹先生,我想转去法国,希望您可以为我写封介绍信。"何塞恳切地请求。

齐丹陷在沙发里,抿了一口咖啡,缓缓地开口:"如果因为我要离开,所以你也要离开的话,我建议你再考虑考虑。"

何塞摇摇头:"除了您,我在这里没有朋友。"

"其实你并不孤单。"沉默片刻后,齐丹突然冒出这句话。

何塞疑惑地看向齐丹。

齐丹咽下一口咖啡后,将杯子放到茶几上,认真地看着何塞:"中国医疗队来的这些日子,我用我的眼,用我的心,见证了他们的一言一行,我已经把他们当成最好的战友了。"

何塞想到中国医疗队刚来的时候,和齐丹之间有那么多误会,现在看来都已消散如烟了,心中顿时觉得有些五味杂陈。

"我们并不孤单。"齐丹看着窗外的大海,又淡淡地说了一句。

海面平静无波,海鸥飞过。

何塞讪讪地离开。齐丹也跟着起身出门,把门带上的时候,他回头看了一眼自己费了大工夫布置的办公室,眼中流露出些许不舍。

夕阳沉入地平线,像橘黄色的染料倾倒在滩涂上。

麦乐村里,一半鸳鸯锅的鲜红底料咕噜咕噜滚动,另一半的清汤锅底岁月静好。红色的是温中散寒锅,肉桂、山柰、草果、丁香、小茴香、砂仁、豆蔻、花椒、干辣椒在锅中滚动。清汤的是当归党参锅,底料是当归、党参、菌菇。

对于齐丹的突然造访,医疗队的众人都有一种微妙又期待的心情,尤其是孙爽和马嘉两人,孙爽挥动细细胳膊搅动着材料,由医师升级为大厨。

"你这是要把齐丹炖了吗?"武梅吓了一跳。

"我要让他感受感受,中医药的魅力。"孙爽促狭地一笑,继续往锅里按着配比加料。

齐丹果然按约定好的时间到来。江大乔和马嘉出来迎接。

还未走进食堂，齐丹耸耸鼻子："这是什么味道？好香。"

"这是我们的孙爽医生特地给你调配的养生火锅。"江大乔领着齐丹走进食堂。

"齐丹先生，你好。今天我们想请你尝尝中华美食精粹，火锅。"孙爽的手不断地搅动着火锅汤底，嘴里向他炫耀道。

齐丹看着锅底，指着锅底里的当归说："我知道，这个叫当归，能补血润肠。"

江大乔和马嘉有些意外。

齐丹接着说："上次孙医生给我把脉，说我气虚，我回去搜了一下，他们说这个东西可以治气虚。"

"厉害！这么快就了解了。那我考考你，这个是什么？"孙爽用筷子指着一块党参问道。

"人参，对不对？"齐丹的语气倒是颇为自信。

"半对吧，这是党参，人参的一种。"孙爽笑着说，"这是当归党参锅汤底，这两味中药的组合有很好的活血通经、养血益气、补中益气的功效。"

孙爽又指着另一半油润润的锅："这是个辛辣的锅底是我们中国冬季火锅最常用的锅底，能温中散寒、化湿行气，适合冬天手足不温者食用，除了效果好，口味也非常棒。"

第一次见吃东西还能治病，齐丹啧啧称奇："第一次听说吃东西还能治病。看来，有边界的是我们的认知，知识无界。"

齐丹说着，拿出自己带来的白兰地挨个儿倒酒，到马嘉时，他的手停住了，马嘉笑呵呵地给自己倒了一杯饮料。

齐丹举杯对着武梅和孙爽："先敬两位美丽的女士。"

齐丹看着孙爽："孙医生，我为我之前的狭隘向你道歉，虽然我还不能完全理解中医的奥秘，但辛巴证明了你的高超医术。"

他又转向武梅："武护士长，在桑纳普及肝素帽简直是一个奇迹，你做到了。"

齐丹说完跟两人碰杯，三人一饮而尽。

"你们让我见识到了中国女人的魅力。"齐丹拿起酒瓶替两人又倒上酒。

有人插嘴说:"中国女人的魅力你才见识了百分之一。"

"当然,还有中国男人的魅力,马医生现在是我最钟情的男人。"齐丹开着玩笑。

"这话不合适,我可是有家室的人。"马嘉故作害羞状。

众人笑成一团。

齐丹有些羡慕地说:"我理解桑纳人为什么喜欢中国医疗队了,你们虽然每个人都不一样,但遇到困难时候的反应却永远团结、永远无所畏惧,你们让我想起了电影里的超级英雄。"

江大乔笑笑:"中国的故事里从来没有超级英雄,只有努力拼搏的普通人。"

"可就是你们这群普通人把阿马杜从死神手里抢了回来。"

"你知道为什么就算有一线生机,我们也不愿意放弃吗?"江大乔问齐丹。

"为什么。"

"因为阿马杜是他自己,是我,也是你。"

齐丹不太明白话中的深意,等着江大乔继续解释。

江大乔微笑着说:"人类命运是一个共同的整体,无论什么肤色、民族、语言,我们创造的是共同的人类文明,而医生的使命就是拯救每一个需要拯救的生命。我们国家有一位伟大的领袖曾经说过一句话,'风物长宜放眼量',意思是我们应该放开眼界,用更宽广的视野去看待万事万物。"

江大乔眼睛闪着微光,齐丹被打动了,有些惋惜地说:"可惜我跟卡塞医院只签了一年的合约,任期马上就到了。你们中国有个词叫什么……什么很晚。"

"相见恨晚。"马嘉补充。

"对!相见恨晚。真是遗憾,如果我不走,我很愿意成为你们的一分子,我希望你的国家,我的国家,还有桑纳,我们的命运永远在一起。"

"没什么遗憾的,你忘了,我们是共同体,无论你走到哪里,我们都不孤单。"

齐丹赞同地点头:"我已经跟坎戈推荐了,希望我走之后,我的病人由中国医疗队接手。"

江大乔点点头:"放心,我们一定不负所托。齐丹先生,你准备回法国吗?"

"玻利维亚。"齐丹喝了一口酒，又说道，"有一天晚上，我梦见了那片被称为天空之境的乌尤尼盐沼，我觉得它在召唤我。而且我知道，那里的人肯定会需要我。之后我可能会去海地，看世界上最美的山，或者去智利，在圣地亚哥大教堂前喝最美的葡萄酒。"

马嘉看着齐丹微醺陶醉的表情，不禁感慨地说："齐丹先生，谢谢你让我看到了医生的另一面，你心里有真正的浪漫。"马嘉说着，举起盛满饮料的杯子，"敬您，也敬您的浪漫！"

这顿火锅大家都吃得很尽兴，江大乔便带着齐丹夜游麦乐村。

放眼看去，菜园、秋千、足球场、篮球场，处处都是生活的痕迹。院中随处可见布置的细节装饰。齐丹不禁赞叹："这里跟我想象的完全不一样，一点也不像一个出差的地方，更像一个家。"

两人谈话间路过手印墙，五彩斑斓的掌印交叠在一起，像是紧紧牵着手。

见齐丹好奇打量，江大乔介绍："这是手印墙，上面都是中国医疗队队员们的手印，等我们任期到了离开了，这面墙就替我们留在这站岗了。"

"你们中国人才是最浪漫的人。"齐丹笑着，回头再看看这面墙。

前方不远处，锈迹斑斑的铁门上挂着一副旧木牌，上面凿着"milele"几个字母，风吹日晒，形成了深深沟壑。字母刻得很用力，拐弯处的弧度流畅，当年刻它的人是下了功夫的。

"这是什么？"

"milele，我们驻地的名字，取自斯瓦希里语。"江大乔深深地看了一眼。

"为什么叫这个名字？"

江大乔神秘地微笑，带着齐丹继续往前走。马嘉站在档案室门口，等候已久。

原本陈旧的仓库已经被马嘉改造成一个充满历史感的档案室，齐丹走到马嘉示意的陈列柜面前，从上到下，整整三层，每层从左到右按照时间顺序摆放着整理好的各种书籍、磁带、碟片等物件，从1965年11月一直到2013年，时间变成了可触摸的物件，书架架起了岁月的桥。

齐丹视线移动到一面照片墙上，墙上贴着一张张照片，由泛黄到清晰：有点着油灯看书的医生，有拿着东方红1号发射成功的报纸笑得灿烂的医生，有跟非洲病人一起跳舞的医生，有穿着白大褂给病人做手术的医生，有怀里抱着2008年奥运吉祥物玩偶的医生，有在老门前"麦乐村"牌子下合照的医疗队……突然，齐丹眼睛紧缩，激动地上前一步，抚摸一张早已泛黄的照片。照片上，一名法国医生、一个中国医生、几个非洲病人挤在病房里，众人对着镜头，露出大大的笑容。

江大乔和马嘉见状，疑惑地相视一眼。

"这是我父亲。"齐丹的声音有些哽咽，眼眶已经泛出泪光。

圆月当空高悬，广袤的土地静谧安详。马嘉、江大乔、武梅和孙爽送别参观完档案室的齐丹。大门口，江大乔递过一个纸袋子交给齐丹。

"江医生，何塞的事情你都知道了吧。"齐丹接过纸袋。

江大乔点点头，有些惋惜地说："何塞是个好医生，他走了，是卡塞医院的损失。"

"我已经劝过他了，尊重他的决定吧。江队长，马医生，谢谢你们今晚的招待，我要回去了，明天我就要启程了。"

马嘉挥手告别，武梅和孙爽也一并打了招呼。

齐丹转身要走，视线扫过手印墙。掌印有大有小，五彩斑斓地交叠在一起，仿佛能看见大家叠手加油鼓气，笑容灿烂。齐丹看向江大乔："我还有个小请求。"说着看向了手印墙。

天边划开鱼肚白，非洲大地苏醒过来。一大早，齐丹乘上离开的车辆。车轮颠簸，掀起滚滚烟尘，后视镜里，卡塞越来越远。

齐丹打开包，掏出江大乔给的纸袋子，上面写着"中国医疗队赠别"。纸袋中装着一本《黄帝内经》的手抄小册子，里面批注了许多英文简易讲解。齐丹正要收起小册子时，摸到内页夹着什么东西。抽出一看，是那张父亲跟中国医生还有非洲病人的合照。齐丹翻过照片，背面写着"莫愁前路无知己，天下谁人不识君"。

齐丹看向车窗外飞速闪过的非洲景色，在卡塞医院行医的一幕幕从眼前飞闪而过，最后停留在昨夜，麦乐村的院子里，在马嘉和江大乔的陪同下，他在手印墙上重重按下了自己的手印，新的手印和旧的手印紧紧贴在一起。

中午，中国医生办公室里，彭伟和马嘉边吃午餐边打赌，赌注就是彭伟那半瓶"老干妈"。

"那主意可是我出的。"彭伟一脸自信满满，"那家餐馆的老板多明古是何塞以前救过的车祸病人。当时他四肢多处骨折，要不是何塞拼力做了三次手术才保住他的双腿双手，他这辈子只能做个躺在床上的废人了。你想想，江队带着何塞往餐馆里一坐，这番动之以情，晓之以理，病人还现身说法。何塞怎么可能会不留下来呢？"

"每个人都有自己的选择，还真不好说。"马嘉不以为然，"这半瓶老干妈我劝你不用收回去，马上就归我了。"

马嘉话音未落，秦童推门进来："咦，你俩在这儿呢。何塞乘明天的飞机离开桑纳，大家都在跟他道别呢。"

彭伟怔怔了看了一会儿秦童，哭丧着脸把目光又转向面前的"老干妈"。

马嘉的父亲终于出院，被大儿子接回家中。

柳晓弦回到单位，她的包中放着一封写好的辞职信。不料她刚走进电梯，就在电梯门快要合上时，外面有人按了电梯，门又徐徐打开，林南出现。两人对视一眼，随后并排而站，空气安静到似乎凝滞，气氛有些尴尬。

突然，咣当一声，灯光频闪了几下，应急照明灯亮了，电梯也卡住不动了。柳晓弦和林南都吓了一跳。林南迅速反应过来，把下面的所有楼层都按了一遍，电梯依然毫无反应。柳晓弦在微弱的光源下摸到了电梯的紧急呼叫键，迅速按下，响了几声后，接通了。

"喂，你好，我们被困在电梯里了。"柳晓弦的声音很是慌张。

"你好，请保持冷静，里面几个人？"

"两个。"

"好的，请你们保持镇静，我们马上派人过去！"

紧急呼叫挂断，柳晓弦稍微舒了一口气，靠在电梯壁上。

小小的空间里，一丝细微的颤动都能被捕捉，林南感受到柳晓弦的呼吸越来越不自然，开口找话题："转岗的事儿，如果你真想清楚了也行，台里的其他几个栏目你有哪个比较感兴趣的吗？"

柳晓弦沉默了一会儿，终于鼓起勇气把信封递了过去。

"你最近是不是状态不太好？我记得上次你请假时说你公公生病了？"林南瞥了一眼，没有接信。

"嗯，手术已经做完了。"柳晓弦的手尴尬地停在半空。

"你爱人没回来？"

"我没跟他说。"

林南看出来柳晓弦语气不太对，试探性地问："闹矛盾了？"

柳晓弦沉默。

林南看了一眼柳晓弦："工作上的事我还能给你点建议，婚姻我没经历过，没有建议的资格，但所有事都是一个道理，你得明白自己想要什么样的人生。"

柳晓弦自嘲地笑笑说："如果能重选，我可能会想做您这样的人吧。"

林南跟着笑了："巧了，如果我能重选，我可能不会再过这样的人生了。不过选了就别后悔，因为无论怎么选，最后心里都会觉得没选的那种生活更好。"

林南说完，接过柳晓弦手里的辞职信说："辞职信我先替你收着，人不要在状态不好的时候做重大决定。你可以辞职，但我希望是你想清楚自己要什么，无论是工作还是生活。"

终于，电梯又重新启动了，继续上行。电梯来到八楼，门开了。

"给你一个月假期，放下你手头的工作，出去走一走，看一看，问问自己的内心，到底想要什么？"说完，林南走出电梯。

当晚下班后，柳晓弦开着车先去市场买了一些水果，随后去了父母家。在路上，柳晓弦回想起前两天梁森林给自己打的那个电话。卫健委准备组织家属团前往桑纳探亲，家属不去的队员可以回国探亲。梁森林问柳晓弦要不要去桑纳时，柳晓弦一口回绝。但今天，林南的话给了她触动，也许她真的需要给自己放个假，好好思考一番。

柳晓弦拎着水果开门，正在客厅看电视的柳父以为自己看花了眼，自家闺女从来是忙得脚不沾地的，什么时候能在工作日的下班时间准点儿看到她？

"我领导看我太累了，给我放了几天假，让我好好歇歇。"柳晓弦一边换鞋，一边解释。

听到动静，柳母拿着勺子从厨房走出来，抱怨道："你这天天两头跑能不累吗？他们家怎么回事，俩儿子，老爹生病了还得儿媳妇跑前跑后伺候，我自己的女儿我都没舍得这么使唤过，谁家这么过日子。"

柳父给老伴使了一个眼色，示意她少说两句。没想到柳晓弦却开口了："最后一回了，没有下次了。"

"对，以后再有这种事儿，你就打电话把他叫回来。"柳母仍在气头上。

柳父却听出话里的不对劲儿，他的脸色严肃起来："晓弦，你刚才那话啥意思？你俩是不是吵架了？"

柳晓弦走进厨房，端起一盘柳母做好的菜走了出来，淡淡地说："照顾他爸住院是我为他马嘉做的最后一件事。妈，我觉得你之前说得对，日子不是这么过的，我想离婚。"

这天夜里，柳父翻来覆去怎么都睡不着。他偷偷起身跑到客厅，看着时钟指向十一点半。柳父算算时间，正是桑纳的傍晚六点半，马嘉应该已经下班了。

柳父拿起电话，悄悄地躲到卫生间里，关上门，拨通了马嘉的电话。

"喂，爸。"马嘉接到岳父的电话，很是意外。

"你跟晓弦到底怎么回事？"岳父的声音很是严肃，省掉了一切客套的开场。

马嘉一愣，下意识想要搪塞过去。没想到说到一半，就被柳父严厉打断。

"到这种时候了，你还想糊弄我！要是没有事儿，我会给你打这个电话？"

岳父一向很疼自己，突然这么严肃，马嘉被他的态度吓得不敢吱声，只好坦白："爸，您别生气，我不是想糊弄您，我是怕您操心。我俩这段时间的确闹了点小矛盾。"

"那是为什么？"

"那什么……我爸手术的事，晓弦怕我着急没跟我说，我也是太后怕了，知道了以后没控制住跟晓弦发了两句火……"马嘉越说越心虚，声音不由自主地低了下来。

柳父阴沉着脸，沉默了很久，才开口，语气满是责备："马嘉，我知道你是医生，工作忙，很多时候身不由己。晓弦选了你，就免不了多担待一些。但即使是夫妻俩，也没有谁的付出是理所应当的。你不在的这段时间，你知道她过的是什么日子吗？在电视台忙一天，下班后还要去医院帮你父亲安排检查、住院、手术，有时候回到家连口水都没喝上，就睡着了……"

听着岳父的责备，细数着晓弦默默为自己付出的点点滴滴，马嘉的心满是愧疚，他不由得低下了头。

"爸，我知道……"

"你知道什么！知道了你就不会这么犯浑！"

马嘉沉默不语，他知道此时说再多都是在狡辩，自己错了就是错了。

柳父还在说着："马嘉，你知道，我们老两口就这一个宝贝闺女，跟着你，一起吃苦，可以，受委屈，不行。我们这个家的大门永远为她开着，如果她真在外头受了委屈，什么时候她都能回来。"

结婚这么多年，柳父第一次对马嘉说重话。挂断电话，马嘉一脸凝重，彻夜难眠。

好不容易熬到第二天早上，马嘉趁着晓弦午休的时候打电话过去。电话一直到自动挂断都无人接听。马嘉又打了过去，半晌后，对面终于传来了柳晓弦的声音。

"喂？"

马嘉听到柳晓弦的声音，脸上立马堆上讨好的笑意："喂喂！是我！马嘉。"

对面沉默了一会儿，声音冷漠平静："有事吗？"

马嘉一时尴尬，没话找话："那个，爸回去了是吧？"

"你哥没跟你说吗？情况稳定了，爸自己想回去，不在双清待着了。"

"对，他说了，那什么……其实也没什么事儿，就是想问问你最近过得怎么样，我听说你最近工作好像有点不太顺利，是节目又遇到什么困难了吗？"

电话那头的声音开始不耐烦："马嘉，不用这么关心我，你平时也不这样，怪尴尬的。你到底有没有事儿？没事儿我挂了。"

"有！有！晓弦，我这段时间这边也没那么忙，我想回去一趟。"

"又折腾什么啊？你爸都好了，你回来干吗？"

"那我回去看看你,行吗?"

"看我?你哪有这份心。不用了,我最近挺忙的,你好好在非洲待着。不说了。"柳晓弦说完将电话挂断。

马嘉看着手机,如坠冰窟。他在浑浑噩噩中度过了漫长的一天。晚上,回到麦乐村,他垂着头就往宿舍走,被彭伟一把拉住,拖进了食堂。

众人一阵热烈的掌声在迎接他,马嘉迷茫地看着大家笑吟吟的脸,不知道怎么回事。

食堂的桌上摆满丰盛的菜肴,桌边站着参赞。

江大乔把马嘉拉到参赞面前站定,参赞手中拿出表彰证书,马嘉这才明白过来,原来因为他奋力救治阿马杜,卫健委和大使馆决定对他予以表彰。

"马嘉医生的行为充分彰显了我们中国医疗队的责任和能力,当然,这个表彰颁给了马嘉医生,但荣誉是属于整个医疗队的,希望你们再接再厉。"参赞说完,把证书递给马嘉,马嘉接过去,努力挤出一个笑容。

众人又是一阵掌声。参赞挥挥手,示意大家吃饭。

江大乔欣慰地看着马嘉,拍拍他的肩膀:"要我说,咱们所有人里,马嘉的变化是最大的,以前的马嘉有技术有能力,那现在的马嘉更通透,有了不少智慧。"

江大乔说完,彭伟起哄:"你看咱队长看马嘉那眼神,快跟看竹子姐一个眼神了。"

江大乔瞪了彭伟一眼。

马嘉心不在焉,手机按亮又熄掉,屏幕空空荡荡。彭伟见状又挤眉弄眼:"马医生,说两句啊,参赞和队长都把你夸成这样了,咱主角还不得讲两句。"

马嘉回神,没听见刚刚几个人的话,赶紧接话:"参赞说得对,大家赶紧动筷子,要不菜凉了。"

"好家伙,敢情马大夫就听到了前两句,白瞎了江队一番表白了。"秦童一副看戏的表情。

众人又笑了起来。

江大乔示意大家安静:"我也有个好消息告诉大家,每一批医疗队到任期中期,都会给大家放一个探亲假，可以回家探亲，不回去的，卫健委也会组织家属来桑纳探亲，咱们的探亲假暂定在下个月。"

听着这个消息，大家都欢呼起来，马嘉的思绪也勉强被拉回，他望着江大乔，心中已有了决定。

晚上，送走参赞，江大乔回到自己的房间。江瑶的照片依旧摆在桌上。每当觉得累了，看看女儿的照片，江大乔心中便会有温暖。江大乔不知道的是，此刻的江瑶正一个人躲在被窝里默默地流泪。

今天下午，江瑶放学回家后，看到好几个快递盒堆在客厅里。她记得江大乔前阵子说过给她寄了些礼物，便兴冲冲地将包裹都抱到自己的房间拆封。不料从一个小袋子里拆出一个防辐射肚兜。

江瑶没见过这个东西，正好奇地拿在手中比画，徐慧突然闯进来，尴尬地看着江瑶手中的肚兜。

母女俩四目相对的片刻，徐慧的脸上露出微微惊恐和尴尬的表情。

"你干什么呢？"徐慧脱口而出。

江瑶看到徐慧脸上尴尬的表情和她的反应，忽然明白了什么，下意识翻开衣服看了一眼衣服吊牌。吊牌上写着孕妇防辐射衣。

江瑶一瞬间明白了，表情僵硬了一瞬间，立即恢复如常，用玩笑掩盖自己的落寞。

"还给你。拆错了，我以为是我爸寄给我的呢。"江瑶将防辐射服扔给徐慧，又转身抓起书包，"您忙您的，我得做作业了。"

徐慧只得拿着衣服走出江瑶的房间，在房间关上的那一瞬间，江瑶脸上的笑意变成了失落。

晚餐时，徐慧忽然打了几个喷嚏，罗今生赶紧帮徐慧拿纸巾，徐慧擦了擦鼻涕，没忍住又打了一个喷嚏。

江瑶抬头看了徐慧一会儿，忽然平静地开口："不能吃药的话，让罗叔叔给你煮个可乐姜茶吧。"

徐慧和罗今生都是一愣。

"小孩懂什么呢，好好学习，大人的事不用你管。"徐慧很是尴尬地说着江瑶。

江瑶不理会徐慧，看向罗今生："罗叔叔，恭喜你啊！什么时候预产期啊？"

"这个还……"

罗今生才开口，徐慧捅捅他，打断他："吃饭别说话。"

江瑶看在眼里，平静地看着徐慧幽幽地说道："你们的大好事，为什么瞒着我啊，是不是觉得，我是外人啊？"

吃完晚饭，江瑶回到房间，登录QQ，给江大乔发信息，试探地说自己想住校。江大乔却因为忙碌，迟迟没有回复。

直到此刻，江大乔回到房间打开QQ，才看到江瑶的留言，江大乔的眉头不禁皱了起来，他回复道："为什么突然想住校了？你妈能同意吗？"

江大乔看看时间，已经是国内凌晨一点，江瑶早该睡了吧。江大乔正准备退出登录，不料江瑶迅速拨打了视频电话过来，江大乔赶紧接听。

"你怎么还没睡？"看着昏黄的台灯下，江瑶一脸清醒，江大乔的语气带有责备。

"在等你给我回消息呗。"江瑶用满不在乎的语气回答道。

江大乔正要开口，虚掩的门被推开，马嘉走了进来。

"师兄，有个事儿我想跟你商量一下。"马嘉没注意到江大乔正在跟女儿视频。

"你说。"

"那个探亲假，我能不能提前请几天？"

江大乔脸色严肃起来："怎么了？你爸出啥问题了？"

"没，不是我爸的事儿，有点别的急事。"

"我一会儿就给你申请，不过，你到底怎么了？"江大乔关切地问。

"没事，您放心吧，工作我会提前做好安排。"马嘉对江大乔的问题避而不答，转身离去，顺手帮他把房间门带上。

江大乔的视线回到电脑上，却发现江瑶已经下线，只给他留了一句话："爸，原来你们可以探亲啊。你忙吧，我先睡了。"

"这孩子。"江大乔无奈地摇摇头，关上电脑，拿着衣服走进了浴室。

这晚，马嘉独自来到萍聚餐厅。他要了一杯酒，找了一个角落坐下。他将酒杯放到鼻子底下闻了闻，又放回桌上。

看着四周说笑的人群，马嘉的独处显得分外落寞。他拿出手机，给柳晓弦发了一条短信："晓弦，我已经跟队里请假了。"

发完消息后，马嘉一直盯着对话框，可柳晓弦一直没有回复。

这时，赵一聪走过来，坐在马嘉对面："小马哥，怎么了啊？闷闷不乐的。"

马嘉不说话，拿起另外一个杯子倒了一杯可乐。

"又跟我姨父吵架了？"

马嘉看了看赵一聪，没说话。

"不是他？那就是你老婆了？"

马嘉苦笑一声。

赵一聪给出一个"我就知道"的眼神，搭着马嘉的肩膀："哥，我跟你说，世上最好哄的生物就是女人，耳根软，你说几句好听的，她们就心软了，实在不行你买个包，就没有一个包解决不了的矛盾。"

"你给小爽买了几个包了？"马嘉突然有些羡慕赵一聪这种啥都不管不顾，只要自己高兴的性格。

赵一聪支吾半天，嬉皮笑脸起来："爽不是那种俗人，她视金钱如粪土。"

"我老婆就是了？"马嘉白了他一眼。

"我不是这意思……"

"滚一边去！"

石竹子走过来，拽了一把赵一聪，让他赶紧离开，自己则在马嘉对面坐下，微笑地看着马嘉："跟媳妇闹别扭了啊？"

马嘉苦笑着看了看石竹子。

石竹子举起酒杯，马嘉举起可乐杯，两人碰杯。

"姐，有时候我挺羡慕你的，一个人无忧无虑，不用面对那么多家长里短的烦心事。我觉得自己的婚姻挺失败的，我不明白怎么就成了这样。"马嘉情绪异常低落。

石竹子看着马嘉喝可乐消愁，沉思片刻道："你这么聪明的人，还不明白，那确实挺失败的。"

马嘉一愣，没想到石竹子会这样说。

"你想想啊，援非医生的妻子，多少事都要自己解决，她要照顾她爸妈，又要照顾你爸，每天还要面对工作。你不但不关心她，你还骂她，怪她没把你爸生病的事告诉你。"

马嘉愧疚，低头闷声说："我知道，确实是我不对，我误会她了。"

"感情里不怕苦和累，怕的是委屈，更怕的是受委屈了对方还不理解，不体贴。你们带着国家的使命来工作，吃了苦也有人念着你们的好，可你爱人呢？"

马嘉被石竹子一番话说得无地自容，眼眶通红。

"你们可以把最柔软最敬业的一面给病人，但不该把自己最糟糕的一面给家人，马医生，将心比心啊，你好好跟她谈谈吧。"

两人碰杯。马嘉又看了一眼手机，柳晓弦依旧没有回复短信。决定拨打她的电话。他期待的那个声音久久不出现，电话一直嘟嘟响着，像是抛进虚空。

直到第四次，终于接通了，传来柳晓弦冷冰冰的声音。

"有事？"

"晓弦，对不起，我明天就回去。"马嘉的声音有些难以抑制的哀伤。

电话那头用沉默回应。

马嘉开口："我明天就回去见你，好不好？"

"为什么要回来？"

"……我想你了。"

马嘉忐忑地等着柳晓弦的回应，漫长的沉默后，柳晓弦开口："你不用回来了，在那等着我吧。"

马嘉一愣，以为自己听错了，问："你说什么？"

"我随家属团一起去桑纳。"

马嘉呆滞了几秒，一下子从椅子上蹦下来，连声应着，对着手机又哭又笑。

"好好好！我在桑纳等你，哪也不去！"

第二十一章
家家有本难念的经

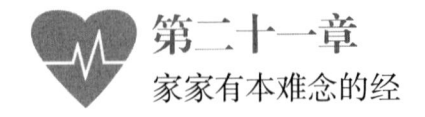

中午，江大乔、武梅和常来正在中国医生办公室吃饭，坎戈突然亲自跑来敲门，急匆匆地要找江大乔，说优素福正在他办公室等着，要快。

江大乔和武梅对视一眼，心中则暗忖着，最近也没人捅娄子，又是什么事呢。面对江大乔的疑惑，坎戈只表示，优素福的脸色不好，坎戈的话让江大乔心中更惴惴不安。

不一会儿，江大乔跟着坎戈来到他办公室门口，坎戈推开门后，示意他自己进去，自己要回避。坎戈还未把门关上，站在窗边看着外面的优素福听到有人进来，回过身来，一双铜铃大的眼睛盯着江大乔，表情严肃。

江大乔一时摸不清情况，怔怔地看着优素福，正准备开口询问，优素福却忽然一大步走到江大乔身边，激动地拉着江大乔的手说："江队长，你们救救我母亲吧。"

"原来是看病啊，吓我一跳。"江大乔松了一口气，身体放松下来。他接过优素福递过来的检查报告，"您坐下慢慢说。"

原来优素福的母亲有严重的心包积液，已出现心包填塞症状，需要做个心包穿刺，放个引流管。其实像这样的手术，苏莱曼在江大一附院实习的时候，在马嘉的指导下曾经做过，不算有太大的难度。但是优素福既然这么郑重其事地找到江大乔，自然不适合再假手他人。

回到中国医生办公室，江大乔把情况向马嘉和武梅说明，并将任务直接分配给了马嘉。

"马嘉你来吧。"

"行啊。"马嘉顺嘴答应了。一抬眼，却发现坐在对面的江大乔有些心神不宁，突然想到了什么，他又赶紧说道："但是……"

马嘉见武梅和江大乔对自己的这个转折都没在意，便放缓语速，加重语气继续说："我做倒是可以，但这是卫生部部长的母亲，我们还是应该谨慎。关系到中国医疗队的声誉，所以我觉得这个穿刺还是队长来做比较好，梅姐，你觉得呢？"

江大乔打断马嘉："你少来，你可是'马一刀'！"

"我可以当你的助手，不过这台穿刺手术还真的得你亲自来，你是队长，你来做才能表示出我们对这次穿刺的重视，和对卫生部部长的足够尊重，对吧？"

武梅若有所思地说："马医生说的也不无道理。"

江大乔面有难色，还想说什么，马嘉没给机会："那就这么定了，而且咱俩联手，肯定没问题。"

海边，石竹子和江大乔两人在谈天。风中夹着大海的腥咸味，不远处有海鸥停在礁石上。石竹子撩开被海风吹乱的头发，说："那个心包积液的病人，我听他们说，你要亲自做？"

"嗯。"

"你要是真的觉得不舒服，其实可以让马医生……"

江大乔打断她说："没事，多少年前的事了，早就过去了。"

海浪有一波没一波地冲刷着脚趾缝，酥酥麻麻的，江大乔盯着脚下不说话了。

"我也觉得你没问题，不过这么简单的一个穿刺术，怎么最后反倒是你这个队长亲自上，这是杀鸡用牛刀啊。"

江大乔笑了："还不是马嘉，非要我来做，这家伙很反常，我猜他应该是从哪儿知道了我以前的事。"

阳光在海面上泛起层层金光，风吹过，亮得刺眼。江大乔抬起手挡住眼睛，仿佛看到了那时手术室里白炽灯的亮光。彼时，他是业内最负盛名的年轻医师，负责一场对他来说不能再简单的抽取心包积液的手术。或许是灯光晃到他的眼睛了，还是他太自负了，他只记得那个四岁的小女孩突发室颤，除颤仪精疲力竭地抽动，一次次的心肺复苏丝毫不起作用。他还记得自己的手按压那小小的肉体时的触感，手陷了进去，那么柔软、易碎，她乖巧地躺在那里，胸口承受着外界的按压，连眉头也没皱一下。直到白布拂过她纤弱的睫毛，将她与这个世界隔开。

她才四岁，还没来得及明白什么是怨恨，就离开了这个世界，江大乔怔怔地盯着自己的双手。

九年了，恍若昨日。

石竹子看着出神的江大乔，心里有些忧虑。待和江大乔道别后，石竹子拨通了马嘉的电话。

咖啡馆里，两人对坐。

"竹子姐，这次待遇不一样了。"马嘉饶有意味地笑看着石竹子。

"怎么，还想让我派人抓你呀。"石竹子知道马嘉说的是上回的事儿，也跟他开着玩笑。

"不敢不敢。"马嘉笑道，"竹子姐找我，又跟我江师兄有关吧？"

"你应该知道，我想说的是他九年前做心包穿刺术的事儿。"石竹子将咖啡推了过去，"隔行如隔山，我不知道这种事儿对于你们来说到底算不算是个事儿。他自己说早就没事儿了，可我能感觉得到，他心里还是有个疙瘩。"

马嘉点点头："这就是我坚持要队长做这个穿刺术的原因。"

"可我担心他面对同样的手术，再出问题。"

"竹子姐，你就把心放在肚子里吧。这种穿刺术在国内都是住院医师的基本操作。我会让师兄来做，是因为我有足够的把握，以师兄的能力绝对可以完成。"马嘉顿了顿接着说，"而且我会做师兄的助手，退一万步讲，如果他真做不到，我也会随时接替他完成穿刺。"

"行，我信你。"石竹子点了点头。

第二天早上，VIP病房门口，优素福神情严肃地站着，见江大乔和马嘉走过来，优素福立刻上前依次握握两人的手。

"部长，请放心吧。"江大乔的笑令优素福心安不少。

马嘉跟着江大乔走进VIP病房，他偷摸打量，江大乔神情严肃。

戴上无菌手套，接过马嘉递过来的消毒包，江大乔用镊子夹取碘伏棉球，开始给病人消毒。

优素福母亲胸口的盖巾和洞巾已经铺好，麻药也已经打好了。江大乔面无表情，手里拿着止血钳，夹住胶管连接注射器，开始准备穿刺。马嘉在一旁手持注射器配合江大乔，江大乔寻找位置，扎入穿刺针。马嘉放开止血钳，开始抽液，积液一点点被抽进注射器里。然后置入导丝，拔出针头，扩皮针扩皮，拔出扩皮针，再沿导丝置入引流管，接针筒抽积液，这针筒里的积液要送检验。没有任何迟疑，江大乔继续手术，引流管上夹上飞机头，缝针固定，接引流袋，再消毒，贴上敷料，一通操作行云流水。

没多久，马嘉和江大乔出来，一直等候在门外的优素福赶紧迎上来。不等优素福开口询问，马嘉抢先说："心包引流管放好了。江队亲自做的，非常顺利。"优素福激动地握住江大乔的手，连连道谢。

"您过奖了，我就是一个普通的医生，您去过我的国家就知道了，中国像我一样的医生有很多。"

"我去过。"

江大乔稍感意外地说："您去过中国？"

"我几年前去中国考察过。还看了你们的医院，当时你们正在推行互联网医疗，我还前去体验了一番，真是让我大开眼界。"

江大乔和优素福聊着，抬头看到马嘉已走到天井对面的那条走廊处，回身看向这边。

天井这头，马嘉见江大乔看到自己，冲他笑了笑，转身离开，同时高扬起手臂挥舞两下，为江大乔打气。

太阳渐渐西落，北边绵延的山峰在绯红的云雾中若隐若现。篮球场上传来球落地的声音。

攻防之间，马嘉右手一抬，又是一个漂亮的投篮，球进了。马嘉开心得像个孩子一样，朝着空中挥挥手臂，冲江大乔比了个"耶"。江大乔捡起篮球，一边往地上拍了几下后，反手捞起从地上弹起的球，扔向马嘉。

"你不会真觉得心包穿刺术我做不了吧？"

"那哪儿能够呢，你看我像是拿病人开玩笑的人吗？"

马嘉说着，又是往前一跃，虚晃一个投篮，江大乔在篮球筐下拦截了个空，马嘉左手一个反手，球又进了。江大乔笑着停了下来，两个人走到了篮球场边说话。

"梁老师跟你说的吧？"

"要不说你是师兄呢，什么事儿都瞒不过你。"

"说实话，这事的确是我当年来援非的原因之一。有一阵心里也的确有个疙瘩。但经历了桑纳的那场动乱后，就渐渐淡了。记得上次苏里的事，我跟你说的话吗，我们尽力，但我们不是神。"

马嘉收起嬉笑，将球抱在手中。

"我回国后，又在边疆山区见了那么多生生死死，也就彻底开看了，一个真正成熟的心外科医生，没资格因为一次失败就矫情颓废，每天有那么多人等着救，也没那个时间给我们浪费，还是那句话——"

"全力以赴，不留遗憾。"两人异口同声地说出来，接着相视一笑。

"好香啊！牛肉烤好了吧。"马嘉突然耸耸鼻子，"这优素福真能整活，一整头给抬过来。"

原来优素福为了感谢江大乔，特地派人送了一头牛来麦乐村，今晚大家在院内举办户外烧烤。

马嘉将手中的球扔向江大乔，两人起身往外走，江大乔忽然想到什么，从兜里摸出一张明信片递给马嘉。马嘉接过明信片，看到上面的名字，一愣。

"何塞？"

"下午收到的，他回巴布了，决定做一个回馈故乡的医生。"

院内的空地被灯照亮，几张餐桌拼成一长条摆在空地上，桌上摆放着各色水果、饮料、小菜和烤肉串，旁边贾长安和彭伟在烤肉架上烤着牛肉。

武梅等人散坐在桌边，边吃着烤肉串，边互相点评。

"这牛不愧是现宰的，肉质特别鲜嫩。"武梅咬了一大口肉，称赞不已。

孙爽连连点头："火候也掌控得好。"

阳莺吞下一口肉后，说道："我以前不爱吃牛肉，自从来了桑纳，觉得牛肉太好吃了。"

这时，彭伟又端上一盘烤肉。见众人吃得香，他又忍不住调侃："看看你们一个个，眼里只有吃的，也不看是借谁的光。"

"那必须得谢谢江队。"秦童嘴里咬着肉，含糊不清地赶紧拍马屁。

"人家优素福部长为什么送江队一头牛？"彭伟故意问道。

"我知道，这是夸江队牛！"秦童把嘴里的肉吞了下去。

彭伟冲着秦童比了个大拇指："这小伙上道！"

旁边的江大乔无奈地笑了笑。

武梅也忍俊不禁："你俩这是入错行了吧，没去天桥说相声浪费了。"

"不过真得谢谢江队，好久没吃这么丰盛了。"苏心插了一句。

在众人的一片"谢谢江队"声中，彭伟拿起桌上的餐刀和叉子将一大块牛峰肉切下来，装在盘子里递给江大乔："江队，这块最好吃的牛峰肉必须给你独享。"

江大乔谦让着："这么大块，我吃不完，大家分了吧。"

常来赶紧拒绝："我代表我和梅姐不吃。"

"就是，江队辛苦了，你吃吧。"

见众人都推托，江大乔只好接过盘子。这时，马嘉从厨房里端着一大盘切好的菠萝出来，放到桌上，又在江大乔身边坐下。江大乔便将自己面前的牛峰肉递到马嘉面前。

"吃这个，刚烤好。"

"呦，这么大块。"马嘉说着，用刀切下一块肉放到嘴里，细细嚼着，"这肉真嫩。"

对面的彭伟看在眼中，不放过任何机会地开始调侃："哎哟喂，有人就是偏心。"

江大乔无奈地瞪他:"让你吃你自己不吃。"

"什么情况?怎么?我就吃一块肉,还横刀夺爱了?"马嘉故意又切了一块肉塞进嘴里。

"没,那是彭伟一厢情愿。"秦童适时补刀。

顿时大家又是一片笑声。

武梅挥了挥手,示意大家安静下来:"趁着这会儿大家都在,有件事我说一下。马上要到探亲假了,咱们哪些人打算回去?哪些人的家属准备过来?我统计一下名单,得上报了。"

"我回去!"从来没丢下女儿这么久的苏心第一个抢着说道。

"怎么不让姐夫带着闺女过来看看呢。"秦童问。

"他比我还忙呢,哪有时间啊。"苏心苦笑着。

武梅一边听着,一边拿出纸笔记录着。

彭伟赶紧抢着说:"梅姐,我得回去看我儿子。"

"我也回去,快一年没见着我小孙子了,听说现在都会叫奶奶了。"钱宝宝也报名。

陆续地,阳莺、朱必能、李苗苗、贾长安等人都说要回家看看。武梅统计完后,看了一眼秦童:"秦医生?回去还是家属过来?"

"我不回去,她也不过来。"秦童嬉笑着。

"你该不会因为出来被嫂子甩了吧?"彭伟一副欠揍的坏笑。

秦童抬腿就给了彭伟一脚:"胡说什么呢。你嫂子去广州培训了,得半年呢。孩子都给送回老家了。我回去也见不着,懒得在路上折腾了。"

"江队,你呢?"武梅又问江大乔。

"梁院长带慰问团过来,我得跟着安排大家去马格南布看看。瑶瑶还小,不让她来了。"江大乔说完,看向孙爽。

"孙爽,你怎么安排的?"

孙爽淡淡地答道:"我不回去,也没有家属来。"

"没事儿,有你秦哥陪你。"秦童安慰着孙爽,一抬眼看到一直露着风骚笑意却从头到尾不讲话的马嘉。

"马医生，你笑成这样，你什么情况？"

马嘉带着得意的表情，笑得合不拢嘴："什么啥情况？你们家属都不来，我的来。"

彭伟排挤着他："嫂子这是不放心，来查岗了吧。"

"我需要查吗？少瞎起哄。"马嘉脸上的笑意依然不散，他看向武梅说道，"梅姐，你和常来回去还是留在这儿？"

武梅和常来相视一笑："我俩留下。"

"那我们一起去马格南布呗。"秦童赶紧邀约。

"你们去吧，我和常来就不去了。"武梅赶紧拒绝说，"医院里这么多事呢，我是副队长，我得待着，正好也不想坐车颠簸。"

"对，你们走了，我们好清静清静，过过二人世界。"常来赶紧帮腔老婆。

马嘉打趣道："瞧瞧梅姐这觉悟，真不是一般人有的。"

"要不你也留下？"秦童调侃他。

"那不行，我老婆好不容易来，我肯定要陪她。"马嘉的话又引来一片欢笑，热闹的笑声回旋在麦乐村上空。

国内这边，江瑶特地将徐慧和罗今生约来比萨店。

比萨店里流淌着欢快的音乐，老板一边上菜一边跟江瑶搭话："三份玛格丽特，你的这份多加起司。这个蛋糕是我们推出的新品，送给你尝尝。"

"谢谢老板。"

"不客气。有什么需要再叫我。"

坐在对面的徐慧和罗今生有些诧异。徐慧不禁问道："瑶瑶，你怎么和老板这么熟？"

江瑶大口咬了一口比萨，边吃边含糊不清地回答，脸上还带着一丝得意："我爸以前经常带我来。老板认识我爸，老熟人了。"

话中带刺，两个成年人听出来了，罗今生讪讪地一笑，徐慧皱了皱眉。

江瑶拿起纸巾抹了抹嘴和手，瞥了一眼徐慧的腹部，掩住眼中的落寞。接着打起精神挤出笑容，交代道："妈，您现在怀孕了，一定要注意身体，我查了一下，从现在开始，你每天必须吃两颗鸡蛋。罗叔叔，你得变着法儿地给我妈做，比如今天吃了白水煮蛋，明天就得做煎鸡蛋，煎蛋的油只许用橄榄油，后天你就得给她做蒸蛋羹。不要天天吃一样的，不然我妈会吃腻的。"

徐慧和罗今生看着江瑶认真的样子，有些吃惊地说："瑶瑶，你从哪儿看的这些？"

"你们先听我说，除了鸡蛋以外，尽量多吃些牛羊肉，特别是牛肉，含叶酸，对胎儿的大脑发育有好处。我可不想以后弟弟或妹妹比我笨！对了，还有鱼、虾、青菜，都不能少，绿叶菜含钙，芝麻和虾含铁。哎，要注意的东西太多了，我都列出来了，你们自己看吧。对了，可千万别再喝咖啡了，要多喝牛奶。"

徐慧心里不是滋味，瑶瑶这孩子打小他们陪伴得少，早熟敏感，她有些愧疚。

叮嘱完毕，江瑶叠好纸巾，郑重宣告："妈，我要去非洲看我爸了，我怕我走了，您照顾不好自己，特地叮嘱您。"

徐慧瞪大双眼，非洲？江瑶还未成年，江大乔这个当爹的怎么这么不靠谱，自己折腾个没完，现在又来折腾女儿。罗今生看徐慧黑了脸，也劝道："瑶瑶，非洲很远的，又不安全，你可不能冲动啊。"

"再远我也要去！妈，这次援非家属探亲你是去不成了，我现在是我爸唯一的亲人，我不去，就没人去看他了，那他多可怜呀！妈，你过你的日子，也不能剥夺我和我爸幸福的权利啊！"

三句话噎得徐慧半个字也说不出口，徐慧和罗今生看着江瑶面面相觑。

江瑶一脸坚定："就这么定了！"

江大乔得知江瑶要来，也是坚决反对。江瑶懒得听他唠叨，干脆不接他电话。既然妈妈有了自己新的家庭和新的孩子，那自己只剩爸爸一个亲人了。无论如何，江瑶都下定决心，一定要去非洲找爸爸。

而柳晓弦的父母得知她要去非洲，以为两人关系有所缓和，倒是没有出言反对，只叮嘱着出行的准备事项。

江大乔这边因为江瑶不理自己，很是烦恼。他的心里压不住事儿，有心事，脸上全都带出来。石竹子敏锐地感觉到，便问道："没人来看你？伤感了？"

江大乔自嘲地笑着摇摇头："瑶瑶想来，我没同意。这孩子生气不理我了，QQ不回，电话不接。"

"为啥不让她来？"石竹子不解。

"这孩子正是青春期，叛逆得很，她要来了，还不知道得闯出什么祸呢。"

石竹子摇头："这些年，你一直在外面，孩子跟你聚少离多，想多跟你亲近亲近，也没错啊。"

石竹子说着停下来，看着江大乔："说句你不爱听的，也许正是因为你陪伴女儿的时间太少了，忽略了对她的关心和照顾，没尽到一个父亲该尽的责任，所以她才会这么叛逆。趁这次机会，让她来看看你，互相多了解了解，也是件好事儿。"

石竹子的话让江大乔的心有所松动。

云卷云舒，风光万顷。这片土地永远有人离去，也有人到来。

飞机划过天空，稳稳落地，再经由大巴转接，医疗队的家属在颠簸中停在麦乐村门口。

石竹子带着自己餐厅的大厨来到麦乐村帮贾长安的忙，自己则帮江大乔负责迎接工作。

一番热闹的相迎寒暄后，家属探亲团陆续入座。

江大乔让参赞和梁森林坐了主位，又招呼着向梁森林介绍刘清扬。两人握手后，刘清扬在参赞身边落了座，江大乔也挨着梁森林坐下。马嘉坐在江大乔旁边，乐得合不拢嘴。

一大早他就跟着大巴去机场接机，一路上帮柳晓弦提包拿行李，忙前忙后。他拿着柳晓弦的手提包，放在自己旁边的座位上，偷摸占了个座。没想到柳晓弦走过来，把自己的手提包拿起来，坐到了另外一桌江瑶的身边。

马嘉摸不着头脑，以为柳晓弦是觉得这桌领导太多不自在，于是干脆把座位让了出来，将石竹子拉到江大乔身边坐下。不远处的江瑶看到马嘉的举动，眯了下眼。而坐在旁边的刘清扬见石竹子和江大乔自然的样子，心中更不是滋味。

见人都聚齐，参赞起身，说了几句欢迎词后，便请梁森林发言。

梁森林也不推却，站起身缓缓开口道："我来之前，卫健委的领导们特地让我转达向大家的问候，大家在这里辛苦了，同时呢，还有一个好消息要告诉大家，由我们中国援建的中桑友好医院即将建成，明年就能正式投入使用。到那时，不仅会改善病人的就医环境，还将开展新的医疗业务，希望各位能够用你们精湛的医术，更好地为桑纳病患服务。"

马嘉听罢，带头鼓起掌来。

"今天我很感慨呀。现在的桑纳跟我们当年不一样了，越来越好了。我听大乔说石老板的餐厅叫萍聚，我说这名字好啊，我们本来不属于这里，本该像浮萍一样，但大家伙聚在了一处，就在这儿扎了根。所以我再回到这里，总觉得自己没离开过一样，现在，我的两个徒弟大乔和马嘉都在这里，不仅是他们，你们每个人都是我的亲人。"

梁森林说罢，举起酒杯："来，我们师徒三人敬大家一杯。"梁森林顿了顿，又补了一句："我代表第13批援桑纳中国医疗队。"

江大乔也站起来，跟着说道："我代表第21批援桑纳中国医疗队。"

马嘉一愣，随即笑起来："那我就代表第25批援桑纳中国医疗队吧。"

众人举杯，清脆的酒杯碰撞声响起，大家将杯中的酒一饮而尽。

觥筹交错间，大家热闹地喝酒聊天。柳晓弦一个人走了出来透气。她看到院子里的景色，拿起相机开始拍院子里非洲特有的绿植和风景。柳晓弦的镜头里，突然出现一只硕大的蜘蛛，柳晓弦不由惊呼一声。她远远地试着用自己的手掌去跟蜘蛛比大小，突然旁边传来马嘉的声音。

"离远点儿，小心它咬你。"

柳晓弦回头看到马嘉，突然兴致索然，关了相机。

不知道是不是错觉，马嘉发现柳晓弦见到自己后，好像并没有很开心，他便小心翼翼地问："怎么了？怎么感觉你不开心？是不是坐飞机太累了？"

柳晓弦没有回答，绕开话题，淡淡地开口："石老板挺能干的，一个女人在异国他乡打拼出自己的事业，真不容易。"

"她的萍聚餐厅可是全桑纳最好的中餐厅，过两天我带你去那儿吃饭。你可以拍拍她家的那只孔雀。"

"餐厅里养孔雀?"

马嘉一下子打开了话匣子:"人家都说养宠物随主人,石老板有个性,她养的孔雀也有个性,绝不轻易开屏。我们医疗队来这么久,去她那儿吃饭办事也记不清多少次,看到它开屏的只有我一个人,还就一次。也巧了,就刚来不久差点被遣送回国那次……"

马嘉自顾自兴奋地讲述着,柳晓弦偏过头,静静地看着讲得一脸兴奋的马嘉,他的脸在非洲的风吹日晒下更粗糙了,下巴上有些没有剃干净的胡楂。看着马嘉的侧脸,柳晓弦眼中平静而惆怅。

食堂里,谁也不认识的江瑶百无聊赖地坐着喝饮料,隔着桌子看着聊天的另一桌大人。

主桌上,梁森林正在跟石竹子聊天:"我听他们说了,石老板是个能人,经常照顾医疗队,这群孩子能在他乡遇故人,是他们运气好。"

"哪里哪里!是我该谢谢医疗队的兄弟姐妹们照顾我生意。"石竹子谦逊地说道。

两人正说着,梁森林举杯要敬石竹子,石竹子赶紧去拿自己的杯子,却发现自己的酒杯里是饮料,视线在桌子上寻找了一圈,自然地把江大乔用过的杯子拿了过来倒上酒,跟梁森林碰杯。

江瑶看到石竹子的举动,脸色阴沉得更厉害了。她捅了捅一旁的赵一聪问道:"哎,那女的谁啊?"

赵一聪顺着她的视线看到了石竹子,"啧"了一声:"什么叫那女的,你应该叫阿姨。她是我小姨,石竹子,这个餐厅的老板。"

"她坐我爸身边干吗?"

"你还没看出来?咱俩以后可是亲戚了。"赵一聪没发现江瑶的异样,自顾自地套着近乎。

"谁是你亲戚?"

"我还真没骗你,你爸要是成了我小姨父。那咱俩不就是兄妹了吗?"

孙爽听不下去了,揪了一把赵一聪。两人正打闹,赵一聪一回头发现江瑶已经朝着另一桌走过去了。

石竹子正在起身给大家倒酒，江瑶看石竹子起身，一屁股坐到了石竹子的位置上。石竹子端着杯子回来，发现自己的位置被坐了，江瑶看着她，目光挑衅地说："姐，我想挨着我爸坐一下，你不介意吧？"

石竹子一愣，摆手说没事，在对面找了一个空位置坐了下来。刘清扬看着这一幕，饶有趣味地说："不愧是江队的千金，嘴真甜，不过，你得叫竹子老板，不能叫姐姐，要叫阿姨。"

江瑶满不在乎地看向刘清扬："叔叔，您又不是我爸，能不能别管我。"

江大乔才刚刚回到自己位置就看到这一幕，呵斥道："怎么和叔叔说话呢！"

"爸，你说我叫得对不对，是应该叫姐姐还是叫阿姨？"

江大乔愣了愣，没明白江瑶为何开始阴阳怪气。石竹子感受到了气氛的微妙，赶紧出来打圆场，剥了一只虾放在了江瑶面前的碗里。

自己女儿的脾气他也知道，江大乔无奈地看着江瑶，爱叫什么随她去吧。石竹子脸上堆着温和的笑："瑶瑶上几年级了？"

江瑶装作没听见，一把将面前装虾的碗推远。石竹子有点尴尬。

江大乔忍无可忍："竹子阿姨问你话呢，问你上几年级了。"

江瑶从国内就开始憋闷的怨气，在此刻终于找到发泄口，江瑶看向江大乔，故意找碴："你刚说随便我，又让我喊阿姨，真是出尔反尔。亏得我还担心你在这里过得不好，敢情我就是白操心，你在这里有吃有喝……"

说着，她又看向石竹子说："还有阿姨，这小日子，真滋润……"

听着江瑶越说越过分，江大乔厉声打断道："江瑶！你怎么回事？"

石竹子去拉江大乔："你别跟孩子一般见识……"

"怎么回事？这话不应该我问你吗？"江瑶边说边指着石竹子问，"她怎么回事！"

江大乔气得一把打下江瑶指着石竹子的手，发怒说："你有没有点礼貌，拿手指人家，你从小我是怎么教你的？"

江瑶没想到江大乔会动手，一瞬间委屈涌了上来。

"从小？从小你在我身边待过吗？"江瑶气得冲江大乔喊出这句话，便扭身冲了出去。

众人看到这一幕都愣住了。

石竹子无奈地瞪了江大乔一眼:"都多大个人了还跟孩子赌气。"她说完赶紧起身追了出去。

石竹子再一次发挥了她在卡塞的能力,不一会儿,她便在一个市场的小摊后面找到了江瑶,她竟然跟埃茜在一起。

"竹子妈妈!"埃茜亲热地扑上来抱住石竹子。

江瑶看愣了,竟然都忘了再次跑掉。

石竹子从埃茜口中得知她在躲着舅舅查查,便让埃茜跟着江瑶上了自己的车。

石竹子开车行驶在路上,赵一聪坐在副驾驶座上,江瑶和埃茜坐在后排。

石竹子给江大乔报完平安后,她从后视镜里看到江瑶亮晶晶的眼睛一直滴溜溜地转,一会儿看一眼埃茜,一会儿看一眼她。石竹子心中一阵好笑,但此刻也不便多说什么,便安静地开着车。

江瑶打量了好一会儿,又在心中思忖了一会儿,见石竹子并没有注意自己,这才凑过去,在埃茜的耳边小声地问她:"你是中非混血啊?"

江瑶的声音虽小,但车内空间就那么大,江瑶的话清晰地传到副驾驶座上赵一聪的耳朵里。赵一聪正在喝矿泉水,听到这句话,一口喷了出来。

埃茜赶紧摇头:"竹子妈妈不是我妈妈。我爸爸妈妈死了,是竹子妈妈一直供我上学读书。"

江瑶反应了一会儿,似懂非懂地点了点头,小声念叨:"不是就好,我还以为不光多了个后妈,还多了个非洲妹妹呢!"

石竹子听到江瑶的话,从反光镜里看了江瑶一眼,两人视线相遇,江瑶一瞬间换上一张乖巧的脸。

汽车停在了萍聚餐厅门口。江大乔早就等在那里。

江瑶心虚地从车上下来,想要嬉皮笑脸糊弄过去,江大乔神情严肃地说:"给阿姨道歉。"

石竹子瞪了江大乔一眼:"你行了哈,别小题大做。"

"这不是小题大做,这是原则问题,道歉。"

江瑶心虚地转了转眼睛,看向石竹子:"行。姐姐,对不起。"

石竹子明白江瑶的鬼心思,也不戳破。

江瑶看到江大乔的脸色缓和下来,于是换上嬉皮笑脸的面孔:"老头,我跟你说,我现在跟竹子姐已经是姐妹了。"说着就靠在石竹子身上,"姐,我特别喜欢你这儿,我今晚能不能住这儿啊?"

石竹子笑着说:"行啊。"

这时,一旁的埃茜突然也出声:"竹子妈妈,我今晚,能不能也住这儿?"埃茜瑟缩着,石竹子明白了几分,点点头。

宴席散去,马嘉带着柳晓弦回到自己的宿舍。

柳晓弦坐在椅子上,四处打量着马嘉房间里的陈设。东西很少,没有什么布置,之前为他收拾的箱子躺在角落里,露出几件衣服。马嘉正兴奋地蹲在一个小抽屉旁边掏东西,一会儿的工夫,掏出一堆洗漱用品,有沐浴露,新的牙缸、牙刷,毛巾等。

"都说了不用带东西,我这边全能给你准备好。"马嘉兴冲冲地拿着一瓶刚翻出来的沐浴露说,"你来之前我都是一块香皂洗全身,这瓶东西,华人超市都断货了,是我拿我半箱火腿肠从梅姐那儿换来的,听说是什么名牌,你闻闻,喜不喜欢这个味道。"

马嘉翻翻找找,又掏出一条毛巾:"正好剩一块新毛巾没用,你擦脸吧。"

柳晓弦平静地看着马嘉,不出声。

马嘉停下手中的活,也看着她,他眼中有些感慨,突然前进一步,想抱住柳晓弦,柳晓弦下意识地往后一躲。

"怎么了?"

"太久没见了,我感觉有些陌生,不太习惯。"柳晓弦冷淡地回答。

马嘉有些失落:"我知道了,你还在生我的气。"

"没有。就是一年多没见了。"

"这不好不容易见到了吗?这次探亲也没几天,咱们得好好珍惜,别置气了好吗?"马嘉恳求着。

柳晓弦站起身:"咱们出去走走吧,我有正事儿跟你说。"

马嘉见状,只好放下手中的东西,带着柳晓弦出去。

月光下的海面静谧辽阔,映着天上的明月。千里共婵娟,马嘉觉得有些恍惚,朝思暮想的爱人突然就来了桑纳,甚至就在他的身边。一路上柳晓弦不言不语,马嘉理解,之前确实是自己太过分,这次他一定要珍惜晓弦。

"这里的海边早上看最美,等明天我早点叫你起来,我们可以再来看看。"

柳晓弦侧目看着马嘉,眼中心事重重地说:"看来你选择来这里是对的,这里也许真的让你找到了另一种活法。"

"那你是没看到我刚来的时候,算了,不跟你说那些糟心事了。对了,你不是有事儿要说吗?"

柳晓弦点点头,眼中有留恋,有不舍,终于开口:"马嘉,我也想换一种方式生活。"

"什么意思?你决定辞职了?"

柳晓弦摇摇头:"你发没发现,你来到非洲以后,整个人都变得轻松了。"

马嘉畅快地吹着海风说:"刚来不觉得,适应了以后,好像心态上的确要比在国内的时候好了很多。"

"以前你在家,我俩三天两头能因为各种小事吵起来,一个加班一个想看电影,吃饭时间永远赶不到一起,放几天假回去看谁的父母,什么事儿好像都能计较起来。"

马嘉看着柳晓弦笑:"你这是有个记仇的小木木啊。"又看向海边感慨,"主要是我俩的确都太忙了。"

柳晓弦摇摇头,继续说下去:"我们谈恋爱的时候也很忙,当时我俩都在忙毕业论文,还都要实习找工作,其实不比现在轻松,可那时候我们好像从来不吵架。"

马嘉仔细想了想:"好像还真是。"

柳晓弦侧目看了马嘉一眼,鼓起勇气:"所以,你想没想过,也许我们已经不再适合一起生活了。"

好像有什么东西嘎嘣一声裂开了,马嘉没反应过来,片刻后,停下脚步,一脸茫然看向柳晓弦。

"马嘉，也许我们彼此也应该换一种生活了。"

马嘉脸色一变："我有点没听懂，你把话说清楚，什么叫换一种生活。"

"马嘉，我们分开吧。"

马嘉一听，整个人既震惊又着急地说："你什么意思？你是想离婚？"

柳晓弦用沉默回答。

"不是，为什么！好好的为什么要离婚？我爸的事是我不对，我也跟你道歉了，要是你觉得不解气，还是委屈，那你说，你要我怎么做，我照做还不行吗……"

柳晓弦打断激动的马嘉说："不是因为你爸的事儿。"

"那是因为什么！你觉得我们的婚姻有问题，我们解决不就行了吗？有什么事儿是不能解决的！"

"马嘉，你冷静点！"

"冷静？你告诉我怎么冷静，我好不容易把你等来，你知道这段时间我有多开心吗？结果，你现在告诉我，你想和我分开？你就算置气，也要有个分寸吧！"

"马嘉，我不是置气，我是认真的。"

马嘉愤怒地涨红了脸："那你告诉我，到底为什么？"

柳晓弦看着马嘉赤红的脸，有些疲惫地开口说："马嘉，你平复平复情绪，等你冷静了，我们再聊吧。"说着就转身离开，马嘉僵硬地留在原地。

潮水一下又一下抚摸着长长的人影，月光澄澈，海岸上只余一人。

第二十二章
凤凰花开的怀念

　　档案室内，梁森林看着档案室柜子里整整齐齐摆放的书本、磁带和国旗，又看着柜子上精心贴好的照片以及墙上的时间刻度，眼中满是感动。他特地在第13批医疗队的物品前停下来，这些物品勾起他满满的回忆，那盏颇有年代感的油灯更是让他红了眼眶。

　　"这个档案室内的所有东西都是马嘉整理布置的，他很有心。"江大乔介绍道。

　　梁森林点点头："都说江山易改，本性难移，我看不见得，要是放在以前，别说让他憋在这个小屋子里搞这些，你让他开个跟手术无关的会，他都不乐意，这就是这片土地的魅力。"

　　"是啊，他这一年的确过得不容易。"江大乔的语气也颇有些感慨。

　　梁森林笑着看向他："才一年，你这口风就变了，我记得当初你可是最不赞成他来非洲的。"

　　江大乔不好意思地笑笑说："用发展的眼光看待人，这不是您教我们的吗？老师，我正式收回我之前对师弟的评价，我之前认为他的性格不适合非洲，但我现在觉得他是最适合这里的人。"

　　"这话可别当他面说，他那个性子，听你这么夸他，尾巴还不得翘天上去。"

两人走出档案室，走廊上，梁森林看着夜空中的明月，感慨道："月是当年月，人成白发人喽。"

"可您最好的回忆在这儿，您的青春在这儿。"

次日，众人乘坐的大巴车行驶在公路上，天空湛蓝无云，阳光照耀下，景色明亮而清晰。江瑶坐在车后靠窗的位置，新奇地看着窗外的异域风景。埃茜坐在她旁边，两个孩子中英夹杂地闲聊着。

两个小女孩叽叽喳喳地谈天说地，青春的气息充满车厢。其他并排坐在一起的人也三三两两低声聊天。只有马嘉和柳晓弦两人，一个坐在最左侧，一个坐在最右侧，呆呆地看着窗外发怔，彼此既不讲话，也不关注大家的闲聊，梁森林见到此状况，脸上的笑意消失了。

大巴车停在了马格南布医疗点，江瑶拉着埃茜第一个跳下了车。梁森林也正准备站起身，透过窗户，看见了车外医疗点的小平房。白色的墙，木质的大门，门上挂着一块破旧的木牌，已有裂纹，木板上面深深地刻着"麦乐村"三个中文字，时间加深了字的印记，刻痕粗粝而遒劲。回忆如潮水般涌来，一瞬间，梁森林的眼眶湿润了。

马格南布医疗点接待室里的方桌上已经摆好了十几瓶饮用水，墙上挂着历届医疗队员们的老照片，其中一张照片上，梁森林和当年的队员们站在麦乐村门口，满面笑容。

"师父，您年轻时可真帅。"马嘉的话吸引了众人的注意，大家都围上前看。照片上的梁森林青春洋溢的样子，照片外的梁森林已经是满脸皱纹，头发花白。

"岁月不饶人啊，这一转眼二十几年了。"梁森林笑道，"你们不知道吧，这间接待室以前可是我住的房间。

梁森林的话还未说完，苏莱曼从外面跑进来："梁院长！"

"快一年不见，壮实了。"梁森林用力拍拍苏莱曼的背。

"梁院长，我爷爷说他在老地方等你。"

"走！找你爷爷去！"梁森林开心地指指江大乔和马嘉，"你俩跟我一起去。"

梁森林正欲离开，一眼瞟见了还在看照片的晓弦，他又道："晓弦啊，我记得你带了台摄像机，辛苦你帮个忙，当我们随行的记录员，一来呢，看看马嘉在这边的工作，二来呢，我回去了也有个内容向卫健委汇报。"

柳晓弦点点头，从行李中翻出手持录影机，跟着师徒三人走了出去。

江瑶一见江大乔出去了，石竹子也没在，赶紧拉着埃茜开始套话。埃茜哪知江瑶的用心，说江大乔和石竹子早就认识，江瑶却误会成江大乔在上一次援非就已经跟石竹子有了恋情，震惊不已。

梁森林等人很快来到村落，因为白内障而几乎失明的姆卡瓦早就在儿子姆齐纳的陪同下等在村口。

苏莱曼正想招呼姆卡瓦，被梁森林拉住。梁森林整理了一下衣领，深吸一口气平复心中情绪，上前拉住姆卡瓦的手说："欢迎来到麦乐村。"

姆卡瓦愣了片刻，忽然情绪激动，颤抖的手拉着梁森林的手。

"梁医生？"

"是我。"

泪水无法抑制，姆卡瓦脸上已是老泪纵横，姆卡瓦擦了擦眼泪说："走吧，去看看他，他知道你来了，一定很开心。"姆齐纳上前扶住姆卡瓦，朝村口的道路上走去，梁森林紧跟在后面。马嘉等人不明白他们要去哪儿，只得紧跟其后。

众人穿过一个村落，路过几间民房。看着柳晓弦一人举着摄像机拍着沿途的风景，苏莱曼问柳晓弦说："您知道为什么我爸爸叫姆齐纳吗？"柳晓弦摇头，表示不知道。梁森林在前面解释道："姆齐纳在斯瓦希里语中是中国人的意思。1970年，他奶奶难产，那时候正是桑纳的大雨季，出村的路都被雨水淹了，是我的老师冒着大雨赶来，忙着帮她奶奶接生。"

苏莱曼接着说："如果不是杜医生及时赶到，我爸爸很可能就死在我奶奶的肚子里了。所以爷爷给我爸爸取名姆齐纳，纪念中国医生救了他。"

梁森林笑了："要不怎么说巧呢，1990年呢，这个小家伙就是我接生的。"

"我从小就听爷爷和爸爸讲我们家和杜医生的故事。"苏莱曼继续说道，"爷爷说，在中国医疗队来马格南布之前，我们这里是没有医生的。很多人生了一点小病得不到治疗，越拖越严重就死了。杜医生前后来过三次，他来的这些日子，除了在医疗点工作外，还会在他休息的时间，前往附近的各个村落，帮大家看病。我记得爷爷和我说杜医生最后一次来，好像是1985年。"

柳晓弦一边听，一边转动镜头，记录着眼前的一切。突然，马嘉驻足远望、分外动情的脸进入了镜头。柳晓弦怔住了，她将镜头对准马嘉，久久不肯移开。她就这样看着镜头里的马嘉，发现此刻的丈夫让自己觉得有些陌生，又有些感动。

说话间，几个人穿过一片荒原，眼前出现了一片火红的花林，树枝鲜艳粗大，像伞冠一样蔓延开来，如红霞腾腾点燃了半边天空。

马嘉和柳晓弦都是第一次见到这么大片的凤凰花林，不由得失声惊叹，他们跟着梁森林走近花林，来到一棵粗壮的凤凰木下。

梁森林停下脚步，恭敬地向树鞠了三躬，声音颤抖："老师，学生来看您了。"

马嘉愣了，将目光投向江大乔。

"杜师爷葬在这里。"江大乔轻声说。

"1987年的时候，马格南布爆发了一次大规模的疟疾。"梁森林转过身，看着马嘉，"杜老师没日没夜地抢救病人。他因为劳累过度也感染了恶性脑疟，最后把他的生命留在了马格南布。"

马嘉神情肃穆，跟江大乔一起上前，也学着梁森林的样子，给这棵凤凰木鞠躬。

"为什么没有墓碑呢？"柳晓弦不解地问道。

"这里原本是一片荒原，杜老师在弥留之际，叮嘱不让大家给他立坟立碑。"梁森林的声音有些哽咽，"老村长，也就是苏莱曼的爷爷，为了纪念杜老师，种下了第一棵凤凰木。后来，中国医疗队在这里救治了越来越多的人，村民们为了表达对中国医生的感激，都会来这里种下一棵凤凰木，几十年过去了，这里就变成了一片凤凰林。"

梁森林说完，停了停，又说道："你们只知道麦乐村是代表中非友谊永远的意思，却不知道麦乐村这个名字是杜老师和姆卡瓦一起取的吧，马格南布医疗点门口那块手写的牌子，就是当年杜老师亲手刻的。"

"凤凰花的花语是思念。"柳晓弦如梦呓般喃喃低语，"也许就是这漫山遍野的思念，把他留在了这里。"

梁森林突然想起什么，从背包里掏出一盏马灯，递到姆卡瓦手中。姆卡瓦用手摸索着，没摸出来是什么东西。江大乔又把灯接过来，把灯点燃。姆卡瓦的视线里，模模糊糊出现了一个小光点。

姆卡瓦小心地摸索着，忽然混浊的眼泪淌出眼眶。

"回来了。"姆卡瓦激动得手都在发抖。

旁边的梁森林也不禁红了眼眶。

"这盏灯是当年老村长送给杜老师的，我在整理杜老师留下的东西的时候偶然发现的，现在物归原主了。缘分就是这样，峰回路转。"马嘉低声向正在默默记录这感人一幕的柳晓弦解释。

老人历经风霜、满是皱纹的脸，在镜头里激动又欣喜。

就在大家怀念杜绍书时，麦乐村里，武梅坐在树下的阴凉处休息。常来端着一盘水果从厨房里走出来，来到武梅身边坐下。

武梅吃了几口水果后，突然站起来，想要趁着太阳快落山去菜地浇水，却被常来紧张地阻止。

"不许去。前几天刚答应我什么了？好好休息，安心养胎。"常来一脸严肃。

原来一周前，武梅刚刚验出怀孕了。这让结婚多年一直没怀上孩子的两人开心不已。

见常来这样紧张自己，武梅只好坐下来，嘴里却笑话常来说："这才刚验出来几天啊，哪那么娇贵。"

"就得娇贵。从现在开始，除了吃饭睡觉，只能动嘴指挥我干活。"常来寸步不让，"等江队他们从马格南布回来，咱们就把这事向他汇报吧。"

武梅摇摇头说："不行。大家都挺忙的，不能给大家添负担。"

武梅见常来眉头一皱又要说话，赶紧打断他说："等三个月稳定以后吧，要不大家伙肯定什么都不让我干，我还工不工作了？我真受不了。"

"行吧，听你的。"常来妥协了，他想了想说，"你说我俩，在国内想要孩子那么多年，一直怀不上，这刚到非洲一年，就来了。爸妈他们要是知道了，可不得高兴坏了。"

"这说明我们跟这片土地有缘。"

"确实。哎，你说孩子以后取个什么名字好呢？"

常来急切的样子逗得武梅笑个不停："你这盘算也够早的了，男孩女孩还都不知道呢。"

两人甜蜜地憧憬着未来，一起看夕阳渐渐落山。

星幕四垂。夜晚，熊熊篝火在营地前的一片空地燃烧。

石竹子安排大家在附近的草原上烧烤、露营，她和赵一聪、吉桑嘎等人带着食材和酒水早早来到营地准备，埃茜积极地上前帮忙，江瑶却独自坐在旁边，看着忙着准备晚餐的石竹子，心里盘算着什么。

一番忙碌过后，众人围坐桌边，盈盈笑语中，姆卡瓦站起身，动情地向队员们表达着自己的感激之情，苏莱曼在旁边用普通话为大家翻译着。

"记得第一位中国医生来到时，我才十六岁。在这之前，我的叔叔、哥哥、弟弟都死于疾病。"姆卡瓦的眼中涌出浑浊的眼泪，泪水淌过沟壑纵横的脸庞，渗了进去，"自从中国医生来后，我们生病时终于不再害怕。中国医生就是上天派来救治我们的天使。希望这次来马格南布，能够成为各位生命中最美好的回忆。"

众人都被姆卡瓦的话感动了，一起饮罢杯中酒后，梁森林也端着酒杯缓缓开口说："我是1991年离开马格南布的，距离今天已经二十三年了。虽然我在桑纳只待了短短的两年，但在我心里，这里早就是我的第二故乡。我记得当年我们离开的时候，村长还很年轻，苏莱曼还不到一岁，他抱着苏莱曼一路小跑着来村口送我们。故地重游，心里的滋味不好说，我们都老了，我们的故事都是老皇历了，以后麦乐村是属于你们的，你们要好好书写自己的故事。"

梁森林缓了缓略有些激动的情绪，继续说："麦乐，永远。杜老师为中国医疗队驻地命名麦乐村，是想告诉后来的我们，从此有中国医疗队的地方就有永远的陪伴。麦乐村，是中国医疗队在非洲的家，中国和非洲，我们的命运早已紧紧相连。来，为杜老师，为中国医疗队，也为中桑人民永远的友谊，干杯！"

玻璃杯碰撞的清脆声音回荡在营地上空。

酒足饭饱，赵一聪再向篝火里添了一把柴火，火样的热情迅速照亮了每个人的脸庞。

苏莱曼的妹妹巴哈缇突然出现了，只见她扭动着腰肢，跳起了马格南布的部落舞蹈，毫不掩饰非洲的火辣热情，邀请马嘉共舞。

马嘉连连拒绝，一边心虚地往柳晓弦这里瞥，神色尴尬，倒是柳晓弦神情淡淡的，毫不在意的样子。巴哈缇也是洒脱的姑娘，见状便扭动着身体邀请他人，在众人的起哄中，柳晓弦被巴哈缇勾住双手，拉到篝火旁共舞。

赵一聪则跟着石竹子走到一边，为大家准备待会儿祈愿需要的孔明灯。竹条搭在一起，再用细绳缠上，罩上孔明灯的纸，赵一聪一边干着活，一边跟石竹子闲聊。

"对了小姨，我最近发现一个商机。在桑纳待了这几个月，我感触真挺多的。这桑纳还真是大有可为。"

石竹子习惯性地将赵一聪的话当成耳旁风。心想还商机呢，家里做几个外贸生意，臭小子真把自己当成比尔·盖茨了。石竹子扯了扯嘴角："行了行了，别瞎扯了，把那个灯给我拿来。"

"小姨，我说正事呢！"

"什么正事？我可告诉你，在非洲做生意，没有你想的那么简单。"

"小姨，我认真考察了，中国的电子产品在非洲非常畅销！我和一些朋友取了取经，桑纳有4000万人口，卡塞是首都，人口有208万，就说电子产品，大大小小的相关商铺大概有500多家。但是品类不全，像手机、洗衣机、电饭煲、微波炉，包括电脑等等，种类少，价格还贵，所以这块市场真的很大。"

赵一聪说得头头是道，石竹子有些意外地问："你这都是找谁问的？"

"我刘叔啊，不然还有谁。我啊，想先主攻一下手机和电脑，这两块市场需求特别大，目前也谈了好几家靠谱的供货商了，到时候我琢磨着在这边注册一个公司，很快就能沟通好。"

石竹子一边捯饬孔明灯，一边笑着说："异想天开，在非洲生意落地这么容易，那人人都到非洲来发财了！你啊，你就放风筝吧！"

"小姨啊，我这不是有你吗？你帮我，对，不是帮，你和我一起合伙，我不会亏待你的。"石竹子气不打一处来，不想理他。

"小姨，我吧，从小到大，都是被安排好的，小时候上私立学校，之后去哪儿留学、选什么专业、找什么工作，一切都按部就班，真的太没劲了。我从小就特羡慕你，你的人生可以这么自由自在，这么精彩！对了，你送我的那个非洲小象，我真放在床头，这个真没骗过你！"赵一聪的声音诚恳而急切。

石竹子停了手上的动作，看向赵一聪。赵一聪一反往日的吊儿郎当，石竹子有些恍惚，想到她当年第一次从非洲回国，送赵一聪小象的时候，这小子才刚到她胸口。没想到以前跟在她屁股后面叫她小姨的小男孩，如今已经有了成熟男人的模样了。石竹子再次看向赵一聪："我再和你确认一下。你刚刚说的，是当真的吗？"

"我当真的，我是当真的。"

石竹子打量了一下他说："小姨支持你。"

赵一聪早准备了几套说辞好言相劝，意外地都没用上。赵一聪一把冲过来，抱着石竹子转了一圈，让石竹子哭笑不得。

沙滩上，孔明灯已经分发好，每个人都拿着一支笔，借着篝火的光，在自己面前的孔明灯上写下心愿。苏莱曼帮爷爷姆卡瓦用斯瓦希里语写了一个"重见光明"，正好被路过的秦童看见。不远处，孙爽在孔明灯上写下"早点见到爸爸"。赵一聪看到，在自己的孔明灯上写下"心想事成""聪和爽"。柳晓弦刚在自己的孔明灯上写下"柳暗花明"，马嘉就走了过来。柳晓弦见状，赶紧将有字的那一面转开，不让马嘉看见。马嘉本想和柳晓弦共用一个孔明灯，只好讪讪笑道："哟，有秘密啊？得，我自己找一个去。"柳晓弦从旁边拿起另一只空白的孔明灯递给马嘉说："这有，你写吧。"马嘉琢磨了半天说："算了，我的人生挺圆满的，有你，有他们，什么也不缺，我就不写了。"知道马嘉话里有话，柳晓弦欲言又止。

孔明灯挨个挨个亮起，像是一只只萤火虫飞上夜空，海边泛起星星点点的倒影，与漫天星光相映生辉。

就在众人纷纷放飞自己的孔明灯时，旁边的石竹子也拿起笔在一只灯上用斯瓦希里语写下"不要再错过"。江瑶拿着自己的孔明灯和笔在旁边磨蹭，借着火光想看清上面的字，却看不懂。江瑶低声问埃茜："能帮我看看她写的什么吗？"埃茜探头，看了半天，小声回答道："好像说是不想再跟你爸爸分开。"孔明灯透出朦胧的光照亮石竹子的面庞，她幸福地笑着，眼中映着星光，倒映出岁月静好的模样。孔明灯即将升空，江瑶的神经咔的一声崩断。江瑶扔下自己的灯和笔，一把抢过石竹子的孔明灯，掏出打火机便点燃，一瞬间，孔明灯被火焰吞没。未来得及上升，便已坠落。

远处江大乔看到，冲了过来："瑶瑶！你干什么呢？"

"我点灯啊。"

"你到底怎么回事！"

"你吼什么，我又不是故意的，她自己带的孔明灯质量差赖谁。"

江大乔气不打一处来："谁教你这么没礼貌的！烧了人家的灯你还有理了！赶紧向阿姨道歉！"

石竹子赶紧上前打圆场："大乔，你别凶她，小孩子又不是故意的。"

"不行，这孩子太任性了，不能老惯着她，瑶瑶，道歉！"

看着两人一言一语，自己活像个局外人，江瑶忍了几天的情绪终于大爆发了，哭吼出来："是，我就是任性！我就是幼稚！我就是不懂事！你教过我懂事吗？你教过吗？"江大乔气得全身发抖，可是女儿哭着问的那句话，又像刀一样扎进他心里，他竟一时无法回答。

"什么许愿许愿，谁会相信这种鬼扯的东西！都是骗人的把戏！我每年生日都许愿你和妈妈能复婚，我小时候那个幸福的家能回来！可是实现了吗？妈妈有罗叔叔，不要我了，你在非洲也有新人了，好啊，挺好的，非常好，你们都是拿得起放得下的成年人，只有我一个人多余，我走！我不妨碍你们了，行了吧！"江瑶一通发泄后，掉头就跑。早就闻声赶来的孙爽见状赶紧追了上去。

江大乔又急又气，他的声音反而让江瑶跑得更快，石竹子拉住江大乔："你让她先冷静一下，你过去她更生气，让小聪和小爽先哄哄，埃茜，你也去劝劝她。"埃茜应声朝着江瑶跑开的方向追过去。三两步把她追回来，江瑶看了众人一眼，闷闷不乐地往自己的帐篷方向走去。

夜已深，篝火旁的众人都已散去，只剩马嘉和柳晓弦坐在火堆旁。柳晓弦拿着相机，拍了几张星空的照片在手机上翻看。马嘉看着火光映着柳晓弦的侧脸，眼中似乎有千言万语。他望着篝火，唏嘘地说："你还记得上次咱们一起看星星是什么时候吗？"

柳晓弦愣住，回忆了半天："结婚前，我们去密云旅游的那次吧。"

"记得那天我答应过你，以后每年都要带你看一次星星。还答应你结婚后一起去看爱琴海，可是都成了空头支票。"柳晓弦笑了笑，没讲话。

马嘉看出她的笑容有些苦涩，越发觉得愧疚，自责地摇头："都怪我，总是只顾着忙工作，忽略了你，忽略了我们的家。

"你说我们是从什么时候开始这样的呢？连一起去出游、去看次星星的时间都没有。记得咱俩兴冲冲地定了去希腊爱琴海的行程，结果快要出发的时候，我突然来了台夹层手术，接到电话我就扔下你回了医院。等我做完手术回来，你也不在家，你说，你的节目临时出了问题。再后来，你忙我也忙，咱俩就把蜜月旅行取消了，各自回单位加班。

"晓弦，你说哪有人像咱俩这样的。

"我这两天在想，如果那天的手术我没有去，你也没回单位加班，咱们照原计划去爱琴海了，后来还会变成现在这样吗？"

马嘉把心里话一箩筐倒出来。

柳晓弦安静地听马嘉说完，时至今日，他还是不懂她。或许是失望到极点，她反而觉得轻松了起来，那些噎在嗓子眼儿里的话，如今都能坦然说出来了。柳晓弦淡淡地开口："我从来都没有怪过你忙工作，我觉得你的工作很有意义，因为你一次次地挽救了别人的生命。我们会走到今天，不是因为工作忙碌或是因为你来了非洲，物理上的距离并不足以消磨我们的感情。"

马嘉怔怔地看着柳晓弦，似乎不太明白她在说什么。

"你发现了吗？我们现在发消息，除了有事说事，一句闲聊都没有了，已经没有想要彼此沟通交流的欲望了。如果心的距离远了，不管你是远在万里的非洲，还是我们同处一个屋檐下，都没什么区别，毕竟，空间上的距离从来都不是距离。"

柳晓弦笑了，还是那么美，马嘉却觉得，他好像要彻底失去她了。

柳晓弦说着，冲马嘉笑了笑，又仰起头看向星空："马嘉，你不用愧疚。你看，这星空多美啊，这大概是地球上最美最纯净的星空了吧。你欠我的都还了。以后，就让我们往前看吧。"

篝火即将熄灭，马嘉和柳晓弦两人坐在篝火前，两人一时间都感觉言尽，陷入了良久的沉默。火星倒映在马嘉的眼中，越来越微弱，马嘉眼中闪着泪光问道："有时候真想不明白，咱们怎么会走到今天？"

柳晓弦用手中的树枝挑动面前燃烧后的灰烬，溅起零星的火星，火星跳动，很快就化为灰烬，归于黑暗，无尽的沉默包围着这个黑夜。

天还蒙蒙亮，帐篷里，石竹子还在睡觉，随着一阵急促的脚步声，帐篷外响起埃茜的声音。石竹子惊醒，按亮枕边台灯，迷迷糊糊起来，打开帐篷，只见埃茜站在帐篷外，一脸着急。

"怎么了？"

"江瑶姐姐不见了！"

石竹子脸色一变，没来得及告诉别人，只拿了个手电筒就赶紧离开帐篷。山林里蒙蒙亮，石竹子拿着手电筒越走越远。越走越急，绊到一个石头上，一个趔趄，跌了一跤，拍拍灰又爬起来。

营地里，江大乔的帐篷外面聚集了好几个人，孙爽、赵一聪、埃茜、江大乔、秦童都在，马嘉和柳晓弦也披着衣服赶来。

江大乔不停拨打石竹子和江瑶的电话，一直无人接通。天还未全亮，远处的山林黑黢黢一片，像巨兽的大嘴，江大乔越发着急。马嘉从未看到江大乔如此慌乱过，赶紧安排众人分头寻找。

"江瑶！"山林深处，石竹子已经寻找很久，声音焦虑而嘶哑。她停下脚步，摸口袋找手机，想通知大家一起找，没想到口袋里的手机不知什么时候掉了。石竹子只好继续往前寻找，却不小心踩到一个树枝虚架起来的斜坡，她的脚一崴，随着一声惊叫，石竹子滚下了小土坡。

而在另一处丛林里，江瑶躲到一棵树下，看到远处一只小鹿如同精灵一般从容优雅地跃过，她屏住呼吸不敢打扰。

"江瑶！"突然，一声大喊吓了她一跳，小鹿也受惊了，轻巧地跳跃几下后便消失在视线里。江瑶一回头，看见赵一聪和孙爽两人朝她跑来，兴奋地招呼他们俩过去："你们看到没，那只小鹿长得可好看了！"

赵一聪的脸黑着，几乎是压抑着怒吼："什么玩意，你一个人跑出来看动物？"

"我从小就喜欢看，我爸还说要带我去塞伦盖蒂看动物迁徙呢！"江瑶一脸莫名其妙，不知道赵一聪为了什么发这么大的火。

赵一聪忍无可忍："你不说一声就跑出来，我小姨怕你出事出去找你，到现在还没回来，手机也联系不上了！"江瑶脸上的笑容瞬间消失，眼中带上了恐慌。

赵一聪和孙爽见江瑶这样，也不好再多说什么，只得带着她急匆匆往回走，回到营地，江大乔对着江瑶就是一通责骂。

"你小姨呢？"江大乔骂完江瑶，又看向赵一聪。

"不知道。"赵一聪懊恼地抱头说，"如果我小姨出事了，怎么办……"

孙爽赶紧拍拍他的背，安慰着。

江大乔面色一沉，懊恼地说："如果竹子真有什么事，我一辈子都不会原谅我自己。"

江瑶在一旁看到江大乔心急如焚的样子，眼泪大滴大滴滚落，怯怯地想要跟江大乔解释。这时江大乔的手机响了，是马嘉打来的，赶紧接通。

"怎么样？找到了吗？"江大乔急切地问。

"没有看见人，但在一个林子里找到了竹子姐的手机。"

江大乔脸色骤然一变，转身就走。江瑶看着父亲焦急的背影，愣了片刻，赶紧跟了上去。

柳晓弦、秦童、赵一聪、孙爽、江大乔、埃茜都赶了过来。马嘉把手机递给江大乔，指了指地上某处说："手机就是在这发现的，附近都找了，没发现竹子姐。"江大乔看着手机，脸色越来越难看。众人都以发现手机的地点为圆心，往四周开始找，呼唤的声音此起彼伏。

荆棘密布的小路上，江瑶一路走一路喊，穿过层层密林，徒手把面前的树枝扒开，树枝把手臂划出了几道红印，她也没有察觉。

埃茜看到江瑶的手臂被划伤了，出声提醒她。跟在两个孩子身后的柳晓弦发现了江瑶情绪不对，跟上去说："瑶瑶，你慢点走。"江瑶没说话，继续往前走着，走了几步忽然停下来，回头看向柳晓弦，沉默了一会儿，忽然红了眼眶，怯懦地问道："如果竹子阿姨找不到了，我是不是也要失去我爸了？"柳晓弦一愣，看着江瑶的眼睛，心疼无比。

山林深处，江大乔独自一人沿着路走远了，远处可隐约听见其他人呼喊石竹子的声音。江大乔一边走一边大喊："竹子！竹子！"声音仿佛落进了黑洞里，没有任何回应。

江大乔心里一点点开始绝望，他停下脚步，站在原地，看着四周一片片望不到头的林子，四周的纵深的山林在他面前旋转起来，越来越恍惚，他感到一片天旋地转。此时，背后一个熟悉的声音传来："哎，江队长！"

江大乔听到熟悉的声音，赶紧回头。石竹子一瘸一拐扶着树，朝着他走过来。压在心底的石头突然卸下，一股酸意涌上鼻头，江大乔眼眶一红。

"愣着干吗，过来啊，扶我一把啊。"

"哎！"江大乔笑了，赶紧小跑过去。

石竹子坐在路边的一块石头上，江大乔把石竹子小腿的裤腿卷了上去，可见小腿部分有明显的擦伤。江大乔动了动石竹子的脚腕，问道："疼吗？"

"摔下去的时候崴了一下，没事。"

"怎么没事，都肿了。"

"真没事，都多大岁数了，哪有那么矫情？"

江大乔查看完，转过去，蹲在了石竹子面前，反手拍了拍自己的背："上来。"

石竹子一愣，笑着说："拉倒吧，让你家那小祖宗看见了，没那个后妈的福气，还得受那份后妈的气。"

"没事儿，我会跟她说明白。"

"说明白啥？"

"你先上来。"

石竹子看江大乔执拗，只好趴在了江大乔背上。江大乔背起石竹子，慢慢往回走。两人沉默地走了一段，江大乔忽然开口。

　　"竹子，咱俩都四十好几了。"

　　"哪有，我正好四十，你可别把我说老了。"

　　"好好好，你最年轻。你说，咱能活到八九十岁吗？"

　　"想这些干吗？"

　　"如果能活到八十岁，还有四十年的时间是不是？"

　　石竹子趴在江大乔背上，轻笑出声："活一天就活好一天，今天过得不后悔就成，哪还能想那么远啊。"

　　"说得对，今天过得不后悔就成。"

　　两人安静了一会儿。四周只有脚踏过落叶，微微陷在松软泥土里的声音。

　　"竹子，我想明白了。"

　　"你又明白啥了？"

　　"我其实看见你在孔明灯上写的心愿了，虽然你是用斯瓦希里语写的。"

　　石竹子愣住，沉默地将头轻轻靠在江大乔的肩上，不说话。江大乔感受到脖子旁石竹子轻柔的呼吸，笑着说："人生无常，可能真没法计划多长远，如果只剩一半的人生，我也不想再错过了。好吗？"

　　石竹子听着江大乔的话，眼眶微红，没有回答。她只是把头靠在了江大乔的肩膀上。江大乔背着石竹子，也不再说话，微笑看着前方，脚步稳稳地朝营地方向走去。

第二十三章
破镜重圆

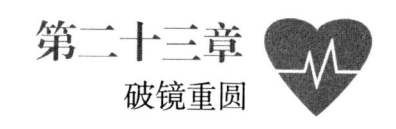

有惊有喜有笑有泪的马格南布之旅终于临近尾声，梁森林一早独自赶来凤凰林，向杜绍书道别。他从水桶里舀出一瓢水浇在树下，嘴里自言自语道："老师，一转眼您已经走了二十七年了，我也五十多了，这头发要是不染，我站在这儿，您都不一定认出我来。人啊，越老越是想起从前的事，昨晚我梦见我还坐在课堂上听您讲课，我醒来琢磨了半天，觉得您应该是舍不得我走，所以来跟您道个别。"

梁森林将水桶中剩下的水都倒在地上，放下水桶，怔怔地看着这鲜红的花。

"马嘉和江大乔，那两个孩子是我的学生，我有时候看着他们也觉得恍惚，总觉得我不久前还是您跟前的一个学生呢，那时候总犯浑，没少让您操心。这次我本来想带一些双清的照片给您看看，双清这几十年变化可大了，后来想想也没必要，您一辈子行医，最惦记的就是病人，能一直看着您惦记的非洲人民，就挺好的。而且这林子多漂亮，我记得您当年就最喜欢红色，说红色有生命力，最适合医生。"

梁森林抬手抚摸着粗壮的树干，仰头看着眼前茂盛的大树，伞状的花冠巍峨热烈，像是庇佑着这一片土地。梁森林满眼含泪地说："老师，这一走，不一定有机会再回来了，您要是想我了，就多去梦里看看我吧。"

梁森林挺直身体站在凤凰木前，深深鞠了一躬。说完，梁森林转身离去，微风阵阵，抚动树叶，落下一朵朵红花，似是杜绍书也在向爱徒告别。

大巴车载着众人，稳稳停在了麦乐村门口。

车门打开，大家都在搬各自的行李下车，马嘉看柳晓弦手上又是相机，又是洗漱用品，又是背包，想要伸手帮忙。不料柳晓弦侧身避开说："不用，我自己来吧。"柳晓弦说完径直下了车。

一旁的江大乔看着这一幕，微微皱起了眉。他叫住准备下车的马嘉，低声说道："家属团可马上就要走了，该说的，抓紧吧。"马嘉只是苦涩地笑笑。

另一边，石竹子因脚扭伤了，江大乔怎么也不放心她自己回萍聚餐厅，坚持要亲自开石竹子的皮卡送她回去。江瑶也不吱声，拉着埃茜就钻进石竹子的车里不肯下去。

一路上，江瑶透过反光镜偷偷看江大乔的脸色，一旦跟江大乔眼神对上，便又赶紧移开视线，假装若无其事的样子。

终于到了萍聚餐厅，江大乔也不理江瑶，自顾自地搀扶石竹子下车。江瑶默默下车，主动帮石竹子拿行李和背包。石竹子伸手往背后的背包里摸钥匙，江瑶眼尖，手脚麻利地帮石竹子把钥匙摸出来，又帮忙把门打开。

江大乔搀扶着石竹子进到餐厅坐下，又悉心叮嘱了一番注意事项，直到石竹子嫌他啰唆，这才抬眼看向江瑶。

"走吧。"江大乔唤了江瑶一声。

"我想住在这里。"

江大乔这才发现江瑶身边放着她的行李。他以为江瑶又要胡闹，脸色顿时不好了，吼道："你还没闹够吗？你竹子阿姨为了找你，腿都伤了，哪有空照顾你，别胡闹，赶紧跟我回去。"

"我不用她照顾。"江瑶看着石竹子的腿，跟江大乔僵持着。

石竹子察觉气氛不对，赶紧出言解围说："让她住这儿吧，一个孩子回去跟你们一帮大人有什么可聊的，正好跟埃茜两个人，说说话。"

江大乔思量片刻，终于点头，临走还不忘嘱咐道："你听话点，别再胡闹了。"

见江大乔离开，石竹子瘸着腿准备进仓库清点货物，江瑶见状赶紧拦下。

"一瘸一拐的，还清点什么啊。我来吧。"江瑶夺过石竹子手中的笔和货品清点册，开始按册子上的目录一样一样地清点起来。石竹子微笑着看着她，不时地指点两句。

突然，外面传来一个男人的怒吼声，因为是斯瓦希里语，听不懂斯瓦希里语的江瑶被吓了一跳，紧张地看着石竹子。

石竹子赶紧出来，同时外面已经传来埃茜的哭叫声。

江瑶克制住心中的害怕跑出来，看到一个陌生的男人正用力地扯着埃茜的胳膊往外拽，埃茜用力挣脱，却逃不出男人的手。

石竹子喝止道："查查，你想干什么？"

"竹子小姐，你不要管闲事，我要带埃茜回去！"查查抬头瞪了一眼石竹子。

江瑶听不懂两人说什么，她趁查查跟石竹子对话时分神了，冲上去拉住埃茜，用力地想掰开查查的手。

石竹子也上前，拦到查查面前。在两人的努力下，埃茜终于挣脱出来，并和江瑶一起躲到石竹子身后。

查查见状，要绕过石竹子去拉埃茜。石竹子瞪着他："这里是我的餐厅！你再敢胡来，我报警了！"

查查被石竹子的气势所威慑，不敢动手，却盯着埃茜逼迫道："埃茜！我再问你一遍，你跟不跟我回去？"舅舅的眼神像钉子一样钉得埃茜不得动弹，反抗的话到嘴边，又被咽了回去。

石竹子搂着埃茜的肩膀说："埃茜，别怕，如果不想回去就住这里，没人敢强迫你。"

"对！我们保护你！"江瑶也说。

埃茜为难地看着石竹子，又看看舅舅查查面色青黑的脸，怯懦地说："我还是回去吧。"

"你不能回去！"江瑶一听这话急得快要跳起来。

埃茜看向石竹子，石竹子权衡片刻，无奈点头道："竹子妈妈可以让你回去，但你得答应我，如果有任何人为难你，你一定要告诉竹子妈妈。"

埃茜点点头，走向查查。查查一把拉过埃茜，出了餐厅。

江瑶还想要追上去，被石竹子拉了回来。

看着埃茜弱小无助的背影，江瑶气得直瞪石竹子："他是谁啊？凭什么欺负埃茜？"

"他是埃茜的舅舅，也是埃茜的监护人。"石竹子的语气充满无奈和怜悯。

江瑶愣了一下："那也不能让他胡作非为啊！"

"这是埃茜自己的决定，我们得尊重她！"

太阳渐渐西落，夕阳的余晖铺洒大地。

麦乐村里，马嘉和柳晓弦并肩站在天台上，每个人手里拿着一个椰子，两人一起眺望远方。山顶的金光和峰谷的阴影绘出一幅光影重叠的油画，山的轮廓在橙色中变得模糊而梦幻，远处的湖泊也被夕阳的光辉映照得波光粼粼，宛若一面金色的镜子。

望着眼前的美景，柳晓弦说："那天晚上，你就是在这里给我打的电话吧？"

"哪天晚上？"马嘉不解。

"就那天半夜，你这边应该是黄昏，你打电话给我，特别反常地跟我说你想我了。"

马嘉笑了笑，喝了一口椰汁，说："记得。"

"你其实应该跟我说。"

马嘉一愣，突然明白了柳晓弦意指什么。

柳晓弦声音低落："我昨天才知道这事儿，梁老师跟我一说，我吓出一身冷汗。"

马嘉宽慰道："没事，就是一个艾滋病感染者手术过程中，血溅到了我眼睛里了。我吃阻断药了，一直定期去抽血化验呢，放心吧，我惜命着呢。"

"知道是艾滋病患者还不做好防护，你这么多年医生怎么当的。"

马嘉笑着说："是我不专业，柳记者教训得对。"

两人说完，视线相遇，刚刚的关心和情绪忽然又变得尴尬，两个人都移开视线，陷入短暂的尴尬沉默，最后马嘉开口说："我当时打电话其实是想告诉你来着，但话到嘴边又咽回去了,我想了想,说了有什么用,多一个人担心。"

"那你跟我急眼的时候怎么没这么讲道理呢。你在非洲,我跟你说了你爸的病,难道就有用了?你又不能飞回去照顾你爸。"柳晓弦幽幽地说。

马嘉点点头,态度非常诚恳:"也是啊,这么一说,我这人还真挺过分的,为难你了。"

听到马嘉道歉,柳晓弦笑了。

看着柳晓弦的笑容,马嘉有些恍神。他像是自言自语又像是对柳晓弦感慨:"我们就是两只死鸭子,煮到一个锅里了,但凡有一个人能早一点敞开心扉,是不是也不会走到今天。"

柳晓弦看到马嘉复杂而落寞的神情,心头一颤。

谁说不是呢。柳晓弦突然想,走到现在这一步,真的只是马嘉一个人造成的吗?柳晓弦收起了笑容,扭过头,两人一同沉默地望着远方,怅然若失。

天边的绯红也已消尽,麦乐村渐渐被夜幕笼罩。

江瑶在坐立不安中好不容易熬到夜深,她还是放心不下埃茜,于是披上外衣,刚推开门,迎面撞见手里拿着果盘准备进来的石竹子。

石竹子说:"穿戴整齐的,干什么去啊?"

江瑶不理会,烦躁地想要绕开石竹子出门,石竹子又侧身挡住。

"怎么,单枪匹马就想去行侠仗义啊?"

江瑶不耐烦地看了石竹子一眼:"让开!"

石竹子挑了挑眉毛,往门边一靠,让出了一条路。江瑶往外走,刚走两步,石竹子就在身后开口。

"你就算把她带回来了,然后呢?"

江瑶停下脚步,看向石竹子:"什么然后?"

"我们可以把埃茜带回来住一天、一个月,甚至一年,之后呢?我们能把她留在这里一辈子吗?她的人生最终还是得她自己做决定。而且这里是桑纳,你们虽然成了朋友,但她,或者说跟她一样的那些桑纳女孩,她们经历的是跟你完全不一样的人生,也是你无法想象的人生。你有很多种人生可以选,她们没有。"

江瑶想了想，折返，把帽子摘下来往桌子上一放，往石竹子面前一坐："你给我讲讲埃茜吧。"她记得第一次见面时埃茜说过，她没有爸爸妈妈，是石竹子供她读书。

石竹子把果盘放在桌子上，在江瑶对面坐下来，开始讲述："埃茜的妈妈几年前生病了，当时的中国医疗队本来为她安排了手术，但那时发生战乱，中国医疗队不得不临时撤离。没过多久，她父亲也过世了，她就只能跟着舅舅家一起生活。"

江瑶不曾想到过这些，她越听越难过。

"还有一件事，你可能不知道，当年负责埃茜妈妈手术的医生，就是你爸爸。"

"我爸？"

"后来你爸爸他们走了，埃茜就经常来医疗队和萍聚餐厅，所以中文学得不错了……"

"难怪……"江瑶看着石竹子说着，眼神一点点变为审视，"原来埃茜说的是真的，你们果然早就认识了。"

石竹子无语地说："你听话能不能听重点？"

"难怪他心心念念来非洲，原来你们早就在一起了。男人啊，果然都一样，有了新欢就不要闺女，看来大家说得没错，有了后妈就有后爸。"

江瑶说完这句话，石竹子脸色一变，说："你就是这么理解你爸这个人的？"

江瑶说完也觉得有点过了，但仍旧嘴硬，说："是你自己说的，你俩九年前就认识了。"

石竹子打量了江瑶一眼，冷哼一声道："江大乔做医生那么成功，没想到做父亲这么失败。"

"怎么就失败了？"

"操碎了心就培养出这样一个白眼狼来，不是失败是什么？"

"你说谁白眼狼？"江瑶气得直瞪眼。

"谁是白眼狼我说谁。"

江瑶被石竹子的话怼得面红耳赤，又无从反驳。

"我俩九年前是认识，我也的确对你爸有好感，但我俩那时候清清白白。"

"谁信啊。"

"你爱信不信，我又不在乎，退一万步讲，我们那时候就算真在一起了，也是我们的自由，跟你有什么关系。"

"怎么没关系，他是我爸！"

"你爸怎么了？他离婚了，我也单身，我俩没有恋爱自由吗？"

江瑶一时间被怼得无话可说，石竹子越说气势越占上风，继续说道："我实话告诉你，以前我们没什么关系，可现在，我跟你爸的确在一起了。"

"我就知道，你俩什么时候在一起的，他为什么不告诉我！"

"为什么要告诉你？"

江瑶没想到石竹子会这么直接，被噎得够呛。

"我们有告诉你的自由，也有不告诉你的自由。"石竹子说完，转身离开，走到门口停下，回头又说了一句："没错，你是他女儿，他是你爸，这辈子成为家人是缘分，但你们是独立的人，你们可以爱彼此，但不属于彼此，你是自由的，你爸也是。"说完就留下江瑶一个人愣在原地。

石竹子回到楼下，把与江瑶的不愉快暂时抛在脑后，她跛着脚往冰柜里装明天开业需要的酒水。正要弯腰时，一只拿着酒的手伸了过来，正是江瑶。

石竹子看着默默帮忙的江瑶，忽然笑了。

江瑶哼了一声，抱怨道："腿没好利索，非要折腾，少赚两天钱能死吗？"

石竹子笑了，说："还挺恩怨分明的，我腿受伤，跟你没关系，是我自己要去找你的。"

"你也是这么收服我爸的吧。"

石竹子一愣，看了一眼江瑶，说："也？你这是承认你被我收服了？"

"谁被你收服了，我只是觉得你说的好像有那么几分道理。"

"我说什么了？"石竹子忍着笑，故意逗江瑶。

"我是说，我不是那种不开明的女儿，他要是真想谈恋爱就谈，我不会干涉他的自由。"

石竹子愣了愣，反应了一会儿，就看见江瑶向她伸出手："重新认识一下吧，竹子阿姨。"石竹子愣了愣，笑着伸出手跟江瑶握手。

家属探亲团回国的日子很快就到了。马嘉陪着柳晓弦上天台上收晾好的衣服，马嘉心中满是对晓弦的不舍，却又不知道怎么说出口，只得没话找话地闲聊。

"你回去以后准备怎么办？还是要辞职吗？"

"还没想好，不过我觉得我快想明白了。"

"真没想到，这一年你在国内发生了这么多事。"

柳晓弦笑了笑，感慨道："我们上次说这么多话是什么时候？"

"我也不记得了。"马嘉苦笑，"有时候我都不知道，这么多年，我们到底在忙什么。"

"你的人生是有意义的，你是个好医生。"柳晓弦停下收衣服的手，认真地说。

马嘉看向柳晓弦："那我们呢？"

柳晓弦笑了笑，移开目光："不管怎么样，作为一个医生，你来这里的选择是对的。"

马嘉自嘲地说："但作为一个丈夫，我可能真的不太合格吧。"

"有什么合不合格的，生活又不是考试，没人给你打分。"柳晓弦的语气有些淡漠。

"挺遗憾的，我真的曾以为我可以给你一个你期待中的婚姻和家庭。梁老师跟我说，作为丈夫的责任跟作为医生的责任同样重要，我现在明白了，不过好像明白得有点晚了。"马嘉突然觉得，把内心的话讲出来好像也没那么难。

柳晓弦不想把气氛弄得过于沉重，便开玩笑缓和："我差点以为你要跟我说对不起。"

马嘉也笑了："这三个字从我嘴巴里说出来，你信吗？"

柳晓弦收下最后一件衣服，准备转身下楼，马嘉忽然一把抓住柳晓弦的胳膊，兴奋地叫道："快看，出来了！"

柳晓弦循声回头，顺着马嘉的视线看过去，远处原本朦胧的云层渐渐散开，云雾间隐隐出现远方的乞力马扎罗山。

柳晓弦看了一眼神山，随后视线看向马嘉，只见马嘉一脸虔诚地望着神山，而柳晓弦怅然又眷恋地看着马嘉。

麦乐村的后厨里，江大乔、常来和秦童等人热火朝天地忙着。秦童正在做辣子鸡，常来在做汤，江大乔在做松鼠石斑鱼。

常来看秦童放了好多油，担心武梅吃不了，便叮嘱道："你少放点油！怎么跟不要钱似的呢。"

"我乐意，你不爱吃你就少吃几口。要我说，这顿饭就应该江队和老马做，要欢送的人一个是他俩师父，一个是江队闺女，一个是老马老婆，跟我们有什么关系？"秦童一边乐呵呵地做菜，一边嘴上不饶人地说着。

"老马抓紧时间陪媳妇呢。"

两人正说着，武梅拿着剥好的蒜走进来，下意识捂住鼻子。

"蒜好了，刚才谁要来着？一头够不够？"

常来一看武梅进来，赶紧接过蒜，把人搡了出去："你别进来啊，你回屋待着去吧，吃饭我叫你。"

秦童见状，又嘴欠道："这可不行哈，刚刚江队可说了，不做不许上桌。"

常来白了他一眼："我们是以家庭为单位的，出一个人做代表，有意见？"

"没意见，那一会儿你们吃饭也出一个人做代表？"

"滚！"常来拿着一颗蒜作势要砸秦童。

几个人说笑间，一盘盘色香味俱全的菜肴陆续端上了桌。

武梅、孙爽等人招呼梁森林和柳晓弦入座。这时，石竹子突然进来，身后还跟着江瑶。

"竹子姐！来得正好，一起吃饭。"孙爽热情招呼道。

"什么正好，是我请竹子阿姨来的。"江瑶嗔怪道。

正端着最后一道菜进来的江大乔听到江瑶对石竹子的称呼，一愣。

待所有人都落座了，梁森林示意江大乔道："江队长，讲两句？"

"我？我也没什么可讲的呀。"

"我爸不愿意，那我替他主持吧。"江瑶笑嘻嘻地站起来。她清了清嗓子，"这次来非洲，我刚到的时候其实挺失落的，感觉在国内没人搭理，来这边也没人搭理我，那天还在竹子阿姨的餐厅闹了一通，真丢人。不过后来有个人教育了我一顿，我仔细想了想，觉得她说得挺对的，老头不只是我爸爸，他是医生，是队长，也是他自己，所以他应该是自由的。"

石竹子闻言"扑哧"一乐，江大乔意外又感动地看着江瑶。江瑶看着江大乔，用开玩笑的语气说道："老头，以后你有什么事都可以跟我说，我会做个开明的女儿。"

江瑶坐下，看了一圈，最后看向石竹子："我说完了，下一个，有请竹子阿姨！"

石竹子一愣，有点不好意思，说："这孩子，今天你们家属聚餐，你把我拽来合适吗？"

"我说合适就合适。爸，你说合适吗？"

江大乔有点不好意思，笑而不答。

大家赶紧起哄："合适合适！"

石竹子站了起来说："我自己一个人在这里生活已经很久了，有时候也分不清哪儿是家了，但有一件事我知道，在这片土地上，在所有华人华商的眼中，中国医疗队永远是我们的家人。"话音刚落，众人热情鼓掌。

"竹子阿姨说完了，下一个就柳阿姨吧。"

柳晓弦放下筷子，看向众人："来这一趟，其实对我震动挺大的。虽然只待了几天，但我是真真切切明白了马嘉来这里的意义。这几天的所见所闻，对于我一个记者来说，早已经在心里完成了一篇震撼人心的报道了。最后，我代表我自己，向所有的援非医生致敬。"

柳晓弦说完，所有人鼓掌。

苏莱曼插话道："师母，你不对我师父说两句？"

柳晓弦看向马嘉说："好好工作，保重身体。"

马嘉看着她笑笑，欲言又止，终于挤出一个笑容说："我很开心我爱人能不远千里来看我，我之前工作忙，一直忽略了家里，希望这次的非洲之旅会是我们的新开始，我相信我们会越来越好。"

柳晓弦没说话，躲避马嘉的目光。

常来打趣着马嘉："你说话怎么这么官方？"

武梅看出了马嘉的不开心，赶紧拽了一下常来说："你少说两句。"

江瑶笑着说："那个常叔叔和武阿姨，你们家派个代表吧。"

常来看了武梅一眼，武梅点了点头。

常来笑嘻嘻地开口道："虽然我的亲人没来，但在座所有人没有人比我更幸福，因为我的亲人就在我旁边，而且，我们的生命有了新的延续。"

常来此言一出，所有人都愣了。武梅赶紧在桌子底下踢了常来一脚，常来立马改口说："那个，我的意思是我们来到桑纳，让我们脱胎换骨，得到了新生。"

常来的话引得大家都笑了。梁森林给自己倒上酒，视线在所有队员脸上一一扫过，满眼感慨地说："大家都说完了，我这个老头子也啰唆两句吧。看着你们，真是羡慕啊。你们现在正是好年纪啊，有时候我也想回到你们这个年纪，和你们并肩奋斗，再多多抱抱我当年的伙伴，多救助几个病人，多去白沙滩走一走，多去看看乞力马扎罗山。人能拥有回忆就是幸福的，明天，我们家属团就要走了，但咱们医疗队还有不少的时间，我希望你们能留下忘不掉的回忆。"

说罢，梁森林举起杯："这杯酒，我敬所有人，也敬我的青春。"

举杯的众人眼眶都有些湿润。

吃完饭，石竹子、柳晓弦和江瑶在厨房里帮着江大乔一起收拾碗筷。突然，姆齐纳带着埃茜急匆匆走了进来，埃茜一下扑到石竹子怀里，痛哭了起来。

原来查查早就开始逼着埃茜退学，想要把她嫁给邻村的一个老头做三老婆，以此换取两头牛，埃茜一直在反抗，想办法逃避。

前两天，查查到石竹子的萍聚餐厅闹了一通后，埃茜怕连累石竹子和江瑶，只得跟着他回去。没想到回去以后，查查立刻把她锁在家中，并告诉她，五天后老头家就要来接亲。埃茜想尽办法，哄得舅舅的小儿子帮她开了锁，她这才逃出来。

柳晓弦和江瑶都震惊了。

"她才十五岁啊！"江瑶叫道。

"为什么现在就要逼她嫁人？总得有个原因吧。"柳晓弦问石竹子。

石竹子沉默半晌才开口:"他舅舅家穷,孩子又多。查查一直想买一头牛,可没有钱,用埃茜可以换来两头牛。"

众人陷入沉默。

石竹子怜悯地看着埃茜:"埃茜,你还记得竹子妈妈说过的话吗?只要你愿意,我可以一直供你读书,或者你不想上学也行,你可以留在萍聚餐厅帮厨。"

眼泪一直在眼眶里打转,埃茜低着头,不说一句话。

"女孩子的一生,是有权利去做选择的,我们不但可以选择自己嫁不嫁人、嫁给什么人,也可以选择过什么样的人生、成为什么样的人。"

"我也可以吗?"

"当然,只要心中有念,不畏惧,就一定可以。命运是可以改变的,你看啊,我一个弱女子,在异国他乡摸爬滚打到现在,生活过得越来越好。你看医疗队里的武梅阿姨、孙阿姨、苏阿姨,还有柳阿姨,她们都活得很精彩。别怕,你有竹子妈妈,你的生活可以完全不一样。"

石竹子的话一点点撬动了埃茜的内心。石竹子还在说,埃茜忽然抬头,轻声打断石竹子说:"竹子妈妈,我决定了,我不会再回去了。"

一直在旁边红着眼眶的江瑶听了埃茜的话,松了一口气。她拉起埃茜:"我们出去说话吧。"

江大乔、石竹子和柳晓弦看着两个女孩牵着手出去,心中都觉得有点堵。

两个孩子来到天台上,埃茜不舍地牵着江瑶的手说:"竹子妈妈说你要回中国了。"

"嗯,明天的飞机。"

"那我们以后还能再见面吗?"埃茜的眼中满是眷念。

"当然!"江瑶回答得很干脆。

可是埃茜显然并不相信,她伤感地说:"这里来过很多叔叔阿姨,他们离开的时候都跟我说再见,可很多人我就再也没见过了。"

"我跟他们不一样,我说我们会再见就一定会再见的。"江瑶说着伸出了小拇指,埃茜也伸出了小拇指,两个女孩子拉钩。

埃茜从口袋里掏出一个石头小象,拉过江瑶的手,放在江瑶手心。江瑶好奇地看着石头小象，小象的线条简单，却很生动可爱。

"送给你的，希望你回去以后不要忘记在这里还有一个想念你的朋友，它会保佑善良的人幸福平安的。"埃茜绽放出灿烂的笑容，未干的泪痕依然在脸上，在夕阳的映照下无比动人。江瑶拿着手里的石头小象，慢慢握紧。

宿舍里，马嘉正蹲在行李箱前，将柳晓弦的衣服、洗漱用品、随身药包等收拾整齐。

马嘉想了想又打开药包，把药品挨个检查了一遍，挑出那些已经过期的扔进垃圾桶里。

"药都是有保质期的，过期得换。你这人，一着急拿起来就吃，吃了过期的药还不如不吃。消炎药和退烧药都过期了，回去记得补。"马嘉念叨着，见柳晓弦没有反应，又补上一句："算了，跟你说你也不记得。"

马嘉干脆回身从抽屉里拿出自己常备的退烧药和消炎药，放进药包里。

柳晓弦沉默地坐在椅子上，看着马嘉在一边忙前忙后，心里不是滋味。马嘉整理好东西，转身从抽屉里掏出一个画册，放进了行李箱里，柳晓弦没注意到。

行李箱拉链拉上，也拉上了房间里的沉默，两人坐在一起，却无话可说。马嘉打破尴尬："听梁院长说，你们明天早上五点半从麦乐村坐大巴出发？"

柳晓弦"嗯"了一声。

"我今晚要值班，就不回来送你了。"

"嗯。"

马嘉站起来，走到门口，想说什么，又觉得无话可说，便拉开门，头也不回地出去了。

柳晓弦站在窗前，一直看到马嘉落寞的背影消失在视线中，这才回到行李箱前，蹲下看马嘉收拾的东西。药包的药品拆封了的放在最外层，提醒她在保质期内吃完，未拆封的放在底下。充电线被缠成一个个标准的线圈，耳机线也被整理得整整齐齐。柳晓弦想起以前和马嘉外出的时候，他总是笑话自己从包里翻出耳机时乱七八糟，又接过耳机线帮自己整理……柳晓弦一时出了神。突然她看到衣服下面有一本小册子，她拿出来翻开。

画册上都是桑纳各种地方的景色：第一张，火红的凤凰林下，马嘉和自己并肩而立；第二张，非洲原野上两人和花豹一起奔跑；第三张是他俩站在面包树下；第四张是他们在看动物大迁徙；第五张是卡塞医院院子里的他俩；第六张是麦乐村的天台上，两个人在看乞力马扎罗山，夕阳映照下，山顶白雪金光灿灿，画纸的右下角写着一句话：Remember the time, our milele（铭记这段时光，我们的麦乐村）。

柳晓弦看着那幅画出神很久，她缓缓合上画册，抬头时已是泪流满面。

而不想亲眼看到柳晓弦离开的马嘉，虽然逃到卡塞医院，可他的胸口依然堵得慌。

夜渐渐深了，马嘉躺在外科值班室的检查床上翻着手机。值班室内没有开灯，手机屏幕的光照在马嘉的脸上。他正在一张一张翻看手机中的照片。那些照片是马嘉跟柳晓弦一起拍的，有柳晓弦化妆时马嘉拍摄的，有两个人一起吃饭时候的自拍。这些照片带出甜蜜幸福的过往，马嘉眼中满是失落和伤感。

经过无眠的一夜，终于到了出发的时间。

柳晓弦把画册拿出来放在了桌子上，带着行李箱出了门。可是走了几步，她已经泪流满面。犹豫片刻，柳晓弦还是停下脚步，折返回房间，将桌子上的画册带上，才又离去。

清晨五点半，麦乐村门口，所有人都已经上了车，可仍旧不见马嘉人影。

柳晓弦再一次拨通马嘉的电话，电话无人接听。姆齐纳忍不住催促："我们得走了，要来不及了。"

柳晓弦最后往路的尽头看了一眼，没有人。她落寞地上车，坐在靠窗的位置，疲惫地闭上了眼睛。大巴车车门缓缓关闭，往前方驶去。

突然，江瑶一声惊呼，柳晓弦猛地睁开眼。后视窗里，马嘉奋力追在车后面，他渐渐体力不支，步履踉跄，掐着腰在原地大口喘气。

"停车！停车！"柳晓弦大喊，冲下了大巴。

马嘉怔愣片刻，大步朝着柳晓弦跑了过去，柳晓弦紧紧抱住马嘉，眼泪大颗大颗地滴落在马嘉肩上，她发现马嘉从头到脚都是湿透的。

大巴车里的人都透过窗户往回看。梁森林露出欣慰的笑容，江瑶拿出手机远远地给两个人拍照。

回到麦乐村，马嘉换下湿透的衣物，洗完澡出来，看见柳晓弦正站在窗户前低头专心致志地看着什么东西。

马嘉轻轻走过去，看到柳晓弦是在看那本画册。他无声地站在柳晓弦身后，静静地跟她一起看。

柳晓弦翻到凤凰木那一页，手指轻轻抚摸过画纸。

马嘉站在身后，轻轻开口："这是我第一次见凤凰木的时候画的。"

"那时候我还没过来。"

"所以我才想把你画进去。第一次见到凤凰木的时候，我脑子里第一个想法就是真美啊，凤凰木真美，桑纳真美，第二个想法就是可惜你不在这里。"

"你怎么从没给我看过这些画？"柳晓弦问道。

"本来想回国以后再给你看的。"马嘉从背后将柳晓弦抱在怀里，柳晓弦把画册合起来，放在桌子上，两只手握住马嘉的手。

"我那时候就在想，以后要是真没你了，什么凤凰木，什么非洲原野，什么乞力马扎罗山，就算还能见再多的美景有什么意思，我画里还能画谁，画了又能给谁看？"

柳晓弦眼眶一红，却无声地笑了。马嘉将柳晓弦紧紧抱在怀里，轻轻吻了柳晓弦的发顶。

"Remember the time，our milele。"柳晓弦靠在马嘉胸前，闭眼轻声念道。

第二十四章
霍乱

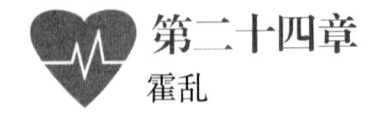

马嘉特地请了几天假，带着晓弦去看了草原，幸福的时光总是过得特别快。

柳晓弦回国的那天，马嘉特地开车送她去机场。

"本来已经适应这里了，你这一来一走，我又要空落落一阵了。"马嘉眷念地说，"我们先约好，这次回去后，我们要每天分享分享生活，不许像以前一样，总以工作忙为借口，就不回消息。"

柳晓弦点点头说："说真的，这么久不工作放在以前是想都不敢想的事。来之前南姐让我好好想想，我现在想明白了，也该回去面对了。"

"想好了？辞职？"

"你希望我辞职吗？"柳晓弦反问道。

马嘉顿了顿，回头看向柳晓弦，认真地说："这可是你的选择，你的决定，无论如何，我都支持你。"

柳晓弦笑了，转移话题："喜欢你的姑娘我可见着了，告诉你，我在医疗队可是安插了眼线的，你自省自律哈。"

"领导放心，保证目不斜视，绝不犯错！"马嘉咧嘴笑道。他将方向一盘一打，把车转向旁边的一条小路："走，我带你去个地方！"

很快，马嘉将车停下，跳下车，绕到副驾驶座处，拉开车门，牵着柳晓弦的手下车。来到了一棵凤凰木前。

柳晓弦的脸带着惊喜，扭头看向马嘉："你画上的凤凰木，就是这里吧？"

"对，第一次看到它时我就想，有机会要带你来看看。"

两人站在树下。风抚过树梢，撩起花瓣落下，落在柳晓弦的发梢。

马嘉喃喃地说道："刚来桑纳的时候，我心情不好，竹子姐带我来的。她说，烦恼的时候，就看看这棵树，就能放下执念，忘掉烦恼。"

"真有用吗？"柳晓弦好奇地问。

"说来挺神奇的，在桑纳的时间越久，心烦的事，还真慢慢变少了。"

一阵风吹来，马嘉伸开手，享受风吹过的感觉。柳晓弦在一旁看着他。

马嘉转过身，深情地看着柳晓弦："晓弦，谢谢你这次来看我，也给了我们一个重来的机会。"

柳晓弦看着凤凰木："我们还有几十年的路要走呢。"

"那就慢慢走，好好走，只要我们在一起，就没有过不去的坎。"马嘉说着，揽过柳晓弦的肩，将她抱入怀中。

回到双清市的柳晓弦还是向林南提交了辞呈。林南并未觉得意外，她笑着示意柳晓弦坐下。

"我批你假的时候，我就知道你会做这样的选择。"

柳晓弦带着歉意："南姐，对不起。"

"别说对不起，应该我对你说，恭喜你。人活一辈子，很多人害怕的不是面对未来的未知，而是从来都不敢做出改变和选择。"

柳晓弦感激地看着林南："我也一样，是你给了我勇气。"

林南感慨着："我很羡慕你，还有敢于改变的勇气，不像我，只敢想，不敢做。"

两人相视一笑。

"南姐，你不问问我去哪儿吗？"

"你去哪儿不重要，重要的是你做出了改变。不管你去哪儿，我都为你高兴。"

"我想弄个公众号，做点自己真正想做的东西，自由自在地表达一些自己的观点，也许有人看，也许没人看，但都不重要了，我只想发出自己的声音。"柳晓弦也不打算卖关子，坦诚地告诉林南。

林南眼睛中满是赞赏："晓弦，我很高兴，你还是当初那个你。不管你做什么，我都真心地祝福你，祝福你成为你想成为的人。"

林南说着，站起来笑着向柳晓弦伸出手："祝你一切顺利！"

一个月后，彭伟的儿科接了一个病情严重的孩子，他听到孩子的心脏处有杂音，赶紧叫来马嘉会诊。

"这孩子才五岁，昨天入院的。高烧不退，情况有点复杂，咳嗽咳痰，胸闷气促，还有发育迟缓的现象，胸片提示双肺感染，听诊心脏有杂音很响，应该有先天性心脏病，没办法了，只能请你来看看。"彭伟带着马嘉匆匆走到儿科病房。

"这就是阿米纳塔。"彭伟指着一张病床的小姑娘向马嘉介绍。

马嘉用听诊器听了好一会儿，表情严肃。

"怎么样？"见马嘉收起听诊器，彭伟急切地问。

"胸骨左缘第二肋间，连续性机器样杂音，有震颤，P2亢进，应该是动脉导管未闭。"

"看来分流量比较大，难怪发育不太好。"彭伟皱起眉。

马嘉想了想，和彭伟走到一旁："这情况，肯定得手术了。"

"那只能你来做了。"彭伟不假思索地说。

马嘉没有吱声，只是拿起病历回到办公室。他找来苏莱曼和迪斯马斯，将病例递给两人。

等两人认真看完病历后，马嘉问道："考考你们，怎么想的？"

迪斯马斯抢先答道："先给她做抗感染、强心利尿纠正心衰。再写封介绍信，让她家人带她出国动手术。"

马嘉皱着眉："为什么要出国做手术？"

"动脉导管未闭分流量大的患者容易心衰、肺部感染，发育也不好，时间一长就有可能引发肺动脉高压甚至艾森曼格综合征。得了这个病的孩子有些在婴儿期就会死亡。"

"我是问，为什么不在桑纳做手术？"马嘉问道。

迪斯马斯的脸上闪过一丝无奈，还有一些忧伤，说："在桑纳，没有人会，所以这些孩子需要医生进行评估后，根据病情的轻重，决定需不需要出国做手术。"

"其实我有一个想法想和你们俩聊聊，你们俩想不想自己做这台手术？"

迪斯马斯和苏莱曼怔怔地看着马嘉，不敢相信自己的耳朵。

"我们？我们可以吗？"迪斯马斯眼睛亮了起来，却又马上黯淡下去。

"你是不相信我，还是不相信你自己？"马嘉犀利地问道。

"我当然相信你，可我……"迪斯马斯欲言又止。

"阿米纳塔的心超和CTA提示她的动脉导管未闭应该是管形的，可以介入封堵或开胸结扎。卡塞医院没有DSA，阿米纳塔的病情也等不了那么久，所以最适合的手术方案就是结扎术。其实，这手术在心外科中不难。"一直在旁边憋着没插话的苏莱曼一把拍在迪斯马斯的肩上说，"这种手术，我在中国跟着师父做过，并不难。"

两人的鼓励给了迪斯马斯勇气，他开口应下："好，我愿意试试，现在我需要准备些什么？"

"首先，咱们先积极内科治疗，让阿米纳塔尽可能恢复较好的生理状态；然后，你们再去好好复习动脉导管和周围血管、神经的解剖结构，尤其是去看看教科书，学习一下手术流程，各个细节要烂熟于心，回头说给我听。"马嘉说完，又转头交代苏莱曼说，"从今天开始，你负责教迪斯马斯练习打结。方结，外科结，左手右手都要会，还要练练深部打结！"

"好嘞，师父！"苏莱曼爽快地答应着，他又忍不住跟马嘉皮一下："师父，我是不是也算是迪斯马斯的师父了？"

马嘉无语地瞪了他一眼。

迪斯马斯此时已经红了眼眶："马医生，我真的很谢谢你。让我有机会在桑纳的土地上做心脏手术，你知道，桑纳先天性心脏病的孩子太多了。"

马嘉点头："我知道，所以，建立发展心外科，对你们而言非常重要。"

"马医生,我有一个妹妹叫米娅,比我小五岁。如果她还活着的话,应该也是一个热情开朗的大姑娘了。可惜,她很小就去世了,跟阿米纳塔一样的年纪,一样的病。"

迪斯马斯继续说:"米娅是我励志学医的原因,我更希望在我有生之年,能用我的双手救下桑纳更多的孩子。马医生,谢谢你给我这个机会。"

"迪斯马斯,你知道我们中国医疗队为什么来桑纳吗?"

迪斯马斯一怔。

"为了让你,还有更多像你一样的人不再有遗憾。迪斯马斯,你记住,我们的到来是为了把我们中国医生能做到的,让你们桑纳医生也一样能做到。我们国家新的中桑友好医院正在建设,以后的条件会越来越好。我相信,如果米娅知道了,她一定会为你感到骄傲的!"

"马医生,这台手术,我一定会尽力的。"迪斯马斯眼神中满是坚定。

"不是尽力!是必须成功!"马嘉拍拍迪斯马斯的肩。

"必须成功!"

"一定成功!"

三只手紧紧地握在一起。

也就在此刻,卡塞医院内发生了一场紧急变故。

护理站里,迪阿鲁正照常给病人打针输液,武梅步履匆匆地走进来问:"今天新入院的两个病人都是你打的针?"

迪阿鲁一脸茫然地说:"是啊,有什么问题吗?"看到武梅神情严肃,迪阿鲁紧张起来,难不成出什么事故了,但自己现在每次都按照梅的要求使用了肝素帽呀。

武梅让迪阿鲁把处方笺拿出来,看着处方笺,武梅脸色突然一沉,抓着这几张纸匆匆地走出了护理站。

武梅找到江大乔,神情严肃地将处方笺递过去:"我检查过,这六个病人同一天出现腹泻和呕吐,腹泻比较严重,伴有不同程度的脱水,但腹痛不明显,也没有发烧,我怀疑是霍乱。"

"霍乱?"江大乔吃惊地看着武梅。

"我刚参加工作的时候,在急诊时碰到过一例霍乱病例,当时也被当成急性肠胃炎,开始没有很重视,结果患者很快脱水,血压都稳不住,而且很快就急性肾衰了。幸好我们科主任有经验,第一时间把患者隔离,进行了积极的对症治疗,同时联系防疫站调到了霍乱弧菌血清,做了分型,避免了霍乱的大流行。"武梅笃定地说。

江大乔沉吟一下:"霍乱在国内比较少见,但是在非洲很常见。你的判断有道理。我先找坎戈院长汇报一下,梅姐,你先去把病人隔离,注意做好个人防护。"

武梅答应着,小跑出去,找到阳莺、孙爽、迪阿鲁、瓦妮等人。

很快,他们将走廊尽头的一间病房腾空出来,在里面放置了六张病床,准备做成隔离病房。

走廊里,阳莺以及迪阿鲁、瓦妮等非洲护士都围着武梅听她安排事项。

"全部戴好一次性手套、口罩和防护面罩,去把今天入院的六个腹泻病人转移到这间病房。全部打好留置针,外周静脉条件不好的就留置深静脉,这些患者都要补液,每个患者都留取大便送检,治疗过程注意个人防护。"武梅说得条理清晰,众人立刻行动起来。

这时,武梅扶着墙,摸了摸自己的肚子,又打起精神,向卡塞医院会议室匆匆走去,那里还有重要会议等着她。

会议室里,江大乔坐在最前方,马嘉、迪斯马斯、苏莱曼等人依次而坐。江大乔跳过开场白,直入正题:"今天上午急诊和门诊共收治八名疑似急性肠胃炎的病人。两名休克病人已经死亡,剩下六名患者根据症状高度疑似霍乱,他们的大便样本已经送去检测,结果估计很快就出来了。坎戈院长出差去了,我已经跟他电话汇报了,他也上报了卫生部,卫生部全权委托中国医疗队进行应急处置。在座的各位中,武梅护士长有过救治霍乱病人的经验,下面我们请她发言。"

武梅起身说:"目前这六名病患已经被安置到临时的隔离病区。我们也对院内现有的隔离防护用品做了清点和分配。就目前的形势来看,后续很可能会有大面积感染,我们必须提前做好准备工作。刚刚阳医生已经初步统计了医院的物资储备,请她先来介绍一下情况。"

阳莺拿出一张纸，上面记着一些数据："卡塞医院现有一次性手套21000双，一次性外科口罩37000只，碘伏525瓶，84消毒液348瓶，消毒泡腾片20盒，长筒雨靴10双，隔离服150套。药房里口服补液盐135盒，霍乱弧菌血清没有。"阳莺报出一个数字，大家心里就凉了一截，听完所有数据后，众人面面相觑。如果疫情再蔓延，现有物资肯定不够，江大乔向大使馆和国内的卫健委汇报了情况，情况紧急，援塞比纳亚中国医疗队愿意捐献抗疫物资和血清，但需要医疗队去边境取回，卫健委也在紧急准备后续的医疗物资。

武梅有条不紊地安排任务说："现在有三件事得马上行动。第一，我仔细看了这六名病患的资料，发现他们都是前天从一个叫伊加村的地方来的，我怀疑感染源头在那里。坎戈院长助理已经联系了伊加村村长，但那儿只有一个简陋的卫生所和两个村医。我有经验，我可以带几个人过去，想办法把源头控制住。"

马嘉开口："梅姐，我跟你去。"

秦童举手："梅姐，我也去。"

常来担忧地看着武梅，急切地说："我也去。"

"溯源不用那么多人，马嘉、秦童，你们俩跟我走。"武梅说着，目光扫到正在同步翻译的玛丽安，玛丽安冲她一笑，举起手。

苏心也开口："梅姐，碰上孕妇，只有我来，我必须跟你走。"

原来武梅怀孕的事一直瞒着大家，但是为了了解孩子的发育状况，武梅和常来悄悄找苏心做了B超。苏心虽然口头答应替他俩保密，但是面对现在紧急的工作状况，苏心实在不放心武梅。

武梅看懂苏心的眼神暗示，点点头说："那行，苏心，玛丽安，我们五个人，不用再多了。"

听到名单里没有自己，常来急了，闹着要跟着武梅一起。武梅瞪了一眼常来，还没开口，坐在常来旁边的苏心拽拽他的胳膊，低声地说："我帮你照顾她。"

常来不甘心地看着武梅，武梅顾不上理他，继续说道："第二，抗疫物资也要抓紧时间到位，用于检测和分型的霍乱弧菌血清也需要一并取回。物资通过海关的手续很复杂，江队，这个得辛苦你跑一趟。"

江大乔应下，让彭伟跟着一起去取物资。

武梅继续吩咐道："第三，为了避免院内交叉感染，我们要对医院进行全面消杀，开辟更大容积的隔离病区。所有医护人员分成两组，一组负责正常门诊及霍乱预防宣导，一组专门负责隔离病区。所有疑似病人根据症状轻重进行分诊后，转入轻症区或重症区收治。江队，这部分需要一个总调度，你看安排谁做这个总调度合适？"

江大乔思忖几秒钟，说："常来吧，孙爽，你协助。"常来和孙爽都应声答应。

江大乔看向武梅，问："梅姐，你还有什么要补充的吗？"

"暂时就这些。"

"行，大家赶紧分头行动吧。"

马嘉带着迪斯马斯和苏莱曼回到自己的诊室，拿出阿米纳塔的病历，交代道："阿米纳塔如果明天还不退烧，就改用二代头孢。叮嘱她的母亲，要加强营养，多吃点高蛋白的食物，但要吃清淡点，别喝太多水。"

迪斯马斯有些担忧："马医生，你走了，她的手术怎么办？"

"现在控制霍乱是当务之急，只能先药物缓解阿米纳塔的症状，比较稳定就让她先回家休养，避免留在医院造成交叉感染。疫情一旦控制住了，我们就马上给她做手术。"

"好的。"

马嘉放下阿米纳塔的病历，认真地看着迪斯马斯和苏莱曼："我不在的时候，你们有任何问题，随时打电话找我。卡塞这边的病人就交给你们了！"

苏莱曼认真地看着马嘉："没问题，师父你放心，你不在的时候，我一定会守好卡塞医院的。"

马嘉眼中透出一丝欣慰。

另一边，武梅也在交代孙爽关于护理的相关事宜。

"霍乱病人补液最关键。这几个病人，除了每天按医嘱给他们进行静脉补液以外，还要按时给他们口服补液盐，纠正电解质紊乱。我刚才清点了口服补液盐的量，就目前几个病人来讲，支援物资到之前，存量暂时还够，但如果这些天再有新病人进来,就得再想办法,可以用精盐、白糖、氯化钾自己配。配方比例表我给迪阿鲁了。"

"好的,我一会儿找他要。"孙爽答应着。

武梅接着加重语气叮嘱道:"要特别注意有没有并发症,注意监测血氧变化,如果低于23,要及时向医生汇报。"

孙爽一边听,一边快速地在本子上记录着。

一阵兵荒马乱后,众人终于要分头出发了。

卡塞医院门口,姆齐纳将最后一箱东西搬上大巴车,马嘉、苏心、和玛丽安都上了车,常来还拉着武梅唠叨个没完。

"一定不要累着了,尽量别熬夜,每天一定要保证八个小时的睡眠。"常来的眼中满是担忧。

武梅无奈地打断他:"行了行了,你赶紧进去吧,别一直说些没用的废话。"

"怎么是废话呢?我……"

"我们是去控制源头,时间就是生命。你让我保证每天睡八个小时,不是废话吗?"

常来被武梅噎得无语,幽怨地看着她。

武梅自知说得过了,又笑着抓起常来的手说:"好了好了,你放心吧,我就算自己无所谓,也要照顾好肚子里的这个。再说了,不是还有苏心嘛。别磨叨了。我又不是去当烈士的,搞得跟生离……"

常来瞪眼打断武梅:"呸呸呸,乌鸦嘴,不许乱说话。"

"行了,我走了。"武梅不再跟常来多说,头也不回地上了车。

大巴车驶离,常来跟在后面,担忧地目送大巴车远去。

车上,苏心贴心地从包里拿出两个靠垫坐到武梅身边,她帮武梅调整着坐姿。由于路太颠簸,武梅始终在挪动着身体,苏心满脸担忧,她走到前头叮嘱姆齐纳把车开慢点。

苏心回到武梅身边坐下,武梅也有些忧虑地看着苏心,感慨道:"也不知道我们这次去,多久才能控制住。疫情和灾难面前,时间就是生命。2008年我去参加汶川地震抢险,第一次经历这种事,没经验,当时如果能做好预备方案,说不定能救更多的人。"

听了武梅的话,众人都有些吃惊。大家都没想到武梅经历过这么多,看向她的眼神中又多了几分敬佩。

武梅从包里掏出一个本子打开,快速布置任务:"我们到了以后,玛丽安,你跟我去见当地卫生所的医生和村长,协助我和他们进行沟通,了解村民们的身体状况,让村长控制住大家不要再出村。"

"没问题。"玛丽安应声。

"马嘉,你带姆齐纳负责搭建临时帐篷,要把轻症和重症分开收治。"

"好。梅姐,我们多搭一个物资帐篷吧,我怕放在车上不安全。"

"行。那秦童,你就负责把消毒水这些东西搬到物资帐篷里,做好登记。"

"遵命。"

"苏心,你找块黑板,做个病情日报表。"武梅说着,从本子里撕下一张纸递给苏心,继续说:"这是模板。做两块,分别放到轻症和重症的收治帐篷里,然后和秦童一起配一些消毒液。等病人收治进来后,秦童,你进村挨家挨户进行消杀。"

秦童敬了个礼:"好的梅姐,我保证一只蚂蚁都不放过!"

秦童的话逗得大家都笑起来。

马嘉笑骂:"你小子,彭伟不在,他那张嘴被你继承来了呗。"

"这就不懂了吧,我这叫张弛有度。"

"你就别贫了,认真听梅姐指示。"马嘉笑道。

"马嘉,你的任务最重,你和玛丽安专心治疗病人,缺什么东西或是有什么事就告诉我,我来处理。秦童,你负责所有的物资管理,出库物品做好登记,都必须签字。苏心,你负责每天轻症和重症病人的病程日报表,计时以整点为单位,每天早上八点向江队汇报,同时协助马嘉治疗。"

马嘉看着武梅果断又条理清晰地分配着任务,眼神中流露出敬佩。

这时,车突然一个猛烈的颠簸,武梅的身体随着惯性一个弹跳,吓得她赶紧扔下本子,双手撑住椅子。苏心也吓得伸出胳膊撑住武梅,让她的身体微微悬空,避免颠簸到肚子中的胎儿。待车终于恢复平缓，苏心见武梅脸色有些发白，心疼地看着她，欲言又止。

麦乐村这边，江大乔和彭伟拎着东西正准备上车。彭伟嘀咕着："江队，这辆车空间有点小，咱们的血清和物资放不放得下啊？"

"想办法塞吧，不行把座椅拆了。"江大乔话没说完，石竹子开着一辆皮卡车，载着吉桑嘎冲进院来在两人面前停下。

江大乔诧异地看着石竹子："你怎么来了？"

石竹子跳下车："听一聪说你们要去塞比纳亚的边境，我跟你们一起。"

江大乔赶紧拒绝道："别别别，你自己餐厅的事都忙不过来。"

石竹子打断江大乔说："医疗物资事关人命，越快取回来越好。我对那边路况熟，节省路上的时间。而且我在那边还有些人脉关系，万一遇到什么问题，我能帮你们快速解决。再说了，你这车也不行，装不了多少物资，换我的车。"

江大乔还在犹豫。

彭伟已经径自拉开后座的车门："江队，别耽误时间了，就听竹子姐的吧。"

这时，吉桑嘎也从副驾驶座跳下，钻进了后座。

江大乔便也不再犹豫，钻进了副驾驶座。

石竹子一脚油门，驱车疾驰而去。时间就是生命，石竹子一路猛踩油门，抄了一条近道。茂盛的草木在窗外飞闪而过，四人脸色凝重，并不多做交谈。

在近道上颠簸了几百公里，皮卡车终于驶上了公路。远远地，前方似乎有一个哨卡，几个荷枪实弹的军人守在那里，石竹子赶紧减速。

当车驶到近前，石竹子让三人待在车上，自己跳下车走近军人，一番交谈后，她神情严肃地回到车上。

"最近边境不太平，有一批从塞比纳亚流窜过来的武装分子，沿路抢劫路过的车，劫财杀人。"石竹子说着刚打听到的消息。

彭伟瞪大了眼："武装分子？他们不会有枪吧？"

"派军队设卡了，你说呢？"

"队长，怎么办？"彭伟吓得脸色发白。

石竹子接着说:"军队共设了三个关卡,这是第一个,前面还有两个。据说这两天情况好一点了,但这批流窜的武装分子不可能说撤就撤,所以他们建议我们最好别往边境去。"

江大乔皱眉忖度着情况,前行也有危险,打道回府也可能碰上武装分子,再说已经行驶了这么久,半途而废,一旦霍乱在桑纳蔓延开来,后果不堪设想……

时间刻不容缓,江大乔还是做出了继续前行的决定。

当车驶过关卡后,彭伟转过身体,一直在车后座找着什么。不一会儿,他不知道从哪儿摸了个盆出来,一把把盆扣在自己胸口。

吉桑嘎不爽地瞪着他,指指盆说:"我的,买牛肉的。"

彭伟吐槽道:"临时征用了。命都快保不住了,还买什么牛肉。"说着,他扭过头,不再看吉桑嘎。

吉桑嘎撇撇嘴,向石竹子告状说:"竹子老板,我的盆。"

石竹子从后视镜里看了看两人说:"你拿这个有什么用?又不防弹。"

彭伟一听,把盆扔回给吉桑嘎,讪讪地说:"不防弹啊,那还给你。"

彭伟又从自己口袋里掏出手机,翻出手机中老婆抱着儿子的照片,亲了一下,然后退出画面,将手机塞进胸口的口袋里,斜睨了一直看着自己的吉桑嘎一眼说:"没见过吧?电影里都是这么演的,关键时刻能保命,比你的盆好用多了。"

吉桑嘎一听,把盆扔到后面,也掏出自己的手机,学着彭伟的样子放在胸口。想了想,他觉得不够,又反身从后面不知道哪里掏出了一块头巾裹在头上。

彭伟看着头上顶着一大块红头巾的吉桑嘎都惊呆了,他惊呼:"你是怕那帮武装分子开枪找不准目标吗?搞这么花的头巾!"

彭伟一把薅住吉桑嘎的头就往座椅下方按:"赶紧藏起来,小心一会儿人家给你一枪爆头!"

吉桑嘎挣扎反驳道:"只有红色!"

前排的江大乔和石竹子听着二人在后面不靠谱的打闹,互相对视一眼,无奈地笑着摇摇头。

临近黄昏,武梅等人的车终于到达伊加村。一番忙碌后,帐篷搭了起来,人也按轻症和重症分开住进不同的帐篷里。

秦童带队去村子里消毒。

武梅则向当地的医生和村长交代村里的防护注意事项，又去叮嘱队员接下来诊疗的关键，双脚片刻不能沾地。

马嘉和苏心则分别在挨个给病人输液，即使穿着隔离服，也能看到防护面罩下，他的额头已布满汗珠。

众人忙碌至深夜，帐篷里的病人都已安然入睡。武梅和苏心又分别巡查了一番病人后，这才回到棚里角落的护理桌旁。

强撑了一整天的气力一瞬间被抽空，武梅瘫在椅子上，昏黄的烛火跳动着，映着她苍白的面容，苏心递了一块面包给武梅。

武梅摇摇头："吃不下。"

苏心无奈，又打开一盒牛奶递给武梅说："不吃那就喝点。"

武梅疲惫地闭眼，摇头说："也喝不下。"

苏心着急地劝道："不行！孕期前三个月正是关键的时候，不吃不喝还高强度工作，这怎么能行！你要记住，现在你可是两个人，你不吃，孩子还得吃呢！"

武梅无奈，只得在苏心的强迫下，勉强喝了两口牛奶。

苏心心疼地看着武梅难受的样子，有些后悔地说："我就不该同意让你来。"

武梅笑了笑，放下牛奶说："谢谢你帮我保密。"

"行了，别硬撑了，趁现在没事，你抓紧时间眯一会儿。"

武梅点点头，将身体俯趴在桌上，便沉沉睡去。

伊加村的诊疗紧张而有序地推进着。武梅和马嘉等人讨论后，认为必须从源头切断霍乱，在他们离开之前，他们需要教会这里的村民注意日常卫生问题。

秦童和玛丽安分头找来需要的简易材料，摆放到护理桌上。村长和当地医生围过来，玛丽安替他们做着翻译。

两个5升装的饮用水的塑料空水瓶被切割成两段，瓶口的那段被倒过来放置在下段瓶子上。

马嘉讲解道："上面这段是滤水段，下面这段是储水段。"

武梅将一坨棉花稍稍进行撕扯，拉平拉薄后，平铺到瓶子倒过来的瓶口处，将向下的瓶口处堵上。她边铺着，马嘉边在旁边说明着："这层棉花是起到过滤细小杂质的作用。"

紧接着武梅接过苏心递来的一些小块木炭，把它们平铺在棉花上。马嘉解释道："这些木炭是吸附杂质，同时去除水里的异味。"

秦童又递上一小盒沙土，武梅把它们厚厚地铺了一层在木炭上。马嘉继续说明："沙土可以过滤较大的杂质。"

武梅最后接过苏心递给自己的小石块，把它们放在最上层，同时马嘉说："这些小石块是用来过滤大杂物的。"

见武梅都铺好后，马嘉拎起旁边一桶水，继续说："目前的饮用水源，可以像我这样先往水里放含氯的消毒泡腾片，静置三四个小时，再过滤煮沸。"说着，马嘉看向当地医生："消毒泡腾片和水的具体配比我晚一点给你们，你们教大家。"

马嘉将水缓缓倒入倒置的瓶口段。随着水一点一点地渗过这些滤水层，滴入下方的储水段，水真的变得清澈干净。

村长发出赞叹声："这水真干净，可以直接喝了。"

武梅赶紧否认："不不不，不能直接喝。滤过的这些水只是去掉了我们肉眼能看见的杂质，但还有我们肉眼看不见的细菌等微生物，这些是过滤不掉的。所以这些水，你们一定要加热煮沸后再喝。只有把水煮沸了，细菌才会被杀死。"

苏心补充道："这些滤水的材料都是你们能够很方便找到的，回去了赶紧教大家使用，一定要将滤水普及起来。"

留守在卡塞医院里的成员也是片刻没歇息。算上最初的6个病人，医院短短四天时间已经收治了283个霍乱患者。

常来一边统计一边向孙爽报数："抗生素大概还够不到80个成人使用1天，隔离服和防护面罩各只剩不到30套，最关键的口服补液盐已经用完，基本都撑不过去。"

孙爽本来瘫倒在沙发上，听到这话猛地睁开眼，坐直身子，看着常来说："口服补液盐可是救命稻草，不行，必须要想办法解决。"

"我正想着要不给竹子姐打个电话，请华人华商们帮帮忙。"

"来不及，远水救不了近火。"孙爽说着想起了武梅临走前的交代，掏出手机，找出赵一聪的电话拨了出去。

两个小时后，孙爽和赵一聪推着一大车购置的精盐、白糖和氯化钾火速赶回医院。

在孙爽的教授下，留在卡塞医院的所有中国医疗队队员都到齐了，还来了几个非洲的医护。

大家将两张办公桌拼成了一条，桌上放着制作补液盐的原材料。桌子一端的地上放着一箱箱的空水瓶，另一端是一箱箱的饮用水。大家分别站在桌子的两侧，朱必能和阳莺分别拿起空水瓶，将精盐放在克数秤上称重后，按相应的克数放进去，迪阿鲁和瓦妮则分别接过装好精盐的瓶子，依次加入氯化钾片。最后由常来、孙爽分别接过来以后，往里兑出饮用水，并将配好的液体盖好，放入旁边的空箱子里。

苏莱曼将一箱已经装好的补液盐摆到办公室门口堆放，突然门口响起坎戈的声音。

"这是什么？"

苏莱曼带着坎戈一起走进来，一边解释道："我们自己配制的口服补液盐。"

"口服补液盐也没有了？"坎戈面露愁容。

"是的，我们先制作一批应急，现在所有的防疫物资都快用完了。"孙爽解释道。

坎戈点点头，说："我刚从卫生部回来，部长说支援的物资还需要两三天才能送到，这几天辛苦大家一起克服困难。"

常来点头道："所有的入院病人，除第一批送来的两个休克病人死亡外，到目前为止，还未出现第三例死亡，几名重症病人经过治疗目前也开始稳定下来了。"

坎戈说："这都是大家齐心协力的结果，我有个好消息告诉你们，刚才江队长给我打了电话，已经拿到物资和血清，正在返回路上，最晚明天清晨就能赶到。"

大家一阵欢呼。可是他们不知道的是，江大乔此刻即将面临一场性命攸关的危机。

车上的时间显示下午两点多。后座的彭伟和吉桑嘎已经昏昏欲睡。江大乔聚精会神地开着车，石竹子坐在副驾驶座上，她不断地看向窗外。

转过一个路口后，路的两边出现了树林，茂盛的枝叶交叠在一起，看不见丛林深处。石竹子的脸上露出一丝担忧，嘱托江大乔道："这段得尽量开快点儿，树林里……"

石竹子话音未落，前方突然传出摩托车发动机的轰鸣声，石竹子的脸色变了。

与此同时，三台摩托车迎面疾驰而来，在距离数十米的地方猛地停下，江大乔只能减慢车速，缓缓靠近对方，并揣摩对方的用意。

彭伟和吉桑嘎此刻也被摩托车的轰鸣声惊醒，惊慌失措地看着前方窗外。江大乔的车越来越近，摩托车却丝毫没有让路的意思，江大乔只得在相距大约十米左右的位置将车刹停。见江大乔停下车，这几名摩托车手也下车，向江大乔的车走来。

彭伟声音发虚，带着颤音说："不会真遇上了吧？"

石竹子和江大乔都紧张地注视着前方，没有搭理彭伟。彭伟跟吉桑嘎紧张地互相抓住彼此的胳膊，甚至不由自主地开始发抖。看着这几人越来越近，江大乔的手不自觉地摸上了门把手，想要下车交涉。

石竹子眼尖，压低声音赶紧阻止："他们有枪，别下车，冲过去！"江大乔在石竹子的提醒下，定睛一看，这三人有枪。

"前面肯定有埋伏。别慌，我数到一，你就踩油门，加速冲过去，千万别停车！"石竹子低声跟江大乔说道。

江大乔从嗓子眼里哼了一声来回应石竹子。眼看着这三人已经靠近车头，石竹子看准三人的位置，中间的空间正好够车闯过，便低声数着。

"三——"

江大乔的眼睛眯了起来，浑身肌肉绷紧，像一只蓄势待发的猎豹。

"二——"

手紧紧握住方向盘。

"一——"

脚搭在油门上，微微用力。

"冲！"

随着石竹子的指令，一脚油门。车身从三人之间的空隙中冲了过去，撞开拦在前方路中的摩托车，往前飞驰而去。与此同时，枪声大作。

石竹子大喊："趴下！"

彭伟和吉桑嘎赶紧伏下身子，躲到座位下。石竹子也伏下身子，她一边躲着，一边又不时地探头看看车窗外的状况。果然如她所料，前面树林中又冲出几个持枪的蒙面人，端着枪朝着车身扫射。江大乔不管不顾，踩死油门拼命往前冲去。车在路上一路疾行，几辆摩托车在车后面狂追。

摩托车追了一段路后，只见路旁一个路牌上用斯瓦希里语写着"边境禁地，非出入境人员、车辆禁止入内"。几个武装分子看到路边的牌子，一个转弯，开走了，留下一阵烟尘。

车在道路上疾驰了一阵，停在了路边，身后的枪声也消失了。彭伟战战兢兢地探出头，往后车窗看过去，车窗已经被子弹击出裂纹。

彭伟的声音颤抖："没追上来吧。"

石竹子虚弱地回答："没有。"

"菩萨保佑，我们大难不死，必有后福。"彭伟的声音依然紧张。

这时，江大乔的车速慢了下来，缓缓停到路边。江大乔虚弱地唤道："竹子。"

大家听出江大乔的声音不对，向他看过去，石竹子吓得惊叫起来。

江大乔的脸色惨白，腹部全都是血，血已经渗透他的衣服，淌到座椅上……

第二十五章
这次轮到我们来保护你们

石竹子哆哆嗦嗦地脱下自己的外套按到江大乔的腹部，声音颤抖地交代吉桑嘎说："你盯着后面，那帮人要是追来，马上告诉我！"

吉桑嘎听完立即跑了出去。

彭伟也早就跳下车，在后车厢找到一个急救包，翻翻找找，取出一瓶络合碘。

石竹子见状，赶紧把自己的外套拿开，露出江大乔的腹部。彭伟将络合碘淋在江大乔腹部的伤口上，然后用无菌纱布覆盖。

"竹子姐，抱枕给我。"彭伟说道。

石竹子闻声赶紧将车上的抱枕交给彭伟，彭伟将抱枕压到纱布上，又拿过石竹子手中的外套，系在小抱枕上加压。

江大乔虚弱地看着焦虑紧张的彭伟。

窗外艳阳高照，四周一片寂静。彭伟对江大乔挤出一丝笑意，安慰着："目前出血量不算大，应该是后腹膜已经压住了出血的血管。"

江大乔点点头，看向满脸泪痕的石竹子说："没事的。"

彭伟却打断他："队长，你别逞强。这里什么设备都没有，腹部枪伤可能导致的问题太多了，黄金一小时内如果不做具体检查，你知道后果是什么。"

"那就立刻回卡塞！"石竹子抹了一把眼泪，果断地说，同时她掏出电话，"我现在就联系救援。"

石竹子说着，跳下车，快速调出一个人的电话拨了出去。

卡塞医院里，大家正在配制新一批的补液盐。加班加点的工作让众人都有些疲惫。但是一想到江队很快就要带着物资回来了，大家又觉得干劲十足。

常来的电话突然响起，他一接听，刚"喂"了一声，石竹子在电话里急急一通说话，常来脸色大变，来不及跟大家说一声，便拔腿往坎戈办公室跑。

"好的竹子姐，我找坎戈院长，你打给优素福部长，我们分头行动。"常来边跑边因为紧张而喘气，话音未落，已经来到坎戈的办公室门口。他不由分说直接闯了进去。

"江队出事了！"

坎戈一惊，一下子站起来。

而伊加村这边，武梅、苏心等人也在紧张有序地忙碌着，马嘉突然冲了进来，脸色紧张。

"江队出事了，我要马上赶回去！"

马嘉说完，也顾不上等武梅她们回答，掉头就冲向隔离区，嘴中还大声叫着姆齐纳。

跳上车的那一刻，他看到武梅追出来，追问怎么回事。

"中枪！我到了就让姆齐纳回来。有事我给你打电话。"

马嘉开着车窗，边跟武梅说，边示意着姆齐纳快发动车，话未说完，车已经扬尘而去。

石竹子钻进副驾驶座，双眼含泪地看着江大乔。

彭伟急忙问道："来了吗？"

石竹子摇摇头："坎戈已经去找卫生部了，优素福答应会马上调动一切力量来救援。"

"那到底多久能到啊？"

石竹子摇摇头，内心焦急又无奈。

江大乔看着火急火燎的两个人，反倒强打精神，微笑着宽慰二人，试着转移话题道："彭伟，儿子会叫爸爸了吗？"

"会了，就是咿呀咿呀的，还叫还不清楚。"看着江大乔，彭伟的眼睛红了。

"回去以后，好好陪儿子，别像我一样，错过女儿太多成长了。"

彭伟强忍眼泪，连连点头。一旁的石竹子紧紧握住江大乔的手，眼泪怎么也止不住："你也要回去，好好陪瑶瑶。"江大乔虚弱地笑笑。石竹子又接着说："你不是说，瑶瑶回去以后一直念叨，她多么多么想你，让我们一起回去，去很多好玩的地方，吃很多好吃的东西……"

"瑶瑶，我想她了……"江大乔看着石竹子，眼中留恋。见状，石竹子再也忍不住，眼泪涌出来，紧紧地握住江大乔的手说："答应我，你要陪着我们一起去。"

江大乔勉强挤出一丝笑容，望着车窗外，仿佛望着虚空，喃喃道："一起去，一起去……"

吉桑嘎站在车子外紧张焦急地东张西望。突然，远处传来嗒嗒嗒的轰鸣声，旋风扬起尘土，吉桑嘎抬手挡住眼睛。

石竹子和彭伟眯眼看去，远处飞来一辆直升机，声音越来越近，越来越大。石竹子从车上跳下来，正欲抬头招呼，突然听到身后一阵急促的脚步声和叫喊声，一回头，看到一辆军车正往这边开过来，四五十个荷枪实弹的军人排列成两队，一路小跑着过来，还有一些当地村民也跟在旁边，两个领头的人冲石竹子的车喊着。石竹子赶紧对着大家挥挥手，示意大家往她那边走。

两架直升机这时也已降落在距离车不远处的空地上，扬起大片尘土。两名军人从直升机上跳下，并从上面取下一个军用担架，小步跑了过来。后面训练有素的荷枪军人已经迅速排列好队形，在石竹子等人周围形成了一个保护圈。一位军官模样的人走到石竹子面前说："您好，我们奉命来接中国医疗队的江队长。"

两架直升机的螺旋桨飞快地旋转，掀起阵阵尘土。军官站在石竹子的车旁，看着两名军人将江大乔抬上担架。军官低头看着江大乔说："中国朋友，这次，轮到我们来保护你们了。"江大乔挤出虚弱的微笑。

军官一挥手，两名军人抬着江大乔往第一架直升机的方向走，石竹子和彭伟陪在左右。

彭伟："竹子姐，这直升机只能坐两个人，我跟吉桑嘎开车送物资回去，你陪江队上直升机。"

石竹子也没有推脱，在军人的协助下，跳上了直升机。

"嗒嗒嗒嗒——"风声大作，直升机缓缓起飞。

地面上军官带领其他留下的荷枪实弹的军人整齐列队，目视着直升机隆隆起飞，突然，军官带头敬礼，随即所有军人整齐划一地对他们行军礼。百姓也仰头目送江大乔，目光虔诚。石竹子侧身看着这一幕，不禁眼眶湿润。

颠簸的山路上，马嘉和姆齐纳驾车往这边赶，彭伟的电话打不通，不知道江大乔是什么情况。马嘉慌神，又拨通了常来的电话。

"喂，我给彭伟打电话没人接！江队接回去了吗？"

"部队的直升机已经接上了，估计再有半个小时就到卡塞医院了，你到哪了？"

"路上呢。"说着马嘉探头向前嘱托，"姆齐纳，你往最快了开！"

姆齐纳摇头说："路不好走，最快也要两个小时。"

常来听到了，说："你这根本来不及啊，队长伤得挺严重的，人一到就得手术！"

马嘉看了一眼手机上的时间，是下午三点二十分，思考片刻，果断开口问道："医院还有谁？"

常来道："我们几个都在，可没人能做手术啊！"

"苏莱曼和迪斯马斯呢？"

"都候着呢。"

"有他们也行。"

常来迟疑了一下："你想让他俩手术？"

马嘉坚定道："没有别的选择了，就他俩。"

一楼大厅，孙爽和常来正在把担架床往外推，准备接江大乔。

同一时间，迪阿鲁正在准备各种器械。武梅已经打过电话给他，其实武梅不打电话，他也会亲自上台。这么久的时间相处，他早已将江大乔、武梅等人视为自己的兄弟姐妹。

走廊里，迪斯马斯正快步往外走，苏莱曼跑过来。

"他们到了！"苏莱曼急急地说。

迪斯马斯点点头："常医生和秦医生先送江队去做CT，我们赶紧去刷手，准备手术。"

两人边说边加快脚步向手术室小跑而去。

走廊中，江大乔躺在担架车上，被常来和秦童快速推着往CT室走。石竹子见孙爽、钱宝宝等人也跟着，赶紧对孙爽说道："爽，物资马上也运回来了，你去门口等彭伟。"

孙爽应声带着钱宝宝转身走向医院大门口的方向。

很快，CT的检查报告出来，苏莱曼拿着CT片打电话给马嘉。

姆齐纳驾车一路颠簸疾驰。马嘉坐在车上摇摇晃晃，他一手抓着把手，一手拿着手机，看着苏莱曼来发的报告，手机开着免提。

看完报告，马嘉稍稍松了一口气。

"还好不是心脏大血管。现在生命体征怎么样？"马嘉问道。

"血压稍低点，95/60，心率112。"

"加快补液。"

苏莱曼答应着："好！师父，子弹在小肠附近，我跟迪斯马斯商量了一下，觉得应该在下腹部进行开腹探查。"

"可以，没问题。有几点，经脐部中下腹正中探查切口长一点没关系，CT上看，十二指肠和腹膜后脏器这些地方没问题，你要注意一下空肠上段、胃底贲门和直肠这些地方。"马嘉一边思索一边说。

苏莱曼一边听，一边用心记录。

"抗休克要跟手术同时进行，手术一定要快，别拖延，否则会加重休克和重要脏器的负担。"

"明白！"在马嘉的交代下，苏莱曼慌乱的心渐渐平稳住。

马嘉继续思索："我想想还有什么，对了，最重要的，多几路静脉通道，同时输入平衡液。"

"我知道,您说过。"

"行,先这样,你赶紧去准备手术,有问题随时打电话沟通。"

马嘉说完挂断电话,可是不知道为什么,心怦怦直跳。

苏莱曼虽然爱玩爱闹,但工作中非常认真负责,还很细心。迪斯马斯纵然有股傲气,但面对病患,也是全心投入。这两个徒弟经过自己带教,做江大乔的这个手术,问题不大。但是自己不在跟前,当腹腔被打开后,会出现各种意料不到的状况,这两个徒弟是否有能力应付?

姆齐纳一边开车,一边听着儿子跟马嘉通电话,他的心中既欣慰又不安。欣慰的是儿子终于长大了,成了一名可以拯救别人生命的医生,不安的是他大学刚毕业没多久,就要担任这么重要的手术,而且病患还是他们都很尊重的中国医疗队队长。

姆齐纳从后视镜望去,看到马嘉还在看着手机中的CT片,他忍不住开口问:"马医生,你对苏莱曼和迪斯马斯有把握吗?"

马嘉凝眉思索,仿佛没有听见姆齐纳的话。突然,马嘉想到了什么,急忙又拨打苏莱曼的电话,片刻,接通了。

"苏莱曼,我还想到一个事!"

"师父你说!"

"枪伤和其他外伤不同,子弹击中人体后,损伤通常不只局限在弹道,由于前冲力和侧冲力的作用,受损部位会明显扩大。因此,腹部探查一定不能只局限在弹道,周围脏器组织也要查看。另外,肠子是层层叠叠的,会蠕动,所以贯穿伤不一定只局限在一处,这样很容易感染,可能会出现腹膜炎。这种情况不能用肠修补,你们要仔细做腹部探查,依情况而定,尽量使用肠切除加肠吻合手术。关腹之前记得做引流。"马嘉快速但详尽地交代着。

苏莱曼已经刷过手,阿布拿着电话开着免提递到他面前。

"好的,师父,我记住了,你放心吧。"

电话那头,马嘉沉默了片刻。

"师父？你还在听吗？"苏莱曼试探着。

"苏莱曼，我当你师父这么久了，这台手术好好做，做不好就别叫我师父了。"马嘉的声音异常严肃。

"大师父交给我，您就放心吧！"苏莱曼正准备挂电话，马嘉又出声。

"苏莱曼，你把电话给迪斯马斯。"

"他就在旁边。"苏莱曼说道。

"迪斯马斯！"

迪斯马斯听到马嘉叫自己，赶紧回答："我在！"

"拜托你了，有你在，我放心。"马嘉的声音很是诚恳。

"您放心，我会尽力！"迪斯马斯说完，阿布挂断电话。

苏莱曼凑近江大乔："大师父！"

虚弱至极的江大乔缓缓地睁开眼睛。

"大师父，我们可以开始了。"

江大乔想说话却无力，右手艰难地动了动，比了一个"OK"的手势。

苏莱曼看向常来。

"准备麻醉。"

墙上电子时钟显示时间下午三点五十二分，时钟的数字一个一个跳着，让气氛更显严肃。

随着时间一分一秒流逝，江大乔已经进行了全麻。迪斯马斯主刀，苏莱曼在一旁辅助。迪斯马斯剖开江大乔的腹部，直接将手伸入腹腔进行探查。他的眉头越皱越紧，额头开始冒汗。

迪斯马斯语气凝重道："子弹贯穿了多段小肠，情况比较复杂。"

苏莱曼看着手术台上摆放的器械，想起马嘉最后打来的那一通电话，现在看来，马嘉提前预判到了这种情况。

"这算不算马医生说的损毁比较严重？到底是用缝补还是切除比较好？这种情况我也没遇到过。"迪斯马斯有些慌张道。

苏莱曼沉默片刻，笃定开口："用肠切除加吻合手术。"

"你确定吗？我们要不要再打电话问一下马医生，或许他有……"苏莱曼看了一眼墙上时钟，显示下午四点十八分，没等迪斯马斯说完，打断他："不能再拖了，我们现在必须做决定，立刻手术。"

见迪斯马斯犹豫不决，苏莱曼问："迪斯马斯，你相信我吗？"迪斯马斯看着苏莱曼同样坚定的眼神，点点头。两人迅速交换了位置，苏莱曼镇定地从迪斯马斯手里接过手术刀。

与此同时，手术室外，优素福在坎戈和巴哈的陪同下匆匆赶来。

秦童、钱宝宝、朱必能、阳莺、吉桑嘎等人坐立不安地在手术室外等待，石竹子坐在椅子上，双手合十，开始了无声地祈祷。

突然，手术室门打开，巡回护士阿布冲了出来，竹子和坎戈见状急忙迎上去，众人紧随其后。

坎戈抢先紧张地问："怎么了？"

"江医生失血过多，血库里的血液储备恐怕不够了。"阿布说完，大步跑走，坎戈一思忖，赶紧跟了上去。

很快，在坎戈的号召下，全院符合条件的医护都纷纷赶来采血室验血配对。

当孙爽终于在大门口等到赶回来的彭伟时，经过采血室门口，两人都被眼前的景象惊呆了：采血室门口已经排了长长的献血队伍，卡塞医院几乎所有员工都在这里。优素福、坎戈和巴哈在前，后面排着二十多个非洲医护人员。看着长长的队伍，他俩默默地站在了队伍的最后面，眼眶早已红了。

两个多小时后，姆齐纳终于驾车驶进卡塞医院，车还没停稳，马嘉就打开车门，跳下车，不想脚下没站稳，踉跄着摔了一跤。马嘉爬起来，拍拍灰的工夫都没有，直接跑进医院。

手术室外的走廊空无一人，马嘉冲到门口，推开门，愣住了，只见手术室内也空无一人，病床上和地上遍布没有干涸的血迹。愣怔着的马嘉正看着地上的血迹发呆，不想却被人撞了一下。马嘉回过神来，扭头发现是一个清洁工正拿着清洁用具走了进来，开始若无其事地清洁地上的血迹。

"马医生！"清洁工认出是马嘉，露出笑脸道，"江医生在VIP病房。"

马嘉不由自主地后退了一步，仿佛全身的力气都被抽走了。所有的紧张终于在这一刻松懈下来。

他恍惚着一步一步走向VIP病房的方向，脑中却是他与江大乔的一幕幕过往：江大乔和他的争执、两人一起来了非洲、江大乔让他开课办讲座、两人一起抢救病人、两人一同在凤凰木下鞠躬……

一路上，迎面走过来几个非洲医护人员，跟马嘉打招呼，马嘉却好似没听到，这段通往病房的距离竟然变得那么漫长。

刚走到病房门口，就听到石竹子的声音："知道你惦记什么，物资都运回来了，一部分运往伊加村了，队员们也都好好的……"马嘉愣在门口，眼眶瞬间通红。马嘉轻轻地走进病房，躺在病床上的江大乔已经醒来，石竹子正左一句右一句地念叨着。马嘉眼眶泛红，强忍眼泪，走到江大乔身边坐下，紧紧地握住江大乔的手说："师兄，我回来了。"

江大乔没说话，虚弱的脸上露出微笑。此时，门口传来脚步声和苏莱曼的声音："师父！"

马嘉循声望去，看到苏莱曼出现在门口，便起身走过去，一把把苏莱曼抱入怀中："谢谢！"

一旁的石竹子和江大乔看着拥抱的两个人，也热泪盈眶。

看到江大乔没事，为了让他好好休息，马嘉便带着苏莱曼先离开病房。

"你去天井等我。"马嘉说着，转身就走。

苏莱曼叫他没叫住，只得一头雾水地走去天井，坐在椅子上发呆。不一会儿，马嘉从背后叫住了他。

苏莱曼回头，看到马嘉手中拿着两杯咖啡，并将其中的一杯递给了自己。

苏莱曼一愣，随即受宠若惊地接过咖啡："师父，让您去给我跑腿，这多不好啊。"

"废话真多，要不要？不要我都喝了。"马嘉假装要收回咖啡。

苏莱曼赶紧喝了一口，咧着嘴笑了。

马嘉看着苏莱曼忍不住笑了，也喝了一口咖啡。

"这回你是功臣,为师给你跑一次腿,下次还是你去买啊。"

"没问题!"苏莱曼又喝了一大口说,"师父买的咖啡特别香。"

面对苏莱曼的马屁,马嘉笑着摇摇头说:"你小子确实长本事了,胆也肥了,居然敢直接给你大师父主刀。"

苏莱曼骄傲地说:"师父,你告诉过我,你的徒弟回国必须成为桑纳的第一把刀。"

马嘉赞许地看着他说:"行,你小子没忘,不过你不跟我商量就自己决定,胆子挺大啊。"

苏莱曼笑道:"师父,你还对我说过,一个医生要上台之前,要对自己有勇气!就是因为你,我才有了勇气!"

马嘉笑笑,摸了一把苏莱曼的脑袋。

"师父,你还去伊加村吗?"

"不去了,那边交给梅姐他们,你大师父这样,肯定是没办法管霍乱的事了,我得留下来帮他。"马嘉停顿了一下,又说:"但是要辛苦你爸爸赶回去帮她们。"

"你们父子俩都很棒!"马嘉感激地看着苏莱曼的眼睛,又补上一句。

第二天一大早,刘清扬拿着鲜花和水果来看江大乔,刚要走进病房,看到房间里的江大乔和石竹子,他愣住了。病房内,江大乔半靠在床头,石竹子坐在床边吃早餐,她吃了几口后,用勺子舀了一点点肉粥送到江大乔嘴边。

江大乔看了一眼,咽了一口口水,犹豫不定地说:"不是不让吃这些吗?"

"一小口,就尝尝味,没事。医生都查房去了,不会过来。"石竹子不顾江大乔还在犹豫,将一小勺肉粥送进了江大乔嘴里。

刘清扬站在门口看着这一幕,心中不是滋味,犹豫着进不进去时,背后传来赵一聪的声音:"叔,怎么不进去?"刘清扬回头,只见赵一聪和孙爽走了过来。病房内的江大乔和石竹子闻声看见了刘清扬,石竹子放下粥,起身迎过来说:"来啦。"

刘清扬假装什么都不知道,笑着问:"老江,怎么样了?"说着,石竹子自然地接过刘清扬手里的东西,放在床头柜上。

"没事了,你们都挺忙的,不用特意过来看我。"

一旁赵一聪将手里的袋子递给石竹子："小姨，我给你拿了两件外套，晚上多穿点。"

刘清扬一愣，看向石竹子问道："你这几天没回去？"

赵一聪抢着说："我小姨寸步不离地在这守了好几天了，家也不回了，餐厅也不管了。"旁边的孙爽悄悄地掐了赵一聪一下，赵一聪忍着痛没叫出声。

江大乔打岔道："我就说我没事，让你回去歇歇。"

石竹子没注意刘清扬关切的目光和酸楚的表情，无奈地看着江大乔说道："你出这么大事，在这边也没个家人，我能把你自己一个人扔医院不管吗？"

孙爽察觉到了刘清扬的异样，打圆场道："江队刚做完手术，身边确实需要个人。"刘清扬落寞地笑了笑。

孙爽和赵一聪先走出了病房，孙爽故意道："我今天才发现，你挺会说话啊。"

赵一聪却很得意地说："你才发现啊。而且，我是实话实说，我小姨的确守了好几天了。"

"那你非要在人家面前说吗？你是真傻还是故意的，你不知道他们俩什么关系？"

"那你没看出来我小姨满眼满心都是江队吗？她跟扬叔反正也不可能，还不如让人死了这条心呢。"

"你存心的是吧？"

"这么多年了，他也不容易，我也是为了他好，长痛不如短痛嘛。"

孙爽没好气道："那我也让你短痛一下。"

赵一聪急忙拉着孙爽的手："别，就让我长痛吧。"

孙爽无奈地白了他一眼，走开了。

数日后，伊加村的疫情已经得到了控制。简易帐篷外，姆齐纳正在将收拾好的医药箱往大巴车上搬，两三个当地人也跟着一起帮忙。

苏心正在跟当地的医生交代后续的注意事项，玛丽安在一旁帮忙翻译："虽然已经没有重症病人了，但还是不能掉以轻心，补液、抗生素都不能少，病情观察要细致……"

不眠不休忙活了好多天，终于能休息了，武梅手里拿着两个靠垫往大巴车的方向走。武梅眼下一片青黑，虽然面色很差，但是心情愉悦，毕竟霍乱疫情的源头终于控制住了。武梅抚摸着肚子，跟常来打电话，面带幸福的微笑："行了，我知道，我拿了两个靠垫呢，没事。"

"你跟姆齐纳说，让他慢点开……"听着常来的叮嘱，武梅道："行了，一个大男人，你也太唠叨了。"

"你们什么时候出发？"

"马上就出发了。"

武梅说着往大巴车上走，一只脚刚迈上车门，忽然声音一顿，身子僵住，一阵疼痛袭来，她捂着肚子，缓缓蹲下。

苏心刚跟当地医生嘱咐完，一回头看见武梅，脸色大变："武梅！"

苏心急忙招呼大家把武梅安顿到病床上，用胎心检测仪给她做检测。胎心监测仪在武梅小腹上移动了很久，却没有任何心跳声。苏心正准备收起仪器，武梅拉住苏心的手，拼命往自己的小腹上按，着急道："你再听听，是不是位置不对，你再听听。"

苏心心疼地看着武梅，握住了她的手说："我们回卡塞，赶紧去检查。"

闻言，武梅平静下来，眼泪瞬间流下来。

夜里，卡塞医院手术室外，孙爽、阳莺和李苗苗都在等待着。手术室门打开，常来和苏心把武梅从病房里推了出来，两人表情沉痛。

武梅闭着眼睛躺在病床上，好似睡着了，可紧闭的眼角却一直在默默流泪，泪水已经浸湿了枕头。孙爽、阳莺和李苗苗也都红了眼睛，却不敢上去跟武梅说话。

几人将武梅送回病房后，苏心怕大家的哭泣更加刺痛常来，于是带着孙爽等人离开病房。

常来守在病床旁边，看着武梅闭着眼无声流泪，他心也跟着抽痛。常来知道武梅是在装睡，他故作轻松道："在伊加村估计都没睡过好觉吧，回来了好好睡一觉吧。"

武梅不动也不睁眼，他又继续道："我让秦童帮我把洗漱用品拿来，我晚上就在这儿陪你。"

"这回可便宜他们了，天天我值夜班了。"

常来东扯西扯好几句，可武梅依然闭着眼，一直不说话。

常来知道武梅的心痛，他也眼眶泛红，却只能把眼泪忍回去。他拿出纸巾，轻轻擦去武梅眼角的泪水，低声道："我们的小天使可能还没做好准备，所以我们得好好的，他才会再来找我们，对不对？"

常来说完，武梅再也忍不住，伸出手紧紧抓住常来的手，盖到自己的脸上。她再也忍不住了，撕心裂肺地放声大哭起来，常来抽出手，紧紧地抱住武梅，也是泪流满面。

病房外，孙爽、苏心、阳莺和李苗苗情绪低落地守在门外。听到武梅撕心裂肺的哭声，苏心靠着墙闭着眼睛长出一口气，李苗苗也默默地擦了擦眼泪。孙爽听着武梅的哭声一下红了眼睛，回头抱着阳莺无声地哭了起来。

病房里，武梅哭累了以后睡着了。常来心疼地为她盖好被子，悄无声息地走出病房。

他来到手术室，拿了一块毛巾用力地擦拭麻醉机。马嘉进来手术室拿东西，见到常来，轻轻叫了一声。可是常来并没有应声，也没有回头，只是用力地一下一下继续擦拭麻醉机。马嘉看着常来，心里难受，只能默默走出去，透过门上的玻璃窗看常来发泄心中的痛苦，自己却无能为力。

一个月后。

会议室内，中非医护齐聚一堂围坐在会议室内，李苗苗负责同声翻译。

医疗队圆满完成了抗击霍乱的工作。坎戈正在跟参赞和优素福简要汇报情况，截至1月20日，卡塞医院收治的所有霍乱患者已经全部出院。在中国医疗队主导指挥下和中非医护同心协力下，霍乱疫情得到有效控制。

负责介绍疫情防治的具体情况的是马嘉。

"本次霍乱疫情共计发病513人，病人年龄从2岁到78岁，重症占4%，中型占38%，轻型占58%。中国医疗队和桑纳医护人员通力合作，以科学、严谨、认真、积极的态度全力对抗疫情，在经过34天不分昼夜的工作后，除了最初入院的两例重症患者外，其余患者已全部康复出院。同时，经过溯源后，疫情暴发源头伊加村已经全村封闭，严格消杀，无二次传播。"

马嘉说完，会议室内响起了热烈的掌声。

在气氛的感染下，马嘉语气更加激昂地说道："医生治病救人责无旁贷，能将疫情控制住离不开这段时间每一位医护的咬牙坚持。武梅护士长带队身赴疫区溯源。江队冒着枪林弹雨以最快的速度取回了紧缺物资和血清，这也是今天由我在这里向大家介绍情况的原因。我为我们两位最勇敢最有能力的队长而骄傲！"话音刚落，大家再次热烈鼓掌。

优素福感动地说道："得知卡塞发现霍乱的时候，我其实很惊慌，因为桑纳已经好几年没有发生过霍乱了，但我母亲让我不要担心，她说相信中国医生，有中国医疗队在一定没问题。我母亲得知江队长的事，每天都在为他祈祷，还特意做了一个护身符，嘱咐我一定要亲手送给江队长。"

一旁的坎戈说道："我们正好要去看望江队长，有一些事需要跟江队长商量，我们可以一起过去。"

"好，我们一起去麦乐村。"话音刚落，优素福忽然站起来，朝向脸色依然苍白的武梅，深深鞠躬，说道："亲爱的武梅，谢谢你为桑纳做出的牺牲！桑纳人民会永远记住。"武梅目光坚毅，露出了笑容。

江大乔的宿舍里，参赞、优素福和坎戈坐在沙发上，关切地看着江大乔，江大乔心中很是感动。

优素福率先开口，他郑重其事掏出一块芒果树的木头雕刻的护身符，上面印有江大乔的名字和桑纳传统的图腾花纹。他双手将护身符送上："这是我母亲亲手做的，她叮嘱我一定要当面送给你，上天保佑你，祝你早日康复。"

江大乔连声道谢，赶紧双手接过来。

一番客套后，坎戈跟优素福耳语了几句，两人便站起身。

坎戈对江大乔说道："优素福先生还有个重要的会要参加，我们就不打扰你休息了。"

江大乔起身想要送人，一旁陪伴的彭伟赶紧把江大乔按到椅子上："我去送，你们聊。"说着，彭伟抢先一步打开江大乔宿舍的门，送坎戈和优素福出去。这时，屋子里只剩下参赞和江大乔。

参赞欣慰道："江队长，看到你好起来了，我这颗悬着的心总算是能放下一点了。"

江大乔不好意思地笑笑："让您跟着担心了，我很快就可以恢复工作。"

"别别别，你这好像我今天是来催你回去干活一样。"两人相视一笑，参赞继续道，"不过今天我还真有一个事要跟你说。"

"您说。"

"国家对援外医疗具体政策做出了调整，需要我们配合撤点。"

江大乔眉头一皱，激动问道："什么？撤点？撤哪个点？"

"你看你，别激动啊，不是撤你们，是撤马格南布。"

"为什么？那里本来就偏僻，大多数村民一直以来都是靠中国医生治病。"江大乔依然很激动。

"国家有国家的考量，现在的医疗点过于分散。国家是希望能够将医疗资源集中整合，并引进更多目前世界上更新更先进的医疗技术。而且，桑纳不是第一个撤点的国家，几内亚、喀麦隆都在前两年陆续完成了撤点工作。可以说，整合医疗资源、撤去分散医疗点，是大势所趋。"

江大乔一愣："非撤不可吗？那马格南布的老百姓怎么办？"

参赞顿了一会儿，换个方式说："我们来这儿的目的是什么？"

"治病救人。"

参赞摇头道："不，是治更多的病，救更多的人。你们现在这样工作，的确是在治病救人，但你们的本领和作用可能只发挥了三成。桑纳难治的病其实不少，等中桑友好医院建成，桑纳就会有更先进的仪器和更优质的医疗环境。很多以前在桑纳没有办法医治的病都有希望治好了。"

闻言，江大乔不再反驳，静静听着。

参赞继续道："所以，中国医疗队必须集中力量为桑纳做出更尖端的贡献，整体提升桑纳的医疗水平。"

道理江大乔都明白，但现实问题是，中国医疗队撤点，怎么跟马格南布的村民们解释？几十年来，双方的感情颇为深厚……

江大乔皱眉思索起来。参赞看江大乔沉思的表情，忍不住打断他说："大乔，其实今天来，还有另外一个事要跟你说。"

江大乔的思绪还沉浸在撤点的解决方案里，下意识应了一声："您说。"

"因为你这次伤得比较严重，卫健委商议决定，让你回国好好休养。"

闻言，江大乔脸上的表情瞬间凝滞。

第二十六章
离别忽至

江大乔眉头紧锁,翻看着工作笔记,耳边石竹子的絮叨他是一个字都没听进去。直到石竹子把盛好的汤放到他手边,他这才失落地合上笔记本,扔进了抽屉。

"我看杨参赞在你这里待了一下午,是有什么新工作吗?"石竹子问道。

江大乔想了想,只拣了关于自己的事说道:"组织上说要调我提前回去养伤。"

石竹子一愣,沉默片刻,情绪有些低落。

"所以,你要回国了?"石竹子问。

江大乔看了一眼石竹子,叹了一口气。

"什么时候走?"

"还没定,非要我回去的话,我想等一项新工作任务完成后再走。"江大乔说着,把碗中的汤喝完。

石竹子接过碗去,又盛了一碗递给他说:"你就少操点心吧,让你回去你就回去,医疗队又不是没别人了,你只管回去好好休养。"

江大乔有些伤感地看着石竹子:"你就这么盼着我回去?"

石竹子开玩笑道:"当然,你在这弄得我心神不宁的,少赚了多少钱你知道吗?"这话把江大乔逗笑了,笑着笑着,两人又沉默了。

石竹子突然想起一个问题："哎,你走了,队长谁当?"江大乔微微一笑,心中已经有了答案。

几天后,傍晚的落日西沉,映照着海平面。

江大乔叫上马嘉,一起散步。马嘉伸出手臂道:"用不用我扶着你点?"

江大乔摇摇头:"不用,我是腹部中枪,又不是腿折了。"

"别说,苏莱曼和迪斯马斯手术做得还真不错,恢复得比我想象中快,要我说,你都不用回国了。"

江大乔无奈地说道:"你说的要是算数就好了。"

马嘉安慰道:"还是不想回去啊?你还是回去好好养着吧。"

江大乔故意说道:"任期没到,工作没做完,回去也没法安心。"

"你有什么工作没做完?交给我,只要我能办的,我一定办好。"

"你说的啊,说话算数,不许反悔。"

马嘉一愣,突然回过味来,看着江大乔正一脸盘算地看着他,他突然明白过来:"好你个江大乔,在这儿等着我呢?我就知道,你无缘无故找我来这里散步,准没好事。"

江大乔不说话,只是继续笑着看向马嘉。

"行了,你说吧,到底什么事?"马嘉无奈地看着他。

"昨天开会跟你们说的撤点的事。"

"哦,原来是这事啊,昨天我就想问,马格南布的点一撤,孙队他们去哪儿?我们收编?"

江大乔摇摇头:"中桑友好医院马上建成使用了,卫健委的意思是让他们做先遣部队,做前期开院的准备工作。"

中桑友好医院,马嘉听到这几个字,眼睛亮起来了。

这是国家牵头成立的医院,有了这个医院,桑纳的医疗水平就更有保障了,他们这一代代援非医生的努力终于都没有白费!别说马格南布了,那些没有中国医疗队的村落点,都会受到照顾。

江大乔继续描绘前景说:"到时候中桑友好医院会建立桑纳第一个心胸外科中

心，如果真能把桑纳的心胸外科发展起来，我们也算没有白来一趟。"

马嘉疑惑道："这不都安排好了吗？听着也没我什么事啊。"

"有你的任务，而且很艰巨。"

"你又要给我挖坑是吧？师兄，你就别卖关子了，要杀要剐，给个痛快。"

江大乔郑重地说道："你负责去马格南布完成撤点工作。"

"我能说不吗？撤点不是个好差事，难度太大，我怕我完不成。"

"不难，我已经有方案了。"江大乔成竹在胸地说道。

马嘉竖起大拇指："不愧是我师兄啊，厉害！"

"明天咱们开个队委会，我具体说一下方案。另外，还有件非常重要的事要宣布。"

"什么事，赶紧说！别卖关子。"

江大乔笑笑，不理马嘉，自顾自地往回走去。

第二天正是周末，下午的麦乐村沐浴在和煦的阳光下，一只蜘蛛在硕大的蜘蛛网上缓缓地爬行，一只蝴蝶落在院子里盛开的花上，翕动着翅膀，院子中央，五星红旗迎风飘扬。

麦乐村会议室里，大家都已落座，江大乔清点人数，发现只差彭伟一人。马嘉笑着解释："马上来了，又跟儿子……"说着瞥到武梅，笑容僵了一瞬，急忙改口道，"跟媳妇儿视频呢。"

武梅察觉到马嘉的心思，有一点感动。马嘉刚说完，彭伟气喘吁吁、嬉皮笑脸地匆匆跑进来，找了个空位坐下。

见所有人到齐，江大乔缓缓扫视全场，像是要记住每一个人的脸一样。和一年多之前刚到的时候相比，大家好像没有什么变化，但仔细看，又好像都不一样了。江大乔清了清嗓子说："召大家来开个队委会，有三件事向大家宣布一下。"

众人看着江大乔。

"首先，我代驻桑纳使馆经商处宣布对武梅同志的表扬，面对当地医疗条件落后、霍乱疫情突发等各种不利因素，武梅同志秉持初心、坚守使命、无私付出，以高度的责任感和专业精神，认真负责地开展各项工作，成功阻止了霍乱的传播和扩散。"

众人早有所预料，纷纷鼓掌。

"我代国家卫健委宣布，特授予武梅同志，优秀援外个人。"

江大乔说完带头鼓掌，马嘉、彭伟、秦童和苏心再次热烈鼓掌。

武梅动容地站起来，带着泪花微笑着，轻鞠一躬致谢。武梅坐下，一旁的苏心握了握武梅的手，以示安慰和鼓励，武梅反握回去，让苏心放宽心。

"第二件事，很遗憾，我马上就要回国了，不能继续和大家一起战斗了。"江大乔的声音带了一丝惆怅的色彩。

虽然早就得知这个消息，但正式宣布的时候，大家还是有些伤感，活动室里久久沉默着。马嘉心里难受得紧，有点受不住，开口说："这第二件事就省略吧，太伤感了，不想听。"

江大乔笑了笑说："本来我向卫健委申请留下来，但很遗憾……"

彭伟打断江大乔的话："队长，知道你舍不得我们，我们也特别舍不得你，但我们也知道，你回国休养对你身体有好处。"

秦童跟着说："队长，身体最重要，你就放心地走吧。"

马嘉拿着手中的笔朝坐在自己对面的秦童扔过去："去你的，会不会说话？人好好的，让你说没了。"

武梅也伤感地说："队长，保重身体。"

江大乔神情复杂地看着武梅，自从流产后，武梅虽然很快恢复了状态，但是大家都看得出，她眼中比往日多了一丝感伤。

"梅姐，你要好好保重身体。"江大乔郑重地说。

武梅含笑点头。

江大乔再次环视大家一圈，感动地说："谢谢，谢谢大家。"

马嘉的眼眶有些湿润，他故意开起玩笑，掩饰自己的伤感："我就说第二件事省略吧，现在搞得跟生死离别一样，以后大家又不是不见面了。要我说，以后咱们回国了，每年办一次聚会，江队请客。"

"好！"大家都被马嘉的调侃逗笑了，气氛又活络起来。

江大乔应声笑着："行，没问题。我亲自做松鼠鳜鱼。好了，那我们就说第三件事。"

众人收敛笑容，安静听江大乔宣布。

"考虑到梅姐的身体状况，经过队委会的讨论和一致决定，我们向卫健委提议，决定推选一个队员接替队长职务。"江大乔说着看向马嘉，众人的目光也纷纷投过来。

感受到大家的视线，马嘉一怔："看我干什么？"眼瞅着大家目不转睛地盯着自己，马嘉蒙了："你们玩真的啊？"

"你是最合适的人选。"

马嘉分毫不让："师兄，你宣布了三件事，那我问你三个问题，可以吗？"

江大乔含笑不语。其他人则带着看戏的表情看向马嘉，想看看他又要怎么捉弄江大乔。

马嘉认真地问道："你真的汇报了吗？"

江大乔也认真地回答："真的。"

"你征求我同意了吗？"

"我昨天就已经征求过你的意见了。"江大乔反将马嘉一军。

"第三个问题，为什么大家现在还没有一点掌声？"

众人笑了，纷纷鼓掌。

马嘉收起嬉皮笑脸，神情严肃地站起来，摸着胸口的国旗认真说道："谢谢大家的信任！"

另一边，在萍聚餐厅里，刘清扬坐在一间包厢的桌前，石竹子拿着一瓶红酒和两个高脚杯进来。

刘清扬抬头看着石竹子的身影，仿佛既真实又虚幻。

石竹子在刘清扬对面坐下，将两个高脚杯分放在两人面前，拿起桌上的启瓶器就要开红酒。

刘清扬急忙伸手："我来吧。"

石竹子微笑着将启瓶器和红酒递给刘清扬。

刘清扬接过去，正要启开红酒，然而看着手中的红酒，怔住了，随即看向石竹子。

石竹子淡淡地一笑："咱俩认识第一年，我过生日，你送我的，还记得吗？"

刘清扬笑了，继续开酒："我以为你早就喝了。"

往事此刻在石竹子和刘清扬的心头涌动，两人不由得想起了过往。

石竹子幽幽地说："你当时怎么说来着，这是1982年的秋季，法国波尔多拉菲庄园的气候炎热不干燥，光照充足，什么什么……得天独厚来着？"

石竹子说着说着好像是忘了，自嘲地一笑："岁数大了，记不住了。"

啵的一声，刘清扬拔出了红酒木塞。他边给石竹子倒酒边接着石竹子的话说下去："得天独厚的环境造就了一批成熟、耀眼的赤霞珠。我还说了，你就像它一样，见一面，就让人难忘。"

石竹子看到刘清扬看向自己的眼神，满是不舍与伤感，她微笑着说："你记得还挺清楚。"

刘清扬极力掩饰着自己内心翻江倒海的情绪，故作轻松地说："我能忘吗？那是我第一次，我绞尽脑汁地想，应该怎么向你表白，既不能俗套，又不能腻歪，最后想出来这么个办法。"

"到底是有文化，想出来的方法跟别人不一样。"

刘清扬苦笑道："方法再好有用吗？这么些年了，也没结出个果来啊！"

石竹子打断他："别说了，光说不喝，有什么意思？喝！"石竹子说着，冲刘清扬举杯。

两人碰杯，发出清脆的声响。随后，两人各自抿了一口。

片刻的沉默后，石竹子笑笑，含着歉疚和感伤。

"其实这么些年，我也曾经鼓起勇气，想和你在一起，好好把日子过下去，但最终还是欺骗不了自己的内心。"

"为什么不可以？"刘清扬的声音依然有些不甘。

"我总认为时间能改变一切，但一直到今天，我发现时间可以改变许多东西，改变很多人，但还是改变不了我自己。"

刘清扬苦笑着，自饮了一杯酒后，才开口直问道："是因为江大乔吗？"

石竹子摇摇头："当然不是，我也不知道他会回来，我也不知道未来会怎么样。"

"你不知道你们的未来会怎么样，却知道咱俩的未来会怎么样。你今天叫我来，拿出这瓶酒，一切都回到了起点，也走到了终点，该画句号了，是吗？"

石竹子没回答，而是伸出一只手指，放入酒杯，蘸了一点红酒，就要在桌子上画图案。刘清扬以为她要在桌子上画一个句号，然而她却在桌上画了个逗号。

刘清扬疑惑地抬头看着石竹子。

石竹子画好后，抬起头，真诚地看向刘清扬："是结束，也是开始，我们以后还是朋友，一辈子的好朋友。"

石竹子说罢，再次举起酒杯说："为我们的友谊，地久天长。"

刘清扬的眼眶已经红了，他怔怔地看着石竹子，眼中有爱恋、有不舍、有不甘、有坦然、有失望，还有悲伤。但是片刻，他像下定决心似的，也举起酒杯："行，听你的。"

随着玻璃杯的清脆碰撞声，两人各自仰头干了杯中酒。

刘清扬突然站起来，拉起石竹子："走，出去唱首歌送给你。"

两人来到大厅，石竹子看着刘清扬轻车熟路地打开KTV播放器，很快，电视屏幕上出现了《萍聚》。

刘清扬在音乐声中拿起话筒，看着石竹子："这首歌，总是你唱，这次我唱给你听吧。"

> 别管以后将如何结束，至少我们曾经相聚过
> 不必费心地彼此约束，更不需要言语的承诺
> 只要我们曾经拥有过，对你我来讲已经足够
> 人的一生有许多回忆，只愿你的追忆有个我……

刘清扬一边唱，一边看向石竹子，渐渐一扫眼中阴霾，露出了阳光的笑容。石

竹子久久与他对视，眼中盈盈有了泪光与释然。

开完会，马嘉和江大乔来到档案室，江大乔满面忧伤地看着手中的双头心脏听诊器。

马嘉将一个江大乔用过的心脏解剖模型放在陈列架上说："这个你也不带了吧？"

江大乔没吱声。马嘉转头看了一眼江大乔："别看了。"

江大乔叹息一声，走到桌边，在马嘉的对面站定。他看着马嘉整理的一只不大的纸箱，纸箱里放着江大乔的各种各样的物品：患者送的锦旗、感谢信和手工艺品，江大乔和患者的合影、医疗队队员的合影、日用品、工作记录，等等。

江大乔趁马嘉把手工艺品摆放到陈列架上的空当，自己从纸箱中翻出工作笔记本。

马嘉瞅了一眼江大乔，从箱子里翻出患者送给江大乔的一面锦旗，展开看了看，上面用中文和斯瓦希里语写着"中国神医上帝天使"。

"现在我是队长了，是不是应该把你的锦旗都收起来？"马嘉笑着冲江大乔晃了晃手中的锦旗。

江大乔无奈地笑着摇摇头："还记仇呢，是吧？"

"有仇不报非君子。"马嘉理直气壮地说。

"我都告诉你了，摘你的锦旗，不是我的主意。"

"逗你玩呢。"马嘉笑着说，"我知道不是你的主意。锦旗就别放在架子上了，等我给你挂起来，挂在最显眼的地方。"他说着把锦旗放到一旁。

江大乔笑道："你不挂我也没意见。我才不跟你一样。"

江大乔放下工作笔记，从箱子里拿出几瓶清凉油。马嘉一看，立马从他手中抢过来。

"清凉油就别放了，我留着用吧，晕车、虫咬、中暑、头痛什么的都能用得上。"马嘉说着把几瓶清凉油装进了口袋。

"行行行，给你了。"江大乔说着又从箱子里拿出一张照片，是马嘉和江大乔等第25批援桑纳中国医疗队初到桑纳时在麦乐村的合影。

马嘉这时又取出一摞患者写给江大乔的感谢信翻看:"患者写给你的感谢信不少啊,不过肯定没我多。"

江大乔正动情地看着医疗队的合影,仿佛没听见马嘉说话。

马嘉见江大乔没吱声,转头看向江大乔,只见他正感伤地看着医疗队的合影。他本想说什么,又止住了。这时,马嘉正好看到纸箱旁刚才江大乔放下的工作笔记本,拿起来边翻看边说:"你的工作记录记得还挺详细,是不是还记我犯的各种错了?"

江大乔拿着医疗队的合影,转身走向照片墙。嘴里回应马嘉道:"还记了你很多优点。"

"这还差不多。"马嘉说着将江大乔的工作记录放在陈列架上。

江大乔将医疗队的合影贴在照片墙上,久久地端详。马嘉走过来,与江大乔并肩而站,两人一起抬头端详。

江大乔颇有几分感慨地说:"师弟,你说这张照片,很多年以后,还会有人看到吗?"

"当然会被看见啦,就像我们看见他们一样。"马嘉也感慨万分,"就像师兄你说的,故事就在我们身边,我们自己也是故事。"

江大乔欣慰地笑了:"莫愁前路无知己。"

马嘉开口接道:"天下谁人不识君。"两人契合的声音在档案室里回旋,然后陷入沉默。

片刻沉默后,马嘉一拍脑袋,像是想起什么似的,冲进仓库里,从一堆杂物中翻出几桶油漆。

江大乔站在门口,看着马嘉的举动,感慨道:"上次用油漆,还是送别齐丹,时间过得可真快啊。"

马嘉挑了一会儿,挑出三只油漆桶拎上,示意江大乔跟上自己。

两人来到手印墙下,马嘉先后掀开三桶油漆的盖子,一桶红色,一桶柠檬黄色,一桶白色。江大乔站在一旁看着马嘉,问道:"你准备印三个颜色啊?"

"师兄,这你就不懂了,我要调一个颜色出来。"马嘉说着用一个毛刷从三个油漆桶中各自蘸出不同量的油漆，放在一个油漆桶盖上，然后搅拌起来。随着搅拌，红色和柠檬黄色交合在一起，渐渐变成了泛着金的暖橙色。

马嘉抛过去一个得意的眼神，说："怎么样？这就叫妙手生花。"

江大乔笑了笑，自己这个师弟，做什么都要和别人不一样。

马嘉把调好了的油漆抹匀了，然后小心翼翼地把右手按了上去，沾满油漆，走向手印墙，随便找了一处空白就要伸手按上去。

"等等！"江大乔叫停了他。马嘉满脸疑惑地回头，看到江大乔抬着下巴朝着一处花掉的手印示意道："在哪刮的，在哪按。"

马嘉笑得心虚，没想到江大乔早就发现自己刮掉了手印。马嘉想到当初快被赶回国时，自己赌气把墙上的手印一下下刮掉的傻样，不禁连连摇头。

依照原来的地方，马嘉小心翼翼地把手掌贴了上去，一个暖橙色的手印出现在墙上。马嘉退后一步，与江大乔并肩而站，两人一起端详着刚按下的手印。

马嘉开口："知道我为什么调这个颜色吗？"

江大乔疑惑地看了看马嘉。

"这个颜色你见过。"

"别卖关子了。"

"早晨第一缕阳光照在乞力马扎罗山顶上时，就是这个颜色。"

江大乔看向马嘉，取笑道："可以啊你，真够浪漫的。"

"走吧，再去看看雪山。"

两人又来到天台，远处的乞力马扎罗山笼罩在云雾中，若隐若现。

马嘉有些怅然，问道："师兄，你回去了，还会再回来吗？"

江大乔感慨道："谁知道呢？人生无常，世事难料，七年前，我以为我不会再回来了，没想到又回来了。"

马嘉也是万千感慨："是，来这之前，我也从来没想到有一天我会来非洲，更没想到，我会爱上这里。"

江大乔转头看着马嘉："等你期满回国了，你还会再回来吗？"

马嘉想了想："我不知道，未来的事情，谁会想得到呢？"

"其实回不回来不重要，就像你说的，很多年以后，还会有很多人会记住我们，会讲起我们的故事。"

"是啊。"马嘉点点头，"这就足够了。"

片刻的沉默后，马嘉又开口："师兄，有很多话，我以前没说出口。"

"想说赶紧说啊。"

"你和梁老师说的答案，我想我快找到了，谢谢你，师兄。"

"谢我什么？"

"军功章上有你的一半，要不是你，我可能不会找到答案。"马嘉神色诚恳而感激。

江大乔欣慰地笑了，拍了拍马嘉的肩膀，说："我只是做了我该做的，你也做了你该做的，有我没我都一样，你都会找到你的答案。"

马嘉淡淡地一笑，两人转头，望着远处的乞力马扎罗山。此时，云雾散去，乞力马扎罗山映入眼帘，在太阳的映照下，光辉灿烂。

"师兄，来来来，咱俩和乞力马扎罗山合张影。"马嘉说着掏出手机，举起来，找角度，准备拍照。

"你们两个大男人矫不矫情？"石竹子的声音突然在两人身后响起。

马嘉和江大乔闻声回头，石竹子正笑吟吟地站在楼梯口看着他俩。

"是够矫情的。"马嘉嬉笑着。

石竹子上前，从马嘉手中拿过手机说："来，我帮你们拍。"

马嘉走到江大乔身边，和他肩并肩站在一起，背景是乞力马扎罗山。

"靠近点。"

在石竹子的指令下，马嘉和江大乔一起靠了靠。

"再近点。"石竹子又摆了摆手。

马嘉和江大乔又往一起靠了靠。

"再近一点。"

马嘉吐槽道："姐，差不多得了，又不是拍结婚照。"

马嘉说着咧嘴笑开，江大乔则抿嘴微笑。石竹子抓住这个瞬间按下了快门键，随着咔嚓一声，这对师兄弟的笑容与乞力马扎罗山在时光中定格。

拍完照，马嘉识趣地将空间让给江大乔和石竹子。见江大乔放心不下菜园，石竹子只好陪他下楼来到菜地。

"说好了，今天你只许坐着，不许做事。"石竹子拉着江大乔在旁边的椅子上坐下。江大乔无奈地听从石竹子的话，看着她拿起了耙子给菜地松土。

不一会儿，石竹子松好土，又拿出种子，嘴里絮叨："这包是茼蒿，这包是小白菜。这次种这两样是够了。下次我给你们多弄点黄瓜、西红柿、茄子什么的。"

弯腰的时候，石竹子挽起的碎发落了下来，在脸颊旁轻轻拂动。江大乔留恋又感伤地看着石竹子的侧脸，感慨道："要走了，这小菜园这么好，可惜下次就不是我们种了。"

石竹子笑了笑，故意逗他说："这次种的你也吃不上了。"说着挖了一个小土坑，将一粒种子放进去，然后用土埋上，紧接着从水桶里拿起勺子，舀了一勺子水，浇了一点在刚埋的土上。两人就这样，一个播种，一个在一旁看着，就像一幅美丽的田园画。

太阳西斜。风吹过树梢，吹过花枝，吹过石竹子沁着汗水的额头。石竹子终于起身，撑了撑腰说："种完了，我就先回去了。"

江大乔意外有些伤感地说："这就回去了？"

石竹子嗔怪道："你还想让我帮你干多少活啊？"

"我马上要走了，你怎么跟没事人一样，还这么淡定？"江大乔的语气带着一丝委屈。

石竹子笑道："哟，你还想让我哭哭啼啼的啊？"

江大乔急忙解释道："不是，我以为你会陪我喝个酒吃个饭道个别什么的呢。"

"今天不行，我还有更重要的事。"石竹子依然是满不在乎的样子。

江大乔看着石竹子，满脸写着不相信和委屈："什么事，比我更重要？"

"我要回去收拾行李呢！"

江大乔一怔："啊？你要出差？"

"对。"

江大乔震惊地看着石竹子说:"去哪啊?去多久?"

石竹子装作思索的样子:"嗯,挺久的,还没想好什么时候回来呢。"

江大乔低头,有些失落,语气中满是埋怨地说:"怎么突然要出差,也不提前说一声?"

"太忙了,忘了告诉你。"

石竹子满不在乎的态度让江大乔真的生气了。

"这也能忘?竹子,你这是看我要走了,就故意气我是吗?"江大乔有些受伤地看着石竹子。

石竹子忍住笑,故意瞪大眼,一副无辜的样子:"我故意气你干吗?你这伤也没好全,我还心疼呢。"

"你也知道我伤没好全,就突然走了,就不怕我受不了吗?"江大乔撑起身体,赌气地转身离开。背影形单影只,无比落寞。

看江大乔像个受了委屈的孩子一样,石竹子再也憋不住,大笑起来,她冲着江大乔的背影说道:"我的航班是TC0402。"

江大乔还在往前走。

石竹子无奈,只好抬高音量重复说道:"我说我的航班是明天上午的TC0402!"

背影一僵,江大乔突然转身,眼里尽是不可思议。

石竹子有些娇嗔地扬起下巴说:"桑纳到中国的。好像你也是这一班,是不是?"

江大乔又惊又喜地看着石竹子,笑着笑着眼中就有了眼泪。石竹子意味深长地看着他,两人眼中充满爱意地笑着。

风吹过小菜园,寂静无言。

第二十七章
万水千山总是情

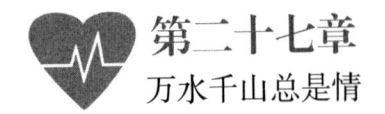

时光匆匆流逝，转眼间，江大乔和石竹子回国已经四个月了。石竹子亲自种在小菜园的种子钻出土壤长成小苗，手印墙上新按的暖橙色手印黯淡了不少，多了风吹日晒的痕迹。

这四个月里，马嘉深刻感受到作为医疗队队长，身上所承担的担子与责任。

马格南布撤点工作已经迫在眉睫。可是如何让马格南布的村民们接受这一现实？如何让他们理解，撤点是为了更好地提升桑纳整体的医疗水平？马嘉每当想到这些问题，就有些信心不足。而最大最直接的问题就是，马格南布医疗点撤掉后，当地的村民要到哪里看病？

经过跟参赞的反复讨论，以及跟队员们多次开会讨论后，马嘉决定举办一次马格南布"光明行"义诊活动来配合撤点工作的完成。他想以实际行动向姆卡瓦等马格南布的村民们证明，中国医疗队就算是撤离，也决不会放弃他们。

随着时间的临近，马嘉在眼科诊室帮秦童准备着前往马格南布"光明行"活动要用的两百副人工晶体。

"马队，谢谢啊。"秦童突然对马嘉说道。

"你是该谢谢我，要不晚上请我吃一顿大龙虾？"马嘉就坡下驴地回了一句玩笑。

"嘿，说你胖你还真喘上了。"秦童瞪了马嘉一眼，"我请客，你买单。"

开罢玩笑，秦童收起笑脸，认真地说："还记得那次马格南布的星空之行吗？姆卡瓦因为白内障，什么也看不清，却努力把脸转向灯火的那一面。他渴望光明的样子让我怎么也忘不了。那时我就在想，作为一名眼科医生，我一定要让他重新看到这个世界，谢谢你让我完成这个心愿。"

马嘉被秦童的真情流露打动了，他动容地拍拍秦童的肩说："你看，这里有两百副晶体，不止姆卡瓦，还有199个人也能恢复光明。"

"可惜我们能做的太少了。"

"不，你带出了杜尔和安瓦，我听优素福部长说，他准备跟坎戈院长商量，等中桑友好医院落成后，准备调一个人过去，这样一来，卡塞医院和中桑友好医院都会有优秀的眼科医生坐诊。就算我们离开了，病人也会得到很好的医治。"

马嘉的话打动了秦童，他眼中满是期待，和马嘉相视而笑。他正想再说些什么，苏莱曼气喘吁吁地闯进来："师父，阿米纳塔又来急诊了，高热，还喘得厉害。"

马嘉闻声色变，冲出诊室，直奔急诊。

急诊室里，阿米纳塔因为发热面色通红，呼吸困难，急促得话都说不出来。迪斯马斯正在帮阿米纳塔抽血，她的母亲跪在床边不停地低语祈祷着。

"苏莱曼，去把B超机推来！"马嘉说道。

苏莱曼应声行动，迪斯马斯也抽好了血，连忙向马嘉解释道："上次打了几天抗生素后就退烧了。她母亲看到卡塞医院暴发霍乱，就把孩子带回家了。后来阿米纳塔没复发，她家里也没钱，以为好好照顾就会没事了。没想到，前几天不知道为什么又发烧了。"

马嘉叫来站在旁边的护士瓦妮，又指指迪斯马斯手中的血样说："赶紧送去化验室做血培养。"

瓦妮接过血样，匆匆走了。这时，苏莱曼也推着急诊室的B超机过来。

马嘉一边替阿米纳塔做B超，一边指着屏幕给苏莱曼和迪斯马斯讲解："看这里,瓣膜上有赘生物,应该是合并感染性心内膜炎,问题比上次严重多了。"

听了马嘉的话,迪斯马斯的脸色变得不太好看。

马嘉收起探头道:"迪斯马斯,你带她去办入院手续,我送孩子去病房。苏莱曼,告诉孩子的母亲,情况有点严重,必须马上住院。"

听了苏莱曼的翻译,阿米纳塔的母亲点点头,站起身,带着恳求和期盼的目光看向马嘉,马嘉回她一个坚定的微笑。

回到诊室后,马嘉神情严肃地告诉苏莱曼和迪斯马斯,之前因为霍乱耽误了这孩子的手术,这次如果再不手术的话,很有可能会没命。

"阿米纳塔现在不仅仅是动脉导管未闭和心衰,还有感染性心内膜炎。而合并感染性心内膜炎的常规治疗需要四周左右,所以她的手术最快也要四周后。"

"来得及吗?"迪斯马斯满脸担忧。

马嘉点点头,又看向苏莱曼说:"上次我让你教迪斯马斯打结,今天该验收成果了。"

苏莱曼笑嘻嘻地拍拍迪斯马斯说:"来吧,向我师父展示一下。"

迪斯马斯笑着接过苏莱曼从袋子里掏出的牛肺管和线,熟练地用线在牛肺管上打上一个又一个的方结。

非常完美的打结,牛肺管没有被勒断。马嘉满意地点点头。

"很完美。看来你花了不少时间练习。"

苏莱曼得意地说道:"师父,我很用心地教他。"

"好,给苏老师记功一次。"马嘉笑着又看向迪斯马斯,"迪斯马斯,后天我就要带苏莱曼去马格南布,大约一周后回来。在这期间,你多观察阿米纳塔的情况,注意复查心超和血培养。有任何问题,随时打电话给我。"

"好。"

"还有件事要告诉你们。再过两周,中桑友好医院就要正式投入使用了,卫生部已经全票通过,由巴哈担任第一届院长。优素福部长已经同意让你和苏莱曼一起调到中桑友好医院工作。所以,我想把阿米纳塔的手术放到中桑友好医院来做。平台有了,以后桑纳心外科的业务就要靠你们好好开展起来了。"

"马医生，谢谢你！"迪斯马斯说着，向马嘉深深地鞠了一躬。

马嘉赶紧拉住他："你这是做什么？"

迪斯马斯抑制住内心的激动，但是眼眶却有些湿润，他动情地说道："虽然我一直梦想成为心外科医生，但是我知道实现的可能性很小，谢谢你帮助我、鼓励我。"

"那你应该谢谢你自己。阿米纳塔的这台手术，将是桑纳医学界第一台由桑纳医生完成的心脏手术，你和苏莱曼，会一起写下桑纳医学史的新篇章。"马嘉也被迪斯马斯的执着所打动，他知道面前的这两个年轻人将成为桑纳医学界的中坚力量。

"对了，师父，我们给阿米纳塔做手术的时候，能不能加上一个垫片？"苏莱曼总是那么没心没肺，想到可以亲自上手手术，他内心就无比激动，总想着能做得更好一些，毕竟他是马嘉的徒弟，决不能丢师父的脸。

"说说你的想法。"马嘉不置可否。

苏莱曼自信地说道："使用了垫片，结扎线就会着力在垫片上，把导管腔压闭。这样一来，结扎线对导管壁的扯割力就会变小，可以避免单纯结扎时，导管壁可能会被结扎线扯裂的危险，也可以避免导管复通。"

马嘉赞许地看着苏莱曼："不错呀苏莱曼，看来你不仅把我平时教你的东西都记住了，还懂得自己思考了。"

"也不看我是谁徒弟。"苏莱曼咧开嘴笑。

"行，就按你说的来，你们准备准备。迪斯马斯，教你一个中国成语，马到成功！"

苏莱曼赶紧抢着说："迪斯马斯，这是我送给我师父的！"

迪斯马斯重重地点点头，向马嘉伸出右手，马嘉也伸手握紧，两人同时看向苏莱曼，苏莱曼咧开嘴笑，也伸出自己的手，三只手紧紧地握在一起。

"祝我们马到成功！"

将阿米纳塔的术前护理事宜交代妥当之后，马嘉便带着秦童和苏莱曼一起前往马格南布医疗点，开始"光明行"义诊活动。一周的时间里，两百副晶体都顺利植入了白内障患者们的眼睛内。

阳光洒进窗内，空气中浮动着微笑的尘埃，姆卡瓦眼缠绷带坐在床边。他感受到有一双手在靠近，小心翼翼地帮他揭开眼部一圈一圈的束缚，光线越来越亮……

适应了一会儿，姆卡瓦微眯着睁开眼，像慢慢揭开了面纱一样，眼前的景色由模糊到清晰。他看到一群人关切地围着他，除了孙子苏莱曼外，还有一张张陌生的中国脸庞。姆卡瓦咧着嘴笑了，笑着笑着，眼中热泪盈眶。

当晚，姆卡瓦坚持要邀请中国医疗队的队员们来到村子里，村民们为大家准备了丰盛的晚宴。

一堆篝火在中间熊熊燃烧，大家围坐一圈，马嘉和秦童分别坐在姆卡瓦的左右两边。

姆卡瓦还沉浸在重见光明的喜悦之中，激动的心情溢于言表。他端起酒杯，颤颤巍巍地站起来，激动地说道：“今天，我是最该感谢中国医疗队的人。我们全家人都和他们有着深深的缘分。大家都知道，当年如果不是杜医生，我的儿子姆齐纳和我的老婆都已经接受主的召唤离开我了，我的孙子苏莱曼也是由梁医生接生来到这个世界的。后来姆齐纳长大了，做了医疗队的司机，稳定的收入让他有足够的钱可以供我的孙子苏莱曼好好读书，也是梁医生的帮忙，苏莱曼有机会到中国学医。今天，我和我的族人们，也因为中国医疗队才重见光明。谢谢上天带你们来到马格南布，改变了我们的命运，谢谢你们。"

姆卡瓦说罢，一仰头，将杯中的酒一饮而尽，众人见状，也纷纷将酒喝下。

见姆卡瓦坐下，秦童赶紧给马嘉使眼色。马嘉会意，但又有些犹豫。刚才姆卡瓦那番情真意切的话还在耳边回响，此刻又怎么忍心给他泼上一盆凉水呢？

而这时，坐在马嘉另一侧的孙旭方则用胳膊撞了撞马嘉，低声说道：“趁这个机会，赶紧说。"

马嘉很是为难，但自己这次来的任务不正是要告知乡亲们撤点这件事吗？马嘉只得起身，从姆卡瓦手中拿过了酒壶。

"姆卡瓦大叔，按照我们中国的规矩，这杯酒，怎么也得是我来给大家倒，借这个机会，我也想说几句话。"

马嘉依次给姆卡瓦等人倒上酒后，终于鼓足勇气开口道：“是这样，我们国家对援外医疗具体政策做出了调整，需要我们撤掉马格南布医疗点。"

姆卡瓦听了苏莱曼的翻译，脸上的笑容僵住了。

"什么意思？"姆卡瓦疑惑地在马嘉、孙旭方等人脸上打量着。

苏莱曼赶紧安抚爷爷："爷爷，您别急，先听他们说完。"

孙旭方见马嘉给自己使眼色，赶紧接上话："我可能要带着马格南布的中国医疗队队员离开马格南布了。"

姆卡瓦着急地问："你们要去哪儿，要回国吗？"

马嘉赶紧解释："当然不是，大家应该都听说中桑友好医院要建成的消息了，孙队长要带着大家先进驻中桑友好医院。"

这时，姆卡瓦又依次看向自己的儿子姆齐纳和孙子苏莱曼。见两人都对自己点点头，姆卡瓦依然焦急地说："你们走了，这里的村民怎么办？"

马嘉赶紧解释："不用紧张，中桑友好医院马上就要投入使用了，你们以后要是有什么难治的病，都可以去那里看，那里能看的病比马格南布医疗点多得多，现在很多在马格南布医疗点因为医疗水平不够看不了的病，到时候就都能治好了。"

"马医生，你们也知道这里的交通条件，我们看病很难，大家都习惯了去这里的医疗点找中国医生看病了。"马嘉的话显然没能说服姆卡瓦。而周围的村民们也都纷纷点头附和，面露不舍。

马嘉忍住心中不忍，继续解释道："别误会，我们是要撤点，但我们不是不管大家了，从这次的'光明行'巡诊活动开始，以后我们会定期来马格南布巡诊！还会培养一批当地医生轮流来驻扎，很多小病依然可以在马格南布得到治疗。"

马嘉说罢，赶紧给孙旭方使了个眼色。孙旭方心领神会，赶紧接着马嘉的话说道："大家放心，我和大家会经常回来的。"

姆卡瓦还是一脸沉重，不再言语。

马嘉看向姆齐纳："姆卡瓦大叔，您的儿子在中国医疗队当司机这么多年，他可以证明，从来没有一个中国医生会抛弃他们的病人。我可以向您承诺，中国医疗队永远不会抛弃马格南布的村民们。"

姆齐纳听到马嘉提及自己，对着父亲点点头说："爸爸，我相信中国医疗队，您也相信他们，不是吗？"

见姆齐纳也如此说，众人都沉默了。

马嘉端起杯子，向姆卡瓦举起杯："我以茶代酒敬您，请您和村民们理解我们，也请您和村民们相信中国医疗队！"

众人都一言不发地看着姆卡瓦。

姆卡瓦迟迟没有举起酒杯，悲伤难过刻在他脸上，他缓缓道："其实你们要离开马格南布我不意外，这是迟早的事。只是，我一直非常担心这一天的来临。"姆卡瓦的声音有些哽咽，"因为对我们来说，你们不仅仅是医生，更是我们的亲人。"

不舍的泪水渗出姆卡瓦的眼眶，马嘉的眼睛里也闪烁着泪花。

"你们也早就是我们的亲人了。"马嘉缓缓说道，情真意切。

借着篝火的光，姆卡瓦久久地看着马嘉，终于，他拿起了酒杯，默默地将杯中酒饮干，然后放下酒杯，站起身默默离开。

马嘉求助地看向苏莱曼，苏莱曼会意，赶紧追了出去。

其他的村民也跟着无声地离开。

篝火旁，只剩下马嘉、秦童、孙旭方等中国医疗队队员。

清冷的弦月高挂于头顶，马格南布的风轻啸而过。跳动的火光在夜风中，显得那么忧伤。

姆卡瓦离开村子，朝着马格南布医疗点的方向快步走去。姆齐纳和苏莱曼先后追上来，一边一个搀扶着姆卡瓦。祖孙三人一言不发地穿过院子，走出大门口。姆卡瓦站定，回头看着挂着写有"麦乐村"木牌的大门，仿佛在看最后一眼，又仿佛回忆起许多往事，百感交集。

片刻，姆卡瓦和苏莱曼、姆齐纳转身离去，渐行渐远。

夜深了，医疗点里依然亮着灯火。马嘉带着队员们收拾东西。

秦童情绪有些低落："你们说，乡亲们不会怨上咱们了吧？"

孙旭方摇摇头："不会，我跟他们接触的时间比较长，还算了解他们，这次消息有些突然，但咱们有这么好的方案，他们能接受的。"

秦童叹息着："这么多年医疗队都扎在这儿，说走就走了，还真有些舍不得。"

马嘉更是百感交集："这可是第一个麦乐村啊。哎，你们收拾的时候，别忘了把门口的牌子也取下来，回去好放到档案室里。"

"知道了。"孙旭方应声道。

"还得抓紧选拔培训来驻扎的医生，我答应村民们的事儿，不能食言。"

队员们应声答应着。

纵然如此，马嘉依然有些不忍心，心中郁结地看着周围。

秦童见状，走到马嘉身边，拍拍他的肩头说："嘉哥，咱们该说的都说了，能做的也都做了，大家慢慢会理解的。"

马嘉点点头，没再说话，只是默默地抬手，把墙上的照片一张一张小心地取下。

清晨，一抹绯红微微照亮东方。村子内，火红的凤凰花在晨曦的朦胧中无声地绽吐着绚烂。朝阳照亮了马格南布医疗点驻地，驻地里安安静静。

大巴车停在院子里，马嘉、秦童、孙旭方等医疗队员和姆齐纳将各种物资和行李搬到大巴车上，没有人说话。

马嘉、秦童和孙旭方等医疗队员一起望着静谧的麦乐村，再看一眼这个留下许多回忆的地方。众人看着熟悉的一切，都有些感伤和不舍。

片刻，马嘉招呼众人上车："走吧。"

众人安安静静地陆续上车。马嘉走在队伍最后，当他一只脚踏上汽车时，忍不住又转头看了一眼麦乐村。

车门关上。姆齐纳发动汽车，缓缓驶向麦乐村的大门。麦乐村被留在了身后，默然无语，仿佛在目送众人离开。

气氛沉重，众人坐在车内，没人说话。马嘉等人透过车窗望出去，只见村子里静悄悄的，不见一个人影。

秦童憋不住了，说道："咱们要走了，竟然一个来送的都没有，队长，我觉得你昨天说的多少有点过分了，我们可是中国医疗队，他们不应该夹道送行吗？"

马嘉默默看着窗外，一言不发。

孙旭方止住了秦童："行了别说了，马队长心里难受着呢。"

众人沉默，看上去显然颇为失落。其实不光是马嘉，大家的心里都很难受。

姆齐纳驾车缓缓来到村口，驶出马格南布村。

汽车刚拐过一个路口，坐在靠窗位置的马嘉发出一声惊呼。

"快看！"

众人循声望去，只见道路两边站满了送别的马格南布的人们。随着大巴车驶近，马嘉等人看到苏莱曼站在队伍的最前面，后面站着村里的男女老少。大家的手里都捧着各种各样的吃食，眼中饱含感激与不舍。

汽车缓缓地驶到众人面前停下，马嘉先下了车。

苏莱曼上前一步，说："师父，大家怕打扰你们休息，所以没去驻地，天还没亮就等在这了。"

马嘉感动得热泪盈眶，微笑地看着众人说："谢谢大家。"

秦童、孙旭方等其他医疗队队员也纷纷下车，村民们纷纷上前，将手里的吃食往马嘉、秦童、孙旭方等医疗队队员们手里塞，众人手里被塞得满满的，不断地用斯瓦希里语说"谢谢"。

有的村民见队员手里塞不下了，就堆到了车里。热情像潮水一样簇拥着众人，大家都眼噙泪花。

马嘉在人群中搜寻姆卡瓦的身影，却不见踪迹。

突然，苍茫的歌声从远方传来。

"莫说青山多障碍，风也急风也劲，白云过山峰也可传情……"

众人循声望去，只见姆卡瓦站在远处最高的山岗上，唱着杜绍书医生最爱的《万水千山总是情》，挥手作别。歌声飘扬，所有来送行的村民都跟着歌曲的节奏跳起欢送的舞蹈来。

歌声萦绕，舞姿热情，就像火红的凤凰花绽放在晨曦之中，轻吐送别之辞，马嘉和众人无不潸然泪下。

千里相送，终有一别。在姆卡瓦的歌声和村民们的舞蹈中，马嘉、苏莱曼和秦童、孙旭方等医疗队队员们上车，流泪望着车窗外的村民们，依依不舍地挥手告别。

山岗上，姆卡瓦依旧饱含热泪一遍又一遍地动情唱着。车内，每一个人都默默地流着泪，沉默无言，沉浸在离别的悲伤和温情的感动中。汽车缓缓驶离，渐行渐远。歌声久久回荡在空旷的原野中，挥之不去。

离别的悲伤萦绕在众人心头，大家都还牵挂着马格南布的百姓们，期待中桑友好医院尽快投入使用。

数日后，中桑友好医院开院典礼如期举行，各大媒体记者全都到场，盛况空前。

马嘉、武梅、参赞、巴哈、坎戈等人坐在台下第一排。参赞和巴哈之间的椅子空着，医疗队其他队员和卡塞医院的医护人员们也都坐在台下，大家脸上都是抑制不住的笑意与期待。

台上，优素福正在发言，大使馆经商处翻译进行现场同声传译。

"中桑友好医院在众人的期盼下，通过两国人民的共同努力，终于诞生出了友谊的结晶，它是桑纳土地上的第一座大型综合性医院。巴哈先生将从卫生部调任中桑友好医院，成为院长。"

台下，众人向巴哈示意、鼓掌。马嘉和武梅低声交谈，兴奋地说："梅姐，我们现在算是见证历史了。"

武梅莞尔一笑："只是见证吗？明明是我们一起创造了历史。"

两人相视一笑。

"你可是'马一刀'呀，历史上今天的这一笔，必须出彩。"武梅又说道，她示意着台上，"马上该你了吧。"

马嘉一笑："不，还有一个重量级人物要先发言。"

两人将目光重新投向台上。

优素福还在台上侃侃而谈："中桑友好医院能够这么快顺利投入使用，有一个人功不可没，下面有请桑纳华商联合会会长、通信专家刘清扬先生给我们讲两句。"

原来中桑友好医院建成，刘清扬占了大功。他领导华商联合会的商人们赞助支持了医院里面的所有通信设备。在如雷的掌声中，刘清扬走上前去，难掩激动的心情。

"大家好，我是刘清扬，我是一名中国的移动通信人。我已经来非洲多年，这次能为中桑友好医院的建成发挥一些作用，我感到非常荣幸。我代表中国通信人保证，会尽全力保障咱们中桑友好医院的一切通信设备，而且，中国目前正在研发一项可以实现远程诊疗的新通信技术，让很多老百姓足不出户，就能得到顶尖医学专家的治疗。我相信，这是我们中国医疗工作者和桑纳医疗工作者乃至全世界医疗工作者的共同梦想，我相信，未来这个梦想一定会实现。"

刘清扬说得激昂，众人发自内心地鼓掌。

刘清扬走下台后，主持人继续说："下面，我们有请第25批援桑纳中国医疗队队长马嘉先生致辞！"

马嘉深吸一口气，站起身，稳稳激动的心情，稳步走向台上。在经过往台下走的优素福时，优素福冲着他比了个大拇指。

马嘉接过主持人手中的话筒，在台上站定，李苗苗站在旁边同步翻译。

"女士们先生们，大家好！今天，我作为中国医疗队的一员，和大家一起见证中桑友好医院，也是中国援建桑纳的第一家大型综合性公立医院开院的这一历史时刻，我感到非常荣幸。"

台下响起一片掌声。马嘉停了停，等掌声渐息。

"两年前，我对别人介绍的时候总喜欢说我是一名来自中国的医生。现在，我更愿意这样跟大家介绍自己。"马嘉说完这句话，忽然郑重地给大家鞠了一躬。

"大家好，我是一名中国援非医生！"一字一字说出口，马嘉神情肃然。

马嘉顿了一下，接着说："我觉得这一句话，已经足够。"

听着马嘉这句话后，苏莱曼用力地鼓起掌，带起台下掌声一片。

"今天现场来了很多桑纳的媒体朋友，我首先借此机会告诉大家一件事。由于桑纳没有开展过心脏手术，一部分患者不得不花费高昂的代价，去国外手术治疗，很多患者因为没有及时手术失去了生命。"马嘉顿了一下，看向台下的苏莱曼和迪斯马斯，继续说道："卡塞医院的苏莱曼医生和迪斯马斯医生，他们最大的心愿就是成为一名桑纳心胸外科医生，用自己的双手让这种伤痛和遗憾减少！为了实现这一心愿，他们付出了很多努力。中国有句古话，叫'皇天不负有心人'，在他们不懈的努力下，这个心愿即将实现！"

台下媒体将镜头转向迪斯马斯和苏莱曼，迪斯马斯的嘴唇因为激动而有些微微颤抖，苏莱曼则兴奋地一手揽住迪斯马斯的肩，一手对大家比"耶"的手势。

"两天后，我将和两位医生一起在中桑友好医院进行一台心脏手术，这台手术是桑纳国内第一台心脏病手术，更是由桑纳医生亲自完成的第一台心脏病手术！我希望到那天，我们和桑纳人民能够一起见证他们立下桑纳医学史上新的里程碑！"

掌声热烈地响起，马嘉与迪斯马斯、苏莱曼视线相交，彼此眼中充满了感激、信任与坚定。

"最后，我还有几句肺腑之言。如今，国与国之间的地理界线虽然在，但是人与人之间的情谊早就超越了一切。人类社会早就变成相互依存、休戚与共的共同体，要相互支撑，才能有更好的未来。而我们的中桑友好医院，虽然是这个进程中的小小的一步，但对于中国和桑纳，它的建成却具有划时代的意义。我相信中国跟桑纳，中国跟非洲，会像医院的名字一样情谊永存！"

如雷的掌声经久不息。

一周后，阿米纳塔做手术的时间到了。中桑友好医院手术室外，几台摄影机已经在手术台旁架好机位，两名摄影记者各据一台摄影机，准备记录下这历史性的时刻。

刷好手的马嘉等人来到手术台前。

"麻醉完成。"常来说道。

马嘉示意迪斯马斯站上主刀位。

迪斯马斯看了一眼马嘉，深吸一口气，站上了主刀位。

苏莱曼则默默站上一助位置。

马嘉走到二助位置站定。

"开胸。"马嘉说道。

迪斯马斯稳稳地接过武梅递给他的切割刀，他看了一眼马嘉，马嘉冲他微微点头。迪斯马斯稳稳心神，深吸一口气，将刀尖移向阿米纳塔的胸口。

随着刀划下去，马嘉全神贯注地看着迪斯马斯的动作，提点："确定导管位置。"

迪斯马斯放下刀，将手探了进去。不一会儿，找到位置，他抬眼看看马嘉。马嘉伸出手，将手指摸上动脉导管的位置，点点头说："纵行切纵隔胸膜。"

随着马嘉的指令，武梅递上电刀。这次换由苏莱曼稳稳拿住，将刀探入胸腔。

指针跳动，墙上时钟显示2015年7月10日上午9点36分。

此时，在中桑友好医院的小会议室里，彭伟、秦童、孙爽、苏心、优素福、巴哈和坎戈等人正襟危坐，正在通过电视屏幕同步观看着手术进展过程。众人表情严肃，会议室里静得一根针掉地上都能听见。

"导管分离成功。"迪斯马斯刚说完，马嘉已经递上盘子，迪斯马斯将组织剪放上去。

这时，迪斯马斯又接过武梅递来的器械，用直角小弯钳将双股的结扎线，看准位置，套过动脉导管，一根拿在自己手中，另一根交给对面的苏莱曼。

"降血压。"马嘉出声。

常来看着仪器报数："血压86/120、74/112、60/98、50/87、46/80、40/75、38/70。"

随着常来的最后一声70，迪斯马斯迅速并熟练地在主动脉处打结结扎，并抬眼看向苏莱曼。苏莱曼也在此刻开始在肺动脉上补上垫片，并熟练地在主动脉侧打结结扎。

"升压。"马嘉见二人完成结扎后，发出指令。

"血压43/75、54/82、66/97、72/110、88/118。"随着常来音落，马嘉再次将手探入胸腔内摸向动脉，很快，他脸上露出笑意。

"你俩摸摸。"

迪斯马斯和苏莱曼依次将手探进去，迪斯马斯脸上露出欣喜的笑容："震颤消失了。"

"苏莱曼，你在两道结扎线中间再缝扎一道，以防再通。"马嘉指导道。

"好的，师父。"

看到这场由马嘉在旁指导，迪斯马斯和苏莱曼二人联手完成的手术进展异常顺利，会议室里的众人都松了一口气。

苏心赞叹道："迪斯马斯的手很稳。"

"那是，'马一刀'带出来的徒弟，能差嘛。"彭伟一如既往地插科打诨。

坎戈看向巴哈，半开玩笑地说："巴哈，这不公平，你刚刚接任成为中桑友好医院的院长，卡塞医院的心外科医生都被你抢去了，一个都不给我留下。"

巴哈开心地笑着说："你可以派其他医生来中桑友好医院学习，我帮你培训他们。"

"不，培训好后你会留下他们。我要送我的医生们去中国学习，就像苏莱曼那样。"

坎戈和巴哈两人一来一往的玩笑逗得大家哈哈大笑，顿时冲淡了观看手术的紧张气氛。

手术室里，墙上的时钟显示2015年7月10日上午10点18分。马嘉再检查一遍处理完成的动脉导管，确保没有问题，终于松了口气。

"关胸。"

苏莱曼接过了武梅递来的缝合线，一旁的迪斯马斯满眼笑意。

"手术成功了，祝贺你们！"马嘉欣慰地看着两人。

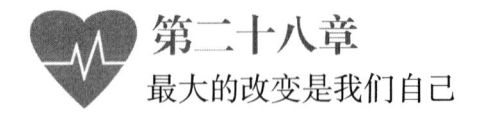

第二十八章
最大的改变是我们自己

时光荏苒,第25批医疗队结束任期的日子终于到来,十天后,马嘉就要带着大家回国了。留在卡塞医院的杜尔、瓦妮,以及调任到中桑友好医院的迪阿鲁、玛丽安等人决定为大家举办一场欢送会。

大家将欢送会的地址选在了卡塞市最著名的一家楼顶景观餐厅。那里不但可以远眺乞力马扎罗山,更能欣赏绝美的海景。

这天正是周末的下午,因为不放心阿米纳塔,马嘉午餐过后让常来带着众人先去往餐厅,自己则赶回医院查看阿米纳塔的恢复状况。待马嘉赶到餐厅时,已是下午时分。

马嘉匆匆上楼,在通往天台的楼梯上就听到了欢快的音乐声和人们的欢声笑语。

马嘉刚拐过弯,正欲踏上最后一段楼梯,突然听到上方有人在叫他。

"马医生!"

马嘉抬头看,迪阿鲁正往楼下走,两人便在拐角处站定。

迪阿鲁眼中满是感激与自豪:"马医生,我很幸运能够参与阿米纳塔的手术。我儿子告诉我,他的同学们都很羡慕他,有一个英雄爸爸。他说以后长大了也要当医生，要当一个像您这样优秀能干的医生。"

马嘉感动地说："帮我谢谢你儿子。他的愿望一定能实现。"

"马医生，你放心，我这次一定会小心照顾阿米纳塔，不会让你和梅的努力白费的。"迪阿鲁的表情异常真诚。

马嘉欣慰一笑。这时，玛丽安出现在楼梯口，她冲着马嘉招招手："马医生，快上来。我们都在等你！"

迪阿鲁识趣地对马嘉说道："马医生，你先上去，我一会儿上来。"

马嘉点点头，在玛丽安的催促声中匆匆上楼。

天台上都是人，大家唱歌跳舞，很是欢乐。

见马嘉出现，迪斯马斯冲上来一把抱住他，好一会儿才放开，这时他已经红了眼眶。

"马医生，真舍不得你离开。"

马嘉开着玩笑看向苏莱曼说："我的徒弟苏莱曼还在，想我的时候可以看看他。"

苏莱曼在一旁眼巴巴看着马嘉说："那我想你的时候，我去看谁啊？"

"你怎么也来了！"马嘉被苏莱曼弄得哭笑不得，正欲再说他两句，玛丽安走过来，打断他们的对话。

"马医生，今天是2015年7月12日，两年前的今天你来到了桑纳。你还记得第一次见我是在哪里吗？"

马嘉一愣，想起自己初到时被玛丽安看光的情形，突然有点不好意思，脸一下子红了。

原来有些伤感的迪斯马斯看到马嘉有些窘迫的样子，反而笑起来。

"那天我们是一起认识马嘉医生的吧。"

马嘉也笑了："对对对，我生着病，你不肯给我打针。我们自己打，结果你还向医院打小报告告状，害得我被江队长骂了一顿。"

"打小报告？多小？"迪斯马斯瞪着无辜的双眼，一本正经地问。

马嘉无奈地笑："行了，你这中文啊，再学吧！"

四人正说笑，这时，旁边传来众人的一阵尖叫。

马嘉等人回头看过去。迪阿鲁穿着正式，捧着一捧大花束出现在楼梯口。

迪阿鲁捧着这束花径直走到正在跳舞的武梅身边。

"梅，我心中全世界最美的女人。谢谢你来到桑纳，让我学会了很多。这束花送给你！"

常来不乐意了，凑过来，跟迪阿鲁开玩笑说："光送她，我没有吗？"

迪阿鲁一本正经地摇摇头："没有。这束花是漂亮的梅专有的。"

常来也不客气："那我吃醋了。"

迪阿鲁知道常来是在开玩笑，笑嘻嘻地搂住他的肩膀说："常医生，你已经拥有了漂亮的梅一辈子，现在你能把她让给我一支舞曲的时间吗？"

常来故意摆出一副无奈的表情，摊手道："那要看她同不同意。"

武梅笑着将手中的花束塞到常来怀中，亲了他一下："帮我拿着。"说着，又转向迪阿鲁："走，我们去跳舞！"

武梅跟着迪阿鲁走到人群中间，学着迪阿鲁的样子摇摆着身体跳起来。

看着武梅、迪阿鲁欢快的舞动，大家笑得更开心了，纷纷加入他们。

此时，舞曲已经被老板换成了《Jambo》，一时间，全场热舞，大家欢乐一片。

马嘉也早就被苏莱曼和迪斯马斯一左一右地拉着混入人群中跳舞，玛丽安的视线穿过人群，始终落在马嘉身上。过了一会儿，她还是忍不住，舞动着身体向马嘉的方向靠近，她突然拉起马嘉的手："马医生，能邀请你跳一段舞吗？"

马嘉还没反应过来，已经被玛丽安拉着转了起来。他只能随着玛丽安的节奏跟着舞动。

两个人在动感的音乐中，一边跳舞一边说话。音乐声音太大，两个人只能扯着嗓门说话，互相靠近对方才能听见。

"马医生，你是我见过的最好的医生！"

马嘉没听清，指了指耳朵："太吵了，听不清。"

玛丽安又凑近了一点："你是我见过的最有魅力的医生。"

"谢谢！"

玛丽安显然不满意，继续说道："马医生，我很喜欢你。"

马嘉一愣，笑了笑，故意混淆话题："我也很喜欢你，喜欢你们大家，很喜欢桑纳。"

玛丽安摇摇头："你跟我说的不是一个喜欢。"

马嘉看玛丽安认真了，停下了脚步。他思索着应该要如何回应。

玛丽安不明白马嘉的心思，只顾自己继续说道："马医生，其实我很早就喜欢你了，我知道你有一个爱你的妻子在你的国家等着你，我也知道你很可能这一回去就不会再回桑纳了。我只是想在你离开前，将我的心意告诉你，告诉你，我就不后悔了。"

玛丽安说完，张开手臂："我们可以拥抱一下吗？"

马嘉看着玛丽安真诚的眼神，伸出手臂拥抱了玛丽安。

"玛丽安，谢谢你的珍贵的喜欢，希望你能成为真正独当一面的医生，也能拥有自己的爱情和人生。"马嘉松开玛丽安，诚恳地说道。

玛丽安突然毫无预兆地在马嘉脸颊上亲了一口，随后就放开了马嘉，跑去跟众人跳舞。

马嘉猝不及防，傻在原地。人群中，玛丽安洒脱地回头看着马嘉，微微一笑。

就在众人热歌劲舞之时，孙爽却悄悄离开餐厅，来到海边。

赵一聪正满腹心事地坐在海边等她。

孙爽笑嘻嘻地从背后拍了赵一聪一把。

"你怎么这么开心？"赵一聪勉强挤出一丝笑意。

孙爽故意装作对他的郁闷视而不见，逗他说道："我们要回国了，当然开心啦。"

听闻此言，赵一聪更郁闷了："你就那么着急回去，难道桑纳就没有什么是你舍不得的吗？"

孙爽憨笑："我有什么舍不得的，你在这里有小姨，我又没什么亲人，我的任务已经完成了，当然要回去啊。"

赵一聪小声嘟囔："我小姨回国了啊。"

"那你也可以回国啊。"

赵一聪没接孙爽的话，只是小声嘀咕道："真洒脱，跟我小姨一样。"

孙爽没听清，追问道："你说什么？"

赵一聪闷闷地说："没事。"

"哎，星空之旅的时候，你不是说有个大计划，到时候给我一个惊喜吗？我都要走了，还不说？"

"本来是一个惊喜，现在你都要走了，也算不上什么惊喜了。"赵一聪伸出手在沙滩上胡乱画着。

"说说嘛。"孙爽摇摇赵一聪的胳膊。

赵一聪便掏出手机，翻出手机相册给孙爽看，手机上是一张订单照片。

"小爽，你知道吗？我的第一桶金马上就要赚到手了。我从国内进了一批耳机和充电器，已经有三家手机配件商家跟我下了订单了。我和父亲谈好了，我先试试水，不想什么都依靠家里了。"

孙爽翻看着照片，很是兴奋："挺好的啊。你一定会做得很好，成为你想成为的人。"

赵一聪默默收起手机："可是，你要走了，也不知道什么时候能回来。我做得再好，身边没有你，又有什么意思呢？"

孙爽看着赵一聪难过的样子，偷偷笑了笑，从背包里拿出来一个文件夹。

"那我也有一个惊喜给你。"

赵一聪提不起兴致，敷衍着："哦。"

孙爽索性把文件塞进了赵一聪手里："哦什么哦，打开看看啊。"

赵一聪闷声打开文件夹，突然眼睛一亮。

文件夹里竟然是孙爽申请留任的国内批复函件。

赵一聪激动得说不出话来，扭头看向孙爽。

"我发现我好像爱上这片土地了，而且，我还有没有完成的事，也有我舍不得的人，所以，我愿意再留两年。"

孙爽还没说完，赵一聪一把抱过孙爽，深情地吻了上去。

两天后，马嘉和武梅接到大使馆发来的通知，桑纳总统将为这一批的中国医疗队全体队员授予国家荣誉勋章,感谢他们在两年任期内,为桑纳人民的付出。

大使馆同时发来一份授勋流程表,武梅将表格打印出来交给马嘉。

马嘉接过来认真地看了一会儿,问道:"授勋仪式在卫生部办啊?"

"对,听说凡是接受表彰的医疗队,都是在卫生部,跟交接仪式一并举行。"

"昨晚,你见了下一批的队员了?他们来了?"马嘉换了个话题。

"见了,你昨天做手术不在,我带着贾师傅给他们做的晚餐。"

"怎么样?"

武梅笑了:"队长名字挺好玩的,叫袁子弹。"

马嘉也笑起来:"我知道,苏莱曼昨天还说,下一批中国医疗队是准备在桑纳平地一声雷呀。怎么样,他们刚到还适应吗?"

武梅笑着摇摇头:"适应?我们辛辛苦苦种出来的小白菜,自己都没舍得吃,昨天摘来招待他们,你猜怎么着,人家不领情,有个儿科的杨主任,吃了一口直接吐了,说我们的菜苦。"

马嘉撇撇嘴:"怎么这样呢?你得告诉他们,这就不错了,我们那时候哪有这些。"说完他又顿了顿:"哎,梅姐,我们刚到的时候第一顿饭吃什么来着,我怎么记不起来了。"

"乌咖喱,你前天还吃了。"

"对对,乌咖喱,谁能想到两年过去,我居然好上这口了。"

"不过,都得慢慢来吧,他们怎么也得适应一段时间。"武梅说罢,笑着看了马嘉一眼,心里嘀咕道:"你刚来不也是花了点儿时间才适应的嘛。"但她也只敢暗自想想,不敢说出声。

"对了,昨天半夜怎么回事?我听着吵吵嚷嚷的!"

"嗨,新来的队员点蚊香把蚊帐烧着了。很快解决了,没事。"

马嘉一脸震惊:"谁啊?这也太虎了,咱们赶快给他们召开对接会议,强调一下援非的各种纪律,咱们这么好的麦乐村,别让他们给霍霍了。对了,他们接下来都在中桑友好医院工作,这交接工作还得仔细琢磨琢磨。"

武梅实在忍不住了,她一边笑一边看着马嘉,话中带着弦外之音:"哟,马队,两年时间，你真是大不一样了。"

马嘉这时才反应过来，不好意思地笑着说："也是，我来的时候比人家还虎呢，都一样。"

武梅看了一眼时间说："你快看看议程有没有问题，我好给大使馆那边回复。"

马嘉思忖道："别的没什么问题，就是能不能换个地方进行仪式？"

"换地方？"武梅疑惑地看着他。

马嘉点头说："我觉得有个地方更合适，更有意义。"

几个日夜轮转，终于到了授勋及交接的日子。

位于卡塞西北方向约50公里处的中国专家公墓墓园，入口处的汉白玉的碑石上，几个硕大的烫金隶书字赫然呈现：中国专家公墓。

园内，芳草萋萋，树木葱茏，一棵粗壮的凤凰木，傲然立于园内。宁静，肃穆。一排排整齐有序的墓碑上，刻着一个个逝者的姓名。

众人表情严肃，手持白色鲜花，马嘉和参赞分别走在桑纳总统两边，三人走在最前面，其他人静静跟在身后，走进墓园。

面对烈士们的碑，大家举行了祭奠仪式，并一一为墓碑下的烈士献上鲜花。

礼毕后，马嘉带着大家来到凤凰木下。

树上，中、桑两国国旗迎风飘扬。第25批中国医疗队全体队员整齐列队，桑纳总统的手下将勋章和证书拿来，正式开始授勋仪式。

总统首先走到马嘉面前和他握手，又将勋章戴到马嘉的脖子上，接着颁发了证书，马嘉神情庄重地接过证书。

总统又走向武梅等人，一一和队员们握手，并为他们戴上胸章和颁发证书。

当最后一枚胸章为贾长安戴上后，总统走到队员队列的前方，缓缓开口发言："感谢你们，我的中国朋友！为实现桑纳社会医疗卫生的发展计划目标，中华人民共和国总是站在我们身旁。在卡塞，中国医生们承担医院六成以上的工作量。感谢你们以精湛的医疗技术和博爱之心为桑纳患者解除病痛，在你们的身上，我深切感受到了中国医生不畏艰苦、甘于奉献、救死扶伤、大爱无疆的精神。感谢中国医疗队做出的积极贡献，感谢中国一直以来为中非和平进程和发展建设提供的有力支持。中国跟桑纳,中国和非洲,我们永远是命运共同体,我们永远是一家人!"

总统说完,众人激动鼓掌,掌声如雷,回旋在墓园上空。

一阵风吹过,树上,中国和桑纳两面国旗在蓝天白云绿叶红花的映衬下,格外鲜艳。

授勋结束后,总统先离开。墓园里只剩下参赞和第25批以及第26批医疗队。

马嘉带着自己的队员们整齐地列成一队,每个人胸前都带着勋章。

在他们的对面,则是第26批医疗队队长袁子弹和他的队员们。而在这一队人员中,有一张熟悉的脸,孙爽正笑吟吟地看着对面这群曾与自己并肩两年的战友。

参赞站在两队中间,动情地讲话:"我来到这片土地很多年了,当年来的时候还是一头黑发,如今已经白了不少了。"

参赞说着,回头看向墓地:"这里安眠的好几位医生,都是我或者我前辈的老朋友,每隔两年,我都会迎来一批新的面孔,两年的日子里,新朋友变成老朋友,两年后,我要再将他们送走。我可能已经无法记清每张脸,但我心里永远感谢代表中国、代表中国医生、代表中国人民来到这片土地上的每一个人。是你们,让中国和桑纳成为至亲,也是你们,让这片原本对我来说是异乡的土地变得跟故乡一样亲切。"

参赞说完,对着所有队员鞠了一躬:"你们辛苦了!"

马嘉带头鼓起了掌。

待掌声渐息,参赞看向马嘉说:"下面是第25批援桑纳中国医疗队和第26批援桑纳中国医疗队的队旗交接仪式。"

参赞向后退一步,将位置让给马嘉。

马嘉神情庄重,手捧中国医疗队队旗,出列。在队员们的注视下,马嘉走到袁子弹面前,将它郑重地交到袁子弹手中。

"马嘉,第25批援桑纳中国医疗队队长,正式将医疗队队旗交接给第26批医疗队,希望你们在接下来的两年众志成城,完成援外任务。"

袁子弹表情严肃,郑重地从马嘉手中接过队旗,如捧千钧。

"请放心!我们第26批援桑纳中国医疗队全体成员立下承诺,我们一定凝心聚力，不负所托！"袁子弹洪亮的嗓音盘旋在墓园上空，胸口的队旗鲜红耀眼。

送走参赞后，大家缓步走出墓园，走在道路上。

马嘉、武梅和袁子弹走在前面，心中感慨万分。

"两年时间过得可真快。我怎么感觉刚来桑纳还是昨天的事儿呢，结果现在都要走了。"

袁子弹看出马嘉的真情，说道："马队长对桑纳是真的有感情了。"

马嘉笑着说："刚到的那天正巧停水了。三十多个小时没洗过澡，我想偷偷用喝的水拧把毛巾擦擦，结果被麦乐村管家瓦奇努逮个正着，江大乔劈头盖脸地给我一顿说，气得我冲到雨里，结果第二天就病了。"

袁子弹也忍不住笑了："马队长，你看着挺严肃的，没想到做事这么虎。"

武梅插话道："这算什么？刚来桑纳那会儿，马队做过的'虎'事儿多了，那是三天三夜都说不完。"

武梅的话逗得大家哈哈大笑。马嘉也忍俊不禁。

紧跟在后面的队员们也都听到了，第26批的眼科医生小赵问道："马队长，那援非的这两年，是什么事情把你的'虎'劲给磨没了？"

马嘉摇摇头："不，你的这个问题不对。我心中啊是有过一头焦躁的老虎，但是现在，非洲的阳光让它变得驯服。"

"阳光？"

"是。非洲的阳光不仅能晒黑你的皮肤，也能照进你的心里，为你心中的那头绝望的困兽找到光亮的出口。"

赵医生说道："哇，好深奥呀，听不懂！"他说着看向彭伟等人，没想到彭伟他们也是笑而不语。

马嘉继续说道："记住我这句话，非洲是个神奇的地方，没来的时候害怕它，来了之后想逃离它，可是当你离开时，又会疯狂地想念它。记得我们这一队在出发前，我的老师对我们说了一句话：'在非洲，你们会救治很多人，也会影响很多人，但最大的改变是什么，两年后，你们自然会找到答案。'"

第26批医疗队的内科医生吴医生不禁发问："马队长，你找到了吗？"

马嘉神秘莫测地一笑："我想我找到了。"他停下脚步，回过身，依次看过彭伟、常来、秦童等人，缓缓说道，"我们大家都找到了。"

经过十几个小时的飞行，飞机终于降落在双清市国际机场。

马嘉下机后，等不及拿行李，便急匆匆地开机打给柳晓弦。

"我到了，正在等行李，你在出口等我吗？"

"你出了闸口，直接上二楼，二楼A28柜台。我在那儿等你。"柳晓弦清脆的声音在话筒里传出。

马嘉一愣："二楼？去那儿干什么？"

"你麻利点儿啊。"柳晓弦根本不回答马嘉的问题，扔下这句话便挂了电话。

无奈的马嘉只好认命，等到行李后，匆匆告别众人，一个人往二楼出发大厅走去。

待他拖着行李箱气喘吁吁地赶到A28柜台，却不见柳晓弦人影，马嘉只好再次掏出电话打过去。

"我到了，你在哪儿呢？"

马嘉刚说完，身后一道声音传来："回头！"

马嘉回头，正看见蹬着高跟鞋、戴着墨镜、妆容精致的柳晓弦出现在身后。

柳晓弦把墨镜推上去别在头上，笑着张开手臂向马嘉走来。

"欢迎马医生凯旋！"

马嘉也激动地张开双臂跟柳晓弦紧紧拥抱。

待放开柳晓弦后，马嘉这才看到柳晓弦也拖着行李箱。

马嘉脸色一变，问道："你不会要出差吧？"

柳晓弦笑而不答，向马嘉伸出手说："护照呢，给我。"

"干吗？"马嘉嘴上虽然疑惑，但还是把护照翻出来递给了柳晓弦。

"医院不是给你放了个小长假吗？咱们正好把蜜月补上。"柳晓弦说着，拿着护照走向A28柜台。

马嘉一脸震惊，拎着行李赶紧追上去。

"你来真的？"

"世界那么精彩，我们也去看看。"柳晓弦将两人的护照递给了地勤人员。

"说走就走啊？去哪儿啊？"

"哪儿那么多废话，去不去？"柳晓弦佯装生气地瞪向马嘉。

"去！"马嘉斩钉截铁地回答。

半年后。

石竹子穿着一袭飘逸的婚纱，在海边的沙滩上跑着，头纱随着海风飘舞，江大乔穿着正装帮她拍照。

埃茜和江瑶也穿着沙滩裙跟在后面，一边走一边聊天。

"竹子阿姨真美啊！"江瑶感叹着。

"可不，在我们卡塞，她就是一道最美的风景！"埃茜脸上都是骄傲。

"你说你，好不容易来一趟中国，怎么又要走啊，我还有好多地方没带你去呢。"江瑶的语气有些遗憾。

"这次来中国，我已经很开心了，去了双清，又跟竹子妈妈、江叔叔来海南旅游。"

"就再待一段时间嘛，我们带你去北京看长城、故宫，去更北的北方看雪。"

"我也想去，可我得回去上学了。"埃茜无奈地安慰着江瑶，"竹子妈妈说，只要我努力读书，将来就可以来中国上学，到时候我一定来找你。"

江瑶点点头："那我们说好了，不许食言。"

两个女孩不约而同地伸出手指拉钩。

旁边不远处，江大乔不停地从不同的角度拍下石竹子，一张张笑颜如花的石竹子在摄影框中定格，江大乔深情地看着镜头中石竹子奔跑的身姿。只是镜头中，石竹子越来越远，像要随风而去。

拍完照，江瑶和埃茜想继续留在海边玩耍，江大乔便跟石竹子来到旁边的一家咖啡厅。两人坐在凉亭下，远远地看着两个女孩在沙滩上迎着浪花嬉笑打闹。

"埃茜很喜欢这里。"石竹子看着两个女孩的方向。

"她跟我说以后要来中国读书，是你，改变了她的命运。"江大乔说。

"勇敢的是她自己。这小半年待下来，瑶瑶也越来越懂事了。"

江大乔笑了："这孩子，跟谁对脾气，就听谁的话，现在你说话比我都管用了。"

石竹子眼中流露出不舍："我要回桑纳这事，你还没跟瑶瑶说吧。她那个脾气，知道了肯定要跟我绝交了。"

江大乔安慰着她："瑶瑶那儿我去跟她说，她肯定能理解你。"

石竹子沉默了片刻，又说道："谢谢你，圆了我的婚纱梦。但对我来说，它也许就是一个梦吧。你还记得吗，你曾经问过我，为什么我们从当年一见面就觉得彼此很亲近。"

"为什么？"

石竹子的脸上带着淡淡的忧伤："因为我们本质上就是一样的人，孤独着，孤单着，遇见了，彼此照亮，再往后，还得继续去走彼此孤单的道路。也许，这就是我们存在的价值吧。大乔，我尝试过，努力过，可我最近越来越难以入眠，闭上眼睛就回到了桑纳。"

江大乔理解地点点头："竹子，虽然我不说，但我知道，在双清的这些日子里，你为了我和瑶瑶一直在努力让自己适应，适应陪伴我的生活。"

石竹子带着歉意看着江大乔："大乔，对不起，可能婚姻真的不适合我，真正纯粹的情感可能不需要用别的方式来证明吧。有句话怎么说来着，心安之处即故乡。心安是什么？是我们熟悉的麦乐村，是你帮我建立起来的萍聚餐厅，是另一个半球的桑纳。是那片土地在我无助的时候接纳了我，给了我重新生活的勇气，给了我一个自在呼吸的港湾。"她停了停，又接着说道："我有时候在想，如果当年我们在一起了，是不是今天也和很多貌合神离的夫妻一样，只剩下了疲倦。"

石竹子喝了一口咖啡，停顿了一会儿又说："好了好了，不说了，在双清，有你，有瑶瑶，我真的很开心。"

江大乔的眼眶微微有些湿润："竹子，回去吧，去那片能滋养你的土地上继续生活吧，但你要记得，无论你什么时候回来，我都等着你。"

石竹子不再说话，只是默默地看着江大乔，仿佛要将他的脸，刻进瞳眸中。

尾声

八年后，第25批援桑纳医疗队的队员们又如期参加聚会。

餐厅里，马嘉、彭伟、常来、秦童、苏心、钱宝宝、朱必能、阳莺已经围坐一桌，大家喝着红酒，三五成群，聊着自己的近况。

马嘉已经成了科主任，江大乔则在梁森林退休后，被提拔成为副院长。

常来依然是个妻管严，被武梅拿捏得死死的。

孙爽已经跟赵一聪结了婚，在第26批任期时，为中桑友好医院成立了中医诊疗中心。

大家的生活似乎没有什么改变，又似乎改变了很多。

马嘉还送了大家一份特别的礼物，他打开包厢里的电视，掏出一个U盘插到电视上。很快，屏幕上面出现了一行字"莫愁前路无知己，天下谁人不识君"。

江大乔有点意外，看向马嘉。马嘉对他笑着。

《萍聚》的音乐流淌出来，却见屏幕上，出现了一段用照片拼成的蒙太奇，都是众人在桑纳援非时候的难忘瞬间。众人看着视频，忍不住热泪盈眶，突然音乐停了。

视频中出现了石竹子，她正在萍聚餐厅中。

众人看向江大乔，江大乔盯着石竹子，隐隐有些感怀。

视频中的石竹子笑吟吟地娓娓说道："亲爱的朋友们，还有老江，你们还好吗？我在非洲很想念你们，我知道你们肯定也很想念我，一晃八年过去了，我经常去麦乐村，我又认识了很多像你们一样的朋友，但每次还是会想起你们在麦乐村的那些日子，如今我们虽然相隔万里，但总感觉你们从来没有离开过。我相信，不管距离有多远，时间有多长，我们永远在一起。"

音乐渐响，大家听着音乐也都不由得跟着哼唱起来。

江大乔的眼神看着屏幕中的石竹子，充满了怀念和释然。

又入七月，远江省第30批援桑纳医疗队培训班即将结业。

同一个教室，同样的黑板，同样的主题，人却已经不同。

作为嘉宾，马嘉这次站在台上，看着下面表情各异、年纪各异的同行医生们，恍惚间像是回到2013年，心中万般感慨，他向大家深深鞠了一躬。

"大家好，我是第25批援桑纳中国医疗队队员马嘉。十年前，我就坐在台下，听我老师梁森林讲述那个地方。当我决定援非的时候，我只在网络上见过非洲的图片，脑子里对非洲的印象非常模糊，我只知道它有美丽的景色、火辣的大地、漂亮的面包树、热情的人民，还有些奇奇怪怪的黑暗料理。"

众人大笑。马嘉也跟着笑。待笑声渐息，马嘉才继续说："我不知道大家决定去援非的初衷是什么？但我们当年那批队员的理由可真是五花八门，我们队里，有临时请战当队长的，有立志在非洲推广针灸的，有夫妻俩约定一起去探险的，有读着三毛、梦想着去撒哈拉沙漠的。最好笑的是，有个倒霉蛋，结婚才七天，抓阄抓去的。当然还有我这种，半是逃避半是冲动，也想去远方找找答案的。"

这时，台下有一个戴无框眼镜的年轻男医生问道："那你一开始去非洲的时候怕吗？"

马嘉自嘲地笑道："当然怕，哪有不怕的？你们不知道，刚刚去的时候，我闹出过不少笑话，回家和我老婆说，她都皱眉头，你怎么那么傻啊，那真是你马嘉吗？"

听着马嘉的话，台下的人又是一片笑声。

"那时我也问自己，堂堂双清的'第一把刀'，怎么一到非洲，就变傻了，变得不像自己了呢？不过你们可别笑我啊，你们去非洲，肯定也一样！"

台下的众人又是一阵哄堂大笑。

"不过非洲人教了我一句话，叫pole pole。"

"我知道！pole pole，慢慢来的意思。"台下一个瘦高的男医生抢着说。

"没错，慢慢来，总能好起来。也许你们中很多人知道我，是因为我救过脑疟病人、带着我的徒弟做了桑纳第一台心脏病手术，也因为我最后临危受命成了新队长，但在我心中，这些都没那么重要。那段日子对我而言，更重要的是，我从此有了一群援非医疗队的兄弟姐妹，我也拥有了很多桑纳的亲人朋友。就和我的师兄、老师一样，我在地球的另一端，有了永远无法割舍的想念。"

"那您援非两年，有什么遗憾吗？"一个看上去很文静的女医生问道。

"我唯一的遗憾就是，这一趟只有两年，如果时间更长，我能做的一定更多。"马嘉的语气略带些失落，他赶紧话题一转，"在卡塞驻地的天台上，如果你们幸运，可以看到非洲的神山——乞力马扎罗山，那时候我常常会眺望着它，感觉很多答案豁然开朗。八年了，这座神山好像一直在我心里，提醒着我，不要忘记在非洲经历的一切，更不要忘记自己是谁。"

众人看着马嘉流露出真情，不再哄笑，而是静静地听着。

"援非前，我导师告诉我，在那片土地上，你们会救治很多人，也会改变和影响很多人，但最大的改变是什么，两年后，你们自然会找到答案，我的答案找到了，那就是我自己。"马嘉停了停，又继续说："我很高兴和大家分享我的援非故事，很快，你们就要启程，你们每个人都会有属于自己的故事。也许今后它只是各位履历里的一行字，但只要你们用心付出、全力以赴，你们每个人，一定都会有意想不到的收获。"

马嘉说完，台下掌声如雷。

马嘉冲大家摆摆手，示意大家安静下来："最后，问大家一个问题，你们知道最有名的斯瓦希里语是什么吗？"

"Pole, pole。"

"Hakuna matata."

"Nakupenda."

台下众人纷纷抢答。马嘉却摇摇头:"你们说的都对,但是还有一句,叫Karibu katika kijiji cha milele。"

众人疑惑地看着他。

马嘉张开双臂,冲着大家做出一个接纳与欢迎的姿势,大声说道:"欢迎来到麦乐村!"